In seinem letzten großen Roman stellt Flaubert die Tragikomödie, ja tolle Harlekinade zweier Schreiberkäuze dar, die, durch eine Erbschaft zu Geld gekommen, sich, wie Don Quichotte in seine Abenteuer, in das Abenteuer der Wissenschaft stürzen, so wie sie sie verstehen. Ohne Vorbildung oder Methode probieren sie die Wissenschaften im bunten Kreuz und Quer nacheinander durch, von der Landwirtschaft über Medizin und Geschichte bis zur Politik, Theologie und Kindererziehung, wobei sie in den Widersprüchen der Lehrmeinungen scheitern und durch ihren gemeingefährlichen Eifer, vom Pech verfolgt, ständig in grotesk-komische Zusammenstöße mit ihrer ländlichen Umwelt geraten, bis sie zu ihrer Abschreibearbeit zurückkehren: die Apotheose menschlicher Dummheit.

insel taschenbuch 373

Flaubert

Bouvard und Pécuchet

Gustave Flaubert
Bouvard und Pécuchet

MIT EINEM VORWORT VON
VICTOR BROMBERT
UND EINEM NACHWORT VON
UWE JAPP
MIT ILLUSTRATIONEN VON
ANDRÁS KARAKAS

INSEL VERLAG

Aus dem Französischen übersetzt von Georg Goyert

insel taschenbuch 373
Erste Auflage 1979
Lizenzausgabe mit freundlicher Genehmigung der Albert Langen–Georg Müller Verlag GmbH, München. Vertrieb durch den Suhrkamp Taschenbuch Verlag. Umschlag nach Entwürfen von Willy Fleckhaus. Satz: Otto Gutfreund, Darmstadt. Druck: Ebner Ulm. Printed in Germany

INHALT

Vorwort
Victor Brombert, Bouvard und Pécuchet 9

Gustave Flaubert
Bouvard und Pécuchet 37

Aus den Notizen Gustave Flauberts 385

Anmerkungen 391

Nachwort
Uwe Japp, Die Komik des Wissens 409

VORWORT

VICTOR BROMBERT
BOUVARD UND PÉCUCHET
Die Tragikomödie des Intellekts

Penser, c'est le moyen de souffrir.
Flaubert

Die Bestandsaufnahme des Scheiterns

Das merkwürdige, fast subversive Ansehen, das dieser unvollendet gebliebene Roman heute genießt, sagt vielleicht mehr über die gegenwärtige geistige Situation, über Enttäuschungen und Unzulänglichkeiten aus als über das Werk selbst. Die künstlerischen Qualitäten von *Bouvard und Pécuchet* sind freilich schwierig abzuschätzen, auch schwierig zu diskutieren. Die Schwächen des Buches liegen auf der Hand. In vieler Hinsicht kann es als ein monumentaler Mißerfolg gelten. Und doch prophezeit dieses eigenartige Unternehmen, das genau genommen eine enzyklopädische Bestandsaufnahme des Scheiterns ist, die unter anderem unmißverständlich den Untergang der Kultur diagnostiziert, nicht nur spätere Entwicklungen in der westlichen Gesellschaft sondern auch jene Art Literatur, für die am Ende die trockene und clownhafte Bitterkeit eines Samuel Bekkett oder das Gelächter über das Absurde eines Eugène Ionesco steht.

Gerade die Unabgeschlossenheit des Romans übt eine sonderbare Anziehungskraft auf jüngere Generationen aus, die gelernt haben, der problemreichen und offenen Form des Entwurfs den Vorzug zu geben gegenüber einem vollendeten und festumrissenen Bild. Zu beobachten, wie ein Kunstwerk und Gedankengebäude entsteht, ist oftmals aufregender, als es im fertigen Zustand zu betrachten. Zu den eindeutigen Merkmalen in *Bouvard und Pécuchet* gehört in erster Linie das Drama der Literatur selbst: mit Hilfe seiner Figuren scheint der Autor seine eigenen Bemühungen neu in Szene zu setzen. Nachdenken wird hier zum Thema des Nachdenkens. Schon das Schreiben des Buches kann als sein Thema gelten. Mit *Bouvard und Pécuchet* sehen wir unverstellt nicht nur den modernen Ideenroman heraufkommen (hatte nicht Flaubert ganz bewußt eine »comique d'idées«, wie er es nannte, im Auge?[1]), sondern auch den konventionellen Analyseroman zurücktreten. Die beiden Phänomene hängen deutlich miteinander zusammen. Dem allmählichen Zurücktreten der Personen im Roman entspricht der tragische Zweifel an humanistischen Wertvorstellungen wie auch der Zweifel an der Literatur selbst. Flauberts letzter Roman lenkt die Aufmerksamkeit auf das Umstürzlerische und die Explosivität in weiten Bereichen der zeitgenössischen Literatur. Man scheint in eine Sackgasse geraten zu sein. »Modernität beginnt mit der Suche nach einer unmöglichen Literatur«, bemerkt Roland Barthes.[2] Flaubert selbst war sich des revolutionär Neuen seines Schreibens völlig bewußt – jedenfalls hoffte er auf die verändernde Wirkung! Vor allem sein *Wörterbuch der vorgefaßten Meinungen (Dictionnaire des idées reçues)*, das so eng mit dem Entstehen von *Bouvard und Pécuchet* zusammenhängt, sollte ein ironisches und betäubendes Werk der Zerstörung werden (»... obwohl ich darin alles angreifen würde«[3]), mit dem Ziel einer fürchterlichen *tabula rasa.* »... ein für allemal ... Schluß zu machen«: die Formulierung enthüllt mehr als nur eine vorübergehende üble Laune. So wichtig ihm Rhythmus und Form waren, so neigen doch alle literarischen Bemühungen Flauberts zu Verwerfung und Versagen der traditionellen Muster.

Doch welche Bedeutung hat dieses Werk? Ist es eine witzige Kritik, vorgetragen von zwei lächerlichen Individuen, sind es

1 Flaubert, *Briefe*. Herausgegeben und übersetzt von Helmut Scheffel. Zürich 1977 (Diogenes Taschenbuch 143), S. 663; »Ich glaube, das Komische der Ideen ist noch nie versucht worden.«

2 Roland Barthes, *Am Nullpunkt der Literatur*. Ins Deutsche übertragen von Helmut Scheffel. Hamburg 1959, S. 39.

3 Flaubert, *Briefe*, S. 223.

melancholische Anmerkungen zu entleerten Wertvorstellungen oder ist es eine eher unverbindliche Diagnose unserer kranken Zivilisation? Nichts ist schwerer zu fassen als der Geist, der diesen seltsam abstoßenden und anziehenden Text durchzieht.

Die Handlung ist höchst einfach. Zwei einsame Schreiber mittleren Alters – der eine ein sanguinischer Witwer, der andere ein hypochondrischer Junggeselle – knüpfen eine Freundschaft an. Eine unerwartete Erbschaft erlaubt es ihnen, sich aufs Land zurückzuziehen und sich einem Leben der Muße hinzugeben. Zunächst widmen sie sich dem einfachen und harmlosen Vergnügen des Gartenbaus, werden aber bald ehrgeiziger und erleben, von wahrem Experimentierfieber getrieben, in Land- und Fortstwirtschaft ein Fiasko nach dem anderen. Da ihre enzyklopädische Neugier wächst, wenden sie sich anderen Wissensgebieten (Anatomie, Hygiene, Medizin, Geologie, Archäologie) zu, mit dem gleichen erbarmungswürdigen Resultat. Schließlich treiben Wissensdurst und Erfahrungshunger sie an, mit unverändert naivem Selbstvertrauen und unüberbietbarer methodischer Mangelhaftigkeit die abstrakteren Themen in Geschichte, Literatur, Ästhetik, Philosophie und Religion zu erforschen. Hoffnungslos verwirrt von ausschweifenden Terminologien, Kategorien und widersprüchlichen Ansichten durchmustern sie so alle Wissensgebiete. Am Ende geben die beiden quichotischen Angestellten müde, entmutigt und finanziell ruiniert ihre fruchtlose Suche nach der Wahrheit auf. Sie wollen nicht länger nachdenken oder spekulieren, sondern, wie alternde Candides, ihren privaten kleinen Garten pflegen und den Rest ihres Lebens wie früher als einfache Schreiber verbringen.

Die Handlung bleibt doppelsinnig. Haben wir es mit der Karikatur zweier mittelmäßiger Einzelwesen zu tun (Flaubert wollte den Roman zunächst *Les Deux Cloportes – Die beiden Kellerasseln* – nennen und sprach von seinen Hauptfiguren als »meinen beiden Idioten«[4]) oder geht der Autor daran, weitaus Ungeheuerliche-

4 Flaubert, *Lettres inédites à Tourgueneff*. Monaco 1946, S. 142.

res und Schlimmeres systematisch zu entlarven als nur die auf der Hand liegende Dummheit seiner beiden Marionetten? Die Doppelbödigkeit des Romans ist zum Teil darauf zurückzuführen, daß diese beiden Behauptungen sich gegenseitig nicht ausschließen. Die Genesis des Werks bestätigt diese grundsätzliche Zweideutigkeit. »Le Garçon«, die mythische und fröhliche Rabelais-Figur, die der junge Gustave und seine Freunde erfanden, war gleichzeitig eine derbe Inkarnation der »bürgerlichen« Dummheit im neunzehnten Jahrhundert wie auch der spöttische Denunziant eben dieser Dummheit. Das *Wörterbuch der vorgefaßten Meinungen*, diese in lebenslanger Arbeit zusammengetragene Klischeesammlung, aus der Flaubert für seine Romane schöpfte und die in der Orgie der Plattheiten gipfelte, die das Wesen von *Bouvard und Pécuchet* ausmachen, war sozusagen als ein Werk der Mystifikation geplant. Flaubert dachte zeitweilig daran, das *Wörterbuch* mit einem Vorwort zu veröffentlichen, aus dem der Leser nicht erkennen könne, ob man sich über ihn lustig mache oder nicht.[5] Einige Jahre später sprach er von dem Wörterbuch als einer ironischen Apologie der menschlichen Niedertracht, von Anfang bis Ende mit Zitaten angefüllt, »die das Gegenteil beweisen würden«[6].

Flauberts Freunde waren tief beunruhigt über die Hartnäckigkeit, mit der er »diesen verflixten Schmöker«[7], wie er ihn selbst nannte, fortsetzte. Taine, dem Flaubert aus dem unvollendeten Manuskript vorgelesen hatte, schrieb einen alarmierenden Brief an Turgenjew, in dem er seinen Abscheu über diese Geschichte von zwei »wahnsinnig gewordenen lahmen Kerlen«[8] bekannte. Die Vorstudien, die Flaubert für dieses Buch unternahm, sind in der Tat erschreckend. Er las an die fünfzehnhundert Bücher, aus denen er sich eifrig Notizen machte! Der Hang zur Gelehr-

5 Flaubert, *Briefe*, S. 153.
6 Flaubert, *Briefe*, S. 223.
7 Flaubert, *Briefe*, S. 666.
8 Der Brief wird von René Dumesnil in der Ausgabe der Société Les Belles Lettres, Bd. 1, S. LXXXIX-XCI, erwähnt.

samkeit, ein Dauerzustand bei Flaubert, nimmt gegen Ende seines Lebens beunruhigende Formen an und verstärkt den Eindruck, daß die Romanliteratur hier in eine Sackgasse geraten ist. Flaubert blieb diese Gefahr nicht verborgen. Seine Lektüre, vor allem die endlose Kette philosophischer Absurditäten, stürzte ihn in depressive »Düsternis«, und er selbst war es auch, der dieses Unternehmen für völlig verrückt hielt. »Man muß den Genius der Askese haben, um sich eine derartige Schinderei aufzuerlegen.«[9]

Allerdings wäre es irreführend, dieses wahnwitzige Unternehmen als eine Art besseren Witz, eine »blague supérieure«, zu betrachten, durch die der Autor, wie Flaubert selbst sagt, eine gottähnliche Unparteilichkeit und Teilnahmslosigkeit dem Phänomen gegenüber erhält, das er beschreibt.[10] Auch hier verbirgt sich hinter der angeblichen Objektivität ein ganz persönliches Engagement des Autors. Denn Flaubert fühlte sich nicht nur von der Gelehrsamkeit an sich angezogen und von Wißbegierde angetrieben (»man müßte alles kennen«), sondern er war auch überzeugt, daß alle wahrhaft große Literatur ihrer Natur nach enzyklopädisch ist: Homer und Rabelais, bemerkt er, sind »Enzyklopädien ihrer Zeit«[11].

Die Schwächen und Grenzen von *Bouvard und Pécuchet* sind offensichtlich. Die Figuren werden mechanisch dargestellt, es findet kaum eine Entwicklung statt, und der Roman hat ganz allgemein stark die Tendenz einer Vorführung. Manchmal bringt der Autor nur Entwürfe. Häufig geht die Entglorifizierung Hand in Hand mit einer bloßen Zusammenfassung unverdauter Bruchstücke. Obgleich diese Technik großartig die Unergiebigkeit mancher Pseudo-Wissenschaft und Pseudo-Philosophie aufzeigt, stellt sich beim Leser das ungemütliche Gefühl ein, an die Grenzen der Literatur gelangt zu sein oder sie gar überschritten zu haben. Die mangelhafte Erforschung hochspe-

9 Flaubert, *Briefe*, S. 699.
10 Flaubert, *Correspondance*, Paris 1926–1933. 9 Bde. III, 37.
11 Flaubert, *Briefe*, S. 322.

zialisierter Fachgebiete mit ihrer entsprechenden Terminologie führt zu einer Komödie in doppeltem Sinn (der der Absurdität der beiden Experimentierer wie auch der der Absurdität jeder hermetischen und fetischisierten Sprache), sensibilisiert aber andererseits für die Verwirrung und die Hindernisse.[12]
Sogar die komischen Einfälle sind langweilig und bemüht. Nur gelegentlich gelingen Flaubert wahrhaft molièreske Wirkungen. Als Bouvard im Philosophiekapitel nahe dran ist, den Diener wegen des unverdaulichen Essens, das dieser auf den Tisch bringt, zu schlagen, könnte Pécuchets Ermahnung »Du steckst noch zu tief im Materiellen« aus *Die gelehrten Frauen* stammen. Größtenteils jedoch entbehrt seine Komödie solcher Geistesblitze. Eher hat sie den typisch bedächtigen und schwerfälligen Humor der Mitte des 19. Jahrhunderts, der auch Karikaturisten wie Monnier und Daumier inspirierte. Substanz dieser Komödie sind überflüssige Reden, Wiederholung, papageienhaftes Nachplappern. Die Kreisform ist das vorherrschende Grundmuster. Und die Kreisform ist natürlich eine vorzügliche Technik, um ein Unternehmen in Mißkredit zu bringen: man kehrt zwangsläufig – nur ein bißchen ermüdet und mit nachlassender Begeisterung – an dieselbe Stelle zurück, an der man gestartet ist. Der ganze Roman ist demnach die »Rückkehr« von einer sinnlosen Odyssee.
Das Religionskapitel zeigt diesen Kreislauf ganz deutlich, der die Protagonisten von Neugier zu matter Nostalgie führt, zum Vorsatz zu glauben, zur Ernüchterung und schließlich zur Befreiung durch Abscheu. Anfangs fühlen sich Bouvard und Pécuchet von der Schönheit des Kirchengesangs erhoben. Sie sehnen sich nach friedlichen Empfindungen nach all der »philosophischen« Qual im vorangehenden Kapitel, die sie beinahe in den Selbstmord getrieben hätte. Bald aber dringt aus den prophetischen Texten des Alten Testaments ein rauher und

12 Claudia Neuenschwander-Naef spricht zu Recht von der »Unbewohnbarkeit des Stils«. *Vorstellungswelt und Realität in Flauberts ›Bouvard und Pécuchet‹*. Winterthur 1959, S. 38.

schreckeinflößender Ton. Die nächste Phase im Flaubertschen Kreislauf führt unweigerlich zu Exzeß und Instabilität. Pécuchet, wie immer auf der Suche nach dem Absoluten, beteuert beharrlich die Wichtigkeit von Dogma und Andachtsübungen. Er fängt an, seine sinnlichen Träume zu unterdrücken, bestraft sich für seine unzüchtigen Gedanken, ersinnt Strafen und Kasteiungen des Fleisches und landet bei einem lächerlichen Versuch, sich zu geißeln. Sehr bald schlägt das Kapitel in Derbheit um: eine Pilgerfahrt kehrt die eher schmutzige Seite der kommerzialisierten Religion hervor. Schließlich, nach erfolglosen Versuchen, durch Befolgung bekannter »Methoden« ein mystisches Phantasiebild entstehen zu lassen, verkommt das Kapitel ins Groteske, wenn Pécuchet zur Entrüstung der ortsansässigen Bürger seine Absicht beteuert, zum Buddhismus überzutreten. Gewiß enthüllen diese Seiten ein leidenschaftliches Vorurteil bei Flaubert. Die Studien, die er für dieses Kapitel betrieb, irritierten ihn in höchstem Maß: »Das ist von unerhörter Dummheit«.[13] Aber das Kapitel ist ebenfalls äußerst typisch für die kreisförmige Entwicklung, die die Protagonisten durch immer groteskere Erfahrungen zum Ausgangspunkt zurückbringt. So zeigt *Bouvard und Pécuchet* gerade in dem ihm eigenen Rhythmus, wie die immer wieder aufkommende Hoffnung ständig aufs neue hintergangen wird. Gerade die Monotonie in der Struktur des Romans enthüllt eine große Trauer und, hinter einer Fassade ausgesprochener Komik und wiederholter Scherze, eine tiefgehende Entmutigung.

Auf quichotisch anmutende Weise bleibt dieses trostlose Buch ambivalent. Hoffnung und bittere Trauer sind von Beginn an ineinander verflochten und werden am Schluß einander ähnlich. Zweifellos ist dies Flauberts mutlosestes und bewegendstes Buch. Diese Mutlosigkeit hat tiefsitzende Wurzeln. Denn obgleich Flaubert nach den Ereignissen von 1870–1871 danach zumute war, sämtliche Zeitgenossen mit seiner Galle anzuspei-

13 Flaubert, *Briefe*, S. 680.

en[14], läßt sich seine fast militante Verzagtheit nicht ausschließlich den Kriegsereignissen und den Vorgängen der Commune zuschreiben. Es ist nicht nur eine griesgrämige, launische Misanthropie, die in Flaubert steckt, sondern eine anhaltende Empörung über das Leben als hartnäckiges Ärgernis. In seiner Beladenheit ist *Bouvard und Pécuchet* ein Lebenswerk, das Verhaltensweisen und Vorurteile eines ganzen Lebens reflektiert. So gesehen ist es zusammen mit *Der Versuchung des heiligen Antonius* das persönlichste Werk Flauberts.

Ein System der Polaritäten, die dialektisch nie aufgelöst werden, durchzieht den ganzen Roman. Der Traum vom Absoluten wird zum Irrsinn des Absoluten: Pécuchet hat die Vision von »Bergen von Früchten«, von »einer unendlichen Fülle von Blumen« und »Lawinen von Gemüse« (Kapitel 2). Aber alle Träume enden in einem unwiderruflichen Fiasko. Den Kern des Buches bildet also die tragische Vergeblichkeit allen Strebens. Alles ist dazu bestimmt, unter ihren Händen » in Stücke zu gehen«. Sie haben Großes vor, doch sie erlahmen rasch – »Ihr Blickfeld weitete sich«, und zwei Sätze später: »Doch bald langweilten auch die Mineralien sie« (3). Ähnlich widerstreitet das Bedürfnis nach der Wahrheit und dem Wahren mit der ständigen Entdeckung, daß alles relativ ist. Als sie Geschmack an der Geschichte gefunden haben, spüren sie das Bedürfnis nach »Wahrheit um ihrer selbst willen« (4). Daraus entsteht der wahnwitzige und wahnsinnig machende Versuch, Wissen durch Inventarisierung zu erlangen, die sich zu statischen und enzyklopädischen Monstrositäten auswächst, so unverdaulich wie der riesige und völlig ungenießbare Kohlkopf, der in Pécuchets Garten gedeiht.

Mangel an Gewißheit wirft sie bald in die entgegengesetzte Manie: die Besessenheit, das Relative und Transitorische zu ergründen. Bei ihren meteorologischen Studien beobachten sie Wolken und unterscheiden zwischen Nimbus und Zirrus, zwi-

14 Flaubert, *Correspondance*, VI, 460.

schen Stratus und Kumulus. Doch die Wolkenformen ändern sich so rasch, daß sie sie gar nicht klassifizieren können. Fast eigensinnig geben sie sich eben mit der Flüchtigkeit, der Inkonsequenz, mit Widersprüchen und unversöhnlichen Gegensätzen zufrieden. Manchmal gerät das Buch zu einem Exerzitium des Weder-Vor-noch-Zurück, zu einer Orgie sonderbarer Vorgänge. Ihr Garten verwandelt sich in eine nicht nur scheußliche, sondern wahrhaft »gespenstische« Geschmacklosigkeit: die rote Pagode, die venezianische Brücke, der vom Blitz illuminierte Baum, das etruskische Grab – aus all diesen Versatzstücken, ähnlich den sich gegenseitig widersprechenden Architekturelementen der Alhambra in den *Lehrjahren des Gefühls*, ergibt sich eine Studie der Ungereimtheit. Das Fehlen jeglicher Harmonie ist nicht nur ein komischer Zug: es verweist auf eine tragische Unzulänglichkeit, mit der Vielfalt fertig zu werden. »Wo ist denn da eine Ordnung?« (2) seufzt der pessimistische Pécuchet. Das Buch betont also gleichzeitig ein nicht enden wollendes Suchen (immer wenn eine neue Frage auftaucht, schließt sich eine neue Untersuchung an) und eine immerwährende Unzufriedenheit, die in den beiden Schreibern die Sehnsucht nach weiteren Erfahrungen wachhält. Nur wäre es falsch zu glauben, daß der Roman ein Vorwärtsschreiten beschreibt. Auch hier ist die Bewegung kreisförmig, und auf typisch Flaubertsche Weise vermittelt diese ergebnislose Bewegung den Eindruck von Erstarrung und Tod.

Menschliche Natur oder Zivilisation?

Tatsächlich scheint keines der Flaubertschen Werke ein mißmutigeres und trostloseres Bild vom Menschen zu entwerfen. In *Bouvard und Pécuchet* wird Flauberts Pessimismus unheilbar. Denn er macht weder die Umwelt noch die Gesellschaft verantwortlich, sondern die im Kern deformierte menschliche Natur. Seine Gegenposition zu Rousseau, die ihn der Vision eines

Baudelaire annähert (obwohl er natürlich Baudelaire in seiner Metaphysik nicht zustimmt), kommt am klarsten in dem Kapitel über die Erziehung zum Ausdruck. Bouvard und Pécuchet, die zwei Kinder eines Verbrechers adoptieren und aufziehen wollen, erleiden ihre bitterste Niederlage, als sie die verschiedensten pädagogischen Methoden erproben. Mit Viktor und Viktorine, diesen beiden dickköpfigen, gefräßigen und undankbaren Gören, steht ihnen das tiefsitzende, angeborene Übel in seiner elementarsten und nicht wiedergutzumachenden Form gegenüber. Zweifellos bezieht sich Flaubert auf diese Episode, die den größten Teil des Kapitels 10 einnimmt, als er an Maupassant schreibt: »Ich möchte zeigen, daß Erziehung, welcher Art auch immer, ziemlich unwichtig ist und daß die Natur alles, oder nahezu alles bewirkt.«[15] Wenn, wie schon erwähnt, *Bouvard und Pécuchet* tatsächlich ein Anti-Erziehungsroman ist, ein »Bildungsroman in umgekehrtem Sinn«[16], so ist das nicht nur als eine Kritik an den angewandten Lehrmethoden oder am geistigen Niveau zweier Angestellter mittleren Alters zu verstehen, sondern als ein von Trauer erfüllter Kommentar zu der dem Menschen innewohnenden Schwäche und Niedrigkeit. Das Erziehungskapitel hebt also das Thema der Erziehung, das den ganzen Roman durchzieht, auf eine philosophische Ebene. Und die grausame Beschreibung, wie Viktor und Viktorine eine Katze bei lebendigem Leibe kochen (ganz sicher hat Flaubert die Niederschrift dieser Passage genossen), muß man genau so lesen wie Baudelaires verfeinertere, aber ebenso grausame Verurteilung der Kinder in *Der Kuchen* und am Schluß von *Die Witwen*.

Dieses düstere Bild von der menschlichen Beschaffenheit nimmt selbstverständlich gesellschaftliche und politische Züge an. Die Teilnehmer und Nichtteilnehmer an den Ereignissen von 1848 sind – wenn überhaupt möglich – gemeiner, dümmer,

15 Flaubert, *Correspondance*, VIII, 353.
16 Harry Levin, *The Gates of Horn*. A Study of Five French Realists. New York 1963, S. 298.

unaufrichtiger als die engstirnige und treulose Menschheit, wie sie in *Lehrjahre des Gefühls* beschrieben ist. Furcht und Grausamkeit scheinen die Hauptmerkmale dieser »revolutionären« Zeit zu sein. »Diese Idioten! Welche Gemeinheit!« (6) Die Empörung von Bouvard und Pécuchet erreicht ihren Höhepunkt, wenn sie von den politischen Repressionen hören und wenn sie Zeugen werden, wie der Priester am Orte den unterprivilegierten und idealistischen republikanischen Lehrer herzlos tyrannisiert. Die Ereignisse von 1851 fördern die wildgewordene und unterwürfige Natur der Menschheit noch stärker zutage. Den typisch »totalen« Flaubertschen Haß (er verachtet gleichermaßen Bürger, Arbeiter, Priester, Politiker, den Reichen und den Armen) muß man im Licht einer unparteiischen, moralischen Verurteilung der menschlichen Natur sehen. Jeder Versuch, Flauberts Standpunkt im Sinn von Klassenergebenheit oder Klassenbewußtsein zu analysieren, muß einengend wirken. Eine grundsätzliche Menschenverachtung ist es, die sein Werk durchzieht und belebt.

Man kann *Bouvard und Pécuchet* durchaus als eine verheerende Kritik an der Halbbildung lesen, als ein Buch, das mangelnde intellektuelle Disziplin verurteilt. »Pécuchet gab ihrer Methode die Schuld« (8). Der Schuldspruch ist ein Echo auf Fréderics Klage im letzten Kapitel der *Lehrjahre des Gefühls* (als er das trostlose Fazit aus der Geschichte seines Scheiterns zieht. A. d. Ü.): »Vielleicht, weil unsere Charaktere keine gerade Linie hatten.« Bouvard und Pécuchet sind als Einzelwesen tatsächlich bemerkenswert ungeschickt und unbegabt. Selbst als Gärtner macht Pécuchet nahezu alles falsch. Mit der für diejenigen typischen Ungeduld, die weder die Fähigkeit noch den Wunsch haben, ein Thema zu bewältigen, wechseln er und sein Freund von einem Unternehmen zum nächsten, wie sie zum Beispiel, nachdem sie die künstliche Leiche erhalten haben, ungeduldig und unsystematisch ein Organ nach dem anderen durchnehmen. Die Tatsache, daß es Bücher sind, die ihre verschiedenen Pläne bestimmen und auch zunichte machen, ist allerdings von ätzender Komik. Dieser Zugang zu Erfahrung durch Bücher ist auch bezeichnend für die tieferliegende Krankheit einer Zivilisation, die zunehmend Wissen und sogar ihre Wünsche nur durch verschiedene Arten von Vermittlung erfährt.[17] Moderner Journalismus und moderne Werbung – Verbreiter vorgefaßter Meinungen *(idées reçues)* – sind nicht nur dafür bekannt, Bluff, Korruption und Verfälschungen zu verbreiten, sie sind vor allem die schamlosesten Vermittler in einer Kultur, die sich mehr und mehr auf ein stellvertretendes moralisches und gefühlsmäßiges Bewußtsein verläßt.

Diese Diagnose wie auch der implizite Protest gerade gegen die Verhältnisse unserer Kultur scheinen der Gegenposition zu Rousseau, die Flaubert einnimmt, zu widersprechen. Aber Flauberts Pessimismus läßt genau genommen keine Lücke entstehen zwischen dem Zivilisationsübel und dem Ärgernis der menschlichen Natur. Die Commune und der preußische Einmarsch in Frankreich bestärkten ihn in seiner Überzeugung, daß der Mensch für das Elend verantwortlich war, unter dem er zu leiden hatte, daß er auf Selbstzerstörung versessen war. Die hochgerühmte moderne Wissenschaft diente ironischerweise nur dazu, den Schrecken der modernen Welt zu instrumentieren, zu beschleunigen und zu intensivieren. Flauberts Korrespondenz nach 1870 ist durchsetzt mit bitteren und prophetischen Bemerkungen. Er verabscheut die Offiziere der preußischen Armee, die Doktoren der Geisteswissenschaften sind, Sanskrit beherrschen, Uhren stehlen, Champagner saufen und Massenmord begehen. Eine Vorstellung von Zerfall und Tod der Zivilisation (ein »Weltuntergang«) bestimmt zunehmend seine Phantasie. »Kann man, bei allem, was vor sich geht, an Fortschritt und Zivilisation glauben? Wozu dient Wissenschaft, wenn diese Nation der Wissenschaftler Greuel begeht wie die

17 René Girard hat dieses Phänomen mit Scharfsinn und Phantasie in *Mensonge romantique et vérité romanesque*, Paris 1961, diskutiert. Nach Girard spielt das »spontane Verlangen« in der Literatur nach Flaubert eine nebensächliche Rolle.

Hunnen...?«[18] Er verachtet sein Zeitalter, nicht nur wegen dessen Philistertum und Vulgarität, sondern weil es ihn zu den hassenswerten Gedanken eines »Scheusals aus dem 12. Jahrhundert« inspiriert. Die Erkenntnis, daß sich eine Entzivilisierung anbahnt, wird deutlich: »Was für ein Rückschritt!«[19]

Nachdem sie in der Geologie dilettiert haben, sind Bouvard und Pécuchet wieder einmal völlig niedergeschlagen und meditieren über »das Ende der Welt«. In einer der eher unbeholfen komischen Szenen des Buches läßt Flaubert Bouvard im Gedanken an eine drohende Sintflut davonlaufen. Die Mischung aus Vergnügen des Autors und Panik seiner Figur steht fast wie eine Karikatur der widersprüchlichen Gefühle da. Denn es besteht kein Zweifel: Flaubert genoß den Gedanken an den Niedergang. Er war stolz auf seine »barbarischen« Züge und sah in sich einen Angehörigen des verfallenden Kaiserreichs. Sicher spiegelt dieser persönliche Mythos eine der beliebtesten Attitüden der Literaten in der zweiten Hälfte des 19. Jahrhunderts wider. Doch als Bürger war Flaubert von Ängsten heimgesucht, die nach 1870 Realität wurden und seine prophetische Gabe nährten. Er war überzeugt, daß die moderne Welt erst anfing zu begreifen, was das Wort »Haß« wirklich bedeutete. Er hatte die Vision von »ungeheuerlichen Konflikten«, durch die mehrere Millionen Menschen in einer einzigen Schlacht ausgerottet würden; er sagte »Rassenkriege« voraus, in denen ganze Kontinente sich feindlich gegenüberstehen würden. »Der ganze Orient gegen Europa, die alte Welt gegen die neue! Warum nicht?«[20]

Die Ereignisse des Französisch-Preußischen Kriegs, der Commune, der Niederlage und der feindlichen Besetzung dienten Flaubert jedoch nur als Katalysator für seinen Zorn. Viel früher schon diagnostizierte er die Krankheit der Zeit, erkannte er die Krise unserer Kultur. Dabei berief er sich nicht so sehr auf poli-

18 Flaubert, *Correspondance*, VI, 183–185.
19 Flaubert, *Correspondance*, VI, 204.
20 Flaubert, *Briefe*, S. 575.

tische, sondern auf geistige und philosophische Symptome. Der Beginn des Übels oder zumindest die ersten Anzeichen der Epidemie gingen zurück bis in das sogenannte Zeitalter der Aufklärung. Der Virus des Enzyklopädistentums – denn das wäre die passende Bezeichnung für den eigenartigen Krankheitsbefund – hatte sich über die gesamte westliche Zivilisation verbreitet. Indem Flaubert aufdeckt, wie Fakten unterschiedslos verschlungen werden, berührt er den Nerv für eine der beunruhigendsten Verirrungen unserer Zeit: einerseits die grenzenlose Neugier, die die Renaissance freisetzte; andererseits (ein hoher Preis!) ein lähmender Relativismus, der zu Enttäuschung und Verzweiflung führt. Im Alter von 25 Jahren begann Flaubert 1846 die burleske Tragödie *Jenner ou la Découverte de la Vaccine* zu schreiben. Diese Posse in Versen hatte eindeutig faustische Untertöne. Agénor stößt bei seiner Suche nach dem vollkommenen Wissen ebenfalls auf das Nichts.

> Vainement j'ai cherché dans les soins et l'étude
> A me faire un destin libre d'inquiétude...

Agénors »Lerneifer« entdeckt lediglich das »Nichts«. Ähnlich entdecken Bouvard und Pécuchet, indem sie zuviel lesen, indem sie Informationen katalogisieren, nicht die Wahrheit, sondern Widerspruch und Unordnung. Diese Sucht nach enzyklopädischer Bestandsaufnahme hat eine ständige Verschiebung der Standpunkte zur Folge.

In jüngster Zeit hat Jean-Paul Sartre die Aufdeckung dieser enzyklopädischen Krankheit weiterverfolgt, in *Der Ekel* und da vor allem in der Figur des Autodidakten, diesem geistigen Nachfahren von Bouvard und Pécuchet. Der Autodidakt eignet sich stur seine Bildung an, indem er sämtliche Bücher der öffentlichen Bibliothek in alphabetischer Reihenfolge liest. In seinem Kopf zelebrieren die seltsamsten Stämme – die Samojeden, die Nyam-Nyam-Neger, die Feuerländer – die sonderbarsten Riten: sie fressen ihre Väter, sie paaren sich, wie es gerade trifft, sie tanzen zu wilden Rhythmen, kastrieren sich und lassen sich riesige Ungeheuer ins Fleisch schneiden. Der Autodidakt wird zur absoluten Karikatur einer optimistischen Wesensart, für die das höchste Ziel der Menschheit ein enzyklopädisches Wissen ist. Diese enzyklopädische Besessenheit kann jedoch zu einer Art Eskapismus werden. Der Glaube daran, daß Weisheit die Summe von Einzelinformationen ist, daß man nur einer beliebigen Tatsache eine weitere hinzuzufügen hat – dieses intellektuelle Vagabundieren kann zu einer gefährlichen Absage an das Leben werden. Denn dieser Relativismus und Hang, alles zu katalogisieren, führt letztlich dazu, daß der Mensch auf seine Verantwortung verzichtet, Wertvorstellungen hier und heute zu formulieren.

Hugh Kenner, der sich scharfsinnig zum Thema des kulturellen *feedbacks* bei Flaubert geäußert hat, bemerkt, daß Nachschlagewerke und Enzyklopädien durch »ein Höchstmaß an Organisation, nicht ein Höchstmaß an Verstand«[21] entstehen. Das trifft unbestritten auf *Bouvard und Pécuchet* zu, wo Fakten lediglich nebeneinander stehen, aber niemals in einen sinnvollen oder geordneten Zusammenhang miteinander gebracht werden. Daß es den Tatsachen an sinnvollem Zusammenhang mangelt, weist nach Flaubert auf eine tieferliegende Kulturkrise hin. Die Generationen, die die Ereignisse von 1870 und die verspätete Industrierevolution in Frankreich miterlebt hatten, konnten nicht umhin, ihre geistige Position in bezug auf das wachsende Prestige der Wissenschaften zu definieren. Bei Flauberts tragischen Vorahnungen muß man bedenken, daß dies keine Einzelstimme war. Paul Bourgets *Le Disciple*, ein Frontalangriff auf Positivismus und Szientismus, erschien 1889; und einige Jahre später, 1895, veröffentlichte Ferdinand Brunetière seinen weithin vernehmlichen Essay zum Bankrott der Wissenschaft.[22] Keine gründliche Studie über die fin-de-siècle-Angst der Intel-

21 Hugh Kenner, *Flaubert, Joyce and Beckett: The Stoic Comedians.* Boston 1962, S. 2.

22 »Après une visite au Vatican«, *Revue des Deux Mondes,* 1. Januar 1895, S. 97–118.

lektuellen mit dem damit verbundenen Syndrom der Dekadenz kann diesen Aspekt in Flauberts Werk außer acht lassen, der in *Bouvard und Pécuchet* seinen witzigsten und trostlosesten Ausdruck fand.

Empörung und Einmischung: Die Stimme des Autors

Es ist jedoch nicht alles nur Verdammung und Düsternis. Manches in diesem Buch bewirkt unmittelbare Betroffenheit. Wie die beiden Landstreicher bei Beckett sind die beiden Freunde der Inbegriff der Zweierbeziehung. Ihre Temperamente ergänzen sich gegenseitig. Pécuchet ist dünn, hypochondrisch, starrköpfig und neigt zur Prinzipienreiterei; Bouvard ist untersetzt, tolerant, ein Sanguiniker und Materialist. Der letztere liebt derbe Witze, der erstere ist von fast femininer Keuschheit. Als sie sich bei sommerlicher Hitze auf dem Boulevard Bourdon begegnen, ist es für sie Liebe auf den ersten Blick, der klassische *coup de foudre*. Wenn sie später über den Beginn ihrer Freundschaft nachsinnen, sind sie fast zu Tränen gerührt. Sie stellen fest, daß sie ihrer Konstitution nach für diese Verbindung wie geschaffen sind: sie haben Talent zur Freundschaft. Und abgesehen von gelegentlichen Launen und Meinungsverschiedenheiten (nicht ernster als ein Streit unter Liebenden) kommen sie sich durch gemeinsame Erfahrungen und Mißerfolge nur noch näher.

Diese Vorstellung von einem Freundespaar ist eine der Hauptzüge Flaubertscher Phantasie. Sie tritt in vielen seiner Romane zutage und spiegelt unbestritten einen tiefen Mangel wider. Man mag sich sogar fragen, ob die Bouvard-Pécuchet-Kombination nicht eine halbbewußte und etwas sentimentale Karikatur seiner eigenen Beziehung zu dem guten Freund Louis Bouilhet ist. Auch sie arbeiteten gemeinsam an zahllosen Projekten und wußten, wie sie sich gegenseitig trösten konnten, wenn etwas schiefgegangen war: »... mein einziger Vertrauter, mein einziger Freund, mein einziges Gefäß für meine Ergüsse...«[23], schreibt Flaubert an Bouilhet. Selten hat ein Mann Freundschaft so nötig gehabt und so intensiv erlebt wie Flaubert. Und nur selten hat ein Mann seine jugendliche Glut so konsequent in die mittlere Lebensphase übertragen. Die merkwürdige Mischung aus Pathos und Spott ist zum Teil diesem zeitlichen Mißverhältnis zuzuschreiben. Pécuchet und sein Freund Bouvard bleiben die ewigen Jünglinge. Sie möchten nicht nur lernen, was sie zu begreifen gar nicht in der Lage sind (oder was überhaupt unbegreiflich ist), sie sind auch bereit zu lernen in einem Alter, in dem andere sich längst in ihrer Gedankenwelt häuslich eingerichtet haben, ohne weiter nach Einzelheiten zu fragen. Sie sind daher gleichzeitig von einer rührenden Albernheit und einem untauglichen Heroismus.

Damit stellt sich unausweichlich die Frage nach der mangelnden Persönlichkeit des Autors, seiner ästhetischen Distanz und Identifikation. Denn es ist ausgeschlossen, daß man die versteckte Einmischung des Autors nicht entdeckt. Die Gegenwärtigkeit des Autors macht sich in subtilen Formen der Einmischung bemerkbar; und an diesen Stellen – in bestimmten stilistischen Einfällen – ist Flaubert nicht zu übertreffen. Swedenborgs Visionen geraten durch die überaus »trockene« Schilderung, indem sie als reine Tatsachen berichtet werden, zu einer einzigen Reihe von Absurditäten. Manchmal trägt nur ein scheinbar untergeordneter, unauffälliger Nebensatz das ganze Gewicht des Flaubertschen Angriffs. Nach den Lehrbüchern der Philosophie werden die Fähigkeiten der Seele zusammengestellt: »Man zählt deren drei, mehr nicht« (8). Dieses »mehr nicht«, halb Feststellung, halb Ausruf, ist für eine gewisse entglorifizierende Einmischung charakteristisch. Häufig kommt das Umstürzlerische durch eine verräterische indirekte Rede

23 Als Louis Bouilhet einmal nahezu entmutigt war, schrieb Flaubert diese bewegenden Zeilen an ihn: »Auf, mein lieber Alter, mein alter Kämpe, mein einziger Vertrauter, mein einziger Freund, mein einziges Gefäß für meine Ergüsse, faß neuen Mut, lieb uns mehr als so!« Flaubert, *Briefe*, S. 336.

zustande. Der Pfarrer, zum Beispiel, behauptet, daß die Wissenschaft sinnlos sei, weil man doch nichts durch sie lerne. »Aber er wußte, daß die Welt für uns geschaffen worden ist; er wußte, daß die Erzengel über den Engeln stehen, daß der menschliche Körper (...) wieder auferstehen wird (...)« (9). Flauberts wirksamste Waffe aber ist die geheuchelte Naivität, die direkt aus der militant-ironischen Tradition des 18. Jahrhunderts auf ihn übergegangen ist. So gesehen sind die vielen schematischen Zusammenfassungen, mit denen der Text durchsetzt ist, keineswegs ein Zeichen für literarische Unverdaulichkeit, sondern die umständliche Methode, etwas in Mißkredit zu bringen. Hier urteilt jedes Wort abfällig über sich selbst. Die scheinbar farblose Inhaltsangabe, die Zusammenfassung der Fakten, der absichtsvoll trockene Auszug haben in diesem Roman dieselbe Funktion wie der *style indirect libre* in *Madame Bovary* und in *Lehrjahre des Gefühls:* durch diese Technik kann der Autor das Objekt, das er beschreibt, gleichzeitig von innen und von außen betrachten. Man könnte die Technik der Zusammenfassung ohne weiteres als eine bis ins Extrem konsequent betriebene zwanglose indirekte Rede betrachten. Sie ist ein höchst raffiniertes und schwer zu beschreibendes Instrument ironischer Einmischung.

Flaubert sah die Gefahr, die dieser Kunstgriff in sich barg. Die trügerische Distanz setzt paradoxerweise eine Art Intimität voraus. »Ich bin dermaßen von Bouvard und Pécuchet erfüllt, daß ich zu dem geworden bin, was sie sind. Ihre Dummheit ist die meinige, und ich sterbe noch daran.« Und an seinen Freund Turgenjew schreibt er: »Manchmal kommt es mir vor, als würde ich verrückt.«[24] Die Furcht, daß beim Schreiben dieses Heldengedichts über die Mittelmäßigkeit von seinen »beiden Idioten« eine Ansteckungsgefahr ausgehen könnte, haben viele seiner Kritiker geteilt. In Wirklichkeit mag die umgekehrte Behauptung zutreffen. Höchstwahrscheinlich ist es nicht so sehr

24 Flaubert, *Correspondance*, VII, 237; *Lettres inédites à Tourgueneff*, S. 83.

Flaubert, der sich in seine beiden Karikaturen verwandelt, sondern sie sind es, die in hohem Maße – ausgeprägter als man auf den ersten Blick entdeckt – Züge ihres Autors tragen. Keiner hat sich anscheinend bisher die Mühe gemacht, eine Liste ihrer Taten und ihrer Gefühle aufzustellen, aus der eindeutig Flauberts eigene Gefühle, seine Verhaltensweisen und Neigungen zu ersehen wären. Das ergäbe einen umfangreichen Katalog. Wie seinen Figuren macht es Flaubert Spaß, ein und denselben Witz zwanzigmal am Tag zu wiederholen, und das drei Wochen lang – und noch länger. Auch er unternimmt Studienreisen, auch er wählt seinen Wohnsitz in der Normandie, auch er geht seinen Freunden mit der Bitte auf die Nerven, ihm Bücher aus Paris zu schicken. Das geschmacklose bric-à-brac, das die beiden Angestellten in ihrem Haus beherbergen, ihre Schwäche für Nippes, haben ihre Entsprechung bei Flaubert, der hingebungsvoll ausgefallene Dinge für sein Zimmer in Croisset sammelte. Man wird an Flauberts eigene Sitzungen in seinem *gueuloir* erinnert, als die Freunde in ihrer deklamatorischen Phase die Schönheiten der dramatischen Literatur entdecken. Selbst ihre Melancholie hat einen merkwürdig Flaubertschen Anstrich. Ihre poetische Landschaft des *ennui* ruft nicht nur die geistige Landschaft in *Madame Bovary* wach, sondern stimmt auch mit mancher Seite in der *Correspondance* überein.

Wenn man genauer hinsieht, könnte man meinen, daß hier eine halbbewußte Selbstparodie stattfindet. Es ist kein Zufall, daß der Stammbaum der Familie Croixmare die ganze Rückseite einer der Türen in Chavignolles einnimmt: das ist der Name von Flauberts Großmutter mütterlicherseits. Und es ist auch eine deutliche Anspielung auf ein persönliches Erlebnis, das für Flaubert eine Quelle unablässiger Heiterkeit war, als er den rundgesichtigen und leicht kahlköpfigen Bouvard sich seinen Kopf à la Béranger frisieren läßt: eines Tages hörte Flaubert zufällig, wie ein junges Mädchen auf die Ähnlichkeit zwischen ihm und ausgerechnet dem Dichter hinwies, den er verachtete.[25] Aber dies sind alles nebensächliche private Scherze, geschickt eingestreut zum Verständnis der Eingeweihten. Es gibt allerdings auch Beispiele, die einen bissigeren Humor bezeugen. Pécuchet und Bouvard krönen sich selbst zu Künstlern, sie sind stolz darauf, Verachtung und Feindseligkeit zu provozieren, und warten geduldig, starrsinnig auf die Erleuchtung. In der Schilderung ihrer »literarischen« Arbeitsweise und ihres verzweifelten Versuchs, Ideen hervorzubringen, karikiert Flaubert sich sicher selbst in seiner eigenen sitzenden Arbeitsweise, voller Anspannung, voll künstlerischer Selbstpeinigung, selbst noch in den als Zuflucht benutzten Tagträumen.

Das Kapitel über Literatur enthüllt die Ambivalenz der Karikatur. Eine seltsame Verschmelzung macht sich im Verlauf der Arbeit an dem Roman bemerkbar. Die beiden Marionetten legen eine zunehmende Familienähnlichkeit mit ihrem Autor an den Tag. Sie entfalten eine geistige Unabhängigkeit, die ihnen eine Abneigung gegen das einbringt, was das Publikum gut findet, und sie mögen das gern, was andere ablehnen. Nicht nur ihre Vorlieben, mehr noch ihre Abneigungen rücken sie eng an Flaubert heran, aber erst ihre vornehme Traurigkeit verleiht ihnen die Geisteswürde, die nur den Flaubertschen Auserwählten eigen ist. In der allgemein verbreiteten Gleichgültigkeit der Kunst gegenüber – oder in dem utilitaristischen Umgang mit Kunst um des geistigen Friedens willen – liegt der Hauptgrund für ihre Entfremdung. Sie erkennen oder spüren, daß sich niemals etwas an dem Mißtrauen der Menschheit gegen die erhabenen Schöpfungen des Geistes ändern wird. »Die Literatur liebt man nicht.« Diese traurige Erkenntnis am Schluß des fünften Kapitels besagt eindeutig, daß die Tragödie des Romans zum großen Teil in den unauflösbaren Enttäuschungen einer Gesellschaft zu suchen ist, die sich ganz und gar feindselig gegenüber Kunst und Bildung verhält.

25 Edmond Laporte erzählte René Dumesnil diese Anekdote. Vgl. die Anmerkung in der von Dumesnil besorgten Ausgabe von *Bouvard et Pécuchet*, Société Les Belles Lettres, 1945, Bd. 2, S. 337–338.

Demnach ist die Karikatur zweifach doppeldeutig. Einmal entwickeln die beiden *Biedermänner* einen kritischen Verstand und gewinnen an Statur; zum anderen führt gerade die Karikatur zu einer indirekten Verdammung unserer Gesellschaft und zu einer blinden Glorifizierung jener Tugend des Geistes, die nicht vorhanden ist. Im Kapitel über die Literatur fangen Bouvard und Pécuchet, zusammen mit Flaubert, tatsächlich an, darunter zu »leiden«, daß sie mit der menschlichen Dummheit in Berührung stehen. Gleichzeitig ist in diesem entscheidenden fünften Kapitel bezeichnenderweise zunehmend der Eingriff des Autors zu verspüren, der, stilistisch gesehen, die Standpunkte miteinander verschmelzen möchte. Doch vor allem im Kapitel über Philosophie wird die geistige Emanzipation der beiden Schreiber deutlich. Bouvard, beispielsweise, meldet in schärfster Form seine Zweifel am Kausalgesetz an. Die beiden Freunde stellen mit quälendem Scharfsinn fest, daß die verschiedenen Systeme sich gegenseitig widersprechen. Obgleich ihnen bei all den Plattheiten, die sie lesen, schlecht wird, sind sie stolz auf ihre metaphysischen Exkursionen. »Die Philosophie bestärkte sie in ihrer Selbstachtung.« Schließlich werden sie fast zu Märtyrern des Geistes. Sie entwickeln die »traurige Fähigkeit«, die Dummheit zu sehen und sie nicht länger zu ertragen (8). Traurigkeit überkommt sie beim Lesen und Hören unbedeutender Dinge, und sie fühlen die ganze Erde auf sich lasten.

Zweifellos wollte Flaubert seine beiden Figuren selbstquälerisch zu einem unabhängigen Urteil gelangen lassen. »Sie entwickeln sich einzig und allein dadurch, daß sie zusammenleben ...«, schreibt er in einem seiner ersten Szenarios.[26] Es steht ferner außer Zweifel, daß Flaubert seine mögliche Fortentwick-

26 Zitiert in der »Einleitung« von Réne Dumesnil zu der Ausgabe *Bouvard et Pécuchet*, Société Les Belles Lettres, Bd. 1, XLIX. Eines der Szenarios enthält die folgende bezeichnende Bemerkung: »Nach einigem Üben können sie ihre (= meine) gewünschte Meinung durch ein Axiom formulieren.« Zitiert in Maurice Nadeau, »Sur ›Bouvard et Pécuchet‹«, *Les Lettres Nouvelles*, Mai–Juni 1965, S. 67–87.

lung im Zusammenhang sah mit einer Neigung, sich selbst zu peinigen. »Eine angeborene Neigung zu gewissen Angstzuständen, gewissen Erregungszuständen ist ihnen gemeinsam.«[27] In der Tat sind Lernen und Leiden von Anfang an miteinander verknüpft. Schon auf den ersten Seiten des ersten Kapitels wird die geistige Entwicklung von Bouvard und Pécuchet ausdrücklich erwähnt. Von dem Augenblick an, als sie zu lesen und zu fragen beginnen, »entwickelte sich ihre Intelligenz«. Die unmittelbare Belohnung ist schmerzhaft. »Und da sie jetzt mehr dachten, litten sie auch mehr.« Selbst die Entfremdung von ihrer Umgebung – das selbstgewählte Dauerexil des Geistesarbeiters – wird lustspielhaft aber unzweideutig gleich zu Beginn des ersten Kapitels angelegt. Sie können ihre Kollegen nicht mehr ertragen.

Die Doppeldeutigkeit dieses Zerrbildes des Intellekts hat ihre Wurzel in einer langen Tradition. Denn das Gelächter darüber ist das ständig wiederkehrende Symptom einer Unbehaglichkeit, das Symptom für die tragische Kluft zwischen dem *homme esprit* und dem *homme matière*, wie Alfred de Vigny es nannte. Caliban ist für den Paria-Status des Geistesarbeiters verantwortlich. Der geächtete Intellektuelle vergrößert freilich nur seine eigene Qual: er bestraft sich für die Feindseligkeit, die er selbst provoziert. Das ist gewiß der tiefere Grund dafür, daß *Bouvard und Pécuchet* abwechselnd eine Kritik an der Gesellschaft und ein Zerrbild der beiden Abenteurer liefert, die in das Reich der Ideen aufbrechen. Der Intellekt äfft hier aus Selbstverteidigung und Selbstbewußtsein seine eigenen Feinde nach. Sobald die beiden Schreiber ein gewisses Maß an geistiger Überlegenheit erlangt haben, müssen sie erkennen, daß sie damit die Gesellschaft beleidigen.[28]

»Jedes vernünftige Denken beleidigt«, sagte Stendhal und machte damit kurz und bündig klar, weshalb der Philosoph seit

27 Diesen Satz aus Flauberts erstem Entwurf zitiert René Dumesnil in seiner »Einleitung« zu *Bouvard et Pécuchet*, Société Les Belles Lettres, Bd. 1, LIII.

28 »Ihre klare Überlegenheit verletzte.« Das Thema der Karikatur des Intellekts habe ich wiederholt behandelt in meiner Studie *The Intellectual Hero: Studies in the French Novel, 1880–1955*. Philadelphia und New York 1961.

der Antike (vergleiche Sokrates' Bemerkungen in *Theaitetos*) für das gemeine Volk die Zielscheibe des Spotts ist. Die Trennung zwischen *vulgus* und Klerus hat viele betrübt. »Die Masse liebt die Unwissenheit«, behauptete de Vigny mit Bitterkeit im *Journal d'un poète*. Überall in der Geschichte der westlichen Welt trifft man auf die Spuren dieses Konflikts, dieses tiefen Mißtrauens. In *L'Avenir de la science* bemerkte Renan melancholisch, daß der mit dem Kopf arbeitende Mensch nicht anders könne, als das Volk verstören, das zwar dem Edelmann seinen Reichtum nachsieht, niemals aber dem Intellektuellen seine Überlegenheit. Wenn man durch die europäische Literatur hindurch verfolgte, wie die Karikatur des Intellekts fortdauert und sich weiter entwickelt, käme man zu einer gründlichen Studie über die tiefliegenden Spannungen in unserer Zivilisation. Diese Studie müßte bis zu Pindar zurückgehen, der – während er die Siege der Athleten besang – immer wieder verkündete, wie weit die Beschäftigung mit geistigen Dingen dem aktiven Handeln unterlegen ist, und der sich lustig machte über die »unnütze sterbliche Rasse«, die auf »Flügeln vergeblicher Hoffnungen« dem Unmöglichen nachjagt.

Es ist vielleicht ungewöhnlich, wenn man in Pécuchet und Bouvard intellektuelles Heldentum verkörpert sieht. Aber darauf läuft es schließlich hinaus. Lionel Trilling, der in diesem Roman Flauberts geistiges Testament sieht, tut gut daran, uns zu erinnern, daß die beiden, trotz allem, »durch den Kopf leben« und die Verkörperung der Intelligenz sind.[29] Ohne Frage liegt in der Tatsache, daß sie schließlich an ein Doppelpult zurückkehren, so etwas wie ein »Opfer« (das Thema der Heiligkeit durchzieht Flauberts ganzes Werk). Das Paradox ist genau so aufregend wie das des Don Quichote – einer Figur, die Flaubert mehr als fast jede andere fasziniert hat und an der sich in seiner Kindheit seine Phantasie entzündete. Denn der Ritter von der traurigen Gestalt wirkt gleichermaßen mitleiderweckend und

29 Trilling, »Flaubert's Last Testament«, *Partisan Review*, November–Dezember 1953, S. 605–630.

erhaben, und Cervantes' Roman ist ebenso die Parodie auf eine Kunsttradition wie auch eine lyrische Bekräftigung einiger tief in der Romantik wurzelnder Wertvorstellungen.

Daß Flaubert immer wieder die Intelligenz preist – Sartre würde es eine mystische Treue zu einer imaginären Freimaurerschaft von Künstlern und Denkern nennen[30] – ist eine Bestätigung dieser Interpretation. »Wir, und nur wir, das heißt die Literaten *(les lettrés)* sind das Volk oder besser noch die Verkörperung der Tradition des Menschengeschlechts.«[31] Tatsächlich ist das Reich der Ideen einzig und allein das wahre Vaterland, dem Flaubert sich zugehörig fühlt. Diese Vorherrschaft der Ideen beunruhigt manchmal den Romancier Flaubert. Als er *Madame Bovary* schrieb, bemerkte er: »Es fehlt an Fakten«, womit er meinte, daß es zu wenig Handlung gab. Aber gleich darauf fügte er hinzu: »Ich behaupte, daß die *Ideen* Fakten sind...«[32] Ohne Übertreibung kann man sagen, daß Flaubert zutiefst davon überzeugt war, daß Ideen sich in dramatische Kräfte umformen lassen. Trotz *Madame Bovary* und *Lehrjahre des Gefühls*, in denen noch ein Held oder eine Heldin im Mittelpunkt steht, bewegt sich das gesamte Werk Flauberts vom analytischen Roman hin zum Ideenroman. Die Brüder Goncourt prophezeiten, daß der Roman der Zukunft mehr die Dinge schildern werde, »die im Gehirn der Menschen vorgehen«, als die Angelegenheiten des Herzens.[33] Sie standen nicht allein mit ihrem Anspruch, daß der überlegene Verstandesmensch der wahre Held unserer Tage sei. Andere verkündeten Ähnliches, nicht nur in Frankreich. Leonid Andreev, dessen Roman *Mysl (Der Gedanke)* zeigt, wie der Gedanke auf tragische Weise den Gedanken einkerkert, betonte später noch eindeutiger die heroische Größe des Intellekts und seine vorrangige Bedeutung

30 Vgl. die »Einleitung« zu Baudelaire, *Écrits intimes*, *Œuvres complètes*, Paris 1961.

31 Flaubert, *Correspondance*, V, 300.

32 Flaubert, *Briefe*, S. 184.

33 Edmond de Goncourt, *Tagebuchblätter 1851–1895*. Berlin und Leipzig 1905, 16. Juli 1856.

als literarisches Thema. Dieser neue »Held« tritt scharfumrissen aus Flauberts Werk hervor. Der Roman *Bouvard und Pécuchet* stellt, indem er ihn in der Karikatur verallgemeinert, die Beziehung her zwischen Leiden und Intelligenz.

»Und da sie jetzt mehr dachten, litten sie auch mehr.« Die im ersten Kapitel geäußerte mitfühlende Klage, deren Echo weiterschwingt und um so sinnvoller wird, je weiter der Roman vorschreitet, klingt wie eine spöttische Folgerung aus Pascals berühmten Ausspruch über die Würde des Gedankens: »Der Gedanke macht die Würde des Menschen aus.« Unfähigkeit und Größe sind hier eng miteinander verknüpft. Die beiden Freunde führen in einer Art Burleske das Drama menschlicher Vernunft auf, die nach Pascal dazu verdammt ist, weder zu wissen noch nicht zu wissen. Diese fundamentale Duplizität liegt wie ein Fluch auf der Menschheit. Aber gerade auch diese Duplizität erhebt den Menschen über das Tier. Bouvard und Pécuchet sind ihren selbstzufrieden wiederkäuenden, schwerfälligen Nachbarn weit voraus. Aber sie sind vereinsamt.

Diese Vereinsamung ist das Erbteil des intellektuellen Helden. Nicht so sehr das umfassende Gefühl von Verlassenheit und *ennui*, das eine gleichmütig ertragene Hoffnungslosigkeit begleitet (»Wozu?« fragen die beiden im siebten Kapitel), ist der Preis, den sie für ihre Überlegenheit und ihr »Anderssein« zu entrichten haben, sondern die Trennung von den »anderen«. Schließlich finden sie Genugtuung gerade in diesem Abstand, der zwischen ihnen und ihrer Umgebung liegt, während sie gleichzeitig utopische Pläne ersinnen, wie sie eben diese sie umgebende Gesellschaft verändern können. Fast scheint es, als habe Flaubert mit *Bouvard und Pécuchet* eine Parabel über die modernen Intellektuellen geschrieben. Ihre Verfolgung geht Hand in Hand mit einer unüberhörbaren Aufforderung zum Umsturz. Bei ihren Mitbürgern geraten sie leicht in Verdacht. Was sie sagen, klingt alarmierend. Sie lassen sich mit merkwürdigen Vorstellungen zur Erziehung vernehmen. Sie sind dafür bekannt, »widerwärtige Paradoxe« zu vertreten und »unmoralische Vorschläge« zu machen, die nach Ansicht der Gesellschaft »die Grundlagen von allem untergruben« (8). Und im letzten Teil des ersten Bandes, der nur im Entwurf existiert, sollten die beiden der Utopie verfallenen Schreiber eine öffentliche Rede halten, in der sie die Unterdrückung des Budgets für Kultus und Heer sowie die Emanzipation der Frau fordern. Böse Zungen behaupten sogar, sie hätten vor, in Chavignolles ein Bordell aufzumachen! Kein Wunder, daß man sie verhaftet, weil sie Anschläge auf Religion und Ordnung versucht, weil sie das Volk zum Aufstand angestiftet haben.

Eine grenzenlose Traurigkeit überkommt die beiden Freunde. Sie fühlen sich niedergedrückt von der ganzen Last der Erde. Aber es ist weder die Dummheit der Welt noch ihre Isolation, die diese so bezeichnende Niedergeschlagenheit bewirkt. Weitaus schmerzlicher empfinden sie die unüberbrückbare Kluft, die sie jetzt von ihrer früheren Unschuld trennt. »Etwas Unwiderrufliches war gekommen« (8). Unwiderruflich ist, daß sie Neugier und Intelligenz entwickelt haben. »Ihr Gedankenkreis wurde größer« (3). Intelligenz hat sie vom Glück ausgeschlossen. Die bukolischen, idyllischen Töne am Anfang machen bald einem zunehmenden Gefühl der Hoffnungslosigkeit Platz.

Am Ende liegt der Ursprung für dieses Gefühl der Vergeblichkeit und Verzweiflung im Wissen selbst. Das ständige Verlangen des Menschen, etwas zu wissen, verdammt ihn zu ständiger Enttäuschung. Eine faustische Angst überkommt die beiden pensionierten Schreiber. Gedanken quälen sie. Bouvard vermerkt finster die Unzulänglichkeiten der materialistischen Philosophie; Pécuchet ist tief enttäuscht von seinen Versuchen, in das Reich des Spiritualismus einzudringen. Beide zerfrißt der Zweifel und der Traum von der Vernichtung. »Oh! Der Zweifel, der Zweifel, lieber möchte ich das Nichts (8).« Die Parallele zu Goethes Faust ist nicht willkürlich. Faust weiß ebenfalls, »daß wir nichts wissen können«. Auch er weiß, daß, welches Wissen wir auch immer erlangen, es nicht das Wissen ist, das wir brauchen.

Was man nicht weiß, das eben brauchte man,
Und was man weiß, kann man nicht brauchen.

Die beiden gar nicht heldenhaften Helden Flauberts erfaßt zeitweilig nicht nur Entsetzen, sie haben buchstäblich Angst weiterzustudieren. »Um sich weitere Enttäuschungen zu ersparen, studierten sie nicht mehr« (7). Auch Faust ekelt sich bei dem bloßen Gedanken, nach weiterem Wissen zu streben (»Mir ekelt lange vor allem Wissen«).

Wie so oft in Flauberts Romanen, geht diese Mutlosigkeit Hand in Hand mit der Erkenntnis, daß das Streben nach Wissen mit den wuchernden Phänomenen nicht fertig wird. »Das Leben ist eine Verdauungsstörung« beklagte sich Flaubert einmal gegenüber seiner Geliebten Louise Colet.[34] Zu viele Liebesträume, zu viele Religionen, zu viele Wissensgebiete, zu viele Wahrheiten... Flauberts Protagonisten – ob Emma Bovary, Salammbô, der Heilige Antonius oder die beiden quichotischen Schreiber – alle sind sie Opfer eines maßlosen Wollens. Aber in diesem Flirt mit dem Unendlichen hat die Menschheit vielleicht ein einziges Mal Anspruch auf Größe. Wie doppelsinnig und bedeutsam *Bouvard und Pécuchet* wirklich ist, läßt sich vielleicht von diesem »faustischen« Standpunkt aus bestimmen. Denn nur jemand, der Ideen gegenüber ein tiefes Mißtrauen hegt, andererseits aber leidenschaftlich von ihnen angezogen wird, konnte ein so unwahrscheinliches Buch schreiben. Viele Traumbilder der Romantik und der Nachromantik sind in dieser faustischen Dialektik vereint. Die Stimme des Teufels, die zersetzende Stimme von Zweifel und Pessimismus verkündet, daß der Träumer oder Denker (der »Kerl, der spekuliert«) der Dumme ist. Einer anderen nicht weniger beharrlichen Stimme jedoch gelingt es zu versichern, daß das Streben nach »Vernunft« und »Wissenschaft« – selbst in der parodiehaften erfolglosen Odyssee zweier mittelmäßiger Angestellter – die höchste menschliche Tugend bleibt. *(Aus dem Amerikanischen von Renate Laux)*

34 Flaubert, *Correspondance*, II, 47.

GUSTAVE FLAUBERT
BOUVARD UND PÉCUCHET

I

Bei dreiunddreißig Grad im Schatten lag der Boulevard Bourdon vollständig verlassen da. Etwas weiter unten gluckste zwischen den beiden geschlossenen Schleusen das tintenfarbene Wasser des Kanals Saint-Martin. In der Mitte lag ein holzbeladener Kahn; an der Ufermauer standen zwei Reihen Fässer.

Jenseits des Kanals, zwischen den durch Lagerschuppen getrennten Häusern, hob sich der reine Himmel in ultramarinblauen Flecken ab und warf das blendende Licht der Sonne auf die weißen Fassaden zurück, auf die Schieferdächer und die Quais aus Granit. Verworrener Lärm erhob sich fern in die laue Luft, und in der Trägheit des Sonntags, in der Traurigkeit der Sommertage schien alles erschlafft.

Zwei Männer tauchten auf.

Der eine kam von der Bastille, der andere aus dem Jardin des Plantes. Der Größere trug einen Leinenanzug, hatte den Hut in den Nacken geschoben, die Weste aufgeknöpft und sein Halstuch in der Hand. Der Kleinere, dessen Gestalt in einem kastanienbraunen Gehrock steckte, hielt den Kopf unter einer Mütze mit spitzem Schirm gesenkt.

Als sie die Mitte des Boulevards erreicht hatten, setzten sie sich gleichzeitig auf dieselbe Bank.

Um sich die Stirn abzuwischen, nahmen sie ihre Kopfbedeckung ab, die jeder neben sich legte, und der kleine Mann sah, daß in dem Hut seines Nachbarn ›Bouvard‹ geschrieben stand, während dieser mühelos in der Mütze des Mannes im Gehrock das Wort ›Pécuchet‹ entzifferte.

»Sieh an«, sagte er, »beide haben wir den Gedanken gehabt, unseren Namen in unsere Kopfbedeckung zu schreiben.«

»Weiß Gott, ja; man könnte mir meine sonst im Büro vertauschen.«

»Genau wie bei mir; ich bin auch Angestellter.«

Und sie betrachteten sich.
Das liebenswürdige Äußere Bouvards gefiel Pécuchet sofort.
Seine bläulichen, immer halbgeschlossenen Augen lächelten in seinem gesunden Gesicht. Eine Hose mit großer Klappe, die auf seinen Kastorschuhen Falten warf, saß um den Leib wie angegossen und bauschte sein Hemd über dem Gürtel; sein blondes, von Natur leicht gewelltes Haar verlieh ihm etwas Kindliches.
Von seinen Lippen tönte ständig ein leises Pfeifen.
Das ernste Aussehen Pécuchets fesselte Bouvard.
Man hätte annehmen können, er trüge eine Perücke, so schlicht waren die schwarzen Strähnen, die seinen hohen Schädel bedeckten. Die sehr lange Nase gab seinem Gesicht etwas Scharfes. Seine Beine, die in Lastingröhren steckten, standen in keinem Verhältnis zur Länge des Oberkörpers; seine Stimme klang laut und hohl.
»Wie herrlich wäre es jetzt auf dem Lande«, sagte er.
Aber nach Bouvards Ansicht waren die Vorstädte wegen des Lärms in den Kneipen unerträglich. Das war auch Pécuchets Meinung. Trotzdem war er, genau wie Bouvard, die Hauptstadt leid.
Und ihre Augen schweiften über Haufen von Bausteinen, über das häßliche Wasser, in dem ein Strohbündel schwamm, über den Schornstein einer Fabrik, der sich am Horizont abhob; der Gestank der Abflüsse verpestete die Luft. Sie wandten sich nach der anderen Seite und hatten nun die Mauern eines Getreidespeichers vor sich.
Ganz entschieden – und Pécuchet war hierüber sehr erstaunt – war es in den Straßen noch heißer als zu Hause.
Bouvard redete ihm zu, seinen Rock auszuziehen. Er kümmere sich nicht um das, was die Leute dazu sagen würden.
Plötzlich torkelte ein Betrunkener über den Bürgersteig; und da er anscheinend zur Arbeiterklasse gehörte, fingen sie ein politisches Gespräch an. Sie hatten die gleichen Ansichten, wenn Bouvard vielleicht auch liberaler war.

Jetzt kam etwas in einer Staubwolke über das Pflaster gerasselt. Es waren drei Mietkutschen, die in der Richtung nach Bercy fuhren: eine eben getraute junge Frau, mit einem Blumenstrauß im Schoß, Bürger in weißer Halsbinde, Damen, die bis zu den Achseln in ihren Kleidern vergraben waren, zwei oder drei junge Mädchen und ein Schüler unternahmen eine Spazierfahrt.

Als Bouvard und Pécuchet diese Hochzeitsgesellschaft sahen, kamen sie auf die Frauen zu sprechen, die sie für frivol, widerspenstig und eigensinnig erklärten. Trotzdem waren sie oft besser als die Männer; manchmal aber auch schlimmer. Kurz, es war klüger, ohne sie zu leben; deshalb war Pécuchet Junggeselle geblieben.

»Ich bin Witwer«, sagte Bouvard, »und habe keine Kinder.«

»Vielleicht ist das Ihr Glück? Aber die Einsamkeit ist auf die Dauer doch sehr traurig.«

Dann erschien am Rande des Quais eine Dirne mit einem Soldaten. Sie war blaß, hatte schwarze Haare und Blatternarben im Gesicht; sie hing am Arm des Soldaten, schlurrte in ihren abgetragenen Schuhen und wiegte sich in den Hüften. Als sie vorüber war, erlaubte sich Bouvard eine obszöne Bemerkung. Pécuchet errötete und wies, um nicht antworten zu müssen, mit dem Blick auf einen Priester, der näherkam.

Der Geistliche schritt gemächlich über die Avenue mit den mageren Ulmen, die die Linie des Fußwegs andeuteten; als Bouvard den Dreispitz nicht mehr sah, sagte er, er fühle sich wie erleichtert, denn er hasse die Jesuiten. Pécuchet sprach sie zwar nicht frei, zeigte aber doch eine gewisse Achtung vor der Religion.

Unterdessen fing es an zu dämmern; die Jalousien gegenüber waren schon aufgezogen. Die Passanten wurden jetzt zahlreicher. Es schlug sieben Uhr.

Unaufhörlich sprachen sie, Bemerkungen wechselten mit Anekdoten, philosophische Betrachtungen mit persönlichen Meinungen.

Sie schimpften auf die Brücken- und Straßenbauämter, die Tabakregie, den Handel, die Theater, die Marine und die ganze Menschheit wie Leute, die schweren Verdruß gehabt haben. Während sie einander zuhörten, glaubte der eine, im anderen etwas von seinem eigenen Wesen wiederzufinden, das er vergessen hatte. Und lag auch das Alter kindlicher Begeisterungsfähigkeit hinter ihnen, so empfanden sie doch beide ein neues Vergnügen, etwas wie herzliche Freude, wie den Reiz der zärtlichen Gefühle in ihrem Entstehen.

Zwanzigmal waren sie schon aufgestanden, hatten sich aber jedesmal wieder gesetzt, waren über den Boulevard von der oberen bis zur unteren Schleuse gegangen, wollten sich trennen, fanden aber nicht die Kraft und wurden jedesmal wie durch einen Zauber festgehalten.

Endlich verabschiedeten sie sich; und als sie einander die Hand schüttelten, sagte Bouvard:

»Wie wär's denn, wenn wir noch zusammen essen gingen?«

»Daran habe ich auch schon gedacht«, erwiderte Pécuchet, »aber ich wagte nicht, Ihnen den Vorschlag zu machen.«

Und er ließ sich in ein kleines Restaurant führen, in dem es gemütlich sein sollte. Es lag dem Rathaus gegenüber.

Bouvard bestellte das Menü.

Pécuchet vermied ängstlich jedes Gewürz, denn er fürchtete, es könne ihm das Blut erhitzen. Das gab Anlaß zu einer Unterhaltung über Medizin.

Dann priesen sie den Nutzen der Wissenschaften: Was gab es nicht alles zu lernen und zu erforschen... wenn man nur Zeit hätte! Ach, der Beruf nahm sie ganz in Anspruch; und sie hoben die Arme vor Staunen, sie hätten sich beinahe über den Tisch hinweg umarmt, als sie entdeckten, daß sie beide Schreiber waren: Bouvard in einem Handelshaus, Pécuchet im Marineministerium, was ihn nicht hinderte, jeden Abend einige Augenblicke dem Studium zu widmen. Er hatte in Thiers' Werken Fehler entdeckt und sprach mit größter Achtung von einem gewissen Professor Dumouchel. Bouvard war ihm in anderer

Hinsicht überlegen. Seine Uhrkette aus Haaren und die Art, wie er die Remoulade rührte, verrieten den erfahrenen Schlemmer; er hatte einen Zipfel der Serviette in die Achselhöhle gesteckt und erzählte während des Essens allerlei, worüber Pécuchet lachte. Es war ein ganz besonderes Lachen, ein einziger, sehr tiefer Ton, der immer derselbe blieb und in langen Zwischenräumen neu ausgestoßen wurde. Bouvard lachte anhaltend und laut; er zeigte dabei seine Zähne, bewegte lebhaft die Schultern, und die Gäste in der Tür drehten sich nach ihm um.

Als sie gegessen hatten, gingen sie in ein anderes Lokal, um Kaffee zu trinken. Pécuchet betrachtete die Gaslampen, seufzte über das Überhandnehmen des Luxus und schob dann mit verächtlicher Miene die Zeitungen beiseite. Bouvard war nachsichtiger. Er liebte alle Schriftsteller im allgemeinen und hatte in seiner Jugend Lust gehabt, Schauspieler zu werden. Er wollte equilibristische Kunststücke mit einem Billardqueue und zwei Elfenbeinkugeln machen, wie Barberou, einer seiner Freunde, sie auszuführen pflegte. Aber immer wieder fielen die Kugeln auf den Fußboden, rollten den Gästen zwischen die Beine und verschwanden im Hintergrund. Der Kellner, der jedesmal aufstand und sie auf allen vieren kriechend unter den Bänken suchte, wurde es schließlich leid. Pécuchet geriet mit ihm in Streit; der Wirt kam hinzu, hörte nicht auf seine Entschuldigungen und machte sogar bissige Bemerkungen über die Zeche.

Pécuchet schlug dem neuen Freund vor, den Abend friedlich in seiner Wohnung zu beschließen, die ganz in der Nähe, in der Rue St. Martin, lag.

Kaum hatte er das Zimmer betreten, als er eine Art Wams aus Kattun anzog und dann den liebenswürdigen Wirt spielte.

Ein Schreibtisch aus Tannenholz, der genau in der Mitte stand, störte durch seine Ecken; überall, auf Brettern, auf den drei Stühlen, auf dem alten Lehnsessel und in den Ecken, lagen in wildem Durcheinander mehrere Bände der *Encyclopédie Roret*, der *Manuel du Magnétiseur*, ein Band Fénelon, andere Schmöker,

dazu Haufen von Papieren, zwei Kokosnüsse, verschiedene Denkmünzen, ein Fez und Muscheln, die Dumouchel aus Le Havre mitgebracht hatte. Eine Schicht von Staub überzog samtartig die Wände, die früher gelb gestrichen waren. Die Schuhbürste lag auf dem Rand des Bettes, aus dem die Laken heraushingen. An der Decke sah man einen großen schwarzen Fleck, der durch den Rauch der Lampe entstanden war.
Bouvard bat um die Erlaubnis, das Fenster öffnen zu dürfen – zweifellos wegen der schlechten Luft im Zimmer.
»Die Papiere würden fortfliegen«, rief Pécuchet, der vor jedem Luftzug Angst hatte.
Dabei schnappte auch er nach Luft in diesem kleinen Zimmer, das seit dem Morgen durch die Schiefer des Daches erhitzt war.
Bouvard sagte zu ihm:
»An Ihrer Stelle würde ich die Unterjacke ausziehen.«
»Was?«
Bei dem Gedanken, seine Gesundheitsweste nicht mehr tragen zu sollen, senkte Pécuchet erschreckt den Kopf.
»Begleiten Sie mich«, fing Bouvard wieder an, »die Luft draußen wird Sie erfrischen.«
Brummend zog Pécuchet seine Stiefel wieder an:
»Sie behexen mich; auf Ehrenwort.«
Und trotz der Entfernung begleitete er Bouvard bis zu seiner Wohnung, die an der Ecke der Rue de Béthune lag, dem Ponte de la Tournelle gegenüber.
Bouvards Zimmer war fein gebohnert, vor den Fenstern hingen Perkalvorhänge, die Möbel waren aus Mahagoni. Es hatte einen Balkon, von dem man auf den Fluß sah. Die beiden Hauptschmuckstücke waren ein Likörservice, das auf der Kommode stand, und längs des Spiegels Daguerreotypien, die seine Freunde darstellten. Ein Ölgemälde hing im Alkoven.
»Mein Onkel.«
Und das Licht des Leuchters, den er hielt, fiel auf einen Herrn. Rote Koteletten umsäumten das Gesicht; eine Locke hing ihm

in die Stirn. Seine hohe Halsbinde, der Hemdkragen, der Aufschlag der Samtweste und der des schwarzen Rocks ließen ihn gedrungen erscheinen. Auf das Jabot waren Diamanten gemalt. Seine Augen waren zu den Backenknochen hin geschlitzt; er lächelte verschmitzt.

Pécuchet konnte sich nicht enthalten zu Bouvard zu sagen:

»Man könnte es tatsächlich für ein Bild Ihres Vaters halten.«

»Es ist mein Pate«, erwiderte Bouvard leichthin; dann fügte er hinzu, daß seine Taufnamen François Dénys Bartholomée wären. Pécuchet hieß Juste Romain Cyrille, und beide hatten dasselbe Alter: siebenundvierzig Jahre. Dieser Zufall machte ihnen Freude, überraschte sie aber auch, denn jeder hatte den anderen für älter gehalten. Dann staunten sie über die Vorsehung, deren Wege oft wunderbar sind.

»Wären wir vorhin nicht spazierengegangen, wären wir vielleicht gestorben, ohne uns kennengelernt zu haben.«

Dann tauschten sie die Adressen ihrer Brotherren aus und wünschten einander gute Nacht.

»Laufen Sie nicht mehr zu den Mädchen!« rief Bouvard auf der Treppe.

Pécuchet ging die Stufen hinunter, ohne auf den Scherz zu antworten.

Am nächsten Morgen rief im Hof der Herren Gebrüder Descambos, Elsässische Stoffe, Rue Hautefeuille 92, eine Stimme:

»Bouvard! Herr Bouvard!«

Dieser streckte den Kopf zum Fenster heraus und erkannte Pécuchet, der deutlicher und noch lauter rief:

»Ich bin nicht krank. Ich habe sie ausgezogen.«

»Was denn?«

»Sie«, sagte Pécuchet und deutete auf seine Brust.

Was sie am Tage gesprochen, dazu die Temperatur im Zimmer und die Verdauungsarbeit, hatten ihn am Schlaf gehindert, so daß er schließlich, als er es nicht mehr aushalten konnte, seine Flanellunterjacke weit von sich warf. Am Morgen hatte er sich dieser Handlung, die glücklicherweise ohne Folgen geblieben war, erinnert und wollte sie Bouvard mitteilen, der jetzt gewaltig in seiner Achtung gestiegen war.

Pécuchet war der Sohn eines kleinen Kaufmanns. Seine Mutter, die sehr früh gestorben war, hatte er nicht gekannt. Als er fünfzehn Jahre alt war, hatte man ihn aus dem Internat genommen und zu einem Gerichtsvollzieher getan. Unvermutet kamen die Gendarmen, und der Prinzipal wurde auf die Galeeren geschickt; eine grausige Geschichte, an die er heute noch nicht ohne Entsetzen denken konnte. Dann hatte er sich in mehreren Berufen versucht: Apothekerlehrling, Studienaufseher, Rechnungsführer auf einem der Postschiffe auf der oberen Seine. Schließlich hatte ihn dann ein Abteilungsvorsteher, von seiner schönen Handschrift angetan, als Expedienten eingestellt. Aber das Bewußtsein einer mangelhaften Vorbildung und die geistigen Bedürfnisse, die er in sich fühlte, reizten ihn beständig und machten ihn mürrisch; er lebte ganz allein, ohne Verwandte und ohne Freundin. Seine einzige Zerstreuung war am Sonntag die Besichtigung der öffentlichen Anlagen.

Die ältesten Erinnerungen Bouvards versetzten ihn an die Ufer der Loire auf einen Pachthof. Ein Mann, der sein Onkel war, hatte ihn mit nach Paris genommen, wo er den Kaufmannsberuf erlernen sollte. Als er großjährig war, zahlte man ihm ein paar tausend Francs aus. Dann hatte er geheiratet und einen Süßwarenladen eröffnet. Sechs Monate später ging seine Frau mit der Kasse durch. Die Freunde, das gute Leben und vor allem seine Faulheit ruinierten ihn bald völlig. Aber ihm kam der gute Gedanke, aus seiner schönen Handschrift Nutzen zu ziehen; und seit zwölf Jahren hatte er nun schon die Stelle bei den Gebrüdern Descambos, Elsässische Stoffe, Rue Hautefeuille 92. Was seinen Onkel betrifft, der ihm seiner Zeit als Andenken besagtes Bild geschickt hatte, so wußte Bouvard nicht einmal, wo er wohnte, und erwartete nichts mehr von ihm. Fünfzehnhundert Francs Rente und sein Schreibergehalt erlaubten ihm, jeden Abend in einer Kneipe ein Schläfchen zu machen. So erhielt ihre Begegnung die Bedeutung eines Abenteuers. Gleich hatten sie sich wie durch geheime Fäden miteinander verbunden gefühlt.

Wie soll man Sympathien erklären?

Warum bezaubert bei dem einen eine Eigentümlichkeit, eine Unvollkommenheit, die bei jedem anderen gleichgültig oder gar hassenswert ist? Was man den zündenden Blitz nennt, gilt für jede Leidenschaft. Bevor noch die Woche zu Ende war, duzten sie sich.

Oft holten sie einander im Büro ab. Sobald der eine erschien, schloß der andere sein Pult, und sie schlenderten gemeinsam durch die Straßen. Bouvard machte große Schritte, während Pécuchet, dem der Gehrock um die Fersen schlug, die seinen verdoppelte, so daß es aussah, als liefe er auf Rollen.

Auch ihre besonderen Neigungen vertrugen sich sehr gut miteinander. Bouvard rauchte Pfeife, aß gern Käse und trank regelmäßig seine halbe Tasse Kaffee. Pécuchet schnupfte, aß zum Nachtisch nur Eingemachtes und tauchte ein Stück Zucker in den Kaffee. Der eine war vertrauensselig, unbesonnen, edelmütig; der andere verschwiegen, nachdenklich, sparsam.

Bouvard, der Pécuchet eine Freude machen wollte, stellte ihm Barberou vor. Dieser war früher Reisender und jetzt Börsenspekulant. Er war ein gutmütiger Kerl, liebte sein Vaterland und die Frauen und sprach gern Vorstadtdialekt. Pécuchet mochte ihn nicht und nahm Bouvard mit zu Dumouchel. Dieser Schriftsteller (er hatte eine kleine Mnemotechnik veröffentlicht) gab in einem Mädchenpensionat Literaturunterricht, war in seinen Ansichten sehr orthodox und in seinem Benehmen äußerst ernst. Bouvard fand ihn langweilig.

Keiner hatte dem anderen seine Meinung vorenthalten. Jeder schloß sich dem Urteil des andern an. Sie gaben ihre Gewohnheiten auf, verließen ihre bürgerliche Pension und aßen schließlich alle Tage zusammen.

Sie stellten Betrachtungen an über die Theaterstücke, von denen man sprach, über die Regierung, die hohen Preise für Lebensmittel, die Betrügereien im Handel. Von Zeit zu Zeit tauchten die Halsbandaffäre oder der Prozeß Fualdès in ihren Gesprächen auf, und dann wieder versuchten sie, die Ursachen der Revolution zu ergründen.

Sie schlenderten an den Antiquitätenläden entlang, besuchten das Conservatoire des Arts et des Métiers, Saint-Denis, die Gobelinwebereien, den Invalidendom und alle öffentlichen Sammlungen.

Wurde ihr Ausweis verlangt, taten sie, als hätten sie ihn verloren, und gaben sich für Fremde, als Engländer, aus. Staunend standen sie in den Galerien des Museums vor den ausgestopften Vierfüßlern, freuten sich an den Schmetterlingen, gingen gleichgültig an den Metallen vorbei. Die Fossilien regten sie zum Träumen an, die Schaltiere langweilten sie; die Treibhäuser betrachteten sie durch die Glasscheiben und zitterten bei dem Gedanken, daß alle diese Blätter giftig waren. An der Zeder bewunderten sie vor allem, daß man sie in einem Hut nach Frankreich herübergebracht hatte.

Im Louvre versuchten sie, sich für Raffael zu begeistern. In der großen Bibliothek hätten sie gern die genaue Anzahl der Bände gewußt.

Einmal gingen sie im Collège de France in die Vorlesung über Arabisch, und der Professor war erstaunt, als er die beiden Unbekannten sah, die versuchten, sich Notizen zu machen.

Barberou verschaffte ihnen Zutritt hinter die Kulissen eines Theaters. Dumouchel besorgte ihnen Eintrittskarten zu einer Sitzung der Akademie. Sie unterrichteten sich über die Entdekkungen, lasen Prospekte, und durch diese Neugierde entwikkelte sich ihre Intelligenz.

An einem fernen Horizont, der sich alle Tage erweiterte, nahmen sie Dinge wahr, die zugleich undeutlich und wunderbar waren.

Wenn sie ein altes Möbelstück bewunderten, bedauerten sie, nicht zu der Zeit gelebt zu haben, als man es benutzte, obwohl sie keine Vorstellung von dieser Zeit hatten.

Bei gewissen Namen stellten sie sich ferne Länder vor, die um so schöner wurden, je undeutlicher ihre Vorstellung war.
Die Werke, deren Titel sie nicht verstanden, schienen ihnen ein Geheimnis zu umschließen.
Und da sie jetzt mehr dachten, litten sie auch mehr. Wenn eine Postkutsche an ihnen vorbeifuhr, hatten sie das Bedürfnis, in ihr fortzureisen.
Der Quai aux fleurs erweckte in ihnen die Sehnsucht nach dem Landleben.
Eines Sonntagmorgens machten sie sich in aller Frühe auf den Weg, gingen über Meudon, Bellevue, Suresnes, Auteuil und bummelten den ganzen Tag zwischen den Weinbergen umher, pflückten am Rande der Felder Mohn, schliefen im Gras, tranken Milch, aßen unter den Akazien der Schenken und kamen sehr spät nach Hause bestaubt, erschöpft und entzückt.
Solche Spaziergänge machten sie nun öfter. Aber die nächsten Tage waren dann immer so traurig, daß sie schließlich darauf verzichteten.
Die Eintönigkeit der Büros wurde ihnen verhaßt. Immer Federmesser und Sandarak, dasselbe Tintenfaß, dieselben Federn und die gleichen Kollegen. Sie hielten sie für stumpfsinnig und sprachen immer weniger mit ihnen. Das trug ihnen allerlei Hänseleien ein. Sie kamen jeden Tag zu spät und wurden abgekanzelt.
Früher fühlten sie sich fast glücklich. Aber seit sie sich höher einschätzten, schämten sie sich ihrer Tätigkeit. Der Widerwille, in dem sie sich gegenseitig bestärkten, wurde immer größer und wandelte ihr Wesen. Pécuchet nahm das brüske Verhalten Bouvards an, während dieser von der Brummigkeit Pécuchets angesteckt wurde.
»Lieber als Seiltänzer auf den öffentlichen Plätzen auftreten«, sagte der eine.
»Oder als Lumpensammler durch die Straßen ziehen«, schrie der andere.

Welch scheußliche Lage! Keine Aussicht herauszukommen! Nicht die kleinste Hoffnung!

Eines Nachmittags, es war der 20. Januar 1839, erhielt Bouvard im Büro einen Brief, den der Postbote brachte. Er hob die Arme, sein Kopf sank langsam nach hinten, und er fiel ohnmächtig zu Boden. Die Gehilfen eilten herbei und lösten ihm die Halsbinde. Man holte einen Arzt. Bouvard öffnete die Augen und antwortete auf die Fragen, die man an ihn richtete:
»Ah, ja... ein bißchen frische Luft wird mir gut tun. Nein, lassen Sie mich! Erlauben Sie!«
Trotz seiner Beleibtheit lief er spornstreichs und in einem Zuge bis zum Marineministerium, während er sich mit der Hand über die Stirn fuhr, verrückt zu werden glaubte und vergeblich versuchte, sich zu beruhigen.
Er ließ Pécuchet rufen.
Pécuchet erschien.
»Mein Onkel ist tot, und ich bin sein Erbe.«
»Nicht möglich!«
Bouvard zog den Brief hervor und zeigte folgende Zeilen:

Kanzlei des Rechtsanwalts und Notars Tardivel
Savigny-en-Septaine
14. Januar 1839

Mein Herr,
ich ersuche Sie, sich in meine Kanzlei zu bemühen, um hier von dem Testament Ihres natürlichen Vaters, des Herrn François Dénys Bartholomée Bouvard, vormaligen Kaufmanns in der Stadt Nantes, in dieser Gemeinde am 10. cr. gestorben, Kenntnis zu nehmen. Dieses Testament enthält eine sehr wichtige Verfügung zu Ihren Gunsten.
Empfangen Sie, mein Herr, die Versicherung
meiner Hochachtung
Tardivel, Notar

Pécuchet mußte sich auf einen Stein im Hof setzen.
Dann gab er das Schriftstück zurück und sagte langsam:
»Wenn das nur nicht irgendein... schlechter Scherz ist...«
»Du glaubst, es sei ein schlechter Scherz?« erwiderte Bouvard.
Seine erstickte Stimme klang wie das Röcheln eines Sterbenden.
Aber der Poststempel, der Name der Kanzlei in Druckschrift, die Unterschrift des Notars, alles sprach für die Echtheit der Nachricht. Sie blickten einander an. Auf einmal wurde ihnen alles zu eng. Ihre Mundwinkel zuckten, und Tränen kamen in ihre starren Augen.
Sie gingen bis zum Triumphbogen, kehrten am Fluß entlang zurück, an Notre-Dame vorbei. Bouvard war sehr rot. Er puffte Pécuchet in den Rücken und redete fünf Minuten lang wirres Zeug.
Diese Erbschaft belief sich doch mindestens auf...
»Ach, das wäre zu schön, sprechen wir lieber nicht mehr davon.«
Sie sprachen weiter davon. Nichts hinderte sie, sich gleich genauer zu erkundigen. Und Bouvard schrieb an den Notar. Der Notar sandte die Abschrift des Testaments, das so endete:
›Demzufolge vermache ich meinem natürlichen Sohn, den ich als solchen anerkenne, dem François Dénys Bartholomée Bouvard, den Teil meines Vermögens, der gesetzlich verfügbar bleibt.‹
Der biedere Mann hatte diesen Sohn in seiner Jugend gehabt, aber er hatte ihn immer sorgfältig beiseite gehalten und als seinen Neffen ausgegeben; und der Neffe hatte ihn immer Onkel genannt, obwohl er wußte, was er davon zu halten hatte. Als Herr Bouvard ungefähr vierzig Jahre alt war, hatte er geheiratet, war aber bald Witwer geworden. Seine zwei legitimen Söhne waren nicht geraten, wie er es wünschte, und Gewissensbisse hatten ihn gequält, daß er sein erstes Kind so viele Jahre vernachlässigt hatte. Wäre seine Haushälterin nicht gewesen, er hätte ihn bestimmt zu sich genommen. Durch die Ränke

der Familie verließ sie ihn, und in seiner Einsamkeit, angesichts des Todes, wollte er sein Unrecht dadurch wiedergutmachen, daß er der Frucht seiner ersten Liebe von seinem Vermögen so viel hinterließ, wie er konnte. Es belief sich auf eine halbe Million, was für den Schreiber zweihundertfünfzigtausend Francs ausmachte. Etienne, der ältere der Brüder, hatte geschrieben, er erkenne das Testament an.

Bouvard verfiel in eine Art Stumpfsinn. Immer wieder sagte er mit leiser Stimme, wobei er friedlich wie ein Trunkener lächelte:

»Fünfzehntausend Francs Zinsen!«

Aber auch Pécuchet, dessen Kopf klarer geblieben war, konnte sich nicht beruhigen.

Durch einen Brief Tardivels wurden sie aus ihrem Taumel gerissen. Der zweite Sohn, Alexandre, hatte erklärt, er beabsichtige, alles vor Gericht zu regeln und wenn möglich das Vermächtnis anzufechten; vor allem verlange er aber Versiegelung, Inventuraufnahme, Ernennung eines Sachwalters und so weiter. Das schlug Bouvard auf die Galle. Kaum fühlte er sich wohler, reiste er nach Savigny, mußte aber, ohne etwas erreicht zu haben, zurückkehren. Er jammerte über die Reisekosten.

Schlaflose Nächte folgten. Zorn und Hoffnung, ausgelassene Freude und Niedergeschlagenheit wechselten miteinander ab. Nach einem halben Jahr gab Alexandre nach, und Bouvard konnte seine Erbschaft antreten.

Sein erster Ausruf war:

»Wir ziehen aufs Land.«

Pécuchet fand diese Worte, die ihn mit dem Glück seines Freundes verbanden, ganz natürlich. Der Bund dieser beiden Männer war eng und unlösbar.

Aber da er nicht auf Bouvards Kosten leben wollte, würde er erst nach seiner Pensionierung Paris verlassen. Nur noch zwei Jahre; das war nicht schlimm! Er war unbeugsam, und es blieb bei seinem Entschluß.

Um zu entscheiden, wo sie sich niederlassen sollten, gingen sie alle Provinzen durch. Der Norden war fruchtbar, aber zu kalt; der Süden bezauberte durch sein Klima, war aber der Mücken wegen bedenklich. Und das Zentrum bot, offen gestanden, keinerlei Reiz. Die Bretagne hätte ihnen schon gefallen, wäre nicht die Frömmelei ihrer Bewohner gewesen. Die östlichen Gegenden kamen wegen ihres germanischen Dialekts nicht in Betracht. Doch es gab noch andere Landstriche. Wie wäre es zum Beispiel mit dem Forez, dem Buguey oder dem Roumois? Die Landkarten gaben keinen Aufschluß. Ob ihr Haus hier oder dort stand, die Hauptsache war, daß sie eins hatten.

Schon sahen sie sich in Hemdsärmeln am Rand eines Beetes, die Rosenstöcke ausschneiden, die Erde umgraben, wenden, bearbeiten und Tulpen umpflanzen. Beim Gesang der Lerche würden sie wach werden, um dem Pfluge zu folgen, würden Äpfel pflücken und zusehen, wie man Butter macht, das Korn drischt, die Schafe schert, die Bienenstöcke versorgt, würden sich über das Brüllen der Kühe und den Duft des Heues freuen. Keine Schreiberei und keine Vorgesetzten mehr, nicht einmal mehr Miete würden sie bezahlen! Sie würden ein eigenes Haus besitzen! Sie würden die Hühner ihres Geflügelhofs, das Gemüse aus ihren Gärten verzehren und beim Mittagessen die Holzschuhe nicht auszuziehen brauchen.

»Wir werden tun, was uns gefällt. Einen Bart werden wir uns wachsen lassen.«

Sie kauften zuerst Gartengeräte, dann einen Haufen Dinge, die ›vielleicht dienlich sein könnten‹, einen Werkzeugkasten – der in keinem Haus fehlen darf – eine Waage, eine Meßkette, eine Badewanne für den Fall, daß sie krank würden, ein Thermometer und sogar ein Barometer ›System Gay-Lussac‹ für physikalische Experimente, wenn sie dazu die Lust anwandeln sollte. Da man nicht immer draußen arbeiten kann, wäre es vielleicht nicht übel, einige gute Bücher zu besitzen. Sie suchten danach und waren oft in großer Verlegenheit, denn sie wußten nicht, ob dieses oder jenes Buch wirklich ›ein Buch für eine Bibliothek‹ war. Bouvard entschied die Frage.

»Ach was, wir brauchen keine Bibliothek!«
»Ich habe ja meine«, sagte Pécuchet.
Im voraus richteten sie sich ein. Bouvard sollte seine Möbel, Pécuchet seinen großen schwarzen Tisch mitnehmen; auch die Vorhänge würde man verwenden, und mit ein wenig Küchengerät wäre die Sache erledigt.
Sie hatten sich geschworen, über dies alles zu schweigen; aber ihre Gesichter strahlten. Ihren Kollegen kamen sie sonderbar vor. Bouvard lag beim Schreiben auf dem Pult, streckte die Ellbogen nach außen, um seine Rundschrift besser zu drechseln, und ließ sein seltsames Pfeifen hören, wobei er die schweren Augenlider schelmisch zusammenkniff. Pécuchet, der auf einem hohen Schemel hockte, verwandte besondere Sorgfalt auf die langen Grundstriche seiner steilen Schrift, blähte die Nasenflügel und kniff die Lippen zusammen, als fürchte er, sein Geheimnis zu verraten. Schon anderthalb Jahre suchten sie und hatten noch nichts gefunden. Sie unternahmen Reisen in die ganze Umgebung von Paris, von Amiens bis Evreux, von Fontainebleau bis Le Havre. Sie wollten eine ländliche Gegend, legten auf malerische Lage keinen großen Wert; doch stimmte sie ein beengter Horizont traurig.
Sie flohen die Nähe menschlicher Behausungen und hatten doch Furcht vor der Einsamkeit.
Manchmal waren sie entschlossen, dann aber fürchteten sie, später ihre Wahl zu bereuen und änderten ihre Meinung, da ihnen der Ort ungesund, dem Seewind ausgesetzt, zu nahe bei einer Fabrik oder zu schwer zugänglich erschien.
Barberou erlöste sie.
Er kannte ihren Traum; und eines schönen Tages kam er zu ihnen und sagte, man habe ihm von einer Besitzung in Chavignolles, zwischen Caen und Falaise, erzählt. Das Gut bestand aus einem Pachthof von achtunddreißig Hektar, hatte eine Art Schloß und einen sehr ertragreichen Garten. Sie reisten ins Calvados und waren begeistert. Nur verlangte man für den Hof und das Haus (der eine sollte ohne das andere nicht verkauft

werden) hundertdreiundvierzigtausend Francs. Bouvard wollte aber nicht mehr als hundertzwanzigtausend geben.
Pécuchet bekämpfte seinen Eigensinn, bat ihn, nachzugeben und erklärte schließlich, er wolle den Rest bezahlen. Das war sein ganzes Vermögen, das aus seinem mütterlichen Erbe und seinen Ersparnissen stammte. Nie hatte er hierüber ein Wort verloren, denn er wollte dieses Kapital für besondere Fälle verwahren.
Gegen Ende des Jahres 1840, ein halbes Jahr vor seiner Pensionierung, wurde alles bezahlt.
Bouvard war nun kein Schreiber mehr. Zuerst war er seinem Beruf treu geblieben, da er der Zukunft nicht traute; aber dieses Mißtrauen hatte er aufgegeben, als er der Erbschaft sicher war.
Doch ging er noch gern zu den Herren Descambos, und am Abend vor seiner Abreise lud er das ganze Büro zum Punsch ein.
Pécuchet dagegen war mürrisch gegen seine Kollegen, und als der letzte Tag gekommen war, ging er fort und knallte die Tür hinter sich zu.
Er mußte das Einpacken überwachen, eine Menge Besorgungen machen, noch einkaufen und sich von Dumouchel verabschieden.
Der Professor schlug ihm einen Briefwechsel vor, durch den er ihn über Literatur auf dem laufenden halten wollte; nochmals wünschte er ihm Glück und Wohlergehen.
Barberou zeigte mehr Gefühl, als Bouvard von ihm Abschied nahm. Er ließ eine Partie Domino im Stich, versprach, ihn zu besuchen, bestellte zwei Anisette und umarmte ihn.
Zu Hause trat Bouvard auf den Balkon, holte tief Atem und sagte:
»Endlich!«
Die Lichter des Kais zitterten im Wasser, in der Ferne verklang das Rollen der Omnibusse. Er dachte an die glücklichen Tage, die er in der Stadt verbracht hatte, an das Tafeln im Restaurant,

die Abende im Theater, das Geschwätz der Portiersfrau, an alle seine Gewohnheiten; er fühlte, wie ihm schwach ums Herz wurde, wie Traurigkeit ihn befiel, die er sich nicht eingestehen wollte.

Pécuchet ging bis zwei Uhr morgens in seinem Zimmer auf und ab. Hierher würde er nicht wieder zurückkommen! Um so besser! Aber er wollte ein Andenken hinterlassen und kritzelte seinen Namen in den Gips des Kamins.

Die großen Stücke waren schon am Abend vorher abgegangen. Die Gartengeräte, die Bettstellen, die Matratzen, die Tische und Stühle, ein Sparherd, die Badewanne und drei Faß Burgunder sollten auf der Seine nach Le Havre und von dort nach Caen geschickt werden, wo Bouvard sie in Empfang nehmen und nach Chavignolles weiterbefördern lassen sollte.

Aber das Bild seines Vaters, die Sessel, der Kasten mit den Likörflaschen und Gläsern, die Bücher, die Uhr, alle wertvollen Gegenstände wurden in einen Möbelwagen gepackt, der über Nonancourt, Verneuil und Falaise fahren sollte. Pécuchet wollte ihn begleiten.

Er setzte sich neben den Kutscher auf den Bock und verließ in seinem ältesten Gehrock, mit einem Halstuch, Fausthandschuhen und seinem Fußsack aus dem Büro am Sonntag, den 20. März, in aller Frühe die Hauptstadt.

Die Bewegung und das Ungewohnte der Reise füllten die ersten Stunden aus. Dann gingen die Pferde langsamer, was zu allerlei Auseinandersetzungen mit dem Wagenführer und dem Fuhrmann führte. Sie suchten ganz erbärmliche Herbergen auf, und obwohl sie für alles verantwortlich waren, schlief Pécuchet aus übergroßer Vorsicht doch mit ihnen in denselben Schenken.

Kaum graute der Tag, fuhren sie weiter. Die immer gleiche Straße zog sich steigend bis an den Rand des Horizonts. Ein Steinhaufen folgte dem anderen, die Gräben waren voll Wasser, in großen Flächen von eintönigem und kaltem Grün lag das Gelände da. Wolken jagten am Himmel, und von Zeit zu Zeit regnete es. Am dritten Tag wurde es windig. Die Wagendecke, die schlecht befestigt war, klatschte wie das Segel eines Schiffes. Pécuchet neigte das Gesicht unter der Mütze und mußte sich jedesmal, wenn er die Schnupftabakdose öffnete, ganz umdrehen, um die Augen zu schützen. Wurde der Weg holprig, hörte er hinter sich das Gepäck gegeneinanderstoßen und ließ es nicht an Ermahnungen fehlen. Als er sah, daß das nichts nutzte, versuchte er es auf andere Weise: er spielte den Liebenswürdigen, war voller Gefälligkeit; wurde der Weg zu steil, schob er mit den Männern am Rad; er spendierte ihnen sogar nach dem Essen den Kaffee mit Kognak. Jetzt ging es schneller; aber in der Nähe von Gauburge brach die Achse, und der Wagen neigte sich auf die Seite. Pécuchet untersuchte gleich das Innere: die Porzellantassen lagen in Scherben. Er hob die Arme, knirschte mit den Zähnen, verfluchte die beiden Tölpel. Der folgende Tag ging verloren, weil der Fuhrmann sich betrank. Pécuchet aber konnte nicht mehr klagen; der Kelch des Leidens war voll bis zum Rand.

Bouvard, der noch einmal mit Barberou zusammen essen wollte, hatte erst am übernächsten Tag Paris verlassen. Im letzten Augenblick kam er in der Posthalterei an; vor der Kathedrale in Rouen wurde er erst wieder wach; er war in den falschen Postwagen gestiegen.

Am Abend waren alle Plätze nach Caen vergeben; da er nicht wußte, was er anfangen sollte, ging er in das Théâtre des Arts, lächelte seinen Nachbarn zu und erzählte ihnen, er habe sich vom Handel zurückgezogen und kürzlich in der Umgebung ein Gut gekauft. Als er am Freitag in Caen ankam, waren seine Sachen noch nicht da. Er bekam sie am Sonntag und beförderte sie auf einem Bauernwagen weiter; dem Pächter ließ er sagen, er käme in einigen Stunden nach.

Am neunten Tag seiner Reise mietete Pécuchet in Falaise zur Verstärkung noch ein Pferd, und bis Sonnenuntergang kam man gut voran. Hinter Bretteville verließ er die Landstraße, schlug einen Seitenweg ein, da er meinte, er müsse in jedem Augenblick die Giebel von Chavignolles sehen. Aber die Wagenspuren wurden undeutlicher, verschwanden, und sie befanden sich mitten auf gepflügten Feldern. Die Nacht brach an. Was tun? Schließlich verließ Pécuchet den Wagen und machte sich durch den Schlamm watend auf die Suche. Wenn er den Bauernhöfen näher kam, bellten die Hunde. Er schrie aus Leibeskräften, um sich nach dem Weg zu erkundigen. Keine Antwort. Er bekam Furcht und lief davon. Plötzlich leuchteten zwei Laternen. Er sah ein Cabriolet, lief darauf zu, und Bouvard saß darin.

Aber wo war der Möbelwagen geblieben? Eine Stunde lang riefen sie in der Dunkelheit. Endlich fand er sich ein, und sie gelangten nach Chavignolles.

Ein mächtiges Feuer aus Reisig und Tannenzapfen brannte im Saal. Zwei Gedecke waren aufgelegt. Die Möbel, die mit dem Karren angekommen waren, füllten die Vorhalle.

Nichts fehlte, und sie setzten sich zu Tisch.

Man hatte für sie eine Zwiebelsuppe, ein Huhn, Speck und harte Eier zubereitet. Die alte Frau, die die Küche versorgte, kam von Zeit zu Zeit, um sich zu erkundigen, wie es ihnen schmecke. Sie antworteten: ›Sehr gut, sehr gut.‹ Das grobe Brot, das sich nur schwer schneiden ließ, die Sahne, die Nüsse, alles schmeckte ihnen herrlich.

Die Fliesen des Fußbodens zeigten Löcher, die Wände waren feucht. Dennoch blickten sie voll Zufriedenheit um sich, aßen an dem kleinen Tisch, auf dem eine Kerze brannte. Ihre Gesichter waren von der frischen Luft gerötet. Sie streckten die Bäuche vor, lehnten sich gegen die Rückenlehnen ihrer knarrenden Stühle und sagten immer wieder: »Nun sind wir also hier! Welches Glück! Es ist ein Traum.« Obgleich es Mitternacht war, kam Pécuchet auf den Gedanken, einen Gang durch den Garten zu machen. Bouvard hatte nichts dagegen. Sie nahmen die Kerze, schützten sie mit einer alten Zeitung und gingen an den Beeten entlang. Es machte ihnen Spaß, das Gemüse laut beim Namen zu nennen:

»Sieh, Karotten! Ach, Kohl!«

Dann besahen sie die Spaliere. Pécuchet versuchte, Knospen zu entdecken. Ab und zu lief eine Spinne über die Mauer, und der vergrößerte Schatten wiederholte ihre Bewegungen. Von den Spitzen der Gräser tropfte der Tau; die Nacht war pechschwarz, und alles verharrte unbeweglich im großen Schweigen tiefen Wohlbehagens.

In der Ferne krähte ein Hahn.

Ihre beiden Zimmer hatten eine kleine Verbindungstür hinter der Tapete. Mit der Kommode war man gegen sie gestoßen, und die Nägel hatten sich gelöst. Sie fanden die Tür weit offen stehen. Welch eine Überraschung!

Als sie sich ausgezogen und zu Bett gelegt hatten, plauderten sie noch einige Zeit und schliefen dann ein: Bouvard auf dem Rükken, mit offenem Mund und barhäuptig; Pécuchet auf der rechten Seite, mit hochgezogenen Knien und einer baumwollenen Mütze auf dem Kopf.

Und beide schnarchten im Schein des Mondes, der durch die Fenster fiel.

II

Welche Freude, als sie am nächsten Morgen erwachten! Bouvard rauchte eine Pfeife, Pécuchet nahm eine Prise, und jeder behauptete, es sei die beste seines Lebens. Dann stützten sie sich auf die Fensterbank und betrachteten die Landschaft.

Vor sich hatten sie die Felder, rechts eine Scheune und den Kirchturm, links eine Wand von Pappeln.

Zwei sich kreuzende Hauptwege teilten den Garten in vier Teile. Das Gemüse stand auf den Beeten, auf denen sich hier und da Zwergzypressen und pyramidenförmig gezogene Obstbäume erhoben. Auf der einen Seite reichte eine Laube bis an einen Schneckenberg; auf der anderen stützte eine Mauer die Spaliere; und im Hintergrund trennte ein Gitter den Garten von den Feldern. Jenseits der Mauer war ein Obstgarten; hinter dem Laubengang ein Wäldchen; hinter dem Gitter ein Pfad.

Plötzlich kam ein grauhaariger Mann in einem schwarzen Mantel über den Pfad und fuhr mit seinem Spazierstock an den Stäben des Gitters entlang. Die alte Dienerin sagte, es sei Herr Vaucorbeil, ein berühmter Arzt der Gegend.

Die übrigen Honoratioren wären: der Graf de Faverges, der früher Deputierter gewesen war und von dessen Kuhställen man überall spräche, Herr Foureau, der Holz, Gips und viele andere Sachen verkaufte, der Notar Herr Marescot, der Abbé Jeufroy und die verwitwete Frau Bordin, die von ihren Zinsen lebe. Sie würde wegen ihres verstorbenen Gatten, der Germain hieß, Germaine genannt. Was sie selbst anginge, so arbeite sie auf Stundenlohn, würde aber gern ganz in den Dienst der Herren treten. Sie waren einverstanden und machten sich dann auf den Weg zu ihrem Pachthof, der einen Kilometer entfernt lag.

Als sie auf den Hof kamen, schimpfte Gouy, der Pächter, gerade mit einem Knecht, während die Pächterin auf einem Schemel saß und zwischen den Beinen einen Truthahn hielt, den sie nudelte. Der Mann hatte eine niedrige Stirn, eine schmale Nase, einen verschlagenen Blick und kräftige Schultern. Die Frau war sehr blond, hatte Sommersprossen auf den Backen und machte ganz den einfältigen Eindruck wie die Bauern, die man auf Kirchenfenstern dargestellt sieht. In der Küche hingen Flachsbündel unter der Decke. Drei alte Flinten standen nebeneinander auf dem hohen Kamin. In der Mitte der Wand befand sich eine Anrichte, auf der mit Blumen bemalte Fayencen standen, und die Scheiben aus Butzenglas warfen ein blasses Licht auf die Geräte aus Blech und rotem Kupfer.

Die beiden Pariser hatten ihr Eigentum nur einmal flüchtig gesehen und wollten jetzt alles genauer besichtigen. Gouy und seine Frau begleiteten sie, und gleich begann das Jammern und Klagen.

Alle Gebäude, vom Wagenschuppen bis zur Schnapsbrennerei, müßten repariert werden. Für die Käse müßte unbedingt ein Nebenhaus gebaut werden, die Tore brauchten neue Eisenbeschläge, die Wälle müßten erhöht, der Pfuhl tiefer gegraben und bedeutend mehr Apfelbäume auf den drei Höfen angepflanzt werden.

Dann wurden die Felder besichtigt. Gouy ließ kein gutes Haar an ihnen. Sie verschlangen zuviel Dünger; die Fuhren waren teuer; es sei unmöglich, die Steine zu entfernen, das Unkraut verdürbe die Wiesen.

Daß seine Erde so schlecht gemacht wurde, beeinträchtigte Bouvards Freude, die er empfand, als er über sie dahinschritt.

Durch den von Buchen eingefaßten Hohlweg gingen sie zurück. Von hier aus waren der Ehrenhof und die Front des Hauses zu sehen. Es war weiß gestrichen und hatte gelbe Verzierungen. Der Schuppen und das Vorratsgebäude, das Backhaus und der Holzstall bildeten rechtwinklig dazu zwei niedrigere Flügel. Die Küche stand mit einem kleinen Saal in Verbindung. Dann kamen das Vestibül, ein zweiter, größerer Saal und der Salon.

Die vier Zimmer im ersten Stock gingen auf den Flur, der nach dem Hof zu lag. Eins von ihnen bestimmte Pécuchet für seine Sammlungen; das letzte sollte die Bibliothek werden; und als sie die Schränke öffneten, fanden sie andere Schmöker, hatten aber keine Lust, die Titel zu lesen. Das eiligste war der Garten. Als Bouvard am Laubengang vorbeikam, entdeckte er unter den Zweigen eine weibliche Figur aus Gips. Mit zwei Fingern hob sie ihren Rock, sie saß in hockender Stellung, hatte den Kopf auf die Schulter geneigt, als fürchte sie, entdeckt zu werden.

»Ah, Verzeihung, lassen Sie sich nicht stören!«

Und dieser Scherz machte ihnen solchen Spaß, daß sie ihn drei Wochen lang mehr als zwanzigmal am Tag wiederholten.

Indessen wünschten die Bürger von Chavignolles sie kennenzulernen und beobachteten sie durch das Gitter. Sie vernagelten die Zwischenräume mit Brettern, und die Bevölkerung war empört.

Um sich gegen die Sonne zu schützen, trug Bouvard ein zum Turban geknotetes Taschentuch auf dem Kopf, Pécuchet seine Mütze; auch trug er eine große Schürze, die vorn eine Tasche hatte, in der eine Baumschere, sein Halstuch und seine Tabakdose hin und her baumelten. Mit hochgekrempelten Ärmeln gruben sie nebeneinander, jäteten, beschnitten die Bäume, scheuten sich vor keiner Arbeit, aßen so schnell wie möglich, tranken aber den Kaffee auf dem Schneckenberg, um von hier aus die Aussicht zu genießen. Wenn sie eine Schnecke fanden, näherten sie sich ihr und zertraten sie, wobei sie den Mund verzogen, als knackten sie eine Nuß. Ohne ihren Spaten gingen sie nicht aus, und sie zerschnitten die Engerlinge mit einer solchen Kraft, daß das Eisen des Spatens drei Zoll tief in den Boden drang.

Um die Bäume von den Raupen zu säubern, schlugen sie wütend mit dicken Stöcken gegen die Stämme.

Mitten auf dem Rasen pflanzte Bouvard eine Pfingstrose und unter den Bogen der Laube Tomaten, die wie Leuchter herabhängen sollten.

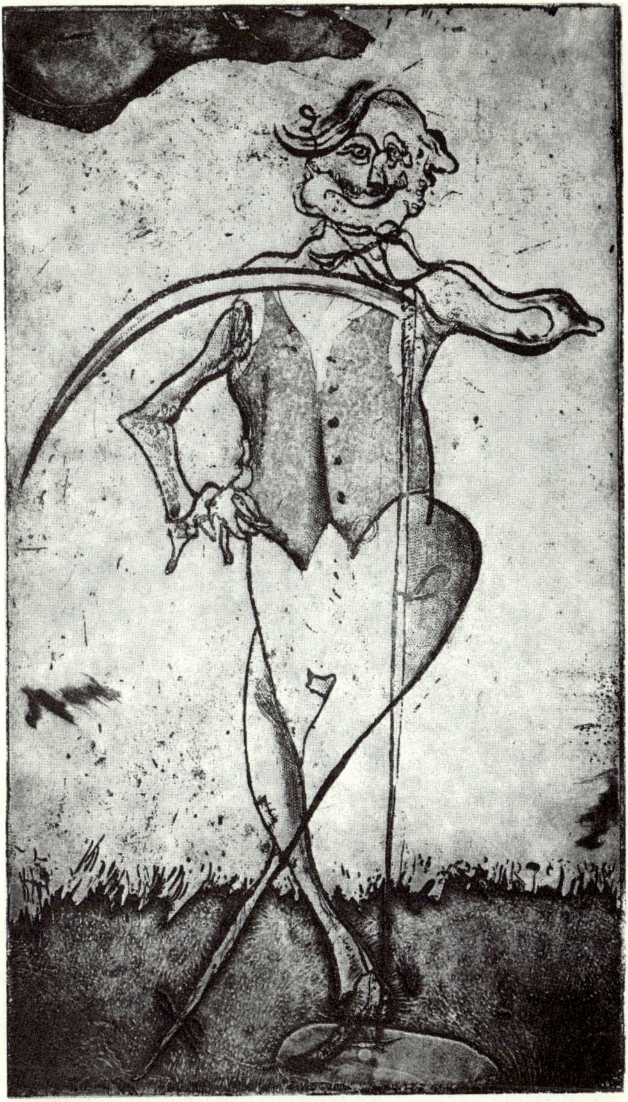

Pécuchet ließ vor der Küche ein tiefes Loch graben, das er in drei Teile teilte; hier wollte er Kompost herstellen. Er sollte das Wachstum von allerlei Pflanzen fördern, deren Reste wieder reichere Ernten hervorbringen sollten, die nun auch wieder Dung lieferten; und das so fort bis ins Unendliche. Und er träumte am Rand der Grube, sah in der Zukunft Berge von Früchten, eine unendliche Fülle von Blumen, Lawinen von Gemüse. Aber der Pferdedung, der für Mistbeete so gut ist, fehlte ihm. Die Landwirte verkauften keinen; die Gastwirte wollten keinen abgeben. Nachdem er es überall vergeblich versucht hatte, beschloß er endlich, trotz der Bitten Bouvards und unter Aufgabe jeglichen Schamgefühls, selbst den Pferdemist auf den Wegen aufzulesen.

Während dieser Beschäftigung redete ihn eines Tages auf der Landstraße Frau Bordin an. Sie begrüßte ihn und erkundigte sich nach seinem Freund. Ihre glänzend schwarzen, kleinen Augen, ihre lebhaften Farben, ihr selbstbewußtes Auftreten (sie hatte sogar ein wenig Schnurrbart) schüchterten Pécuchet ein. Er antwortete kurz und drehte ihr den Rücken zu; eine Unhöflichkeit, die Bouvard tadelte. Dann kamen plötzlich die schlechten Tage mit Schnee und Frost. Sie machten es sich in der Küche gemütlich, stellten Flechtwerk her oder gingen durch die Zimmer, plauderten am Kamin und sahen zu, wie der Regen fiel.

Von Mittfasten an warteten sie auf den Frühling und wiederholten jeden Morgen: ›Alles kommt.‹ Aber der Frühling ließ auf sich warten, und sie beruhigten ihre Ungeduld, indem sie sagten: ›Er wird schon kommen.‹

Endlich gingen die Erbsen auf. Der Spargel kam reichlich. Von den Reben versprachen sie sich viel.

Da sie sich auf den Gartenbau verstanden, mußte ihnen auch das Bestellen der Äcker gelingen. Und der Ehrgeiz packte sie, ihren Pachthof selbst zu bewirtschaften. Mit gesundem Menschenverstand und dem nötigen Studium würden sie zweifellos gut weiterkommen.

Zuerst wollten sie sehen, wie es die anderen machten. Und sie setzten einen Brief an Herrn de Faverges auf, in dem sie ihn um die Ehre baten, seinen Betrieb besichtigen zu dürfen. Der Graf gewährte ihnen sofort eine Zusammenkunft. Nach einstündigem Marsch erreichten sie den Hang eines Hügels, der das Tal der Orne beherrscht. In der Tiefe schlängelte sich der Fluß in vielen Windungen. Hier und da erhoben sich Blöcke aus rotem Sandstein, und größere Felsen bildeten in der Ferne eine Art Klippe, die das mit reifem Getreide bedeckte Gelände überragte.

Auf dem gegenüberliegenden Hügel war das Grün so reichlich, daß es die Häuser verbarg. Bäume, die sich als dunklere Linien vom Gras abhoben, teilten es in ungleiche Vierecke. Plötzlich konnten sie das ganze Gut übersehen. Ziegeldächer zeigten, wo der Pachthof war. Das Schloß mit seiner weißen Front stand rechts, ihm gegenüber lag ein Wäldchen, und eine Rasenfläche ging bis an den Fluß, in dem sich eine Reihe von Platanen spiegelte.

Die beiden Freunde erreichten ein Luzernenfeld, das abgeerntet wurde. Frauen mit Strohhüten, Kopftüchern aus Kattun oder Augenschützern aus Papier harkten das Heu zusammen; und am anderen Ende des Feldes, in der Nähe der Heuhaufen, warf man eilig die Bündel auf einen langen Wagen, der mit drei Pferden bespannt war. Der Graf kam mit seinem Verwalter auf sie zu. Sein Anzug war aus Barchent; er hielt sich sehr gerade und trug Koteletten. Er erinnerte in seinem Äußeren zugleich an einen höheren Beamten und an einen Dandy. Selbst wenn er sprach, blieb sein Gesicht unbewegt.

Nach dem Austausch der ersten Höflichkeiten erläuterte der Graf ihnen sein System für das Viehfutter: man wendete die Schwaden ohne sie auszustreuen; die Haufen müßten konisch sein und die Bündel unmittelbar an Ort und Stelle geschnürt und dann zu je zehn aufgehäuft werden. Was den englischen Harker beträfe, könne er dieses Gerät auf dem unebenen Wiesengelände nicht empfehlen.

Ein kleines Mädchen in durchlöchertem Kleid, die nackten Füße in Holzschuhen, gab den Frauen Apfelwein aus einem Krug zu trinken, den es gegen die Hüfte stützte. Der Graf fragte, woher das Kind komme; man wußte es nicht. Die Heuerinnen hatten es mitgenommen, damit es ihnen während der Ernte zur Hand ginge. Er zuckte mit den Achseln, und als sie weitergingen, klagte er über die Unsittlichkeit auf dem flachen Land.

Bouvard lobte die Luzerne. Sie wäre in der Tat ziemlich gut, trotz der Verheerungen durch die Klebe. Die zukünftigen Agronomen machten bei dem Wort ›Klebe‹ große Augen.

Da er sehr viel Vieh habe, erklärte der Graf, seien für ihn die künstlichen Wiesen sehr wichtig, und sie wären eine gute Vorbereitung für die späteren Ernten, allerdings nicht bei Futterpflanzen:

»Mir zum mindesten scheint das unbestreitbar!«

Bouvard und Pécuchet erwiderten beide:

»Ja! Unbestreitbar.«

Sie standen jetzt am Rande eines Feldes, dessen Boden sorgsam gelockert war; ein Pferd, das mit der Hand geführt wurde, zog einen großen Kasten auf drei Rädern. Sieben Pflugmesser, die unten angebracht waren, zogen parallele, feine Furchen, in die das Saatgut durch die bis auf den Boden reichenden Röhren fiel.

»Hier«, sagte der Graf, »säe ich Steckrüben. Sie sind die Basis meines alle vier Jahre wechselnden Anbauplans.«

Und dann erklärte er ihnen die Sämaschine. Aber ein Diener holte ihn; er wurde im Schloß verlangt.

Sein Verwalter vertrat ihn; er hatte ein verschlagenes Gesicht und kriecherische Manieren. Er führte ›die Herren‹ auf ein anderes Feld, auf dem vierzehn Schnitter mit nacktem Oberkörper und gespreizten Beinen Roggen mähten. Die Sensen pfiffen durch die Halme, die sich nach rechts neigten. Jeder beschrieb vor sich einen großen Halbkreis, und alle rückten in derselben Linie und zur selben Zeit vor. Die beiden Pariser bewunderten ihre Arme und empfanden etwas wie religiöse Verehrung für den Reichtum der Erde. Danach gingen sie an mehreren Äckern vorbei, die für die Saat bestellt waren. Die Dämmerung kam, Krähen ließen sich in den Furchen nieder.

Dann begegneten sie der Herde. Die Schafe weideten, und man hörte, wie sie das Gras abrupften. Der Hirt saß auf einem Baumstumpf, strickte einen wollenen Strumpf, und sein Hund saß neben ihm.

Der Verwalter half Bouvard und Pécuchet beim Übersteigen des Holztritts über die Hecke, und nun kamen sie durch zwei Obstgärten, in denen Kühe unter den Apfelbäumen wiederkäuten.

Alle Gebäude des Bauernhofes stießen aneinander und nahmen drei Seiten ein. Hier wurde die Arbeit mechanisch durch eine Turbine geleistet; man benutzte das umgeleitete Wasser eines Baches dazu. Treibriemen gingen von einem Dach zum anderen, und mitten auf dem Misthaufen arbeitete eine eiserne Pumpe.

In den Schafställen machte der Verwalter auf kleine Öffnungen, die am Boden angebracht waren, und in den Schweineställen auf sinnreiche Türen aufmerksam, die sich von selbst schlossen.

Die Scheune war wie eine Kathedrale gewölbt, sie hatte Bogen aus Ziegelsteinen, die auf Steinmauern ruhten.

Um den Herren ein Vergnügen zu machen, warf eine Magd den Hühnern einige Handvoll Hafer hin.

Der Baum der Kelter erschien ihnen riesenhaft. Sie stiegen in das Taubenhaus. Vor allem aber staunten sie über die Milchkammer. Von den Wasserhähnen in den Ecken konnte der Steinboden überschwemmt werden; er überraschte die Eintretenden durch seine angenehme Kühle. Braune, irdene Krüge, die nebeneinander auf Gestellen standen, waren bis zum Rand mit Milch gefüllt. Kleinere Näpfe enthielten Sahne. Die Butterwellen, die in ihrer Form an stumpfe Kupfersäulen erinnerten, standen nebeneinander, und über den Rand der Blech-

eimer, die man gerade auf die Erde gestellt hatte, quoll der Schaum.
Aber das Wertvollste auf dem Hof war der Kuhstall. Holzlatten, die senkrecht in seiner ganzen Länge eingelassen waren, teilten ihn in zwei Abteilungen: die eine für das Vieh, und eine für die Knechte. Es war kaum etwas zu erkennen, denn alle Luken waren geschlossen. Die Ochsen waren angekettet und fraßen; ihre Leiber strahlten Wärme aus, die die niedrige Decke wieder nach unten schlug. Es wurde Licht gemacht, ein Wasserstrahl ergoß sich plötzlich in die Rinne, die vor den Raufen herlief. Brüllen erhob sich; die Hörner klangen wie aneinandergeschlagene Stöcke. Alle Ochsen streckten ihre Mäuler zwischen die Stäbe, um zu saufen.
Die großen Gespanne kamen in den Hof. Füllen wieherten. Im Erdgeschoß wurden ein paar Laternen angezündet, dann verschwanden sie. Das Gesinde kam vorbei, schlurrte mit seinen Holzschuhen über die Steine, und dann rief die Glocke zum Abendbrot.
Die beiden Besucher verabschiedeten sich.
Alles, was sie gesehen hatten, entzückte sie. Ihr Entschluß stand fest. Noch am selben Abend holten sie aus ihrer Bibliothek die vier Bände des *Maison rustique*, bestellten sich die Abhandlungen Gasparins und abonnierten auf eine landwirtschaftliche Zeitung.
Um die Märkte bequemer zu erreichen, kauften sie eine zweirädrige Kutsche, die Bouvard lenkte.
In blauem Kittel, breitrandigem Hut, mit Gamaschen, die bis zu den Knien reichten, und einem Stock in der Hand, wie Pferdehändler ihn zu tragen pflegen, strichen sie um das Vieh, fragten die Landwirte aus und fehlten bei keiner landwirtschaftlichen Ausstellung.
Bald fielen sie Gouy mit ihren Ratschlägen auf die Nerven. Seine Dreifelderwirtschaft gefiel ihnen gar nicht. Aber der Pächter wollte das einmal eingeführte System nicht aufgeben.

Wegen des Hagelschlags bat er, ihm eine Vierteljahrespacht zu erlassen. Um die Lieferung der Naturalien kümmerte er sich nicht. Selbst bei den berechtigsten Beschwerden erhob seine Frau ein großes Geschrei.

Schließlich erklärte Bouvard, den Vertrag nicht erneuern zu wollen.

Nun sparte Gouy mit dem Dünger, ließ das Unkraut wuchern, richtete den Boden zugrunde und verließ den Hof mit wütendem Gesicht, was vermuten ließ, daß er auf Rache sann.

Bouvard glaubte, daß zwanzigtausend Francs, also mehr als der vierfache Pachtpreis, für den Anfang genügten. Sein Notar in Paris schickte ihm diese Summe.

Ihr Besitz umfaßte fünfzehn Hektar an Höfen und Wiesen, dreiundzwanzig an bestellbarem Land und fünf an Brachland, das auf einem mit Steinen bedeckten Hügel lag, die ›Butte‹ genannt.

Sie schafften gleich alle notwendigen Geräte an, dazu vier Pferde, zwölf Kühe, sechs Schweine, hundertsechzig Schafe und dingten zwei Knechte, zwei Mägde und einen Hirten. Außerdem kauften sie einen großen Hund.

Um gleich zu Geld zu kommen, verkauften sie das Futter; der Erlös wurde in ihrem Haus ausgehändigt. Die goldenen Napoleons, die auf der Haferkiste aufgezählt wurden, schienen ihnen leuchtender als andere, außergewöhnlich und schöner.

Im November kelterten sie Apfelwein. Bouvard trieb das Pferd an, und Pécuchet, der in den Bottich gestiegen war, rührte mit einer Schaufel in den Trebern.

Sie keuchten, wenn sie die Schraube anzogen, schöpften den Zucker aus dem Kühlbottich, überwachten die Spundlöcher, trugen schwere Holzschuhe und waren glücklich.

Von dem Grundsatz ausgehend, man könne nie genug Getreide haben, gaben sie ungefähr die Hälfte ihrer künstlichen Wiesen auf. Und da sie keinen Dünger hatten, nahmen sie Ölkuchen, die sie unzerkleinert in die Erde brachten. Das Ergebnis war erbärmlich.

Im nächsten Jahr säten sie sehr dicht. Schwere Gewitter legten das Getreide um.
Trotzdem wollten sie vor allem Weizen ziehen und begannen mit Hilfe eines Korbwagens, die Steine von der ›Butte‹ fortzuschaffen. Das ganze Jahr hindurch sah man vom Morgen bis zum Abend, bei Regen und Sonnenschein, den Korbwagen mit demselben Mann und demselben Pferd den kleinen Hügel hinauf- und herunter- und wieder hinauffahren. Manchmal ging Bouvard hinterher, machte auf halber Höhe halt und wischte sich den Schweiß von der Stirn. Da sie niemandem trauten, versorgten sie ihr Vieh selbst, verabreichten ihm Abführmittel und Klistiere.
Allerlei Verdruß stellte sich ein. Die Viehmagd wurde schwanger. Daraufhin nahmen sie verheiratete Leute. Jetzt wimmelte es bei ihnen von Kindern, Vettern, Kusinen, Onkeln und Schwägerinnen; ein ganzer Troß lebte auf ihre Kosten, und sie beschlossen, abwechselnd auf dem Pachthof zu schlafen.
Aber abends waren sie traurig. Das unsaubere Zimmer widerte sie an, und Germaine, die ihnen das Essen brachte, knurrte jedesmal über den weiten Weg. Sie wurden auf jede Weise betrogen. Die Drescher füllten ihre Trinkkrüge mit Getreide. Pécuchet erwischte einen dabei; er packte ihn bei den Schultern und warf ihn hinaus. Er rief:
»Elender! Du bist eine Schande für das Dorf, in dem du das Licht der Welt erblicktest!«
Niemand hatte Respekt vor ihm.
Übrigens machte er sich Gewissensbisse wegen des Gartens. Seine ganze Zeit würde er brauchen, ihn in Ordnung zu halten. Bouvard sollte sich mit dem Pachthof beschäftigen. Sie berieten hierüber, und so wurde es dann auch beschlossen.
Vor allem waren gute Mistbeete nötig. Pécuchet ließ eins aus Backsteinen bauen. Die Rahmen strich er selbst an, und da er die pralle Sonne fürchtete, weißte er alle Glasscheiben. Bei den Stecklingen entfernte er vorsichtig die Krone mit den Blättern. Dann machte er sich an das Einlegen. Er versuchte mehrere Ar-

ten des Pfropfens. Pfropfen mit der Pfeife, kronenweises Pfropfen, Augen-Pfropfen, krautartiges und englisches Pfropfen. Mit unendlicher Sorgfalt legte er die beiden Baste aufeinander, zog die Unterbindungen an und bedeckte das Ganze dann mit einer dicken Wachsschicht. Zweimal am Tag nahm er seine Gießkanne und schwenkte sie über die Pflanzen, als wolle er sie beweihräuchern. Und als sie unter dem Wasser, das als feiner Regen niederfiel, grün wurden, glaubte er, seinen eigenen Durst zu stillen und mit ihnen wieder zu erstehen. Dann riß er, wie in einem Rausch, den Brausekopf von der Gießkanne und setzte sie dem schweren Wasserstrahl aus.
Am Ende des Laubenganges, in der Nähe der Dame aus Gips, stand eine Art Hütte aus Rundhölzern. Hier schloß Pécuchet seine Geräte ein, und hier verbrachte er köstliche Stunden mit dem Verlesen des Samens, dem Schreiben der Etiketten und dem Ordnen seiner kleinen Töpfe. Wenn er sich ausruhte, setzte er sich auf eine Kiste vor die Tür und dachte über allerlei Verschönerungen nach.
Am Fuß der Freitreppe hatte er zwei Korbbeete mit Geranien geschaffen; zwischen die Zypressen und die Obstpyramiden pflanzte er Sonnenblumen, und als die Beete mit Butterblumen bepflanzt und alle Wege mit neuem Sand bestreut waren, strahlte der Garten in einer Fülle gelber Farben.
Aber das Mistbeet wimmelte von Larven. Trotz des frischen Mistes aus trockenen Blättern wuchsen unter den gestrichenen Rahmen mit den geweißten Scheiben nur verkümmerte Pflanzen. Die Stecklinge gingen nicht an; die Pfropfreiser lösten sich, der Saft der Senkreiser blieb stehen, an den Wurzeln der Bäume fraß der Schimmel. Die Samenbeete waren eine Wüstenei. Der Wind schien sich ein Vergnügen daraus zu machen, die Bohnenstangen umzuwerfen. Der zu reichliche Abtrittdung schadete den Erdbeerbeeten, die mangelhafte Beschneidung den Tomaten.
Die Kohlsprossen, Auberginen, Rüben, Brunnenkresse, die er in einem Saatkasten ziehen wollte, gingen nicht an. Nach dem

Tauwetter waren alle Artischocken verdorben. Der Kohl tröstete ihn. Einer besonders gab ihm Hoffnung. Er entfaltete sich, wuchs in die Höhe, war schließlich ein wahres Wunder – und durchaus ungenießbar. Einerlei! Pécuchet freute sich, ein solches Ungetüm sein eigen nennen zu können.

Dann versuchte er sich in dem, was ihm allerhöchste Kunst schien, dem Melonenanbau.

Er säte den Samen verschiedener Arten im Teller, die mit Blumenerde gefüllt waren, und setzte sie dann in sein Mistbeet. Darauf legte er ein neues Mistbeet an; und als es seine Hitze verloren hatte, pflanzte er die schönsten Setzlinge um und bedeckte sie mit Schutzgläsern. Er beschnitt sie genau wie es in ›Der gute Gärtner‹ zu lesen war, schonte die Blätter, ließ die Früchte ansetzen, wählte an jedem Zweig eine, zerstörte die anderen, und sobald sie so dick wie eine Nuß waren, legte er ein kleines Brett unter ihre Schale, damit sie durch die Berührung mit dem Mist nicht faulten. Er besprengte sie, setzte sie der Luft aus, putzte mit seinem Taschentuch den Niederschlag von den Schutzgläsern, und wenn sich Wolken zeigten, brachte er emsig Strohmatten herbei. Nachts schlief er nicht. Mehrere Male stand er auf und ging im Hemd, die nackten Füße in den Schuhen, zitternd durch den ganzen Garten, um seine Bettdecke auf die Treibkästen zu legen.

Die Melonen reiften. Bei der ersten schnitt Bouvard eine Grimasse. Die zweite war nicht besser, auch die dritte nicht; für jede fand Pécuchet eine neue Entschuldigung, bis auf die letzte, die er zum Fenster hinauswarf und dabei behauptete, dies alles sei ihm unerklärlich.

Da er die verschiedenen Arten nebeneinander gezogen hatte, vermischten sich die Zuckermelonen mit den Netzmelonen, die dicken portugiesischen mit den mongolischen, und da die Nähe der Tomaten die Zügellosigkeit vollständig machte, waren furchtbare Kreuzungen entstanden, die wie Kürbis schmeckten.

Dann warf sich Pécuchet auf die Blumenzucht. Er ließ sich von

Dumouchel Samenpflanzen schicken, kaufte einen Haufen Heideerde und machte sich entschlossen an die Arbeit. Aber er pflanzte Passionsblumen in den Schatten, Stiefmütterchen in die Sonne, bedeckte die Hyazinthen mit Mist, begoß die Lilien nach der Blüte, zerstörte die Rhododendren, weil er zu viele Zweige abband, um so neue Triebe zu erhalten, reizte die Fuchsien mit Leim und brachte einen Granatbaum dadurch zum Vertrocknen, daß er ihn dem Küchenfeuer aussetzte.
Als es kälter wurde, hüllte er die wilden Rosen in starkes Papier, das mit Talg überzogen war; das erinnerte an Zuckerhüte, die auf Stöcken in die Luft ragten. Die Stützen der Dahlien waren übermäßig hoch, und zwischen diesen geraden Stöcken hingen die gewundenen Zweige einer Sophora japonica, die immer dieselbe blieb, nicht einging, aber auch nicht wuchs.
Da die seltensten Bäume in den Gärten der Hauptstadt gedeihen, mußten sie es doch auch in Chavignolles; und Pécuchet kaufte indischen Flieder, chinesische Rosen und Eukalyptus, der damals gerade in Mode kam. Aber alle Experimente schlugen fehl. Und jedesmal war Pécuchet sehr erstaunt.
Aber auch Bouvard stieß auf Hindernisse. Der eine holte sich Rat beim anderen. Dann schlugen sie ein Buch auf und noch eins, und da diese jedesmal gegenteilige Ansichten vertraten, wußten sie nie, wozu sie sich entschließen sollten.
Puvis zum Beispiel empfahl den Mergel, Manuel Roret lehnte ihn ab.
Was den Gips betraf, so schienen trotz Franklins Beispiel Riéfel und Rigaud von ihm nicht begeistert zu sein.
Nach Bouvards Ansicht waren die Brachfelder ein altes Vorurteil. Leclerc jedoch verzeichnet die Fälle, wo sie fast unentbehrlich sind. Gasparin erwähnt einen Mann aus Lyon, der ein halbes Jahrhundert lang auf demselben Feld Getreide zog. Das aber wirft die Theorien der Koppelwirtschaft über den Haufen. Tull lobt über die Maßen das Pflügen der Felder auf Kosten der Düngung, und Major Beetson verwirft sogar die Düngung und das Pflügen.

Um sich auf das Wetter zu verstehen, studierten sie die Wolken nach der Einteilung von Luke-Howard. Sie beobachteten Wolken, die sich wie Mähnen hinziehen, andere, die wie Inseln aussahen, wieder andere, die an Schneeberge erinnerten, und versuchten, die Nimbus- von den Cirruswolken, die Stratus- von den Cumuluswolken zu unterscheiden. Aber bevor sie die richtigen Namen fanden, hatten die Wolken ihre Form schon wieder geändert.

Das Barometer täuschte sie, das Thermometer lehrte sie nichts; und sie nahmen ihre Zuflucht zu einem Mittel, das ein Priester aus der Touraine zur Zeit Ludwigs XIV. entdeckte. Ein in ein Glasgefäß gesperrter Blutegel sollte bei drohendem Regen steigen, bei schönem Wetter auf dem Boden des Gefäßes bleiben, und bei drohendem Unwetter sollte er hin- und herkriechen. Aber der Luftdruck war fast immer anders als das Benehmen des Blutegels. Da sperrten sie vier Blutegel in das Gefäß, und alle vier reagierten verschieden.

Nach langem Grübeln erkannte Bouvard, daß er sich geirrt hatte. Sein Gut erforderte eine großzügige Bewirtschaftung, einen Betrieb mit viel Arbeitskraft und Kapital. Was ihm an verfügbarem Geld blieb, dreißigtausend Francs, steckte er hinein.

Von Pécuchet angeregt, begeisterte er sich für den Dünger. In die Kompostgrube wurden Reisig, Blut, Eingeweide, Federn, alles, was er entdecken konnte, geworfen. Er nahm belgischen Blutdünger, flüssigen Schweizer Dünger, Lauge, geräucherte Heringe, Seetang, Lumpen, ließ Guano kommen, versuchte selbst, welchen herzustellen – und, seine Prinzipien auf die Spitze treibend, duldete nicht, daß der Urin verlorenging; er verbot die Aborte. Man brachte ihm Tierkadaver auf seinen Hof, mit denen er seine Felder düngte. Ihr zerstückeltes Aas lag auf ihnen herum. Bouvard lächelte inmitten des Gestanks. Eine Pumpe, die auf einen Karren gestellt war, spie Jauche auf die Ernten.

Zu denen, die sich ekelten, sagte er:

»Aber das ist Gold, reines Gold!«

Und er bedauerte, nicht noch mehr Mist zu haben. Wie glücklich sind da die Länder, in denen man natürliche Grotten findet, die voller Vogelmist sind!
Der Raps war kümmerlich, der Hafer mittelmäßig, und wegen seines Geruchs konnte er das Getreide nur schlecht verkaufen. Seltsam war es, daß auf der jetzt von Steinen gesäuberten ›Butte‹ weniger wuchs als früher.
Er hielt es für ratsam, seine Geräte zu erneuern. Er kaufte eine Messeregge, System Guillaume, einen Grubberpflug, System Valcourt, eine englische Sämaschine und den großen, räderlosen Pflug des Mathieu de Dombasle; aber der Pflüger schimpfte auf ihn.
»Lerne damit umzugehen!«
»Zeigen Sie es mir!«
Er versuchte, es zu zeigen, kam nicht zurecht, und die Bauern grinsten. Nie konnte er sie an die Glockenzeichen gewöhnen. Unaufhörlich schrie er hinter ihnen her, lief von einem Ort zum anderen, notierte seine Beobachtungen auf einen Block, verabredete Zusammenkünfte – dachte aber dann nicht mehr daran. Und ihm wirbelte der Kopf von Unternehmergedanken.
Er wollte Mohn anbauen und so Opium gewinnen, vor allem aber Tragant, den er unter dem Namen ›Familienkaffee‹ verkaufen wollte.
Um seine Ochsen zu mästen, ließ er sie alle vierzehn Tage zur Ader.
Er schlachtete keins seiner Schweine und überfütterte sie mit gesalzenem Hafer. Bald war der Schweinestall zu klein. Die Tiere füllten den Hof, brachen die Zäune ein, bissen die Leute.
Während der großen Hitze bekamen fünfundzwanzig Hammel die Drehkrankheit und krepierten kurze Zeit darauf.
In derselben Woche gingen drei Ochsen ein, eine Folge der Aderlässe Bouvards.
Um die Engerlinge zu vernichten, kam er auf den Gedanken, Hühner in einen fahrbaren Käfig zu sperren, den zwei Männer

hinter dem Pflug herschoben: den Tieren wurden die Beine gebrochen.
Aus Gamanderblättern stellte er Bier her und gab es den Schnittern statt Apfelwein. Die Folge davon waren Leibschmerzen. Die Kinder weinten, die Frauen stöhnten, die Männer wurden wütend. Alle drohten, fortzugehen, und Bouvard gab klein bei.
Um sie von der Unschädlichkeit seines Getränks zu überzeugen, trank Bouvard vor ihren Augen mehrere Flaschen, fühlte sich danach nicht wohl, verbarg aber seine Schmerzen unter einer heiteren Miene. Er ließ sogar die Mixtur ins Haus bringen. Am Abend trank er noch einmal mit Pécuchet davon, und beide gaben sich redlich Mühe, sie recht gut zu finden. Sie durfte ja auch nicht umkommen.
Doch Bouvards Kolik wurde schlimmer, und Germaine mußte den Arzt holen.
Der Arzt war ein ernster Mann mit gewölbter Stirn, der zunächst anfing, seinem Kranken Angst zu machen. Die Brechruhr des Herrn käme sicher von dem Bier, von dem man im Dorf spräche. Er wollte seine Zusammensetzung wissen, die er dann mit wissenschaftlichen Ausdrücken achselzuckend tadelte. Pécuchet, von dem das Rezept stammte, war ganz niedergeschlagen.
Trotz der unterlassenen Düngung mit Kalk, des schädlichen zweiten Pflügens des Ackers und des zur Unzeit vorgenommenen Jätens hatte Bouvard im folgenden Jahr eine gute Weizenernte zu erwarten. Er kam auf den Gedanken, sie durch Gärung nach holländischem Muster, System Clap-Mayer, zu trocknen. Er ließ den Weizen mähen und in Diemen häufen, die geöffnet werden sollten, sobald das Gas daraus entwich. Dann sollte der Weizen der frischen Luft ausgesetzt werden. Bouvard war voller Hoffnung.
Als die beiden am folgenden Tag beim Mittagessen saßen, hörten sie unter den Buchen Trommelwirbel. Germaine ging hinaus, um nachzusehen, was los war, doch der Mann

war schon weit. Gleich darauf läutete die Glocke der Kirche Sturm.

Angst ergriff Bouvard und Pécuchet. Sie standen auf, und in ihrer Ungeduld, zu erfahren, was los sei, gingen sie barhaupt in der Richtung auf Chavignolles davon.

Eine alte Frau kam an ihnen vorbei. Sie wußte nichts.

Sie hielten einen kleinen Jungen an, der antwortete:

»Ich glaube, es brennt.«

Immer noch dröhnte die Trommel, die Glocke läutete stärker. Endlich erreichten sie die ersten Häuser des Dorfes. Der Krämer rief schon von weitem:

»Bei Ihnen brennt's!«

Pécuchet fing an zu laufen und sagte zu Bouvard, der Schritt hielt: »Eins, zwei; eins, zwei! – im Takt, wie die Jäger von Vincennes.«

Der Weg stieg an, auf dem sie liefen; das hügelige Gelände verbarg ihnen den Horizont. Endlich waren sie oben, in der Nähe der ›Butte‹ – und nun sahen sie das ganze Unglück. Mitten auf der kahlen Ebene, in der Ruhe des Abends, flammten die verstreut stehenden Diemen wie Vulkane.

Die größte umstanden ungefähr dreihundert Menschen, und auf Befehl des Bürgermeisters Foureau, der seine dreifarbige Schärpe umgebunden hatte, rissen Burschen mit Stangen und Haken das Stroh von der Spitze, um den Rest zu retten. In seiner Aufregung hätte Bouvard beinahe Frau Bordin umgerannt, die auch da war. Als er einen seiner Knechte sah, überhäufte er ihn mit Schimpfworten, weil er ihn nicht benachrichtigt hatte. In seinem übergroßen Eifer war der Knecht jedoch zuerst ins Haus, dann zur Kirche, endlich zu seinem Herrn gelaufen und nun zurückgekommen.

Bouvard verlor den Kopf. Sein Gesinde umringte ihn, alle sprachen, und er verbot, die Diemen auseinanderzureißen, jammerte um Hilfe, schrie nach Wasser und der Feuerwehr.

»Hätten wir nur eine!« schrie der Bürgermeister.

»Das ist Ihre Schuld!«

Er wurde wütend, führte unpassende Reden, und alle bewunderten die Geduld Foureaus, der sonst nicht mit sich spaßen ließ, was übrigens auch seine dicken Lippen und sein Bulldoggengesicht verrieten.
Die Hitze der Diemen wurde so groß, daß man sich ihnen nicht mehr nähern konnte. Unter den fressenden Flammen wand sich knisternd das Stroh, die Getreidekörner peitschten die Gesichter wie Schrotkugeln. Dann stürzte die Dieme zusammen zu einer einzigen großen Glut, aus der die Funken stoben, und über dieser roten Masse wogte das Licht, das in dem Wechsel seiner Farbe bald leuchtend rot, bald braun war wie geronnenes Blut.
Die Nacht brach herein, der Wind wehte, wirbelnder Rauch hüllte die Menge ein. Dann und wann zog ein Feuerfunke über den schwarzen Himmel. Bouvard betrachtete die Feuersbrunst und weinte leise. Seine Augen verschwanden unter den geschwollenen Lidern, sein Gesicht schien durch den Schmerz noch breiter geworden zu sein. Frau Bordin, die mit den Fransen ihres grünen Schals spielte, sagte zu ihm: ›Armer Herr‹ und versuchte, ihn zu trösten. Da niemand helfen könne, müsse man sich ins Unabänderliche fügen.
Pécuchet weinte nicht. Er war bleich, fast erdfahl, der Mund stand ihm offen, kalter Schweiß verklebte sein Haar. So stand er abseits, in Nachdenken versunken. Doch der Pfarrer, der plötzlich da war, murmelte mit einschmeichelnder Stimme:
»Ach, welches Unglück, wahrhaftig, das ist sehr bedauerlich. Seien Sie meiner Teilnahme versichert.«
Die anderen zeigten keinerlei Trauer. Lachend plauderten sie und hoben eine Hand zum Schutz gegen die Flammen. Ein alter Mann nahm brennende Halme auf und zündete seine Pfeife damit an. Kinder fingen an zu tanzen. Ein Schlingel schrie sogar, daß es sehr lustig wäre.
»Ja, sehr lustig«, wiederholte Pécuchet, der die Worte hörte.
Das Feuer wurde kleiner, die Haufen stürzten zusammen, und eine Stunde später war nur noch Asche übrig, die auf dem Felde

runde, schwarze Kreise zeichnete. Dann verlief sich die Menge.

Frau Bordin und der Abbé Jeufroy begleiteten die Herren Bouvard und Pécuchet bis vor ihr Haus.

Unterwegs machte die Witwe ihrem Nachbarn sehr liebenswürdige Vorwürfe wegen seiner Schüchternheit, und der Geistliche gab seiner Überraschung Ausdruck, daß er bis jetzt ein so ausgezeichnetes Mitglied seiner Gemeinde noch nicht kennengelernt habe.

Als sie allein waren, versuchten sie die Ursache des Brandes zu ergründen; anstatt wie alle anderen zuzugeben, daß das feuchte Stroh sich selbst entzündet hatte, vermuteten sie einen Racheakt. Vielleicht hatte Gouy oder der Maulwurffänger es getan. Vor einem halben Jahr hatte Bouvard dessen Dienste abgelehnt und sogar vor einem Kreis von Zuhörern behauptet, die Regierung sollte ihm sein Handwerk verbieten, da es sehr schädlich sei. Seit dieser Zeit strich der Mann in der Umgebung umher. Er trug jetzt einen Vollbart und machte einen furchtbaren Eindruck, besonders abends, wenn er am Rande der Höfe erschien und seine lange Stange schüttelte, an der die toten Maulwürfe baumelten.

Der Schaden war bedeutend. Pécuchet, der wissen wollte, wie es um ihr Vermögen stand, arbeitete acht Tage lang die Bücher Bouvards durch, die ihm wie ein wahres Labyrinth vorkamen. Nachdem er das Journal, die Korrespondenz und das Hauptbuch, das mit Bleistiftnotizen und Hinweisen bedeckt war, verglichen hatte, sah er klar: keine verkäufliche Ware, keinerlei Einnahme und dazu nichts in der Kasse. Die Kapital-Seite wies ein Defizit von dreiunddreißigtausend Francs auf.

Das wollte Bouvard nicht glauben, und mehr als zwanzigmal rechneten sie nach. Aber sie kamen immer wieder zu demselben Ergebnis. Noch zwei Jahre einer solchen Landwirtschaft, und ihr Vermögen war zum Teufel. Der einzige Ausweg war der Verkauf.

Ein Notar sollte aber doch zu Rate gezogen werden. Der Schritt war peinlich. Pécuchet nahm die Sache auf sich. Nach Herrn Marescots Ansicht war es besser, kein Verkaufsschild aufzustellen. Er würde mit ernsthaften Klienten über das Gut sprechen und ihre Vorschläge abwarten.

»Sehr gut«, sagte Bouvard, »so gewinnen wir Zeit.« Er wollte das Gut verpachten, und dann würde man schon zurechtkommen. »Wir werden nicht unglücklicher sein als früher; nur müssen wir jetzt sparen.«

Das ärgerte Pécuchet wegen des Gartens, und einige Tage später sagte er:

»Wir wollen uns ausschließlich mit Obstbaumzucht befassen, und zwar nicht zum Vergnügen, sondern aus Spekulation. Eine Birne, die auf drei Sous kommt, wird in der Hauptstadt manchmal zu fünf oder sechs Francs verkauft. Gärtner schaffen sich mit Aprikosen fünfundzwanzigtausend Francs Rente. In Petersburg bezahlt man im Winter für eine Weintraube einen Napoleon. Du mußt zugeben, daß das ein gutes Geschäft ist. Und was kostet das? Sorgfalt, Dung und das Schleifen eines Gartenmessers.«

Er redete Bouvard so sehr zu, daß sie gleich in ihren Büchern die Namen der Pflanzen suchten, die angeschafft werden sollten, und nachdem sie Namen, die ihnen wunderbar erschienen, ausgesucht hatten, wandten sie sich an einen Baumschulenbesitzer in Falaise, der ihnen gleich dreihundert Stämme schickte, die er anderswo nicht hatte unterbringen können.

Für die Spalierstangen hatten sie einen Schlosser, für die Spanner aus Eisendraht einen Eisenwarenhändler, für die Stützen einen Schreiner kommen lassen. Die Formen der Bäume wurden im voraus entworfen. Lattenstücke bildeten auf der Mauer Kandelaber. Zwei Pfähle an jedem Ende des Beetes hielten horizontal gespannte Eisendrähte; und im Obstgarten deuteten Reifen die Form von Vasen, Stäbchen in konischer Anordnung die Form von Pyramiden an, so daß jeder, der zu ihnen kam, glaubte, Teile irgendeiner unbekannten Maschine oder Gestelle für Feuerwerkskörper vor sich zu haben.

Nachdem die Löcher gegraben waren, schnitten sie die äußerste Spitze sowohl der guten als auch der schlechten Wurzeln ab und steckten sie in Kompost. Ein halbes Jahr später waren die jungen Pflanzen eingegangen. Bei dem Baumschulenbesitzer wurden neue bestellt, und wieder wurden sie eingepflanzt, diesmal aber in tiefere Löcher. Da aber der Regen den Boden aufweichte, gingen die Pfropfreiser von selbst in die Erde, und die Bäume wurzelten ab. Als der Frühling kam, fing Pécuchet mit dem Beschneiden der Birnbäume an. Er schnitt die Spitzen nicht ab, schonte den Wildwuchs; und da er absolut die Duchesse-Birnen, die die Zweige nur nach einer Seite bilden sollten, rechtwinklig legen wollte, zerbrach er sie oder riß sie ab. Bei den Pfirsichbäumen vertat er sich mit den oberen und den unteren Zweigen. Lücken und dichter Bewuchs zeigten sich immer da, wo sie nicht sein sollten, und es war unmöglich, am Spalier ein vollkommenes Rechteck mit sechs Zweigen rechts und sechs Zweigen links zu erhalten, die mit den beiden Hauptzweigen eine schöne Fischgräte gebildet hätten. Bouvard versuchte, den Aprikosenbäumen die gewünschte Richtung zu geben; auch sie wollten nicht. Da schnitt er sie dicht am Boden ab, keiner wuchs weiter. Die Kirschbäume, in die er Einschnitte gemacht hatte, fingen nun an zu harzen. Zuerst beschnitten sie sie sehr weit, wodurch die Augen am Grunde eingingen, dann zu kurz, wodurch wilde Triebe ansetzten; oft zögerten sie, da sie die Blattknospen nicht von den Blütenknospen unterscheiden konnten. Über die Blüten hatten sie sich gefreut; als sie aber ihren Fehler eingesehen hatten, rissen sie dreiviertel davon ab, um den Rest zu stärken.

Immer wieder sprachen sie über Saft und Kambium, über Anspalieren, Beschneiden und Wegnehmen der Augen.

Mitten in ihrem Eßzimmer hatten sie in einem Rahmen die Liste ihrer Setzlinge. Jeder hatte eine Nummer, die mit der im Garten übereinstimmte und auf einem kleinen Holzschildchen am Fuß des Baumes angebracht war.

Mit der Morgenröte standen sie auf und arbeiteten bis in die

Nacht, den Basthalter am Gürtel. An den kalten Frühlingsmorgen behielt Bouvard unter dem Kittel seine gestrickte Weste an, während Pécuchet unter seiner groben Leinwandschürze seinen alten Gehrock trug, und die Leute, die am Zaun vorbeigingen, hörten, wie sie im Nebel husteten.

Manchmal zog Pécuchet sein Handbuch aus der Tasche und studierte stehend, den Spaten in der Hand, einen Absatz; genau wie der Gärtner, der das Titelblatt des Buches zierte. Diese Ähnlichkeit schmeichelte ihm sehr, und so wuchs seine Achtung für den Verfasser.

Bouvard saß beständig auf einer hohen Leiter vor den Pyramiden. Eines Tages wurde er schwindlig, und da er nicht wagte, hinunterzusteigen, rief er Pécuchet zu Hilfe.

Endlich zeigten sich Birnen, und im Obstgarten sah man Pflaumen. Da wandten sie gegen die Vögel alle empfohlenen Listen an. Aber die Glasscherben spiegelten so, daß sie selbst davon geblendet waren. Das Klappern der Windräder weckte sie nachts, und die Spatzen saßen auf der Vogelscheuche. Sie verfertigten eine zweite und sogar eine dritte, die sie unnötigerweise alle anders kleideten.

Indessen konnten sie mit einigen Früchten rechnen. Dies hatte Pécuchet gerade Bouvard mitgeteilt, als es plötzlich anfing zu donnern; und es regnete, ein schwerer und heftiger Regen. Von Zeit zu Zeit rüttelte der Wind am Spalier. Die Stützen fielen eine nach der andern um, und die armen, schwankenden Pyramiden stießen mit ihren Birnen aneinander.

Pécuchet, den der Regen überrascht hatte, war in die Hütte geflüchtet. Bouvard war gerade in der Küche. Vor ihrer Nase sahen sie Holzstücke, Zweige, Ziegel herumwirbeln. Und die Seemannsfrauen, die zehn Meilen entfernt an der Küste auf das Meer hinausschauten, konnten nicht traurigeren und bedrückteren Herzens sein.

Plötzlich stürzten die Träger und die Stangen der Gegenspaliere mit dem Gitter auf die Beete.

Welches Bild, als sie den Schaden besahen! Kirschen und

Pflaumen lagen zwischen den schmelzenden Hagelkörnern auf dem Rasen. Die Passecolmar, die Bési-des-vétérans und die Triomphes-de-Jordoigne waren vernichtet. Von den Äpfeln waren kaum einige Bon-Papa und von den Tétons-de-Vénus zwölf übrig; die ganze Pfirsichernte rollte in den Pfützen, am Rande des entwurzelten Buchsbaums.

Nach dem Essen, bei dem sie sehr wenig zu sich nahmen, sagte Pécuchet sanft:

»Wir täten gut, auf dem Hof nachzusehen, ob nichts passiert ist.«

»Ach, wir würden nur weiteren Grund zur Trauer haben!«

»Schon möglich, Glück haben wir nicht.«

Und sie jammerten über ihr Schicksal und die Natur.

Bouvard stützte die Ellbogen auf den Tisch und ließ sein leises Pfeifen hören, und da nun mal alle Schmerzen miteinander in Verbindung stehen, dachte er gerade jetzt an seine alten, landwirtschaftlichen Pläne; besonders an die Mehlbereitung und eine neue Käseart.

Pécuchet atmete geräuschvoll; er schob eine Prise nach der anderen in die Nase und dachte dabei, daß er jetzt Mitglied eines landwirtschaftlichen Vereins sein könnte, wenn das Schicksal es gewollt hätte; er könnte bei den Ausstellungen glänzen und würde in den Zeitungen genannt.

Bouvard blickte traurig um sich.

»Bei Gott, ich habe Lust, den ganzen Krempel loszuschlagen. Wir könnten uns dann anderswo niederlassen.«

»Wie du willst«, sagte Pécuchet.

Und einen Augenblick später:

»Die Verfasser empfehlen uns, jeden direkten Säftekanal zu verstopfen. Dadurch wird aber der Saft behindert, und notwendigerweise leidet der Baum. Trüge er keine Früchte, könnte er sich wohlbefinden. Nun bringen aber die Bäume, die nie beschnitten und nie gedüngt werden, auch Früchte, die allerdings weniger groß, dafür aber um so saftiger sind. Wie kommt das? Und dabei erfordert nicht nur jede Art eine besondere Behandlung, sondern je nach dem Klima und der Temperatur jede einzelne Pflanze einen Haufen Dinge. Wo ist denn da eine Ordnung? Und welche Hoffnung haben wir auf irgendwelchen Erfolg oder Nutzen?«

Bouvard antwortete ihm:

»Bei Gasparin findest du, daß der Ertrag den zehnten Teil des Kapitals nicht übersteigen kann. Man brächte dieses Kapital also besser auf die Bank. Nach fünfzehn Jahren hätte es sich durch die Zinsen verdoppelt, und man selbst wäre dabei gesund geblieben.«

Pécuchet senkte den Kopf.

»Vielleicht ist die Obstbaumzucht Schwindel?«

»Genau so wie die Landwirtschaft«, antwortete Bouvard.

Dann machten sie sich wegen ihres zu großen Ehrgeizes Vorwürfe und beschlossen, sich von nun ab weniger zu plagen und mehr an ihr Geld zu denken. Wenn sie ab und zu die Bäume beschnitten, würde das genügen. Die Gegenspaliere verwarfen sie, und die eingegangenen oder umgewehten Bäume wollten sie nicht durch neue ersetzen; allerdings würden sich sehr häßliche Lücken zeigen, wenn man sich nicht dazu entschloß, alle anderen, die stehengeblieben waren, zu vernichten.

Was sollten sie tun?

Mit Hilfe seines Reißzeugs fertigte Pécuchet mehrere Skizzen an. Bouvard gab ihm gute Ratschläge. Aber sie kamen zu keinem befriedigenden Resultat. Zum Glück fanden sie in ihrer Bibliothek das Werk von Boitard: ›Der Gartenarchitekt‹.

Der Verfasser teilt die Gärten in eine unendlich große Zahl von Arten. Da ist zuerst die melancholische und romantische Art, die man an Immortellen erkennt, an Ruinen, Gräbern und einer Votivtafel für die Heilige Jungfrau, die die Stelle bezeichnet, wo ein vornehmer Herr unter dem Messer eines Mörders gefallen ist. Diese schreckliche Art stellt man durch überhängende Felsen, zerschmetterte Bäume, angezündete Hütten her; die exotische Art durch das Anpflanzen von peruanischen Fackeldisteln, um ›Erinnerungen an einen Farmer oder Reisenden

wachzurufen‹. Die ernste Art muß, wie in Ermenonville, einen Tempel der Philosophie haben. Obelisken und Triumphbogen charakterisieren die majestätische Art; Moos und Grotten die geheimnisvolle, ein See die träumerische Art. Es gibt sogar eine phantastische Art, deren schönstes Muster früher ein württembergischer Garten war – denn hier fand man nacheinander einen Eber, einen Eremiten, mehrere Grabdenkmäler und ein Boot, das sich von selbst vom Ufer löste und einen in ein elegantes Gemach fuhr, in dem Wasserstrahlen einen benetzten, wenn man sich auf das Sofa setzte.
Die Aussicht auf solche Wunder blendete Bouvard und Pécuchet. Die phantastische Art war nach ihrer Meinung den Fürsten vorbehalten. Der Tempel der Philosophie würde zuviel Platz beanspruchen. Die Votivtafel mit der Madonna würde bedeutungslos sein, da ja die Mörder fehlten, und die amerikanischen Pflanzen waren zu teuer – schlimm für die Farmer und Reisenden. Die Felsen aber waren möglich, ebenso die zerschmetterten Bäume, die Immortellen und das Moos; und mit wachsender Begeisterung schufen sie nach vielen Versuchen mit Hilfe eines einzigen Dieners und vermittels einer geringfügigen Summe einen Aufenthaltsort, der im ganzen Departement nicht seinesgleichen hatte.
An den stellenweise offenen Laubengang stieß das Wäldchen, das wie ein Labyrinth von gewundenen Wegen durchzogen war. In die Spaliermauer hatten sie einen Bogen brechen wollen, durch den man die Fernsicht genießen sollte. Da der obere Teil sich ungestützt nicht hielt, war ein ungeheures Loch entstanden, und die Trümmer lagen auf der Erde.
Sie hatten die Spargel geopfert und da, wo sie standen, ein etruskisches Grab gebaut, das heißt ein Viereck aus schwarzem Gips, das sechs Fuß hoch war und aussah wie eine Hundehütte. An den Ecken dieses Grabmals standen vier Tannen. Das Bauwerk sollte durch eine Urne gekrönt und durch eine Inschrift geziert werden.
In dem andern Teil des Gemüsegartens überspannte eine Art

Rialto ein Bassin, in dessen Rand Miesmuscheln eingelegt waren. Das Wasser versickerte. Doch das schadete nichts. Mit der Zeit würde eine Tonschicht es aufhalten. Der Schuppen war durch buntes Glas in eine ländliche Behausung umgewandelt worden.
Auf dem Gipfel des Schneckenbergs ruhte auf sechs vierkantig behauenen Bäumen eine Haube aus Eisenblech, deren Rand umgebogen war; das Ganze sollte eine chinesische Pagode vorstellen.
An den Ufern der Orne hatten sie Granitblöcke ausgesucht, sie zerschlagen, numeriert und dann eigenhändig in einem Karren nach Hause gefahren; diese Steine häuften sie aufeinander und verbanden sie mit Zement, und so erhob sich mitten auf dem Rasen ein Felsen, der wie eine riesige Kartoffel aussah.
Aber etwas fehlte doch noch, um die Harmonie zu vervollständigen. Sie legten die größte Linde des Laubenganges um, die sowieso schon zu einem Viertel abgestorben war, und legten sie der Länge nach durch den Garten, um so den Eindruck zu erwecken, ein Strom habe sie angeschwemmt oder der Blitz sie gefällt.
Als das Werk beendet war, rief Bouvard von der Freitreppe her:
»Von hier aus sieht man es besser.«
»Sieht man es besser«, schallte es zurück.
Pécuchet antwortete:
»Ich komme.«
»Komme.«
»Sieh da, ein Echo!«
»Echo!«
Bis dahin hatte die Linde es verhindert; jetzt wurde es durch die Pagode begünstigt, die der Scheune gegenüberstand, deren Giebel über den Laubengang ragte. Sie wollten nun das Echo versuchen, und es machte ihnen Spaß, Scherzworte zu rufen. Bouvard brüllte unanständige Worte.
Unter dem Vorwand, Geld abzuholen, war er mehrere Male in

Falaise gewesen; jedesmal kam er mit kleinen Paketen zurück, die er in seine Kommode schloß. Eines Morgens ging Pécuchet nach Bretteville und kam spät wieder. Er trug einen Korb, den er unter seinem Bett verbarg. Als Bouvard am anderen Tag erwachte, war er überrascht. Die beiden ersten Taxusbäume der großen Allee, die am Abend vorher noch kugelförmig gewesen waren, sahen aus wie Pfauen, und ein kleines Horn mit zwei Knöpfen aus Porzellan bildete den Schnabel und die Augen. Pécuchet war mit dem Morgengrauen aufgestanden, da er fürchtete, entdeckt zu werden. Er hatte die beiden Bäume beschnitten, wie es im Anhang der Werke angegeben war, die Dumouchel geschickt hatte.

Seit einem halben Jahr versuchten die anderen Bäume hinter diesen beiden, mehr oder weniger ähnlich Pyramiden darzustellen, Würfel, Zylinder, Hirsche oder Sessel. Aber nichts kam den Pfauen gleich. Bouvard erkannte das lobend an.

Er gab vor, seinen Spaten vergessen zu haben und zog seinen Gefährten mit in das Labyrinth, denn er hatte die Abwesenheit Pécuchets benutzt, um auch etwas Erhabenes zu schaffen.

Die Tür zu den Feldern hin war mit einer Gipsschicht bedeckt, auf der sich in bester Ordnung fünfhundert Pfeifenköpfe aneinanderreihten, die Abd-el-Kaders, Neger, Turkos, nackte Frauen, Pferdefüße und Totenköpfe darstellten.

»Verstehst du nun meine Ungeduld?«

»Ganz sicher.«

Und erregt umarmten sie sich.

Auch sie hatten, wie jeder Künstler, das Bedürfnis nach Beifall, und Bouvard kam auf den Gedanken, ein großes Essen zu geben.

»Sei vorsichtig«, meinte Pécuchet, »auf diese Weise wirst du bald viel Besuch haben, und das wird schließlich teuer.«

Aber das Fest wurde beschlossen.

Seit sie im Lande wohnten, hatten sie sich abseits gehalten. Da jeder wünschte, sie kennenzulernen, nahmen alle die Einladung an, außer Herrn de Faverges, den Geschäfte in die Hauptstadt

riefen. Sie hielten sich dafür an Herrn Hurel, seinem Faktotum, schadlos.
Beljambe, der Wirt, der früher in Lisieux Oberkoch gewesen war, sollte einige Gänge zubereiten. Er stellte auch einen Kellner. Germaine hatte die Viehmagd als Hilfe angefordert. Marianne, das Mädchen der Frau Bordin, sollte auch helfen. Ab vier Uhr stand das Tor weit offen, und die beiden Besitzer erwarteten voller Ungeduld ihre Gäste.
Hurel blieb unter dem Buchengang stehen, um seinen Gehrock in Ordnung zu bringen. Dann kam der Pfarrer. Er trug eine neue Soutane; und einen Augenblick später kam Herr Foureau in seiner Samtweste. Der Doktor reichte seiner Frau den Arm, die nur mühsam gehen konnte und sich unter einem Sonnenschirm schützte. Eine Flut von rosa Bändern wogte hinter ihnen: es war die Haube von Frau Bordin, die ein taubengraues, schillerndes Seidenkleid trug. Eine goldene Uhrkette baumelte auf ihrer Brust, und an ihren beiden Händen, die mit schwarzen Halbhandschuhen bedeckt waren, funkelten Ringe.
Endlich erschien der Notar. Er trug einen Panamahut und hatte ein Monokel im Auge; der Beamte konnte in ihm den Mann von Welt nicht unterdrücken.
Der Fußboden im Salon war so glatt gebohnert, daß man sich kaum auf den Füßen halten konnte. An der Wand standen acht Utrechter Sessel. Auf einem runden Tisch in der Mitte stand das Likörservice, und über dem Kamin hing das Bild von Bouvards Vater. Die nachgedunkelten Stellen, die im Gegenlicht sichtbar wurden, ließen den Mund verzogen erscheinen; die Augen schielten, und Schimmel auf den oberen Backen erinnerte deutlich an Koteletten. Die Gäste fanden, daß sein Sohn ihm glich, und Frau Bordin fügte mit einem Blick auf Bouvard hinzu, daß er ein sehr schöner Mann gewesen sein müsse.
Man wartete ungefähr eine Stunde. Dann sagte Pécuchet, man könne jetzt ins Speisezimmer gehen. Wie im Salon waren auch hier die weißen Kalikovorhänge mit roter Borde vor die Fenster gezogen, und die Sonne, die durch den Stoff schien, warf gold-

gelbes Licht auf die Wandtäfelung, deren einziger Schmuck ein Barometer war.

Bouvard setzte sich zwischen die beiden Damen. Links von Pécuchet saß der Bürgermeister, rechts der Pfarrer. Das Essen begann mit Austern, sie schmeckten nach Schlamm. Bouvard war untröstlich, erging sich in Entschuldigungen, und Pécuchet ging hinaus, um Beljambe in der Küche die Meinung zu sagen.

Während der ersten Gänge, die aus einer Rautenscholle, Pasteten und gedämpften Tauben bestanden, drehte sich die Unterhaltung um die Apfelweinbereitung.

Dann kam man auf bekömmliche und unbekömmliche Speisen zu sprechen. Natürlich wurde der Arzt um Rat gefragt. Er beurteilte die Dinge skeptisch, wie ein Mann, der auf den Grund der Wissenschaft geblickt hat, und duldete nicht den geringsten Widerspruch.

Zum Lendenbraten wurde Burgunder gereicht. Er war trübe. Bouvard schob dieses Malheur auf das Spülen der Flasche und ließ ohne besonderen Erfolg drei andere Flaschen probieren. Dann goß er St. Julien ein, der augenscheinlich noch zu jung war. Keiner der Gäste sagte ein Wort. Hurel lächelte ständig. Die schweren Schritte des Kellners hallten auf den Fliesen wider.

Die untersetzte Frau Vaucorbeil, die dem Ende ihrer Schwangerschaft entgegensah, war verstimmt und hatte noch kein einziges Wort gesagt. Bouvard suchte vergeblich nach einem Thema und sprach schließlich mit ihr über das Theater in Caen.

»Meine Frau geht nie ins Theater«, sagte der Arzt.

Wenn Herr Marescot sich in Paris aufhielt, besuchte er nur die italienische Oper.

»Ich leistete mir manchmal einen Parterreplatz im Vaudeville, wo Schwänke gespielt wurden«, sagte Bouvard.

Foureau fragte Frau Bordin, ob sie Schwänke leiden möchte.

»Es kommt darauf an, wie sie sind«, antwortete sie.

Der Bürgermeister neckte sie. Sie blieb ihm die Antwort nicht schuldig. Ihre Hausfrauentalente waren übrigens bekannt, und ihr kleines Gut war in tadelloser Ordnung.

Foureau fragte Bouvard:

»Wollen Sie wirklich Ihr Gut verkaufen?«

»Lieber Gott, ich weiß noch nicht...«

»Wie? Auch nicht die Ecalles?« fuhr der Notar fort. »Das wäre was für Sie, Frau Bordin!«

Die Witwe zierte sich und sagte dann:

»Herr Bouvard wird wohl zuviel dafür verlangen.«

»Vielleicht läßt er mit sich reden?«

»Das will ich gar nicht erst versuchen.«

»Nun! Wie wär's mit einem Kuß?«

»Das können wir schon mal probieren«, sagte Bouvard.

Und unter dem lauten Beifall der Gesellschaft küßte er sie auf beide Wangen.

Fast im selben Augenblick entkorkte man den Champagner; das Knallen der Pfropfen erhöhte die Stimmung. Da gab Pécuchet ein Zeichen, die Vorhänge wurden aufgezogen, und vor den Augen der Gäste lag der Garten.

Im Dämmerlicht machte er einen verheerenden Eindruck. Wie ein Berg lag der Granitblock auf dem Rasen. Mitten im Spinat sah das Grab wie ein Würfel aus. Die venetianische Brücke über die Bohnen glich einem Circonflex und die Hütte im Hintergrund einem großen dunklen Fleck; um ihren poetischen Reiz zu erhöhen, hatten sie ihr Strohdach angezündet. In einer Reihe standen die als Hirsche und Sessel geschnittenen Taxusbäume bis an den umgelegten Baum, der quer vom Laubengang bis zur Laube reichte, wo die Tomaten wie Stalaktiten herabhingen. Hier und da leuchtete die gelbe Scheibe einer Sonnenblume. Die rot gestrichene chinesische Pagode auf dem Schneckenberg erinnerte an einen Leuchtturm. Die Schnäbel der Pfauen blitzten in der Sonne, und hinter dem Gitter, dessen Latten man abgerissen hatte, sah man bis zum Horizont nur flaches Land.

Als Bouvard und Pécuchet sahen, wie sehr ihre Gäste staunten, empfanden sie wirkliche Freude.

Frau Bordin bewunderte besonders die Pfauen; aber niemand brachte dem Grabmal, der eingeäscherten Hütte oder der eingestürzten Mauer Verständnis entgegen. Dann ging einer nach dem anderen über die Brücke. Um das Bassin zu füllen, hatten Bouvard und Pécuchet während des ganzen Morgens Wasser herbeigeschleppt. Es war zwischen den schlecht miteinander verbundenen Steinen des Bodens versickert, die jetzt eine Schlammschicht bedeckte.

Während sie umhergingen, begann eine lebhafte Kritik. »An Ihrer Stelle hätte ich das so gemacht.« – »Die Erbsen sind aber zurück.« – »Diese Ecke scheint mir, offen gestanden, nicht sauber.« – »Wenn Sie die Bäume so beschneiden, bekommen Sie nie Früchte.«

Bouvard erklärte, daß er auf Früchte keinen Wert lege.

Als sie am Laubengang vorbeigingen, machte er ein pfiffiges Gesicht und sagte zu den ihm folgenden Gästen:

»Ah! Da sitzt jemand, den wir stören; bitte tausendmal um Entschuldigung.«

Der Scherz machte keinen Eindruck; jeder kannte die Dame aus Gips.

Endlich kamen sie auf mehreren Umwegen durch das Labyrinth vor die Pfeifentür.

Alle sahen sich verblüfft an. Bouvard beobachtete die Gesichter seiner Gäste; und da er zu gern ihre Meinung erfahren wollte, sagte er:

»Was sagen Sie dazu?«

Frau Bordin fing an zu lachen, und alle lachten mit; der Pfarrer gluckste, Hurel hustete, dem Arzt kamen die Tränen in die Augen, seine Frau bekam einen Nervenkrampf – und Foureau, der sich nicht genierte, schlug einen Abd-el-Kader ab und steckte ihn zum Andenken in die Tasche.

Sie hatten den Laubengang verlassen, und Bouvard, der seine Gäste mit dem Echo überraschen wollte, schrie aus vollem Halse:

»Gehorsamer Diener, meine Damen!«

Nichts! Kein Echo! Die Ausbesserungen an der Scheune hatten es zerstört; Giebel und Dach waren abgerissen.
Der Kaffee wurde auf dem Schneckenberg gereicht, und die Herren wollten gerade mit dem Kugelspiel beginnen, als sie hinter dem Zaun einen Mann sahen, der sie beobachtete. Er war mager und sonnverbrannt, trug eine rote, zerlumpte Hose, eine blaue Jacke, kein Hemd; sein schwarzer Bart war kurz geschnitten. Er sagte mit rauher Stimme:
»Geben Sie mir ein Glas Wein.«
Der Bürgermeister und Abbé Jeufroy hatten ihn gleich erkannt. Es war ein ehemaliger Schreiner aus Chavignolles. »Gorju, verschwinden Sie«, sagte Herr Foureau. »Man bettelt doch nicht.«
»Ich betteln«, rief der Mann außer sich. »Ich bin sieben Jahre in Afrika im Krieg gewesen. Ich komme aus dem Krankenhaus. Keine Arbeit! Soll ich denn jemanden totschlagen, verdammt nochmal?«
Er beruhigte sich, stemmte beide Fäuste in die Hüften und betrachtete mit traurigem und spöttischem Gesicht die Bürger. Die Strapazen der Biwaks, Absinth und Fieber, ein ganzes Leben voll Elend und Völlerei, waren in seinen trüben Augen zu lesen. Seine bleichen Lippen zitterten und legten das Zahnfleisch bloß. Der weite, purpurn gefärbte Himmel hüllte ihn in blutiges Licht, und die Hartnäckigkeit, mit der er blieb, hatte etwas Schreckliches an sich.
Bouvard, der der Szene ein Ende machen wollte, holte eine Flasche, in der noch ein Rest war. Gierig leerte der Vagabund sie und verschwand dann gestikulierend im Haferfeld. Man tadelte Herrn Bouvard. Derartige Nachgiebigkeit begünstige die Unordnung. Aber Bouvard, den der Mißerfolg mit seinem Garten reizte, verteidigte das Volk – alle sprachen auf einmal.
Foureau lobte die Regierung über alle Maßen, Hurel kannte auf der Welt nichts anderes als Grundbesitz. Abbé Jeufroy jammerte, daß man die Religion nicht schütze. Pécuchet schimpfte über die Steuern. Frau Bordin rief immer wieder: »Ich kann vor al-

lem die Republik nicht leiden« – und der Arzt erklärte sich für den Fortschritt. »Denn schließlich, meine Herren, brauchen wir Reformen.« – »Möglich«, antwortete Foureau, »aber all diese Ideen schaden dem Geschäft!« – »Ich pfeife auf das Geschäft!« rief Pécuchet.

Vaucorbeil fuhr fort: »Dann lassen Sie wenigstens kluge Köpfe in unsere Wahlklasse.«

Soweit ging Bouvard aber nicht.

»Ist das Ihre Meinung?« fragte der Arzt. »Dann weiß ich, wer Sie sind! Guten Abend! Und ich wünsche Ihnen die Sintflut, damit Sie auf Ihrem Tümpel Kahn fahren können.«

»Ich gehe auch«, sagte einen Augenblick später Herr Foureau; er zeigte auf seine Tasche, in der er den Abd-el-Kader hatte, und fuhr dann fort: »Wenn ich einen brauche, komme ich wieder.«

Bevor der Pfarrer ging, meinte er schüchtern zu Pécuchet, daß er das ›Götzenbild‹ mitten im Gemüse für unpassend halte. Hurel grüßte die Gesellschaft beim Fortgehen sehr devot. Herr Marescot war schon nach dem Dessert verschwunden.

Frau Bordin erklärte noch einmal alle Einzelheiten über die Essiggurken, versprach ein zweites Rezept für Pflaumen in Branntwein und ging noch dreimal in der großen Allee auf und ab; aber als sie nahe an der Linde vorbeiging, blieb sie mit dem Kleid hängen, und man hörte deutlich, wie sie sagte:

»Lieber Gott, was für ein Blödsinn ist dieser Baum!«

Bis Mitternacht machten die beiden Gastgeber ihrem Groll in der Laube Luft.

Zweifellos waren an dem Essen zwei oder drei Kleinigkeiten zu tadeln; aber die Gäste hatten eingehauen wie Menschenfresser, das bewies doch, daß es nicht so schlecht war. Daß sie aber alle so über den Garten schimpften, war nichts als Neid. Beide gerieten in Hitze:

»So! Das Wasser fehlt im Bassin! Nur Geduld, sie sollen sogar noch einen Schwan und Fische zu sehen bekommen!«

»Die Pagode haben sie kaum angesehen.«

»Zu behaupten, die Ruinen wären schmutzig!«
»Nur ein Dummkopf kann so reden!«
»Und das Grabmal soll unpassend sein! Warum denn? Darf man auf seinem eigenen Boden nicht bauen, was man will? Ich will mich sogar darin begraben lassen.«
»Sage doch nicht so etwas!« rief Pécuchet ganz erschrocken.
Dann sprachen sie über jeden der Gäste.
»Der Arzt scheint mir ein schöner Poseur zu sein.«
»Hast du gesehen, wie Marescot vor dem Bild grinste?«
»Der Bürgermeister ist ein ausgemachter Flegel. Wenn man in einem Haus zu Mittag ißt, zum Donnerwetter, dann respektiert man wenigstens die Sehenswürdigkeiten.«
»Und Frau Bordin?« sagte Bouvard.
»Ja, eine nette Intrigantin. Laß mich mit der in Ruhe!«
Angeekelt von der Gesellschaft beschlossen sie, mit niemandem zu verkehren und zu Hause für sich allein zu leben. Und nun verbrachten sie ganze Tage im Keller, um den Weinstein aus den Flaschen zu entfernen. Sie polierten alle Möbel, bohnerten die Zimmer. Und abends, wenn sie im Kamin das Holz brennen sahen, unterhielten sie sich über das beste Heizungssystem.
Aus Sparsamkeit versuchten sie, selbst Schinken zu räuchern und zu waschen. Germaine, die sie bei der Arbeit störten, hatte dafür nur ein Achselzucken. Als aber die Einmachzeit kam, riß ihr die Geduld, und die beiden zogen sich in das Backhaus zurück.
Es war das frühere Waschhaus. Unter Reisigbündeln lag ein großer, ausgemauerter Kübel, der für ihre Pläne wie geschaffen war, denn sie hatten den Ehrgeiz, jetzt selbst Konserven zu fabrizieren.
Vierzehn Einmachgläser wurden mit Tomaten und Erbsen gefüllt; sie verschmierten die Stopfen mit ungelöschtem Kalk und Käse, legten Leinwandstreifen auf die Ränder und tauchten sie in kochendes Wasser. Es verdampfte. Sie gossen kaltes nach. Der Temperaturunterschied brachte die Gläser zum Platzen. Sie retteten nur drei.

Dann verschafften sie sich alte Sardinenbüchsen, legten Kalbskoteletten hinein und steckten sie in ein Sandbad. Rund wie Ballons kamen sie wieder heraus. Wenn sie erst abgekühlt wären, würden sie schon wieder flach werden. Sie setzten ihre Versuche fort und füllten andere Büchsen mit Eiern, Endivien, Hummer, einem Fischgericht, einer Suppe – und sie beglückwünschten sich, daß es ihnen gelungen sei, wie Herr Appert ›die Jahreszeiten festgelegt zu haben‹. – Nach Pécuchets Meinung waren solche Entdeckungen weit höher zu bewerten als die Heldentaten der Eroberer.
Sie verbesserten die Essiggurken der Frau Bordin, indem sie den Essig mit Pfeffer würzten; und ihre Pflaumen mit Branntwein waren viel besser! Sie schwemmten Himbeeren mit Absinth und Wasser auf, um ein wohlschmeckendes Getränk zu bereiten. In einem Faß aus Bagnols wollten sie aus Honig und Engelswurz Malagawein bereiten, auch die Herstellung von Champagner nahmen sie in Angriff. Die Flaschen mit Chablis, der mit Most verschnitten wurde, platzten von selbst! Da zweifelten sie nicht mehr am Erfolg. Und während sie so weiter studierten, kam ihnen der Verdacht, daß alle Lebensmittel gefälscht waren.
Sie schikanierten den Bäcker wegen der Farbe seines Brotes. Sie verfeindeten sich mit dem Krämer, dem sie vorwarfen, er verfälsche seine Schokolade. Sie gingen nach Falaise und kauften Brustbeerpaste; vor den Augen des Apothekers machten sie mit seiner Paste die Wasserprobe. Sie sah bald aus wie eine Speckschwarte, womit der Beweis für das Vorhandensein von Gelatine erbracht war.
Nach diesem Triumph kannte ihr Stolz keine Grenzen mehr. Sie kauften die Geräte eines bankrotten Destillateurs. Bald brachte man: Siebe, Tönnchen, Trichter, Schaumlöffel, Filtriersäcke und Waagen, dazu einen Holzkübel mit einer Kugel und eine kupferne Retorte mit Helmkühler, die einen Schmelzofen mit einem Rauchfang erforderte. Sie lernten Zucker läutern und die verschiedenen Arten, ihn einzukochen, kannten

bald den grob- und feinkörnigen Zucker, den Schaumzucker, den aufgegangenen, den schleimigen und den Karamelzucker. Aber sie konnten es kaum abwarten, bis sie die Retorte gebrauchen mußten, und sie fingen mit der Herstellung der feinen Liköre an, und zwar zuerst mit dem Anisette. Aber entweder verschwanden die zugesetzten Stoffe mit der Flüssigkeit oder sie setzten sich am Boden fest; dann wieder hatten sie sich in der Dosierung geirrt.

Um sie leuchteten die großen Kupferbecken, die Retorten streckten ihren spitzen Schnabel vor, die Pfännchen hingen an der Wand. Oft sortierte der eine Kräuter auf dem Tisch, während der andere die Kanonenkugel in dem aufgehängten Kübel rollen ließ; sie bewegten die Löffel, sie probierten das Gemisch.

Bouvard, der immer schwitzte, trug nur Hemd und Hose, die durch seine kurzen Hosenträger bis zum Magen hochgezogen wurde. Da er aber leichtfertig war wie ein Vogel, vergaß er, das Querblech des Destillierkolbens zu schließen oder er heizte zu stark.

Pécuchet in seiner Bluse, die an einen Kinderkittel mit Ärmeln erinnerte, rechnete halblaut vor sich hin; und sie hielten sich für sehr ernsthafte Männer, die sich mit nützlichen Dingen beschäftigen.

Schließlich kamen sie auf den Gedanken, einen feinen Likör herzustellen, der alle anderen übertreffen sollte. Wie der Kümmel sollte er Koriander, wie der Maraschino Kirsch, wie Chartreuse Ysop, wie der Vespetro Bisam und wie der Crambambuli ›calamus aromaticus‹ enthalten; mit Sandelholz aber wollten sie ihn rot färben. Unter welchem Namen aber sollten sie ihn in den Handel bringen? Es mußte ein Name sein, der leicht zu behalten und doch seltsam war. Nach langem Suchen beschlossen sie, ihn Bouvarine zu taufen.

Als der Herbst zu Ende ging, zeigten sich in den drei Konservengläsern Flecken. Die Tomaten und die Erbsen rochen verfault. Ob das mit dem Verschluß zusammenhing? Und nun quälte sie wieder das Problem des Verschlusses.

Aber es fehlte ihnen an Geld, um neue Mittel auszuprobieren. Der Pachthof machte ihnen Sorge. Schon öfters waren Leute gekommen, die pachten wollten, aber keiner hatte Bouvard gepaßt. Unterdessen besorgte nach seinen Anordnungen der erste Knecht die Wirtschaft, und zwar mit einer so gefährlichen Sparsamkeit, daß die Ernten immer spärlicher wurden und alles dem Verfall entgegenging. Als sie wieder einmal von ihren Geldverlegenheiten sprachen, kam Meister Gouy ins Laboratorium. Seine Frau begleitete ihn, hielt sich aber schüchtern im Hintergrund.

Die Äcker waren, dank der erhaltenen Behandlung, besser geworden. Er wollte den Pachthof wieder übernehmen und machte ihn schlecht. Trotz all ihrer Arbeit wäre der Ertrag zweifelhaft. Kurz, wenn er ihn jetzt auch wieder nehmen wolle, so täte er das nur aus Liebe zur Heimat und aus Mitleid mit so guten Herren. – Er wurde kühl entlassen. Noch am selben Abend kam er wieder.

Pécuchet hatte Bouvard lange Vorhaltungen gemacht; sie wollten nachgeben. Gouy verlangte einen Nachlaß auf die Pacht; und als sie sich sträubten, wurde er immer lauter, so daß er schließlich nicht mehr sprach, sondern brüllte; er rief den lieben Gott zum Zeugen an, zählte seine Mühen auf und rühmte seine Verdienste.

Als er selbst einen Preis nennen sollte, senkte er den Kopf und sagte nichts. Da begann seine Frau, die neben der Tür mit einem großen Korb auf den Knien saß, mit den gleichen Beteuerungen und kreischte wie ein verwundetes Huhn.

Endlich wurde der Vertrag mit dem Pächter geschlossen. Die Pacht betrug dreitausend Francs jährlich; das war ein Drittel weniger als früher.

Noch in derselben Sitzung schlug Gouy vor, die Gerätschaften käuflich zu erwerben, und wieder wurde hin- und hergeredet.

Die Abschätzung der Geräte dauerte vierzehn Tage. Bouvard war halbtot vor Anstrengung. Er verkaufte alles für eine derart

lächerliche Summe, daß Gouy zuerst die Augen aufriß und dann rief »Abgemacht!« und alles mit Handschlag besiegelte.
Dann luden die Eigentümer, wie das Brauch ist, zu einem Imbiß im Haus ein. Weniger aus Freigebigkeit als in der Hoffnung, dafür gelobt zu werden, holte Pécuchet eine Flasche seines Malaga.
Der Bauer rümpfte die Nase und meinte:
»Das schmeckt wie Lakritzwasser.«
Seine Frau verlangte ein Glas Branntwein, ›um den Geschmack zu vertreiben‹.

Eine wichtigere Sache nahm sie ganz in Anspruch. Alle Elemente für die Bouvarine waren endlich beisammen.
Sie füllten sie zusammen mit Alkohol in den Destillierkolben, zündeten das Feuer an und warteten. Unterdessen nahm Pécuchet, den der Mißerfolg mit dem Malaga ärgerte, die Blechbüchsen aus dem Schrank, öffnete den Deckel der ersten, dann der zweiten, der dritten.
Wütend warf er sie fort und rief Bouvard.
Bouvard schloß den Hahn des Kühlrohrs und eilte zu den Konserven. Ihre Enttäuschung war grenzenlos. Die Kalbfleischschnitten sahen aus wie gekochte Sohlen. Der Hummer war eine schlammige Masse geworden. Das Fischgericht war nicht wiederzuerkennen. Auf der Suppe wucherten Pilze – und ein unerträglicher Gestank verpestete das Laboratorium.
Plötzlich zersprang mit dem Knall einer Granate die Retorte in tausend Stücke, die bis unter die Decke flogen, die Töpfe zerschlugen, die Schaumlöffel platt drückten, die Gläser zertrümmerten; die Kohlen fielen auf die Erde, der Ofen war entzwei – und am nächsten Morgen fand Germaine im Hof einen Spatel.
Der Druck des Dampfs hatte den Kessel gesprengt, und das um so leichter, weil Bouvard den Destillierkolben am Kühlrohr geschlossen hatte.
Pécuchet war gleich hinter einen Kübel gekrochen, und Bou-

vard hockte verstört auf einem Schemel. Zehn Minuten blieben sie in dieser Stellung, wagten nicht, sich zu bewegen, blaß vor Schrecken inmitten der Trümmer.

Als sie wieder sprechen konnten, fragten sie sich, warum denn gerade sie so viel Unglück hatten, warum ihnen auch dies noch zustoßen mußte. Aber sie fanden keine Erklärung. Sie begriffen nur, daß sie beinahe elend ums Leben gekommen wären. Pécuchet meinte schließlich:

»Vielleicht kommt es daher, daß wir von Chemie keine Ahnung haben.«

III

Sie schafften sich das Lehrbuch von Regnault an, nach dem sie die Chemie studieren wollten, und erfuhren als erstes, ›daß die einfachen Körper wahrscheinlich zusammengesetzt sind‹.

Man unterscheidet Metalloide und Metalle – ein Unterschied, der nach den Worten des Verfassers nichts ›Absolutes‹ hat. Über Säuren und Basen schrieb Regnault, ›daß sich Körper wie Säuren oder Basen je nach den Umständen verhalten können‹.

Die Bemerkung erschien ihnen seltsam. Pécuchet verwirrten die vielfachen Beziehungen.

»Da ein Molekül A, so nehme ich an, sich mit mehreren Teilen von B verbindet, so scheint mir, daß dieses Molekül sich in ebenso viele Teile zerlegen muß; wenn es sich aber zerlegt, hört es auf, die Einheit, das ursprüngliche Molekül zu sein. Kurz, das verstehe ich nicht.«

»Ich auch nicht«, sagte Bouvard.

Und sie nahmen ihre Zuflucht zu einem weniger schweren Werk, dem von Girardin, aus dem sie die Gewißheit schöpften, daß zehn Liter Luft hundert Gramm wiegen, daß in den Bleistiften kein Blei ist, daß der Diamant nichts anderes ist als Kohlenstoff. Ganz besonders staunten sie darüber, daß die Erde als Element nicht existiert.

Sie machten sich mit dem Lötrohr bekannt, befaßten sich mit Gold, Silber, Wäschelauge und dem Verzinnen von Bratpfannen; dann stürzten sich Bouvard und Pécuchet ohne Bedenken in die organische Chemie.

Wie wunderbar, daß bei den lebenden Wesen die Substanzen vorhanden sind, aus denen die Mineralien bestehen! Trotzdem empfanden sie bei dem Gedanken, daß sie Phosphor wie Streichhölzer, Albumin wie das Weiße im Ei, Wasserstoff wie die Laternen enthielten, etwas wie Demütigung.

Nach den Farben und den Fettkörpern kam die Gärung an die Reihe.
So kamen sie denn bald an die Säuren – aber das Gesetz der Äquivalente brachte sie wieder in Verlegenheit. Sie versuchten, es sich durch die Atomtheorie zu erklären, doch dabei wurde ihnen die Sache nur noch unklarer.
Um dies alles verstehen zu können, habe man Instrumente nötig, meinte Bouvard. Die kosteten aber viel Geld, und sie hatten schon zu viel ausgegeben.
Aber Dr. Vaucorbeil konnte ihnen doch sicher raten.
Sie besuchten ihn während der Sprechstunde.
»Wo fehlt's, meine Herren?«
Pécuchet erwiderte, daß sie nicht krank seien, und erklärte den Zweck ihres Besuchs.
Auf die Medizin übt sie einen sehr bedauerlichen Einfluß aus.«
Der Arzt wurde sehr rot; dann machte er ihnen Vorwürfe, daß sie sich gerade mit Chemie befassen wollten.
»Ihre Bedeutung leugne ich ja nicht, seien Sie dessen versichert! Doch augenblicklich bringt man sie mit allem in Verbindung.
»Wir möchten vor allem die höhere Atomlehre kennenlernen.«
Und die Autorität seiner Worte wurde durch einen Blick auf die ihn umgebenden Dinge und Instrumente bestärkt. Saftpflaster und Binden lagen auf dem Kamin. Der Instrumentenkasten lag mitten auf dem Schreibtisch, Sonden füllten ein Becken in der Ecke, und an der Wand hing eine Tafel mit einem Muskelskelett.
Pécuchet machte dem Arzt ein Kompliment.
»Anatomie muß doch ein schönes Studium sein!«
Herr Vaucorbeil erzählte nun, wie gern er früher seziert habe – und Bouvard fragte nach den Beziehungen zwischen dem Innern der Frau und dem des Mannes.
Um ihn zufriedenzustellen, entnahm der Arzt seiner Bibliothek einen Band anatomischer Tafeln.
»Nehmen Sie ihn mit; zu Hause können Sie die Tafeln in aller Ruhe betrachten.«

Der vorstehende Kiefer, die Augenhöhlen, die erschreckende Länge der Hände des Skeletts erregten ihr Staunen. Aber der erklärende Text fehlte ihnen. Sie gingen wieder zu Vaucorbeil und lernten aus dem Handbuch von Alexandre Lauth die Einteilung des Knochengerüsts kennen; sie staunten besonders über das Rückgrat, von dem es heißt, es sei sechzehnmal stärker, als wenn es der Herrgott gerade gemacht hätte. – Warum genau sechzehnmal?

Mit den Mittelhandknochen wurde Bouvard nicht fertig; und Pécuchet, der eifrig den Schädel studierte, verlor den Mut vor dem Keilbein, obgleich es einem türkischen oder ›türkesischen‹ Sattel gleicht.

Zuviel sehnige Bänder verbargen die Gelenke, und so machten sie sich an die Muskeln. Aber die Ansatzstellen waren nicht leicht zu finden, und als sie an die Wirbelbeinhöhlungen kamen, gaben sie es ganz auf.

Pécuchet sagte:

»Wie wäre es, wenn wir wieder mit der Chemie anfingen? Dann könnten wir doch das Laboratorium benutzen.«

Aber davon wollte Bouvard nichts wissen. Er meinte, irgendwo gehört zu haben, daß zum Studium in heißen Ländern künstliche Leichen hergestellt werden!

Er schrieb an Barberou und erhielt auch die gewünschte Auskunft. Für zehn Francs monatlich lieferte Herr Auzoux einen dieser Kerle. In der folgenden Woche setzte der Bote von Falaise vor ihrem Gitter eine längliche Kiste nieder. Ganz aufgeregt brachten sie sie ins Backhaus. Sie zogen die Nägel aus den Brettern, das Stroh fiel aus der Kiste, das Seidenpapier glitt ab, vor ihnen lag die Puppe.

Sie war ziegelrot, hatte keine Haare und keine Haut, war mit unzähligen blauen, roten und weißen Linien bedeckt und sah infolgedessen sehr bunt aus. Mit einer Leiche hatte das Ding wenig Ähnlichkeit, erinnerte vielmehr an ein sehr sauber ausgeführtes, aber häßliches Spielzeug und roch nach Firnis.

Dann hoben sie den Deckel von der Brust ab und sahen nun die

beiden Lungenflügel, die Schwämmen glichen; das Herz, das wie ein dickes Ei aussah und ein wenig zur Seite nach hinten lag; das Zwerchfell, die Nieren und die Eingeweide.
»Ans Werk!« sagte Pécuchet.
Sie arbeiteten den ganzen Tag und einen Teil des Abends. Wie die Studenten der Medizin, die im Seziersaal arbeiten, hatten sie lange Kittel an und arbeiteten beim Licht von drei Kerzen an ihren Pappstücken herum, als plötzlich ein Faustschlag gegen die Tür dröhnte.
»Aufmachen!«
Es war Herr Foureau in Begleitung des Feldhüters.
Die beiden Herren hatten sich den Spaß gemacht, Germaine ihre Puppe zu zeigen. Sie war gleich zum Krämer gelaufen und hatte die Sache erzählt, und jetzt glaubte das ganze Dorf, sie verbärgen in ihrem Haus einen wirklichen Toten. Foureau wollte sich selbst überzeugen, was von all dem Gerede zu halten war. Der Hof war voller Neugieriger.
Als er eintrat, lag die Puppe auf der Seite. Sie hatten gerade die Gesichtsmuskeln abgehoben, und so sprang das Auge schauerlich hervor und bot einen schrecklichen Anblick.
»Was wünschen Sie?« fragte Pécuchet.
Foureau stotterte:
»Nichts, absolut nichts.«
Er nahm eins der Stücke vom Tisch.
»Was ist das?«
»Der Trompetenmuskel«, antwortete Bouvard.
Foureau schwieg, lächelte spöttisch, ärgerte sich aber, daß sie sich mit etwas beschäftigten, wovon er nichts verstand. Die beiden Anatomen taten, als ließen sie sich in ihren Untersuchungen nicht stören. Die Leute, denen es auf der Schwelle zu langweilig wurde, hatten sich in das Backhaus geschoben, und da ein Gedränge entstand, fing der Tisch an zu wackeln.
»Das ist denn doch zu stark«, schrie Bouvard, »schaffen Sie uns die Leute vom Hals!«
Der Feldhüter trieb die Neugierigen zurück.

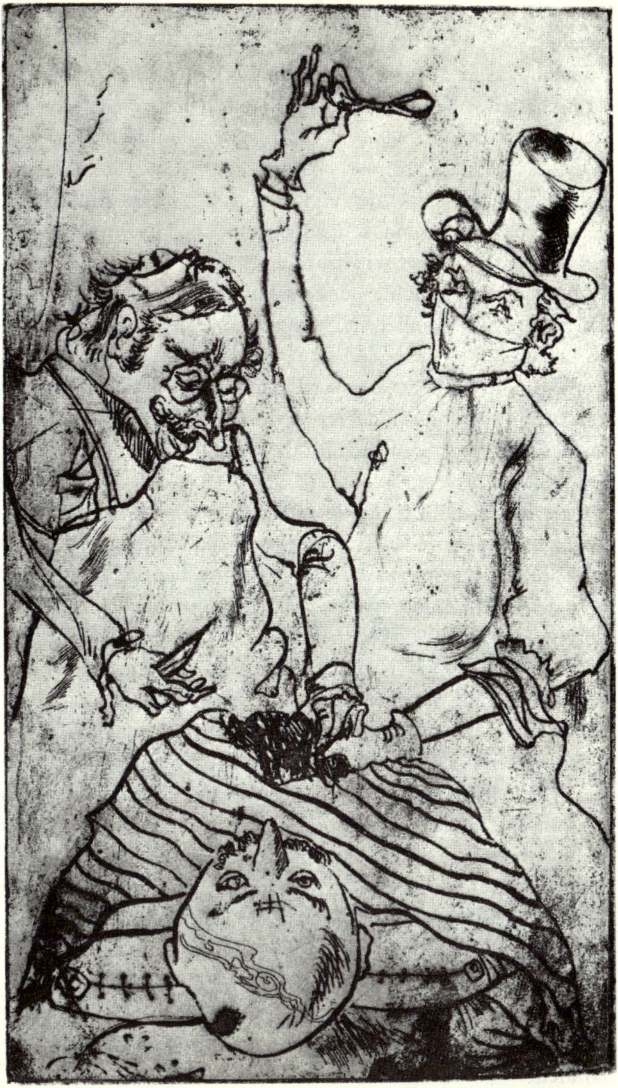

»So ist's gut«, sagte Bouvard, »wir brauchen hier keine Zuschauer.«
Foureau, der die Anspielung verstand, fragte ihn, ob sie das Recht hätten, einen solchen Gegenstand zu besitzen, da sie doch keine Ärzte seien. Er würde darüber an den Präfekten berichten.
Welches Land! Dümmer, barbarischer und rückständiger konnte niemand sein. Sie verglichen sich mit den andern und waren mit dem Ergebnis sehr zufrieden. Von Herzen gern wollten sie für die Wissenschaft leiden.
Auch der Arzt besuchte sie. Er schimpfte über die Puppe, die kaum der Natur ähnlich sei, benutzte aber die Gelegenheit, sie zu belehren.
Bouvard und Pécuchet waren entzückt, und Vaucorbeil lieh ihnen auf ihren Wunsch mehrere Bände aus seiner Bibliothek; er meinte allerdings, daß sie mit ihnen wohl kaum fertig werden würden.
Sie merkten sich die im *Dictionnaire des sciences médicales* verzeichneten Fälle von außergewöhnlicher Niederkunft, Langlebigkeit, Fettleibigkeit und Verstopfung. Sie bedauerten unendlich, den berühmten Kanadier von Beaumont, die Vielfraße Tarare und Bijou, die wassersüchtige Frau aus dem Departement Eure, den Piemontesen, der nur alle zwanzig Tage aufs Klosett ging, Simon von Mirepoix, der, als er starb, vollständig zu Knochen geworden war, und jenen alten Bürgermeister von Angoulême, dessen Nase drei Pfund wog, nicht gekannt zu haben.
Bei der Beschäftigung mit dem Gehirn kamen ihnen allerlei philosophische Gedanken. Ohne Schwierigkeiten unterschieden sie im Innern das Septum lucidum, das aus zwei Lamellen besteht; auch fanden sie die Zirbeldrüse, die wie eine kleine, rote Erbse aussieht. Doch außerdem gab es noch Protuberanzen und Ventrikel, Bögen, Pfeiler, Etagen, Ganglien und Adern aller Art, dazu das Pacchionische Foramen und das Pacinische Körperchen; kurz, ein unentwirrbarer Haufen. Ihr Leben schien ihnen nicht lang genug, dies alles verstehen und behalten zu können.

Oft kam es wie ein Rausch über sie. Dann nahmen sie das Modell ganz auseinander. Nachher aber konnten sie es nicht wieder zusammensetzen.
Es war eine anstrengende Arbeit, besonders nach dem Frühstück: es dauerte nicht lange, bis beide schliefen. Bouvard senkte den Kopf und streckte den Bauch vor. Pécuchet stützte die Ellbogen auf den Tisch und den Kopf in die Hände. Gerade dann kam oft Herr Vaucorbeil, der seine ersten Besuche hinter sich hatte. Er öffnete die Tür und rief:
»Nun, verehrte Kollegen, was macht die Anatomie?«
»Alles in Ordnung«, antworteten sie.
Dann fragte er nach Einzelheiten, denn es machte ihm Spaß, sie in Verlegenheit zu bringen.
Wenn sie von einem Organ genug hatten, gingen sie zum nächsten über; so beschäftigten sie sich bald mit dem Herzen und dem Magen, bald mit dem Ohr oder den Eingeweiden. Aber die Pappfigur hing ihnen zum Hals heraus, und trotz der größten Anstrengung gelang es ihnen nicht, ihr Interesse für sie wachzuhalten. Und eines Tages überraschte sie der Arzt, als sie sie wieder in die Kiste packten. »Bravo! Damit habe ich gerechnet!«
Sie wären zu alt, noch solche Sachen anzufangen – und das Lächeln, mit dem er seine Worte begleitete, verletzte sie tief. Wie kam er dazu, sie für unfähig zu halten? Gehörte die Wissenschaft etwa ihm? Stand er so hoch über ihnen?
Er hatte sie herausgefordert – und sie nahmen den Kampf an, gingen nach Bayeux, wo sie Bücher kaufen wollten.
Vor allem fehlte ihnen die Bekanntschaft mit der Physiologie; ein Buchhändler beschaffte ihnen die damals berühmten Abhandlungen von Richerand und Adelon.
Alle Gemeinplätze über Alter, Geschlecht, Temperament schienen ihnen von höchster Wichtigkeit; es war ihnen sehr interessant zu erfahren, daß im Zahnstein drei Arten mikroskopischer Tierchen vorkommen, daß der Sitz des Geschmacks auf der Zunge und des Hungergefühls im Magen ist.

Hätten sie wie Montègre, Gosse und der Bruder Bérard wiederkäuen können, sie hätten alle Funktionen besser verstanden. So kauten sie langsam, zermalmten die Speisen, benetzten sie mit Speichel, und ihre Gedanken begleiteten mit andächtiger Aufmerksamkeit den Speisebrei in ihre Eingeweide, folgten ihm bis in die letzten Konsequenzen. Und doch hatten sie allerlei methodische Bedenken.

Sie wollten die künstliche Verdauung hervorbringen und füllten zu diesem Zweck ein Gläschen, das den Magensaft einer Ente enthielt, mit Fleisch. Sie trugen dieses Gläschen vierzehn Tage lang unter der Achsel – und der einzige Erfolg war, daß sie stanken.

In der prallen Sonne liefen sie in nassen Kleidern über die Landstraße. Sie wollten feststellen, ob der Durst schwindet, wenn man die äußere Haut benetzt. Ganz außer Atem kamen sie zu Hause an und hatten den Schnupfen.

Gehör, Stimmbildung, Gesicht wurden schnell abgetan; aber Bouvard beschäftigte sich eingehend mit der Zeugung. Über die Zurückhaltung Pécuchets in diesem Punkt hatte er sich immer gewundert. Seine Unkenntnis schien ihm so vollkommen, daß er ihn drängte, sich zu erklären, und schließlich machte Pécuchet errötend ein Geständnis.

Lockere Brüder hatten ihn einmal mit in ein verrufenes Haus genommen, das er fluchtartig wieder verließ, denn er wollte sich für die Frau rein erhalten, die er später lieben würde. Aber nie hatte sich eine glückliche Gelegenheit geboten, und so war er aus falscher Schaum, Geldverlegenheit, Furcht vor Ansteckung, Eigensinn und Gewohnheit mit zweiundfünfzig Jahren, trotzdem er in der Hauptstadt gelebt hatte, noch unschuldig.

Bouvard konnte es kaum glauben; er lachte laut, hörte aber gleich wieder auf, als er Tränen in Pécuchets Augen sah. An Leidenschaft hatte es ihm nicht gefehlt; er hatte sich nacheinander in eine Seiltänzerin, die Schwägerin eines Architekten, ein Kontofräulein und endlich in eine kleine Wäscherin verliebt.

Als er sie heiraten wollte, mußte er entdecken, daß ein anderer das Mädchen geschwängert hatte.
Bouvard sagte zu ihm: »Das läßt sich nachholen. Wenn du willst, nehme ich die Sache in die Hand.«
Seufzend erwiderte Pécuchet, das käme nicht in Frage, und sie vertieften sich wieder in die Physiologie.
Ist es wahr, daß die Oberfläche unseres Körpers beständig einen feinen Dunst absondert? Die Tatsache beweist es, daß das Gewicht des Menschen in jedem Augenblick abnimmt. Wenn jeden Tag ein Ersatz des Fehlenden und eine Entziehung des Überschüssigen stattfindet, muß die Gesundheit gleichmäßig gut bleiben. Sanctorius, der Entdecker dieses Gesetzes, wog ein halbes Jahrhundert lang täglich seine Nahrung und seine Ausscheidungen und stand ewig auf der Waage, die er nur verließ, um seine Berechnungen anzustellen.
Sie versuchten nun, Sanctorius nachzuahmen. Da ihre Waage aber für beide zu klein war, fing Pécuchet an.
Um die Atmung nicht zu behindern, entkleidete er sich. Vollständig nackt saß er auf dem Waagebrett und zeigte trotz seiner Schamhaftigkeit seinen zylinderförmigen Oberkörper, seine kurzen Beine, platten Füße und seine braune Haut. Sein Freund saß auf einem Stuhl neben ihm und las ihm vor.
Die Gelehrten behaupten, die animalische Wärme entstünde durch die Kontraktionen der Muskeln, und durch Bewegung des Thorax und der zum Becken gehörigen Glieder sei es möglich, die Temperatur eines lauwarmen Bades zu erhöhen.
Bouvard holte ihre Badewanne, und als alles fertig war, versah er sich mit einem Thermometer und stieg ins Wasser. Die Trümmer der Destillerie, die in den Hintergrund des Zimmers gefegt waren, bildeten im Dunkel einen unbestimmten Berg. Dann und wann hörten sie das Knabbern der Mäuse; es roch nach alten, aromatischen Kräutern – und da sie sich hier sehr wohlfühlten, plauderten sie weiter. Bouvard fing an, ein wenig zu frieren.
»Bewege die Glieder«, riet Pécuchet.

Und Bouvard bewegte sie, ohne daß das Thermometer eine höhere Temperatur zeigte.
»Es ist kalt.«
»Ich schwitze auch nicht«, erwiderte Pécuchet, dem ein Kälteschauer über den Körper rieselte. »Aber bewege deine Beckenglieder, bewege sie doch!«
Bouvard öffnete die Schenkel, drehte die Flanken, schaukelte den Bauch, schnaubte wie ein Pottwal – sah dann wieder auf das Thermometer, das immer mehr sank.
»Das verstehe ich nicht; ich bewege mich doch!«
»Aber nicht genug.«
Und er fing wieder an zu turnen.
So ging das drei Stunden. Dann nahm er noch einmal das Thermometer.
»Wie! Zwölf Grad! Schluß! Ich habe genug!«
Ein Hund kam herein, halb Dogge, halb Bracke, mit gelbem, grindigem Fell und aus dem Hals hängender Zunge. Was tun? Keine Klingel! Und die Magd war taub! Sie zitterten, und da sie fürchteten, gebissen zu werden, wagten sie nicht, sich zu bewegen.
Pécuchet hielt es für angebracht zu drohen. Er tat es und rollte dabei die Augen.
Bellend sprang der Hund um die Waage. Pécuchet hielt sich an den Stricken fest, bewegte die Knie und versuchte, sich möglichst hoch zu ziehen.
»Alles falsch«, sagte Bouvard; er zeigte dem Hund ein freundliches Gesicht und gab ihm allerlei Kosenamen.
Der Hund schien ihn zu verstehen.
Das Tier versuchte, ihn zu liebkosen, legte ihm die Pfoten auf die Schultern und zerkratzte sie mit seinen Nägeln. »Zum Donnerwetter, jetzt hat er meine Hose erwischt.« Der Hund legte sich darauf und hielt sich ruhig.
Mit unendlicher Vorsicht kletterte der eine nun von seiner Waage, der andere aus der Badewanne. Und als Pécuchet wieder angezogen war, sagte er:

»An dir, mein liebes Tierchen, wollen wir unsere Versuche machen.«

»Was für Versuche?«

Man konnte ihm Phosphor injizieren und ihn dann in den Keller sperren, um zu sehen, ob er Feuer aus den Nasenlöchern bliese. Aber wie sollte man die Injektion vornehmen? Man würde ihnen übrigens auch keinen Phosphor verkaufen.

Dann kamen sie auf den Gedanken, ihn unter die Glocke einer Luftpumpe zu legen, Gase einatmen und Gift saufen zu lassen. Das alles würde sicher nicht lustig sein.

Endlich entschieden sie sich für Magnetisierung des Stahls durch Berührung mit dem Rückenmark.

Bouvard, der seiner Erregung Herr zu werden suchte, reichte Pécuchet auf einem Teller Nadeln, die er in die Wirbelbeine drückte.

Sie brachen ab, entglitten seinen Fingern und fielen auf die Erde. Er nahm andere und drückte sie ein, wie es gerade kam. Der Hund sprengte seine Fesseln, sauste wie eine Kanonenkugel durch die Scheiben, rannte über den Hof, durch die Vorhalle und erschien in der Küche.

Als Germaine das blutende Tier mit den Stricken an den Pfoten sah, schrie sie laut auf.

Ihre Herren, die das Tier verfolgten, erschienen gleich hinter ihm in der Küche. Der Hund machte einen Satz und verschwand.

Die alte Magd schimpfte:

»Gewiß wieder so eine Dummheit! Wie sieht nun meine Küche aus! Der kriegt jetzt gewiß die Tollwut. Menschen, die nur halb so gefährlich sind wie Sie, sperrt man ein.«

Sie eilten ins Laboratorium zurück, um die Nadeln zu probieren. Keine zog auch nur den allerkleinsten Feilspan an. Germaines Vermutung beunruhigte sie nun doch. Vielleicht hatte der Hund jetzt schon die Tollwut, kam unversehens zurück und überfiel sie.

Am nächsten Tag erkundigten sie sich überall – und noch nach

Jahren machten sie auf dem Lande einen Umweg, sobald sich ein Hund sehen ließ, der ihrem Opfer glich.

Alle anderen Versuche schlugen gleichfalls fehl. Gegen die Behauptung der Autoren krepierten die Tauben, die sie zur Ader ließen, gleich schnell, einerlei, ob sie den Magen leer oder voll hatten. Katzen, die sie ins Wasser steckten, krepierten nach fünf Minuten, und eine Gans, die sie mit Krapp genudelt hatten, zeigte eine völlig weiße Knochenhaut.

Die Ernährung machte ihnen viel Kopfzerbrechen.

Wie kommt es, daß derselbe Saft Knochen, Blut, Lymphe und Ausscheidungen bildet? Aber die Metamorphosen, die der Nahrungsstoff durchmacht, lassen sich nicht verfolgen. Der Mensch, der nur einen einzigen verbraucht, ist in chemischer Hinsicht dem gleich, der mehrere absorbiert. Vauquelin, der den Kalkgehalt des Hafers berechnet hat, den ein Huhn frißt, stellte in den Schalen seiner Eier ein größeres Quantum fest. Die Substanzen werden also neu geschaffen. Aber wie? Hierüber weiß man nichts.

Nicht einmal die Kraft des Herzens ist bekannt. Borelli setzt sie der gleich, die erforderlich ist, ein Gewicht von hundertachtzigtausend Pfund zu heben, und Kiell schätzt sie auf ungefähr acht Unzen.

Und so kamen sie denn zu dem Schluß, daß, nach einem alten Wort, die Physiologie der Roman der Medizin ist. Und da sie sie nicht verstanden, hielten sie nichts von ihr. Einen Monat lang taten sie nichts. Dann fiel ihnen ihr Garten wieder ein.

Der tote Baum wirkte störend; sie hauten ihn vierkantig zu. Die Arbeit ermüdete sie sehr, und Bouvard mußte des öfteren sein Werkzeug beim Schmied reparieren lassen.

Als er eines Tages wieder auf dem Weg zur Schmiede war, sprach ihn ein Mann an, der einen Sack aus Leinwand trug. Er bot ihm Almanache an, fromme Bücher, geweihte Medaillen und zum Schluß den *Manuel de la Santé* von Francois Raspail.

Die Broschüre gefiel ihm so, daß er an Barberou schrieb, er solle ihm das große Werk schicken. Barberou schickte es und nannte

in seinem Brief eine Apotheke, in der die Medikamente zu haben seien.
Die Klarheit der Lehre machte Eindruck auf die beiden. Die Würmer allein sind die Erreger aller Störungen. Sie verderben die Zähne, höhlen die Lungen aus, erweitern die Leber, beeinflussen die Eingeweide ungünstig und verursachen Geräusche in ihnen. Durch Kampfer wird man sie am besten los. Bouvard und Pécuchet gebrauchten ihn sofort. Sie schnupften ihn, knabberten ihn und verteilten Zigaretten, Fläschchen mit schmerzstillendem Wasser und Aloepillen. Sie machten sich sogar daran, einen Buckligen von seinem Buckel zu heilen.
Es war ein Kind, das sie an einem Markttag getroffen hatten. Seine Mutter, eine Bettlerin, brachte es jeden Morgen zu ihnen. Sie rieben den Buckel mit kampferhaltigem Fett ein, legten zwanzig Minuten lang ein Senfpflaster auf, bedeckten ihn dann mit einem Pechpflaster und gaben dem Kind, damit es wiederkäme, zu frühstücken.
Pécuchet, der sich eingehend mit den Eingeweidewürmern beschäftigte, bemerkte auf der Backe der Frau Bordin einen seltsamen Fleck. Seit längerer Zeit behandelte der Arzt sie mit Aufgüssen von bitteren Kräutern. Zuerst war der Fleck rund und so groß wie ein Francstück gewesen, wurde dann aber größer und bildete jetzt einen rosa Kreis. Sie wollten sie heilen. Sie war einverstanden, stellte aber die Bedingung, daß Bouvard sie einriebe. Sie setzte sich ans Fenster, öffnete den oberen Teil ihres Mieders, hielt die Backe hin und sah ihn mit einem Blick an, der ohne Pécuchets Gegenwart gefährlich geworden wäre. Trotz ihrer Angst vor Quecksilber verwandten sie Kalomel in der erlaubten Dosis. Einen Monat später war Frau Bordin geheilt.
Sie machte für sie Propaganda – und der Steuereinnehmer, der Sekretär auf dem Bürgermeisteramt, der Bürgermeister selbst, jeder in Chavignolles, bekam ein Medikament.
Aber der Bucklige wurde nicht wieder gerade. Der Einnehmer warf seine Zigaretten weg, sie vermehrten nur seine Atemnot.

Foureau schimpfte über die Aloepillen, nach denen er Hämorrhoiden bekam. Bouvard litt an Magenschmerzen und Pécuchet an heftiger Migräne. Nun trauten sie Raspail nicht mehr; aber das verrieten sie vorsichtigerweise niemand, denn sie wollten die Achtung ihrer Mitbürger nicht aufs Spiel setzen.

Dafür interessierten sie sich aber sehr für die Impfung. An Kohlblättern lernten sie, wie man zur Ader läßt und kauften sich sogar ein paar Schnepper.

Sie gingen mit dem Arzt zu den Armen und lasen hinterher in ihren Büchern nach.

Die Symptome, die die Verfasser angaben, waren andere als die, die sie gesehen hatten. Und die Namen der Krankheiten waren entweder lateinisch oder griechisch oder französisch; ein buntes Durcheinander aller Sprachen.

Es gibt Tausende von Krankheiten, und die Linnésche Klassifikation mit ihren Arten und Gattungen ist sehr praktisch. Aber wie stellt man die einzelnen Gattungen auf? Und so verirrten sie sich in die Philosophie der Medizin.

Sie sannen über Van Helmonts Urkraft, über Vitalismus, Brownismus, über den Organizismus nach, fragten den Arzt nach dem Ursprung der Keime der Skrofeln, nach dem Ziel der ansteckenden Mikroben und wie man in allen Krankheitsfällen Ursache und Wirkung voneinander unterscheidet.

»Beide sind nicht genau voneinander zu trennen«, antwortete Vaucorbeil.

Sie waren über seinen Mangel an Logik empört und besuchten die Kranken ohne ihn, schlichen sich unter dem Vorwand der Nächstenliebe in die Häuser. Auf schmutzigen Matratzen lagen die Kranken in dunklen Zimmern; dem einen hing der Kopf nach einer Seite, bei anderen war das Gesicht geschwollen und scharlachrot oder zitronengelb, sogar violett; die Nasen waren spitz geworden, der Mund zitterte; sie röchelten, seufzten, schwitzten, und ihre Ausdünstungen rochen nach Leder und altem Käse.

Sie lasen, was die Ärzte verschrieben hatten, und stellten mit

Staunen fest, daß oft Beruhigungsmittel Erregungsmittel und Brechmittel Abführmittel sind, daß ein und dasselbe Mittel bei verschiedenen Krankheiten wirkt und eine Krankheit bei einander widersprechenden Behandlungen schwindet.

Aber sie gaben unbesorgt ihre Ratschläge, machten den Kranken Mut, hatten sogar die Kühnheit, ihnen die Brust abzuhorchen.

Dann tauchten in ihren Hirnen allerlei Pläne auf. Sie schrieben an den König, man möge im Calvados ein Institut für Krankenwärter gründen, die sie ausbilden wollten. Sie gingen zum Apotheker in Bayeux (der in Falaise war wegen der Geschichte mit der Brustbeerenpaste noch immer böse auf sie) und stellten an ihn das Ansinnen, pila purgatoria, wie die Alten sie kannten, herzustellen; das waren Kügelchen aus Medikamenten, die dadurch, daß man sie oft in die Hand nimmt, in den Körper übergehen.

Es war ihnen bekannt, daß Entzündungen durch Verminderung der Hitze behoben werden, also hängten sie eine an Hirnhautentzündung leidende Frau in ihrem Lehnsessel an die Dekkenbalken und schaukelten sie kräftig, bis der Mann der Kranken nach Hause kam und sie hinauswarf.

Auch führten sie, was damals gerade aufkam, das Thermometer in den After ein. Das empörte besonders den Pfarrer. Eine Typhusepidemie brach aus; Bouvard erklärte, er würde sich nicht darum kümmern. Aber jammernd kam die Frau des Pächters Gouy zu ihnen. Seit vierzehn Tagen war ihr Mann krank, und Vaucorbeil kam nicht.

Pécuchet opferte sich.

Linsengroße Flecken auf der Brust, Schmerzen in den Gelenken, aufgeblähter Bauch, rote Zunge, das waren Anzeichen für Dothien-Enteritis. Er erinnerte sich eines Satzes aus Raspail, daß durch Aufgeben der Diät das Fieber sinkt, und so verordnete er Bouillon und ein wenig Fleisch. Plötzlich kam der Arzt.

Sein Patient wollte gerade essen. Er hatte zwei Kopfkissen im

Rücken, neben dem Bett standen die Pächterin und Pécuchet, die ihn zum Essen nötigten.

Der Arzt trat ans Bett, warf den Teller zum Fenster hinaus und brüllte:

»Das ist ja Mord!«

»Wieso?«

»Sie perforieren den Darm, denn Typhus ist eine Störung seiner Drüsenschleimhaut.«

»Nicht immer.«

Es erhob sich ein Streit über die Natur des Fiebers. Pécuchet glaubte an sein Eigenleben. Vaucorbeil dagegen behauptete, es sei von den Organen abhängig.

»Und deshalb halte ich alles fern, was reizen kann.«

»Aber Diät schwächt das vitale Prinzip.«

»Was reden Sie da vom vitalen Prinzip! Wie sieht das Ding aus? Wer hat es gesehen?«

Pécuchet wurde unsicher.

»Im übrigen«, sagte der Arzt, »will Gouy überhaupt nicht essen.«

Die Baumwollmütze des kranken Pächters bewegte sich zustimmend.

»Einerlei! Er muß essen.«

»Auf keinen Fall! Er hat achtundneunzig Puls!«

»Was kümmert mich der Puls!«

Und Pécuchet zählte die Quellen auf, aus denen er seine Weisheit schöpfte.

»Lassen wir die Systeme beiseite«, sagte der Arzt.

Pécuchet warf sich in die Brust.

»Sie sind wohl Empiriker?«

»Keineswegs, aber durch Beobachtung...«

»Und wenn die Beobachtung unzulänglich ist?«

Vaucorbeil argwöhnte in dieser Bemerkung eine Anspielung auf die Flechte der Frau Bordin. Die Witwe hatte überall darüber geredet. Nur mit Ärger konnte er an die Sache denken.

»Praktische Erfahrungen muß man doch vor allem gemacht haben.«
»Die, die die Wissenschaft revolutionierten, hatten keine. Van Helmont, Boerhaave, selbst Broussais.«
Vaucorbeil antwortete nicht; er beugte sich über Gouy und sagte betont:
»Wer von uns beiden soll Sie behandeln?«
Der Kranke sah im Halbschlaf wütende Gesichter und fing an zu jammern. Auch seine Frau wußte nicht, was sie antworten sollte, denn der eine war ein geschickter Mann, der andere besaß aber vielleicht ein Geheimnis.
»Schon gut«, sagte Vaucorbeil, »da Sie zwischen einem Mann schwanken, der sein Examen gemacht hat, und einem ...«
Pécuchet grinste.
»Was haben Sie zu grinsen?«
»Ein Examen ist doch kein Argument!«
Der Arzt fühlte sich in seinem Beruf, in seinem Vorrecht, seiner sozialen Wichtigkeit bedroht. Wütend polterte er los: »Das werden wir sehen, wenn Sie wegen ungesetzlicher Ausübung der Medizin vor Gericht stehen!« Dann wandte er sich an die Pächtersfrau: »Lassen Sie ihn nur durch den Herrn umbringen, mir soll's egal sein; aber das sage ich Ihnen: Eher hänge ich mich auf, als daß ich je wieder Ihr Haus betrete!«
Er verschwand, wütend mit dem Stock gestikulierend, im Buchengang.
Als Pécuchet nach Hause kam, war Bouvard in großer Aufregung.
Foureau war bei ihm gewesen. Seine Hämorrhoiden trieben ihn zur Verzweiflung; die Behauptung, daß sie vor allen Krankheiten schützten, hatte nichts gefruchtet. Foureau wollte auf nichts hören und hatte mit einer Schadenersatzklage gedroht. Jetzt war Bouvard ratlos.
Pécuchet erzählte ihm sein Erlebnis, das ihm viel ernster erschien, und ärgerte sich ein wenig über Bouvards Gleichgültigkeit.

Am nächsten Tag hatte Gouy Schmerzen im Unterleib. Das konnte daher kommen, daß die Speisen nicht verdaut waren. Vielleicht hatte Vaucorbeil doch recht! Ein Arzt muß das ja auch schließlich wissen, und Gewissensbisse quälten Pécuchet. Er fürchtete, sich an einem Menschenleben vergangen zu haben.

Aus Vorsicht ließen sie nun den Buckligen laufen. Der kam aber nun um sein Frühstück, und seine Mutter machte großen Lärm. Es hätte sich nicht gelohnt, jeden Tag von Barneval nach Chavignolles zu kommen.

Foureau beruhigte sich, und Gouy kam wieder zu Kräften. Jetzt war die Heilung außer Zweifel. Dieser Erfolg gab Pécuchet neuen Mut.

»Wie wär's, wenn wir an einer Puppe auch das Entbinden lernten?«

»Von den Puppen habe ich genug!«

»Für die, die Hebammen werden wollen, werden extra Halb-Körper aus Leder hergestellt. Ich glaube, ich könnte den Fötus drehen.«

Aber Bouvard hatte genug von der Medizin.

»Die Triebfedern des Lebens sind uns verborgen, die Krankheiten zu zahlreich, die Heilmittel problematisch – und bei keinem Autor findet sich eine vernünftige Definition der Krankheit, der Gesundheit, der Diathese oder auch nur des Eiters.«

Es war schon so: all das, was sie gelesen hatten, verdrehte ihnen den Kopf.

Als Bouvard einen Schnupfen hatte, glaubte er, er habe Lungenentzündung. Gegen Seitenstiche setzte er sich Blutegel, und als dies nichts half, versuchte er es mit einem Blasenpflaster, das auf die Nieren schlug. Da glaubte er, er hätte Gallensteine.

Pécuchet, der den Laubengang ausschnitt, bekam einen Hexenschuß; nach dem Essen stellte sich zu seinem Schrecken Erbrechen ein. Und als er feststellte, daß seine Gesichtsfarbe ein wenig gelb war, glaubte er, er sei leberkrank und fragte sich: ›Habe ich Schmerzen?‹ Schließlich hatte er sie. Und einer bestärkte den anderen in seiner Niedergeschlagenheit. Sie betrachteten sich die Zunge, befühlten den Puls, tranken ein anderes Mineralwasser, schluckten Abführmittel, hatten Angst vor Kälte und Wärme, Wind, Regen und Mücken, besonders aber vor jedem Luftzug.

Pécuchet hielt das Schnupfen von Tabak für verheerend. Wie oft ist durch das Niesen schon ein Äderchen geplatzt – und er gab das Schnupfen auf. Die alte Gewohnheit ließ ihn allerdings noch oft in die Tabakdose greifen. Aber gleich wurde ihm klar, wie leichtsinnig er handelte.

Der Kaffee reizte die Nerven, und Bouvard beschloß, auf seine halbe Tasse Kaffee zu verzichten. Jetzt schlief er nach den Mahlzeiten ein, und wenn er wach wurde, befiel ihn große Angst, denn mit zu langem Schlaf kündigt sich ein Schlaganfall an.

Ihr Ideal war Cornaro, jener venetianische Edelmann, der infolge einer streng geregelten Lebensweise ein hohes Alter erreichte. Sie brauchten ihn ja nicht genau nachzuahmen, konnten aber doch dieselben Vorsichtsmaßnahmen ergreifen; und Pécuchet entnahm seiner Bibliothek den *Manuel d'hygiène* des Dr. Morin.

Wieso lebten sie überhaupt noch?

Ihre Lieblingsspeisen verbot das Buch. Germaine war in großer Verlegenheit und wußte nicht mehr, was sie kochen sollte.

Jedes Fleisch hat schlimme Folgen. Blutwurst und Schweinefleisch, geräucherter Hering, Hummer und Wild sind schwer verdaulich. Je größer ein Fisch ist, desto mehr Gelatine enthält er und um so unverdaulicher ist er. Nach Gemüse bekommt man saures Aufstoßen, nach dem Genuß von Makkaroni träumt man; Käse ist immer schwer zu verdauen. Ein Glas Wasser des Morgens ist gefährlich. Vor jedem Getränk oder Nahrungsmittel wurde in ähnlicher Weise gewarnt. Oft stand nur eine Bemerkung da: Schädlich, man hüte sich vor Übermaß! – Bekommt nicht jedem! – Warum schädlich? Was heißt Übermaß? Wie kann man wissen, ob einem etwas bekommt?

So wurde schon das Frühstück ein Problem. Über den Milchkaffee erfuhren sie nichts Gutes, sie verzichteten auf ihn; dann auf die Schokolade – sie ist ein Haufen unverdaulicher Stoffe. Blieb nur der Tee. Auf den sollten nervöse Leute vollständig verzichten. Aber im 17. Jahrhundert verschrieb Decker zwanzig Dekaliter täglich zur Reinigung der versumpften Bauchspeicheldrüse.
Als sie das erfuhren, verlor Morin ihr Vertrauen, und das um so leichter, als er ein Gegner jeglicher Kopfbedeckung war und Hüte, Mützen und Kappen verwarf, was Pécuchet geradezu empörte.
Sie kauften die Abhandlung von Becquerel und lernten nun, daß Schweinefleisch an sich ein gutes Nahrungsmittel, Tabak vollkommen unschädlich und Kaffee für Soldaten unentbehrlich ist.
Bis jetzt hatten sie geglaubt, feuchte Orte seien ungesund. Durchaus nicht! Casper erklärte sie für weniger todbringend als andere. Jedes Bad in bewegtem Wasser erfrischt die Haut. Nach Bégin soll man mit Schweiß bedeckt ins kalte Wasser springen. Nach der Suppe soll unvermischter Wein von hervorragender Wirkung auf den Magen sein. Lévy dagegen behauptet, er greife die Zähne an. Und dann das Wams aus Flanell, dieser Schutz, dieser Behüter der Gesundheit, dieses Palladium, das Bouvard so liebte, und von dem Pécuchet sich nicht trennen konnte! Kurzerhand und ohne Furcht vor der öffentlichen Meinung verwerfen es die Verfasser bei vollsaftigen und vollblütigen Menschen. Was ist denn nun eigentlich Hygiene?
›Wahrheit diesseits der Pyrenäen, Irrtum jenseits‹, versichert Herr Lévy, und Becquerel sagt, sie sei keine Wissenschaft.
Und jetzt bestellten sie sich zum Mittagessen Austern, eine Ente, Schweinefleisch mit Kohl, Crème, Käse und eine Flasche Burgunder. Das war eine Befreiung, fast eine Rache – und sie lachten über Cornaro. Man mußte schön dumm sein, sich solchen Zwang aufzuerlegen, wie er es tat. Wie kleinlich war es

doch, immer nur an die Verlängerung seines Lebens zu denken! Das Leben ist nur für den schön, der es genießt.
»Noch ein Stück?«
»Ja, bitte.«
»Ich auch.«
»Auf deine Gesundheit!«
»Auf deine!«
»Auf alles andere pfeifen wir.«
Sie kamen in Stimmung.
Bouvard erklärte, er werde drei Tassen Kaffee trinken, wenn er auch kein Soldat sei. Pécuchet zog die Mütze über die Ohren, schnupfte ununterbrochen und nieste ohne Furcht; und da beide das Bedürfnis hatten, noch ein wenig Champagner zu trinken, mußte Germaine sofort in der Schenke eine Flasche holen. Aber bis ins Dorf war es weit, und sie wollte nicht. Pécuchet fand das empörend.
»Ich befehle Ihnen, verstehen Sie, ich befehle Ihnen, sofort zu tun, was ich sage!«
Brummend gehorchte sie, war aber entschlossen, ihre sonderbaren Herren bald zu verlassen.
Wie früher tranken sie eine Tasse Kaffee mit Kognak auf dem Schneckenberg.
Die Ernte war gerade beendet – und auf den Feldern standen die Diemen, deren schwarze Massen in die dunkelblaue, milde Nacht ragten. Ein Schweigen breitete sich um die Gutshöfe. Nicht einmal ein Heimchen ließ sich hören. Das ganze Land schlief. Sie verdauten und atmeten die leichte Brise, die ihre Wangen kühlte.
Der hohe Himmel war besät mit Sternen; die einen glänzten in Gruppen, andere standen wie in einer Reihe hintereinander oder auch einzeln in großen Zwischenräumen. Ein Streifen leuchtenden Staubes, der von Norden nach Süden ging, gabelte sich über ihren Köpfen. Zwischen diesen leuchtenden Stellen lagen weite, leere Räume, und das Firmament erinnerte an ein azurblaues Meer mit Archipelen und kleinen Inseln.

»Dabei sehen wir gar nicht alles«, sagte Pécuchet. »Hinter der Milchstraße gibt es Nebelflecken und hinter den Nebelflecken wieder Sterne; der nächste ist dreihundert Millionen Myriameter von uns entfernt.«

Er hatte oft durch das Teleskop auf dem Place de Vendôme geblickt, und die Zahlen fielen ihm jetzt wieder ein.

»Die Sonne ist millionenmal größer als die Erde, der Sirius ist zwölfmal so groß wie die Sonne, die Kometen haben eine Länge von vierunddreißig Millionen Meilen.«

»Das ist ja zum Verrücktwerden«, sagte Bouvard.

Er beklagte seine Unwissenheit und bedauerte, in seiner Jugend nicht die École polytechnique besucht zu haben.

Dann stellte ihn Pécuchet so, daß er den Großen Bären sehen konnte, zeigte ihm den Polarstern, die Kassiopeia, deren Bild ein Y bildet, die funkelnde Wega aus dem Sternbild der Leier und, am Rande des Horizonts, den roten Aldebaran.

Bouvard hob den Kopf und folgte mit Mühe den Dreiecken, Vierecken, Fünfecken, die man ergänzen muß, um sich am Himmel zurechtzufinden.

Pécuchet fuhr fort:

»Die Geschwindigkeit des Lichts beträgt achtzigtausend Meilen pro Sekunde. Ein Lichtstrahl der Milchstraße braucht sechs Jahrhunderte, bis er zu uns kommt. Und so kann es vorkommen, daß ein Stern, den wir beobachten, längst verschwunden ist. Viele sieht man nur zu gewissen Zeiten, andere kommen niemals wieder oder ändern ihre Stellung; alles ist in Bewegung, alles vergeht.«

»Aber die Sonne bewegt sich nicht.«

»Das glaubte man früher. Heute sagen die Gelehrten, sie bewege sich mit rasender Geschwindigkeit auf das Sternbild des Herkules zu.«

Bouvard wurde ganz verwirrt; er dachte kurze Zeit nach und sagte dann:

»Die Wissenschaft gründet sich auf Verhältnisse, die sie irgendwo im Weltenraum vorfindet. Wer weiß, ob sich ihre Er-

gebnisse auf all das anwenden lassen, was unbekannt, was viel größer und unerforschbar ist.«
Sie standen auf dem Schneckenberg und sprachen leise beim Licht der Sterne; lange Pausen unterbrachen ihr Gespräch.
Schließlich fragten sie sich, ob es wohl Menschen auf den Sternen gäbe.
Warum nicht? Nach dem in der Schöpfung waltenden Gesetz der Harmonie mußten die Bewohner des Sirius übergroß, die des Mars von mittlerer Größe, die der Venus klein sein. Vielleicht war es aber auch überall gleich. Da oben gibt es auch Kaufleute und Gendarmen; man treibt Handel, schlägt sich und stürzt Könige.
Wie Riesenraketen glitten plötzlich einige Sternschnuppen über den Himmel.
»Sieh nur«, sagte Bouvard, »Welten gehen unter.«
Pécuchet erwiderte:
»Wenn unsere jetzt einen solchen Sprung machte, würde das die Bewohner der Sterne nicht mehr aufregen als uns hier diese Sternschnuppe. Bei solchen Gedanken vergeht einem der Hochmut.«
»Und der Zweck all dessen?«
»Vielleicht gibt es überhaupt keinen Zweck. Aber...«
Und Pécuchet sagte drei-, viermal ›aber‹; mehr fiel ihm nicht ein.
»Ich möchte wissen, wie das Weltall entstanden ist.«
»Das finden wir sicher bei Buffon«, sagte Bouvard, dem die Augen zufielen. »Ich kann nicht mehr, ich gehe zu Bett.«
Aus den *Epoques de la nature* erfuhren sie, daß beim Zusammenstoß eines Kometen mit der Sonne ein Teil von ihr losgerissen wurde und so die Erde entstand. Zuerst erkalteten die Pole. Wasser umgab den Erdball; es verlief sich in die Höhlen. Dann trennten sich die einzelnen Erdteile voneinander; Tiere und Menschen erschienen.
Sie waren ergriffen von der Erhabenheit der Schöpfung und ih-

rer Werke. Ihr Blickfeld weitete sich, und Stolz erfüllte sie, daß sie über so erhabene Dinge nachdenken konnten.

Doch bald langweilten auch die Mineralien sie, und um sich zu zerstreuen, griffen sie zu den *Harmonies* des Bernardin de Saint-Pierre.

Sie handelten von der Harmonie im Pflanzen- und Tierreich, in der Luft und im Wasser, von menschlicher, brüderlicher und sogar ehelicher Harmonie; Venus, die Söhne Zephyrs und die Liebesgötter wurden angerufen. Sie staunten darüber, daß die Fische Flossen, die Vögel Flügel, die Samenkörner eine Hülle hatten; sie fühlten sich durchdrungen von dieser Philosophie, die in der Natur tugendhafte Absichten erkennt und in ihr eine Art heiligen Vincenz von Paul erblickt, der immer nur darauf bedacht war, Gutes zu tun.

Dann bestaunten sie die Naturwunder, die Windhosen, Vulkane, Urwälder; sie kauften sich die *Merveilles et beautés de la nature en France* von Depping. Das Cantal weist drei Wunder, das Hérault fünf, die Bourgogne nur zwei auf; die Dauphiné dagegen hat für sich allein fünfzehn. Aber bald sind sie nicht mehr zu finden. Die Tropfsteinhöhlen schließen sich, die feuerspeienden Berge erlöschen, die natürlichen Gletscher erwärmen sich, und die alten Bäume, in denen die Messe gelesen wurde, fallen unter der Axt der Vermesser oder sterben.

Ihre Wißbegierde trieb sie zum Studium des Tierreichs.

Wieder schlugen sie Buffon auf, und ihre Begeisterung über die seltsamen Neigungen vieler Tiere war grenzenlos.

Doch nichts geht über eine persönliche Beobachtung, und so gingen sie auf die Höfe, fragten die Bauern, ob sie noch nie gesehen hätten, wie Stiere sich mit Stuten paarten, Eber sich zu Kühen drängten und männliche Rebhühner untereinander Schändlichkeiten begingen.

»Nie im Leben.«

Die Fragen wurden für Herren ihres Alters als merkwürdig empfunden.

Sie wollten anomale Paarungen versuchen.

Die einfachste ist die zwischen Ziegenbock und Schaf. Da ihr Pächter keinen Bock hatte, mußten sie einen von der Nachbarin ausleihen. Als die Zeit der Brunst kam, sperrten sie die beiden Tiere in die Kelter, und damit das Ereignis in aller Ruhe vor sich gehen konnte, versteckten sie sich hinter Fässern.

Die Tiere fraßen erst ein wenig Heu, dann käuten sie wieder; das Schaf legte sich und blökte in einem fort, während der Bock mit dem langen Bart und den hängenden Ohren seine in der Dunkelheit leuchtenden Augen auf sie richtete. Am Abend des dritten Tages hielten sie es für geraten, der Natur nachzuhelfen; aber der Bock wandte sich gegen Pécuchet und versetzte ihm einen Stoß gegen den Unterleib. Ängstlich lief das Schaf in dem Kelterhaus hin und her wie in einer Manege. Bouvard rannte hinterdrein, warf sich auf das Tier, um es festzuhalten, fiel auf die Erde und hatte nur ausgerissene Wolle in den Händen.

Sie machten Versuche mit Hühnern und einem Enterich, mit einer Dogge und einer Sau und hofften jedesmal, daß ein Ungeheuer zur Welt käme; der Begriff der Art war ihnen völlig fremd.

Dieser Begriff umfaßt eine Gruppe von Einzelwesen, deren Nachkommen sich vermehren. Nun können sich aber Tiere, die zu verschiedenen Arten gehören, fortpflanzen, wohingegen andere, die zu der gleichen Familie gehören, diese Fähigkeit verloren haben.

Sie waren überzeugt, hierüber durch das Studium der Keimentwicklung Klarheit zu erlangen, und Pécuchet schrieb um ein Mikroskop an Dumouchel.

Sie legten abwechselnd Haare, Tabak, Nägel oder ein Fliegenbein auf die Glasplatte, vergaßen aber den unentbehrlichen Tropfen Wasser. Dann wieder lag es an der kleinen Lamelle oder einer stand dem anderen im Weg, und sie verschoben das Instrument. Und als nichts als Nebel vor ihren Augen wogte, hatte natürlich der Optiker die Schuld. Schließlich zweifelten sie an ihrem Mikroskop. Vielleicht sind die ihm zugeschriebenen Entdeckungen gar nicht so positiv?

Als Dumouchel ihnen die Rechnung schickte, bat er sie, für ihn Ammoniten und Seeigel, die in ihrer Gegend häufig vorkämen, zu sammeln. Er war also immer noch ein Freund dieser merkwürdigen Dinge.

Um ihr Interesse für Geologie wachzurufen, schickte er ihnen die *Lettres* von Bertrand zusammen mit den *Discours sur les révolutions du globe* von Cuvier.

Nachdem sie beide Schriften gelesen hatten, ließen sie ihrer Einbildungskraft freien Lauf:

Sie sahen zuerst eine ungeheure Wasserfläche, aus der die mit Flechten bedeckten Vorgebirge auftauchten; kein Lebewesen, kein Laut. Es war eine Welt des Schweigens, unbeweglich und kahl.

Dann wiegten sich hohe Pflanzen in einem Nebel, der dem Schwaden eines heißen Bades glich. Eine feuerrote Sonne erhitzte die feuchte Atmosphäre; Vulkane spien, feurige Felsstücke sprangen aus den Gebirgen, und die fließende Porphyr- und Basaltlava erstarrte.

Drittes Bild: Aus seichten Meeren sind Koralleninseln aufgetaucht, hier und da überragt von einer Palmengruppe. Wagenradgroße Muscheln, drei Meter große Schildkröten, sechzig Fuß lange Eidechsen tauchen auf; zwischen dem Rohr strecken Amphibien Straußenhälse mit Krokodilsrachen vor; geflügelte Schlangen fliegen davon. Endlich erschienen auf den großen Kontinenten gewaltige Säugetiere. Ihre Glieder waren so ungeschlacht wie rohbehauene Holzklötze, ihr haariges Fell und ihre Haut härter als Bronze; sie hatten dicke Lippen, lange Mähnen und gebogene Hauer. Mammutherden weideten auf den Ebenen, die später unter dem Atlantik verschwanden. Das Paläotherium, halb Pferd, halb Tapir, durchwühlte mit seinem Rüssel die Ameisenhaufen von Montmartre, und der Cervus giganteus zitterte unter den Kastanienbäumen, wenn der Höhlenbär brüllte. In seiner Höhle bellte der Hund von Beaugency, der dreimal größer war als ein Wolf.

Zwischen all diesen Epochen lagen Erdumwälzungen, deren

letzte unsere Sintflut ist. Es war wie ein mehraktiges Märchenspiel, dessen Apotheose der Mensch war.
Mit weit aufgerissenen Augen lasen sie über Abdrücke von Libellen und Vogelfüßen im Gestein. Sie blätterten flüchtig eines der Handbücher Rorets durch und begannen dann nach Fossilien zu suchen.
Als sie eines Nachmittags auf den Landstraßen jeden Kiesel von allen Seiten betrachteten, kam der Pfarrer vorbei und redete sie mit näselnder Stimme an:
»Die Herren treiben Geologie? Das interessiert mich.«
Auch er schätzte diese Wissenschaft. Sie liefert den Beweis für die Sintflut und stärkt so die Autorität der Heiligen Schrift.
Bouvard sprach von Koprolithen, das heißt versteinerten Tierexkrementen.
Diese Tatsache schien den Abbé Jeufroy zu überraschen. Stimmte sie wirklich, war es ein Grund mehr, die Vorsehung zu bewundern.
Pécuchet gestand den geringen Erfolg ihres bisherigen Suchens; und doch mußte die Umgebung von Falaise, wie überhaupt jedes Juragestein, viele Tierreste enthalten.
»Man hat mir erzählt«, erwiderte der Abbé Jeufroy, »daß in Villers vor Jahren ein Elefantenkiefer gefunden wurde.«
Übrigens könnte einer seiner Freunde, der Advokat Larsoneur, Mitglied der Advokatur von Lisieux und Archäologe, ihnen vielleicht Aufschluß geben. Er hätte die Geschichte von Port-en-Bessin geschrieben, in der auch von der Entdeckung eines Krokodils die Rede war.
Bouvard und Pécuchet wechselten einen Blick; sie hatten beide die gleiche Hoffnung. Und trotz der Hitze blieben sie stehen und fragten den Geistlichen aus, der sich unter einem blauen Baumwollschirm gegen die Sonne schützte. Der untere Teil seines Gesichts war zu massig, die Nase spitz; er lächelte beständig oder neigte den Kopf, wobei er die Augen schloß.
Die Glocke der Kirche läutete zum Angelus.
»Auf Wiedersehen, meine Herren. Sie gestatten wohl?«

Er empfahl sie Larsoneur, an den sie schrieben; aber drei Wochen warteten sie, bis eine Antwort kam.
Der Mann aus Villers, der den Mastodonzahn ausgegraben hatte, hieß Louis Bloche; nähere Angaben fehlten. Was die von ihm geschriebene Geschichte betraf, so füllte sie einen der Bände der Akademie von Lisieux. Sein Exemplar verlieh er nicht, weil er für die Vollständigkeit seiner Sammlung fürchtete. Den Alligator hätte man im November 1825 in der Felsenküste der Hachettes, in Sainte-Honorine, in der Nähe von Port-en-Bessin, Arrondissement Bayeux, entdeckt. Dann folgten die üblichen, höflichen Redensarten. Das Dunkel, das den Mastodon umgab, reizte Pécuchet. Am liebsten wäre er sofort nach Villers gefahren.
Bouvard, der die hohen Kosten einer vielleicht erfolglosen Reise sparen wollte, hielt es für richtiger, sich erst zu erkundigen – und so schrieben sie einen Brief an den Bürgermeister des Orts und fragten ihn nach dem Verbleib eines gewissen Louis Bloche. Wäre er gestorben, könnten vielleicht seine Nachkommen oder Verwandten über seinen wertvollen Fund nähere Angaben machen. An welcher Stelle der Gemeinde hatte er dieses Dokument der Urzeit gefunden? Bestand Aussicht auf ähnliche Funde? Wie hoch war der Preis für einen Mann und einen Wagen pro Tag? Obwohl sie sich außerdem noch an den Beigeordneten und den ersten Stadtrat wandten, erhielten sie aus Villers keine Antwort. Die Einwohner schienen ihre Fossilien eifersüchtig zu bewachen. Wenn sie sie nur nicht an die Engländer verkauften! Sie beschlossen, nach Hachettes zu reisen.
Bouvard und Pécuchet benutzten von Falaise bis Caen die Post und fuhren in einer Kutsche von Caen nach Bayeux weiter; von hier aus gingen sie zu Fuß nach Port-en-Bessin. Man hatte sie nicht falsch unterrichtet. Die Küste von Hachettes zeigte seltsames Gestein. Der Wirt beschrieb ihnen genau den Weg, und bald erreichten sie den Strand. Es war Ebbe. All sein Geröll lag offen zutage auf einer Wiese von Seetang, die bis an den Rand des Wassers reichte. Mit Gras bewachsene Hügel bildeten den

oberen Teil der Küste, der aus weicher brauner Erde bestand. In den tiefer liegenden Schichten wurde die härter gewordene Erde gleichsam zu einer Mauer aus grauem Gestein. Unaufhörlich rieselte in feinen Strahlen Wasser hervor, und in der Ferne rollte das Meer. Manchmal war es, als hörte der Wellenschlag auf, und nichts blieb als das leise Rieseln der Quellen.

Unsicher gingen sie auf den glitschigen Pflanzen oder sprangen über Löcher. Bouvard setzte sich an den Rand des Meeres und starrte gedankenlos, gebannt, wie leblos in die Wellen. Pécuchet holte ihn an die Küste zurück; er wollte ihm einen Ammoniten zeigen, der in das Gestein eingebettet lag wie ein Diamant in den Gangstein. Mit den Fingern versuchten sie, ihn zu lösen; ihre Nägel brachen ab. Instrumente wären nötig gewesen; aber es fing an zu dämmern. Im Westen war der Himmel purpurrot, während der Strand im Dunkel lag. Die Lachen zwischen dem fast schwarzen Tang wurden größer; das Meer stieg. Es war Zeit, nach Hause zu gehen.

Kaum war der nächste Tag angebrochen, als sie mit Hacke und einem spitzen Eisen bewaffnet loszogen. Sie hackten an ihrem Fossil herum, bis dessen Umhüllung sprang. Es war ein Ammonites nodosus, dessen Enden zerfressen waren; er wog ungefähr sechzehn Pfund. Begeistert sagte Pécuchet:

»Den soll Dumouchel auf alle Fälle haben.«

Sie fanden Schwämme, Lochmuscheln, Butzköpfe, aber kein Krokodil! Und da sie das nicht fanden, hofften sie, die Wirbelsäule eines Hippopotamus, eines Ichthyosaurus oder sonst einen Knochen aus der Zeit der Sintflut zu finden. Plötzlich sahen sie in Mannshöhe in dem Küstengestein die Umrisse eines riesenhaften Fisches.

Sie überlegten, wie sie seiner habhaft werden konnten.

Bouvard sollte ihn oben freilegen, während Pécuchet von unten das Gestein losbrechen wollte. Dann wollten sie ihn langsam heruntergleiten lassen und hofften, ihn nicht zu beschädigen.

Als sie eine kleine Pause machten, sahen sie auf dem Feld über

sich einen Zollbeamten im Mantel, der ihnen gebieterisch zuwinkte.
»Ach was; laß uns in Ruh!« – Und sie fuhren in ihrer Arbeit fort; Bouvard stand auf den Zehenspitzen und schwang die Hacke, während Pécuchet in gebückter Stellung mit seinem Pickel ein Loch schlug.
Doch der Zollbeamte erschien jetzt weiter unten, in einem Tal, und gestikulierte lebhafter; sie kümmerten sich nicht darum. Ein ovaler Körper zeigte sich deutlich, jetzt da das Gestein entfernt war; er neigte sich, schien heruntergleiten zu wollen. Jetzt kam ein anderer Mann mit einem Säbel.
»Ihre Pässe?«
Es war der Feldhüter, der seinen Rundgang machte; im selben Augenblick erschien auch der Zollbeamte, der durch eine Schlucht gelaufen war.
»Schaffen Sie die beiden fort, Vater Morin, gleich stürzt die Küste ein!«
»Wir verfolgen mit unserer Arbeit einen wissenschaftlichen Zweck«, antwortete Pécuchet.
Da stürzte von oben die Gesteinsmasse herab und sauste so dicht an ihnen vorbei, daß sie beinahe alle vier erschlagen worden wären.
Als sich der Staub gelegt hatte, erkannten sie einen Schiffsmast, der unter dem Stiefel des Zollbeamten zerbröckelte. Seufzend sagte Bouvard:
»Großen Schaden haben wir nicht angerichtet.«
»Innerhalb der Grenzen des Geniebezirks ist jedes Graben verboten«, erwiderte der Feldhüter.
»Wer sind Sie überhaupt? Ich muß Sie anzeigen.«
Pécuchet muckte auf und murmelte was von Ungerechtigkeit.
»Reden Sie nicht, kommen Sie mit!«
Kaum waren sie am Hafen, folgte ihnen eine Horde Jungen. Bouvard war rot wie Mohn und versuchte, den Würdevollen zu spielen; Pécuchet war sehr bleich und warf wütende Blicke um sich.

Diese beiden Fremden, die allerhand Steine in den Taschentüchern trugen, machten keinen vertrauenerweckenden Eindruck. Sie wurden vorläufig in der Schenke untergebracht. Der Wirt blieb auf der Schwelle stehen und versperrte den Eingang. Dann verlangte der Maurer seine Werkzeuge zurück. Sie bezahlten sie: wieder Kosten! Wo blieb nur der Feldhüter? Endlich befreite sie ein Herr, der das Kreuz der Ehrenlegion trug; sie konnten gehen, nachdem sie Namen, Vornamen und Wohnung angegeben und versprochen hatten, in Zukunft vorsichtiger zu sein.

Außer dem Paß fehlte ihnen noch mancherlei; und ehe sie auf neue Entdeckungsreisen ausgingen, studierten sie den *Guide du voyageur géologue* von Boné. Man muß vor allem mit einem guten Soldatentornister ausgerüstet sein, mit einer Meßkette, Feile, Zange, einem Kompaß und drei Hämmern, die man an einem Gürtel unter dem Rock verborgen trägt, denn ›so bewahrt man sich von jenem originellen Aussehen, das man auf Reisen vermeiden soll‹. Als Stock nahm Pécuchet einfach den sechs Fuß langen Touristenstock mit der eisernen Zwinge. Bouvard zog einen Stockschirm vor, dessen Griff abgeschraubt wird, bevor die Seide, die in einem besonderen kleinen Beutel enthalten ist, über die Stangen gespannt wird. Auch derbe Schuhe mit Gamaschen vergaßen sie nicht; jeder hatte wegen des Schwitzens zwei Paar Hosenträger; und obwohl man sich nicht überall in der Mütze sehen lassen kann, scheuten sie die Ausgabe für einen dieser zusammenlegbaren Hüte, die nach ihrem Erfinder, dem Hutmacher Gibus, benannt sind.

In dem Buch fanden sie allerlei Verhaltensmaßregeln. Die Sprache des Landes, in dem man reisen will, soll man beherrschen – das taten sie. Man soll immer bescheiden in seinem Auftreten sein – das waren sie. Nicht zuviel Geld bei sich haben – nichts leichter als das. Um Verdrießlichkeiten aus dem Wege zu gehen, ist es gut, ›sich als Ingenieur auszugeben‹.

»Gut, das wollen wir tun.«

So vorbereitet, begannen sie ihre Streifzüge, waren oft eine ganze Woche unterwegs, bewegten sich viel in frischer Luft. Entweder fanden sie an den Ufern der Orne in einer Spalte Felsstücke, die als schrägstehende Platten zwischen Pappeln und Heidekraut emporragten, oder sie waren verstimmt, weil sie auf dem ganzen Weg nur Tonschichten antrafen. Weder der Vordergrund noch der Hintergrund einer Landschaft interessierte sie, auch nicht das wogende Grün, sondern nur das, was man nicht sah, was darunter war, die Erde. Jeder Hügel war für sie ein Beweis für die Sintflut. Auf ihre Begeisterung für die Sintflut folgte die für erratische Blöcke. Die großen, auf den Feldern vereinzelt liegenden Felsblöcke stammten doch sicher von verschwundenen Gletschern, und sie suchten nach Moränen und Muschelerde.

Wegen ihrer Ausrüstung hielt man sie immer wieder für Hausierer; und hatten sie dann erklärt, sie seien ›Ingenieure‹, bekamen sie es mit der Angst: aus der Aneignung dieses Titels konnten ihnen Unannehmlichkeiten erwachsen. Wenn der Abend kam, keuchten sie unter der Last der gesammelten Gesteinsproben; aber unverdrossen schleppten sie sie nach Hause. Hier lagen sie dann auf den Stufen der Treppe, in den Zimmern, im Saal, in der Küche, und Germaine schimpfte über den Dreck.

Es war keine kleine Arbeit, die Namen der Steine festzustellen; waren sie gefunden, klebten die beiden Etiketten an – bei der Vielfalt der Farben und des Materials verwechselten sie Ton mit Mergel, Granit mit Gneis, Quarz mit Kalkstein.

Und dann ärgerten sie sich über die Benennung. Warum devonisch, cambrisch, jurassisch? Als ob die mit diesen Worten bezeichneten Erdarten nicht auch anderswo vorkämen als in Devonshire, in der Nähe von Cambridge und im Jura. Sie fanden sich einfach nicht zurecht. Was für den einen ein ganzes System ist, ist für den anderen nur Sohle und für den dritten eine einfache Schicht. Die einzelnen Arten vermischen sich, gehen ineinander über; Omalius d'Halloy hält jeden Glauben an geologische Einteilungen für töricht.

Das beruhigte sie; und als sie in der Ebene von Caen Kalk mit Polypengehäusen, in Balleroy Tonschiefer, in St. Blaise Kaolin, überall Oolith gefunden, in Cartigny Steinkohle und in Chapelle-en-Juger, in der Nähe von Saint-Lô Quecksilber gesucht hatten, beschlossen sie einen größeren Ausflug, eine Reise nach Le Havre, wo sie den Feuerstein und den Ton von Kimmeridge untersuchen wollten.

Kaum hatten sie das Schiff verlassen, als sie sich nach dem Weg erkundigten, der unter die Leuchttürme führt; Erdfälle versperrten ihn; es war gefährlich, sich auf ihn zu wagen.

Ein Wagenvermieter sprach sie an und schlug ihnen Fahrten in die Umgebung vor; Ingouville, Octeville, Fécamp, Lillebonne... »Bis Rom, wenn es gewünscht wird!«

Seine Preise waren unverschämt, aber der Name Fécamp hatte ihr Interesse erregt; wenn sie ein wenig vom Weg abbogen, konnten sie auch noch Étretat besuchen, sie nahmen also den Omnibus, um möglichst weit zu fahren. Sie unterhielten sich mit drei Bauern, zwei Frauen, einem Seminaristen und nannten sich wieder Ingenieure.

Vor dem Hafenbecken hielt der Wagen. Sie erreichten die Felsküste und krochen fünf Minuten später dicht an ihr entlang; sie mußten eine große Wasserlache umgehen, die sich wie ein Golf in das Ufer einfraß. Dann tauchte ein Bogen auf, hinter dem eine tiefe Grotte lag; jeder Ton hallte in ihr wider; sie war strahlend hell und sah mit ihren hohen Säulen wie eine Kirche aus. Ein Teppich aus Seetang bedeckte den Boden.

Sie staunten über dieses Naturwunder, und während sie Muscheln aufhoben, stellten sie Betrachtungen über den Ursprung der Welt an. Bouvard neigte zum Neptunismus; Pécuchet dagegen war Plutonist.

»Das Feuer im Erdinnern hat die Kruste des Erdballs durchbrochen, Landmassen gehoben, tiefe Spalten verursacht. Auch das Meer im Innern der Erde hat Ebbe und Flut und Stürme; nur eine dünne Schicht trennt uns von ihm. Dächte man an alles, was sich unter uns befindet, man könnte nicht mehr ruhig schlafen. Aber das Feuer im Erdinnern nimmt ab, die Sonne wird schwächer, und so wird eines Tages die Erde vor Kälte erstarren. Sie wird unfruchtbar werden; aus Holz und Kohle entsteht Kohlensäure, und kein Wesen wird mehr leben können.«

»So weit sind wir noch nicht«, sagte Bouvard.

»Hoffentlich!« erwiderte Pécuchet.

Einerlei! Die Aussicht auf dieses Weltende, mochte es auch in noch so weiter Ferne liegen, stimmte sie düster, und stumm schritten sie nebeneinander über das Geröll am Ufer. Die senkrechte, schneeweiße, stellenweise durch Silex schwarzgestreifte Küste verlief gegen den Horizont wie ein fünf Meilen langes Bollwerk. Es wehte ein rauher, kalter Ostwind. Der Himmel war grau; das Meer ging hoch.

Von dem Gipfel der Felsen erhoben sich Vögel, kreisten kurze Zeit und kehrten schnell in ihre Horste zurück. Manchmal löste sich ein Stein, schlug immer wieder auf und blieb dann irgendwo in ihrer Nähe liegen.

Pécuchet hing seinen Gedanken nach:

»Wenn die Erde nur nicht durch eine Umwälzung untergeht. Nichts ist über die Dauer unserer Periode bekannt. Das Feuer im Innern braucht nur hervorzubrechen.«

»Aber es nimmt doch ab!«

»Und doch haben seine Ausbrüche die Insel Julia, den Monte Nuovo und noch vieles andere entstehen lassen.«

Bouvard erinnerte sich, diese Einzelheiten bei Bertrand gelesen zu haben.

»Solche Umwälzungen kommen aber in Europa nicht vor.«

»Entschuldige, denke doch an Lissabon! Unsere Gegend ist reich an Steinkohle und Schwefelkieslagern, sie können bei einer Zersetzung vulkanische Schlünde bilden. Vulkane brechen übrigens immer in der Nähe des Meeres aus.«

Bouvard ließ seine Blicke über die Wellen schweifen und glaubte, in der Ferne Rauch zu sehen, der zum Himmel stieg. »Die Insel Julia«, fuhr Pécuchet fort, »ist wieder verschwunden; Landstriche, die wie sie entstanden, werden vielleicht dasselbe

Los haben. Eine kleine Insel ist ebenso wichtig wie die Normandie oder wie Europa.«
Bouvard sah schon den drohenden Untergang ganz Europas vor sich.
»Nimm an«, sagte Pécuchet, »unter dem Kanal fände ein Erdbeben statt; die Wassermassen stürzen in den Atlantik; die französischen und englischen Küsten wanken in ihren Grundfesten, neigen sich, vereinigen sich, und – alles, was dazwischen liegt, wird zermalmt.«
Bouvard antwortete nicht. Er ging schneller und hatte bald einen Vorsprung von hundert Schritten. Der Gedanke an eine Erdumwälzung ängstigte ihn. Seit dem Morgen hatte er nichts gegessen; es hämmerte ihm in den Schläfen. Dann hatte er auf einmal das Gefühl, als wanke der Boden, als neige sich der obere Teil der felsigen Küste. Im selben Augenblick rollte von oben Kies herab. Pécuchet sah, wie Bouvard entsetzt floh; er begriff seine Angst und rief ihm zu:
»Halt, halt! Die Periode ist ja noch nicht abgelaufen!«
Er lief mit großen Sprüngen hinter ihm her, hielt den Touristenstock krampfhaft in der Hand und schrie:
»Die Periode ist ja noch nicht abgelaufen! Die Periode ist ja noch nicht abgelaufen!«
Aber Bouvard rannte wie von Sinnen weiter. Er verlor den Stockschirm, die Schöße seines Gehrocks flogen, auf dem Rükken sprang der Tornister hin und her. Er sah wie eine geflügelte Schildkröte aus und verschwand zwischen den Felsen.
Außer Atem kam Pécuchet an die Stelle, sah niemanden, rannte zurück, um über einen Abhang, den Bouvard ohne Zweifel auch benutzt hatte, die Felder zu erreichen.
Große Stufen waren in den Fels gehauen, so breit, daß zwei Personen bequem darauf gehen konnten; sie glänzten wie polierter Alabaster.
Als Pécuchet ungefähr fünfzig Fuß gestiegen war, wollte er wieder umkehren. Aber die Flut stieg, und er kletterte höher.
Bei der zweiten Biegung sah er unter sich den Abgrund und er-

starrte vor Angst. Je näher er der dritten kam, desto zittriger wurden seine Beine. Sein Herz krampfte sich zusammen, er setzte sich, schloß die Augen und fühlte nichts als das rasende Klopfen des Herzens; dann warf er seinen Touristenstock fort und kroch auf allen vieren höher. Aber die drei Hämmer, die im Gürtel steckten, drückten auf seinen Leib; die Steine, die er in den Taschen trug, schlugen ihm gegen die Seiten; sein Mützenschild blendete ihn; dazu blies der Wind immer stärker.

Endlich erreichte er das Plateau. Hier fand er Bouvard, der weiter unten über eine weniger steile und schwierige Stelle geklettert war.

Sie nahmen einen Wagen; Étretat war vergessen.

Als sie am Abend des folgenden Tages in Le Havre auf das Schiff warteten, fanden sie in einer Zeitung ein Feuilleton mit dem Titel ›Einiges über Geologie‹.

Dieser Artikel, der viel Material brachte, behandelte die Frage, wie man sie zu jener Zeit verstand:

Eine vollständige Umwälzung der Erde hat nie stattgefunden, aber die gleiche Art hat nicht immer die gleiche Dauer und erlischt an einem Ort schneller als am anderen. Gleich alte Erdschichten enthalten verschiedenartige Fossilien, dagegen finden sich in zeitlich voneinander getrennten Ablagerungen dieselben. Die Farne früherer Zeiten sind mit dem heutigen Farn identisch. Viele Zoophyten unserer Zeit sind auch in den älteren Schichten vorhanden. Kurz, die gegenwärtigen Neugestaltungen erklären die früheren Umwälzungen. Immer sind die gleichen Ursachen am Werk, die Natur macht keine Sprünge, und die Perioden schließlich sind, wie Brongniart versichert, nichts als Abstraktionen.

Bisher hatten sie Cuvier im Glanz einer Aureole auf dem Gipfel einer unangreifbaren Wissenschaft gesehen. Sie war untergraben. Die Schöpfung war andere Wege gegangen, und ihre Achtung für diesen großen Mann nahm ab.

Aus Biographien und Auszügen lernten sie die Lehren La-

marcks und Geoffroy Saint-Hilaires kennen. Aber sie standen in Widerspruch zu den landläufigen Ideen, zur Autorität der Kirche.
Bouvard fühlte sich wie befreit, als hätte er ein Joch zerbrochen und von sich geworfen.
»Jetzt möchte ich doch mal wissen, was mir Jeufroy über die Sintflut sagen würde.«
Sie fanden ihn in seinem kleinen Garten, wo er auf die Mitglieder des Kirchenvorstandes wartete, der zusammentreten sollte, um über die Anschaffung eines Meßgewandes zu beraten.
»Die Herren wünschen?«
»Eine Aufklärung, bitte.«
Und Bouvard fing an:
»Was bedeuten in der Genesis ›der Abgrund, der zerbrach‹ und ›die Katarakte des Himmels‹? Denn ein Abgrund zerbricht nicht, und der Himmel hat keine Katarakte.«
Der Abbé schloß die Lider; dann antwortete er, man müsse stets zwischen Sinn und Wort unterscheiden. »Dinge, die einem zuerst absurd erscheinen, werden natürlich, wenn man tiefer in sie eindringt.«
»Ganz richtig. Aber wie erklären Sie den Regen, der zwei Meilen hohe Gebirge überflutete? Stellen Sie sich das doch nur mal vor! Zwei Meilen! Ein Wasserstand von zwei Meilen!«
Und der Bürgermeister, der gerade hinzukam, meinte:
»Donnerwetter, ein tüchtiges Bad!«
»Sie müssen doch zugeben«, sagte Bouvard, »daß Moses gewaltig übertreibt.«
Der Pfarrer Jeufroy hatte Bonald gelesen und erwiderte: »Ich weiß nicht, warum er das tat; zweifellos wollte er dem Volk einen heilsamen Schrecken einjagen.«
»Aber woher kamen diese Fluten?«
»Das weiß ich doch nicht. Die Luft hatte sich in Regen verwandelt, wie das alle Tage geschieht.«
Herr Girbal, der Vorsteher des Steueramts, kam mit dem Gutsbesitzer, Hauptmann Heurteaux, durch das Gartentor,

und der Wirt Beljambe führte den Krämer Langlois, der wegen seines Katarrhs nur mühsam gehen konnte.
Pécuchet kümmerte sich nicht um die Neuangekommenen und fuhr fort:
»Verzeihung, Herr Jeufroy. Das Gewicht der Atmosphäre, das beweist die Wissenschaft, ist gleich dem einer Wassermasse, die um die Erde eine Hülle von zehn Metern bilden würde. Wenn also die ganze verdichtete Luft in flüssigem Zustand niederfiele, würde sich die vorhandene Wassermenge nur wenig vermehren.«
Die Herren des Kirchenvorstandes machten große Augen und hörten zu. Der Pfarrer wurde ungeduldig.
»Sie werden nicht leugnen wollen, daß man auf den Bergen Muscheln gefunden hat. Wer anders als die Sintflut hat sie dorthin gebracht? Mir ist nicht bekannt, daß sie wie die Karotten in der Erde wachsen.«
Und als die Anwesenden bei diesen Worten lachten, fügte er spöttisch hinzu:
»Vielleicht hat die Wissenschaft das auch entdeckt?«
Bouvard wollte mit der vulkanischen Entstehung der Berge, der Theorie des Élie de Beaumont, antworten.
»Kenne ich nicht«, erwiderte der Abbé.
Foureau sagte schnell:
»Er ist aus Caen; ich habe ihn einmal auf der Präfektur getroffen.«
»Wenn Ihre Sintflut«, fuhr Bouvard fort, »Muscheln angeschwemmt hätte, müßten sie zerbrochen an der Oberfläche liegen und nicht in einer Tiefe von oft dreihundert Metern.«
Der Priester dozierte über die Wahrhaftigkeit der Heiligen Schrift, die Tradition des Menschengeschlechts und die im sibirischen Eis entdeckten Tiere.
Das beweise aber nicht, daß die Menschen zur selben Zeit wie sie lebten. Nach Pécuchets Ansicht war die Erde bedeutend älter.
»Das Delta des Mississippi ist mehrere zehntausend Jahre alt.

Die gegenwärtige Epoche umfaßt mindestens hunderttausend Jahre. Die Schriften Manethos...«

Der Graf de Faverges erschien.

Alle schwiegen.

»Bitte, reden Sie weiter. Was sagten sie?«

»Die Herren stritten sich mit mir«, antwortete der Abbé.

»Und worüber?«

»Über die Heilige Schrift, Herr Graf.«

Bouvard meinte, daß sie als Geologen das Recht hätten, über Religion zu diskutieren.

»Hüten Sie sich«, sagte der Graf, »Sie wissen doch, mein Lieber: ein wenig Wissenschaft entfernt von ihr, viel führt wieder zu ihr hin.« Und zugleich hochmütig und väterlich fuhr er fort: »Glauben Sie mir, Sie werden zu ihr zurückkehren. Sie werden zu ihr zurückkehren.«

»Mag sein. Aber was ist von einem Buch zu halten, das behauptet, das Licht sei vor der Sonne geschaffen worden, wo doch die Sonne die einzige Quelle des Lichts ist?«

»Sie vergessen das sogenannte boreale Licht«, sagte der Geistliche.

Ohne auf den Einwurf zu antworten, leugnete Bouvard heftig, daß das Licht auf der einen Seite und die Finsternis auf der anderen habe sein können, daß es Abend und Morgen gegeben habe, als die Gestirne nicht existierten, und daß die Tiere ganz plötzlich erschienen seien, anstatt sich allmählich zu entwikkeln.

Alle gestikulierten; die Wege waren so schmal, daß sie über die Beete liefen. Langlois fing an zu husten. Der Hauptmann rief: »Sie sind Umstürzler!«

Girbal: »Ruhe! Ruhe!« Der Priester: »Welch ein Materialismus!« Foureau: »Befassen wir uns doch mit unserem Meßgewand.«

»Nein, lassen Sie mich reden!«

Bouvard wurde immer erregter und behauptete schließlich, der Mensch stamme vom Affen ab.

Da sahen sie sich alle so verdutzt an, als wollten sie sich vergewissern, daß sie keine Affen seien.
Bouvard fuhr fort:
»Vergleicht man den Fötus eines Weibes, einer Hündin, eines Vogels, eines Frosches...«
»Genug!«
»Ich gehe noch weiter«, rief Pécuchet. »Der Mensch stammt von den Fischen ab.«
Lautes Gelächter folgte, aber Pécuchet ließ sich nicht beirren.
»Der Telliamed! Ein arabisches Buch...«
»Beginnen wir unsere Sitzung, meine Herren!«
Und sie gingen in die Sakristei.
Die beiden Freunde hatten den Abbé Jeufroy nicht aus der Fassung bringen können, wie sie es vorgehabt hatten; Pécuchet meinte, er sei ein echter Jesuit.
Aber sein Nordlicht gab ihnen doch zu denken; im Handbuch von d'Orbigny lasen sie darüber nach.
Durch diese Hypothese will man die Ähnlichkeit der vegetabilen Fossilien der Baffin-Bai mit den Pflanzen am Äquator erklären. An Stelle der Sonne wird eine große, jetzt verschwundene Lichtquelle angenommen, als deren Rest vielleicht das Nordlicht angesehen werden kann.
Dann kamen ihnen Zweifel in bezug auf die Abstammung des Menschen – und in ihrer Verlegenheit dachten sie an Vaucorbeil.
Von seinen Drohungen hatten sie nichts mehr gehört. Wie früher ging er morgens an ihrem Gitter vorbei und strich mit seinem Spazierstock über die Stäbe.
Bouvard lauerte ihm auf, hielt ihn an und sagte, daß er ihn über einen seltsamen Punkt der Anthropologie befragen wolle.
»Glauben Sie, daß die Menschen von den Fischen abstammen?«
»Blödsinn!«
»Eher von den Affen, nicht wahr?«
»Direkt nicht, das ist unmöglich.«

Wem sollten sie sich anvertrauen? Denn schließlich war der Arzt auch nicht zuverlässig.
Ohne großen Eifer studierten sie weiter. Sie waren das Eozän und das Miozän leid, den Mont-Jurillo und die Insel Julia, die sibirischen Mammute und die Fossilien, die von allen Autoren immer wieder mit ›beweiskräftigen Münzen‹ verglichen werden. Und schließlich warf Bouvard seinen Tornister in die Ecke und erklärte, er wolle mit dem ganzen Kram nichts mehr zu tun haben.
»Die Geologie ist zu mangelhaft. Wir kennen kaum einige Orte in Europa. Und den Rest und den Grund der Ozeane – das alles wird man nie erforschen können.«
Und als Pécuchet vom Mineralreich sprach:
»An das Mineralreich glaube ich nicht, denn bei der Bildung des Silex, der Kreide und vielleicht des Goldes spielen organische Stoffe eine Rolle. War der Diamant nicht zuerst Kohle, die Steinkohle nicht eine Vereinigung von Vegetabilien? Erhitzt man sie bis zu einem gewissen Grad, erhält man Holzmehl; alles vergeht, stürzt zusammen, verändert sich. Alles in der Schöpfung wogt und flieht. Beschäftigen wir uns lieber mit etwas anderem.«
Er legte sich auf den Rücken und schlief ein, während Pécuchet den Kopf senkte, sein Knie mit den Händen umschlang und sich seinen Gedanken hingab.
Ein Moosstreifen säumte einen von Erlen beschatteten Hohlweg; die leichten Wipfel der Bäume schwankten, Engelwurz, Minze und Lavendel strömten ihren warmen, würzigen Duft aus. Die Luft war drückend. Die dumpfen Gedanken Pécuchets beschäftigten sich mit den unter dem Rasen verborgenen Quellen, mit dem Saft der Pflanzen, den Vögeln in ihren Nestern, dem Wind und den Wolken, der ganzen Natur; er bemühte sich nicht, ihre Geheimnisse zu entdecken, stand jedoch ganz im Banne ihrer mächtigen Größe.
»Ich habe Durst«, sagte Bouvard, als er aufwachte.
»Ich auch! Ich möchte gern was trinken.«

»Das ist einfach«, sagte ein Mann in Hemdsärmeln, der mit einem Brett auf der Schulter vorbeikam.

Es war der Vagabund, dem Bouvard damals ein Glas Wein gegeben hatte. Er schien um zehn Jahre jünger, sein Haar war an den Seiten gekräuselt, der Schnurrbart gut gewichst; wie ein Pariser wiegte er sich in den Hüften.

Nach ungefähr hundert Schritten öffnete er das Tor eines Hofes, warf sein Brett auf die Erde und ließ sie in eine hohe Küche eintreten.

»Mélie! Bist du da, Mélie?«

Ein junges Mädchen erschien und holte auf sein Geheiß ›was zu trinken‹. Bald stand sie wieder neben dem Tisch, um den Herren einzugießen.

Ihr strohfarbenes Haar lugte unter einem Häubchen aus grauer Leinwand hervor. Glatt hing das ärmliche Kleid an ihrem Körper herunter; die Nase war gerade, die Augen blau; sie hatte etwas Zartes, Ländliches, Unbefangenes.

»Ein nettes Kind, was?« sagte der Schreiner, als sie die Gläser brachte. »Sieht aus wie ein feines Fräulein, das sich als Bäuerin verkleidet hat – und dabei vorzüglich in der Arbeit. – Warte nur, mein Herzchen, wenn ich reich bin, heirate ich dich.«

»Sie reden immer nur lauter dummes Zeug, Herr Gorju«, antwortete sie mit einer sanften, etwas schleppenden Stimme.

Ein Stallknecht nahm aus einer alten Truhe Hafer und ließ den Deckel so heftig zuschlagen, daß ein Stück Holz absprang. Gorju schimpfte über die Tölpelhaftigkeit der Burschen vom Lande. Dann kniete er vor dem Möbel nieder und suchte die Stelle, an der das Stück gesessen hatte. Pécuchet, der ihm helfen wollte, sah unter dem Staub allerhand Figuren.

Es war eine Renaissancetruhe; an ihrem unteren Teil war eine gewundene Säule, in den Ecken eine Blumenschnur aus Weinblättern und Weintrauben; kleine Säulen teilten ihre Vorderseite in fünf Felder. In der Mitte stand Venus Anadyomene auf einer Muschel; sie sahen Herkules und Omphale, Samson und Delila, Circe und ihre Schweine, die Töchter Loths, die ihren

Vater trunken machen. Alles war verfallen, von Würmern zerfressen, und die rechte Füllung fehlte ganz.
Gorju nahm eine Kerze, damit Pécuchet die linke Füllung besser betrachten konnte, auf der Adam und Eva unter dem Baum im Paradies dargestellt waren.
Auch Bouvard bewunderte die Truhe.
»Wenn sie Ihnen Spaß macht, sollen Sie sie billig haben.«
Sie zögerten, denn sie dachten an die Reparaturen. Aber Gorju war ja von Beruf Kunsttischler.
»Dann los!«
Und Gorju zog Pécuchet in den Obsthof, in dem Frau Castillon, die Pächterin, Wäsche auf der Bleiche ausbreitete.
Mélie wusch sich die Hände und nahm vom Fensterbrett ihre Spitzenarbeit; sie setzte sich ins volle Licht und arbeitete.
Die Türfüllung rahmte sie ein. Die Klöppel ordneten sich unter ihren Fingern und klapperten wie Kastagnetten. Man sah den geneigten Kopf im Profil.
Bouvard fragte nach ihren Eltern, ihrer Heimat, dem Lohn, den sie erhielt.
Sie stammte aus Ouistreham, hatte keine Angehörigen mehr und verdiente monatlich eine Pistole. Sie gefiel Bouvard so gut, daß er sie als Hilfe für Germaine im Haus haben wollte.
Pécuchet kam mit der Pächterin zurück, und während die beiden weiter feilschten, erkundigte sich Bouvard leise bei Gorju, ob die Kleine wohl zu ihm in Stellung kommen würde.
»Aber ja!«
»Erst muß ich noch mit meinem Freund sprechen«, sagte Bouvard.
»Ich verstehe; aber reden Sie nicht in Gegenwart der Pächterin darüber.«
Der Handel wurde abgeschlossen; fünfunddreißig Francs wurden bezahlt.
Über die Kosten der Ausbesserung würden sie sich einigen.
Kaum waren sie im Hof, als Bouvard erzählte, was er mit Mélie vorhabe.

Pécuchet blieb stehen (so konnte er besser nachdenken), öffnete seine Tabakdose, nahm eine Prise, schnäuzte sich und meinte:
»In der Tat! Das ist ein guter Gedanke! Lieber Gott! Ja! Warum nicht? Übrigens bist du ja der Herr.«
Zehn Minuten später zeigte sich Gorju auf dem Rand eines Grabens und rief:
»Wann soll ich das Möbel bringen?«
»Morgen.«
»Und sind Sie in der anderen Frage zu einem Entschluß gekommen?«
»Abgemacht!« antwortete Pécuchet.

IV

Ein halbes Jahr später waren sie Archäologen geworden, und ihr Haus glich einem Museum.

Ein alter Holzbalken stand in der Vorhalle. Die Gesteinsproben lagen haufenweise auf der Treppe, und eine riesige Kette zog sich über den Boden des ganzen Korridors.

Sie hatten die Tür zwischen den beiden Zimmern, in denen sie nicht schliefen, ausgehängt, die Eingangstür zum zweiten zugestellt und so aus diesen beiden Zimmern einen großen Raum gemacht.

Kaum hatte man die Schwelle betreten, stieß man sich an einem Steintrog (einem gallo-romanischen Sarkophag); man war frappiert von einer Menge Gegenstände aus Metall.

An der gegenüberliegenden Wand überragte eine Wärmpfanne zwei Feuerböcke und ein Herdblech, auf dem ein Mönch mit einer Hirtin schäkerte. Auf kleinen Wandbrettern sah man Leuchter, Schlösser, Bolzen, Schrauben. Der Boden verschwand unter roten Ziegelscherben. Auf einem Tisch in der Mitte lagen die größten Seltenheiten: das Gestell einer Mütze, wie sie die Frauen in Caux tragen, zwei tönerne Urnen, Denkmünzen und eine Phiole aus Opalglas. Auf der Rückenlehne eines gestickten Sessels lag eine dreieckige Seidenspitze. Die rechte Wand zierte das Stück eines Panzerhemdes; eine Hellebarde, ein ganz besonders gut erhaltenes Stück, war horizontal darunter angenagelt. Das zweite Zimmer, in das zwei Stufen führten, enthielt sowohl die alten aus Paris mitgebrachten Bücher, als auch die, die sie bei ihrer Ankunft in einem Schrank vorgefunden hatten. Die Türen des Schranks hatten sie ausgehängt. Hier war jetzt ihre Bibliothek.

Der Stammbaum der Familie Croixmare bedeckte die ganze Rückwand der Tür. Auf dem rechtwinkligen Tafelwerk bildete das Pastellbild einer Dame in der Kleidung der Zeit Louis XV. das Pendant zum Bild von Bouvards Vater. Das Gesims des

Spiegels schmückten ein Sombrero aus schwarzem Filz und eine Riesengalosche, die mit Blättern, den Resten eines Nestes, gefüllt war.

Auf dem Kamin lagen neben einem Fayence-Tönnchen, auf dem ein Bauer ritt, zwei Kokosnüsse, die Pécuchet seit seiner Jugend hütete. Und in einem Strohkörbchen sah man eine alte Münze, die eine Ente von sich gegeben hatte.

Vor der Bibliothek stand eine Muschelkommode mit Verzierungen aus Plüsch. Auf dem Deckel hielt eine Katze eine Maus im Maul. Daneben lagen eine Versteinerung aus Saint-Allyre und ein ebenfalls aus Muscheln verfertigter Arbeitskasten, auf dem sich eine Likörkaraffe befand, die eine Christbirne enthielt.

Aber das Schönste war eine Statue des heiligen Petrus, die in der Fensternische stand. Seine rechte Hand in einem Handschuh hielt den apfelgrünen Schlüssel zum Paradies. Das mit Lilien geschmückte Meßgewand war himmelblau, die Tiara tiefgelb und so spitz wie eine Pagode. Seine Wangen waren angemalt, die Augen dick und rund, der Mund stand offen, die Nase war nach oben gestülpt. Aus einem alten Teppich, auf dem in einem Rosenkranz zwei Liebesgötter zu erkennen waren, hatten sie über seinem Haupt einen Baldachin gebaut, während ihm zu Füßen, wie eine Säule, ein Buttertopf stand, der auf schokoladefarbenem Grund in weißen Lettern die Aufschrift trug: Vor seiner Königlichen Hoheit, dem Herzog von Angoulême, am 3. Oktober 1817 zu Noron hergestellt.

Wenn Pécuchet in seinem Bett lag, konnte er all diese Herrlichkeiten überblicken, und oft ging er in Bouvards Zimmer, um alles aus größerer Entfernung zu genießen.

Dem Kettenpanzer gegenüber hatten sie einen Platz für die Renaissancetruhe frei gemacht.

Sie war noch nicht fertig, Gorju arbeitete daran; im Backhaus hobelte er die Bretter, paßte sie ein, nahm sie wieder heraus.

Um elf Uhr frühstückte er, plauderte ein wenig mit Mélie, und dann sah man ihn oft den ganzen Tag nicht wieder.

Bouvard und Pécuchet hatten sich auf die Suche nach Stücken gemacht, die zu der Truhe paßten. Was sie zusammenschleppten, paßte aber nicht. Doch fanden sie allerlei andere seltsame Sachen. Jetzt erwachte in ihnen der Sinn für Nippes und die Liebe zum Mittelalter.
Zuerst besuchten sie die Kathedralen; die hohen Schiffe, die sich in den Weihwasserbecken spiegelten, die Glasarbeiten, die wie Behänge aus Edelsteinen funkelten, die Gräber in der Tiefe der Kapellen, das unbestimmte Licht der Krypten, alles, selbst die Kühle der Mauern rief in ihnen einen wohligen Schauer, eine religiöse Erregung hervor.
Bald konnten sie die verschiedenen Epochen unterscheiden und sagten mit verächtlichem Blick auf den Küster: »Sieh da, eine romanische Apsis. Stammt aus dem 12. Jahrhundert! Da sind wir wieder beim Flammenstil.«
Sie versuchten, die in die steinernen Kapitäle gemeißelten Symbole zu ergründen, so zum Beispiel das der Greifen von Marigny, die einen blühenden Baum mit den Schnäbeln bearbeiten. Pécuchet neigte dazu, in den Sängern mit der grotesken Mundstellung, die die Kreuzgesimse von Feugerolle abschließen, eine Satire zu erblicken, und die Üppigkeit des obszönen Mannes an einem der Fensterkreuze von Hérouville bewies nach Bouvards Ansicht, daß unsere Vorfahren derbe Späße liebten.
Jedes Zeichen von Verfall tat ihnen weh. Und doch war alles im Schwinden, und sie jammerten über den Vandalismus, wetterten gegen das Übermalen.
Aber der Stil eines Bauwerks paßt nicht immer zu dem Alter, das man dafür ansetzt. Der Rundbogen herrscht in der Provence noch im 13. Jahrhundert vor. Der Spitzbogen ist vielleicht sehr alt, und einige Autoren bestreiten, daß der romanische Stil vor dem gotischen bestand. Die Unmöglichkeit, Gewißheit zu erlangen, ärgerte sie.
Nach den Kirchen studierten sie die Burgen: die von Domfront und Falaise. Unter dem Tor bewunderten sie die Rillen des

Fallgitters; sie kletterten auf den höchsten Turm und erblickten zuerst das weite Land, dann die Dächer der Stadt, die sich kreuzenden Straßen, die Wagen auf dem Platz, die waschenden Frauen. Senkrecht stürzte die Mauer bis ins Gestrüpp in den Wassergräben; und wenn sie daran dachten, daß hier Menschen auf Leitern hinaufgestiegen waren, schauderten sie. Gern wären sie in die unterirdischen Gewölbe gestiegen. Aber Bouvard hinderte sein dicker Bauch, und Pécuchet hatte Angst vor Schlangen.

Sie wollten die alten Ritterburgen Curcy, Bully, Fontenayle-Marmion, Argouge kennenlernen. Oft steht in einem Winkel, hinter dem Misthaufen, noch ein Turm aus der Karolinger-Zeit. Die Küche mit ihren Steinbänken weckt Erinnerungen an die Schmausereien in der Feudalzeit. Andere Gebäude machen mit ihren drei noch sichtbaren Einfriedungen, den Schießscharten unter der Treppe, den hohen Türmchen mit den spitzen Seitenflächen einen wilden Eindruck. Man kommt in ein Gemach, in das durch ein Fenster aus der Zeit der Valois, fein gemeißelt wie eine Elfenbeinarbeit, die Sonne scheint und die auf den Fußboden ausgebreiteten Rapskörner mit ihren Strahlen erwärmt. Abteien dienen als Scheunen. Die Inschriften auf den Grabsteinen sind undeutlich geworden. Auf den Feldern ragt ein vereinzelter Giebel empor, von oben bis unten mit Efeu bewachsen, in dem der Wind raschelt.

Viele Dinge reizten ihre Begehrlichkeit: ein Zinntopf, ein Straßring, großgeblümter Kattun. Aber es fehlte ihnen an Geld.

Durch eine glückliche Fügung entdeckten sie bei einem Verzinner in Balleroy ein gotisches Fenster, so groß, daß es in ihrem Zimmer neben dem Sessel den rechten Teil des Fensters bis zur zweiten Scheibe bedeckte. Der im Hintergrund sichtbare Kirchturm von Chavignolles erhöhte die Wirkung. Aus dem unteren Teil eines Schranks verfertigte Gorju, der ihrer Passion schmeichelte, ein Betpult, das unter dem Fenster seinen Platz finden sollte. Ihre Leidenschaft war so groß, daß sie sich über verschwundene Bauwerke aufregten, über die man absolut nichts weiß, wie zum Beispiel das Lusthaus der Bischöfe von Séez.

›Bayeux‹, sagte de Caumont, ›hat sicher ein Theater gehabt.‹ – Aber sie suchten vergeblich, wo es gestanden haben konnte.

Im Dorf Montrecy liegt eine Wiese; auf ihr wurden früher Münzen gefunden, wodurch sie berühmt geworden ist. Sie hofften, hier reiche Beute zu machen, aber der Feldhüter ließ sie gar nicht erst hin.

Mit dem Kanal, der einen Brunnen in Falaise mit der Vorstadt von Caen verbindet, hatten sie nicht mehr Glück. Enten, die dort hineingesetzt wurden, kamen in Vaucelles wieder zum Vorschein und schnatterten: Can, can, can – und so ist der Name der Stadt entstanden.

Sie scheuten keinen Weg, kein Opfer.

In der Schenke zu Mesnil-Villement frühstückte im Jahre 1816 Herr Galeron für vier Sous. – Sie aßen genau dasselbe wie er und stellten überrascht fest, daß die Preise sich wesentlich geändert hatten.

Wer hat die Abtei Sainte-Anne gegründet? Ist Marin Onfroy, der im 12. Jahrhundert eine neue Art Äpfel einführte, mit Onfroy, der zur Zeit der Eroberung Gouverneur von Hastings war, verwandt? Wie konnten sie sich die *Astucieuse Pythonisse*, eine Komödie in Versen von einem gewissen Dutrésor, die in Bayeux entstand und heute so ungeheuer selten ist, beschaffen? Zur Zeit Ludwigs XIV. verfaßte Hérambert Dupaty oder Dupastis Hérambert ein Buch, das nie erschien. Es enthielt zahlreiche Anekdoten über Argentan: es galt, diese Anekdoten wieder aufzufinden. – Was ist aus den selbst geschriebenen Memoiren der Madame Dubois de la Pierre geworden, die Louis Dasprés, Vikar an Saint-Martin, für die unveröffentlichte Geschichte von Laigle benutzte? Diese Probleme und merkwürdigen Einzelheiten harrten der Klärung.

Aber oft führt ein kleiner Hinweis zu den wertvollsten Entdekkungen. Um keinen Argwohn zu erwecken, zogen sie also ihre

Kittel wieder an, gingen als Hausierer von Haus zu Haus, fragten nach altem Papier, das sie kaufen wollten. Haufenweise verkaufte man es ihnen. Es waren Schulhefte, Rechnungen, alte Zeitungen; nichts Wertvolles. Endlich wandten sich Bouvard und Pécuchet an Larsoneur. Er war gerade mit dem Keltizismus beschäftigt, antwortete auf ihre Fragen summarisch, stellte selbst neue:

Hatten sie in ihrer Gegend Spuren einer Verehrung des Hundes festgestellt, wie man sie in Montargis findet? Er bat um genaue Einzelheiten über Johannisfeuer, Heiraten, volkstümliche Sprichworte und so weiter. Sie sollten für ihn sogar einige jener Steinäxte sammeln, ursprünglich Celtae genannt, die früher von den Druiden bei ihren verbrecherischen Sühneopfern benutzt wurden.

Gorju verschaffte ihnen ein ganzes Dutzend. Sie schickten Larsoneur die kleinste; die anderen bereicherten ihr Museum.

Gern gingen sie in ihm umher, fegten es selbst und erzählten allen Bekannten davon.

Eines Nachmittags kamen Frau Bordin und Herr Marescot, um es zu besichtigen.

Bouvard, der sie empfing, begann mit seiner Erklärung schon in der Vorhalle.

Der Balken war nicht weniger als der alte Galgen von Falaise, wie der Schreiner behauptete, von dem sie ihn gekauft hatten; sein Großvater hatte es ihm erzählt.

Die dicke Kette im Korridor stammte aus dem Burgverlies von Torteval. Der Notar meinte, sie hätte große Ähnlichkeit mit den Ketten, die Ehrenhöfe umspannen, doch für Bouvard stand fest, daß mit ihr in früheren Zeiten die Gefangenen gefesselt waren; er öffnete die Tür zum ersten Zimmer.

»Was sollen denn all die Ziegel?« rief Frau Bordin.

»Sie dienen zum Erhitzen der Bäder; aber alles der Reihe nach, bitte. Diesen Grabstein haben wir in einem Gasthof entdeckt, wo er als Tränke benutzt wurde.«

Dann nahm Bouvard die beiden Urnen, die mit Erde –

Menschenasche – gefüllt waren. Er hielt das Fläschchen an die Augen, um zu zeigen, wie die Römer Tränen hineinfließen ließen.

»Bei Ihnen sieht man ja nur schaurige Dinge.«

Allerdings war das alles wirklich etwas zu ernst für eine Dame, und Bouvard nahm aus einem Schächtelchen mehrere Kupfermünzen und einen silbernen Denar.

Frau Bordin fragte, welchen Wert sie heute wohl hätten. Der Kettenpanzer, den Marescot untersuchte, entglitt seinen Fingern und einige Ringe zerbrachen. Bouvard verbarg mühsam seinen Ärger.

Liebenswürdig nahm er sogar die Hellebarde von der Wand, duckte sich, hob die Arme, trat mit dem Absatz auf und tat, als schnitte er einem Pferd die Kniegelenke durch, als stieße er mit dem Bajonett, als schlüge er einen Feind nieder. In Gedanken bezeichnete ihn die Witwe als einen strammen Burschen.

Von der Muschelkommode war sie begeistert, über die Katze aus Saint-Allyre staunte sie sehr, weniger über die Birne in der Karaffe; als sie zum Kamin kamen, meinte sie: »Der Hut müßte ausgebessert werden.«

Der Rand hatte drei Löcher; es waren Kugelspuren.

Zur Zeit des Direktoriums hatte er dem Anführer einer Räuberbande gehört, David de La Bazoque; er war verraten und auf der Stelle getötet worden.

»Gott sei Dank«, sagte Frau Bordin.

Marescot hatte für alles nur ein verächtliches Lächeln. Er brachte weder Verständnis für die Galosche auf, die das Aushängeschild eines Schuhmachers gewesen war, noch für das Fayence-Tönnchen, einen gewöhnlichen Krug für Apfelwein; und der heilige Petrus mit seinem versoffenen Gesicht erschien ihm ganz minderwertig.

Frau Bordin bemerkte:

»Der hat doch sicher ein gutes Stück Geld gekostet.«

»Oh, nicht besonders!«

Ein Dachdecker hatte ihn für fünfzehn Francs hergegeben.

Dann tadelte sie den weiten Halsausschnitt der Dame mit der gepuderten Perücke, der ihr sehr wenig passend schien.

»Ist das so schlimm«, entgegnete Bouvard, »wenn man was Schönes zu zeigen hat?«

Und leiser fügte er hinzu:

»Wie Sie sicherlich auch.«

Der Notar wandte ihnen den Rücken, er studierte die Zweige der Familie Croixmare. Sie antwortete nicht, sondern spielte mit ihrer langen Uhrkette. Ihre Brust straffte den schwarzen Taft des Mieders; sie zog die Augenbrauen ein wenig zusammen, senkte das Kinn wie eine Turteltaube, die sich aufplustert, und fragte dann ganz unschuldig:

»Wie hieß die Dame?«

»Das ist unbekannt; sie war die Maitresse des Regenten, der ein toller Bursche war, wie Sie wissen!«

»Ich erinnere mich. Die Memoiren aus der Zeit...«

Der Notar beendete seinen Satz nicht, gab aber seinem Bedauern Ausdruck, daß ein Fürst ein solches Beispiel gegeben und sich von seinen Leidenschaften so habe beherrschen lassen.

»So sind nun mal die Männer.«

Die beiden Herren erhoben Widerspruch, und bald sprachen sie über Frauen und Liebe. Marescot versicherte, daß es viele glückliche Ehen gäbe; oft sogar habe man, ohne es zu ahnen, in nächster Nähe, was man zum Glück brauche. Die Anspielung war nicht zu überhören. Die Witwe wurde rot, hatte sich aber gleich wieder in der Gewalt.

»Das Alter der Torheiten haben wir überstanden, nicht wahr, Herr Bouvard?«

»Das möchte ich nicht so ohne weiteres behaupten.«

Er bot ihr den Arm und führte sie in das andere Zimmer.

»Achten Sie auf die Stufen. Und jetzt schauen Sie sich das Fenster an.«

Den scharlachroten Mantel und zwei Flügel eines Engels konnte man erkennen. Alles andere verschwand unter dem Blei, das die verschiedenen Sprünge im Glas zusammenhielt. Der Tag nahm

ab, die Schatten wurden länger; Frau Bordin war ernst geworden.
Bouvard ging fort, kehrte aber bald zurück. Er hatte sich in eine wollene Decke gehüllt, kniete vor dem Betpult nieder, spreizte die Ellbogen, schlug die Hände vors Gesicht, und das Licht der Sonne fiel auf seinen kahlen Kopf; er war sich der Wirkung seiner Stellung wohl bewußt und sagte:
»Sehe ich nicht aus wie ein mittelalterlicher Mönch?«
Dann neigte er den Kopf zur Seite, verdrehte die Augen und gab so seinem Gesicht einen mystischen Ausdruck. Im Korridor hörte man die tiefe Stimme Pécuchets.
»Keine Angst, ich bin's.«
Und er kam herein: den Kopf bedeckte ein Helm, eine eiserne Sturmhaube mit spitzen Ohrenklappen.
Bouvard blieb an seinem Betpult; die beiden anderen standen. Eine Minute verging in schweigender Erstarrung.
Pécuchet hatte das Gefühl, als sei der Eindruck auf Frau Bordin nicht besonders groß; er fragte sie, ob sie auch alles gesehen habe.
»Ich glaube ja.«
Pécuchet zeigte auf die Wand:
»Ah! Verzeihung, hier soll noch etwas aufgestellt werden; es wird augenblicklich restauriert.«
Die Witwe und Marescot gingen.
Die beiden Freunde waren auf den Gedanken gekommen, so zu tun, als machten sie sich gegenseitig Konkurrenz. Jeder machte sich allein auf den Weg, einer überbot den anderen. Pécuchet hatte soeben den Helm erstanden.
Bouvard beglückwünschte ihn, und Pécuchet lobte den Freund wegen seiner Decke.
Mélie versah sie mit Schnüren und machte eine Kutte daraus. Wenn Besuch erwartet wurde, trugen sie sie abwechselnd.
Girbal, Foureau und der Hauptmann Heurteaux besuchten sie; dann kamen weniger vornehme Leute: Langlois, Beljambe, ihr Pächter, selbst die Mägde der Nachbarn; und jedesmal wieder-

holten sie ihre Erklärungen, zeigten den Platz, an dem die Truhe stehen sollte, spielten die Bescheidenen, baten um Nachsicht wegen der Überfülle.

An solchen Tagen trug Pécuchet die Zuavenmütze, die er schon in Paris getragen hatte, denn er meinte, sie passe besser zu dem künstlerischen Milieu. In einem bestimmten Augenblick aber setzte er den Helm auf und rückte ihn in den Nacken, damit man sein Gesicht besser sähe. Bouvard machte auch immer wieder sein Manöver mit der Hellebarde; und dann verständigten sie sich durch einen Blick, ob der Besucher es wert sei, daß man den ›mittelalterlichen Mönch‹ spiele.

Als vor ihrem Gitter der Wagen des Herrn de Faverges hielt, war ihre Aufregung groß. Es handelte sich aber nur um eine kleine Erkundigung.

Hurel, der Verwalter, hatte ihm mitgeteilt, daß sie überall Dokumente suchten und auf dem Pachthof la Aubrye alte Papiere gekauft hatten.

Das stimmte.

Hatten Sie dabei Briefe des Barons de Gonneval entdeckt, der früher auf Aubrye wohnte und Adjutant des Herzogs von Angoulême war? Aus Familieninteresse lege man Wert auf diese Korrespondenz.

Sie mußten mit Bedauern gestehen, daß sie sie nicht hatten, erklärten aber, dafür etwas anderes zu besitzen, das ihn sicher interessiere, er möge sich mit ihnen in die Bibliothek bemühen.

Solche Lackstiefel hatten noch nie in ihrem Korridor geknarrt. Sie stießen an den Sarkophag, und der Graf hätte beinahe mehrere Ziegel zertreten. Er wand sich um den Sessel, stieg die zwei Stufen hinab – und als sie im zweiten Zimmer waren, zeigte Bouvard ihm unter dem Baldachin, vor dem heiligen Petrus, den Buttertopf aus Noron.

Bouvard und Pécuchet hatten geglaubt, daß in manchen Fällen das Datum dienlich sein könne.

Aus Höflichkeit besah der Edelmann ihr Museum, sagte immer

wieder ›Reizend, sehr gut!‹ und schlug sich mit dem Knauf der Reitpeitsche leicht auf den Mund. Er dankte ihnen, daß sie diese Trümmer des Mittelalters, der Zeit des Glaubens und der ritterlichen Treue, gerettet hätten. Er liebe den Fortschritt und hätte sich wie sie gern diesen interessanten Studien hingegeben; aber Politik, Kreisstände, Landwirtschaft, ein wahrer Strudel hielte ihn davon ab.

»Nach Ihnen wird man ja kaum noch etwas finden, bald haben Sie offenbar alle Raritäten des Departements gesammelt.«

»Wir wollen uns nicht schmeicheln, aber das glauben wir auch«, sagte Pécuchet.

Und doch gäbe es noch allerlei; so wäre zum Beispiel in Chavignolles, in dem Gäßchen an der Kirchhofsmauer, ein Weihwasserbecken, das seit undenklichen Zeiten unter dem Grase vergraben läge, erzählte ihnen der Graf.

Diese Mitteilung machte sie ganz glücklich. Schnell sahen sie sich an: ›Sollen wir?‹ – aber schon öffnete der Graf die Tür. Mélie, die dahinter stand, rannte plötzlich davon.

Auf dem Weg über den Hof sah der Graf Gorju, der mit gekreuzten Armen dastand und seine Pfeife rauchte.

»Dieser Kerl arbeitet bei Ihnen? Hm, ich würde ihm aber nicht trauen, wenn eines Tages mal ein Aufstand losbräche.«

Und der Graf de Faverges stieg in sein elegantes Dogcart.

Schien es ihnen nur so oder fürchtete sich die Magd vor dem Besuch?

Sie fragten, und Mélie erzählte, daß sie auf seinem Hof gearbeitet habe. Sie sei das kleine Mädchen, das den Schnittern zu trinken eingoß, als sie, vor nun zwei Jahren, gekommen waren. Man habe sie als Hilfe ins Schloß genommen, sie dann aber Klatschereien wegen entlassen.

Und was konnte man Gorju vorwerfen? Er war sehr geschickt und ihnen gegenüber immer artig und höflich.

Am nächsten Morgen gingen sie in aller Frühe zum Kirchhof. Bouvard untersuchte mit seinem Stock die angegebene Stelle. Er stieß auf etwas Hartes. Sie rissen einige Brennesseln aus und

entdeckten ein Sandsteingefäß; es war ein Taufbecken, Pflanzen wuchsen darin.
»Im allgemeinen werden Taufbecken doch nicht außerhalb der Kirche vergraben.«
Pécuchet zeichnete es ab, Bouvard beschrieb es, und sie schickten Zeichnung und Beschreibung an Larsoneur.
Er antwortete umgehend.
»Viktoria, meine lieben Kollegen! Es handelt sich ohne Zweifel um ein druidisches Becken.«
Er empfahl ihnen die größte Vorsicht. Die Axt sei vielleicht nicht echt – und er nannte ihnen ebensosehr seinet- wie ihretwegen eine Reihe von Werken, die sie studieren sollten. In einer Nachschrift bemerkte Larsoneur, daß er sehr gern das Becken besichtigen möchte; und da er in einigen Tagen in die Bretagne reiste, würde er vorbeikommen.
Bouvard und Pécuchet vertieften sich nun in die keltische Archäologie. Dieser Zweig der Wissenschaft lehrt, daß die alten Gallier, unsere Vorfahren, Kirk und Kron, Taranis Ésus, Netalemnia, den Himmel und die Erde, den Wind und das Wasser – vor allem aber den großen Teutates, der der Saturn der Heiden ist, anbeteten. – Denn als Saturn in Phönizien regierte, heiratete er die Nymphe Anobret, von der er ein Kind, Jeud, hatte, und Anobret hat die Züge Saras; Jeud wurde geopfert, oder vielmehr beinahe: wie Isaak.
Saturn ist also Abraham, und so kommt man zu dem Schluß, daß die Religion der Gallier dieselben Quellen hat wie die der Juden.
Ihre Gesellschaft war sehr gut organisiert. Die erste Klasse umfaßte das Volk, den Adel und den König, die zweite die Rechtsgelehrten, und in der dritten, der höchsten, waren, nach Taillepied, die ›verschiedenen Arten von Philosophen‹, das heißt die Druiden oder Saroniden, die wieder in Eubages, Bardes und Vates eingeteilt waren.
Die einen prophezeiten, andere sangen, wieder andere lehrten Botanik, Medizin, Geschichte und Literatur; kurz, ›alle Künste

ihrer Zeit‹. Pythagoras und Plato waren ihre Schüler. Sie lehrten die Griechen die Metaphysik, die Perser die Zauberei, die Etrusker die Kunst der Opferschau und die Römer das Verzinnen des Kupfers und den Handel mit Schinken.
Von diesem Volk aber, daß die alte Welt beherrschte, sind nur Steine auf uns gekommen, die entweder allein stehen oder in Gruppen zu dreien, in Galerien angeordnet sind oder Einfriedungen bilden.
Voller Eifer studierten Bouvard und Pécuchet den Stein von le Post in Ussy, den Doppelstein in le Guest, den Stein in le Darier, in der Nähe von l'Aigle, und noch viele andere. Doch bald langweilten sie diese Steine, die alle gleich nichtssagend sind. Als sie eines Tages den Menhir von Passais besichtigt hatten und wieder gehen wollten, führte man sie in einen Buchenwald, voll von Granitblöcken, deren Gestalten an Sockel oder Riesenschildkröten erinnerten.
Der größte ist ausgehöhlt wie ein Becken. Der eine Teil seines Randes ist höher, und vom Boden gehen zwei Rillen bis zur Erde; durch sie floß das Blut ab, daran war gar nicht zu zweifeln. So etwas entsteht doch nicht durch Zufall. Baumwurzeln umschlangen die rohen Sockel. Es regnete ein wenig; in der Ferne stiegen wie große Gespenster Nebelwolken auf. Leicht konnte man sich unter dem Blätterdach die Priester in goldener Tiara und weißem Gewand vorstellen, die Menschen opferten, denen die Arme auf den Rücken gebunden waren – und am Rand des Beckens stand die Priesterin, die den roten Bach beobachtete, während die Menge um sie heulte, die Zymbeln und Zinken dröhnten, die aus den Hörnern der Auerochsen verfertigt waren.
Ihr Plan stand fest.
Und eines Nachts, bei Mondschein, gingen sie zum Kirchhof, schlichen wie Diebe im Schatten der Häuser. Die Fensterläden an den Hütten waren geschlossen, alles war still; nicht einmal ein Hund bellte.
Gorju begleitete sie; sie machten sich an die Arbeit. Man

hörte nur die Steine knirschen, auf die der Spaten stieß, mit dem sie ein Loch in den Rasen gruben. Die Nähe der Toten war ihnen unangenehm. Die Kirchenuhr röchelte, und die Rosette im Giebelfeld sah aus wie ein Auge, das die Heiligtumschänder beobachtete. Endlich waren sie fertig und nahmen das Gefäß mit. Am nächsten Tag gingen sie wieder zum Kirchhof, um zu sehen, ob ihre Arbeit Spuren hinterlassen hatte.

Der Abbé stand auf der Türschwelle und schöpfte frische Luft; er bat um die Ehre ihres Besuchs, führte sie in seinen kleinen Saal und schaute sie ganz eigentümlich an.

Mitten auf der Anrichte stand zwischen Tellern eine Suppenterrine, mit gelben Blumen bemalt.

Pécuchet, der nicht wußte, was er sagen sollte, rühmte sie.

»Es ist ein altes Stück aus Rouen«, sagte der Pfarrer, »ein Familienstück. Liebhaber schätzen es hoch ein, besonders Herr Marescot.«

Er selber mache sich, Gott sei Dank, nichts aus Seltenheiten; und da sie ihn nicht zu verstehen schienen, sagte er, er habe sie beim Diebstahl des Taufbeckens beobachtet.

Die beiden Archäologen wurden sehr kleinlaut und fingen an zu stottern. Das Becken würde doch gar nicht mehr benutzt.

»Einerlei! Es muß zurückgegeben werden!«

Gewiß! Aber konnte er ihnen nicht gestatten, es von einem Maler, den sie beauftragen wollten, zeichnen zu lassen?

»Gern, meine Herren.«

»Das bleibt aber unter uns, nicht wahr?« sagte Bouvard, »unter dem Siegel der Beichte!«

Der Geistliche lächelte und beruhigte sie mit einer Handbewegung.

Doch ihn fürchteten sie weit weniger als Larsoneur. Wenn er nach Chavignolles käme, würde er das Becken sicher für sich haben wollen – und sein Geschwätz würde schließlich der Regierung zu Ohren kommen. Aus Vorsicht versteckten sie das Gefäß zuerst im Backhaus, dann in der Laube, in der Hütte, im

Schrank. Gorju war es leid, es von einem Ort zum anderen zu schleppen.
Der Besitz dieses Stückes weckte in ihnen das Interesse für den Keltizismus in der Normandie.
Er ist ägyptischen Ursprungs. Für Séez, im Departement Orne, findet man auch die Bezeichnung Sais, genau wie für die Stadt am Nil-Delta. Die Gallier schworen beim Stier, also eine Verpflanzung des Apis-Stiers. Der lateinische Name ›Bellocastes‹, den die Bewohner von Bayeux hatten, kommt von Beli Casa, Wohnung, Heiligtum des Belus. Belus und Osiris ist dieselbe Gottheit. ›Nichts‹, sagte Mangou de la Londe, ›spricht gegen die Annahme druidischer Denkmäler in der Nähe von Bayeux.‹ – ›Dieses Land‹, fügt Roussel hinzu, ›hat Ähnlichkeit mit dem Land, in dem die Ägypter den Tempel des Jupiter Ammon bauten.‹ – Also gab es einen Tempel, und er enthielt sogar Schätze. In allen keltischen Bauwerken gibt es sie. Im Jahre 1715 grub, wie Dom Martin berichtet, ein gewisser Héribel in der Gegend von Bayeux mehrere mit Gebeinen gefüllte Tonvasen aus und schloß (nach der Überlieferung und entschwundenen Autoritäten), daß dieser Ort, eine Totenstadt, der Berg Faunus sei, wo das Goldene Kalb verscharrt wurde. Aber das Goldene Kalb wurde verbrannt und verschlungen – es sei denn, die Bibel irrte sich!
Wo befindet sich aber der Berg Faunus? Kein Autor nennt ihn. Die Eingeborenen wissen nichts. Sie hätten nachgraben müssen – und zu diesem Zweck schickten sie eine Bittschrift an den Herrn Präfekten, auf die sie keine Antwort erhielten.
Vielleicht ist der Faunus-Berg verschwunden, vielleicht war es auch gar kein Berg, sondern ein Tumulus. Was bedeuten nun die Tumuli? Einige enthalten Skelette, die die Lage des Foetus im Mutterleib zeigen. Das heißt, daß das Grab für sie gleichsam eine zweite Schwangerschaft war, die sie auf ein anderes Leben vorbereitete. Der Tumulus ist also das Symbol für das weibliche Organ, wie der aufrechtstehende Stein für das männliche.

In der Tat, wo es Menhire gibt, hat ein obszöner Kult bestanden. Dies beweisen die Vorgänge in Guérande, Chichebouche, Croisic und Livarot. Ursprünglich hatten die Türme, Pyramiden, Kerzen, Wegsteine und selbst die Bäume die Bedeutung des Phallus, und Bouvard und Pécuchet erblickten bald in all und jedem den Phallus. Sie sammelten Ortscheite, Sesselbeine, Kellerriegel, Apothekerstößel. Sie fragten ihre Besucher: »Mit was hat das Ähnlichkeit?« und verrieten dann das Geheimnis.

Wenn man ihnen widersprach, zuckten sie mitleidig die Achseln.

Als sie eines Abends in Gedanken über die Dogmen der Druiden versunken waren, kam ganz bescheiden der Abbé Jeufroy.

Sie führten ihn gleich durch das Museum und zeigten ihm vor allem das Fenster. Sie konnten es kaum erwarten, bis sie zu der neuen Abteilung, der Phallus-Sammlung, kamen. Der Geistliche fiel ihnen ins Wort und erklärte die Ausstellung für unsittlich. Er war gekommen, sein Taufbecken zurückzufordern.

Bouvard und Pécuchet baten noch um vierzehn Taege Zeit; sie wollten einen Abguß anfertigen lassen.

»Je schneller Sie damit fertig sind, desto besser«, sagte der Abbé.

Dann redete er von gleichgültigen Dingen.

Pécuchet, der sich für kurze Zeit entfernt hatte, kehrte zurück und drückte dm Priester einen Napoleon in die Hand.

Der wich empört zurück.

»Für Ihre Armen.«

Jeufroy wurde rot, steckte das Goldstück aber in seine Soutane.

Das Becken zurückgeben, das Opferbecken! Nie! Sie wollten Hebräisch lernen, aus dem das Keltische entstanden, wenn nicht sogar abgeleitet ist; sie wollten durch die Bretagne reisen und mit Rennes anfangen, wo sie Larsoneur treffen sollten. Sie wollten die in den Berichten der keltischen Akademie erwähnte

Urne, die die Asche der Königin Artemisia enthalten haben soll, studieren.
Plötzlich trat der Bürgermeister ins Zimmer, behielt den Hut auf dem Kopf und machte weiter keine Umstände; ein ungebildeter Mensch.
»Alles Sträuben ist vergeblich, verehrte Herren, Sie müssen es hergeben.«
»Was denn?«
»Keine langen Geschichten; Sie verstehen mich schon, das weiß ich genau.«
Sie waren also verraten!
Sie erwiderten, daß sie es mit Erlaubnis des Herrn Pfarrers behielten.
»Das wollen wir erst mal feststellen.«
Und Foureau ging.
Eine Stunde später war er wieder da.
»Der Pfarrer bestreitet Ihre Angabe. Also her damit!«
Sie gaben nicht nach.
Erstens hatte niemand für dieses Weihwasserbecken, das gar keins war, Verwendung. Das würden sie durch unzählige wissenschaftliche Gründe beweisen. Zweitens erboten sie sich, in ihrem Testament festzulegen, daß es der Gemeinde gehöre. Sie schlugen sogar vor, es zu kaufen.
»Und übrigens gehört es mir«, sagte auf einmal Pécuchet. Die zwanzig Francs, die Jeufroy angenommen hätte, seien Beweis für den Kontrakt, und müsse er vor den Friedensrichter: um so schlimmer; er würde einen Meineid schwören. Während sie herumstritten, sah Pécuchet immer wieder die Suppenterrine vor Augen, und in seiner Seele erwachte der glühende Wunsch, die Fayence zu besitzen. Gäbe man sie ihm, würde er das Becken zurückgeben. Sonst: nein. Jeufroy, der die Sache leid war, vielleicht auch einen Skandal fürchtete, gab sie her.
In ihrer Sammlung fand die Schüssel Platz neben der Mütze aus Caux, während das Becken die Vorhalle der Kirche zierte. Sie

trösteten sich über den Verlust in dem Gedanken, daß die guten Leute aus Chavignolles von seinem Wert nichts ahnten.
Aber die Suppenterrine weckte ihr Interesse für Fayencen; nun konnten sie wieder studieren und auf dem Land ihre Nachforschungen anstellen.
Damals standen Fayencen aus Rouen bei der vornehmen Welt gerade in hohem Ansehen. Der Notar besaß einige, und allein diesem Umstand verdankte er seinen Ruf als Künstler, was seiner beruflichen Tätigkeit schadete. Doch versuchte er, dies durch seriöses Verhalten auszugleichen. Als er erfuhr, daß Bouvard und Pécuchet die Terrine erworben hatten, kam er, um ihnen einen Tausch vorzuschlagen.
Pécuchet lehnte ab.
»Sprechen wir nicht mehr darüber!« und Marescot untersuchte ihre Keramiken.
Die an den Wänden hängenden Stücke waren blau auf schmutzig-weißem Grund; einige zeigten ein Füllhorn in grünen und roten Tönen. Es waren Barbierbecken, Teller und Untertassen, Gegenstände, die sie lange gesucht hatten, und die sie auf dem Herzen, unter dem Rock versteckt, mit nach Hause brachten.
Marescot äußerte sich lobend, sprach dann von spanisch-arabischen, holländischen, englischen, italienischen Fayencen; als er sie durch sein Wissen geblendet hatte, sagte er: »Wenn ich Ihre Suppenschüssel noch einmal sehen dürfte?« Er tastete sie ab, betrachtete die beiden S auf dem Deckel.
»Das Zeichen von Rouen«, sagte Pécuchet.
»Na, na, eigentlich hatte Rouen kein Zeichen. Als Montiers noch nicht bekannt war, stammten alle französischen Fayencen aus Nevers. Dasselbe gilt heute von Rouen. Übrigens fabriziert man in Elbeuf vollendete Imitationen.«
»Nicht möglich!«
»Majoliken werden viel imitiert. Ihr Stück ist völlig wertlos; da hätte ich beinahe eine große Dummheit gemacht.«
Als der Notar gegangen war, sank Pécuchet wie vernichtet in den Sessel.

»Wir hätten das Becken nicht herausgeben sollen«, sagte Bouvard, »aber du bist immer gleich so begeistert und läßt dich hinreißen.«
»Und ob ich mich hinreißen lasse!«
Pécuchet nahm die Suppenschüssel und warf sie gegen den Sarkophag.
Bouvard, viel ruhiger, hob die Scherben einzeln auf, und nach einiger Zeit kam ihm ein Gedanke:
»Marescot hat uns wahrscheinlich aus Neid einen Streich gespielt.«
»Wieso?«
»Nichts beweist, daß die Suppenterrine unecht ist; vielleicht sind es die anderen Stücke, die er anscheinend so bewunderte.«
Voller Ungewißheit verging der Rest des Tages.
Das war jedoch kein Grund, die Reise in die Bretagne aufzugeben. Sie hatten sogar die Absicht, Gorju mitzunehmen; er sollte ihnen bei ihren Ausgrabungen zur Hand gehen.
Seit einiger Zeit schlief er im Haus, damit er endlich mit der Ausbesserung der Truhe fertig würde. Die Aussicht auf eine Ortsveränderung war ihm nicht lieb; und da sie von Menhiren und Tumulus sprachen, die sie zu sehen hofften, sagte er:
»Die kenne ich ganz genau; im südlichen Algerien, in der Nähe der Quellen des Bou-Mursoug, finden sie sich haufenweise.« – Er beschrieb sogar ein Grab, bei dessen Öffnung er zufällig anwesend war, und das ein Skelett enthielt, wie ein Affe zusammengekauert, die Arme um die Beine geschlungen.
Larsoneur, dem sie dies erzählten, wollte es nicht glauben.
Bouvard beschäftigte sich gründlich mit der Sache und setzte ihm hart zu.
Wie komme es denn, daß die Denkmäler der Gallier unförmig seien, während diese selben Gallier zur Zeit des Julius Cäsar zivilisiert waren? Zweifellos stammten sie von einem älteren Volk ab.

Diese Hypothese ließ jedoch nach Larsoneurs Meinung Patriotismus vermissen.
Einerlei! Nirgendwo finde man einen Hinweis, daß diese Denkmäler das Werk der Gallier seien. ›Zeigen Sie uns einen Text!‹
Der Akademiker wurde ärgerlich und antwortete nicht mehr – und sie waren froh, denn inzwischen langweilten sie auch die Druiden.

Wenn sie mit der Keramik und dem Keltizismus nicht zurechtkamen, lag das lediglich an ihrer Unkenntnis der Geschichte, besonders der Frankreichs.
In ihrer Bibliothek fanden sie das Buch von Anquetil, aber die Reihe der müßigen Könige interessierte sie sehr wenig, die Verruchtheit der ›Hausmeierschaften‹ empörte sie keineswegs, und die albernen Betrachtungen Anquetils ließen sie bald wieder auf das Buch verzichten.
Dann fragten sie Dumouchel nach der besten Geschichte Frankreichs.
In ihrem Namen abonnierte Dumouchel bei einer Leihbibliothek und schickte ihnen die Briefe des Augustin Thierry und zwei Bände von de Genoude. Nach diesem Autor sind Königtum, Religion und Nationalversammlungen die ›Ursprünge‹ der französischen Nation, die bis auf die Merowinger zurückgehen. Die Karolinger taten ihnen Abbruch, die Kapetinger bemühten sich, im Einvernehmen mit dem Volk, sie aufrechtzuerhalten. Unter Ludwig XIII. wurde die absolute Gewalt eingeführt, um den Protestantismus, die letzte Anstrengung des Feudalismus, zu unterdrücken, und das Jahr 1789 bedeutet nur die Rückkehr zur Verfassung unserer Vorfahren.
Pécuchet bewunderte diese Gedanken.
Bouvard hatte nur Mitleid für sie, weil er zuerst Augustin Thierry gelesen hatte.
»Rede doch nicht von französischer Nation; es gab ja weder ein Frankreich noch Nationalversammlungen. Und die Karolinger

haben sich nichts widerrechtlich angeeignet! Und die Könige haben die Gemeinden nicht befreit! Lies doch selbst!«

Pécuchet gab klein bei, und bald übertraf er seinen Freund an wissenschaftlicher Gründlichkeit. Er wäre sich geradezu unwürdig vorgekommen, hätte er ›Charlemagne‹ statt Karl le Grand, und ›Clovis‹ statt Chlodowig gesagt.

Aber Genoude hatte es ihm doch angetan, denn er hielt diese Vereinigung der beiden äußersten Enden der französischen Geschichte, wobei die Mitte Füllwerk ist, für sehr geschickt. Sie wollten aber klar sehen und nahmen deshalb die Sammlung von Buchez und Roux vor.

Doch die pathetischen Vorreden mit ihrem Gemisch von Sozialismus und Katholizismus ekelten sie an; die zu zahlreich aufgeführten Einzelheiten behinderten den Überblick über das Ganze.

Sie nahmen ihre Zuflucht zu Thiers.

Es war im Sommer 1845; sie saßen im Garten, in der Laube. Pécuchets Füße ruhten auf einer Bank. Unermüdlich las er mit hohler Stimme laut vor und unterbrach sich nur, wenn er eine Prise nahm. Bouvard hatte die Pfeife im Mund und hörte zu; er streckte die Beine von sich und hatte den Hosenbund aufgeknöpft.

Alte Leute hatten ihnen von 1793 erzählt – und diese fast persönlichen Erinnerungen machten die farblosen Schilderungen des Verfassers lebendiger. In jener Zeit wimmelte es auf der Landstraße von Soldaten, die die Marseillaise sangen. Auf den Schwellen der Türen saßen Frauen und nähten Leinwand für Zelte. Oft zog eine Schar von Männern in roten Mützen vorbei; auf der Spitze einer Pike stak ein fahles Haupt mit strähnigem Haar. Die hohe Tribüne des Konvents ragte aus einer Staubwolke empor; aus wütenden Gesichtern wurden Todesdrohungen gespien. Ging man am Tag am Bassin der Tuilerien vorbei, hörte man das harte Aufschlagen der Guillotine, das den Stößen eines Rammbocks glich.

Ein leichter Wind spielte in den Weinblättern der Laube; von

Zeit zu Zeit ging es wie Wogen durch die reife Gerste, eine Amsel pfiff. Sie blickten um sich und genossen die Ruhe.
Wie schade, daß die Menschen damals sich nicht von vornherein hatten verständigen können. Hätten die Royalisten wie die Patrioten gedacht, wäre der Hof ehrlicher, wären die Gegner weniger heftig gewesen – viel Unglück hätte vermieden werden können.
Je mehr sie darüber sprachen, desto erregter wurden sie. Der liberale Bouvard mit dem empfindsamen Herzen war verfassungstreu, Girondist und Thermidorianer. Der gallige Pécuchet mit seiner Neigung zur Rechthaberei bekannte sich als Sansculotten, sogar als einen Anhänger Robespierres. Er billigte die Verurteilung des Königs, die gewalttätigsten Beschlüsse, den Kult des höchsten Wesens. Bouvard zog den der Natur vor. Er hätte mit Freude das Bild einer schwangeren Frau begrüßt, aus deren Brust für ihre Anbeter kein Wasser, sondern Chambertin floß.
Um für ihre Argumente noch reichlicheres Tatsachenmaterial zu haben, verschafften sie sich andere Werke: Montgaillard, Prudhomme, Gallois, Lacretelle und so weiter; und der Widerspruch, in dem diese Bücher zueinander standen, berührte sie weiter nicht. Jeder entnahm ihnen, was er zur Verteidigung seines Standpunkts brauchen konnte.
So unterlag es für Bouvard keinem Zweifel, daß Danton tausend Taler angenommen hatte, damit er Anträge stellte, die die Republik vernichten mußten – und nach Pécuchets Ansicht hatte Vergniaud sechstausend Francs monatlich verlangt.
»Niemals! Erkläre mir lieber, warum die Schwester Robespierres eine Pension von Ludwig XVIII. bezog?«
»Keineswegs! Die bezog sie von Bonaparte; doch da du die Sache von dieser Seite anfaßt, so sage mir, wer war die Person, die kurze Zeit vor dem Tode Égalités mit ihm eine geheime Zusammenkunft hatte? Ich verlange, daß man in den Memoiren der Campan die gestrichenen Stellen wieder abdruckt! Der Tod des Dauphin erscheint mir sehr verdächtig. Als die Pulver-

mühle von Grenelle in die Luft flog, kamen zweitausend Menschen ums Leben. Grund unbekannt, sagt man. Welcher Unsinn!« – denn Pécuchet war nahe daran, ihn zu entdecken, und schrieb alle Verbrechen den Machenschaften der Aristokratie und dem Geld des Auslands zu.

Nach Bouvards Meinung waren das ›Fahr zum Himmel, Sohn des heiligen Ludwig‹, die Jungfrauen von Verdun und die Hosen aus Menschenhaut nicht zu bestreiten. Er nahm die Aufstellung Prudhommes über genau eine Million Opfer ruhig hin. Aber die Loire, deren Wasser von Saumur bis Nantes in einer Länge von achtzehn Meilen von Blut rot war, gab ihm zu denken. Auch Pécuchet kamen Zweifel, und Mißtrauen gegen die Historiker wurde in ihnen wach.

Für viele ist Revolution ein satanisches Ereignis. Andere sehen in ihr eine erhabene Ausnahme. Die Unterlegenen auf jeder Seite sind natürlich Märtyrer.

Anläßlich seiner Betrachtungen über die Barbaren beweist Thierry, wie dumm jede Untersuchung darüber ist, ob dieser oder jener Fürst gut oder schlecht war. Weshalb befolgt man diese Methode nicht auch bei der Prüfung der jüngeren Epochen? Aber die Geschichte muß die Moral rächen; man dankt es Tacitus, daß er Tiberius verurteilt. Was hat im Grunde die Entwicklung der Revolution, deren Ursprünge tief und deren Resultate unberechenbar sind, damit zu tun, ob die Königin Liebhaber hatte, ob Dumouriez sich gleich nach Valmy vornahm, Verrat zu üben, ob im Prairial die Anhänger der Montagne oder der Gironde und im Thermidor die Jakobiner oder die Anhänger der Plaine angefangen haben!

Sie mußte sich also erfüllen – sein, was sie war; aber man stelle sich vor, niemand hätte den König an seiner Flucht gehindert, Robespierre wäre entkommen, und Bonaparte hätte den Tod durch Mörderhand gefunden – Zufälle, die von einem weniger gewissenhaften Wirt, einer offenen Tür und einer eingeschlafenen Wache abhingen. Der Lauf der Welt wäre anders geworden!

All ihre Vorstellungen über Männer und Geschehnisse dieser Zeit gerieten ins Wanken.
Nur die Kenntnis aller Geschichtswerke, aller Memoiren, aller Zeitungen und aller handgeschriebenen Akten hätte ein unparteiisches Urteil ermöglicht. Aus der geringsten Unterlassung konnte ein Irrtum entstehen, der andere nach sich zog. Sie verzichteten darauf.
Aber sie hatten Geschmack an der Geschichte gefunden und fühlten das Bedürfnis nach Wahrheit um ihrer selbst willen. Vielleicht ist sie in alten Epochen leichter zu finden? Wenn die Geschichtsschreiber den nötigen Abstand von den Geschehnissen haben, können sie sie ohne Leidenschaft beurteilen. Sie begannen mit Rollin.
Schon beim ersten Kapitel rief Bouvard:
»Welch albernes Geschwätz!«
»Warte«, sagte Pécuchet und suchte im unteren Teil ihrer Bibliothek, wo die Bücher des früheren Eigentümers, eines alten Rechtsgelehrten, Verrückten und Schöngeistes, in Haufen lagen; er warf Romane, Theaterstücke, einen Band Montesquieu und Übersetzungen des Horaz beiseite und fand endlich, was er suchte: die römische Geschichte von Beaufort.
Titus Livius schreibt Romulus die Gründung Roms zu; Sallust gibt diese Ehre den Trojanern des Äneas. Nach Fabius Pictor starb Coriolan in der Verbannung, wenn man jedoch Dionysius Glauben schenken darf, durch die Machenschaften des Attius Tullus. Seneca versichert, daß Horatius Cocles siegreich heimkehrte, und Dion, daß er am Bein verwundet war. La Mothe le Vayer äußert ähnliche Vermutungen in bezug auf andere Völker.
Man ist sich nicht einig über das chaldäische Altertum, das Zeitalter Homers, die Existenz Zoroasters, die beiden assyrischen Reiche. Quintus Curtius hat Märchen geschrieben, Plutarch straft Herodot Lügen. Wir hätten von Cäsar eine andere Vorstellung, wenn Vercingetorix seine Memoiren geschrieben hätte.

Die alte Geschichte ist undurchsichtig durch das Fehlen von Dokumenten. Die Neuzeit dagegen hat mehr als genug – und Bouvard und Pécuchet kamen auf Frankreich zurück; sie begannen mit Sismondi.
Die Erbfolge so vieler Männer weckte in ihnen die Lust, sie genauer kennenzulernen. Sie wollten die Quellen durcharbeiten: Gregor von Tours, Monstrelet, Commines, alle die, deren Namen seltsam oder sympathisch klangen.
Doch die Ereignisse gerieten ihnen durcheinander, weil sie die Daten nicht kannten.
Zum Glück besaßen sie die Mnemotechnik Dumouchels, ein kartoniertes Duodezbändchen mit dem Motto: Belehrend und unterhaltend. Es war eine Kombination der Systeme von Allevy, Pâris und Fenaigle.
Allevy ersetzt die Ziffern durch Figuren: die Ziffer 1 wird durch einen Turm, 2 durch einen Vogel, 3 durch ein Kamel bezeichnet und so weiter. Pâris weckt die Einbildungskraft durch Bilderrätsel: ein Sessel mit Holzschrauben soll bedeuten: clou, vis = Clovis; und da man beim Braten ein ric-ric hört, sollten Weißlinge in der Pfanne an Chilperic erinnern. Fenaigle teilt das Universum in Häuser, die Zimmer enthalten. Jedes Zimmer hat vier Wände mit neun Flächen, und jede Fläche trägt ein Zeichen. Der erste König der ersten Dynastie nimmt im ersten Zimmer die erste Fläche ein. Ein Leuchtturm auf einem Berg sagt, wie er hieß: Phar a mond (System Pâris). Und wenn man nach Allevys Vorschlag darüber einen Spiegel anbringt (für die 4), einen Vogel (für die 2) und einen Reif (für die 0), erhält man 420: das Datum der Thronbesteigung dieses Fürsten.
Der größeren Klarheit wegen wählten sie ihr eigenes Haus, ihren Wohnsitz, als mnemotechnische Basis. Mit jedem Teil verbanden sie ein bestimmtes Ereignis – und Hof, Garten, Umgebung, das ganze Land hatten für sie nur den einen Zweck: ihr Gedächtnis zu stützen.
Die Marksteine auf den Feldern begrenzten gewisse Epochen, die Apfelbäume waren Stammbäume, die Sträucher Schlach-

ten, die Welt wurde Symbol. Sie suchten eine Menge Dinge auf den Wänden, die gar nicht da waren, sahen sie schließlich auch; dann hatten sie aber vergessen, welche Jahreszahlen sie bedeuteten.

Im übrigen sind die Jahreszahlen gar nicht immer authentisch. In einem Schulbuch fanden sie, daß die Geburt Jesu Christi um fünf Jahre früher angesetzt werden müsse, als man das gewöhnlich tut, daß die Griechen die Olympiaden auf dreierlei Weise zählten und die Lateiner acht verschiedene Berechnungen für den Jahresanfang hatten. Jedes eine Möglichkeit zu Irrtümern, abgesehen von denen, die aus den Tierkreisen, der Bestimmung der Ära, den verschiedenen Kalendern resultierten.

Und aus ihrer Unbekümmertheit den Jahreszahlen gegenüber, entstand die Verachtung für die Tatsachen.

Wichtig ist allein die Philosophie der Geschichte!

Bouvard konnte die berühmte Rede Bossuets nicht zu Ende lesen.

»Der Adler von Meaux ist ein Gaukler. Er vergißt China, Indien, Amerika, hält es aber für wichtig, uns mitzuteilen, daß Theodosius die ›Freude des Weltalls‹ war, daß Abraham ›Könige wie seinesgleichen behandelte‹ und die Philosophie der Griechen von den Hebräern stammt. Seine Voreingenommenheit für die Hebräer wirkt geradezu herausfordernd auf mich!«

Pécuchet, der diese Ansicht teilte, wollte ihn veranlassen, Vico zu lesen.

»Wie kann jemand behaupten«, warf Bouvard ein, »Fabeln seien wahrer als die Wahrheiten der Geschichtsschreiber?«

Pécuchet versuchte, die Mythen zu erklären, fand sich aber in der *Scienza Nuova* nicht zurecht.

»Willst du den Plan der Vorsehung leugnen?«

»Ich kenne ihn nicht«, sagte Bouvard.

Und sie beschlossen, sich an das zu halten, was Dumouchel ihnen berichtete.

Der Professor gestand, daß er, was die Geschichte angehe, den rechten Weg verloren habe:
»Sie ändert sich jeden Tag. Die römischen Könige werden bestritten und die Reisen des Pythagoras. Man greift Belisar, Wilhelm Tell und den Cid an, der nach den neuesten Forschungen zu einem ganz gewöhnlichen Banditen herabsinkt. Derartige Forschungen sind wenig wünschenswert, und das Institut sollte eine Art Satzung aufstellen, die vorschreibt, was man glauben soll.«
In einer Nachschrift nannte er Regeln für die Kritik, die er der Abhandlung von Daunou entnommen hatte.
›Als Beweis das Zeugnis der Massen anführen – schlechte Beweise: sie sind nicht da, um Rede zu stehen.
Das Unmögliche verwerfen: man zeigte Pausanias den Stein, den Saturn verschlungen hatte.
Die Architektur kann lügen: auf dem Boden des Forums wird Titus der erste Eroberer Jerusalems genannt, obwohl es schon vorher von Pompejus eingenommen wurde.
Auch Münzen täuschen. Unter Karl IX. wurden Münzen mit dem Stempel Heinrich II. geprägt.
Nicht zu vergessen die Geschicklichkeit der Fälscher, das Interesse der Verteidiger und der Verleumder.‹
Nur wenige Geschichtsschreiber haben nach diesen Regeln gearbeitet; alle haben vielmehr einen besonderen Fall, eine Religion, eine Nation, eine Partei, ein System im Auge; sie wollten die Könige in Mißkredit bringen, dem Volk raten, moralische Beispiele geben.
Die anderen, die nach ihrer eigenen Behauptung nur berichten, sind nicht besser; denn alles kann man nicht sagen, eine Auswahl ist nötig. Doch in der Wahl der Dokumente wird immer ein gewisser Geist vorherrschend sein – und da er je nach den Ansichten des Autors variiert, kommt die Geschichte nie zu einem sicheren Ergebnis.
Das fanden sie traurig.
Aber es mußte doch möglich sein, irgendein Thema vorzuneh-

men, die Quellen zu erschöpfen, das Material zu analysieren und dann zu einer Erzählung zu verdichten, die gleichsam einen Abriß der Dinge und ein wahrheitsgetreues Bild gäbe. Ein solches Werk schien Pécuchet durchaus möglich.

»Sollen wir versuchen, eine Geschichte zu schreiben?«

»Das wäre mein größter Wunsch. Aber welche?«

»Ja, welche?«

Bouvard setzte sich, Pécuchet ging im Museum auf und ab. Sein Blick fiel auf den Buttertopf; er blieb plötzlich stehen.

»Wenn wir über das Leben des Herzogs von Angoulême schrieben?«

»Aber der war doch ein Dummkopf«, erwiderte Bouvard.

»Einerlei. Oft haben gerade die Nebenpersonen einen ungeheuren Einfluß; diese hielt vielleicht das Räderwerk der Ereignisse in Händen.«

Bücher würden ihnen die erforderlichen Aufschlüsse geben; Herr de Faverges oder ältere, ihm befreundete Adlige besaßen sicher welche.

Sie überlegten den Plan, besprachen ihn und beschlossen endlich, vierzehn Tage in der Stadtbibliothek von Caen zuzubringen, um nachzuforschen.

Der Bibliothekar stellte ihnen allgemeine Geschichtsliteratur, Broschüren und eine kolorierte Lithographie zur Verfügung, die den Herzog von Angoulême darstellte.

Das blaue Tuch seiner Uniform verschwand unter den Epauletten, den Ordenssternen und dem großen, roten Band der Ehrenlegion. Ein sehr hoher Kragen umschloß den langen Hals. Der birnenförmige Kopf war von gekräuseltem Haar und dünnen Koteletten umrahmt; schwere Lider, eine sehr starke Nase und dicke Lippen gaben seinem Gesicht einen Ausdruck nichtssagender Güte.

Sie machten sich Notizen und entwarfen einen Plan:

Geburt und Kindheit wenig bemerkenswert. Einer seiner Erzieher ist der Abbé Guénée, der Feind Voltaires. In Turin läßt man ihn eine Kanone gießen, und er studiert die Feldzüge

Karls VIII. Trotz seiner Jugend wird er zum Obersten eines Regiments der Garde ernannt.

1797: Seine Heirat.

1814: Die Engländer nehmen Bordeaux ein. Er eilt herbei und zeigt sich den Einwohnern. Beschreibung der Person des Fürsten.

1815: Bonaparte überrascht ihn. Sofort ruft er den König von Spanien herbei, und ohne Masséna wäre Toulon an England ausgeliefert worden.

Operationen im Süden. Er wird geschlagen, aber gegen das Versprechen frei gelassen, die Diamanten der Krone herauszugeben, die der König, sein Onkel, eiligst fortgeschafft hatte.

Nach den ›hundert Tagen‹ kommt er mit seinen Eltern zurück und hat ein ruhiges Leben. Mehrere Jahre vergehen. Spanischer Krieg: Sobald der Enkel Heinrichs IV. die Pyrenäen überschritten hat, folgt der Sieg ihm auf dem Fuß. Er nimmt den Trocadero, erreicht die Säulen des Herkules, zerschmettert die Parteien, umarmt Ferdinand und kehrt zurück.

Triumphbögen, Blumen, von jungen Mädchen überreicht. Essen auf den Präfekturen; Te Deum in den Kathedralen. Die Pariser sind wie berauscht. Die Stadt veranstaltet ihm zu Ehren ein Bankett. Die Lieder in den Theatern spielen auf den Helden an.

Die Begeisterung schwindet, denn 1827 schlägt in Cherbourg ein Ball fehl, der durch Subskription arrangiert werden sollte.

Als Großadmiral von Frankreich inspiziert er die Flotte, die nach Algier fahren soll.

Juli 1830: Marmont unterrichtet ihn über den Stand der Dinge; er wird so wütend, daß er sich am Degen des Generals die Hand verletzt.

Der König vertraut ihm den Befehl über alle Streitkräfte an. Im Bois de Boulogne trifft er Abteilungen der Linientruppen, und es fällt ihm nichts ein, was er ihnen sagen könnte. Von Saint-Cloud eilt er zur Brücke von Sèvres. Der Empfang durch die Truppen ist kühl. Das erschüttert ihn nicht. Die königliche

Familie verläßt Trianon. Er setzt sich an den Fuß einer Eiche, entfaltet eine Karte, überlegt, steigt aufs Pferd, reitet an Saint-Cyr vorbei und spricht Worte voll Hoffnung zu den Schülern.

In Rambouillet verabschiedet sich die Leibgarde. Er schifft sich ein und ist während der ganzen Überfahrt krank. Ende seiner Laufbahn.

Man muß unbedingt auf die wichtige Rolle hinweisen, die die Brücken in seinem Leben spielen. Auf der Innbrücke begibt er sich sinnlos in Lebensgefahr; er stürmt die Saint-Esprit-Brücke und die Brücke von Lauriol; in Lyon werden ihm beide Brücken zum Verhängnis, und das Glück verläßt ihn vor der Brücke von Sèvres.

Bild seiner Tugenden. – Sein Mut, mit dem sich kluge Diplomatie verband, braucht nicht besonders hervorgehoben zu werden. Er bot jedem Soldaten, der den Kaiser im Stich ließe, sechzig Francs und versuchte in Spanien, durch Geld die Verfassungstreuen zu bestechen.

Seine Zurückhaltung war so groß, daß er nichts gegen die geplante Ehe zwischen seinem Vater und der Königin von Etrurien unternahm, in die Bildung eines neuen Kabinetts nach den Verordnungen einwilligte, der Abdankung zugunsten Chambords zustimmte – allem, was man wollte.

Dennoch fehlte es ihm nicht an Festigkeit. In Angers löste er die Infanterie der Nationalgarde auf, die es aus Eifersucht auf die Kavallerie und durch List fertiggebracht hatte, ihn zu begleiten. Er war so von Fußsoldaten umringt, daß er sich nicht rühren konnte. – Später tadelte er die Kavallerie, die den Zwischenfall verursacht hatte, und verzieh der Infanterie; ein wahrhaft salomonisches Urteil.

Seine Frömmigkeit bekundete er durch zahlreiche Andachtsübungen und seine Milde mit der Begnadigung des Generals Debelle, der gegen ihn die Waffen erhoben hatte.

Intime Einzelheiten aus dem Leben des Fürsten:

In seiner Kindheit grub er im Schloß Beauregard mit seinem

Bruder einen Teich, der heute noch zu sehen ist. Einmal besuchte er die Jägerkaserne, verlangte ein Glas Wein und leerte es auf das Wohl des Königs.
Ging er spazieren, sagte er, um den Schritt zu markieren, leise vor sich hin: eins, zwei; eins, zwei!
Einige seiner Aussprüche sind heute noch bekannt:
›Daß ich in Ihrer Mitte bin, läßt mich den Schmerz, nicht in Bordeaux zu sein, vergessen‹, sagte er zu einer Abordnung aus Bordelais.
Zu den Protestanten von Nîmes: ›Ich bin ein guter Katholik, doch nie werde ich vergessen, daß der erlauchteste meiner Vorfahren Protestant war.‹
Zu den Schülern von Saint-Cyr, als alles verloren ist: ›Nun, liebe Freunde! Die Nachrichten sind gut! Es steht gut, sehr gut!‹
Nach der Abdankung Karls X.: ›Da sie mich nicht haben wollen, mögen sie sehen, wie sie fertig werden.‹
Und 1814, bei jeder Gelegenheit und überall: ›Kein Krieg mehr, keine Aushebungen, keine Staats-Verwaltung.‹
Sein Stil war seinen Worten ebenbürtig. Seine Proklamationen sind unübertrefflich.
Die erste des Grafen von Artois begann:
›Franzosen, der Bruder eures Königs ist gekommen.‹
Die des Fürsten: ›Ich bin da. Ich bin der Sohn eurer Könige.‹
Tagesbefehl, ausgegeben zu Bayonne: ›Soldaten, ich bin da!‹
Ein anderes Mal, als alle von ihm abfielen: ›Haltet jetzt den Kampf, den ihr angefangen, mit der Kraft aus, die des französischen Soldaten würdig ist. Frankreich erwartet es von euch.
Die letzte in Rambouillet: ›Der König hat sich mit der Pariser Regierung auseinandergesetzt, und alles läßt vermuten, daß diese Auseinandersetzung zu gutem Ende führt.‹ – ›Alles läßt vermuten‹ ist erhaben.
»Eins ärgert mich«, sagte Bouvard, »daß man seine Herzensangelegenheiten nicht erwähnt.«

Und sie notierten am Rand ihrer Notizen: ›Über die Liebesaffären des Fürsten Nachforschungen anstellen.‹
Als sie gehen wollten, erinnerte sich der Bibliothekar eines zweiten Bildes des Fürsten; er zeigte es ihnen.
Es zeigte ihn im Profil als Kürassier-Obersten; das Auge erschien noch kleiner, der Mund stand offen, das glatte Haar war vom Wind zerzaust.
Wie sollten sie die beiden Bilder miteinander in Einklang bringen? Hatte er nun glattes oder krauses Haar – oder trieb er gar die Koketterie so weit, daß er es sich kräuseln ließ?
Nach Pécuchets Meinung war dies eine sehr wichtige Frage; denn das Haar läßt Rückschlüsse auf das Temperament zu, das Temperament auf das Individuum.
Bouvard meinte, jeder Mensch sei einem unbekannt, solange man nichts über seine Leidenschaften wisse. Diese beiden Punkte mußten also sofort aufgeklärt werden, und sie gingen zum Schloß Faverges. Der Graf war nicht da, so daß ihre Arbeit verzögert wurde. Ärgerlich gingen sie wieder nach Hause.
Die Haustür stand weit offen, niemand war in der Küche. Sie stiegen die Treppe hinauf, und wer stand mitten in Bouvards Zimmer? Frau Bordin, deren Augen nach rechts und links schweiften.
»Entschuldigen Sie«, sagte sie mit verkrampftem Lächeln. »Seit einer Stunde suche ich Ihre Köchin, die ich wegen meiner Konfitüre um Rat fragen möchte.«
Sie fanden Germaine im Holzkeller fest schlafend auf einem Stuhl und rüttelten sie, bis sie die Augen öffnete. »Was ist denn schon wieder los? Lassen Sie mich mit Ihrer Fragerei in Ruh!«
Es war klar, daß Frau Bordin das Mädchen in ihrer Abwesenheit über allerlei ausfragte.
Germaine riß sich zusammen und sagte, es ginge ihr nicht gut.
»Ich bleibe, um Sie zu pflegen«, sagte die Witwe.
Plötzlich bemerkten sie im Hof eine große Haube mit flattern-

den Bändern. Es war Frau Gastillon, die Pächterin. Sie rief: »Gorju, Gorju!«
Und vom Speicher antwortete die hohe Stimme ihrer kleinen Magd:
»Er ist nicht da!«
Nach fünf Minuten erschien sie, erregt und mit roten Backen. Bouvard und Pécuchet machten ihr Vorwürfe wegen ihrer Langsamkeit. Ohne Murren knöpfte sie ihnen die Gamaschen los.
Anschließend wollten sie die Truhe besichtigen.
Die einzelnen Teile lagen verstreut im Backhaus; die Schnitzereien waren beschädigt, die Türflügel zerbrochen. Dieser Anblick, diese neue Enttäuschung, trieb Bouvard Tränen in die Augen; und Pécuchet befiel ein Zittern.
Kurz darauf erschien Gorju und erklärte den Sachverhalt: er habe die Truhe nach draußen gebracht, um sie zu lackieren. Eine Kuh, die sich verirrte, hätte sie umgeworfen.
»Wem gehört denn die Kuh?« fragte Pécuchet mit Strenge.
»Das weiß ich doch nicht«, antwortete Gorju ihm mürrisch.
»Sie haben die Tür offen gelassen, genau wie vorhin; Sie allein trifft die Schuld!«
Sie verzichteten jetzt auf die Truhe – schon zu lange führte er sie an der Nase herum – sie verzichteten auf ihn und seine Arbeit.
Die Herren hätten unrecht. Der Schaden sei nicht so groß. In drei Wochen sei alles fertig, und Gorju ging ihnen nach bis in die Küche, wo Germaine schlurfend das Essen zubereitete.
Auf dem Tisch stand eine zu drei Vierteln geleerte Calvados-Flasche.
»Das haben Sie doch sicher getrunken«, sagte Pécuchet zu Gorju.
»Ich? Niemals!«
Bouvard warf ein:
»Sie waren der einzige Mann im Haus.«
»Nun, und die Frauen?«

Der Arbeiter warf einen Seitenblick auf Germaine und Mélie.

Germaine fing diesen Blick auf.

»Sagen Sie doch gleich, ich hätte es getan!«

»Das haben Sie auch!«

»Und ich habe vielleicht auch den Schrank kaputtgemacht?«

Gorju drehte sich um:

»Sehen Sie denn nicht, daß sie betrunken ist?«

Die beiden keiften sich wütend an: er blaß, spöttisch – sie war rot und raufte sich ihr graues Haar unter der Baumwollmütze. Frau Bordin sprach für Germaine, Mélie für Gorju.

Die Alte platzte los:

»Abscheulich! Den ganzen Tag treibt ihr euch im Wald herum; von den Nächten will ich gar nicht reden! Du Pariser! Du Verführer! Und du willst unseren Herren jetzt auch noch blauen Dunst vormachen!«

Bouvards Augen wurden immer größer.

»Was für blauen Dunst?«

»Ich sage, daß man sich über Sie lustig macht.«

»Niemand macht sich über mich lustig«, schrie Pécuchet; und empört über ihre Unverschämtheit, außer sich über den Ärger, jagte er sie aus dem Haus; sie solle sich aus dem Staube machen.

Bouvard widersprach der Entscheidung nicht; sie zogen sich zurück, während Germaine über ihr Unglück jammerte und Frau Bordin versuchte, sie zu trösten.

Als sie sich gegen Abend ein wenig beruhigt hatten, besprachen sie die Vorkommnisse noch einmal, fragten sich, wer den Calvados getrunken habe, wie die Truhe in Stücke gegangen sei, was Frau Castillon wollte, als sie Gorju rief – und ob er Mélie entehrt habe.

»Wir wissen nicht einmal, was in unserem Haus vorgeht«, sagte Bouvard, »und wollen herausbekommen, was für Haar und welche Liebschaften der Herzog von Angoulême hatte.«

Pécuchet fügte hinzu:

»Wie viele Fragen, wenn man es so ansieht, und noch dazu viel schwierigere!«

Sie schlossen daraus, daß nicht die äußeren Tatsachen die Hauptsache sind. Man muß sie durch die Psychologie vervollständigen. Die Geschichte ist mangelhaft ohne die Einbildungskraft.

»Lassen wir uns ein paar historische Romane kommen!«

V

Zuerst lasen sie Walter Scott. Sie fühlten sich in eine ganz neue Welt versetzt.

Die Männer der Vergangenheit, bisher für sie nur Schemen oder Namen, wurden lebendige Wesen: Könige, Fürsten, Zauberer, Diener, Jagdhüter, Mönche, Zigeuner, Kaufleute und Soldaten, die im Waffensaal der Schlösser, auf der schwarzen Bank der Herbergen, in den gewundenen Straßen der Städte, unter dem Windfang der Krambuden, im Kreuzgang der Klöster beraten, kämpfen, reisen, Handel treiben, essen und trinken, singen und beten. Künstlerisch zusammengestellte Landschaften umgeben die verschiedenen Schauplätze wie eine Theaterdekoration.

Man sieht einen Reiter am Meeresufer entlang galoppieren. Man atmet den frischen Wind mitten im Ginster, der Mond beleuchtet Seen, auf denen ein Boot dahingleitet, in der Sonne strahlen die Panzerhemden, und auf Laubhütten klatscht der Regen. Ohne die geschilderten Gegenden zu kennen, fanden sie die Beschreibung richtig. Die Illusion war vollkommen. So verging der Winter.

Nach dem Frühstück gingen sie in den kleinen Saal und setzten sich neben den Kamin. Jeder hatte sein Buch in der Hand und las. Wenn es dunkelte, gingen sie auf der Landstraße ein wenig spazieren, aßen dann in aller Eile und lasen weiter bis in die Nacht hinein. Um die Augen vor dem Lampenlicht zu schützen, trug Bouvard eine Schutzbrille; Pécuchet zog seine Mütze mit dem Schirm ins Gesicht. Germaine war noch da; auch Gorju kam von Zeit zu Zeit und grub im Garten. Sie hatten jetzt keinen Sinn für die materiellen Erfordernisse des Lebens, die ihnen gleichgültig waren; deshalb hatten sie nachgegeben.

Nach Walter Scott entzückte sie Alexandre Dumas wie eine Laterna magica. Seine Personen sind lebendig wie Affen, stark wie Ochsen, lustig wie Finken. Sie treten auf und sprechen laut, springen von den Dächern auf das Pflaster, genesen von schrecklichen Wunden; man glaubt, sie seien tot, und sie erscheinen wieder. In den Fußböden sind Falltüren; Verkleidungen spielen eine große Rolle. Alles geht und rennt durcheinander, um sich schließlich in Wohlgefallen aufzulösen. Keine Minute bleibt zum Nachdenken. Die Liebe ist immer anständig, der Fanatismus heiter, und bei dem schlimmsten Blutbad kann man lächeln.

Verwöhnt durch die beiden Meister wurde ihnen der Wortschwall des *Bélisaire*, die Albernheit des *Numa Pompilius*, Marchangys und des Vicomte d'Arlincourt unerträglich.

Die Farbe des Frédéric Soulié (genau wie die des Bibliophilen Jacob) erschien ihnen ungenügend, und als sie auf Seite 85 in Villemains *Lascaris* von einer Spanierin lasen, die eine Pfeife, ›eine lange, arabische Pfeife‹, raucht, und das mitten im 15. Jahrhundert, gerieten sie außer sich.

Pécuchet nahm die *Biographie universelle* zur Hand; er wollte Dumas vom wissenschaftlichen Standpunkt aus durchsehen.

In *Les deux Diane* irrt sich der Verfasser bezüglich der Daten. Die Heirat des Dauphin François fand am 15. Oktober 1548 statt und nicht am 20. März 1549. Woher weiß er (siehe *Le page du duc de Savoie*), daß Katharina von Medici nach dem Tode ihres Gatten den Krieg wieder anfangen wollte? Es ist unwahrscheinlich, daß der Herzog von Anjou bei Nacht in einer Kirche gekrönt wurde. Diese Episode findet sich in der *Dame de Monsoreau*. – Besonders reich an Irrtümern ist die *Reine Margot:* Der Herzog von Nevers war nicht abwesend. Er gab vor der Bartholomäusnacht im Rat seine Stimme ab, und Heinrich von Navarra folgte der Prozession nicht vier Tage später. So schnell kam Heinrich III. nicht aus Polen zurück. Übrigens, wieviel abgedroschene Redensarten! Das Wunder des Weißdorns, der Balkon Karls IX., die vergifteten Handschuhe der Jeanne d'Albret. Pécuchet hatte zu Dumas kein Vertrauen mehr.

Auch Walter Scott sank wegen seiner Irrtümer in *Quentin Durward* gewaltig in seiner Achtung. Der Mord am Bischof von

Lüttich ist um fünfzehn Jahre zu früh angesetzt. Robert de Lamarcks Frau war Jeanne d'Arschel und nicht Hameline de Croy. Auch wurde er nicht von einem Soldaten erschlagen, sondern von Maximilian umgebracht; und als man die Leiche des Kühnen fand, war sein Gesicht durchaus nicht drohend, weil die Wölfe es halb zerfleischt hatten.

Trotzdem las Bouvard weiter Walter Scott; schließlich langweilte ihn aber die Wiederholung derselben Effekte. Meist lebt die Heldin mit ihrem Vater auf dem Lande, und der Geliebte, der als Kind geraubt wurde, wird wieder in seine Rechte eingesetzt und triumphiert über seinen Rivalen. In jedem seiner Bücher finden sich philosophische Bettler, mürrische Schloßherren, reine Mädchen, lustige Diener. Endlose Dialoge und alberne Prüderien folgen einander, dafür sucht man Tiefe vergebens.

Bouvard war den Kram leid und nahm George Sand zur Hand.

Er begeisterte sich für die schönen Ehebrecherinnen und die edlen Liebhaber, wäre selbst gern Jacques, Simon, Bénédict, Lélio gewesen und hätte gern in Venedig gewohnt. Er seufzte, konnte sich seinen Zustand nicht erklären, fühlte nur, daß er verändert war.

Pécuchet, der sich mit historischer Literatur befaßte, studierte die Theaterstücke. Er verschlang zwei Pharamonde, drei Chlodwigs, vier Jeanne d'Arc und viele Marquisen vom Pompadour und Verschwörungen von Cellamare.

Fast alle kamen ihm noch dümmer vor als die Romane. Denn für das Theater gibt es eine ein für allemal festgelegte Geschichte, die nichts zerstören kann. Ludwig XI. wird immer wieder vor den Modellen seines Hutes niederknien; Heinrich IV. wird immer jovial, Maria Stuart weinerlich, Richelieu grausam sein; kurz, weil man die einfachen Gedanken liebt und vor der Unwissenheit Respekt hat, erscheinen alle Charaktere unkompliziert; auf diese Weise erhebt der Dramatiker nicht, sondern zieht herab; er belehrt nicht, sondern verdummt.

Pécuchet las George Sand, die Bouvard so sehr gelobt hatte. Er

las *Consuelo*, *Mauprat*, *Horace*, und die Verteidigung der Unterdrückten, die soziale und republikanische Seite der Thesen fesselten ihn.
Nach Bouvards Ansicht verdarben gerade sie die Fiktion, und deshalb bestellte er in der Leihbibliothek Liebesromane. Abwechselnd lasen sie einander die *Nouvelle Héloise*, *Delphine*, *Adolphe*, *Ourika* vor. Doch das Gähnen des Zuhörenden steckte bald den Vorlesenden an, dessen Händen das Buch entglitt.
An diesen Büchern verurteilten sie, daß sie nichts über das Milieu, die Zeit, die Kostüme der Personen sagten. Nur vom Herzen wurde geredet; immer Gefühl! Als gäbe es nichts anderes auf der Welt!
Darauf versuchten sie es mit humoristischen Romanen: der *Voyage autour de ma chambre* von Xavier de Maistre, *Sous les Tilleuls* von Alphonse Karr. In diesen Büchern wird die eigentliche Erzählung vom Autor durch Gespräche über seinen Hund, seine Pantoffel oder seine Geliebte unterbrochen.
Diese Ungeniertheit entzückte sie anfangs, kam ihnen dann aber dumm vor, denn der Autor zerstört sein Werk, wenn er sich selbst darin so breit macht.
In ihrer Sucht nach Dramatischem vertieften sie sich in Abenteuerromane; je verzwickter, ungewöhnlicher und unmöglicher die Verwicklung war, desto größeres Interesse brachten sie ihr entgegen. Sie versuchten, im voraus die Lösung zu finden, brachten es auch bald sehr weit darin, verloren aber die Lust an diesem Zeitvertreib wieder; sie fanden ihn ernster Geister unwürdig.
Sie waren überrascht von Balzacs Werk, das ihnen einmal wie ein Babylon, dann wieder wie Staubkörner unter dem Mikroskop vorkam. Die banalsten Dinge bekamen ein neues Aussehen. Eine solche Tiefe des modernen Lebens hatten sie nicht erwartet.
»Wie er beobachtet!« rief Bouvard.
»Ich finde, er hat Hirngespinste«, sagte Pécuchet schließlich. »Er glaubt an Okkultismus, Monarchie, Adel; die großen Ver-

brecher haben es ihm angetan, und dabei wühlt er in den Millionen herum, als wären es Centimes; seine Bürger sind keine Bürger, sondern Riesen. Warum aufblasen, was platt ist, und wozu so viel Dummheit beschreiben? Er hat einen Roman über Chemie, einen anderen über das Bankwesen, einen über Druckmaschinen geschrieben, genau wie jener Ricard, der den *Cocher de fiacre*, den *Porteur d'eau* und den *Marchand de coco* schrieb. Es kommt noch so weit, daß wir Romane über alle Handwerker, alle Provinzen, alle Städte, die Etagen jedes Hauses, jedes Individuum haben; und das ist dann keine Literatur mehr, sondern Statistik oder Völkerkunde.«

Für Bouvard war das Verfahren nicht so wichtig. Er wollte lernen, seine Kenntnis der Sitten erweitern. Er las Paul de Kock, blätterte alte Nummern des *Ermite de la Chaussée d'Antin* durch.

»Wie kann man seine Zeit nur mit derartigen Albernheiten vertun?« sagte Pécuchet.

»Das sind für später doch sehr wichtige Dokumente.«

»Scher dich zum Teufel mit deinen Dokumenten; ich will mich begeistern lassen und mich über das Elend dieser Welt erheben.«

Und Pécuchet, dessen Sinn auf das Ideale gerichtet war, brachte Bouvard, ohne daß dieser es merkte, zur Tragödie. Die Ferne, in der sie sich abspielte, die Interessen, die in ihr behandelt werden und der Stand der Personen erweckten in ihnen gleichsam ein Gefühl für Erhabenheit. Eines Tages trug Bouvard den Traum aus der *Athalie* so gut vor, daß auch Pécuchet es versuchen wollte. Aber schon nach dem ersten Satz wurde seine Stimme zu einem Gebrumm. Sie war monoton, stark und doch undeutlich.

Bouvard, hierin nicht ohne Erfahrung, riet ihm, steigende und fallende Tonleitern zu üben und sie dadurch geschmeidig zu machen; so könne er seine Stimme vom tiefsten bis zum höchsten Ton entfalten, ohne daß sie ihre alte Tonlage verlöre; und jeden Morgen machte er diese Übungen selbst im Bett, nach

Vorschrift der alten Griechen dabei auf dem Rücken liegend. Auch Pécuchet übte so. Die Tür zwischen ihren Zimmern war geschlossen, und jeder schrie für sich.
An der Tragödie gefielen ihnen besonders die Emphase, die Reden über Politik und die Sittenverderbnis.
Sie lernten die berühmtesten Dialoge Racines und Voltaires auswendig und deklamierten sie dann im Hausflur. Wie im Théâtre Français ging Bouvard, die Hand auf Pécuchets Schulter, auf und ab; zuweilen blieb er stehen, rollte die Augen, öffnete die Arme und klagte das Schicksal an. Im *Philoctète* von La Harpe stieß er großartige Schmerzensschreie aus, schluchzte niedlich in *Gabrielle de Vergy*, und wenn er Dionys, den Tyrannen von Syrakus, spielte, betrachtete er seinen Sohn, den er ›Ungeheuer, meiner würdig‹ nannte, daß einem angst und bange werden konnte. Pécuchet vergaß dabei seine eigene Rolle. Ihm fehlten die Mittel, nicht der gute Wille.
Beim Studium der *Cléopâtre* von Marmontel kam er auf den Gedanken, das Zischen der Natter so wiederzugeben, wie es der hierzu eigens von Vaucanson erfundene Automat hervorgebracht hatte. Aber der Versuch mißglückte, und sie lachten bis zum Abend darüber. Die Tragödie sank in ihrer Achtung.
Bouvard wurde ihrer zuerst überdrüssig und sagte das ganz offen; er bewies, wie gekünstelt und altersschwach sie ist, wie albern ihre Mittel und wie abgeschmackt die Vertrauten sind.
Sie befaßten sich nun mit der Komödie, der Schule feiner Abstufungen. Jeder Satz muß zerlegt, jedes Wort beachtet, jede Silbe abgewogen werden. Pécuchet brachte das nicht fertig; in der *Célimène* versagte er völlig.
Im übrigen waren nach seiner Meinung die Verliebten sehr kalt, die Klugschwätzer langweilig, die Diener unerträglich, Clitandre und Sganarelle ebenso falsch wie Ägisth und Agamemnon.
Blieb noch die ernste Komödie oder die bürgerliche Tragödie. Sie handelt von untröstlichen Familienvätern, Dienern, die ihre Herren retten, Reichen, die ihr Vermögen hergeben, unschul-

digen Näherinnen und gemeinen Verführern. Dieser Stil reicht von Diderot bis Pixérécourt. Alle Stücke predigen nichts als Tugend. Sie fanden sie über die Maßen trivial.
Aber das Drama von 1830 mit seiner Bewegung, Farbe, Jugendfrische bezauberte sie.
Sie machten kaum einen Unterschied zwischen Victor Hugo, Dumas oder Bouchardy; der Vortrag durfte nicht mehr pomphaft oder fein, sondern mußte lyrisch regellos sein.
Als Bouvard sich eines Tages mühte, Pécuchet das Spiel des Frédérick Lemaître begreiflich zu machen, trat plötzlich Frau Bordin mit ihrem grünen Schal ein. Sie brachte einen Band Pigault-Lebrun zurück, denn die Herren waren so liebenswürdig, ihr von Zeit zu Zeit einen Roman zu leihen. »Aber lassen Sie sich nicht stören!« Sie stand schon einige Zeit da und hatte ihnen mit Vergnügen zugehört.
Die beiden entschuldigten sich. Sie drängte weiter.
»Lieber Gott«, sagte Bouvard, »warum nicht...?«
Aus falscher Scham erklärte Pécuchet, ohne Kostüm und Vorbereitung könnten sie nicht spielen.
»Tatsächlich, wir müßten uns erst verkleiden!«
Und Bouvard suchte irgendeinen Gegenstand, fand nur die griechische Mütze und nahm sie.
Da der Korridor nicht breit genug war, gingen sie in den Salon. Spinnen liefen über die Wände und die Gesteinsproben, die noch immer den Boden bedeckten, hatten die Samtsessel ganz verstaubt. Auf den saubersten legten sie einen Wischlappen – und Frau Bordin nahm Platz.
Sie wollten ihr etwas Schönes bieten. Bouvard war ein Verehrer von *La Tour de Nesle*. Doch Pécuchet hatte Angst vor den Rollen, die ein reiches Mienenspiel erfordern.
»Sie hat vielleicht lieber etwas Klassisches, *Phèdre* etwa.«
»Meinetwegen.«
Bouvard erzählte die Fabel: »Es handelt sich um eine Königin, deren Gatte von einer anderen Frau einen Sohn hat. In diesen jungen Mann ist sie rasend verliebt. Verstanden? Also los:

Ja, Fürst, ich schmachte, ich brenne für Theseus.
Ich liebe ihn.«

Und während er sprach, betrachtete er Pécuchets Profil, bewunderte seine Haltung, sein Gesicht, ›diesen reizenden Kopf‹, war untröstlich, ihn nicht auf der Flotte der Griechen gefunden zu haben, hätte sich mit ihm im Labyrinth verirren mögen. Verliebt neigte sich die Quaste der roten Mütze – und seine zitternde Stimme und sein gutes Gesicht beschworen den Grausamen, mit ihrer Liebe Mitleid zu haben. Pécuchet wandte sich ab und stöhnte, denn er mußte Erregung markieren.
Frau Bordin rührte sich nicht. Ihre Augen waren so groß, als sähe sie Taschenspielern zu. Hinter der Tür stand Mélie und horchte. Durch das Fenster sah Gorju in Hemdsärmeln zu.
Bouvard begann den zweiten Redeschwall.
Sein Spiel zeigte Raserei der Sinne, Gewissensbisse, Verzweiflung, und er stürzte sich mit solcher Gewalt auf das nur in seiner Vorstellung vorhandene Schwert Pécuchets, daß er über die Steine stolperte und beinahe gefallen wäre.
»Lassen Sie sich durch diesen Zwischenfall nicht ablenken. Jetzt kommt Theseus, und sie vergiftet sich.«
»Arme Frau«, sagte Frau Bordin.
Sie sollte ihnen nun selbst ein Stück nennen.
Sie wußte nicht recht, welches sie wählen sollte. Sie hatte nur drei Stücke gesehen: *Robert le Diable* in der Hauptstadt, *Le jeune Mari* in Rouen – und dann noch ein sehr lustiges Stück in Falaise, nämlich *Brouette du Vinaigrier*. Endlich schlug ihr Bouvard die große Szene im dritten Akt des *Tartuffe* vor.
Pécuchet hielt eine Erklärung für nötig:
»Sie müssen wissen, daß Tartuffe...«
Frau Bordin unterbrach:
»Was ein Tartuffe ist, weiß doch jeder.«
Bouvard hätte für eine bestimmte Stelle gern ein Kostüm gehabt.
»Wir haben nur die Mönchskutte«, sagte Pécuchet.

»Einerlei! Zieh sie an.«
Mit ihr und einem Band Molière kam er wieder.
Der Anfang war mittelmäßig. Aber als Tartuffe die Knie der Elmire streichelte, schrie Pécuchet wie ein Polizist:

»Was macht da Ihre Hand?«

Schnell erwiderte Bouvard mit süßer Stimme:

»Ich befühle Ihr Kleid, der Stoff ist weich.«

Es brannte wie Feuer in seinen Augen, er spitzte den Mund, schnaubte, machte einen äußerst sinnlichen Eindruck und wandte sich schließlich sogar zu Frau Bordin.
Die Blicke des Mannes waren ihr peinlich – und als er unterwürfig und zitternd einhielt, suchte sie fast nach einer Antwort.
Pécuchet nahm seine Zuflucht zum Buch.

»Die Erklärung ist durchaus galant.«

»Oh, ja«, rief sie, »das ist ein toller Verführer.«
»Nicht wahr?« sagte Bouvard stolz. »Aber jetzt was anderes, was Modernes.«
Er legte seinen Rock ab, kauerte sich nieder auf einen der dicken Steine, warf den Kopf nach hinten und deklamierte:

»Mein Auge strömt über von den Flammen deiner Augen.
Singe mir ein Lied, wie du mir oft des Abends sangest,
Mit Tränen in deinen schwarzen Augen.«

›Das paßt fast auf mich‹, dachte sie.

»Wir wollen glücklich sein! Wollen trinken!
Denn der Becher ist gefüllt,
Dem diese Stunde gehört, und der Rest ist Torheit.«

»Wie komisch Sie sind!«
Und sie lachte ein kleines Lachen, das die Kehle hinaufstieg und ihre Zähne freigab.

»Ist es nicht süß
Zu lieben und zu wissen,
daß man dich auf den Knien liebt?«

Er kniete nieder.
»Nun hören Sie aber auf!«

»Oh! Laß mich an deinem Busen schlafen und träumen,
Donna Sol, meine Schönheit, meine Liebe.

Hier hört man Glocken, ein Mann aus den Bergen stört sie.«
»Zum Glück! Denn sonst...« Frau Bordin lächelte, statt den Satz zu beenden. Es wurde dunkel, sie erhob sich.
Es hatte vorhin geregnet, und da der Weg durch das Buchenwäldchen nicht bequem war, schien es besser, durch die Felder nach Hause zu gehen. Bouvard begleitete sie in den Garten, um ihr die Tür zu öffnen.
Ohne ein Wort zu sagen, gingen sie an den beschnittenen Bäumen entlang. Er war noch von seinem Vortrag erregt – und sie empfand auf dem Grund ihrer Seele etwas wie eine Überraschung, einen Zauber, den die Literatur auf sie ausübte. Es gibt Gelegenheiten, bei denen die Kunst selbst mittelmäßige Geister erschüttert, und Welten können durch die plumpsten Interpreten offenbart werden.
Die Sonne schien jetzt wieder, die Blätter glänzten in ihrem Licht, das hier und da leuchtende Flecken in das Dickicht zauberte. Auf dem Stamm der umgehauenen Linde hüpften lärmend drei Spatzen. Ein blühender Rotdorn entfaltete seine rosa Garbe, schwer neigte sich der Flieder.
»Ah, das tut gut«, sagte Bouvard und sog die Luft in vollen Zügen ein.

»Sie nehmen die Sache aber auch zu ernst.«
»Es ist ja nicht so, daß ich Talent habe; aber Feuer besitze ich.«
»Man spürt«, sagte sie langsam und hielt nach jedem Wort ein, »daß... Sie... früher... geliebt haben...«
»Früher nur, glauben Sie?«
Sie blieb stehen.
»Wie kann ich das wissen?«
Was meinte sie? Und Bouvard fühlte sein Herz schlagen.
Eine Pfütze mitten im Sand zwang sie zu einem Umweg durch den Laubengang.
Dann sprachen sie von der Vorstellung.
»Woraus war das Letzte?«
»Aus dem Drama *Hernani*.«
»Ach« – und wie im Selbstgespräch: »Ein Herr, der einem solche Sachen sagt, muß sehr angenehm sein – wirklich.«
»Ich stehe zu Ihrer Verfügung«, antwortete Bouvard.
»Sie?«
»Ja, ich.«
»Sie spotten.«
»Aber durchaus nicht.«
Er blickte schnell um sich, faßte sie um die Mitte und küßte sie stürmisch auf den Nacken. Sie wurde sehr blaß, schien ohnmächtig werden zu wollen und stützte sich mit einer Hand an einen Baum; dann öffnete sie die Augen und schüttelte den Kopf.
»Das ist vorbei.«
Er sah sie verblüfft an.
Als das Gitter geöffnet war, trat sie über die Schwelle der kleinen Tür. Auf der anderen Seite war ein Wassergraben. Sie raffte ihren Faltenrock zusammen und blieb unentschlossen am Rand stehen.
»Soll ich helfen?«
»Nicht nötig.«
»Warum?«

»Ach, Sie sind zu gefährlich.«
Als sie sprang, sah er ihren weißen Strumpf.
Bouvard machte sich Vorwürfe, diese Gelegenheit verpaßt zu haben. Bah! Sie würde wiederkommen – und dann sind nicht alle Frauen gleich. Bei den einen muß man scharf vorgehen, während Kühnheit andere erschreckt. Kurz, er war mit sich zufrieden. – Und wenn er Pécuchet seine Hoffnung nicht anvertraute, tat er es nur aus Furcht vor dessen Bemerkungen und nicht aus Feingefühl.
Von diesem Tag an deklamierten sie oft vor Mélie und Gorju; und immer wieder bedauerten sie, daß sie keine Salonbühne besaßen.
Die kleine Magd freute sich, wenn sie auch nichts davon verstand. Sie staunte über die Sprache, die rollenden Verse faszinierten sie. Gorju applaudierte bei den philosophischen Stellen der Tragödien und Melodramen, die ihre Wirkung auf das Volk nie verfehlen. Sein Geschmack machte ihnen so viel Spaß, daß sie auf den Gedanken kamen, ihm Unterricht zu geben; er sollte dann später Schauspieler werden. Diese Aussicht blendete den Arbeiter. Bald sprach man überall von ihrer Beschäftigung. Vaucorbeil ließ es an spöttischen Bemerkungen nicht fehlen. Sie wurden allgemein verachtet.
In ihrer eigenen Achtung stiegen sie dadurch um so höher. Sie weihten sich ganz der Kunst. Pécuchet ließ sich einen Schnurrbart wachsen, und Bouvard mit seinem runden Gesicht und seinem kahlen Kopf fand, daß ihm ein ›Berangerkopf‹ vorzüglich stünde.
Endlich beschlossen sie, selbst ein Stück zu verfassen.
Das Schwierige war das Thema.
Während sie frühstückten, suchten sie es, tranken Kaffee – die für das Hirn unentbehrliche Flüssigkeit – und zwei oder drei Schnäpse. Dann ruhten sie auf ihrem Bett, gingen in den Obstgarten hinunter, spazierten auf und ab, gingen nach draußen, in der Hoffnung, hier inspiriert zu werden, schritten nebeneinander her und kamen erschöpft wieder nach Hause.

Oder sie schlossen sich ein. Bouvard reinigte den Tisch, legte Papier vor sich, tauchte die Feder ein und starrte zur Decke, während Pécuchet im Sessel saß, die Beine ausstreckte, den Kopf senkte und nachdachte.
Oft fühlten sie einen Schauder und etwas wie den Hauch einer Idee; aber wenn sie sie ergreifen wollten, war sie schon wieder fort.
Aber man hat zur Entdeckung von Themen doch Methoden! Man nimmt irgendeinen Titel, und schon ergibt sich ein Geschehnis; man entwickelt ein Sprichwort, aus mehreren Abenteuern macht man eins.
Aber keins der Mittel führte zum Ziel. Vergeblich durchblätterten sie Anekdotensammlungen, mehrere Bände der *Causes célèbres*, einen Haufen von Geschichten.
Schon träumten sie von der Aufführung ihres Stückes im Odéon, dachten an die Theater, sehnten sich nach Paris.
Ich war zum Schriftsteller geschaffen und nicht dazu, mich auf dem Land zu vergraben«, sagte Bouvard.
»Ich auch«, antwortete Pécuchet.
Er hatte einen guten Gedanken: Die ganze Schwierigkeit lag nur in ihrer Unkenntnis der Regeln.
Und sie studierten die *Prâtique du Théâtre* von d'Aubignac und andere, weniger veraltete Werke.
Wichtige Fragen werden hier behandelt: Ob für die Komödie die Verse zulässig sind; ob die Tragödie die ihr gesteckten Grenzen nicht überschreitet, wenn sie ihre Fabel aus der modernen Geschichte nimmt; ob die Helden tugendhaft sein dürfen; welche Arten von Verbrechern zulässig sind; bis zu welchem Grade das Schreckliche erlaubt ist; alle Einzelheiten sollen auf ein einziges Ziel hinstreben und so das Interesse steigern; der Schluß soll dem Anfang entsprechen, selbstverständlich!
›Erfindet Mittel, die mich fesseln können‹, sagt Boileau.
Aber wie erfindet man diese Mittel?
›In all euren Reden soll die erregte Leidenschaft das Herz suchen, es erwärmen und ergreifen.‹

Wie aber erwärmt man das Herz?
Die Regeln allein tun es also nicht; Genie ist nicht zu entbehren. Aber auch Genie genügt nicht. Nach Ansicht der Académie française versteht Corneille nichts vom Theater. Geoffroy verleumdete Voltaire. Racine wurde von Subligny verhöhnt. La Harpe schnaubte, wenn Shakespeare erwähnt wurde.
Die alte Kritik ekelte sie an. Um die neue kennenzulernen, ließen sie sich sämtliche Theaterkritiken der Zeitungen kommen.
Wie anmaßend, wie voreingenommen, wie unehrlich! Meisterwerke wurden beleidigt, vor Plattheiten verbeugte man sich. Wie blödsinnig waren die, die als gelehrt angesehen werden, und wie dumm die anderen, deren Geist überall laut gelobt wird.
Vielleicht urteilt das Publikum richtiger.
Aber Werke, die mit Beifall aufgenommen worden waren, mißfielen ihnen oft, manches in den durchgefallenen gefiel ihnen dagegen.
Auf die Leute von Geschmack kann man sich nicht verlassen, und das Urteil der Menge bleibt unbegreiflich.
Bouvard schrieb über ihr Dilemma an Barberou; Pécuchet an Dumouchel.
Der ehemalige Reisende war erstaunt über die Wirkung der Provinz auf seinen Freund; es ging bergab mit seinem lieben Bouvard, kurz, er war durchaus nicht mehr der alte.
Das Theater sei Absatz-Ware, weiter nichts. Es gehöre zum Artikel Paris. Man gehe ins Theater, um sich zu zerstreuen. Was belustigt, sei gut.
»Du Esel«, schrie Pécuchet, »was dich belustigt, belustigt mich nicht; und die anderen und du, ihr habt später auch keine Freude mehr daran. Wie kommt es, daß die besten Stücke nur gelesen werden, obwohl sie ausdrücklich geschrieben sind, um aufgeführt zu werden?« Und er erwartete Dumouchels Antwort.
Nach des Professors Ansicht bewies das unmittelbare Schicksal

eines Stückes nichts. Der *Misanthrope* und *Athalie* fielen durch. *Zaïre* wird nicht mehr verstanden. Wer spricht heute noch von Ducange und Picard? Und er erinnerte an alle großen zeitgenössischen Erfolge, von *Fanchon la Vielleuse* bis *Gaspardo le Pêcheur*, klagte über den Verfall der Bühne. Der Grund hierfür liege in der Verachtung der Literatur oder besser des Stils.

Nun suchten sie das Wesen des Stils zu ergründen – und aus den Schriftstellern, die Dumouchel ihnen genannt hatte, lernten sie das Geheimnis all seiner Arten genau erkennen.

Wie majestätischer, gemäßigter, naiver Stil, edle Wendungen und gemeine Worte erzielt werden; ›Hunde‹ wird durch ›gefräßig‹ gehoben; ›speien‹ gebraucht man nur im übertragenen Sinn. ›Fieber‹ wird bei der Schilderung von Leidenschaften verwandt; im Vers macht sich ›Heldenhaftigkeit‹ gut.

»Wenn wir Verse schrieben?« sagte Pécuchet.

»Später! Erst wollen wir uns mit Prosa befassen.«

Die Klassiker vor allem werden empfohlen. An ihnen soll man sich bilden. Allerdings haben auch sie alle Fehler; sie haben nicht nur gegen den Stil, sondern auch gegen die Sprache verstoßen.

Eine derartige Behauptung verfehlte ihren Eindruck auf Bouvard und Pécuchet nicht, und sie begannen mit dem Studium der Grammatik.

Hat unsere Sprache, wie das Lateinische, bestimmte und unbestimmte Artikel? Von den einen wird es bejaht, von den anderen verneint. Sie wagten hierüber keine Entscheidung.

Das Subjekt stimmt immer mit dem Verb überein, mit Ausnahme der Fälle, in denen es das nicht tut.

Früher gab es keinen Unterschied zwischen dem Verbaladjektiv und dem Partizip des Präsens; doch die Akademie stellt einen auf, der nur schwer zu verstehen ist.

Es freute sie sehr zu erfahren, daß das Pronomen ›leur‹ sowohl in bezug auf Personen als auf Sachen gebraucht wird, während ›où‹ und ›en‹ sich auf Sachen beziehen – manchmal allerdings auch auf Personen.

Wie heißt es denn nun: ›Cette femme a l'air bon‹ oder ›l'air bonne‹? – ›une bûche de bois sec‹ oder ›de bois sèche‹? – ›ne pas laisser de‹ oder ›que de‹? – ›une troupe de voleurs survint‹ oder ›survinrent‹?

Andere Schwierigkeiten: ›autour‹ und ›à l'entour‹, die Racine und Boileau ohne Unterschied gebrauchen; – ›imposer‹ oder ›en imposer‹, die bei Massillon und Voltaire sinnverwandt sind. – ›Croasser‹ und ›coasser‹, die Lafontaine, der doch sicher einen Raben von einem Frosch unterscheiden konnte, verwechselt.

Einigkeit sucht man bei den Grammatiken vergeblich. Was die einen für richtig erklären, halten die anderen für falsch. Sie geben einerseits Prinzipien zu, von deren Folgen sie nichts wissen wollen, und proklamieren andererseits Folgen, deren Prinzipien sie ablehnen, stützen sich auf die Tradition, verwerfen die Meister und haben alle sonderbare Spitzfindigkeiten. Ménage rühmt ›lentilles‹ und ›cassonade‹ gegenüber ›nentilles‹ und ›castonade‹, Bouhours ›jérarchie‹ gegenüber ›hiérarchie‹, und Chapsal ›les œlis de la soupe‹.

Pécuchet war besonders verdutzt über das, was er bei Génin fand. Wie? ›Des z'annetons‹ sollte besser sein als ›des hannetons‹, ›des z'aricots‹ besser als ›des haricots‹ – und unter Ludwig XIV. sagte man ›Roume‹ und ›monsieur de Lioune‹ für ›Rome‹ und ›monsieur de Lionne‹!

Littré versetzte ihnen mit seiner Versicherung, daß seine positive Orthographie nie bestanden hat und nie bestehen wird, den Gnadenstoß.

Und so kamen sie zu dem Schluß: die Syntax ist Phantasie und die Grammatik Illusion.

Übrigens behauptete gerade jetzt eine neue Rhetorik, daß man schreiben muß, wie man spricht, und daß alles gut ist, wenn es nur empfunden und beobachtet ist.

Da sie empfunden hatten und glaubten, beobachten zu können, stand ihrer Schriftstellerei nichts im Wege.

Wegen der Enge des Rahmens ist das Theaterstück nicht zu empfehlen, wohingegen der Roman mehr Freiheit gibt. Sie suchten in ihren Erinnerungen nach Stoff zu einem Roman. Pécuchet gedachte eines seiner Bürochefs, eines sehr üblen Herrn, und nahm sich vor, sich durch einen Roman an ihm zu rächen.

Bouvard hatte in der Kneipe einen alten, versoffenen, heruntergekommenen Schreiblehrer kennengelernt. Nichts war lustiger als dieser Mann!

Am Ende der Woche kam ihnen der Gedanke, diese beiden Themen zu einem zu verschmelzen. Aber sie kamen nicht weiter und nahmen ein anderes vor: eine Frau, die ihre Familie unglücklich macht – eine Frau, ihr Mann und ihr Geliebter – eine Frau, die wegen ihrer Mißgestalt tugendhaft ist – ein Ehrgeiziger – ein schlechter Priester.

Mit diesen wenig umgrenzten Gedanken versuchten sie Dinge zu verbinden, die ihnen ihr Gedächtnis lieferte; sie kürzten, erweiterten.

Pécuchet neigte zu Gefühl und Gedanken, Bouvard zu Bild, Farbe – und bald verstanden sie einander nicht mehr; jeder war über die Beschränktheit des anderen entsetzt.

Die Wissenschaft, die man Ästhetik nennt, würde vielleicht ihren Streit schlichten. Ein Freund Dumouchels, Professor der Philosophie, schickte ihnen eine Aufstellung von Büchern, die die Materie behandelten. Jeder arbeitete für sich, und sie teilten sich ihre Gedanken mit.

Was vor allem ist das Schöne?

Für Schelling ist es das Unendliche, das im Endlichen seinen Ausdruck findet, für Reid eine verborgene Eigenschaft; für Jouffroy ein unzerlegbares Etwas, für De Maistre, was der Tugend gefällt; für den Pater André das Vernünftige. Es gibt mehrere Arten des Schönen; in den Wissenschaften: die Geometrie ist schön; in den Sitten: man kann nicht leugnen, daß der Tod des Sokrates schön ist; im Tierreich: der Geruchssinn macht die Schönheit des Hundes aus. Wegen seiner schmutzigen Gewohnheiten kann das Schwein nicht schön sein; ebensowenig eine Schlange, denn ihr Anblick erinnert an die Gemeinheit.

Die Blumen, die Schmetterlinge, die Vögel können schön sein. Kurz, die Hauptbedingung des Schönen ist: die Einheit in der Mannigfaltigkeit; das ist das Prinzip.
»Aber«, sagte Bouvard, »zwei schielende Augen sind mannigfaltiger als zwei gerade Augen und wirken doch weniger schön – meistens.«
Sie beschäftigten sich mit dem Erhabenen.
Gewisse Dinge sind an und für sich erhaben: das Tosen eines Gießbaches, tiefe Finsternis, ein vom Sturm gefällter Baum. Ein Charakter ist schön, wenn er triumphiert, und erhaben, wenn er kämpft.
»Ich begreife es jetzt«, sagte Bouvard, »das Schöne ist das Schöne und das Erhabene das sehr Schöne. – Wie soll man sie aber voneinander unterscheiden?«
»Durch den Takt«, antwortete Pécuchet.
»Und woher kommt der Takt?«
»Vom Geschmack.«
»Was ist Geschmack?«
Er wird definiert: ein besonderes Unterscheidungsvermögen, ein schnelles Urteil, die Überlegenheit, gewisse Beziehungen zu erkennen.
Kurz, Geschmack ist Geschmack – aber wie man Geschmack erhält, sagt kein Mensch.
Man muß den Anstand beobachten – aber der Begriff Anstand variiert, und trotz aller Vollkommenheiten wird ein Werk doch nie ohne Tadel sein. Und doch gibt es das Schöne; es ist unzerstörbar, seine Gesetze kennen wir nicht, sein Ursprung liegt in geheimnisvollem Dunkel.
Die Unmöglichkeit, eine Idee durch alle Formen auszudrücken, bedingt die Anerkennung von Grenzen innerhalb der Künste und von Unterarten in jeder Kunst; aber Kombinationen ergeben sich dort, wo der Stil der einen in die andere übergeht, aus Furcht, das gesteckte Ziel nicht zu erreichen und unwahr zu sein.
Eine zu starke Betonung des Wahren geschieht immer auf Ko-

sten der Schönheit, wobei allerdings der dauernde Gedanke an die Schönheit dem Wahren hinderlich ist; aber ohne Ideal keine Wahrheit; und deshalb sind die Typen von dauernderer Realität als die Porträts. Übrigens will die Kunst nur die Wahrscheinlichkeit, aber diese hängt vom Beobachter ab, ist etwas Relatives, Vergängliches.

In diesen Tüfteleien fanden sie sich bald nicht mehr zurecht und glaubten immer weniger an die Ästhetik.

»Wenn sie kein Unsinn ist, muß sich ihre Gesetzmäßigkeit durch Beispiele beweisen lassen. Nun höre zu!«

Und er las eine Anmerkung, die ihn viele Nachforschungen gekostet hatte.

»Bouhours wirft Tacitus vor, er besäße nicht die Schlichtheit, die die Geschichte verlangt.

Und der Professor Droz tadelt bei Shakespeare das Durcheinander von Ernstem und Komischem. Ein anderer Professor, Nisard, findet, daß André Chénier als Dichter unter denen des 17. Jahrhunderts steht. Blair, ein Engländer, ist mit der Schilderung der Harpyen bei Vergil nicht zufrieden. Marmontel jammert über die Freiheiten, die Homer sich nimmt. Lamotte gibt die Unsterblichkeit seiner Helden nicht zu. Vida ist über seine Vergleiche empört. Kurz, ich halte alle Verfasser von Rhetoriken, Poetiken und Ästhetiken für Schafsköpfe.«

»Du übertreibst«, sagte Pécuchet.

Ihm kamen Zweifel, denn wenn mittelmäßige Geister (wie Longin bemerkt) unfähig sind, Fehler zu machen, dann sind Fehler Sache der Meister, und man muß sie also bewundern? Das ist zuviel verlangt! Aber die Meister sind doch nun einmal die Meister! Er wollte die Doktrinen mit den Werken, den Kritikern und den Dichtern in Einklang bringen, das Wesen des Schönen erfassen; diese Fragen quälten ihn so, daß ihm die Galle ins Blut trat. Er bekam Gelbsucht. Sie hatte den Höhepunkt erreicht, als Marianne, die Köchin der Frau Bordin, Bouvard um eine Zusammenkunft mit ihrer Herrin bat.

Seit der dramatischen Sitzung war die Witwe nicht wiederge-

kommen. War dies jetzt ein Entgegenkommen? Aber warum Mariannes Vermittlung? Und die ganze Nacht hindurch malte sich Bouvard allerlei aus.
Am folgenden Tag, gegen zwei Uhr, ging er im Korridor auf und ab und sah von Zeit zu Zeit zum Fenster hinaus; die Schelle ertönte. Es war der Notar.
Er kam über den Hof, stieg die Treppe hinauf, setzte sich in einen Sessel und sagte nach den ersten höflichen Redensarten, er sei vorgegangen, da er nicht länger auf Frau Bordin habe warten wollen. Sie wolle ihm die Écalles abkaufen. Bouvard war ernüchtert und ging in Pécuchets Zimmer.
Pécuchet wußte nicht, was er antworten sollte. Er war aufgeregt, denn er erwartete Vaucorbeil.
Endlich kam sie. Die Verspätung wurde durch die Sorgfalt ihrer Toilette erklärt: ein Kaschmirschal, ein Hut, Glacé-Handschuhe – wie man sich bei feierlichen Gelegenheiten anzieht.
Nach vielen Umschweifen fragte sie, ob tausend Taler nicht genügten.
»Tausend Taler für den Morgen? Niemals!«
Sie zwinkerte mit den Augen: »Ach! Für mich!«
Alle drei schwiegen. Herr de Faverges trat ein. Wie ein Advokat trug er unter dem Arm eine Mappe aus Maroquinleder. Er legte sie auf den Tisch und sagte:
»Das sind Broschüren! Sie behandeln die Reform – eine brennende Frage; aber dies hier gehört doch sicher Ihnen.«
Und er reichte Bouvard den zweiten Band der *Mémoires du Diable*.
Mélie habe sie in der Küche gelesen; und da man über die Sitten dieser Leute wachen müsse, habe er es für richtig gehalten, ihr das Buch abzunehmen.
Bouvard hatte es der Magd geliehen. Sie sprachen nun über Romane.
Frau Bordin las sie gern, wenn sie nicht zu düster waren.
»Die Schriftsteller«, sagte Herr de Faverges, »geben uns ein schmeichelhaft gefärbtes Bild des Lebens.«

»Solche Bilder sind nötig«, warf Bouvard ein.
»Dann braucht man also nur dem Beispiel zu folgen.«
»Es handelt sich nicht um Beispiele.«
»Sie werden doch zugeben, daß sie in die Hände eines jungen Mädchens geraten können. Ich habe eine Tochter.«
»Eine reizende«, sagte der Notar und machte sein Ehekontrakts-Gesicht.
»Nun, ihretwegen, oder besser der Personen wegen, die sie umgeben, dulde ich sie in meinem Haus nicht, denn das Volk, mein lieber Herr...«
»Was hat das Volk getan?« sagte Vaucorbeil, der plötzlich auf der Schwelle erschien.
Pécuchet erkannte seine Stimme und trat hinzu.
»Ich behaupte«, sagte der Graf, »daß man gewisse Bücher von ihm fernhalten muß.«
Vaucorbeil erwiderte:
»Sie sind also nicht für Bildung?«
»Allerdings! Erlauben Sie!«
»Wenn man alle Tage«, sagte Marescot, »die Regierung angreift.«
»Ist das so schlimm?«
Der Edelmann und der Arzt zogen über Louis-Philippe her, erinnerten an die Affäre Pritchard und die September-Gesetze gegen die Freiheit der Presse.
»Und des Theaters«, fügte Pécuchet hinzu.
Marescot platzte los:
»Ihr Theater geht zu weit.«
»Ganz Ihrer Meinung«, sagte der Graf. »Stücke, die den Selbstmord verherrlichen!«
»Der Selbstmord ist schön; Beweis: Cato«, warf Pécuchet ein.
Herr de Faverges antwortete auf dieses Argument nicht, er brandmarkte die Werke, in denen die heiligsten Dinge verhöhnt werden: Familie, Eigentum, Ehe.
»Und Molière?« fragte Bouvard.

Marescot, ein Mann von Geschmack, erwiderte, Molière gälte nichts mehr und würde übrigens ein wenig überschätzt.
»Und Victor Hugo«, sagte der Graf, »hatte kein Erbarmen, ja, kein Erbarmen mit Marie-Antoinette, denn er hat das Bild der Königin in der Person der Maria Tudor verunglimpft.«
»Wie!« rief Bouvard, »ich hätte als Autor nicht das Recht...«
»Nein, mein Herr, Sie haben nicht das Recht, uns das Verbrechen vor Augen zu führen, ohne eine Milderung daneben zu stellen, ohne uns eine Lehre zu geben.«
Auch Vaucorbeil war der Meinung, die Kunst müsse einen Zweck, die Besserung der Massen im Auge haben: »Verherrlicht Wissenschaft, Entdeckungen, den Patriotismus«, und er bewunderte Casimir Delavigne.
Frau Bordin rühmte den Marquis de Foudras. Der Notar fuhr fort:
»Aber vergessen Sie nicht die Sprache.«
»Wieso die Sprache?«
»Sie sollen sich über seinen Stil äußern«, schrie Pécuchet, »und ob Sie finden, daß seine Werke gut geschrieben sind.«
»Ohne Zweifel, sehr interessant.«
Er zuckte mit den Achseln, und sie errötete über die Unverschämtheit.
Frau Bordin hatte mehrere Male versucht, auf ihre Angelegenheit zurückzukommen. Es war zu spät, sie zum Abschluß zu bringen. Sie ging am Arm Marescots hinaus.
Der Graf verteilte seine Flugschriften und empfahl ihre Verbreitung.
Vaucorbeil wollte gehen, als Pécuchet ihn zurückhielt.
»Sie vergessen mich, Doktor.«
Sein gelbes Gesicht mit dem Schnurrbart und dem schwarzen Haar, das unter einem schlecht umgebundenen Tuch hervorhing, sah jämmerlich aus.
»Nehmen Sie ein Abführmittel«, sagte der Arzt; dann versetzte er ihm zwei Klapse wie einem Kind: »Zu viel Nerven, zu sehr Künstler!«

Pécuchet freute sich über diese Vertraulichkeit. Sie beruhigte ihn – und kaum waren sie allein, fragte er:
»Du glaubst doch auch nicht, daß es ernst ist?«
»Nein, sicher nicht.«
Sie besprachen noch einmal, was sie gehört hatten. Jeder findet den sittlichen Wert in der Kunst da, wo sie seinen Interessen schmeichelt. Die Literatur liebt man nicht.
Dann blätterten sie in den Drucksachen des Grafen. Alle verlangten das allgemeine Stimmrecht.
»Ich glaube, es gibt bald Krawall«, sagte Pécuchet; er sah alles schwarz, vielleicht infolge seiner Gelbsucht.

VI

Am Morgen des 25. Februar 1848 erfuhr man in Chavignolles durch jemanden, der aus Falaise zurückkam, in Paris wären überall Barrikaden errichtet worden, und am nächsten Tag wurde die Proklamation der Republik am Bürgermeisteramt angeschlagen.

Die Bürger waren von dem großen Ereignis wie betäubt. Aber als bekannt wurde, daß der Kassationshof, das Appellationsgericht, die Oberrechnungskammer, das Handelsgericht, die Anwaltkammer, die Körperschaft der Advokaten, der Staatsrat, die Universität, die Generäle und selbst Herr de la Rochejaquclein ihren Beitritt zu der provisorischen Regierung erklärten, atmeten sie erleichtert auf; und da man in Paris Freiheitsbäume pflanzte, sollte in Chavignolles, auf Beschluß des Magistrats, auch einer errichtet werden.

Bouvard, dessen Patriotismus sich über den Triumph des Volkes freute, erbot sich, ihn zu liefern. Pécuchet fand durch den Sturz des Königtums seine Ahnungen bestätigt und war daher sehr zufrieden.

Auf ihren Befehl grub Gorju gleich eine der Pappeln aus, die am Rande der Wiese unterhalb der ›Butte‹ standen, und brachte sie auf die Gemeindewiese vor dem Dorf, wo der Baum noch am gleichen Tag aufgestellt werden sollte. Lange bevor die Feierlichkeit begann, erwarteten die drei hier den Festzug.

Eine Trommel dröhnte, ein silbernes Kreuz wurde sichtbar; dann sahen sie zwei große Kerzen, die von Kirchensängern getragen wurden, und den Pfarrer in Stola, Chorhemd, Chormantel und Barett. Vier Chorknaben gingen neben ihm, ein fünfter trug den Kessel mit dem Weihwasser, und der Küster folgte ihm.

Er trat an den Rand des Lochs, aus dem die mit dreifarbigen Bändern geschmückte Pappel ragte. An der einen Seite standen der Bürgermeister mit seinen Beigeordneten Beljambe und

Marescot, dahinter die Honoratioren, Herr de Faverges, Vaucorbeil und der Friedensrichter Coulon, ein biederer Kerl mit verschlafenem Gesicht; Heurtaux hatte eine Polizeimütze aufgesetzt, und Alexandre Petit, der neue Lehrer, hatte seinen Sonntagsrock, einen armseligen, grünen Gehrock, angezogen. Die Feuerwehrleute, an deren Spitze Girbal mit gezogenem Säbel stand, bildeten eine gerade Reihe; auf der anderen Seite glänzten an einigen alten Tschakos aus der Zeit von Lafayette die weißen Kokarden; es waren nicht mehr als fünf oder sechs, denn die Nationalgarde war in Chavignolles ausgestorben. Dahinter standen dichtgedrängt Bauern mit ihren Frauen, Arbeiter aus den benachbarten Fabriken, Jungen; und der Feldhüter Placquevent, der fünf Fuß acht Zoll maß, ging mit verschränkten Armen auf und ab und hielt sie mit seinen Blicken im Zaum.

Der Pfarrer sagte nichts anderes als andere Priester bei dieser Gelegenheit auch.

Erst wetterte er gegen die Könige, dann verherrlichte er die Republik: Wird nicht von einer Gelehrten-Republik gesprochen, von einer christlichen Republik, die die Gesamtheit aller christlichen Staaten umfaßt? Was ist harmloser als die erste und schöner als die zweite? Jesus Christus selbst hat die Bedeutung unseres erhabenen Sinnbilds gegeben: Der Baum des Volkes, das ist der Stamm des Kreuzes. Nur durch Nächstenliebe kann die Religion Frucht tragen, und im Namen der Nächstenliebe beschwor der Geistliche seine Brüder, sich auf jeden Fall ruhig zu verhalten und friedlich nach Hause zu gehen.

Dann besprengte er das Bäumchen und flehte den Segen Gottes herab: »Es möge sich entwickeln und uns ein Erinnerungszeichen sein an die Befreiung von jeder Knechtschaft und an jene Brüderlichkeit, die wohltuender ist als der Schatten seiner Zweige! Amen!«

Stimmen wiederholten ›Amen‹; dann dröhnte die Trommel, und mit einem Te Deum kehrte die Geistlichkeit in die Kirche zurück.

Deren Mitwirkung hatte einen ausgezeichneten Eindruck gemacht. Die Einfältigen glaubten, nun sei ihnen das Glück versprochen, die Patrioten aber sahen in ihr Ehrerbietung, Huldigung ihren Prinzipien gegenüber.
Bouvard und Pécuchet waren der Meinung, man hätte ihnen für ihr Geschenk danken oder doch wenigstens darauf hinweisen müssen; sie äußerten dies de Faverges und dem Arzt gegenüber.
Doch die beiden hatten keinen Sinn für ihre Kümmernisse. Vaucorbeil war entzückt über die Revolution, und der Graf nicht weniger. Er haßte die Orléans. Die würde man nun nicht wiedersehen. Weg mit ihnen! Jetzt gehörte alles dem Volk, und mit Hurel eilte er dem Pfarrer nach.
Foureau, den die Feier unangenehm berührt hatte, ging gesenkten Hauptes zwischen dem Notar und dem Wirt; er befürchtete Unruhen und sah sich unwillkürlich nach dem Feldhüter um, der mit dem Hauptmann über die Unfähigkeit Girbals und die schlechte Haltung seiner Leute sprach. Arbeiter zogen über die Straße und sangen die Marseillaise. Gorju war mitten unter ihnen und schwang einen Stock; Petit begleitete sie; seine Augen flammten.
»So was gefällt mir nicht«, sagte Marescot, »die schreien sich in die schönste Aufregung hinein.«
»Ach, du lieber Gott«, meinte Coulon, die Jugend will nun mal ihr Vergnügen haben.«
Foureau seufzte:
»Nettes Vergnügen! Zum Schluß die Guillotine.«
Er sah Schafotte vor sich und war auf Schreckliches gefaßt.
Auch in Chavignolles machte sich die Wirkung der Aufregungen in Paris bemerkbar. Die Bürger abonnierten Zeitungen. Des Morgens drängte man sich auf der Post, und hätte der Hauptmann der Postvorsteherin nicht manchmal geholfen, sie wäre nie fertig geworden. Dann blieb man auf dem Platz und diskutierte.
Die polnische Frage gab Anlaß zur ersten erregten Debatte.

Heurtaux und Bouvard verlangten die Befreiung Polens. Herr de Faverges war anderer Meinung.
»Mit welchem Recht sollen wir nach Polen ziehen? Wir würden ganz Europa gegen uns aufbringen. Nur keine Unvorsichtigkeit!«
Alle teilten seine Ansicht, und die beiden Verteidiger Polens schwiegen.
Ein anderes Mal verteidigte Vaucorbeil die Rundschreiben Ledru-Rollins.
Foureau führte gleich die 45-Centimes-Steuer an.
»Aber die Regierung«, sagte Pécuchet, »hat die Knechtschaft aufgehoben.«
»Was kümmert mich die Knechtschaft!«
»Gut! Und die Abschaffung der Todesstrafe bei politischen Verbrechen?«
»Donnerwetter«, sagte Foureau, »man möchte alles abschaffen. Aber wer weiß? Die Mieter sind schon anspruchsvoll genug!«
»Um so besser!« Die Eigentümer waren nach Pécuchets Meinung zu sehr im Vorteil. »Wer ein Haus besitzt...«
Foureau und Marescot unterbrachen ihn und nannten ihn einen Kommunisten.
»Ich! Kommunist!«
Alle schrien durcheinander. Als Pécuchet die Gründung eines Klubs vorschlug, antwortete Foureau kühn, den würde Chavignolles nie erleben.
Dann verlangte Gorju Gewehre für die Nationalgarde; man hatte ihn zum Ausbilder ernannt.
Aber nur die Feuerwehrleute hatten Gewehre, sonst waren keine vorhanden. Und die wollten weder Foureau noch Girbal herausgeben.
Gorju sah ihn an:
»Man ist der Meinung, daß ich damit umzugehen verstehe.«
Neben so vielem anderen war er auch Wilddieb, und oft kauften der Bürgermeister und der Wirt einen Hasen oder ein Kaninchen von ihm.

»Dann nehmt sie meinetwegen«, sagte Foureau.

Noch am selben Abend begannen die Übungen auf dem Rasen vor der Kirche. Gorju trug eine kurze, blaue Jacke, einen Schal um die Hüften und führte alle Bewegungen wie ein Automat aus. Mit roher Stimme schrie er seine Kommandos:

»Bauch rein!«

Bouvard hielt gleich den Atem an, zog den Bauch ein und krümmte den Rücken.

»Sie sollen doch keinen Buckel machen, zum Donnerwetter!«

Pécuchet verwechselte Reihe und Glied, rechts um und links um; am jämmerlichsten aber zeigte sich der Lehrer: er war schwächlich, sehr klein und trug einen blonden Bart; er schwankte unter der Last seines Gewehrs, dessen Bajonett seine Nachbarn bedrohte.

Man sah Hosen in allen Farben, schmutzige Wehrgehänge, alte, zu kurze Uniformröcke, die an den Seiten das Hemd sehen ließen. Und jeder behauptete, er habe nicht die Mittel, sich anders auszurüsten. Eine Subskription wurde eröffnet, um wenigstens die Ärmsten einzukleiden. Foureau knauserte, während die Frauen sich hervortaten. Frau Bordin ab fünf Francs, obwohl sie die Republik haßte. Herr de Faverges rüstete zwölf Mann aus und fehlte nicht bei den Übungen. Dann ging er zum Krämer und bezahlte Schnäpse für den ersten besten.

Damals schmeichelten die Mächtigen der niederen Klasse. Alles lief hinter den Arbeitern her. Man bemühte sich um das Vorrecht, zu ihnen zu gehören. Sie wurden die Vornehmen.

Die Bewohner des Kreises waren meist Weber; andere arbeiteten in den Kattunfabriken oder in einer kürzlich gegründeten Papierfabrik.

Gorju beherrschte sie durch sein freches Geschwätz, lehrte sie das ›Beinstoßen‹ und nahm seine Freunde zum Trinken mit zu Frau Castillon.

Aber die Bauern waren doch stärker an Zahl; an den Markttagen erkundigte sich Herr de Faverges, der auf dem Platz hin und her ging, nach ihren Bedürfnissen und versuchte, sie zu seinen

Ideen zu bekehren. Ohne zu antworten hörten sie zu; wie Vater Gouy waren auch sie bereit, jede Regierung anzunehmen, wenn nur die Steuern gesenkt würden.

Durch sein Gerede wurde Gorju überall bekannt. Er hatte sogar Aussicht, in die Versammlung gewählt zu werden. Auch Herr de Faverges dachte für sich selbst daran, doch vermied er alles, was ihn hätte kompromittieren können. Die Konservativen schwankten zwischen Foureau und Marescot. Der Notar wollte jedoch seine Kanzlei nicht aufgeben, und so wurde Foureau gewählt; ein Bauer, ein Schwachkopf! Der Arzt war empört.

Er war früher einmal als Kandidat durchgefallen, er sehnte sich nach Paris, und das Bewußtsein eines verfehlten Lebens machte ihn mürrisch. Eine größere Laufbahn lag nun vor ihm; es gab doch noch eine Vergeltung! Er stellte ein politisches Glaubensbekenntnis zusammen und las es den Herren Bouvard und Pécuchet vor.

Sie gratulierten ihm dazu; ihre Anschauungen seien die gleichen.

Aber waren sie nicht gewandter mit der Feder, kannten sie nicht die Geschichte, konnten sie nicht ebensogut wie er in der Kammer eine Rolle spielen? Warum nicht? Aber wer sollte sich aufstellen lassen? Jeder wollte dem anderen den Vortritt lassen.

Pécuchet zog seinen Freund sich selbst vor.

»Nein, das kommt dir zu; du stellst mehr vor.«

»Mag sein«, antwortete Bouvard, »aber du trittst sicherer auf.«

Sie kamen zu keiner Lösung der schwierigen Frage, überlegten aber doch, wie sie vorgehen wollten.

Aber auch noch andere wären von Herzen gern Deputierte geworden. Der Hauptmann mit seiner Polizeimütze träumte davon, wenn er seine kurze Pfeife rauchte, der Lehrer dachte während des Unterrichts daran und der Pfarrer zwischen zwei Gebeten; und dieser Gedanke beschäftigte ihn so sehr, daß er sich oft überraschte, wie er mit zum Himmel erhobenen Augen sagen wollte:

›O Gott, laß mich Deputierter werden.‹

Der Arzt, dem man Mut gemacht hatte, begab sich zu Hauptmann Heurtaux, dem er seine Chancen auseinandersetzte. Der Hauptmann hielt mit seiner Meinung nicht hinter dem Berg. Vaucorbeil wäre ohne Zweifel bekannt, bei seinen Kollegen und besonders den Apothekern jedoch wenig beliebt. Alle schimpften auf ihn; das Volk wolle keinen ›Herrn‹; seine besten Kranken würden ihn im Stich lassen. Der Arzt überdachte die Argumente und bereute seine Eitelkeit.

Kaum war er fort, ging Heurtaux zu Placquevent. Alte Soldaten helfen sich doch gegenseitig. Aber der Feldhüter, Foureau treu ergeben, schlug ihm jede Unterstützung glatt ab.

Der Pfarrer bewies Herrn de Faverges, daß die Stunde noch nicht gekommen sei. Erst müsse die Republik sich abgenutzt haben.

Bouvard und Pécuchet erklärten Gorju, daß er nie stark genug sein würde, das Bündnis der Bauern und Bürger zu besiegen, machten ihn unsicher und nahmen ihm jede Zuversicht.

Petit, der sehr von sich eingenommen war, hatte seinen Wunsch durchblicken lassen. Beljambe warnte ihn und sagte, er müsse, wenn er durchfiele, mit seiner Absetzung rechnen.

Dem Pfarrer wurde vom Erzbischof bedeutet, sich ruhig zu verhalten.

Es blieb also nur noch Foureau.

Bouvard und Pécuchet bekämpften ihn, erinnerten an seine geringe Bereitwilligkeit, als es sich um die Gewehre für die Nationalgarde handelte, seinen Widerstand gegen den Klub, seine wenig fortschrittlichen Ideen, seinen Geiz – und sie redeten Gouy sogar ein, er wolle das alte Regime wieder einführen.

Der Bauer verstand das alles zwar nicht, doch schwelte in ihm ein Haß, der sich in zehn Jahrhunderten in der Seele seiner Vorfahren gesammelt hatte, und er hetzte seine und seiner Frau Verwandte, Schwäger, Vettern, Großneffen, eine ganze Schar, gegen Foureau auf.

Gorju, Vaucorbeil und Petit bekämpften ihrerseits den Bürgermeister, und als so der Boden geebnet war, konnten Bouvard und Pécuchet, ohne daß jemand es ahnte, zu einem Erfolg kommen.
Sie losten, wer sich aufstellen lassen sollte. Das Los brachte keine Entscheidung, und nun sollte der Arzt ihnen helfen. Er erzählte ihnen das Neueste: Flacardoux, der Redakteur des ›Calvados‹, hatte sich als Kandidat aufstellen lassen. Die Enttäuschung der beiden Freunde war groß; jeder fühlte außer der eigenen die des anderen mit. Aber die Politik hatte ihnen nun einmal eingeheizt.
Am Wahltag überwachten sie die Urnen.
Flacardoux siegte.
Der Graf hatte sich an der Nationalgarde schadlos halten wollen; es war ihm aber nicht gelungen, ihr Kommandant zu werden. Die Bewohner von Chavignolles dachten vielmehr an Beljambe.
Diese unberechenbare Gunst der Menge, mit der Heurtaux nicht gerechnet hatte, machte ihn betroffen. Er hatte seine Pflichten vernachlässigt, hatte sich darauf beschränkt, nur dann und wann die Übungen zu inspizieren und dies oder jenes zu tadeln. Aber einerlei! Es war doch ungeheuerlich, daß man dem Schankwirt vor einem alten Hauptmann des Kaiserreichs den Vorzug gab. Nach dem Überfall auf die Kammer am 15. Mai meinte er:
»Wenn in der Hauptstadt die militärischen Ränge wie hier vergeben werden, wundere ich mich über nichts mehr.«
Die Reaktion setzte ein.
Den unsinnigen Gerüchten über die Ananas-Purées Louis Blancs, das goldene Bett Flocons, die Orgien Ledru-Rollins wurden geglaubt. Und da die Provinz ja bekanntlich immer glaubt, alles zu wissen, was in Paris vor sich geht, sahen die guten Bürger von Chavignollles keinen Grund, an diesen Erfindungen zu zweifeln.
Eines Abends kam Herr de Faverges zum Pfarrer, um ihn von

der Ankunft des Grafen de Chambord in der Normandie in Kenntnis zu setzen.
Foureau behauptete, Joinville beabsichtige, mit seinen Matrosen die Sozialisten zu bändigen. Heurtaux versicherte, Louis Bonaparte sei in aller Kürze Konsul.
Die Fabriken feierten; Scharen von Armen durchzogen das Land.
An einem Sonntag, in den ersten Tagen des Juni, fuhr ein Gendarm plötzlich nach Falaise. Die Arbeiter von Acqueville, Liffard, Pierre-Pont und Saint-Rémy waren nach Chavignolles unterwegs.
Die Fensterläden wurden geschlossen; der Magistrat beschloß, um jedem Unglück vorzubeugen, keinerlei Widerstand zu leisten. Die Gendarmerie erhielt Ausgehverbot und den ausdrücklichen Befehl, sich nicht zu zeigen.
Bald kam es heran wie das Grollen eines Gewitters. Die Fensterscheiben klirrten beim Gesang der Girondisten, und auf der Straße nach Caen wurden Männer sichtbar; sie gingen eingehakt, waren mit Staub und Schweiß bedeckt, zerlumpt. Sie überfluteten den Platz; großer Lärm erhob sich. Gorju betrat mit zwei Genossen den Saal. Der eine war ein kleiner Kerl mit verschlagenem Gesicht; er trug eine gestrickte Weste, deren Schnüre herabhingen. Der andere, zweifellos ein Mechaniker, war kohlschwarz. Er trug das Haar hochgebürstet, hatte struppige Brauen und an den Füßen Stoffpantoffel. Wie ein Husar trug Gorju seine Jacke über der Schulter.
Die drei machten halt; starr vor Angst sahen die Stadträte, die um einen Tisch mit blauer Decke saßen, die Leute an.
»Bürger«, sagte Gorju, »wir brauchen Arbeit.«
Der Bürgermeister zitterte. Die Stimme versagte ihm.
Statt dessen antwortete Marescot, der Magistrat wolle darüber sofort beraten – und nachdem die Genossen hinausgegangen waren, wurden mehrere Vorschläge erwogen.
Der erste war, Steine anfahren zu lassen.

Girbal schlug vor, diese Steine zum Bau einer Straße von Angleville nach Tournebu zu verwenden.
Die Straße nach Bayeux genügte aber vollkommen.
Man könnte den Tümpel reinigen! Das war keine genügende Arbeit! Oder auch einen zweiten graben! Aber wo? Langlois schlug vor, an den Mortins entlang einen Damm als Schutz gegen eine etwaige Überschwemmung zu bauen. Beljambe hielt das Urbarmachen der Heide für besser. Sie kamen zu keinem Entschluß. Coulon, der die Menge beruhigen sollte, ging auf den Platz hinunter und verkündete, daß Armenwerkstätten geplant seien.
»Armenwerkstätten? Danke schön!« schrie Gorju. »Nieder mit den Aristokraten. Wir verlangen das Recht auf Arbeit!«
Das war die Frage der Zeit; er benutzte sie, um sich durch diese Forderung bei den anderen beliebt zu machen; er erhielt auch lebhaften Beifall.
Als er sich umwandte, stieß er Bouvard an, den Pécuchet mitgeschleppt hatte – und sie begannen ein Gespräch. Sie hatten ja Zeit; das Bürgermeisteramt war umstellt; der Magistrat konnte nicht entwischen.
»Woher das Geld nehmen?« sagte Bouvard.
»Von den Reichen. Im übrigen wird die Regierung Arbeiten anordnen.«
»Und wenn kein Bedürfnis nach Arbeit vorliegt?«
»Wird es geschaffen.«
»Und dann sinken die Löhne«, entgegnete Pécuchet. »Überproduktion bedingt Arbeitsmangel – und Sie wollen sie noch vermehren!«
Gorju kaute an seinem Schnurrbart. »Aber – durch Organisation der Arbeit...«
»Bekommt die Regierung das Heft in die Hand.«
»Nein, wir wollen keine Herren mehr«, murrten einige der Umstehenden.
Gorju wurde wütend.

»Einerlei, man muß den Arbeitern Kapital liefern – oder, noch besser, ihnen Kredit eröffnen.«

»Aber wie?«

»Weiß ich nicht; aber Kredit muß ihnen eröffnet werden.«

»Nun aber Schluß«, sagte der Mechaniker, »diese Possenreißer langweilen uns.«

Er stieg die Freitreppe hinauf und erklärte, er würde die Tür einschlagen.

Hier aber empfing ihn Placquevent. Er hatte das rechte Knie gebeugt und die Fäuste geballt.

»Komm nur näher!«

Der Mechaniker wich zurück.

Das Hohngelächter der Menge drang bis in den Saal; alle sprangen von ihren Sitzen und wollten fliehen. Die Hilfe aus Falaise kam nicht. Schade, daß der Graf nicht da war. Marescot drehte eine Feder zwischen den Fingern. Vater Coulon seufzte, Heurtaux riet immer wieder, die Gendarmen angreifen zu lassen.

»Geben Sie ihnen den Befehl«, sagte Foureau.

»Dazu habe ich kein Recht.«

Unterdessen wurde der Lärm größer. Der Platz war voller Menschen – und alle sahen hinauf zum ersten Stock des Bürgermeisteramts. Da erschien auf einmal am mittleren Fenster, unter der Uhr, Pécuchet.

Er hatte geschickterweise die Diensttreppe benutzt – und begann, wie einst Lamartine, eine Ansprache an die Menge.

»Bürger...!«

Aber seine Mütze, seine Nase, sein Gehrock, seine ganze Person waren nicht geeignet, ihm Ansehen zu geben.

Der Mann in der gestrickten Weste schrie:

»Sind Sie Arbeiter?«

»Nein!«

»Also Arbeitgeber.«

»Auch nicht.«

»Dann scheren Sie sich zum Teufel!«

»Warum?« fragte Pécuchet stolz.

Im selben Augenblick packte ihn der Mechaniker, und er verschwand in der Fensternische. Gorju kam ihm zu Hilfe.
»Laß den Mann in Ruh! Er ist ein anständiger Kerl.«
Sie packten sich beim Kragen.
Da ging die Tür auf, und Marescot erschien auf der Schwelle; er verkündete den Beschluß der Stadträte. Die Anregung hatte Hurel gegeben.
Die Straße nach Tournebu sollte eine Abzweigung in Richtung auf Angleville erhalten und so zum Schloß Faverges führen. Die Gemeinde erlegte sich im Interesse der Arbeiter dieses Opfer auf.
Die Menge ging auseinander.
Als Bouvard und Pécuchet nach Hause kamen, schlugen laute Frauenstimmen an ihr Ohr. Es waren die Mägde und Frau Bordin. Am lautesten schrie die Witwe. – Und als sie die beiden sah:
»Ah! Gott sei Dank! Seit drei Stunden warte ich auf Sie. Mein armer Garten! Keine einzige Tulpe mehr! Überall auf dem Rasen Schweinerei! Er will nicht weggehen.«
»Wer denn?«
»Vater Gouy.«
Er war mit einer Karre Dünger gekommen und hatte ihn, wie es ihm gerade in den Sinn kam, auf das Gras geworfen. »Er wühlt jetzt den Garten um. Kommen Sie schnell mit, damit er endlich aufhört.«
»Ich begleite Sie«, sagte Bouvard.
Vor ihrer Treppe stand ein Pferd in den Deichseln eines Karrens und fraß an einem Oleanderbusch. Die Räder hatten die Beete gestreift, den Buchsbaum zermalmt, einen Rhododendron umgerissen. Die Dahlien waren abgebrochen; wie Maulwurfshügel lag der schwarze Mist auf dem Rasen. Gouy grub eifrig.
Eines Tages hatte Frau Bordin beiläufig erwähnt, sie wolle den Garten umgraben lassen. Er hatte mit der Arbeit begonnen und hörte trotz ihres Befehls nicht auf. Das war seine Auffassung

vom Recht auf Arbeit; Gorjus Gerede hatte ihm den Kopf verdreht.

Erst als Bouvard drohte, ging er fort.

Um sich einigermaßen schadlos zu halten, bezahlte Frau Bordin die Arbeit nicht und behielt den Dünger. Sie war eine vernünftige Frau. Die Gattin des Arztes und selbst die des Notars, die gesellschaftlich über ihr standen, schätzten sie sehr.

Die Armenwerkstätten bestanden eine Woche. Keinerlei Unruhe! Gorju hatte die Gegend verlassen.

Indessen war die Nationalgarde ständig unterwegs. Sonntags gab es eine Parade, manchmal militärische Umzüge – und jede Nacht Patrouillen. Sie beunruhigten das Dorf.

Aus Scherz wurden die Hausglocken gezogen; man drang in die Zimmer, wo die Eheleute auf demselben Kissen schnarchten; Späße wurden erzählt – bis der Mann aufstand und Schnaps holte. Dann gingen sie ins Wachlokal zurück, wo eine Partie Domino zu hundert gespielt, Apfelwein getrunken und Käse gegessen wurde. Und die Wache, die sich draußen langweilte, riß jede Minute die Tür auf. Von Disziplin keine Spur, und daran hatte die Schlappheit Beljambes Schuld.

Als die Juni-Unruhen ausbrachen, waren sich alle darin einig, daß ›der Regierung geholfen werden müsse‹, aber Foureau konnte das Bürgermeisteramt, Marescot seine Kanzlei, der Arzt seine Patienten, Girbal seine Feuerwehrleute nicht im Stich lassen. Herr de Faverges war in Cherbourg. Beljambe legte sich ins Bett. Der Hauptmann brummte:

»Damals hat man von mir nichts wissen wollen; mögen sie sehen, wie sie fertig werden.«

Bouvard war so klug, Pécuchet zurückzuhalten.

Die Patrouillen zogen jetzt weiter ins Land.

Und der Schatten einer Dieme oder die Formen der Zweige jagten ihnen panischen Schrecken ein. Einmal rissen alle Nationalgardisten aus. Beim Licht des Mondes hatten sie einen Apfelbaum für einen Mann mit einem Gewehr angesehen, der auf sie anlegte.

Ein anderes Mal, es war in einer dunklen Nacht, machte die Patrouille im Buchenhain halt; sie hatte Schritte gehört.
»Wer da?«
Keine Antwort.
Sie ließen den Unbekannten weitergehen und folgten ihm in einiger Entfernung; vielleicht hatte er eine Pistole oder einen Totschläger bei sich. Als die zwölf Mann des Zuges in der Nähe des Dorfes und im Bereich der Hilfe waren, stürzten sie sich alle zugleich auf ihn und schrien:
»Papiere her!«
Sie mißhandelten den Mann und überhäuften ihn mit Beleidigungen. Sie schleppten ihn ins Wachlokal, und beim Schein der Kerze, die auf dem Ofen brannte, erkannten sie endlich Gorju.
Ein elender Lastingüberzieher hing um seine Schultern. Die Zehen guckten durch die Löcher seiner Stiefel. Sein Gesicht blutete aus Schrammen und Quetschungen. Er war ungeheuer abgemagert und rollte die Augen wie ein Wolf.
Foureau, der herbeigeeilt war, fragte ihn, wie er in den Buchenhain komme, was er in Chavignolles wolle, was er die letzten sechs Wochen getrieben habe.
Das ginge keinen was an; er könne tun und lassen, was er wolle.
Placquevent durchsuchte ihn nach Patronen. Vorläufig würde man ihn einsperren.
Bouvard legte sich ins Mittel.
»Geben Sie sich keine Mühe«, erwiderte der Bürgermeister, »man kennt Ihre Ansichten...«
»Aber...«
»Nehmen Sie sich in acht! Ich warne Sie. Nehmen Sie sich in acht!«
Bouvard bemühte sich nicht weiter.
Da wandte sich Gorju an Pécuchet.
»Und Sie? Sie sagen nichts, Herr?«

Pécuchet senkte den Kopf, als sei er von seiner Unschuld nicht überzeugt.

Der arme Teufel lächelte bitter.

»Und damals habe ich Sie verteidigt.«

Bei Tagesanbruch brachten ihn zwei Gendarmen nach Falaise.

Er kam nicht vor ein Kriegsgericht, wurde aber vom Polizeigericht zu drei Monaten Gefängnis verurteilt, weil er Reden gehalten hatte, die auf den Umsturz der Gesellschaft abzielten.

Von Falaise aus schrieb er an seine früheren Herren, ihm bald ein Führungszeugnis zu schicken.

Sie ließen ihre Unterschrift jedoch nicht von Bürgermeister Foureau oder dem Beigeordneten beglaubigen, sondern zogen es vor, Marescot um diesen kleinen Dienst zu bitten. Sie wurden in ein Eßzimmer geführt, das alte Fayence-Schüsseln schmückten; eine Boule-Uhr stand auf einem schmalen Wandbrett. Auf dem Mahagonitisch ohne Decke lagen zwei Servietten, standen eine Teekanne und zwei Tassen. Frau Marescot ging in einem Morgenrock aus blauem Kaschmir durch das Zimmer. Sie stammte aus Paris und langweilte sich auf dem Land. Dann kam der Notar; in der einen Hand hatte er seine Hauskappe, in der anderen eine Zeitung; er setzte sofort sein Siegel unter das Schriftstück, erklärte aber, Gorju sei ein gefährlicher Mensch.

»So schlimm ist er nicht«, sagte Bouvard, »wegen einiger Worte...«

»Erlauben Sie mal, verehrter Herr; wenn diese Worte Verbrechen im Gefolge haben...«

»Wo«, meinte Pécuchet, »ist die Grenze zwischen harmlosen und strafbaren Äußerungen? Heute ist verboten, was morgen bejubelt wird.« Und er tadelte die Unbarmherzigkeit, mit der die Aufwiegler behandelt wurden.

Marescot führte natürlich als höchstes Gesetz den Schutz der Gesellschaft, das Allgemeinwohl, an.

»Verzeihung«, sagte Pécuchet, »das Recht des einzelnen muß ebenso geachtet werden wie das der Gesamtheit, und Sie können ihm nur mit Gewalt begegnen, wenn er sich gegen die Grundsätze wendet.«

Marescot antwortete nicht, er zog nur verächtlich die Augenbrauen hoch. Wenn er nur weiter Urkunden abfassen und inmitten seiner Teller, in seinem kleinen, behaglichen Heim leben konnte, mochte es in der Welt so ungerecht zugehen wie es wollte, ihn kümmere das nicht. Er entschuldigte sich mit dringenden Arbeiten.

Was er vom Allgemeinwohl geredet hatte, empörte sie. Die Konservativen sprachen jetzt wie Robespierre.

Ein anderer Grund zur Verwunderung: Cavaignac sank in der allgemeinen Gunst. Die Mobilgarde wurde verdächtig. Ledru-Rollin war verloren; das glaubte sogar Vaucorbeil. Die Kämpfe um die Verfassung interessierten niemanden – und am 10. Dezember gaben alle Bewohner von Chavignolles Bonaparte ihre Stimme.

Die sechs Millionen Stimmen verminderten Pécuchets Interesse für das Volk – und Bouvard und er befaßten sich mit dem allgemeinen Stimmrecht.

Als Allgemeingut ist es ohne jede Vernunft. Immer wird ein Ehrgeiziger es leiten, und wie eine Herde werden die anderen gehorchen, denn die Wähler brauchen nicht einmal lesen zu können; nur so konnten nach Pécuchets Meinung bei der Präsidentenwahl so viele Betrügereien vorkommen. »Von Betrügereien kann keine Rede sein«, erwiderte Bouvard, »ich bin vielmehr von der Dummheit des Volkes überzeugt. Denke doch nur an die, die Revalescière, Pommade Dupuytren und Eau des Chatelaines kaufen. Solche Esel bilden die große Masse der Wähler, und wir müssen tun, was sie wollen. Warum sind mit Kaninchen nicht dreitausend Francs Zinsen zu erzielen? Weil eine zu große Anhäufung zum Tode führt. Ebenso entwickeln sich, gerade durch die Masse, die in ihr liegenden Dummheitskeime – das hat unberechenbare Wirkungen zur Folge.«

»Dein Skeptizismus macht mir Angst«, sagte Pécuchet.

Im Frühling trafen sie Herrn de Faverges, der ihnen von der

römischen Expedition erzählte. Die Italiener sollten nicht angegriffen werden, doch seien Garantien unerläßlich, ohne die unser Einfluß zerstört wäre. Nichts sei gerechter als dieses Einschreiten.
Bouvard riß die Augen auf.
»Als wir damals über Polen sprachen, behaupteten Sie das Gegenteil.«
»Der Fall lag anders. Jetzt handelt es sich um den Papst.«
Und Herr de Faverges vertrat mit seinen Worten: »Wir wollen, wir werden das tun, wir rechnen darauf« eine Partei.
Bouvard und Pécuchet waren von der Minderheit ebenso wie von der Mehrheit angeekelt. Im ganzen war die Aristokratie nicht besser als die Masse.
Das Interventionsrecht kam ihnen verdächtig vor. Bei Calvo, Martens und Vattel unterrichteten sie sich über seine Berechtigung, und Bouvard kam zu dem Schluß:
»Man interveniert, wenn ein Fürst wieder auf den Thron gesetzt, ein Volk befreit werden soll, man interveniert aber auch aus Vorsicht, wenn Gefahr im Verzug ist. In beiden Fällen handelt es sich um ein Attentat auf das Recht anderer, einen Mißbrauch der Gewalt, eine heuchlerische Gewalttätigkeit.«
»Aber«, sagte Pécuchet, »die Völker sind wie die Menschen solidarisch.«
»Schon möglich«, und Bouvard versank in Nachdenken.
Bald begann die römische Expedition.
Die Pariser Bürger plünderten in ihrem Haß gegen die umstürzlerischen Ideen zwei Druckereien. Die große Partei der Ordnung wurde gegründet.
In der Kreisverwaltung standen der Graf, Foureau, Marescot und der Pfarrer an der Spitze. Jeden Tag, gegen vier Uhr, gingen sie auf dem Platz auf und ab und besprachen die Ereignisse. Vor allem mußten die Broschüren verteilt werden. Die Titel ließen an Saftigkeit nichts zu wünschen übrig: So will es Gott. – Der Kommunist. – Raus aus dem Schlamm! – Wohin steuern wir? – Das Schönste waren die Dialoge; sie waren in der Spra-

che der Dörfler abgefaßt, enthielten kräftige Flüche und Verstöße gegen den Sprachgebrauch; sie sollten die Moral der Bauern heben. Ein neues Gesetz legte die Verbreitung in die Hände der Präfekten – und soeben war Proudhon in Sainte-Pélagie eingeliefert worden; ein ungeheurer Erfolg.

Überall wurden die Freiheitsbäume gefällt. Auch Chavignolles gehorchte dem Befehl. Mit eigenen Augen sah Bouvard die Stücke seiner Pappel auf einer Schubkarre. Die Gendarmen sollten sie verheizen. Den Stumpf schenkte man dem Pfarrer, der ihn geweiht hatte. Welcher Hohn!

Der Lehrer machte aus seiner Gesinnung keinen Hehl.

Als Bouvard und Pécuchet eines Tages an seiner Tür vorbeigingen, beglückwünschten sie ihn deswegen.

Am nächsten Tag kam er zu ihnen, und am Ende der Woche erwiderten sie seinen Besuch.

Der Tag ging zur Neige, die Jungen waren fort, und der Lehrer fegte in Hemdsärmeln den Hof. Seine Frau trug ein Kopftuch; sie stillte ein Kind. Ein kleines Mädchen verbarg sich hinter ihrem Rock, ein häßlicher Knirps spielte zu ihren Füßen auf der Erde. Sie hatte in der Küche gewaschen; das Wasser floß über den Fußboden.

»Da können Sie sehen«, sagte der Lehrer, »wie die Regierung uns behandelt.« Und sofort zog er gegen den schändlichen Kapitalismus los. Er müsse demokratisiert, die Materie frei gemacht werden.

»Mehr will auch ich nicht«, sagte Pécuchet.

»Wenigstens hätte man das Recht auf Unterstützung anerkennen sollen.«

»Noch ein Recht«, sagte Bouvard.

»Einerlei! Die provisorische Regierung war schlaff; sie hat die Brüderlichkeit nicht gesetzlich verankert.«

»Versuchen Sie doch, sie einzuführen.«

Es war dunkel geworden, und Petit befahl seiner Frau in barschem Ton, einen Leuchter in sein Arbeitszimmer zu bringen.

An den nackten Wänden waren mit Stecknadeln die Lithographien der Redner der Linken befestigt. Über einem Schreibtisch aus Tannenholz hing ein Regal mit Büchern. An Sitzgelegenheiten waren ein Stuhl, ein Schemel und eine alte Seifenkiste vorhanden; offenbar berührte ihn das nicht weiter.

Aber die Not stand ihm im Gesicht geschrieben, und seine schmalen Schläfen deuteten auf bockigen Starrsinn und schroffen Stolz. Nie würde er nachgeben.

»Nur das hält mich aufrecht.«

Er zeigte auf einen Haufen Zeitungen auf einem Brett; mit aufgeregten Worten gab er einen Überblick über seine Glaubensartikel: Entwaffnung der Truppen, Abschaffung der Behörde, Gleichheit der Gehälter; so würde man mit der Republik als Staatsform das goldene Zeitalter erreicht haben.

An der Spitze dieses Staates müsse ein Diktator stehen, ein tüchtiger Kerl, der alles ehrlich durchführte.

Dann holte er eine Flasche Anisette und drei Gläser und brachte einen Toast aus auf den Helden, das unsterbliche Opfer, auf Maximilian.

Auf der Türschwelle zeigte sich der schwarze Rock des Pfarrers.

Er begrüßte die Gesellschaft lebhaft, wandte sich dann an den Lehrer und fragte leise:

»Wie weit ist unsere Saint-Josephs-Angelegenheit gediehen?«

»Sie haben nichts gegeben«, erwiderte der Lehrer.

»Das ist Ihre Schuld.«

»Ich habe getan, was ich konnte.«

»So? Wirklich?«

Diskret standen Bouvard und Pécuchet auf.

Petit forderte sie auf, wieder Platz zu nehmen, und sagte dann zu dem Geistlichen: »Haben Sie sonst noch etwas?«

Abbé Jeufroy zögerte; dann sagte er lächelnd, um den Tadel in seinen Worten zu mildern:

»Nach dem, was ich höre, vernachlässigen Sie die Biblische Geschichte in Ihrem Unterricht.«
»Oh! Die Biblische Geschichte«, sagte Bouvard.
»Was haben Sie an ihr auszusetzen, mein Herr?«
»Ich? Nichts. Aber es gibt vielleicht Nützlicheres als die Geschichte von Jonas und den israelitischen Königen.«
»Darüber können Sie denken, wie Sie wollen«, erwiderte trokken der Priester.
Er kümmerte sich nicht weiter um die beiden Freunde. Aber vielleicht wollte er sie reizen, als er fortfuhr:
»Die Katechismusstunde ist zu kurz.«
Petit zuckte mit den Achseln.
»Nehmen Sie sich in acht, Sie könnten sonst Ihre Pensionäre verlieren.«
Die zehn Francs pro Monat von diesen Schülern waren das Beste an seiner Stellung. Aber die Soutane brachte Petit außer sich.
»Meinetwegen! Rächen Sie sich!«
»Ein Mann in meiner Stellung rächt sich nicht«, sagte der Geistliche ruhig. »Ich erinnere Sie nur daran, daß das Gesetz vom 15. März die Elementarschulen unserer Aufsicht unterstellt.«
»Das weiß ich«, schrie der Lehrer. »Sogar die Gendarmerieobersten beaufsichtigen uns! Fehlt nur noch der Feldhüter! Dann wäre es vollkommen!«
Er sank auf einen Schemel, biß sich in die Faust und unterdrückte mit Mühe seinen Zorn; das Gefühl seiner Ohnmacht wollte ihn ersticken.
Der Geistliche berührte leicht seine Schulter.
»Ich habe Sie nicht kränken wollen, lieber Freund. Beruhigen Sie sich! Seien Sie doch vernünftig! Bald ist Ostern! Ich hoffe, Sie werden durch Ihre Teilnahme an der Kommunion ein gutes Beispiel geben.«
»Auch das noch! Den Unsinn mache ich nicht mit.«
Bei dieser Lästerung wurde der Pfarrer blaß. Seine Augen schossen Blitze. Sein Kinn zitterte.

»Schweigen Sie, Unglücklicher, schweigen Sie! Und dabei besorgt seine Frau die Kirchenwäsche!«

»Was? Was hat sie getan?«

»Nie ist sie in der Messe. Genau wie Sie.«

»Deswegen entläßt man keinen Lehrer.«

»Man kann ihn versetzen.«

Der Priester sagte nichts mehr. Er stand im Hintergrund des Zimmers im Schatten. Petit ließ den Kopf auf die Brust sinken und grübelte.

Sie würden ans andere Ende Frankreichs versetzt werden – die Reise würde ihren letzten Sou verschlingen; aber auch da unten würden sie unter anderen Namen den gleichen Pfarrer, den gleichen Rektor, den gleichen Präfekten wiederfinden. Alle, bis hinauf zum Minister, bildeten die Glieder einer schweren Kette.

Eine Verwarnung hatte er schon bekommen, andere würden folgen. Und dann? – Wie in einem Traum sah er sich mit einem Sack auf dem Rücken mit seinen Lieben über die Landstraße ziehen, die Hand bettelnd nach einer Postkutsche ausgestreckt.

In diesem Augenblick bekam seine Frau in der Küche einen heftigen Hustenanfall; das Neugeborene fing an zu schreien, und der Knirps weinte.

»Arme Kinder«, sagte der Priester sanft.

Da fing der Vater an zu schluchzen:

»Ja, ja, ich bin mit allem einverstanden.«

»Ich rechne darauf«, sagte der Pfarrer.

Er verbeugte sich: »Schönen guten Abend, meine Herren.«

Der Lehrer verbarg immer noch das Gesicht in den Händen. Er stieß Bouvard zurück.

»Nein, lassen Sie mich in Ruhe; am liebsten krepierte ich auf der Stelle, ich bin ein Schurke.«

Die beiden Freunde gingen nach Hause und freuten sich über ihre Unabhängigkeit. Die Macht der Geistlichkeit machte ihnen Angst.

Sie wurde jetzt zur Befestigung der sozialen Ordnung gebraucht. Mit der Republik war es wohl bald zu Ende.
Drei Millionen Wähler waren vom allgemeinen Wahlrecht ausgeschlossen. Die Kautionssumme der Zeitungen wurde erhöht, die Zensur wieder eingeführt. Von Feuilleton-Romanen wollte man nichts wissen. Die klassische Philosophie galt als gefährlich. Die Bürger predigten das Dogma der materiellen Interessen, das Volk schien zufrieden. Die Landbevölkerung fand den Weg zu ihren alten Herren zurück. Herr de Faverges, der im Kreise Eure Grundbesitz hatte, wurde in die Legislative gewählt, und seine Wiederwahl in die Kreisstände des Calvados war von vornherein sicher.
Er hielt es für angebracht, die Honoratioren der Gegend zum Frühstück zu bitten.
Das Vestibül, in dem drei Diener standen und den Gästen die Mäntel abnahmen, das Billardzimmer und die beiden durchgehenden Salons, die Gewächse in den chinesischen Vasen, die Bronzen auf den Kaminen, die goldenen Leisten an dem Getäfel, die schweren Vorhänge, die bequemen Sessel, dieser Luxus wirkte auf alle wie eine ihnen erwiesene Höflichkeit. Und als sie das Eßzimmer betraten und auf der Tafel auf silbernen Schüsseln die Braten, vor jedem Teller die Reihe Gläser, auf dem Tisch verteilt die hors d'œvre und in seiner Mitte einen Salm sahen, ging ein Lächeln über alle Gesichter.
Sie waren zu siebzehn, zwei dicke Landwirte, der Unterpräfekt und ein Herr aus Cherbourg mit eingerechnet. Herr de Faverges bat seine Gäste, die Gräfin zu entschuldigen, sie sei durch eine Migräne verhindert; und nachdem man die Birnen und die Trauben, die vier Körbe an den Ecken der Tafel füllten, gelobt hatte, besprachen sie lebhaft die große Neuigkeit: Changarnier plante eine Landung in England.
Als altem Soldaten war sie Heurtaux willkommen; in seinem Haß gegen die Protestanten war der Pfarrer einverstanden, und Foureau hielt sie im Interesse des Handels für angebracht.

»Ihre Ansichten«, sagte Pécuchet, »sind geradezu mittelalterlich.«
»Auch das Mittelalter hatte seine guten Seiten«, erwiderte Marescot. »Unsere Kathedralen...«
»Aber vergessen Sie doch nicht die Mißstände!«
»Einerlei, die Revolution wäre nicht gekommen.«
»Ach, die Revolution ist ein Unglück«, seufzte der Geistliche.
»Aber alle haben dazu beigetragen und, entschuldigen Sie, Herr Graf, auch der Adel durch seine Verbindung mit den Philosophen.«
»Was wollen Sie! Ludwig XVIII. hat den Raub zum Gesetz gemacht. Seit dieser Zeit untergräbt das parlamentarische Regime die Grundlagen.«
Ein Roastbeef wurde serviert, und für einige Zeit hörte man nichts als das Klappern der Bestecke, das Kauen der Gäste und auf dem Parkett den Schritt der Diener, die immer wieder fragten: »Madeira? Sauternes?«
Der Herr aus Cherbourg brachte die Unterhaltung wieder in Fluß. Wie sollte man denn am Rand des Abgrunds einhalten?
»Bei den Athenern«, sagte Marescot, »bei den Athenern, mit denen wir Ähnlichkeit haben, setzte Solon die Demokraten durch Erhöhung des Wahlzinses matt.«
»Man sollte einfach die Kammer abschaffen«, sagte Hurel, »alle Unordnung kommt aus Paris.«
»Wir müssen dezentralisieren«, sagte der Notar.
»Und zwar gründlich«, fügte der Graf hinzu.
Nach Foureaus Ansichten mußte die Gemeinde so selbständig sein, daß sie Reisenden, wenn sie es für angebracht hielte, sogar die Straßen sperren könnte.
Und während ein Gang auf den anderen folgte, Huhn in Brühe, Krebse, Champignons, Gemüsesalate, gebratene Lerchen, wurden viele Themen besprochen: das beste Steuersystem, die Vorteile einer Bewirtschaftung im großen, die Abschaffung der Todesstrafe – wobei der Unterpräfekt sofort den reizenden

Ausspruch eines geistreichen Mannes zitierte: ›Die Herren Mörder mögen nur den Anfang machen!‹

Bouvard überraschte der Gegensatz zwischen dem, was ihn umgab, und dem, was gesprochen wurde. Seiner Meinung nach sollen die Worte mit der Umgebung in Einklang stehen, und hohe Decken sind für große Gedanken gemacht. Nichtsdestoweniger hatte er, beim Dessert angelangt, einen roten Kopf; die Schüsseln sah er nur noch wie in einem Nebel.

Man hatte Bordeaux, Burgunder und Malaga getrunken... Herr de Faverges, der seine Gäste kannte, ließ Champagner entkorken. Die Herren stießen an und tranken auf einen guten Erfolg bei der Wahl; es war drei Uhr vorbei, als sie ins Rauchzimmer gingen, wo der Kaffee getrunken werden sollte.

Auf einem Tischchen lag zwischen Nummern des *Univers* eine Karikatur des Charivari. Sie stellte einen Bürger dar, unter dessen Rockschößen ein Schwanz hervorsah, an dessen Ende sich ein Auge befand. Marescot gab die nötige Erklärung, und alle lachten.

Sie tranken Liköre und ließen die Zigarrenasche auf die gepolsterten Möbel fallen. Der Abbé, der Girbal überzeugen wollte, griff Voltaire an. Coulon schlief ein. Herr de Faverges beteuerte seine Ergebenheit für Chambord. »Die Bienen im Wappen Napoleons sind das Zeichen der Monarchie.«

»Aber die Ameisenhaufen das der Republik!« Übrigens hielt der Arzt nichts mehr von ihr.

»Sie haben recht«, sagte der Unterpräfekt, »die Form der Regierung spielt keine Rolle.«

»Sofern die Freiheit garantiert ist«, warf Pécuchet ein.

»Ein anständiger Mensch hat sie nicht nötig«, erwiderte Foureau. »Ich halte keine Reden. Ich bin kein Journalist; und doch behaupte ich, daß Frankreich von einer eisernen Faust regiert werden will.«

Alle verlangten nach einem Retter.

Als Bouvard und Pécuchet fortgingen, hörten sie Herrn de Faverges zu Abbé Jeufroy sagen:

»Man muß wieder Gehorsam verlangen. Wenn die Autorität erörtert wird, stirbt sie. Das einzig Wahre ist das göttliche Recht.«

»Ganz Ihrer Meinung, Herr Graf.«

Die bleichen Strahlen der Oktobersonne zeigten sich in langen Streifen hinter den Wäldern, ein feuchter Wind wehte; und während die beiden über die abgefallenen Blätter gingen, atmeten sie wie befreit auf.

Alles, was sie nicht hatten sagen können, machte sich jetzt Luft:

»Diese Idioten! Welche Gemeinheit! So viel Kurzsichtigkeit ist nicht zu fassen. Was bedeutet das ›göttliche Recht‹?«

Dumouchels Freund, jener Professor, der sie über die Ästhetik aufgeklärt hatte, antwortete in einem gelehrten Brief auf ihre Frage.

Die Theorie des göttlichen Rechtes ist unter Karl II. von dem Engländer Filmer formuliert worden, und zwar folgendermaßen:

Der Schöpfer gab dem ersten Menschen die Herrschaft über die Welt. Sie ging auf seine Nachkommen über, und die Macht des Königs rührt von Gott her. ›Er ist sein Ebenbild‹, schreibt Bossuet; die väterliche Gewalt gewöhnt an die Herrschaft eines einzigen. So sind die Könige nach dem Muster der Väter geschaffen.

Locke widerlegte diese Lehre. Die väterliche Gewalt unterscheidet sich von der monarchischen, denn jeder Untertan hat in bezug auf seine Kinder dasselbe Recht wie der Monarch seinen eigenen gegenüber. Das Königtum existiert nur durch die Wahl des Volkes – bei der feierlichen Salbung wird sogar an die Wahl erinnert, denn zwei Bischöfe deuten auf den König und fragen den Adel und das Volk, ob sie ihn als solchen annehmen.

Die Gewalt kommt also vom Volk. ›Es hat das Recht, zu tun, was es will‹, sagte Helvetius; ›die Verfassung zu ändern‹, sagt Vattel, ›sich gegen die Ungerechtigkeit zu empören‹, behaupten Glafey, Hotman, Mably und viele andere – und der heilige Thomas von Aquin spricht ihm das Recht zu, sich von einem Tyrannen zu befreien. – ›Es braucht nicht einmal recht zu haben‹, sagt Jurieu.

Über diesen Grundsatz erstaunt, nehmen sie den *Contrat social* Rousseaus zur Hand.

Pécuchet las ihn durch; dann schloß er die Augen, legte den Kopf in den Nacken und zergliederte ihn:

»Man nimmt eine Übereinkunft an, nach der das Individuum seine Freiheit veräußert.

Das Volk verpflichtet sich gleichzeitig, es gegen die Ungleichheiten der Natur zu schützen, und macht es zum Eigentümer der Dinge, die es hat.

Wo ist der Beweis für den Vertrag?

Nirgends! Und die Gemeinschaft bietet keine Sicherheit. Die Bürger werden sich nur mit Politik befassen. Da aber Handwerker nötig sind, rät Rousseau zur Sklaverei. Die Wissenschaften haben das Menschengeschlecht zugrunde gerichtet. Das Theater ist verderblich; das Geld ist verhängnisvoll, und der Staat soll unter Androhung der Todesstrafe eine Religion befehlen.

Wie! sagten sie, das ist der Hohepriester der Demokratie? Alle Reformatoren sind die von ihm vorgezeichneten Wege gegangen, und sie verschafften sich das *Examen du socialisme* von Morant.

Das erste Kapitel behandelt den Saint-Simonismus.

An der Spitze der ›Vater‹, der zugleich Papst und Kaiser ist. Abschaffung der Erbschaften; alles bewegliche und unbewegliche Gut bildet einen sozialen Fonds, der hierarchisch ausgenutzt werden soll. Die Gewerbetreibenden verwalten das öffentliche Vermögen. Aber dabei ist nichts zu befürchten; der wird Leiter sein, ›der am meisten liebt‹.

Eins fehlt, die Frau. Von dem Vorhandensein der Frau hängt das Heil der Welt ab.

»Verstehe ich nicht.«

»Ich auch nicht.«
Und sie befaßten sich mit der Lehre Fouriers: Alles Unglück kommt vom Zwang. Man hemme nicht den inneren Drang nach einem Beruf, und die Harmonie wird sich einstellen.
In unserer Seele leben zwölf Hauptleidenschaften: fünf egoistische, vier seelische und drei verteilte. Die ersteren betreffen das Individuum, die folgenden die Gruppen, die letzten die Gruppen der Gruppen oder Reihen, deren Ganzes die Gemeinde bildet, eine Gesellschaft von achtzehnhundert Personen, die einen Palast bewohnen. Jeden Morgen bringen Wagen die Arbeiter auf das Land und bringen sie des Abends wieder zurück. Man trägt Standarten, veranstaltet Feste, ißt Kuchen. Jede Frau hat, wenn sie will, drei Männer: den Gatten, den Geliebten und den Erzeuger. Für die Junggesellen ist das Bajaderentum eingeführt.
»Das gefällt mir«, sagte Bouvard. Und er verlor sich in Träume über die harmonische Welt.
Durch die Verbesserung des Klimas wird die Erde schöner, durch die Kreuzung der Rassen das menschliche Leben länger werden. Man wird die Wolken lenken, wie man es jetzt mit dem Blitz tut; nachts wird der Regen die Städte reinigen, Schiffe werden die Polarmeere durchfahren, die das Nordlicht aufgetaut hat. Alles geschieht durch die Vereinigung des männlichen und weiblichen Fluidums, die beide aus den Polen sprudeln; die Nordlichter sind ein Symptom für die Brunst der Planeten: ausströmende Zeugungskraft.
»Das geht über meinen Horizont«, sagte Pécuchet.
Nach Saint-Simon und Fourier beschränkt sich das Problem auf Lohnfragen.
Im Interesse der Arbeiter will Louis Blanc die Abschaffung des Außenhandels, Lafarelle die Besteuerung der Maschinen; wieder ein anderer Steuerfreiheit für Getränke oder Wiederbelebung der Zünfte, oder das Austeilen von Suppen. Proudhon denkt an einen einheitlichen Tarif und verlangt für den Staat das Zuckermonopol.

»Deine Sozialisten«, sagte Bouvard, »sind die schlimmsten Tyrannen.«
»Durchaus nicht!«
»Gewiß.«
»Du bist absurd!«
»Du bist empörend!«
Sie ließen Werke kommen, die sie nur nach Inhaltsangaben kannten. Bouvard strich mehrere Stellen an und zeigte sie seinem Freund.
»Lies selbst! Als Beispiel schlagen sie uns die Essäer, die Herrnhuter, die Jesuiten aus Paraguay und sogar die Gefängnisverwaltung vor.«
Bei den Ikariern gebraucht man für das Frühstück zwanzig Minuten, die Frauen kommen im Hospital nieder; ohne Erlaubnis der Republik darf nicht einmal ein Buch gedruckt werden.
»Aber Cabet ist ein Idiot.«
»Jetzt eine Stelle aus Saint-Simon: ›Die Publizisten sollen ihre Arbeiten einem Komitee von Gewerbetreibenden unterbreiten.‹
Und aus Pierre Leroux: ›Durch das Gesetz sollen die Bürger gezwungen werden, einen Redner zu hören.‹
Und aus Auguste Comte: ›Die Priester sollen die Jugend erziehen, alle Werke des Geistes leiten und die Regierung auffordern, die Fortpflanzung zu regeln.‹«
Diese Lehren betrübten Pécuchet. Beim Abendessen sagte er:
»Ich gebe zu, daß vieles bei den Utopisten lächerlich wirkt, aber deshalb verdienen sie doch unsere Liebe. Die Häßlichkeit der Welt quält sie, und durch ihr heißes Bemühen, sie schöner zu gestalten, haben sie gelitten. Denke an Morus, der hingerichtet, an Campanella, der siebenmal gemartert wurde, an Buonarotti, der eine Kette um den Hals trug, an Saint-Simon, der im Elend umkam, und an viele andere. Sie hätten ein ruhiges Leben führen können; aber nein! Wie Helden sind sie mit dem Blick gen Himmel ihren Weg gegangen.«

»Glaubst du denn, die Theorien eines dieser Herren würden den Lauf der Welt ändern?«
»Einerlei«, sagte Pécuchet, »wir müssen endlich aus dem Egoismus heraus, wenn wir nicht darin verkommen wollen. Suchen wir das beste System.«
»Du glaubst also, es zu finden?«
»Gewiß.«
»Du?«
Bouvard wurde von Lachen geschüttelt, das seine Schultern und seinen Leib zucken ließ. Sein Gesicht war röter als die Konfitüre auf dem Tisch; er hatte die Serviette unter der Achsel und stellte sein aufreizendes Lachen nicht ein: Ha, ha, ha!
Pécuchet verließ das Zimmer und knallte die Tür hinter sich zu.
Germaine suchte ihn im ganzen Hause, sie rief ihn; endlich fand sie ihn in seinem dunklen, ungeheizten Zimmer. Er saß in einem Lehnsessel und hatte sich die Mütze tief ins Gesicht gezogen. Er erklärte, er wäre nicht krank, gäbe sich nur seinen Gedanken hin. Als die beiden sich wieder vertragen hatten, kam ihnen die Erkenntnis, daß ihren Studien die Basis fehlte: die Volkswirtschaftslehre.
Sie unterrichteten sich über Angebot und Nachfrage, Kapital und Zins, Einfuhr und Einfuhrverbot.
Eines Nachts weckte Pécuchet das Knarren eines Stiefels auf dem Korridor. Am Abend hatte er, wie immer, alle Türen selbst verriegelt – und er rief Bouvard, der fest schlief.
Sie lagen unbeweglich unter ihren Decken. Das Geräusch war nicht mehr zu hören.
Sie fragten die Mägde, die nichts gehört hatten.
Als sie im Garten spazierengingen, sahen sie mitten auf einem Beet, nahe beim Zaun, eine Fußspur; auch zwei Stäbe des Gitterwerks in der Nähe des Laubengangs waren zerbrochen. Offensichtlich war jemand hinübergeklettert. Der Feldhüter Placquevent mußte benachrichtigt werden. Er war nicht auf dem Bürgermeisteramt; Pécuchet ging zum Krämer.

Wen sah er da in der Stube hinter dem Laden, neben Placquevent, inmitten der Trinker? Gorju! Gorju, herausgeputzt wie ein Bürger – und bezahlte für die ganze Gesellschaft. Die Begegnung verlief ruhig...

Bald kamen sie auf den Fortschritt zu sprechen.

Auf wissenschaftlichem Gebiet gab Bouvard ihn zu. In der Literatur dagegen ist er weniger klar; und wenn auch der Wohlstand zunimmt, der Glanz des Lebens ist verschwunden.

Pécuchet wollte ihn überzeugen; er nahm ein Stück Papier: »Ich ziehe eine schräg verlaufende Wellenlinie. Wer sie durchläuft, wird in den Tälern den Horizont nicht mehr erblicken. Aber aus der Tiefe geht es wieder zur Höhe, und so wird der Wanderer trotz ihrer Krümmungen den Gipfel erreichen. Das ist das Bild des Fortschritts.«

Frau Bordin trat ein.

Es war der 3. Dezember 1851. Sie brachte die Zeitung mit. Dicht nebeneinander stehend lasen sie schnell den Aufruf an das Volk, die Auflösung der Kammer und die Gefangennahme der Deputierten.

Pécuchet wurde blaß, Bouvard sah die Witwe an.

»Wie? Sie sagen nichts?«

»Kann ich was daran ändern?«

Sie vergaßen, ihr einen Stuhl anzubieten.

»Ich bin gekommen, weil ich glaubte, Ihnen eine Freude zu machen. Heute sind Sie nicht gerade liebenswürdig.«

Beleidigt über ihre Unhöflichkeit ging sie hinaus.

Sie konnten vor Überraschung kein Wort sagen. Dann gingen sie ins Dorf, um ihrer Empörung Luft zu machen.

Marescot, den sie zuerst besuchten, arbeitete an seinen Akten. Er war anderer Ansicht. Endlich war das Geschwätz der Kammer zu Ende; Gott sei Dank! In Zukunft würde es eine Politik der Tatsachen geben.

Beljambe wußte von den Ereignissen nichts sie waren ihm auch ganz gleichgültig.

Bei der Markthalle hielten sie Vaucorbeil an.

Das alles lag weit hinter dem Arzt. Er riet ihnen, sich nicht damit herumzuquälen.
Foureau, der an ihnen vorbeiging, sagte spöttisch:
»Die Demokraten sind schön reingefallen.«
Der Hauptmann, den Girbal am Arm führte, schrie von weitem:
»Es lebe der Kaiser!«
Bei Petit fanden sie sicher Verständnis. Bouvard klopfte an das Fenster, und der Lehrer kam aus der Klasse.
Er fand es äußerst erheiternd, daß Thiers im Gefängnis saß. Das Volk war gerächt! »Ah, ah, verehrte Herren Abgeordnete. Jetzt sind Sie an der Reihe!«
Ganz Chavignolles war mit der Schießerei auf den Boulevards einverstanden. Von Gnade für die Besiegten, Mitleid für die Opfer wollte niemand etwas wissen. »Jeder Empörer ist ein Verbrecher.«
»Danken wir der Vorsehung«, sagte der Pfarrer, »und vergessen wir auch Louis Bonaparte nicht; er sammelt die tüchtigsten Männer um sich. Der Graf de Faverges wird Senator.«

Am nächsten Tag besuchte sie Placquevent.
Die Herren hatten viel geredet; er forderte sie auf zu schweigen.
»Willst du meine Meinung wissen?« sagte Pécuchet.
»Die Bürger sind blutdürstig, die Arbeiter eifersüchtig, die Priester kriechen – und das Volk nimmt jeden Tyrannen hin, wenn man ihm nur das Maul im Trog läßt. Napoleon hat ganz recht gehandelt. Er soll es nur knebeln, unter die Füße treten, vernichten – sein Haß gegen das Recht, seine Feigheit, seine Dummheit und Verblendung sind auch dann noch nicht genug gestraft.«
Bouvard dachte: ›Da sieht man, was für ein Schwindel der Fortschritt ist.‹ Laut sagte er:
»Die Politik ist eine Schweinerei!«
»Sie ist keine Wissenschaft«, erwiderte Pécuchet. »Die Kriegs-

kunst steht höher, die Ereignisse lassen sich voraussehen; wir sollten uns mit ihr befassen.«

»Danke schön!« erwiderte Bouvard. »Alles hängt mir zum Hals heraus. Wir wollen unsere Bude hier verkaufen und zu den Wilden gehen, zum Donnerwetter nochmal!«

»Wie du willst.«

Mélie pumpte Wasser im Hof.

Die hölzerne Pumpe hatte einen langen Schwengel. Beim Herunterdrücken krümmte sie den Rücken – und man sah ihre blauen Strümpfe bis zur Höhe der Waden. Dann hob sie mit einer schnellen Bewegung den rechten Arm und drehte ein wenig den Kopf.

Pécuchet, der ihr zusah, empfand etwas ganz Neues, einen Zauber – eine unendliche Wonne.

VII

Traurige Tage begannen.

Um sich weitere Enttäuschungen zu ersparen, studierten sie nicht mehr. Die Einwohner von Chavignolles mieden sie; die erlaubten Zeitungen brachten nichts Neues – und ihre Einsamkeit war tief, ihre Untätigkeit vollständig.

Manchmal schlugen sie ein Buch auf und klappten es wieder zu: wozu? Dann begannen sie, den Garten zu säubern: nach einer Viertelstunde waren sie müde. Oder sie besichtigten ihren Pachthof; angeekelt kamen sie zurück. Sie kümmerten sich ein wenig um den Haushalt; Germaine erhob ein großes Geschrei, und sie verzichteten auch darauf. Bouvard wollte einen Katalog ihres Museums zusammenstellen und erklärte ihre Sammlung für blödsinnig.

Pécuchet lieh sich von Langlois die Entenflinte, er wollte Lerchen schießen; die Waffe platzte beim ersten Schuß – beinahe hätte sie ihn getötet.

So lebten sie jetzt in der Langeweile des Landes, die besonders drückt, wenn der weiße Himmel mit seiner Eintönigkeit ein hoffnungsloses Herz betört.

Geht ein Mann mit Holzschuhen an der Mauer entlang, horcht man auf; man lauscht auf die Regentropfen, die vom Dach zur Erde fallen. Dann und wann fällt ein Blatt, streift das Fenster, wirbelt und entschwindet. Undeutliche Klänge, wie Trauergeläute, trägt der Wind herüber. Im Stall brüllt eine Kuh.

Sie gähnten sich gegenseitig an, sahen auf den Kalender und auf die Uhr, warteten auf die Mahlzeiten. Dazu die immer gleiche Aussicht: Geradeaus die Felder, rechts die Kirche, links eine Wand aus Pappeln, deren Wipfel immer im Nebel schwankten. Es war trostlos.

Dem einen fielen die Angewohnheiten des anderen auf die Nerven, die er früher stillschweigend hingenommen hatte. Pécuchets Angewohnheit, das Taschentuch auf den Tisch zu legen, war Bouvard ekelhaft. Bouvard nahm die Pfeife nicht mehr aus dem Mund und wippte beim Sprechen hin und her. Sie zankten sich über das Essen oder die Güte der Butter. Kein gemeinsamer Gedanke half ihnen über die Einsamkeit hinweg.

Ein Ereignis hatte Pécuchet ganz aus der Fassung gebracht. Als er zwei Tage nach dem Aufstand in Chavignolles seinen politischen Jammer spazierenführte, kam er auf einen Weg, den dichte Ulmen beschatteten; plötzlich hörte er hinter sich eine Stimme ›Halt‹ rufen.

Es war Frau Castillon. Sie lief auf der anderen Seite und sah ihn nicht.

Vor ihr ging jemand, der sich bei ihrem Ruf umwandte.

Es war Gorju; etwa zwei Meter von Pécuchet entfernt, der durch die Baumreihe von ihnen getrennt war, sprachen sie miteinander.

»Willst du dich wirklich schlagen?« fragte sie.

Pécuchet glitt in den Graben; er wollte horchen.

»Gewiß will ich das«, erwiderte Gorju. »Was geht dich das an?«

»Das fragt er!« schrie sie und rang die Hände. »Aber wenn du getötet wirst, Liebling...! Oh, bleibe!«

Und ihre blauen Augen flehten weit stärker als ihre Worte.

»Laß mich in Ruhe, ich muß fort!« sagte Gorju mürrisch. Sie lachte zornig auf.

»Die andere hat es erlaubt, was?«

»Sprich nicht davon!« Er hob die geballte Faust.

»Schon gut! Ich schweige, ich sage ja nichts.«

Und dicke Tränen rollten über ihr Gesicht in die Rüsche ihrer Halskrause.

Es war Mittag. Grell fiel die Sonne auf das gelbe Getreidefeld. In der Ferne fuhr langsam ein Planwagen. Die Natur war wie betäubt. Kein Vogelschrei, kein Summen eines Insekts. Gorju hatte sich eine Gerte geschnitten, deren Rinde er löste. Frau Castillon hielt den Kopf gesenkt.

Die arme Frau dachte an all die nutzlosen Opfer, die sie gebracht, die Schulden, die sie bezahlt hatte, die Verpflichtungen, die sie für die Zukunft eingegangen war, an ihren verlorenen Ruf. Aber sie klagte nicht, erinnerte ihn nur an die erste Zeit ihrer Liebe, als sie sich jede Nacht in der Scheune trafen; einmal hatte ihr Mann, der einen Dieb vermutete, mit der Pistole durch das Fenster geschossen. Die Kugel steckte noch in der Mauer.

»Seit ich dich kennenlernte, erscheinst du mir schön wie ein Prinz. Ich liebe deine Augen, deine Stimme, deinen Gang, deinen Geruch!« Leiser fügte sie hinzu: »Ich bin von dir besessen.«

Er lächelte; die Worte schmeichelten seinem Stolz.

Sie griff mit beiden Händen an seine Hüften und warf wie in inbrünstigem Gebet den Kopf zurück.

»Geliebtes Herz! Geliebter! Meine Seele! Mein Leben! Sprich doch, was willst du? – Geld? Das will ich schon auftreiben. Ich habe unrecht gehabt! Ich langweile dich! Verzeih! Und bestell dir die Anzüge beim Schneider, trinke Champagner, amüsiere dich – alles sollst du haben.« – Und mit letzter Kraft: »Sogar sie; nur komm zu mir zurück!«

Er beugte sich über ihren Mund, schlang einen Arm um ihre Taille, um sie zu stützen – und sie stammelte:

»Geliebtes Herz! Geliebter! Wie schön du bist! Mein Gott, wie schön du bist!«

Pécuchet sah unbeweglich zu ihnen hinüber, bis zum Kinn im Graben versteckt. Er keuchte.

»Nur nicht schwach werden!« sagte Gorju; »das fehlte auch noch, daß ich die Postkutsche verpaßte! Eine famose Sache ist im Gang, und ich darf nicht fehlen. – Gib mir zehn Sous, damit ich dem Kutscher einen Kaffee bezahlen kann.«

Sie nahm fünf Francs aus ihrer Börse.

»Du wirst sie mir bald wiedergeben. Hab ein wenig Geduld! Vergiß nicht, wie lange er schon gelähmt ist! Wenn du nur wolltest, gingen wir in die Kapelle la Croix-Janval, und dort, Geliebter, würde ich bei der Heiligen Jungfrau schwören, daß ich dich heirate, sobald er tot ist.«

»Der stirbt nie.«

Gorju hatte sich zum Gehen gewandt. Gleich war sie wieder neben ihm, klammerte sich an ihn.

»Laß mich mit dir gehen! Ich will deine Magd sein. Du hast jemanden nötig. Aber geh nicht fort! Verlaß mich nicht! Lieber den Tod! Töte mich!«

Sie sank vor ihm nieder, versuchte, seine Hände zu fassen, um sie zu küssen; ihre Haube fiel, dann ihr Kamm, die kurzen Haare lösten sich. Hinter den Ohren waren sie schon weiß. – Und laut schluchzend, mit roten Augenlidern und geschwollenen Lippen sah sie zu ihm auf. Da packte ihn die wilde Wut, er stieß sie zurück.

»Weg, altes Weib! Scher dich zum Teufel!«

Sie erhob sich, riß das goldene Kreuz ab, das sie um den Hals trug, und warf es ihm nach.

»Da, du Lump!«

Er ging und schlug mit der Gerte Blätter von den Bäumen. Frau Castillon weinte nicht. Regungslos stand sie da, mit offenem Mund und erloschenen Augen, versteinert in ihrer Verzweiflung: sie war kein Mensch mehr, war ein zerbrochenes Etwas.

Pécuchet hatte eine ihm gänzlich unbekannte, eine große Welt lauschend entdeckt, eine in blendendem Licht strahlende Welt, eine Welt mit üppiger Blütenpracht, mit Ozeanen, Stürmen, Schätzen und unendlich tiefen Abgründen; Entsetzen packte ihn; einerlei, er träumte von Liebe; wie Frau Castillon wollte er sie empfinden, wie Gorju sie wecken.

Aber er haßte Gorju und mußte an sich halten, ihn nicht auf der Wache anzuzeigen.

Pécuchet beneidete den Geliebten der Frau Castillon um seine schlanke Gestalt, seine gekräuselten Haare, seinen lockigen Bart, seine Eroberermiene; – wie eine nasse Perücke klebte ihm das Haar am Schädel; sein Oberkörper erinnerte in dem weiten Überrock an eine Schlummerrolle; zwei Eckzähne fehlten ihm, sein Gesichtsausdruck war streng. Er fand den Himmel ungerecht und kam sich als Enterbter vor, denn auch sein Freund liebte ihn nicht mehr.

Bouvard ließ ihn jeden Abend allein. Nach dem Tod seiner Frau hätte er noch einmal heiraten können; – aber wer sollte ihn jetzt hätscheln und sein Haus besorgen? Für solche Gedanken war er doch zu alt.

Dennoch musterte Bouvard sich im Spiegel. Seine Backen hatten immer noch Farbe, sein Haar war kraus wie früher, kein Zahn fehlte ihm, und bei dem Gedanken, daß er gefallen könnte, wurde er wieder jung. In seiner Erinnerung tauchte Frau Bordin auf. Sie war ihm entgegengekommen: das erste Mal, als die Diemen in Flammen standen, das zweite Mal bei ihrem Essen, dann, als sie vor ihr im Salon deklamierten, und neulich war sie drei Sonntage hintereinander gekommen; sie war ihm nicht mehr böse. Er ging also zu ihr, besuchte sie immer wieder und nahm sich vor, sie zu verführen.

Seit Pécuchet die junge Magd beim Wasserpumpen beobachtet hatte, sprach er häufiger mit ihr. Wenn sie den Korridor fegte, die Wäsche ausbreitete oder in der Küche hantierte, immer wieder mußte er sie ansehen und empfand dabei ein unbekanntes Glück, fühlte in sich eine jugendliche Erregung, über die er außer sich geriet. Er fieberte und schmachtete nach ihr – und vor seinen Augen stand immer wieder Frau Castillon, die Gorju wild umschlang.

Bouvard mußte ihm erzählen, wie die Lebemänner es anstellen, immer Frauen zu haben.

»Man macht ihnen Geschenke, man speist mit ihnen im Restaurant.«

»Sehr gut. Und dann?«

»Einige täuschen einen Ohnmachtsanfall vor: sie wollen nur auf ein Kanapee getragen werden; andere lassen ihr Taschentuch auf die Erde fallen. Die Besten geben einem ganz einfach ein Rendez-vous.« Und Bouvard erging sich in Beschreibungen, die Pécuchets Phantasie wie unzüchtige Bilder erhitzten.

»Vor allem glaube kein Wort von dem, was sie sagen. Ich habe welche gekannt, die äußerlich wie Heilige aussahen, und doch waren sie wahre Messalinen. Und dann: Es darf einem natürlich nicht an Kühnheit fehlen!«

Doch niemand kann auf Kommando kühn sein. Täglich schob Pécuchet seinen Entschluß hinaus; auch die Gegenwart Germaines schüchterte ihn ein.

In der Hoffnung, sie würde kündigen, verlangte er übermäßig viel Arbeit von ihr, notierte, wenn sie betrunken war, kritisierte laut ihre Unsauberkeit, ihre Faulheit; und schließlich erreichte er, daß Germaine entlassen wurde. Nun war der Weg frei. Ungeduldig erwartete er, daß Bouvard das Haus verließe; wenn sich die Tür hinter ihm geschlossen hatte, bekam er Herzklopfen.

In der Nähe des Fensters stand ein kleiner Nähtisch; an ihm arbeitete Mélie im Schein einer Kerze. Von Zeit zu Zeit biß sie den Faden ab und zwinkerte mit den Augen, wenn sie ihn durch das Nadelöhr zog.

Zuerst wollte er wissen, welche Männer ihr gefielen. Vielleicht solche wie Bouvard? Gar nicht; sie mochte die mageren lieber. Er wagte die Frage, ob sie schon Liebhaber gehabt hätte.

»Nie!«

Dann kam er näher, betrachtete ihre feine Nase, ihren kleinen Mund, die Linien ihres Gesichts. Er machte ihr Komplimente und ermahnte sie, immer sittsam zu bleiben.

Wenn er sich über sie beugte, sah er in ihrem Mieder weiße Formen, aus denen ein warmer Duft stieg, der ihm die Wangen erhitzte. Eines Abends berührte er mit den Lippen die Löckchen in ihrem Nacken und fühlte sich bis ins Mark erschüttert. Ein anderes Mal küßte er sie auf das Kinn und mußte sich beherrschen, sie nicht ins Fleisch zu beißen, so groß war sein Verlangen nach ihr. Sie erwiderte seinen Kuß. Das Zimmer drehte sich um ihn. Er sah nichts mehr. Er schenkte ihr ein paar Stiefel und gab ihr oft ein Gläschen Anisette.

Um ihr Arbeit abzunehmen, stand er früh auf, hackte Holz,

machte das Feuer an und ging in seinen Bemühungen so weit, daß er Bouvards Stiefel putzte.

Aber Mélie wurde nicht ohnmächtig, ließ auch kein Taschentuch fallen, und Pécuchet wußte nicht, was er anfangen sollte. Er hatte Angst, sein Begehren zu befriedigen, aber gerade dadurch wurde es immer stärker.

Bouvard machte hartnäckig Frau Bordin den Hof.

Sie empfing ihn, eng in ihr taubengraues Seidenkleid geschnürt, das wie das Geschirr eines Pferdes knarrte. Um sich Haltung zu geben, spielte sie mit ihrer langen goldenen Kette.

Sie sprachen über die Leute von Chavignolles oder ihren verstorbenen Mann, der in Livarot Gerichtsvollzieher gewesen war.

Dann erkundigte sie sich nach Bouvards Vergangenheit, wollte seine Jugendstreiche erfahren, fragte wie von ungefähr nach seinem Vermögen und was ihn mit Pécuchet verbinde.

Er bewunderte die Führung ihres Haushalts und, wenn er bei ihr aß, die Sauberkeit des Geschirrs, die ausgezeichneten Speisen. Nach einer Reihe sehr schmackhafter Gerichte, die immer wieder von altem Pommard unterbrochen wurde, kamen sie endlich zum Dessert; und es dauerte lange, bis sie ihren Kaffee getrunken hatten. Frau Bordin blähte die Nasenlöcher und tauchte ihre fleischige Lippe, auf der ein leichter, schwarzer Flaum lag, in die Tasse.

Eines Tages erschien sie dekolletiert; ihre Schultern faszinierten Bouvard. Er saß auf einem kleinen Stuhl vor ihr, und bald fuhr er ihr leise mit beiden Händen über die Arme. Die Witwe wurde böse. Er gab das Spiel auf, sah jedoch im Geiste Rundungen vor sich von wunderbarer Fülle und Festigkeit.

Eines Abends ekelte er sich vor dem, was Mélie gekocht hatte. Wie wohlig fühlte er sich, als er den Salon von Frau Bordin betrat. Hier hätte er leben mögen.

Die Lampe mit dem Schirm aus rosa Papier verbreitete ein ruhiges Licht. Sie saß nahe beim Feuer, und ihr Fuß sah unter dem

Saum ihres Kleides hervor. Schon nach den ersten Worten verstummte die Unterhaltung.

Aber sie sah ihn immer wieder an, schmachtend und mit halbgeschlossenen Augen blickte sie zu ihm hinüber.

Bouvard hielt es nicht mehr aus, er fiel auf die Knie und stammelte:

»Ich liebe Sie! Wir wollen heiraten.«

Frau Bordin atmete schwer und sagte dann ganz unschuldig, er scherze; die Leute würden über sie lachen.

Diese Erklärung betäubte ihn. Er erklärte, sie beide bedürften keiner Einwilligung irgendeines Menschen. »Was hält Sie denn zurück? Die Aussteuer? Unsere Wäsche hat dasselbe Zeichen, ein B! Wir werden unsere Anfangsbuchstaben vereinigen.«

Dieses Argument machte ihr Spaß. Aber eine wichtige Sache zwang sie, ihren Entschluß bis zum Ende des Monats hinauszuschieben. Und Bouvard seufzte.

Sie war so aufmerksam, ihn in Begleitung von Marianne, die eine Stocklaterne trug, nach Hause zu begleiten.

Die beiden Freunde hatten ihre Leidenschaft voreinander verborgen. Pécuchet wollte seine Liebelei mit der Magd unter allen Umständen geheimhalten. Sollte Bouvard ihm Schwierigkeiten machen, wollte er sie mitnehmen und wäre es nach Algerien, wo das Leben billig ist. Aber er beschäftigte sich nur selten mit solchen Plänen; er war ganz von seiner Liebe erfüllt. An die Folgen dachte er nicht.

Wenn Pécuchet damit einverstanden wäre, wollte Bouvard das Museum als eheliches Schlafzimmer herrichten lassen; sonst würde er im Haus seiner Frau wohnen.

Es war an einem Nachmittag der folgenden Woche in ihrem Garten; die Knospen begannen sich zu öffnen, und zwischen den Wolken zeigten sich große blaue Stellen; sie bückte sich, um Veilchen zu pflücken, reichte sie ihm und sagte:

»Begrüßen Sie Frau Bouvard!«

»Wie! Wirklich?«

»Ja, wirklich!«

Er wollte sie umarmen, doch sie stieß ihn leicht zurück. »Was für ein Mann!« – Dann wurde sie ernst und teilte ihm mit, daß sie ihn bald um eine Gunst bitten würde.

»Sie ist schon gewährt.«

Am nächsten Donnerstag sollte der Ehevertrag unterzeichnet werden.

Niemand sollte bis zum letzten Augenblick etwas von ihrem Vorhaben erfahren.

»Abgemacht!«

Leicht wie ein Reh ging er von ihr; der Himmel stand ihm offen.

Pécuchet hatte sich am Morgen des gleichen Tages fest vorgenommen zu sterben, wenn er die Gunst seiner Magd nicht erringen konnte – und er hatte sie in den Keller begleitet, denn er hoffte, in der Dunkelheit mehr Mut zu haben.

Sie hatte schon des öfteren wieder gehen wollen; aber er hielt sie immer wieder zurück: die Flaschen mußten gezählt, Latten ausgesucht, der Boden der Fässer nachgesehen werden; einige Zeit war damit schon verstrichen.

Im Licht, das durch das Kellerloch fiel, stand sie ihm gegenüber; sie hatte die Lider gesenkt und die Mundwinkel ein wenig hochgezogen.

»Liebst du mich?« sagte Pécuchet plötzlich.

»Ja, ich liebe Sie.«

»Dann beweise es mir.«

Er umfaßte sie mit dem linken Arm und begann, mit der rechten Hand ihr Mieder aufzuhaken.

»Sie werden mir weh tun.«

»Nein, mein Engelchen! Hab keine Angst.«

»Wenn Herr Bouvard...«

»Der erfährt nichts.«

Hinter ihr lag ein Haufen Reisig. Sie ließ sich darauf fallen; das Hemd bedeckte die Brust nicht mehr, der Kopf sank nach hinten; – dann schlug sie einen Arm vors Gesicht – und ein anderer hätte gleich gemerkt, daß es ihr an Erfahrung nicht fehlte.

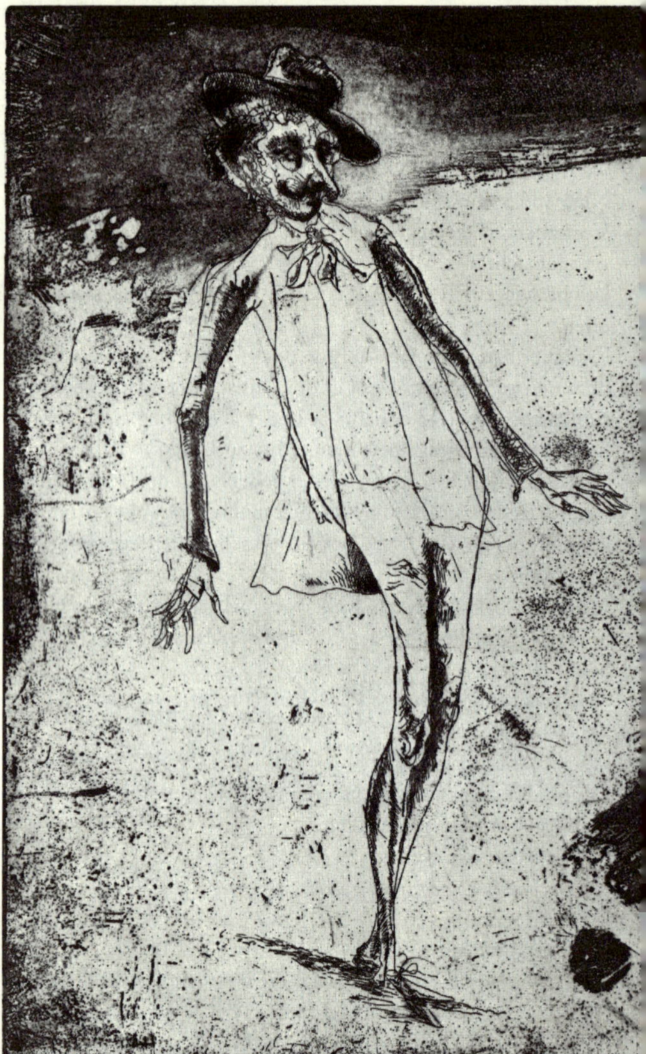

Bouvard kam bald zum Essen.
Sie aßen, ohne ein Wort zu sprechen, denn jeder fürchtete, sich zu verraten. Mélie bediente sie gleichgültig wie immer; Pécuchet vermied es, ihr in die Augen zu sehen, und Bouvard betrachtete die Wände, im Geist mit allerlei Verbesserungen beschäftigt.
Acht Tage später, am Donnerstag, kam er wütend nach Hause.
»Dieses verdammte Weib!«
»Welches Weib?«
»Frau Bordin.«
Und er erzählte, daß er den Wahnsinn so weit habe treiben wollen, sie zu seiner Frau zu machen; aber vor einer Viertelstunde sei bei Marescot alles in die Brüche gegangen. Sie hatte als Morgengabe die Écalles verlangt, über die er nicht verfügen konnte – da er sie, genau wie den Pachthof, zum Teil mit dem Geld eines anderen bezahlt hatte.
»Ganz recht«, sagte Pécuchet.
»Und ich war so dumm, ihr die Erfüllung eines Wunsches zu versprechen. Das war ihr Wunsch. Ich bin aber hart geblieben; wenn sie mich liebte, hätte sie nachgegeben.«
Aber die Witwe hatte sich zu Beleidigungen hinreißen lassen; sie war über sein Äußeres, seinen dicken Bauch hergezogen.
»Meinen Bauch! So was!«
Pécuchet war unterdessen mehrere Male mit vorsichtig gespreizten Beinen hin und her gegangen.
»Tut dir was weh?« fragte Bouvard.
»Ja, ich habe Schmerzen.«
Pécuchet schloß die Tür und beichtete Bouvard nach langem Zögern, daß er eine peinliche Krankheit an sich entdeckt hätte.
»Du?«
»Ja, ich.«
»Armer Kerl, wo hast du das denn her?«
Pécuchet wurde noch röter und sagte ganz leise:

»Vielleicht von Mélie.«
Bouvard war sprachlos. Die junge Person mußte sofort entlassen werden.
Sie protestierte mit treuherzigem Gesicht.
Pécuchets Fall war ernst, doch er fürchtete sich vor der Schande und wagte nicht, zum Arzt zu gehen.
Bouvard kam auf den Gedanken, sich an Barberou zu wenden.
Sie schickten ihm einen genauen Krankheitsbericht, den er einem Arzt zeigen sollte; dieser solle die Krankheit dann brieflich behandeln. Barberou erledigte die Sache gleich, denn er glaubte, es handele sich um Bouvard; er beglückwünschte ihn und nannte ihn einen alten Feinschmecker.
»In meinem Alter!« sagte Pécuchet. »Zu traurig! Warum hat sie mir das angetan?«
»Du gefielst ihr.«
»Sie hätte mich warnen müssen.«
»Leidenschaft kennt keine Überlegung.« Und Bouvard beklagte sich über Frau Bordin.
Er hatte sie oft zusammen mit Marescot vor den Écalles stehen sehen, hatte sie im Gespräch mit Germaine überrascht. – Soviel Kniffe um ein bißchen Land!
»Sie ist geizig. Damit ist alles erklärt.«
Sie aßen im kleinen Saal neben dem Feuer und grübelten immer wieder über ihre Enttäuschungen.
Pécuchet schluckte seine Medizin; Bouvard rauchte eine Pfeife nach der anderen – und sie sprachen über die Frauen: »Sonderbares Bedürfnis! Ist es ein Bedürfnis? Sie treiben zum Verbrechen, zum Heldentum, zur Verzweiflung. Die Hölle unter einem Rock, das Paradies in einem Kuß – das Gurren der Tauben, die Geschmeidigkeit der Schlange – Katzenkrallen, treulos wie das Meer, wankelmütig wie der Mond« – sie sagten alle Gemeinplätze, die sie über die Frauen je gehört hatten.
Das Verlangen nach dem Weib hatte für einige Zeit ihre Freundschaft gestört. Gewissensbisse kamen ihnen.

»Keine Frauen mehr, nicht wahr? Wir wollen ohne sie leben!«

Und gerührt sanken sie sich in die Arme.

Sie brauchten ein Gegenmittel – und nach der Heilung Pécuchets hielt Bouvard für beide eine Kaltwasserkur für angebracht.

Jeden Morgen schleppte Germaine, die seit dem Fortgang der anderen wieder im Haus war, die Badewanne in den Korridor.

Nackt wie die Wilden gossen sich die beiden Biedermänner das Wasser eimerweise über den Körper – und dann liefen sie schnell in ihre Zimmer. Durch den Zaun konnte man sie beobachten – und mancher war empört über ihr Treiben.

VIII

Sie waren mit dem Erfolg ihrer Kur zufrieden und wollten jetzt ihr Wohlbehagen durch Turnen steigern. Sie nahmen das Handbuch von Amoros zur Hand und vertieften sich in den Bilderanhang.

Sie sahen junge Burschen, die am Boden hockten, sich nach hinten beugten, aufrecht standen, Kniebeugen machten, die Arme spreizten, die Faust ballten, Gewichte hoben, auf Balken ritten, an Leitern hinaufkletterten und am Reck schwangen. Diese Entfaltung von Kraft und Behendigkeit erregte ihren Neid.

In der Vorrede war eine prachtvolle Turnhalle beschrieben. Diese Schilderung machte sie sehr traurig; es war ausgeschlossen, daß sie sich eine Vorhalle für die Geräte, eine Bahn zum Laufen, ein Schwimmbassin oder einen *montagne de gloire*, einen künstlichen, zweiunddreißig Meter hohen Hügel leisten konnten.

Ein Pferd wäre zu kostspielig gewesen, sie verzichteten darauf; die gefällte Linde im Garten diente ihnen als Schwebebaum; und als sie so weit waren, daß sie von einem Ende bis zum anderen darüber laufen konnten, pflanzten sie einen Pfosten des Spaliers als Klettermast in die Erde. Pécuchet erklomm die Spitze; Bouvard versuchte es, rutschte immer wieder hinunter und verzichtete schließlich. Die ›orthosometrischen Stäbe‹ sagten ihm mehr zu. Der Apparat besteht aus zwei Besenstielen, die durch Stricke miteinander verbunden sind; den einen Strick legt man unter die Achseln, den anderen über die Handgelenke; und stundenlang hielt Bouvard diesen Apparat; er streckte das Kinn nach oben, die Brust nach vorn und preßte die Ellbogen an den Körper.

Da sie keine Hanteln hatten, mußte der Wagenbauer vier Eschenholzstücke zurechtdrechseln; sie glichen Zuckerhüten und liefen in einen Flaschenhals aus.

Diese Keulen werden nach rechts und links, nach vorn und nach

hinten geschwungen. Aber sie waren zu schwer und entglitten ihren Fingern, wobei sie sich leicht die Beine hätten zerschmettern können. Doch das war ihnen einerlei; sie waren auf die Keulen wie versessen und rieben sie jeden Abend mit Wachs und einem Lappen ab, denn sie fürchteten, daß sie Risse bekämen. Dann suchten sie nach passenden Gräben. Fanden sie einen, der ihnen geeignet schien, stellten sie eine lange Stange in seine Mitte, stießen sich mit dem linken Fuß ab, kamen ans andere Ufer und wiederholten dann die Übung. In der Ebene konnten sie von weither beobachtet werden, und die Bauern fragten sich, welch sonderbare Gestalten da am Horizont herumsprängen.
Als der Herbst kam, fingen sie mit der Zimmergymnastik an, doch sie machte ihnen keinen Spaß. Schade, daß sie keinen Schaukelstuhl hatten, wie ihn der Abbé Saint-Pierre erfunden hatte, der zur Zeit Ludwigs XIV. lebte! Wo konnten sie erfahren, wie er konstruiert war? Dumouchel antwortete nicht einmal auf ihre Fragen.
Dann machten sie sich im Backhaus eine Armschaukel. Über zwei in die Decke geschraubte Rollen lief ein Seil, an dessen beiden Enden ein Querholz war. Jeder von ihnen ergriff eines der Querhölzer, der eine stieß sich mit den Zehen ab, der andere drückte die Arme nach unten. Durch sein Gewicht zog der zweite den ersten vom Boden. Dieser ließ dann das Seil ein wenig nach und sauste nun selbst in die Höhe; in weniger als fünf Minuten troff ihnen der Schweiß von allen Gliedern.
Das Handbuch schrieb den gleichmäßigen Gebrauch beider Hände vor. Sie versuchten, diese Weisung zu befolgen und gingen sogar so weit, daß sie die rechte Hand zeitweise überhaupt nicht gebrauchten. Sie taten noch mehr: Amoros gibt kleine Lieder an, die bei den Übungen zu singen sind. Wenn Bouvard und Pécuchet marschierten, sangen sie immer wieder das Lied Nummer Neun:

»Ein König, ein gerechter König
Ist ein Gut auf Erden.«

Wenn sie sich auf die Brustmuskeln schlugen:

»Freunde, die Krone und den Ruhm...«

Beim Laufschritt:

»Uns gehört das scheue Tier,
Den schnellen Hirsch erreichen wir!
Ja, wir werden siegen!
Laßt uns laufen, laufen, laufen!«

Und japsten sie auch schlimmer als eine Hundemeute, der Klang ihrer Stimmen feuerte sie immer wieder an.
Eine Seite der Gymnastik fand ihren ungeteilten Beifall: ihre Anwendung zur Lebensrettung.
Um jedoch zu lernen, wie Kinder in Säcken getragen werden, hätten sie welche zur Verfügung haben müssen. Sie baten den Lehrer, ihnen behilflich zu sein. Petit wandte ein, daß die Eltern böse würden.
Sie hielten sich an der Hilfeleistung für Verwundete schadlos. Der eine spielte den Ohnmächtigen, und der andere fuhr ihn unter Beachtung aller nur möglichen Vorsichtsmaßregeln in einer Schubkarre.
Für militärische Erstürmungen empfahl der Verfasser des Handbuchs als ganz besonders geeignet die nach dem Hauptmann Bois-Rosé benannte Leiter; er hatte damit einst Fecamp durch Erklettern der Felsenküste überrumpelt. Nach der Abbildung in dem Buch brachten sie an einem Tau Stäbe an und befestigten es dann unter der Scheune. Man setzt sich auf den ersten Stab, faßt den dritten mit den Händen, spreizt die Beine nach außen, so daß der zweite Stab, der eben noch in Brusthöhe war, sich genau unter den Schenkeln befindet. Jetzt richtet man sich wieder auf, ergreift den vierten Stab – und so geht es weiter.
Sie machten die wunderbarsten Verrenkungen, konnten aber die zweite Sprosse nicht erreichen.

Vielleicht ist es leichter, sich mit den Händen an den Steinen festzuhalten, wie es die Soldaten Bonapartes beim Angriff auf Fort Chambray taten – dies lernt man an einem Turm, den Amoros in seiner Anstalt hat. Die Reste der Mauer konnten ihn wohl ersetzen. Sie wollten sie stürmen. Aber Bouvard hatte seinen Fuß zu schnell aus einem Mauerriß gezogen, bekam Angst und taumelte.

Pécuchet gab ihrer Methode die Schuld: sie hatten die Glieder der Zehen und Finger zu wenig geübt, so daß sie wieder mit den Anfangsgründen beginnen müßten.

Doch hielt er sich selbst nicht an diesen Rat: voll Hochmut fing er an, auf Stelzen zu laufen.

Er schien von Natur dazu bestimmt zu sein; er nahm gleich das große Modell, dessen Trittbretter mehr als einen Meter über dem Boden liegen. Er hielt sich im Gleichgewicht und stakte durch den Garten wie ein riesiger, daherstolzierender Storch. Bouvard stand am Fenster, sah ihn schwanken und wie einen Sack in ein Beet fallen; die Bohnenstangen zerbrachen, schwächten aber die Wirkung des Falls ab. Mit Gartenerde bedeckt hob man ihn auf. Blut floß ihm aus der Nase; er war blaß und glaubte, einen Bruch zu haben.

Gymnastik war entschieden nichts für Männer ihres Alters; sie gaben sie auf und wagten aus Furcht vor Unglücksfällen kaum noch, sich zu bewegen. Den ganzen Tag saßen sie im Museum und überlegten, was sie nun anfangen sollten.

Dieser Wechsel in ihren Gewohnheiten verfehlte seinen Einfluß auf die Gesundheit Bouvards nicht. Er wurde schwerfällig und schnaufte nach dem Essen wie ein Pottwal; um abzunehmen aß er weniger, wurde aber nur schwächer.

Auch Pécuchet fühlte seine Gesundheit ›untergraben‹, hatte Hautjucken und Anschwellungen in der Kehle.

»Es geht nicht mehr«, sagte er, »es geht nicht mehr.«

Bouvard kam auf den Gedanken, in der Schenke einige Flaschen spanischen Wein auszusuchen, mit denen er seine Maschine wieder in Gang bringen wollte.

Als er herauskam, brachten der Gehilfe Marescots und drei Männer Beljambe einen großen Nußbaumtisch; sein Herr ließe ihm sehr dafür danken, er habe sich hervorragend bewährt.
So hörte Bouvard zum ersten Male vom Tischrücken, das damals gerade modern war. Er neckte den Gehilfen damit. Doch in Europa, Amerika, Australien und Indien verbrachten Millionen Menschen ihr Leben damit, Tische in Bewegung zu setzen. Sie entdeckten, wie man Zeisige zu Propheten macht, ohne Instrumente Konzerte geben und durch Schnecken miteinander in Verbindung treten kann. Die Presse, die dem Publikum diesen Blödsinn mit großem Ernst vorsetzte, bestärkte es noch in seiner Leichtgläubigkeit.
Die Klopfgeister waren im Schloß Faverges und von dort im Dorf eingekehrt; besonders der Notar befragte sie.
Der Unglaube Bouvards ärgerte ihn, und er lud die Freunde zu einer Sitzung, bei der ein Tisch zum Rücken gebracht werden sollte.
War das eine Falle? Sicher würde Frau Bordin auch da sein! Pécuchet ging allein hin.
Der Bürgermeister war da, der Steuereinnehmer, der Hauptmann und andere Bürger mit ihren Frauen. Neben Frau Vaucorbeil saß tatsächlich Frau Bordin; außerdem eine frühere Hausdame der Frau Marescot, ein Fräulein Laverrière; sie schielte ein wenig, und ihr graues Haar hing in Spiralen auf die Schultern, wie das anno 1830 Mode war. In einem Sessel saß ein Vetter aus Paris; er trug einen blauen Anzug und machte ein impertinentes Gesicht.
Immer wieder erregten in ganz Chavignolles die beiden Bronzelampen Aufsehen, die Étagère mit den Kuriositäten, die Noten mit den Vignetten auf dem Klavier und die winzigen Aquarelle in viel zu großen Rahmen. An diesem Abend jedoch richteten sich alle Augen auf den Mahagonitisch. Gleich sollten die Versuche beginnen, und wie alle geheimnisvollen Dinge zog er das Interesse aller Anwesenden auf sich.
Zwölf der Geladenen setzten sich um ihn und streckten die

Hände aus, wobei die kleinen Finger sich berührten. Nur das Ticken der Uhr war zu hören. Auf allen Gesichtern lag gespannte Aufmerksamkeit.

Nach zehn Minuten klagten einige über Kribbeln in den Armen. Pécuchet fühlte sich unbehaglich.

»Sie stoßen!« sagte der Hauptmann zu Foureau.

»Durchaus nicht!«

»Doch!«

»Aber, verehrter Herr!«

Der Notar beruhigte sie.

Sie lauschten angespannt und glaubten schließlich, im Holz ein leises Knistern zu hören. – Einbildung. Nichts rührte sich.

Als neulich die Familien Aubert und Lormeau aus Lisieux da waren und aus diesem Anlaß Beljambes Tisch geholt wurde, hatte alles vorzüglich geklappt. Aber der Tisch war heute so starrsinnig... Warum?

Sicher störte ihn der Teppich – sie gingen ins Eßzimmer.

Hier setzten sich Pécuchet, Frau Marescot und ihr Vetter Alfred an einen großen, runden Tisch.

Er hatte Rollen und glitt nach rechts; ohne die Finger voneinander zu lösen, folgten die Beteiligten seinen Bewegungen; er machte selbständig noch zwei Drehungen. Große Verblüffung!

Langsam und mit lauter Stimme sagte Alfred:

»Geist, wie gefällt dir meine Cousine?«

Der Tisch schwankte ein wenig hin und her und klopfte dann neunmal.

Nach einem Verzeichnis, das die Zahl der Schläge in Buchstaben übersetzte, bedeutete das ›reizend‹. Bravo-Rufe ertönten.

Dann forderte Marescot, der Frau Bordin necken wollte, den Geist auf, ihr genaues Alter anzugeben.

Der Tisch hob und senkte sich fünfmal.

»Wie? Fünf Jahre?« rief Girbal.

»Die Zehner werden nicht gezählt«, erwiderte Foureau.

Die Witwe ärgerte sich innerlich, lächelte aber.
Bei den Antworten auf weitere Fragen versagten sie; das Alphabet war zu kompliziert. Da war der Psychograph viel einfacher.
Fräulein Laverrière hatte sich seiner bedient und direkte Mitteilungen Ludwigs XII., Clémence Isaures, Franklins und Rousseaus aufgeschrieben. Diese Apparate waren in der Rue d'Aumale zu kaufen. Alfred versprach, einen zu besorgen und wandte sich dann an Fräulein Laverrière: »Aber jetzt ein wenig Musik, nicht wahr? Eine Mazurka.« Zwei Akkorde wurden angeschlagen und klangen nach.
Er faßte seine Cousine um die Taille, verschwand mit ihr, kam wieder. Das Fächeln des wehenden Kleides, das beim Vorbeitanzen die Tür streifte, erfrischte. Sie warf den Kopf nach hinten, er bog den Arm. Die Gäste bewunderten ihre Grazie und sein keckes Aussehen. Pécuchet verzichtete auf die *petits fours* und ging. Diese Sitzung hatte ihn ganz aus der Fassung gebracht.
Und wenn er auch noch so oft wiederholte: »Ich habe es mit eigenen Augen gesehen«, Bouvard leugnete die Tatsachen, willigte aber ein, selbst Versuche anzustellen.
Vierzehn Tage lang saßen sie sich jeden Nachmittag gegenüber, legten die Hände auf einen Tisch, auf einen Hut, einen Korb, einen Teller. Keiner der Gegenstände rührte sich.
Deshalb gibt es das Phänomen des Tischrückens doch. Die große Masse schreibt es Geistern, Faraday dem Vibrieren der Nerven, Chevreul dem unbewußten Druck zu. Oder sollte vielleicht, wie Ségouin annimmt, von den versammelten Menschen ein Antrieb, ein magnetischer Strom ausgehen?
Diese Hypothese gab Pécuchet zu denken.
Er entnahm seiner Bibliothek den *Guide du Magnétiseur* von Montacabère, las ihn noch einmal aufmerksam durch und weihte dann Bouvard in die Theorie des Verfassers ein.
Alle Lebewesen stehen unter dem Einfluß der Gestirne und geben ihn weiter. Mit dieser Eigenschaft verhält es sich genau wie

mit der des Magneten. Wer diese Kraft beherrscht, kann Kranke heilen, das ist die Grundlehre. Seit Mesmer hat die Wissenschaft Fortschritte gemacht. Wichtig ist jedoch immer noch das Einflößen des Fluidums und vor allem das Bestreichen, das einschläfern soll.

»Na gut, schläfre mich mal ein«, sagte Bouvard.

»Unmöglich!« erwiderte Pécuchet. »Wer die magnetische Wirkung spüren oder übertragen will, muß vor allem daran glauben.«

Dann sah er Bouvard an:

»Schade!«

»Wieso?«

»Wenn du nur wolltest, wärst du mit ein wenig Übung der vollkommene Magnetiseur. Du besitzt alles, was dazu erforderlich ist: zuvorkommendes Wesen, kräftige Konstitution und einen starken Willen.«

Bouvard war stolz, diese Fähigkeiten an sich entdeckt zu sehen. Heimlich vertiefte er sich in Montacabère.

Und als Germaine vor Ohrensausen kaum hören konnte, sagte er eines Abends nachlässig:

»Wenn wir es mal mit Magnetismus versuchten?«

Sie hatte nichts dagegen. Er setzte sich vor sie, faßte ihre beiden Daumen und sah sie starr an, als hätte er sein ganzes Leben nichts anderes getan.

Die brave Alte, die ein Wärmebecken unter den Füßen hatte, beugte zuerst den Kopf; die Augen fielen ihr zu, und sie begann leise zu schnarchen.

Eine Stunde lang sahen sie sie an, dann sagte Pécuchet mit gesenkter Stimme:

»Was fühlen Sie?«

Sie wurde wach.

Später würde sich sicher auch das Hellsehen einstellen.

Der Erfolg spornte sie an; ohne jede Unsicherheit fingen sie wieder an zu praktizieren, behandelten den Küster Chamberlan, der an Schmerzen zwischen den Rippen litt, den Maurer

Migraine, der ein nervöses Magenleiden hatte; die Mutter Varin, die, um sich bei ihrer Krebsgeschwulst unter dem Schlüsselbein zu ernähren, Fleischpflaster auflegen mußte; den gichtkranken alten Lemoine, der sich bis vor die Kneipen schleppte; einen Schwindsüchtigen, einen einseitig Gelähmten und noch viele andere. Sie behandelten auch Schnupfen und Frostbeulen.

Nach der Untersuchung des Kranken verständigten sie sich durch Blicke, welche Art der Bestreichung angebracht sei, ob sie starke oder schwache Ströme überleiten sollten, ob diese aufsteigend, absteigend, der Länge nach oder quer verlaufen mußten, ob sie mit drei oder gar mit fünf Fingern arbeiten sollten. War der eine erschöpft, nahm der andere seine Stelle ein. Und kamen sie wieder nach Hause, trugen sie ihre Beobachtungen ins Krankenbuch ein.

Ihre salbungsvolle Art bestach die Leute. Aber man zog Bouvard vor, und als er Barbée geheilt hatte, die Tochter des alten Barbey, der früher Schiffskapitän gewesen war, drang sein Ruhm bis nach Falaise.

Sie hatte ständig im Hinterkopf einen starken Schmerz, ihre Stimme war rauh; oft aß sie mehrere Tage hintereinander nichts, verschlang dann Gips oder Kohle. Die nervösen Krisen, die mit Schluchzen anfingen, endeten mit einem Tränenstrom; alles hatte sie versucht, von Kräutern bis zu Brennkegeln, und aus Überdruß nahm sie Bouvards Angebot an.

Er schickte die Magd hinaus, schob die Riegel vor und fing dann an, den Unterleib der Kranken zu reiben, wobei er auf die Eierstöcke drückte. Sie gab ihr Wohlbehagen durch Seufzen und Gähnen kund. Er legte ihr einen Finger zwischen die Augenbrauen, an die Nasenwurzel; sofort wurde sie wie leblos. Er hob ihre Arme, schlaff fielen sie herab; ihr Kopf blieb liegen, wie er ihn drehte, und die halbgeschlossenen Lider, durch die die sich langsam bewegenden Augäpfel zu sehen waren, zuckten krampfhaft in den Augenwinkeln.

Bouvard fragte sie, ob sie Schmerzen habe; sie antwortete nein;

was sie jetzt empfände? Sie sähe deutlich das Innere ihres Körpers.
»Was sehen Sie?«
»Einen Wurm.«
»Wie kann man ihn töten?«
Sie zog die Stirn kraus:
»Ich suche... ich kann nicht, kann nicht...«
Bei der zweiten Sitzung verordnete sie sich eine Brennessel-, bei der dritten eine Katzenkrautsuppe. Die Anfälle wurden schwächer, verschwanden schließlich ganz. Es war wie ein Wunder.
Mit dem Auflegen des Fingers auf die Nase hatte er bei anderen keinen Erfolg, und so beschlossen sie, sich eine Mesmersche Wanne herzurichten, mit deren Hilfe sie den magnetischen Schlaf herbeiführen wollten. Pécuchet hatte schon Feilspäne gesammelt und etwa zwanzig Flaschen gereinigt, als ihnen Bedenken kamen – unter den Kranken würden doch sicher auch Frauen sein: Was tun, wenn sie Anwandlungen von Liebesraserei hatten?
Das hätte Bouvard nicht gehindert; aber wegen des Geredes und möglicher Erpressungsversuche war es wohl besser, darauf zu verzichten. Sie begnügten sich mit einer Harmonika, die sie mitnahmen und die die Kinder erfreute.
Als es eines Tages Migraine schlechter ging, nahmen sie zu dem Instrument ihre Zuflucht. Die schrillen Töne brachten den Kranken außer sich; aber Deleuze empfiehlt, auf keinerlei Klagen zu hören, und so musizierten sie weiter.
»Genug, genug!« schrie der Kranke.
»Nur ein wenig Geduld«, erwiderte Bouvard.
Pécuchet ließ seine Finger schneller über die Glasplättchen gleiten, das Instrument vibrierte, der arme Mann jammerte; da erschien plötzlich der Arzt, den der Lärm herbeigelockt hatte.
»Was? Schon wieder Sie?« schrie er. Er war wütend, sie immer wieder bei seinen Patienten zu treffen.
Sie erklärten ihr magnetisches Mittel. Er wetterte gegen den

Magnetismus, nannte ihn Gaukelei und behauptete, seine Wirkungen bestünden nur in der Einbildung.
Aber auch Tiere werden magnetisiert: Montacabère versichert es, und Fontaine hat sogar eine Löwin magnetisiert. Eine Löwin hatten sie allerdings nicht zur Hand, aber der Zufall bot ihnen ein anderes Tier.
Am nächsten Tag, schon um sechs Uhr, kam ein Ackerknecht gelaufen, der sie zu einer schwerkranken Kuh auf dem Pachthof holen sollte.
Sie eilten hin.
Die Apfelbäume standen in voller Blüte, und das Gras im Hof dampfte in der aufgehenden Sonne. Am Rand des Tümpels brüllte eine Kuh, die mit einem Tuch zugedeckt war. Eimerweise goß man ihr Wasser über den zitternden Leib; sie war ungewöhnlich stark aufgetrieben und glich einem Nilpferd.
Sie mußte Gift gefressen haben, als sie im Klee weidete. Vater und Mutter Gouy verzweifelten: der Tierarzt war verhindert, und ein Wagenbauer, der einen Zauberspruch gegen Aufblähung wußte, wollte nicht kommen. Die Herren, deren Bibliothek so berühmt war, kannten doch sicher ein geheimes Mittel!
Sie krempelten die Ärmel hoch; der eine stellte sich vor, der andere hinter die Kuh, und dann spreizten sie unter großer innerer Anstrengung und wahnwitzigem Gestikulieren die Finger, denn sie wollten Ströme des Fluidums auf das Tier überleiten. Erschreckt sahen ihnen der Bauer, seine Frau, der Knecht und die Nachbarn zu. Das Kollern, das man im Bauch der Kuh hörte, kam von Blähungen in ihren Eingeweiden. Sie ließ einen Wind, und Pécuchet sagte:
»Der Hoffnung öffnet sich ein Tor, vielleicht kommt's jetzt raus.«
Und es kam in einer Unmenge Kot; mit der Kraft einer Granate brach sich die Hoffnung Bahn. Den Leuten wurde leichter ums Herz, der Umfang der Kuh nahm ab. Eine Stunde später war ihr nichts mehr anzusehen.

Hier konnte von einer Wirkung der Einbildungskraft keine Rede sein. Das Fluidum enthält also doch eine ganz besondere Kraft. Es läßt sich in Dinge einschließen, aus denen man es in demselben kraftvollen Zustand wieder herausholen kann. Ein derartiges Mittel erspart jeden Gang zu den Patienten. Sie nahmen es sofort in Gebrauch und schickten ihren Kranken magnetisierte Spielmarken und Taschentücher, magnetisiertes Wasser und magnetisiertes Brot.

Sie studierten eifrig weiter, verzichteten schließlich auf das Bestreichen und verfuhren nach dem System Puységur, wo der Magnetiseur durch einen alten Baum ersetzt wird, um dessen Stamm ein Strick geschlungen ist.

Ein Birnbaum in ihrem Obsthof schien ihnen besonders geeignet. Sie präparierten ihn dadurch, daß sie ihn mehrere Male kräftig mit den Armen umschlangen. Unter den Baum stellten sie eine Bank und setzten ihre Patienten darauf. Sie erzielten so wunderbare Resultate, daß sie Vaucorbeil, den sie vernichten wollten, zugleich mit den Honoratioren des Landes zu einer Sitzung einluden.

Nicht einer fehlte.

Germaine empfing sie in dem kleinen Saal, bat, die beiden Herren für einen Augenblick zu entschuldigen, sie würden gleich kommen.

Von Zeit zu Zeit klingelte es. Es waren die Kranken, die Germaine in ein anderes Zimmer führte. Die Eingeladenen stießen sich mit den Ellbogen an und machten sich auf die staubigen Fenster aufmerksam, auf die Flecken am Getäfel, den abblätternden Anstrich. Auch der Garten sah erbärmlich aus. Überall lagen Äste und Zweige. Vor dem Loch in der Mauer standen zwei Stöcke, sie bildeten das Tor zum Obstgarten.

Pécuchet erschien.

»Zu Ihren Diensten, meine Herren!«

Im Hintergrund sah man unter dem Birnbaum mehrere Personen sitzen.

Chamberlan, der bartlos war wie ein Priester, eine kurze Soutane aus Lasting und ein Lederkäppchen trug, zitterte ständig – eine Folge seiner Seitenschmerzen. Migraine hatte immer noch sein Magenleiden, er saß neben ihm mit verzerrtem Gesicht. Um ihre Geschwulst zu verbergen, hatte Mutter Varin ihren Schal mehrmals um den Hals geschlungen; der alte Lemoine, dessen bloße Füße in Schlappen steckten, hatte seine Beine über die Krücken gelegt, und Barbée, die ihre Sonntagskleider trug, war ungewöhnlich blaß.

Auf der anderen Seite des Baumes standen auch noch Leute; eine Frau mit einem Albinogesicht wischte ihre eiternden Halsdrüsen ab; das Gesicht eines kleinen Mädchens verschwand halb unter einer blauen Brille. Ein Greis, dessen Rückgrat durch Muskelsteifheit verkrümmt war, machte unfreiwillige Bewegungen und stieß den Idioten Marcel an, der eine zerlumpte Bluse und eine geflickte Hose trug. Durch die schlecht vernähte Hasenscharte sah man seine Schneidezähne, und seine geschwollene Backe umhüllten leinene Tücher.

Alle hielten in der Hand einen Faden, der vom Baum herabhing; die Vögel sangen, der Duft des erwärmten Rasens schwebte in der Luft. Die Sonne schien durch die Zweige. Doch die Patienten schliefen nicht, sondern rissen die Augen weit auf.

»Bis jetzt ist das nicht weiter interessant«, sagte Foureau, »fangen Sie nur an; in einer Minute bin ich wieder da.«

Und als er wiederkam, rauchte er aus einem Abd-el-Kader, dem letzten der Tür mit den Pfeifen.

Pécuchet fiel ein ausgezeichnetes Magnetisierungsmittel ein. Er nahm die Nasen der Kranken in den Mund und atmete ihren Atem ein, um die Elektrizität in sich aufzunehmen, während Bouvard zur selben Zeit den Baum umschlang, um so das Fluidum zu verstärken.

Der Schluckauf des Maurers hörte auf, der Küster zitterte weniger, der Mann mit der Muskelversteifung rührte sich nicht mehr. Jetzt konnte man sich ihnen nähern und jeden Versuch mit ihnen machen.

Der Arzt stach Chamberlan mit seiner Lanzette hinter das Ohr. Er zitterte ein wenig. Das Empfindungsvermögen bei den anderen war nicht zu leugnen: der Gichtkranke stieß einen Schrei aus. Barbée lächelte wie im Traum, und in einem dünnen Faden floß Blut über ihr Kinn. Foureau, der den Versuch selber machen wollte, griff nach der Lanzette, die der Arzt ihm aber verweigerte; so kniff er die Kranke heftig. Der Hauptmann kitzelte ihr mit einer Feder die Nasenlöcher, der Steuereinnehmer wollte ihr eine Nadel unter die Haut stecken.
»Lassen Sie sie in Ruhe«, sagte Vaucorbeil. »Das ist doch weiter nicht erstaunlich! Sie ist hysterisch! Selbst der Teufel könnte ihr nicht helfen!«
»Die da«, sagte Pécuchet und zeigte auf die skrofulöse Victoire, »ist ein Arzt. Sie erkennt die Krankheiten und nennt die Mittel zu ihrer Heilung.«
Langlois hätte sie gern über seinen Katarrh befragt, wagte es aber nicht; Coulon jedoch war mutiger, er fragte sie nach einem Mittel gegen seinen Rheumatismus.
Pécuchet ergriff seine rechte Hand und legte sie in die linke von Victoire; die Somnambule, deren Lider immer noch geschlossen und deren Backen ein wenig gerötet waren, während die Lippen zitterten, redete zuerst wirres Zeug und verordnete dann ›Valum becum‹. Sie war bei einem Apotheker in Bayeux in Stellung gewesen, und Vaucorbeil schloß daraus, daß sie ›Album graecum‹ meinte, das sie wahrscheinlich aus der Apotheke kannte.
Dann näherte sich Pécuchet dem alten Lemoine, der nach Bouvards Behauptung Gegenstände durch undurchsichtige Körper hindurch wahrnehmen konnte.
Er war früher Lehrer gewesen, jetzt aber ganz heruntergekommen. Weißes Haar hing ihm wirr ums Gesicht; er lehnte am Baum, die Hände hingen ihm schlaff herunter; er schlief fest in der hellen Sonne.
Der Arzt band ihm ein doppelt gefaltetes Halstuch vor die Augen. Bouvard hielt ihm eine Zeitung vor und befahl:

»Lesen Sie!«
Der Alte senkte den Kopf, bewegte die Gesichtsmuskeln, warf dann den Kopf zurück und fing an zu buchstabieren: »Con-sti-tu-tio-nel!«
Aber mit einiger Geschicklichkeit läßt sich jede Binde verschieben. Pécuchet war empört, daß der Arzt auch jetzt noch zweifelte. Er wagte deshalb die Behauptung, Barbée könne ihm sagen, was sich augenblicklich in seinem eigenen Haus zutrug.
»Probieren wir's!« antwortete der Arzt.
Er zog seine Uhr:
»Womit beschäftigt sich meine Frau?«
Barbée zögerte lange, dann sagte sie mürrisch:
»Wie? Ah, ich hab's. Sie näht Bänder an einen Strohhut.«
Vaucorbeil riß ein Blatt aus seinem Notizbuch, schrieb ein paar Worte, mit denen sich der Gehilfe Marescots rasch entfernte.
Die Sitzung war zu Ende. Die Kranken gingen fort.
Im ganzen hatten Bouvard und Pécuchet keinen Erfolg gehabt. Lag das an der Temperatur, dem Duft des Tabaks oder am Regenschirm des Abbé Jeufroy, der mit Kupfer beschlagen war? Dieses Metall verhindert nämlich das Ausströmen des Fluidums.
Vaucorbeil zuckte die Achseln.
Aber er könne doch Deleuze, Bertrand, Morin, Jules Claquet die Glaubwürdigkeit nicht absprechen. Sie versichern, daß Somnambule Ereignisse vorausgesagt, schwere Operationen schmerzlos ausgehalten haben.
Der Abbé berichtete noch erstaunlichere Geschichten. Ein Missionar hatte gesehen, wie Brahmanen an der Decke eines Gewölbes liefen; der große Lama in Tibet reiße sich die Därme aus, wenn er Orakel verkünde.
»Sie scherzen!« sagte der Arzt.
»Durchaus nicht!«
»Das ist doch Schwindel!«
Sie kamen von der eigentlichen Frage ab, denn jeder wußte etwas Neues zu erzählen.

»Ich hatte mal einen Hund«, sagte der Krämer, »der wurde krank, wenn der Monat mit einem Freitag anfing.«
»Wir waren vierzehn Kinder«, sagte der Friedensrichter. »Ich bin an einem Vierzehnten geboren, meine Hochzeit fand an einem Vierzehnten statt, und mein Namenstag ist auch an einem Vierzehnten. Erklären Sie mir das!«
Beljambe hatte schon oft die Zahl der Reisenden geträumt, die am nächsten Tag bei ihm einkehrten.
Der Pfarrer meinte nachdenklich:
»Warum sollten wir alle darin nicht ganz einfach...«
»Die bösen Geister erblicken, nicht wahr?« fiel Vaucorbeil ein.
Statt einer Antwort nickte der Abbé.
Marescot sprach von der delphischen Pythia.
»Ohne allen Zweifel spielen hier Dünste eine Rolle.«
»Ah! Jetzt auch noch Dünste!«
»Für mich ist es ein Fluidum«, sagte Bouvard.
»Nervoso-sideral«, fügte Pécuchet hinzu.
»Aber beweisen Sie Ihr Fluidum! Zeigen Sie es doch her! Übrigens sind die Fluida nicht mehr modern, verlassen Sie sich darauf!«
Vaucorbeil setzte sich in den Schatten; die anderen folgten ihm.
»Wenn Sie zu einem Kinde sagen: ich bin ein Wolf und werde dich fressen, stellt es sich vor, daß Sie ein Wolf sind und fürchtet sich. Es handelt sich hier um einen Traum, der durch Worte befohlen ist. Ebenso macht sich der Somnambule jeden Einfall, den man will, zu eigen. Er erinnert sich und denkt nicht, gehorcht immer, hat nur Empfindungen, wo er zu denken meint. So werden Verbrechen suggeriert, und tugendhafte Leute können es erleben, daß sie sich plötzlich in wilde Tiere verwandeln und Menschenfresser werden.«
Unwillkürlich sahen alle Bouvard und Pécuchet an. Ihre Wissenschaft konnte offensichtlich der Gesellschaft gefährlich werden.

Der Gehilfe Marescots erschien im Garten und schwenkte einen Brief von Frau Vaucorbeil.
Der Arzt öffnete ihn, wurde blaß und las endlich folgende Worte:
»Ich nähe Bänder an einen Strohhut.«
Die Verblüffung war so groß, daß niemand lachte.
»Ein Zufall, zum Teufel! Das beweist noch gar nichts!«
Die beiden Magnetiseure schienen zu triumphieren; da wandte er sich in der Tür um und sagte:
»Hören Sie auf damit! Es ist ein viel zu gefährlicher Zeitvertreib!«
Der Pfarrer ging mit seinem Küster fort und schalt ihn gehörig aus:
»Sind Sie nicht bei Sinnen? Ohne meine Erlaubnis! Solche Sachen verbietet die Kirche!«
Alle waren fort. Auf dem Schneckenberg plauderten Bouvard und Pécuchet mit dem Lehrer, als Marcel aus dem Obstgarten hervorkam. Er hatte die Kinnbinde abgenommen und stammelte:
»Geheilt! Geheilt! Ihr guten Herren!«
»Schon gut! Laß uns in Ruhe!«
»Ach, ihr guten Herren, ich liebe Sie. Ihr Diener!«
Petit, ein Mann des Fortschritts, fand die Erklärung des Arztes platt und spießbürgerlich. Die Wissenschaft sei ein Monopol in den Händen der Reichen. Sie schließe das Volk aus; es sei höchste Zeit, daß auf die alte Gliederung des Mittelalters eine weite und unmittelbare Zusammenfassung folge.
Die Wahrheit müsse von innen her gefunden werden; er sagte, er sei Spiritist und nannte mehrere Werke, die zwar noch fehlerhaft, aber doch das Zeichen einer anbrechenden Morgenröte seien.
Sie ließen sich diese Bücher sofort kommen.
Der Spiritismus stellt als Grundsatz die unvermeidliche Verbesserung unserer Art auf. Die Erde wird eines Tages zum Himmel werden, und deshalb war der Lehrer von dieser Dok-

trin so begeistert. Sie ist nicht katholisch, beruft sich aber auf den heiligen Augustin und den heiligen Ludwig. Allan-Kardec veröffentlichte sogar Fragmente, die von ihnen diktiert sind und den zeitgenössischen Ansichten durchaus entsprechen. Sie ist praktisch, wohltätig und enthüllt uns – wie das Teleskop – höhere Welten.

Nach dem Tode und in der Ekstase werden die Geister dorthin versetzt. Doch manchmal kommen sie wieder herab auf unsere Erde, bringen die Möbel zum Knarren, nehmen an unseren Zerstreuungen teil und genießen die Schönheiten der Natur und die Freuden der Kunst.

Indessen besitzen verschiedene Menschen einen Wohlgeruch ausströmenden Rüssel, das heißt, am Hinterkopf befindet sich ein langes Rohr, das vom Haar bis zu den Planeten reicht und den Verkehr mit den Geistern des Saturn erlaubt; die übersinnlichen Dinge sind darum nicht weniger wirklich, und von der Erde zu den Gestirnen, von den Gestirnen zur Erde besteht ein Kommen und Gehen, eine Übertragung, ein ständiger Austausch.

Da schwoll Pécuchet das Herz vor schrankenloser Begeisterung; und als die Nacht gekommen war, überraschte ihn Bouvard an seinem Fenster, wie er in die leuchtenden Räume hinaussah, in denen Geister sich bewegen. Swedenborg hat große Reisen in ihnen gemacht. In weniger als einem Jahr hat er Venus, Mars, Saturn und dreiundzwanzigmal den Jupiter erforscht. In London hat er Jesus Christus gesehen, er hat den heiligen Paulus, den heiligen Johannes und Moses erblickt und im Jahre 1736 sogar das Jüngste Gericht.

So konnte er auch den Himmel beschreiben.

Es gibt dort Blumen, Paläste, Märkte und Kirchen – ganz wie bei uns.

Die Engel, die früher Menschen waren, schreiben ihre Gedanken nieder, plaudern über Dinge der Wirtschaft oder auch über geistige Angelegenheiten, und die geistlichen Ämter liegen in den Händen derer, die sich in ihrem irdischen Leben schon viel mit der Heiligen Schrift befaßt haben. In der Hölle aber herrscht ein gräßlicher Gestank. Elende Hütten stehen dort, in Haufen liegt der Schmutz, man sieht schlammige Höhlen, und die Leute sind schlecht gekleidet. Und Pécuchet zermarterte sich das Hirn, um das Schöne in diesen Offenbarungen zu entdecken. Bouvard hielt sie für die Delirien eines Wahnsinnigen. Alles das geht über die Grenzen der Natur! Wer aber kennt sie? Und sie gaben sich Betrachtungen hin:

Gaukler können die Menge täuschen; ein Mann mit starken Leidenschaften wird andere aufrütteln; aber wie kann der Wille allein die leblose Materie beeinflussen? Ein Bayer brachte, wie berichtet wird, Trauben zum Reifen, Herr Gervais hat ein Heliotrop wieder lebendig gemacht; in Toulouse treibt ein Stärkerer die Wolken auseinander.

Muß zwischen der Welt und uns eine Zwischensubstanz vermutet werden? Das Od, ein neuer ätherischer Stoff, eine Art Elektrizität, ist vielleicht nichts anderes. Seine Ausströmungen erklären das Licht, das die Magnetisierten zu sehen glauben, die Irrlichter auf den Kirchhöfen, die Gespenstererscheinungen.

Dann waren diese Bilder also doch kein Blendwerk, und die außerordentlichen Gaben der Besessenen, die denen der Somnambulen ähnlich sind, hätten eine physische Ursache? Welchen Ursprungs diese Wesenheit auch sei, sie ist vorhanden, ist eine geheimnisvolle, universal wirkende Kraft. Könnten wir sie fassen, wären Kraft und Zeit überflüssig. Was jetzt Jahrhunderte erfordert, würde sich in einer Minute entwickeln; jedes Wunder wäre möglich, und das Weltall stünde uns zur Verfügung.

Aus dieser ewigen Begierde des menschlichen Geistes wurde die Magie geboren. Sicher wurde ihr Wert übertrieben, aber eine Lüge ist sie nicht. Die Orientalen, die sie kennen, tun Wunder; das berichten alle Reisenden, und im Palais-Royal bringt Dupotet die Magnetnadel mit seinem Finger zum Schwanken.

Wie kann man Magier werden? Die Idee erschien ihnen zuerst

wahnwitzig, aber sie verließ sie nicht mehr, quälte sie, und lachend gaben sie ihr nach.

Durch eine besondere Lebensweise mußten sie sich vorbereiten.

Um besser in Begeisterung zu geraten, machten sie die Nacht zum Tage, fasteten, und da sie Germaine zu einem empfindlichen Medium machen wollten, setzten sie einen Speisezettel für sie auf. Sie hielt sich am Getränk schadlos und trank so viel Schnaps, daß sie bald ganz unter seinem Einfluß stand. Jeder Schritt im Korridor weckte sie. Sie verwechselte das Geräusch der Schritte mit ihrem Ohrensausen und den eingebildeten Stimmen, die sie aus den Wänden kommen hörte.

Als sie eines Tages schon in der Frühe ein Netz in den Keller brachte, befiel sie Angst, dort alles in Feuer zu finden. Von Tag zu Tag fühlte sie sich elender und glaubte schließlich, von ihren Herren verzaubert zu sein.

Sie drückten sich gegenseitig auf den Nacken, denn sie hofften, auf diese Weise Visionen zu haben. Dann verfertigten sie sich Beutel mit Belladonna und gingen schließlich zu einer Zauberdose über: einer kleinen Dose, aus der ein mit Nägeln bespickter Pilz hervorragt. Sie wird auf dem Herzen getragen und durch ein Band befestigt, das um die Brust zu schlingen ist. Keines dieser Mittel hatte Erfolg.

Sie versuchten es mit dem Dupotetschen Kreis.

Pécuchet zeichnete mit Kohle ein schwarzes rundliches Etwas auf den Boden, um die Lebensgeister darin einzuschließen, denen die Luftgeister helfen sollten.

Er freute sich, damit jetzt Gewalt über Bouvard zu haben und sagte mit priesterlicher Miene zu seinem Freund:

»Ich fordere dich auf, über diesen Kreis hier zu springen!«

Bouvard betrachtete die Stelle. Bald bekam er Herzklopfen, seine Augen verschleierten sich.

»Ich probier's!«

Und er sprang über den Kreis, um ein unaussprechliches Unbehagen loszuwerden.

Pécuchet, dessen Begeisterung immer größer wurde, wollte einen Toten erscheinen lassen.
Während des Direktoriums beschwor ein Mann in der Rue de l'Échiquier die Opfer des Terrors. Die Beispiele für Geistererscheinungen sind zahlreich. Ob es sich dabei nur um eine Erscheinung handelt, spielt keine Rolle, die Hauptsache ist, sie hervorzuholen.
Je näher der Verstorbene mit uns verwandt ist, desto eher erscheint er auf unseren Ruf; doch Pécuchet besaß keinerlei Familienandenken, weder einen Ring noch eine Miniatur, kein Haar, während Bouvard seinen Vater herbeizitieren konnte. Da er sich dagegen sträubte, fragte Pécuchet ihn:
»Wovor fürchtest du dich?«
»Ich? Oh, vor nichts. Tu, was du willst.«
Sie bestachen Chamberlan, der ihnen heimlich einen alten Totenkopf verschaffte. Ein Schneider schnitt ihnen zwei schwarze Überröcke zu, die wie Mönchskleider eine Kapuze hatten. Der Wagen aus Falaise brachte ihnen eine lange Rolle mit einer Hülle. Dann machten sie sich an die Arbeit; der eine war auf die Ausführung begierig, der andere fürchtete sich, daran zu glauben.
Das Museum war wie ein Katafalk ausgeschlagen. Drei Leuchter brannten am Rand des Tisches, der gegen die Wand geschoben war, unter das Bild von Bouvards Vater. Darüber hing der Totenkopf.
Sie hatten sogar eine Kerze in das Innere des Schädels gestellt; Lichtstrahlen fielen durch die beiden Augenhöhlen. In der Mitte dampfte in einem Wärmebecken Weihrauch. Bouvard hielt sich im Hintergrund; Pécuchet, der ihm den Rücken zuwandte, warf Hände voll Schwefel in den Herd. Bevor man einen Toten ruft, bedarf es der Einwilligung der Dämonen. Da gerade Freitag war, ein Tag, der dem Bechet gehört, mußten sie sich zuerst mit Bechet befassen. Bouvard grüßte nach rechts und links, beugte das Haupt, hob die Arme und begann:
»Bei Ethaniel, Anazin, Ischyros...«

Den Rest hatte er vergessen.
Pécuchet, der sich die Worte auf einem Blatt notiert hatte, sagte sie ihm schnell vor:
»Ischyros, Athanatos, Adonai, Sadi Eloy, Messiasos (die Litanei war lang), ich beschwöre dich, ich beobachte dich, ich befehle dir, o Bechet!«
Dann dämpfte er die Stimme:
»Bechet, wo bist du? Bechet! Bechet! Bechet!«
Bouvard sank in den Sessel und war froh, Bechet nicht zu Gesicht zu bekommen; ein natürliches Gefühl ließ ihn den Versuch als Frevel empfinden. Wo war die Seele seines Vaters? Hörte sie ihn? Wenn sie nun plötzlich erschiene?
Langsam bewegten sich die Vorhänge im Wind, der durch eine gesprungene Scheibe hereinkam – und die Kerzen warfen flakkernde Schatten auf den Totenkopf und das gemalte Gesicht. Beide waren erdig-braun. Schimmel zerfraß die Wangen, die Augen hatten keinen Glanz mehr; aber darüber leuchtete die Flamme in den Löchern des leeren Kopfes. Manchmal schien es, als säße er an Stelle des gemalten Kopfes auf dem Kragen des Gehrocks, als hätte er die Koteletten des anderen, und die halbgelöste Leinwand schwankte, zitterte.
Allmählich spürten sie das Nahen eines unkörperlichen Wesens, es war, als streife sie ein Atemhauch. Pécuchet trat der Schweiß auf die Stirn. Bouvard klapperten die Zähne, in der Herzgrube fühlte er einen Krampf; wie eine Welle wich ihm der Boden unter den Füßen; der Schwefel, der im Kamin brannte, schlug sich in wirbelnden Wolken nieder; zugleich flatterten Fledermäuse umher; ein Schrei erscholl; wer war das?
Ihre Gesichter unter der Kapuze waren verzerrt; als sie sich anblickten, wurde ihre Angst noch größer. Sie wagten weder, sich zu rühren noch zu sprechen; hinter der Tür hörten sie ein Seufzen wie von einer gepeinigten Seele.
Endlich faßten sie sich ein Herz.
Es war ihre alte Magd; sie hatte sie durch eine Ritze in der Tür beobachtet und geglaubt, den Teufel zu sehen. Sie lag im

Hausflur auf den Knien und schlug ein über das andere Mal das Zeichen des Kreuzes.
Kein Zureden half. Noch am gleichen Abend ging sie fort; bei solchen Leuten wollte sie nicht länger arbeiten.
Germaine schwatzte. Chamberlan verlor seine Stelle, eine geheime Verschwörung bildete sich gegen sie, von dem Abbé Jeufroy, Frau Bordin und Foureau geschürt.
Ihre Lebensweise erregte Mißfallen. Man hielt sie für verdächtig und hatte eine unbestimmte Angst vor ihnen.
Die Wahl ihres Dieners vor allem brachte die öffentliche Meinung gegen sie auf. Sie hatten Marcel eingestellt, da sie keine andere Hilfe bekommen konnten.
Seine Hasenscharte, seine Häßlichkeit und sein Kauderwelsch hielten jedermann von ihm fern. Als Kind ausgesetzt, war er irgendwo aufgewachsen, und aus dieser Zeit des Elends stammte sein unstillbarer Hunger. Alles war ihm recht: krepierte Tiere, fauler Speck, ein überfahrener Hund; das Stück mußte nur groß sein. Er war sanft wie ein Lamm, aber vollkommen stumpfsinnig.
Aus Dankbarkeit hatte er den Herren Bouvard und Pécuchet seine Dienste angeboten – und da er sie für Zauberer hielt, hoffte er auf einen ungewöhnlichen Gewinn.
Schon in den ersten Tagen vertraute er ihnen ein Geheimnis an. In der Heide von Poligny hatte vor Zeiten ein Mann einen Goldbarren gefunden. Die Geschichte wird bei den Gerichtsschreibern von Falaise berichtet, die Fortsetzung kannten sie nicht: zwölf Brüder, die eine Reise unternehmen wollten, hatten zwölf gleich große Barren längs des Weges von Chavignolles nach Bretteville versteckt – und Marcel bat seine Herren inständig, die Nachforschungen wieder aufzunehmen. Diese Barren, so sagten sie sich, waren vielleicht zur Zeit der Auswanderung vergraben worden. Das war ein Fall, bei dem sie die Wünschelrute gebrauchen konnten. Ihre Kräfte sind nicht zu bezweifeln.
Sie befaßten sich genauer mit dieser Frage und erfuhren, daß ein gewisser Pierre Garnier sie mit wissenschaftlichen Gründen

verteidigt: die Quellen und Metalle schleudern Atome ab, die denen des Holzes verwandt sind.

»Das ist kaum wahrscheinlich. Aber wer weiß? Wir wollen es versuchen.«

Aus einem Haselnußstrauch schnitten sie eine Gabel und machten sich eines Morgens auf den Weg, den Schatz zu entdekken.

»Wir müssen ihn ja doch abgeben«, sagte Bouvard.

»Ausgeschlossen!«

Nachdem sie drei Stunden marschiert waren, ließ eine Überlegung sie anhalten: die Straße von Chavignolles nach Bretteville! War das die alte oder die neue? Es mußte die alte sein.

Sie kehrten wieder um, suchten überall den Verlauf der alten Straße; der war jedoch nicht leicht zu erkennen.

Wie ein Spaniel auf der Jagd lief Marcel von rechts nach links. Alle fünf Minuten mußte Bouvard ihn zurückrufen. Pécuchet ging schrittweise vor. Er hielt die Rute an den beiden Zweigen, die Spitze war nach oben gekehrt. Oft hatte er das Gefühl, eine Kraft, die wie eine Klammer wirke, zöge sie nach unten. Marcel schnitt dann schnell ein Zeichen in den nächsten Baum, damit sie die Stelle wiederfänden.

Pécuchet ging indessen immer langsamer. Der Mund stand ihm offen, er verdrehte die Augen. Bouvard rief ihn an, rüttelte ihn an den Schultern; Pécuchet bewegte sich nicht; er war wie leblos, genau wie damals Barbée.

Dann erzählte er, er habe in der Herzgegend einen reißenden Schmerz empfunden – es sei ein seltsamer Zustand gewesen, dessen Ursache sicher die Rute sei – und er wollte sie nicht mehr anfassen.

Am nächsten Tag gingen sie zu den Bäumen, die sie gezeichnet hatten. Marcel grub mit einem Spaten Löcher, aber ihr Wühlen war nutzlos, sie fanden nichts – und sie wurden jedes Mal verblüffter. Pécuchet setzte sich an den Rand eines Grabens und hing seinen Gedanken nach. Und während er den Kopf hob und sich alle Mühe gab, durch seinen Wohlgeruch ausstrahlenden

Rüssel die Stimme der Geister zu vernehmen, fragte er sich, ob er überhaupt einen solchen Rüssel habe. Starr sah er auf den Schirm seiner Mütze, und wie am Tage vorher befiel ihn erneut die Verzückung. Der Zustand dauerte lange, wirkte erschrekkend.

Über dem Haferfeld tauchte auf einem Pferd ein Filzhut auf; es war Vaucorbeil, der auf seiner Stute herantrabte. Bouvard und Marcel riefen ihn an.

Der Anfall war gerade vorbei, als der Arzt kam. Um Pécuchet besser untersuchen zu können, nahm er ihm die Mütze vom Kopf und sah, daß die Stirn mit kupferroten Flecken bedeckt war.

»Ah! Ah! Fructus belli – das ist syphilitischer Ausschlag, mein lieber Mann, lassen Sie sich behandeln! Zum Teufel! Die Liebe versteht keinen Spaß.«

Beschämt setzte Pécuchet seine Kappe wieder auf, eine Art Baskenmütze, die sich über einem halbmondförmigen Schirm bauschte. Er hatte sie sich nach einer Abbildung in Amoros' Buch angefertigt.

Er war entsetzt über die Worte des Arztes. Er starrte in die Luft, sann ihnen nach – und bekam plötzlich wieder seinen Anfall.

Vaucorbeil beobachtete ihn und schnippte ihm dann mit einer Handbewegung die Mütze vom Kopf.

Pécuchet kam wieder zu sich.

»Hab ich mir's doch gedacht!« sagte der Arzt. »Sie werden von dem lackierten Mützenschirm wie von einem Spiegel hypnotisiert. Diese Erscheinung ist nicht selten bei Leuten, die einen glänzenden Gegenstand zu aufmerksam beobachten!«

Er erzählte noch, daß man diesen Versuch mit Hühnern anstellen könne, stieg auf seinen Klepper und verschwand langsam.

Als sie eine halbe Meile weitergegangen waren, sahen sie in der Ferne, auf dem Hof eines Pachtgutes, eine pyramidenförmige Erhebung. In ihrer Form erinnerte sie an eine riesige dunkle Weintraube, die stellenweise rote Punkte aufwies. Es war ein Gestell – sie finden sich oft in der Normandie – das aus einem

senkrechten Mast und mehreren Querstangen besteht. Auf ihm saßen Truthähne und plusterten sich in der Sonne auf.
»Wir wollen hineingehen.«
Und Pécuchet redete mit dem Pächter, der ihre Bitte zustimmte.
Mit Spanisch-Weiß zogen sie in der Kelter einen Strich, banden die Beine eines Puters zusammen und legten ihn platt auf den Bauch, so daß der Schnabel auf dem weißen Strich lag. Das Tier schloß die Augen und war bald wie tot. Genau so verhielten sich die anderen. Bouvard reichte sie schnell Pécuchet, der sie beiseite legte, sobald die Erstarrung eingetreten war. Die Leute des Pachthofes wurden unruhig. Die Pächterin schrie, ein kleines Mädchen weinte. Bouvard löste die Kordel von den Füßen der Tiere. Nach und nach kamen sie wieder zu sich, doch keiner wußte, welche Folgen ihr Versuch haben würde. Als Pécuchet dem Pächter eine barsche Antwort gab, griff dieser nach seiner Heugabel.
»Nun aber fort, zum Donner, oder ich schlitze euch auf!«
Sie rissen aus.
Einerlei! Das Problem war gelöst; die Verzückung hängt von einer materiellen Ursache ab!
Was ist Materie? Was ist Geist?
Wie kommt der Einfluß der einen auf den anderen zustande – und umgekehrt?
Dies wollten sie feststellen und forschten in Voltaire, Bossuet und Fénelon – sie abonnierten sogar wieder bei einer Leihbibliothek.
Aber mit den alten Meistern wurden sie wegen der Länge der Werke oder der Schwierigkeit der Sprache nicht fertig; doch Jouffroy und Damiron führten sie in die moderne Philosophie ein – und sie hatten Bücher von Autoren, die die des vergangenen Jahrhunderts behandelten.
Bouvard schöpfte seine Argumente aus Lamettrie, Locke und Helvetius, Pécuchet aus Cousin, Thomas Reid und Gérando. Bouvard hielt sich an die Erfahrung; für Pécuchet bedeutete der

Begriff alles. Der eine hielt es mit Aristoteles, der andere mit Plato – und sie diskutierten:

»Die Seele ist unkörperlich«, sagte der eine.

»Keineswegs«, entgegnete der andere, »der Wahnsinn, Chloroform, ein Aderlaß haben einen verhängnisvollen Einfluß auf sie, und da sie nicht immer denkt, ist sie keine Substanz, die nur denkt.«

»Ich habe aber etwas in mir«, erwiderte Pécuchet, »das meinem Körper überlegen ist und ihm manchmal widerspricht.«

»Ein Wesen im Wesen? Homo duplex! Dummes Zeug! Verschiedene Richtungen sind ein Zeichen für entgegengesetzte Beweggründe. Das ist alles.«

»Aber dieses Etwas, diese Seele, bleibt immer dieselbe, während sich das Äußere ändert. Sie ist also einfach, unteilbar und deshalb unkörperlich.«

»Wenn die Seele einfach wäre«, sagte Bouvard, »würde das Neugeborene sich erinnern und denken können wie der Erwachsene. Der Gedanke aber kommt mit der Entwicklung des Gehirns. Was die Unteilbarkeit betrifft, so lassen sich der Duft einer Rose oder der Hunger eines Wolfes ebensowenig in zwei Teile zerlegen wie das Wollen oder eine Bejahung.«

»Einerlei«, sagte Pécuchet, »die Seele ist frei von den Eigenschaften der Materie.«

»Gibst du die Schwerkraft zu?« erwiderte Bouvard. »Wenn die Materie fallen kann, kann sie auch denken. Da unsere Seele einen Anfang gehabt hat, muß sie auch ein Ende haben und mit den Organen wieder verschwinden, denn sie ist von ihnen abhängig.«

»Ich behaupte, daß sie unsterblich ist. Gott kann nicht wollen...«

»Aber wenn Gott nicht existiert?«

»Wie?« Und Pécuchet leierte die drei Beweise des Descartes her; »primo: Gott ist einbegriffen in der Idee, die wir von ihm haben; secundo: seine Existenz ist möglich; tertio: wie kann ich endliches Wesen von der Unendlichkeit eine Vorstellung haben? – Und da wir diese Idee haben, kommt sie von Gott; also existiert Gott.«

Weiter führte er als Beweis das Gewissen, die Tradition der Völker, das Bedürfnis nach einem Schöpfer an.

»Wenn ich eine Uhr sehe...«

»Ja, ja, bekannt! Aber wo ist der Vater des Uhrmachers?«

»Eine Ursache ist doch nötig.«

Bouvard bezweifelte die Ursachen.

»Weil ein Phänomen auf ein Phänomen folgt, wird gefolgert, daß es daher rührt. Beweise es!«

»Aber der Anblick des Universums läßt eine Absicht, einen Plan erkennen.«

»Warum? Das Böse ist ebenso vollkommen geordnet wie das Gute. Der Wurm, der im Kopf des Schafes wächst und es tötet, ist, anatomisch betrachtet, genausoviel wert wie das Schaf selbst. Die Mißbildungen überwiegen die regelmäßigen Funktionen. Der menschliche Körper könnte besser gebaut sein. Drei Viertel des Erdballs sind unfruchtbar. Der Mond, diese Stehlampe, ist nicht immer sichtbar. Glaubst du etwa, daß der Ozean für die Schiffe und das Holz der Bäume zum Heizen unserer Häuser bestimmt sind?«

Pécuchet antwortete:

»Aber der Magen ist zum Verdauen da, das Bein zum Gehen, das Auge zum Sehen, wenn es auch Verdauungsstörungen, Brüche und grauen Star gibt. Keine Einrichtung ohne Zweck. Die Wirkungen zeigen sich sofort oder erst später. Alles hängt von Gesetzen ab. Also gibt es Endursachen.«

Bouvard glaubte, bei Spinoza vielleicht Beweisgründe zu finden, und er schrieb an Dumouchel, er solle ihm die Übersetzung von Saisset besorgen.

Dumouchel schickte ihm ein Exemplar, das seinem Freund, dem Professor Varelot gehörte, der am 2. Dezember ausgewiesen worden war.

Die Ethik mit ihren Grundsätzen und Folgerungen erschreckte

sie. Sie lasen nur die mit Bleistift angestrichenen Stellen und begriffen dies:

Substanz ist das, was aus sich, durch sich, ohne Ursache und ohne Ursprung ist. Diese Substanz ist Gott.

Er allein ist Ausdehnung – und Ausdehnung hat keine Grenzen. Was sollte sie begrenzen?

Aber obwohl sie unendlich ist, ist sie nicht das absolut Unendliche, denn sie enthält nur eine Art der Vollkommenheit, während das Absolute alle enthält.

Oft machten sie eine Pause, um das Gelesene zu durchdenken. Pécuchet schnupfte, und Bouvard war ganz rot vor Aufmerksamkeit.

»Macht dir das Spaß?«

»Sicher! Nur weiter!«

Gott entwickelt sich in einer Unendlichkeit von Eigenschaften, die, jede auf ihre Art, die Unendlichkeit seines Wesens ausdrücken. Wir kennen nur zwei: die Ausdehnung und den Gedanken.

Aus dem Gedanken und der Ausdehnung leiten sich die vielen Arten des Seins her, die wiederum andere enthalten. Wer zugleich die ganze Ausdehnung und den ganzen Gedanken überblicken könnte, würde in ihnen keinerlei Zufälligkeit, nichts Unwesentliches, sondern eine geometrische Folge von Gliedern sehen, die durch notwendige Gesetze miteinander verbunden sind.

»Das wäre schön«, sagte Pécuchet.

Also gibt es keine Freiheit, weder beim Menschen noch bei Gott.

»Da hörst du es!« schrie Bouvard.

Wenn Gott einen Willen, einen Zweck hätte, wenn er aus einem bestimmten Grunde handelte, dann hätte er ein Bedürfnis, dann fehlte ihm eine Vollkommenheit. Er wäre nicht Gott.

So ist unsere Welt nur ein Punkt in der Gesamtheit der Dinge – und das Weltall für unsere Erkenntnis undurchdringbar, ein Teil einer Unzahl von Welten, die neben der unseren unendli-

che Abweichungen bilden. Die Ausdehnung umfaßt unsere Welt, wird aber selbst wieder von Gott umfaßt, der in seinen Gedanken alle möglichen Welten enthält, während sein Gedanke selbst in seiner Substanz umschlossen ist.
Sie hatten das Gefühl, als würden sie während einer nächtlichen, endlosen Ballonfahrt bei eisiger Kälte einem grundlosen Abgrund zugetrieben – nichts um sie als das Unfaßbare, das Unbewegliche, das Ewige. Das war zu viel. Sie verzichteten.
Sie wünschten sich etwas weniger Schwieriges und kauften sich den *Cours de philosophie* zum Gebrauch in Schulen von Guesnier.
Der Verfasser wirft die Frage auf, ob die ontologische oder die psychologische Methode besser ist.
Die erste wäre für die Kindheit der menschlichen Gesellschaft angebracht, das heißt, als der Mensch seine Aufmerksamkeit auf die äußere Welt richtete. Aber jetzt, wo sich der Mensch mit sich selbst beschäftigt, ›halten wir die zweite für wissenschaftlicher‹. Bouvard und Pécuchet entschieden sich für sie.
Zweck der Psychologie ist das Studium der Tatsachen, die ›im Ich‹ vor sich gehen; durch Beobachtung werden sie entdeckt.
»Dann wollen wir beobachten!«
Und vierzehn Tage lang durchforschten sie, gewöhnlich nach dem Frühstück, planlos ihre inneren Gefühle in der Hoffnung, große Entdeckungen zu machen. Aber leider machten sie keine, was sie sehr erstaunte.
Ein Phänomen erfüllt das Ich, nämlich die Idee. Welcher Natur ist sie? Man hat angenommen, daß die Gegenstände sich im Gehirn spiegeln und das Gehirn diese Bilder an unseren Geist weitergibt, durch den wir sie dann erkennen. Wenn aber die Idee Geist ist, wie kann sie Materie darstellen? – Daher der Skeptizismus bezüglich der Wahrnehmungen, die von außen kommen. Ist die Idee aber materiell, kann sie keine Vorstellungen vom Geistigen geben. Daher der Skeptizismus bezüglich der inneren Wahrnehmungen. Man sei übrigens vorsichtig! Diese Hypothese könnte zum Atheismus führen!

Denn das endliche Bild kann unmöglich eine Vorstellung vom Unendlichen geben.
»Aber«, warf Bouvard ein, »wenn ich an einen Wald, eine Person, einen Hund denke, sehe ich diesen Wald, diese Person, diesen Hund vor mir. Also stellen die Ideen sie dar.«
Und sie befaßten sich mit dem Ursprung der Ideen.
Nach Locke gibt es zwei: die sinnliche Wahrnehmung und die Reflexion, während Condillac alles allein auf die sinnliche Wahrnehmung zurückführt.
Doch dann verliert die Reflexion die Basis. Sie bedarf eines Subjekts, eines empfindenden Wesens; und sie kann uns unmöglich die großen fundamentalen Wahrheiten geben: Gott, gute und böse Werke, das Gerechte, das Schöne und so weiter, Begriffe, die man ›angeboren‹ nennt, das heißt, vor den Tatsachen, der Erfahrung vorhanden und allgemein.
»Wenn sie allgemein wären, hätten wir sie von Geburt an.«
»Es ist ja nur die Anlage zu ihnen gemeint, und bei Descartes...«
»Dein Descartes redet wirr! Erst behauptet er, der Fötus besitze sie, und an einer anderen Stelle gibt er zu, daß sich dies als notwendige Folgerung ergibt.«
Pécuchet war erstaunt.
»Wo steht das?«
»Bei Gérando!« Und Bouvard klopfte ihm leicht auf den Bauch.
»Laß das«, sagte Pécuchet. Dann kam er auf Condillac: »Unsere Gedanken sind keine Umgestaltung der sinnlichen Wahrnehmung. Sie verursacht sie, setzt sie in Tätigkeit. Aber um sie in Tätigkeit zu setzen, ist ein Antrieb nötig. Denn die Materie kann aus sich die Bewegung nicht hervorbringen – das habe ich in deinem Voltaire gefunden«, fügte er hinzu und machte eine tiefe Verbeugung.
So kauten sie dieselben Argumente wieder – wobei jeder die Meinung des anderen verächtlich abtat, ohne ihn jedoch von der seinen überzeugen zu können.

Aber die Philosophie bestärkte sie in ihrer Selbstachtung. Mit Mitleid dachten sie nun an ihre eifrige Beschäftigung mit Landwirtschaft und Politik.

Das Museum widerte sie jetzt an. Am liebsten hätten sie den Kram verkauft – und sie gingen zum zweiten Kapitel über: Über die Fähigkeiten der Seele. Man zählt deren drei, mehr nicht: Das Fühlen, das Erkennen und das Wollen.

Beim Fühlen muß man zwischen körperlichem und sittlichem Empfindungsvermögen unterscheiden.

Das körperliche Empfindungsvermögen wird naturgemäß nach den fünf Sinnen in fünf Klassen eingeteilt.

Die Tatsachen des sittlichen Empfindungsvermögens haben mit dem Körper nichts zu tun. Welche Gemeinsamkeit sollte wohl zwischen der Freude des Archimedes bestehen, der das Gesetz der Schwere entdeckte und der schmutzigen Lust des Apicius, wenn er einen Eberkopf verzehrt?

Dieses sittliche Empfindungsvermögen hat vier Gattungen, und die zweite Gattung, ›das moralische Streben‹, ist in fünf Arten eingeteilt, und die Erscheinungen der vierten Gattung, ›Liebe‹, gliedern sich ihrerseits in zwei andere Arten, unter denen sich auch die ›Eigenliebe‹ befindet; ›zweifellos eine berechtigte Neigung, die jedoch, wenn sie übertrieben auftritt, Egoismus heißt‹.

Das Erkennen enthält die nur mit dem Geist zu erfassende Wahrnehmung, bei der wieder zwei Hauptrichtungen und vier Grade unterschieden werden.

Die Abstraktion kann für phantastische Geister gefährlich werden.

Das Gedächtnis stellt die Verbindung mit der Vergangenheit her, wie das Hellsehen die mit der Zukunft.

Die Einbildungskraft ist dagegen eine Fähigkeit besonderer Art.

Die Weitschweifigkeit, mit der Plattheiten geäußert wurden, der kleinliche, steife Ton des Verfassers, die Eintönigkeit der Wendungen: ›Wir sind bereit, anzuerkennen!‹ – ›fern sei uns der Gedanke‹ – ›fragen wir unser Gewissen‹ – das ewige Loben des Dugald-Stewart, kurz, der ganze Wortschwall widerte sie derart an, daß sie ›das Wollen‹ übersprangen und sich in die Logik vertieften.

Durch sie lernten sie Analyse und Synthese, Induktion und Deduktion, ebenso die Hauptursachen unserer Irrtümer kennen. Fast alle entstehen durch die schlechte Anwendung der Worte.

›Die Sonne geht unter‹ – ›das Wetter verfinstert sich‹ – ›der Winter kommt‹ – sind fehlerhafte Ausdrücke, die die Vorstellung von persönlichen Wesenheiten wecken, während es sich doch nur um sehr einfache Ereignisse handelt! – ›Ich erinnere mich an diesen Gegenstand, diesen Grundsatz, diese Wahrheit‹ – Täuschung! Die Ideen und nicht die Dinge haften im Ich, und ein genauer Sprachgebrauch verlangt: ›Ich erinnere mich an die und die Tat meines Geistes, durch die ich diesen Gegenstand erblickt, diesen Grundsatz gefolgert, diese Wahrheit gewonnen habe.‹

Da ein Ausdruck, der einen Vorgang bezeichnet, diesen nicht in all seinen möglichen Verschiedenheiten erfassen kann, versuchten sie, nur abstrakte Wörter zu gebrauchen. Und anstatt zu sagen: ›Wir wollen einen Weg machen‹ – ›es ist Zeit zum Essen‹ – ›ich habe Leibschmerzen‹ – brachten sie folgende Ausdrücke fertig: ›Ein Spaziergang wäre heilsam‹ – ›die Stunde, Nahrung einzunehmen, ist gekommen‹ – ›ich empfinde ein Bedürfnis nach Ausleerung‹.

Als sie die Logik beherrschten, befaßten sie sich mit den verschiedenen Erkenntnisgrundsätzen, zuerst mit dem gesunden Menschenverstand.

Wenn ein Individuum nichts wissen kann, warum sollten alle Individuen mehr wissen? Ein Irrtum, und wäre er hunderttausend Jahre alt, ist wegen seines Alters keine Wahrheit. Die Menge geht unveränderlich ihren Schlendrian, die Minderheit dagegen bringt die Menschheit voran.

Ist es gut, sich auf das Zeugnis der Sinne zu verlassen? Sie täuschen manchmal und geben immer nur Aufklärung über den Anschein. Das Wesen der Dinge erfassen sie nicht. Die Vernunft, unwandelbar und unpersönlich, bietet mehr Sicherheiten; um aber in Erscheinung treten zu können, muß sie erst Fleisch werden. Dann wird die Vernunft meine Vernunft; eine Regel hat wenig Bedeutung, wenn sie falsch ist. Nichts beweist, daß jene richtig ist.

Es wird empfohlen, sie durch die Sinne zu kontrollieren, doch sie können das Dunkel noch vertiefen. Aus einer undeutlichen Wahrnehmung wird ein mangelhaftes Gesetz aufgebaut, das später das richtige Erkennen der Dinge verhindert.

Bleibt die Moral. Dadurch sinkt Gott auf das Niveau des Nützlichen herab, als wären unsere Bedürfnisse das Maß für das Absolute.

Die Augenscheinlichkeit, die von dem einen geleugnet, von dem anderen bestätigt wird, ist ihr eigener Erkenntnisgrundsatz. Das hat Cousin bewiesen.

»So bleibt nur noch die Offenbarung«, sagte Bouvard. Doch um an sie glauben zu können, muß man vorher zweierlei Erkenntnis als richtig annehmen: die des Körpers, der empfunden hat, die des Verstandes, der wahrgenommen hat; wer aber Empfindung und Vernunft annimmt, stützt sich auf menschliche und deshalb verdächtige Zeugnisse.

Pécuchet überlegte und verschränkte die Arme.

»Aber so geraten wir in den erschreckenden Abgrund des Skeptizismus.«

Nach Bouvards Ansicht war er nur für kleine Geister erschrekkend.

»Danke für das Kompliment«, erwiderte Pécuchet, »aber es gibt unbestreitbare Tatsachen. In gewissen Grenzen ist die Wahrheit erreichbar.«

»In welchen? Ist zwei und zwei immer vier? Ist das Gefäß gewissermaßen geringer als der Inhalt? Was bedeutet eine annähernde Wahrheit, ein Bruchteil von Gott, ein Teil eines unteilbaren Ganzen?«

»Ah! Du bist ein Sophist!« Und verärgert schmollte Pécuchet drei Tage lang.
Sie verbrachten sie mit der Durchsicht der Inhaltsverzeichnisse mehrerer Bände. Bouvard lächelte von Zeit zu Zeit und nahm die Unterhaltung wieder auf.
»Es ist schwer, nicht zu zweifeln; so sind die Gottesbeweise bei Descartes, Kant und Leibniz nicht dieselben und vernichten sich gegenseitig. Die Schöpfung der Welt durch die Atome oder durch einen Geist bleibt unfaßbar.
Ich empfinde mich als Materie und Gedanken zugleich, obwohl ich nicht weiß, was das eine und was das andere ist. Die Undurchdringlichkeit, die Festigkeit, die Schwere sind für mich ebenso geheimnisvoll wie meine Seele – um so mehr die Vereinigung von Seele und Körper.
Um sie zu erklären, hat Leibniz seine Harmonie, Malebranche die göttliche Bestimmung des menschlichen Willens, Cudworth einen Mittler erdacht, während Bossuet in ihr ein ewiges Wunder erblickt. Und das ist eine Dummheit: ein ewiges Wunder ist kein Wunder mehr.«
»Sehr richtig«, sagte Pécuchet.
Und einer gestand dem anderen, daß er von den Philosophen genug hätte. All diese Systeme verwirren nur. Die Metaphysik ist zwecklos. Man kann ohne sie ganz gut fertig werden.

Übrigens wurde ihre Geldverlegenheit größer. Sie schuldeten Beljambe drei Faß Wein, Langlois zwölf Kilo Zucker, dem Schneider hundertzwanzig, dem Schuster sechzig Francs. Die Ausgaben gingen weiter, und Gouy bezahlte nicht.
Sie gingen zu Marescot, der ihnen Geld verschaffen sollte, und zwar entweder durch den Verkauf der Écalles, durch eine Hypothek auf ihren Pachthof oder durch Veräußerung ihres Hauses; es sollte in lebenslänglichen Renten bezahlt werden, wofür sie die Nutznießung behielten.
»Undurchführbar«, sagte Marescot; aber etwas Besseres sei im Gang, worüber sie noch Nachricht erhielten.

Dann dachten sie an ihren armen Garten. Bouvard machte sich an das Ausschneiden des Laubengangs, Pécuchet an den Schnitt des Spaliers. Marcel mußte die Beete umgraben. Nach einer Viertelstunde hörten sie auf; der eine klappte sein Gartenmesser zu, der andere legte die Schere weg; und sie begannen, langsam hin und her zu gehen. Bouvard ging mit nackten Armen im Schatten der Linden; er trug keine Weste und streckte die Brust nach vorn; Pécuchet ging an der Mauer entlang; er senkte den Kopf, hielt die Hände auf dem Rücken und hatte den Schirm seiner Mütze vorsichtigerweise nach hinten geschoben. So gingen sie in derselben Richtung; keiner achtete auf Marcel, der sich neben der Hütte ausruhte und eine Scheibe Brot aß.

Während sie so still jeder für sich gingen, kamen ihnen allerlei Gedanken; sie sprachen sich an, denn sie fürchteten, sie zu vergessen – und die Metaphysik kehrte wieder.

Bei jeder Gelegenheit war sie da, ob es regnete oder die Sonne schien, ob sie einen Stein im Schuh hatten oder eine Blume auf dem Rasen betrachteten.

Sahen sie eine Kerze brennen, fragten sie sich, ob das Licht im Ding oder in ihren Augen sei. Da Sterne verschwunden sein können, wenn ihr Licht uns erreicht, bewundern wir vielleicht Dinge, die gar nicht existieren.

Als sie in einer Weste eine Raspail-Zigarette fanden, zerbröckelten sie sie auf Wasser, und der Kampfer drehte sich. Es war also Bewegung in der Materie! Ein höherer Grad von Bewegung mußte Leben hervorrufen!

Aber wenn allein Materie in Bewegung Wesen schaffen könnte, würden diese nicht so mannigfaltig sein. Denn im Anfang gab es weder Erde noch Wasser noch Menschen noch Pflanzen. Was ist also die Urmaterie, die noch nie jemand sah, die nichts mit den Dingen der Welt zu tun hat und sie doch alle hervorbrachte?

Gelegentlich brauchten sie ein Buch. Dumouchel, der es leid war, ihnen immer wieder zu helfen, antwortete nicht mehr; sie waren aber erpicht auf diese Frage, besonders Pécuchet. Sein Drang nach Wahrheit quälte ihn wie brennender Durst.

Bouvards Reden regten ihn auf; er ließ vom Spiritualismus, beschäftigte sich erneut mit ihm, gab ihn wieder auf. Schließlich sagte er, den Kopf in die Hände gepreßt:
»Oh! Der Zweifel, der Zweifel! Lieber würde ich das Nichts vorziehen!«
Bouvard erkannte die Unzulänglichkeit des Materialismus, versuchte aber doch, daran festzuhalten; schließlich erklärte er, daß er darüber den Kopf verliere.
Auf einer festen Basis begannen sie ihre Folgerungen; die Basis brach zusammen, und plötzlich war jeder Gedanke fort; fortgeflogen wie eine Fliege, die man fangen will.
Während der Winterabende saßen sie im Museum neben dem Kamin, plauderten und sahen in die Glut. Im Hausflur pfiff der Wind, die Scheiben klirrten, schwankend bewegte sich die schwarze Masse der Bäume, und in der Traurigkeit der Nacht wurden ihre Gedanken ernster.
Dann und wann erhob sich Bouvard, durchmaß den Raum und setzte sich wieder. Die Leuchter und die Metallpfannen an den Wänden warfen schräge Schatten auf den Boden; der heilige Petrus, dessen Profil beleuchtet wurde, warf den Schatten seiner Nase an die Decke. Sie glich einem ungeheuren Jagdhorn.
Bouvard, der nicht sonderlich achtgab, stieß öfters an die Statue. Die dicken Augen und die Hängelippe, die ganze Miene eines Trunkenbolds, ärgerten auch Pécuchet. Schon lange hatten sie die Absicht gehabt, sich ihrer zu entledigen, aber aus Nachlässigkeit wurde es von einem Tag auf den anderen verschoben.
Eines Abends stritten beide über das Wesen der Monade. Da stieß sich Bouvard den Daumen an der großen Zehe des heiligen Petrus – er wurde wütend und schrie:
»Der Kerl ärgert mich schon lange; wir wollen ihn rausschmeißen.«
Es war schwierig, ihn über die Treppe zu schaffen. Sie öffneten das Fenster und legten ihn vorsichtig über den Rand. Pécuchet kniete nieder und versuchte, ihn an den Füßen zu heben, wäh-

rend Bouvard gegen die Schultern drückte. Aber der steinerne Mann rührte sich nicht. Da benutzten sie die Hellebarde als Hebel – und endlich lag er waagerecht. Er schwankte noch ein wenig und sauste dann mit der Tiara voran in die Tiefe. Sie hörten einen dumpfen Aufschlag – und fanden ihn tags darauf in zwölf Stücke zersprungen in der alten Kompostgrube.

Eine Stunde später kam der Notar und brachte eine gute Nachricht. Jemand wollte gegen eine Hypothek auf ihren Pachthof tausend Taler geben. Sie freuten sich schon.

»Verzeihung, es ist eine Klausel dabei; Sie müssen ihm die Écalles für fünfzehnhundert Francs verkaufen. Das Darlehen wird noch heute ausgezahlt. Das Geld liegt bei mir in der Kanzlei.«

Sie hatten alle beide Lust; auf den Vorschlag einzugehen. Endlich sagte Bouvard:

»Lieber Gott, es sei!«

»Also abgemacht!« sagte Marescot. Und er nannte ihnen den Namen des Geldgebers. Es war Frau Bordin.

»Dachte ich mir's doch!« rief Pécuchet.

Bouvard schwieg gedemütigt.

Sie oder ein anderer! Einerlei! Die Hauptsache war, daß sie aus der Verlegenheit kamen.

Als sie das Geld erhalten hatten (das für die Écalles sollte später bezahlt werden), beglichen sie gleich alle Rechnungen. Auf dem Nachhauseweg sprach Vater Gouy sie an der Ecke der Markthalle an.

Er war auf dem Weg zu ihnen, er wollte ihnen ein Unglück melden. In der vergangenen Nacht hatte der Sturm zwanzig Apfelbäume in den Höfen umgerissen, die Brennerei umgelegt und das Dach der Scheune abgehoben. Den Rest des Nachmittags verbrachten sie mit der Besichtigung des angerichteten Schadens. Am folgenden Tag hatten sie Besprechungen mit dem Zimmermann, dem Maurer und dem Dachdecker. Die Reparaturen kosteten mindestens achtzehnhundert Francs.

Am Abend kam Gouy wieder. Marianne hatte ihm von dem Verkauf der Écalles erzählt. Es sei ein ertragreiches Land, er sei

sehr zufrieden damit, es hätte kaum Bearbeitung erfordert, kurz, es sei das beste Stück des ganzen Pachthofes – und er verlange Herabsetzung der Pacht.
Die Herren lehnten ab. Der Fall wurde dem Friedensrichter unterbreitet, der zugunsten des Pächters entschied. Bewertete man den Acker mit zweitausend Francs, so bedeutete der Verlust der Écalles einen jährlichen Schaden von siebzig Francs. Vor Gericht würde er sicher gewinnen.
Ihr Vermögen war kleiner geworden. Was sollten sie tun? Wovon sollten sie in Kürze leben?
Mutlos setzten sich die beiden zu Tisch. Marcel verstand nichts von der Küche; sein Essen übertraf diesmal noch die anderen. Die Suppe sah aus wie Spülwasser, der Kaninchenbraten roch schlecht, die Bohnen waren nicht gar, die Teller schmierig; beim Nachtisch platzte Bouvard los und drohte, ihm alles an den Kopf zu werfen.
»Seien wir doch Philosophen«, sagte Pécuchet. »Was liegt an einem bißchen weniger Geld, was kümmern uns die Intrigen eines Weibes, die Ungeschicklichkeit eines Dieners? Du steckst noch zu tief im Materiellen.«
»Aber wenn es mich behindert«, sagte Bouvard.
»Ich erkenne sein Vorhandensein nicht an«, erwiderte Pécuchet.
Vor kurzem hatte er eine Inhaltsangabe von Berkeley gelesen und fügte hinzu:
»Ich leugne die Ausdehnung, die Zeit, den Raum, sogar die Substanz, denn die wahre Substanz ist der Geist, der das Wesen der Dinge durchdringt.«
»Richtig«, sagte Bouvard, »wenn man aber die Welt unterdrückt, fehlen die Beweise für die Existenz Gottes.«
Pécuchet erhob laut Einspruch, lange, obwohl er einen Schnupfen hatte, der durch das Jod-Kalium verursacht war; ein beständiges Fieber vergrößerte seine Erregung. Bouvard machte sich deswegen Sorge und ließ den Arzt kommen.
Vaucorbeil verschrieb Orangensirup mit Jod und für später Zinnoberbäder.

»Wozu?« sagte Pécuchet. »Einmal vergeht die Form doch. Die Wesenheit aber bleibt.«

»Ohne Zweifel«, sagte der Arzt, »die Materie ist unzerstörbar! Aber...«

»Nicht doch, nicht doch! Das Unzerstörbare ist das Wesen; Ihr Körper, den ich vor mir sehe, Herr Doktor, hindert mich, Ihre Persönlichkeit zu erkennen, ist sozusagen nur ein Kleid oder vielmehr nur eine Maske.«

Vaucorbeil hielt ihn für verrückt.

»Guten Abend! Pflegen Sie Ihre Maske!«

Pécuchet ließ sich nicht beirren. Er verschaffte sich eine Einführung in die Philosophie Hegels und wollte sie Bouvard erklären.

»Alles, was vernunftgemäß ist, ist wirklich. Das einzig Wirkliche ist die Idee. Die Gesetze des Geistes sind die Gesetze der Welt, die Vernunft des Menschen ist identisch mit der Gottes.«

Bouvard heuchelte Verständnis.

»Das Absolute ist also zugleich Subjekt und Objekt, die Einheit, in der sich alle Unterschiede wieder vereinigen. So lösen sich die Widersprüche. Der Schatten gestattet das Licht, die Mischung von Kalt und Warm ergibt die Temperatur, der Organismus erhält sich nur durch die Zerstörung des Organismus, überall ein Prinzip, das teilt, ein Prinzip, das verknüpft.«

Sie waren auf dem Schneckenberg, und der Pfarrer ging mit seinem Brevier in der Hand am Zaun vorbei.

Pécuchet bat ihn, hereinzukommen; er wollte in seiner Gegenwart die Erklärung Hegels beenden und sehen, was er dazu sagte.

Der Mann in der Soutane setzte sich zu ihnen, und Pécuchet begann mit dem Christentum.

»Keine Religion hat so gut diese Wahrheit begründet: Die Natur ist nur ein Moment der Idee!«

»Ein Moment der Idee?« murmelte der Priester verblüfft.

»Gewiß! Wenn Gott sichtbare Gestalt annimmt, beweist er seine wesenhafte Verbindung mit ihr.«

»Mit der Natur? Oh!«

»Durch seinen Tod hat er die Wesenheit des Todes bewiesen; der Tod war also in ihm, bildete einen Teil von Gott.«

Der Geistliche runzelte die Stirn:

»Keine Gotteslästerung! Zum Heil der Menschheit hat er die Leiden erduldet.«

»Sie irren! Man denkt nur an den Tod beim Individuum, wo er ohne Zweifel ein Übel ist; aber in bezug auf die Dinge ist das anders: Trennen Sie nicht den Geist von der Materie!«

»Aber, Herr, vor der Schöpfung...«

»Eine Schöpfung hat es nicht gegeben. Sie ist immer dagewesen. Sonst wäre das ein neues Wesen, das zu dem göttlichen Gedanken hinzukommt, und das wäre absurd.«

Der Priester stand auf; Amtsgeschäfte riefen ihn anderswohin.

»Ich schmeichle mir, es ihm ordentlich gegeben zu haben«, sagte Pécuchet. »Noch ein Wort! Da die Existenz der Welt nur ein ständiges Gehen vom Leben zum Tode und vom Tod zum Leben ist, so ist nicht alles, sondern nichts. Aber alles wird, begreifst du?«

»Ja, ich verstehe, oder vielmehr, ich verstehe nichts.«

Der Idealismus erbitterte Bouvard schließlich im höchsten Grade.

»Ich will nichts mehr davon hören; das berühmte *cogito* ärgert mich. Man hält die Ideen der Dinge für die Dinge selbst. Was man ohnehin nicht versteht, wird durch Worte erklärt, die überhaupt nicht zu verstehen sind. Substanz, Ausdehnung, Kraft, Materie und Seele! Alles nur Abstraktion, Vorstellung. Was Gott betrifft, ist es unmöglich, zu wissen, wie er ist, nicht einmal, ob er ist. Früher war er die Ursache von Wind, Blitz, Umwälzungen. Jetzt wird er kleiner. Im übrigen sehe ich seinen Nutzen nicht.«

»Und die Moral in alldem?«

»Ah! Um so schlimmer!«

›Es fehlt ihr in der Tat die Grundlage‹, sagte sich Pécuchet. Er schwieg, weil er fühlte, daß er in eine Sackgasse geraten war; das war die Folge der Logik, die er selbst aufgestellt hatte.

Er war erst überrascht, dann wie vernichtet.

Bouvard glaubte nicht einmal mehr an die Materie.

Die Gewißheit, daß nichts existiert, so jammervoll sie auch ist, ist deshalb doch eine Gewißheit. Wenige Menschen sind fähig, ihr ins Auge zu sehen. Sie waren stolz auf diese hohe Überlegenheit und hätten sie gern gezeigt; eine Gelegenheit hierzu bot sich.

Als sie eines Morgens Tabak holten, bemerkten sie vor Langlois' Tür eine Menschenmenge. Alle umringten den Omnibus aus Falaise; es handelte sich um Touache, einen Sträfling, der in der Gegend umherstrolchte. Der Wagenführer hatte ihn in Croix-Verte zwischen zwei Gendarmen gesehen, und die Bürger von Chavignolles atmeten erleichtert auf.

Girbal und der Hauptmann blieben auf dem Platz; dann kam der Friedensrichter, der gern etwas erfahren wollte, und in seinem Käppchen und mit Pantoffeln aus Schafleder erschien Marescot.

Langlois forderte sie auf, seinen Laden mit ihrer Anwesenheit zu beehren, sie hätten es dort gemütlicher. Trotz der Kunden und der häufig ertönenden Ladenklingel unterhielten sich die Herren weiter über Touaches Missetaten.

»Lieber Gott«, sagte Bouvard, »er hatte schlechte Triebe, weiter nichts.«

»Die besiegt man durch die Tugend«, sagte der Notar.

»Und wenn man keine Tugend hat?«

Und Bouvard leugnete rundweg die Freiheit des Willens.

»Sicher kann ich tun, was ich will«, sagte der Hauptmann, »ich kann zum Beispiel, wenn ich will, mein Bein bewegen.«

»Nein, mein Herr, Sie haben einen Grund, es zu bewegen.«

Der Hauptmann suchte nach einer Antwort, fand jedoch keine.

Aber Girbal schoß einen Pfeil ab:
»Ein Republikaner, der gegen die Freiheit spricht. Wie seltsam.«
»Es ist zum Lachen«, sagte Langlois.
Bouvard fragte ihn:
»Weshalb geben Sie Ihr Vermögen nicht den Armen?«
Der Krämer ließ seine Blicke unruhig durch den Laden schweifen.
»Nein, so dumm bin ich nicht. Ich behalte es für mich.«
»Wenn Sie der heilige Vincent de Paula wären, würden Sie anders handeln, denn dann hätten Sie seinen Charakter. Sie gehorchen dem Ihren. Also sind Sie nicht frei!«
»Das ist nur eine Spitzfindigkeit«, antworteten alle zugleich.
Bouvard ließ sich nicht aus der Fassung bringen, deutete auf die Waage auf dem Ladentisch und fuhr fort:
»So lange eine Waagschale leer bleibt, bewegt sie sich nicht. Genau so ist es mit dem Willen; das Schwanken der Waage zwischen zwei Gewichten, die gleich scheinen, ist mit der Arbeit unseres Geistes vergleichbar, wenn er die Beweggründe gegeneinander abwägt, bis der stärkere siegt, ihn bestimmt.«
»Alles das«, sagte Girbal, »ändert nichts für Touache und hindert ihn nicht, alles andere als ein netter Kerl zu sein.«
Pécuchet nahm das Wort:
»Laster sind Eigentümlichkeiten der Natur, ebenso wie Überschwemmungen und Stürme.«
Der Notar unterbrach ihn; bei jedem Wort hob er sich auf die Zehenspitzen.
»Ich finde Ihr System durchaus unmoralisch. Es gibt jeder Zügellosigkeit freie Bahn, entschuldigt die Verbrecher, erklärt die Schuldigen für unschuldig.«
»Ganz recht«, sagte Bouvard. »Der Unglückliche, der seinen Trieben folgt, ist in seinem Recht, genau wie der anständige Mensch, der auf die Vernunft hört.«
»Verteidigen Sie doch nicht die Ungeheuer!«
»Wieso Ungeheuer? Wenn ein Blinder, ein Idiot, ein Mörder

geboren wird, erscheint uns das gegen die Ordnung, als hätten wir auch nur eine Ahnung von der Ordnung, als folge die Natur überhaupt einem Zweck.«

»Dann bestreiten Sie die Vorsehung?«

»Ja, die bestreite ich.«

»Betrachten Sie doch nur die Geschichte«, rief Pécuchet. »Denken Sie doch an die Ermordung der Könige, das Hinschlachten von Völkern, die Streitigkeiten in den Familien, den Kummer des einzelnen.«

Einer erregte sich am anderen, und Bouvard fügte hinzu: »Dabei sorgt diese Vorsehung für die kleinen Vögel und läßt den Krebsen die Scheren nachwachsen. Ah! Wenn Sie unter Vorsehung ein Gesetz verstehen, das alles ordnet, bin ich damit einverstanden und doch auch wieder nicht.«

»Aber, verehrter Herr«, sagte der Notar, »es gibt Prinzipien.«

»Gerede. Nach Condillac ist die Wissenschaft die beste, die ihrer am wenigsten bedarf. Sie fassen doch nur erworbene Kenntnisse zusammen und bringen uns wieder zu den Begriffen, die gerade bestreitbar sind.«

»Haben Sie wie wir«, fuhr Pécuchet fort, »die Geheimnisse der Metaphysik zu erforschen, zu ergründen versucht?«

»Das ist wahr, meine Herren, das ist wahr!«

Und die Gesellschaft ging auseinander.

Aber Coulon zog sie beiseite und sagte ihnen in väterlichem Ton, er sei ganz gewiß nicht fromm und habe für die Jesuiten nichts übrig. Aber so weit wie sie ginge er nicht. Gewiß nicht! Nein! – Und an der Ecke des Platzes überholten sie den Hauptmann, der seine Pfeife ansteckte und brummte: »Ich tue doch, was ich will, zum Donnerwetter!«

Auch bei anderen Gelegenheiten äußerten Bouvard und Pécuchet ihre widersinnigen Behauptungen. Sie zogen die Rechtschaffenheit der Menschen, die Keuschheit der Frauen, die Einsicht der Regierung, den gesunden Verstand des Volkes in Zweifel, kurz, sie unterminierten die Grundlagen.

Foureau regte sich gewaltig darüber auf und bedrohte sie mit

Gefängnis, wenn sie noch weiter solche Reden führten. Die Augenscheinlichkeit ihrer Überlegenheit verletzte.

Da sie unmoralische Thesen vertraten, mußten sie selbst unmoralisch sein; Verleumdungen wurden erfunden.

Nun entwickelte sich in ihrem Geist ein erbärmliches Talent: die Dummheit zu sehen und sie nicht zu ertragen.

Unbedeutende Dinge machten sie traurig: die Reklame in den Zeitungen, das Profil eines Bürgers, eine törichte Bemerkung, die sie zufällig hörten.

Wenn sie an das dachten, was in ihrem Dorf geredet wurde und daß es überall Menschen gab wie Coulon, Marescot, Foureau, dann fühlten sie gleichsam das Gewicht der ganzen Erde auf sich lasten.

Sie gingen nicht mehr aus, empfingen niemand.

Eines Nachmittags entspann sich auf dem Hof ein Zwiegespräch zwischen Marcel und einem Herrn, der einen breitrandigen Hut und eine schwarze Schutzbrille trug. Es war Larsoneur, der Akademiker.

Er merkte wohl, daß sich ein Vorhang ein wenig verschob, daß Türen geschlossen wurden. Er wollte mit seinem Besuch eine Versöhnung herbeiführen, und nun ging er wütend fort und beauftragte den Diener, seinen Herren zu bestellen, er betrachte sie als Flegel.

Bouvard und Pécuchet berührte das weiter nicht. Die Welt verlor für sie an Wichtigkeit; sie sahen sie wie durch eine Wolke, die aus ihrem Hirn kam und sich über ihre Augen legte.

Ist sie nicht überhaupt Illusion, ein böser Traum? Vielleicht gleichen sich Glück und Unglück, im ganzen gesehen, aus. – Doch das Wohlergehen der Menschheit ist kein Trost für das Einzelwesen.

»Und was kümmern mich die anderen?« sagte Pécuchet.

Seine Verzweiflung bedrückte Bouvard: er hatte ihn so weit gebracht; und der Verfall ihres Besitzes ließ ihren Kummer durch täglich neuen Ärger nicht zur Ruhe kommen.

Einer versuchte dem anderen durch vernünftiges Zureden Mut

zu machen; sie verordneten sich Arbeiten, sanken aber nur in größere Trägheit, in noch tiefere Mutlosigkeit. Wenn sie gegessen hatten, blieben sie am Tisch sitzen, stützten die Ellbogen auf, seufzten und machten todtraurige Gesichter. Marcel sah sie mit aufgerissenen Augen an, ging dann wieder in seine Küche, wo er sich in Einsamkeit vollfraß.

Im Hochsommer erhielten sie eine Anzeige über die Heirat Dumouchels mit der Witwe Olympe-Zulma Poulet.

Und sie dachten an die Zeit, als auch sie glücklich waren.

Warum gingen sie nicht mehr hinter den Schnittern her? Wo waren die Tage, als sie die Pachthöfe besuchten und überall nach Altertümern suchten? Nichts mehr konnte ihnen so angenehme Stunden verschaffen, wie sie sie in der Destillerie oder mit dem Studium der Literatur verbracht hatten. Ein Abgrund trennte sie davon. Etwas Unwiderrufliches war geschehen.

Wie früher wollten sie einen Spaziergang durch die Felder machen. Sie gingen sehr weit und verliefen sich. Lämmerwolken waren am Himmel, der Wind bewegte die Haferdolden, am Rand einer Wiese murmelte ein Bach, als plötzlich ein ekelhafter Gestank sie anhielt; auf Kieseln, zwischen Dornen, lag der Kadaver eines Hundes.

Die vier Läufe waren vertrocknet. Die Schnauze stand weit offen, unter bläulichen Lefzen zeigten sich elfenbeinweiße Eckzähne; der Bauch war ein erdfarbiger Haufen; er schien zu zukken, so sehr wimmelte es darauf von Würmern. Er bewegte sich in der glühenden Sonne, in diesem unerträglichen, wilden, fast verzehrenden Gestank, von Fliegen umsummt.

Bouvard zog die Stirn kraus. Tränen kamen ihm in die Augen.

Stoisch sagte Pécuchet:

»So sehen wir eines Tages auch aus.«

Der Gedanke an den Tod hatte sie gepackt. Auf dem Rückweg sprachen sie darüber.

Schließlich existierte er gar nicht. Man vergeht in den Tau, den Wind, die Sterne. Man wird etwas von dem Saft der Bäume,

dem Glanz der Edelsteine, dem Gefieder der Vögel. Man gibt der Natur zurück, was sie geliehen hat, und das Nichts vor uns ist nicht schrecklicher als das Nichts, das hinter uns liegt.
Sie versuchten, sich ihn als tiefschwarze Nacht, als grundloses Loch, als ewige Ohnmacht vorzustellen; alles andere war besser als dieses monotone, absurde und hoffnungslose Leben.
Sie gedachten noch einmal ihrer unbefriedigten Wünsche. Bouvard hatte sich immer Wagen und Pferde, feine Burgunder-Weine und gefällige Frauen in einer prächtigen Wohnung gewünscht. Pécuchets Ehrgeiz war das philosophische Wissen.
Nun kann das größte der Probleme, das die anderen enthält, in einer Minute gelöst werden. Wann wird diese Minute kommen?
»Dann lieber gleich ein Ende machen.«
»Wie du willst«, sagte Bouvard.
Und sie befaßten sich eingehend mit der Frage des Selbstmords.
Wo ist das Böse, wenn man eine Last, die einen erdrückt, von sich wirft und eine Handlung begeht, die niemandem schadet? Wenn sie Gott beleidigte, könnten wir sie dann überhaupt vollbringen? Es ist keine Feigheit – wenn es auch behauptet wird, und die Vermessenheit ist schön, das zu verhöhnen, sogar zum eigenen Nachteil, was die Menschen am höchsten schätzen.
Sie berieten die Todesart.
Gift verursacht Schmerzen. Zum Halsabschneiden gehört viel Mut. Tod durch Ersticken gelingt nicht immer.
Endlich brachte Pécuchet zwei Stricke aus der Turnhalle auf den Speicher. Er band sie an demselben Querbalken des Daches fest, machte an jedem Ende eine Schlinge, und stellte zwei Stühle darunter, damit sie die Stricke erreichen konnten.
Sie entschlossen sich zu diesem Mittel.
Sie fragten sich, welchen Eindruck ihr Tod wohl im Kreis machen würde, wohin ihre Bibliothek, ihre Sammlungen, ihre Papiere kämen. Der Gedanke an den Tod stimmte sie rührselig gegen sich selbst. Doch sie gaben ihr Vorhaben nicht auf, und

da sie immer wieder von dem Plan sprachen, gewöhnten sie sich daran.

Am Abend des 24. Dezember, zwischen zehn und elf Uhr, saßen sie in Gedanken versunken im Museum; sie waren sehr unterschiedlich angezogen. Bouvard trug über seiner gestrickten Weste eine Bluse, und aus Sparsamkeit hatte Pécuchet seit drei Monaten nur noch das Mönchsgewand an. Sie hatten großen Hunger. Marcel war seit dem frühen Morgen verschwunden und noch nicht wieder aufgetaucht. Bouvard hielt es für gesund, ein Fläschchen Schnaps zu trinken, und Pécuchet, Tee zu nehmen.

Als er den Teekessel hob, verschüttete er Wasser auf den Fußboden.

»Wie ungeschickt!« schrie Bouvard.

Ihm schien der Aufguß zu schwach, und er wollte ihn deshalb durch zwei Löffel Tee verstärken.

»Dann ist er ungenießbar«, sagte Pécuchet.

»Durchaus nicht.«

Jeder wollte die Büchse an sich reißen, das Tablett fiel auf die Erde, eine Tasse zerbrach; es war die letzte des schönen Porzellanservices.

Bouvard wurde blaß.

»Mach nur so weiter! Schlag alles kaputt! Tu dir keinen Zwang an!«

»Ein großes Unglück, bestimmt!« meinte Pécuchet höhnisch.

»Jawohl, ein Unglück! Sie stammte noch von meinem Vater.«

»Deinem natürlichen Vater«, fügte Pécuchet grinsend hinzu.

»Du beleidigst mich!«

»Nein, aber ich bin dir lästig! Ich merke es gut! Gib's doch zu!«

Und Pécuchet wurde wütend oder vielmehr wahnsinnig. Bouvard auch. Beide schrien – den einen erregte der Hunger, den anderen der Alkohol. Aus der Kehle Pécuchets kam nur noch ein Röcheln.

»Ein wahres Höllenleben! Lieber tot sein! Lebewohl!«
Er nahm den Leuchter, drehte sich um und schlug krachend die Tür hinter sich zu.
In der Dunkelheit konnte Bouvard die Tür nicht gleich finden; er lief hinter ihm her und kam auf den Speicher.
Die Kerze lag auf der Erde, Pécuchet stand auf einem Stuhl und hatte den Strick in der Hand.
Bouvard konnte dem Nachahmungstrieb nicht widerstehen.
»Warte!«
Er stieg auf den anderen Stuhl; doch plötzlich zögerte er:
»Aber... wir haben unser Testament noch nicht gemacht.«
»Das ist richtig.«
Schluchzen hob ihre Brust. Sie traten an die Luke, um Luft zu schöpfen.
Die Luft war kalt, zahlreiche Sterne funkelten am tiefschwarzen Himmel.
Die Weiße des Schnees, der die Erde bedeckte, verschmolz in der Ferne mit dem Nebel.
Sie sahen kleine Lichter über dem Boden, die größer wurden, näher kamen und sich auf die Kirche zu bewegten.
Neugierde trieb sie dorthin.
Es war die Mitternachtsmesse. Die Lichter waren die Laternen der Hirten. In der Vorhalle klopften sie ihre Mäntel ab. Das Krummhorn dröhnte, der Weihrauch duftete. Im Schiff hingen hintereinander drei gläserne Leuchter und bildeten drei bunte Lichtkronen, und weit hinten, zu beiden Seiten des Tabernakels, sandten riesige Kerzen rote Flammen empor. Über den Köpfen der Menge und den Kapuzen der Frauen, jenseits der Sänger, stand der Priester in seinem goldenen Meßgewand; auf seine schrille Stimme antworteten die kräftigen Stimmen der Männer, die die Empore füllten, und das hölzerne Gewölbe bebte auf seinen Steinbögen. Die Bilder des Kreuzwegs schmückten die Wände. Mitten im Chor, vor dem Altar, lag ein Lamm, die Beine unter den Bauch gezogen, die Ohren aufgerichtet.

Die Wärme löste in ihnen ein seltsames Wohlbehagen aus, und ihre Gedanken, die eben noch so stürmisch waren, wurden ruhig wie verschäumende Wellen.
Sie hörten das Evangelium und das Credo, beobachteten die Bewegungen des Priesters. Unterdessen beteten alle: alt und jung, die Bettlerinnen in Lumpen, die Pächtersfrauen in der hohen Mütze, die kräftigen Burschen mit den blonden Backenbärten, alle waren in dieselbe tiefe Freude versunken und sahen auf dem Stroh eines Stalles den Leib des Gotteskindes wie eine Sonne leuchten. Dieser Glaube der anderen rührte Bouvard trotz seiner Vernunft und Pécuchet trotz der Härte seines Herzens.
Tiefe Stille; alle Rücken beugten sich; ein Glöckchen läutete, und das kleine Lamm blökte.
Der Priester hob mit beiden Armen die Hostie so hoch er konnte. Ein Jubelgesang brach los, der die Welt zu den Füßen des Königs der Engel rief. Unwillkürlich fielen Bouvard und Pécuchet ein, und es war ihnen, als ginge in ihren Seelen die Morgenröte auf.

Die Leidenschaft
[public paintings]

Die Leidenschaft
[public paintings]

Öffentliche Malerei in
Frankfurt-Sachsenhausen
von / mit Kai Helmstetter
und Christoph Schnee
Ab Dezember 2004
mit freundlicher Unterstützung
von Tom Bock und der
Frankfurter Aufbau AG

Zum Apothekerhof 4
60594 Frankfurt am Main
kontakt@dieleidenschaft.de
www.dieleidenschaft.de
Tel: 0171-3852319
Sichtkontakt: täglich
Termine: nach Vereinbarung
Öffnungszeiten: jeden Freitag

IX

Am nächsten Tag um drei Uhr erschien Marcel. Sein Gesicht war grün, seine Augen rot, er hatte eine Beule an der Stirn, seine Hose war zerrissen, er stank nach Schnaps und starrte vor Schmutz.

Wie jedes Jahr, hatte er auch diesmal in der Nähe von Iqueville, sechs Meilen von Chavignolles, bei einem Freund den Heiligen Abend gefeiert; er stotterte mehr als sonst, weinte, wollte sich selbst schlagen und jammerte um Gnade, als hätte er ein Verbrechen begangen. Seine Herren verziehen ihm. Eine eigentümliche Ruhe stimmte sie nachsichtig.

Der Schnee war plötzlich geschmolzen; sie ergingen sich im Garten, atmeten die laue Luft und waren glücklich zu leben.

Hatte sie nur der Zufall vom Tod gerettet? Bouvard war weich gestimmt. Pécuchet dachte an seine Erste Kommunion; und voller Dankbarkeit gegen die Kraft, die Ursache, von der sie abhingen, kam ihnen der Gedanke, fromme Bücher zu lesen.

Das Evangelium hob ihre Seele, blendete sie wie eine Sonne. Sie sahen Jesus auf dem Berge stehen, einen Arm heben, und unter ihm die lauschende Menge – sahen ihn am Ufer des Sees inmitten der Apostel, die ihre Netze einziehen – dann auf der Eselin unter den Hosianna-Rufen, während sein Haar im Luftzug der zitternden Palmen wehte; endlich oben am Kreuz, mit gesenktem Haupt, von dem ewig Tau auf die Erde herniedersinkt. Was sie besonders einnahm, sie entzückte, war die Liebe zu den Niedrigen, das Eintreten für die Armen, die Erhöhung der Unterdrückten – und in diesem Buch, in dem sich der Himmel öffnet, war nichts Theologisches trotz aller Lehren; kein Dogma, keine Forderung als die nach Herzensreinheit.

Über die Wunder, die sie seit ihrer Kindheit kannten, war ihre Vernunft nicht weiter erstaunt. Die Tiefe des heiligen Johannes entzückte Pécuchet und befähigte ihn, die Nachfolge Jesu Christi besser zu verstehen.

Hier gibt es keine Gleichnisse, keine Blumen, keine Vögel mehr, sondern Klagen, ein Zurückziehen der Seele in sich selbst. Als Bouvard diese Seiten durchblätterte, die bei Nebelwetter, in der tiefen Einsamkeit eines Klosters, zwischen einem Glockenturm und einem Grab geschrieben zu sein schienen, wurde er traurig. Unser irdisches Leben erscheint darin so jammervoll, daß man es vergessen und sich Gott zuwenden muß. – Und nach all den Enttäuschungen empfanden die beiden Biedermänner das Bedürfnis, einfach zu sein, etwas zu lieben und dem Geist Ruhe zu gönnen. Sie studierten das Buch Jesus Sirach, Jesaias und Jeremias. Aber die Bibel mit ihren Propheten mit der Löwenstimme, dem Rollen des Donners in den Wolken, all dem Gejammer in der Hölle und mit ihrem Gott, der die Reiche zerstreut wie der Wind die Wolken, erschreckte sie.

Sie lasen sonntags, zur Stunde des Nachmittagsgottesdienstes, wenn die Glocke läutete.

Eines Tages gingen sie zur Messe und besuchten sie dann öfter. Es war eine Zerstreuung am Ende der Woche. Man beobachtete, daß der Graf und die Gräfin de Faverges sie schon von weitem grüßten. Der Friedensrichter zwinkerte mit den Augen und sagte:

»So ist's recht, das gefällt mir.«

Alle Bürgerfrauen sandten ihnen jetzt geweihtes Brot.

Der Abbé Jeufroy machte ihnen einen Besuch, den sie erwiderten; hieraus entspann sich ein Verkehr, aber der Priester sprach nie von Religion.

Diese Zurückhaltung wunderte sie, und Pécuchet fragte ihn, scheinbar gleichgültig, wie man gläubig werden könne.

»Zuerst beachten Sie genau die Vorschriften der Kirche!«

Und sie beachteten die Vorschriften; der eine voller Hoffnung, der andere herausfordernd; denn Bouvard war überzeugt, daß er nie fromm werden würde. Einen Monat lang versäumte er keinen Gottesdienst, wollte sich jedoch im Gegensatz zu Pécuchet nicht an das Fastengebot halten.

War das Fasten eine hygienische Maßregel? Man weiß doch, was die Hygiene wert ist. Eine Sache des Anstands? Fort mit dem Anstand! Ein Zeichen der Unterwerfung der Kirche gegenüber? Auch daraus machte er sich nichts. Kurz, er erklärte diese Vorschrift für abgeschmackt, heuchlerisch und nicht dem Geist des Evangeliums entsprechend.
Am Karfreitag des vergangenen Jahres hatten sie gegessen, was Germaine ihnen auf den Tisch brachte.
Aber dieses Mal hatte sich Bouvard ein Beefsteak bestellt. Er setzte sich zu Tisch, zerschnitt das Fleisch, und Marcel sah ihn empört an, während Pécuchet ernst sein Stück Kabeljau abhäutete.
Bouvard saß da, Messer und Gabel in der Hand. Endlich führte er entschlossen einen Bissen zum Mund. Plötzlich fingen seine Hände an zu zittern, sein dickes Gesicht wurde blaß, der Kopf sank ihm nach hinten.
»Ist dir schlecht?«
»Nein, aber...« und er machte ihm ein Geständnis. Seine Erziehung, stärker als er, machte es ihm unmöglich, an diesem Tag Fleisch zu essen; er fürchtete, daran zu sterben. Pécuchet mißbrauchte diesen Sieg nicht, machte sich ihn aber zunutze, um zu leben, wie er wollte.
Eines Abends kam er nach Hause. Eine ernste Freude strahlte auf seinem Gesicht, und er gestand, daß er eben gebeichtet hätte.
Dann erörterten sie die Wichtigkeit der Beichte.
Bouvard ließ die Beichte der ersten Christen gelten, die öffentlich geschah; die heutige sei zu bequem. Doch leugnete er nicht, daß diese Gewissenserforschung ein Element des Fortschritts, ein Sauerteig der Sittlichkeit sei.
Pécuchet, der nach Vollkommenheit strebte, erforschte seine Laster; die Anwandlungen von Hochmut waren seit langem geschwunden; seine Lust zur Arbeit bewahrte ihn vor Faulheit; von Gefräßigkeit konnte bei ihm keine Rede sein, niemand war mäßiger als er. Zuweilen aber konnte er sehr wütend werden.

Er schwor, sich zu bessern.
Dann mußte man Tugenden sein eigen nennen; zuerst die Demut – das heißt, man mußte sich jedes Verdienstes für unfähig, des geringsten Lohnes für unwürdig halten, seinem Geist opfern und sich so erniedrigen, daß man wie der Schmutz auf den Straßen mit Füßen getreten wird. Aber von dieser Haltung war er noch weit entfernt.
Eine andere Tugend fehlte ihm: die Keuschheit. – Denn innerlich sehnte er sich nach Mélie, und der tiefe Ausschnitt auf dem Pastellbild der Dame im Kostüm Louis XV. quälte ihn. Er schloß es in einen Schrank. Seine Schamhaftigkeit wurde immer stärker, bis er sich fürchtete, sich selbst zu betrachten und sich in der Unterhose zu Bett legte.
Soviel Sorge um die Wollust verstärkte sie nur. Besonders des Morgens hatte er schwere Kämpfe zu bestehen, wie einst im hohen Alter der heilige Paulus, der heilige Benedikt und der heilige Hieronymus; sofort nahmen sie zu wilder Buße ihre Zuflucht. Der Schmerz ist eine Sühne, ein Heilmittel, eine Fähigkeit, eine Huldigung an Jesus Christus. Jede Liebe verlangt Opfer – und welches wäre wohl schwerer als das unseres Körpers!
Um sich zu kasteien, verzichtete Pécuchet auf das Gläschen nach den Mahlzeiten, beschränkte sich auf vier Prisen täglich, setzte bei der schlimmsten Kälte keine Mütze mehr auf. Eines Tages stellte Bouvard, der den Wein aufbinden wollte, eine Leiter gegen die Mauer der Terrasse in der Nähe des Hauses, und sein Blick fiel, ohne daß er es wollte, in Pécuchets Zimmer.
Sein Freund, nackt bis zum Gürtel, schlug sich mit der Klopfpeitsche leicht auf die Schultern, wurde dann immer erregter, ließ die Hose herunter, schlug sich auf die Hinterbacken und sank dann erschöpft auf einen Stuhl.
Bouvard war verwirrt, als hätte er ein streng gehütetes Geheimnis entdeckt.
Seit einiger Zeit bemerkte er, daß die Fenster sauberer waren, die Servietten weniger Löcher hatten und das Essen besser

schmeckte. Diese Veränderungen verdankten sie dem Eingreifen Reines, der Magd des Pfarrers.
Sie verband die Angelegenheiten der Kirche mit denen der Küche, hatte Kräfte wie ein Ackerknecht und opferte sich auf, wenn sie auch vor niemand Respekt hatte. Sie kam in die Haushaltungen, gab gute Ratschläge und hatte bald die Zügel in der Hand. Pécuchet hatte volles Vertrauen zu ihrer Erfahrung.
Eines Tages brachte sie einen dicken Kerl mit, der kleine Chinesenaugen und eine Hakennase hatte. Es war Herr Gouttman, der mit frommen Artikeln handelte. Im Schuppen packte er einige Schachteln aus: Kreuze, Medaillen und Rosenkränze in jeder Größe, Leuchter für Kapellen, tragbare Altäre, Sträuße aus Flitter und Herz-Jesu-Bilder auf blauem Karton, heilige Josephs mit rotem Bart, Kalvarienberge aus Porzellan. Pécuchet hätte sie gern besessen; nur der Preis hielt ihn zurück.
Gouttman verlangte kein Geld. Viel lieber vertauschte er seine Waren; und als er das Museum sah, bot er für die alten Eisensachen und das Blei eine gewisse Menge seiner Waren. Bouvard fand sie fürchterlich. Aber Pécuchets Blick, Reines Bitten und das Geschwätz des Trödlers überzeugten ihn schließlich. Als Gouttman merkte, wie leicht er mit ihm fertig werden konnte, wollte er auch noch die Hellebarde; Bouvard, der es leid war, ihre Handhabung vorzuführen, gab sie her.
Alles wurde abgeschätzt, und die Herren blieben noch hundert Francs schuldig. Sie einigten sich auf vier Dreimonatswechsel – und beglückwünschten sich zu dem guten Kauf. Was sie erworben hatten, verteilten die beiden auf alle Zimmer. Eine mit Heu gefüllte Krippe und eine Kirche aus Kork schmückten das Museum.
Auf dem Kamin Pécuchets stand ein heiliger Johannes aus Wachs; auf dem Flur hingen die Bilder der berühmten Bischöfe und im Treppenhaus, unter einer Kettenlampe, eine sternengekrönte Madonna in himmelblauem Mantel. Marcel säuberte die Pracht und glaubte, im Paradies könne es Schöneres nicht geben.

Schade, daß der heilige Petrus zerbrochen war; wie schön hätte er sich im Vestibül ausgenommen! Pécuchet blieb oft vor der alten Kompostgrube stehen, in der die Tiara, eine Sandale, ein Stückchen vom Ohr noch zu erkennen waren; er seufzte und setzte dann seine Gartenarbeit fort; denn jetzt verband er handwerkliche Arbeiten mit religiösen Übungen. Er grub den Garten um, trug das Mönchskleid und verglich sich mit dem heiligen Bruno. Doch diese Tracht konnte eine Lästerung sein; er entsagte ihr.
Bald hatte er ganz das Gehabe eines Geistlichen, zweifellos durch den Umgang mit dem Pfarrer. Er lächelte und sprach wie ein Geistlicher, fröstelnd verbarg er seine beiden Hände bis zu den Gelenken in den Ärmeln. Und bald war er so weit, daß er keinen Hahn mehr krähen hören, keine Rose mehr sehen konnte; er ging nicht mehr aus ohne mit wilden Blicken das Land zu betrachten.
Bouvard ließ sich mit in die Maiandacht nehmen. Die Kinder, die Hymnen sangen, die großen Fliedersträuße, die Laubgirlanden riefen in ihm gleichsam die Erinnerung an unvergängliche Jugend wach. Gott offenbarte sich in seinem Herzen durch die Form der Nester, die Klarheit der Quellen, die wohltuende Kraft der Sonne, und die Frömmigkeit seines Freundes kam ihm überspannt, langweilig vor.
»Warum seufzest du beim Essen?«
»Mit Kummer sollen wir unser Brot verzehren«, antwortete Pécuchet, »denn auf diesem Weg hat der Mensch seine Unschuld verloren.«
Er hatte diesen Satz in einem zweibändigen Werk, dem *Manuel du séminariste*, gelesen, das Jeufroy ihm geliehen hatte. Er trank das wundertätige Salettenwasser, schloß sich ein, schickte Stoßgebete zum Himmel und hoffte, in die Brüderschaft des heiligen Franziskus aufgenommen zu werden. Eine Pilgerfahrt zur heiligen Jungfrau sollte ihm zur Beharrlichkeit im Glauben verhelfen.
Wohin aber sollte er pilgern? Zur Mutter Gottes von Fourvière,

Chartres, Embrun, Marseille oder Auray? Die von la Délivrande, die leichter zu erreichen war, genügte wohl auch.
»Du wirst mich begleiten.«
»Ich käme mir wie ein Einfaltspinsel vor«, sagte Bouvard. Aber vielleicht konnte er noch gläubig werden; er weigerte sich nicht, es zu sein, und aus Gefälligkeit gab er nach.
Wallfahrten muß man zu Fuß machen. Aber dreiundvierzig Kilometer sind keine Kleinigkeit, und da die Omnibusse mit der stillen Andacht nicht in Übereinstimmung zu bringen sind, mieteten sie ein altes Cabriolet, das sie nach zwölfstündiger Fahrt vor der Herberge absetzte.
Sie bekamen ein Zimmer mit zwei Betten und zwei Kommoden, auf denen je ein Wasserkrug in einer kleinen ovalen Waschschüssel stand. Der Wirt erzählte ihnen, dies sei das ›Zimmer der Kapuziner‹ aus der Zeit des Terrors. Hier wurde das heilige Bild der Muttergottes von la Délivrande mit so viel Vorsicht versteckt, daß die guten Väter hier heimlich die Messe lasen.
Pécuchet freute sich darüber und las laut aus einer Beschreibung der Kapelle vor, die er aus der Küche mitgenommen hatte.
Sie ist zu Anfang des zweiten Jahrhunderts von dem heiligen Regnobert, dem ersten Bischof von Lisieux, oder dem heiligen Ragnebert, der im siebten Jahrhundert lebte, oder auch von Robert dem Prächtigen in der Mitte des elften Jahrhunderts erbaut worden.
Die Dänen, die Normannen und besonders die Protestanten haben sie zu verschiedenen Zeiten in Brand gesteckt und verwüstet.
Gegen 1112 wurde die ursprüngliche Statue durch ein Schaf entdeckt; auf einer Weide bezeichnete es durch Aufstampfen mit dem Fuß, wo sie vergraben lag. An dieser Stelle errichtete Graf Baudoin ein Heiligtum.
Ihre Wunder sind nicht zu zählen. Ein Kaufmann aus Bayeux, in sarazenischer Gefangenschaft, rief sie an: seine Ketten lösten sich, und er floh. Ein Geizhals entdeckte auf seinem Speicher

Ratten, ruft die Jungfrau um Hilfe an, und die Ratten verschwinden. Ein alter Materialist aus Versailles wurde durch die Berührung einer Medaille, die ihr Bild gestreift hatte, auf dem Totenbett von tiefer Reue ergriffen.

Adeline erhielt durch sie die Sprache zurück, die er nach einer Gotteslästerung verloren hatte. Herrn und Frau Becqueville verlieh sie die Kraft, in ihrer Ehe keusch zu leben. Unter denen, die sie von unheilbaren Krankheiten geheilt hat, werden Fräulein de Palfresne, Anne Lirieux, Marie Duchemin, François Dufai und Frau von Jumillac, geborene d'Osseville genannt.

Bedeutende Persönlichkeiten haben sie besucht: Ludwig XI., Ludwig XIII., zwei Töchter des Gaston d'Orléans, der Kardinal Wisemann, Samirrhi, der Patriarch von Antiochia und Monseigneur Véroles, der apostolische Vikar der Mandschurei. Der Erzbischof von Quélen kam zu ihr, um ihr für die Bekehrung des Fürsten Talleyrand zu danken.

»Auch dich kann sie bekehren«, sagte Pécuchet.

Bouvard, der schon im Bett lag, brummte irgendwas und schlief dann ein.

Am nächsten Morgen betraten sie schon um sechs Uhr die Kapelle.

Eine andere war im Bau; Tücher und Bretter versperrten das Schiff; Bouvard konnte sich für den Rokokobau nicht begeistern; der Altar aus Marmor mit den korinthischen Säulen gefiel ihm nicht.

Die wundertätige Statue steht in einer Nische links vom Chor; sie ist in ein Flittergewand gehüllt. Der Küster kam und hatte für jeden von ihnen eine Kerze. Er steckte sie über der Balustrade auf eine Art Egge, verlangte drei Francs, verbeugte sich und verschwand.

Dann betrachteten sie die Weihgeschenke.

Inschriften auf Tafeln zeugten von der Dankbarkeit der Gläubigen. Sie bewunderten zwei sich kreuzende Degen, die ein ehemaliger Schüler der École Polytechnique geschenkt hat,

Hochzeitsbuketts, militärische Orden, silberne Herzen und in einer Ecke, auf dem Boden, einen wahren Wald von Krükken.

Aus der Sakristei kam ein Priester mit der Monstranz.

Er blieb kurze Zeit vor dem Altar stehen, stieg die drei Stufen hinauf, sprach das Oremus, den Introitus, das Kyrie, das der kniende Chorknabe in einem Atemzug hersagte.

Nur wenige Leute waren in der Kirche, zwölf bis fünfzehn alte Frauen. Man hörte ihre Rosenkränze klappern, hörte, wie mit einem Hammer auf Steine geschlagen wurde. Pécuchet neigte sich über seinen Betstuhl und antwortete auf das Amen. Während der Wandlung bat er die Heilige Jungfrau um beständigen, unwandelbaren Glauben.

Bouvard saß neben ihm auf einem Stuhl; er nahm seines Freundes Gebetbuch und las in den Litaneien der Heiligen Jungfrau:

Du Reinste, Keuscheste, Ehrwürdige, Liebenswerte, Mächtige, Gnädige, elfenbeinerner Turm, goldenes Haus, Tor, das gen Morgen führt!

Diese Worte der Anbetung, dieser Überschwang erhoben ihn zu ihr, die durch so viele Huldigungen gefeiert wird. Er dachte sie sich, wie auf den Kirchenbildern dargestellt: auf einem Wolkenberg, mit Cherubinen zu ihren Füßen und dem Gotteskind an der Brust. Mutter der Liebe, die alle Mühseligen in der Welt anrufen – Ideal der in den Himmel entrückten Frau; denn der Mensch, der aus ihrem Leben hervorging, empfindet unendliche Liebe zu ihr und trachtet nur danach, an ihrem Herzen zu ruhen.

Als die Messe zu Ende war, gingen sie an den Buden vorbei, die an der Mauer zum Platz hin aufgeschlagen waren. Bilder, Weihwasserkessel, Urnen mit Goldgeflecht, Christusbilder aus Kokosnuß, Rosenkränze aus Elfenbein waren ausgestellt; und die Sonne, die auf das Glas der Rahmen fiel, blendete die Augen, zeigte deutlich die Plumpheit der Malerei, die Häßlichkeit der Zeichnungen. Bouvard, der diese Dinge zu Hause scheuß-

lich fand, war ihnen gegenüber hier nachsichtig. Er kaufte eine kleine Jungfrau aus blauer Masse.
Pécuchet begnügte sich als Andenken mit einem kleinen Rosenkranz.
Die Händler schrien:
»Hierher! Hierher! Für fünf Francs, für drei Francs, für sechzig Centimes, für zwei Sous! Weisen Sie die Mutter Gottes nicht zurück!«
Die beiden Pilger schlenderten umher, ohne etwas zu wählen. Unfreundliche Bemerkungen wurden laut.
»Was wollen diese Kerle hier?«
»Es sind vielleicht Türken.«
»Oder gar Protestanten.«
Ein großes Mädchen zog Pécuchet am Gehrock; ein alter Mann mit einer Brille legte ihm die Hand auf die Schulter; alle schrien zugleich; dann kamen sie aus ihren Buden, umringten die beiden, wurden immer zudringlicher mit ihren Angeboten und ihren Beleidigungen.
Bouvard wurde es zu toll.
»Laßt mich in Ruhe, zum Donnerwetter!«
Der Schwarm ging auseinander.
Aber eine dicke Frau lief noch einige Zeit auf dem Platz hinter ihnen her und schrie, daß sie es noch bereuen würden. Als sie wieder ins Wirtshaus kamen, trafen sie im Café Gouttman. Er hatte geschäftlich hier zu tun. Er verhandelte mit einem Mann, der vor ihnen auf dem Tisch liegende Abrechnungen prüfte.
Dieser Mann trug eine Ledermütze und eine sehr weite Hose; er hatte ein rotes Gesicht und trotz seines weißen Haars eine schlanke Gestalt. Er erinnerte die beiden Freunde an einen pensionierten Offizier und zugleich an einen Schauspieler.
Von Zeit zu Zeit fluchte er, sprach aber auf ein Wort Gouttmans leiser, beruhigte sich dann und prüfte ein anderes Papier.
Bouvard, der ihn beobachtete, ging nach einer Viertelstunde auf ihn zu.

»Barberou, nicht wahr?«
»Bouvard!« rief der Mann mit der Mütze. Und sie umarmten sich.
In den letzten zwanzig Jahren hatte Barberou allerlei durchgemacht.
Er hatte eine Zeitung herausgegeben, war Versicherungsagent, Direktor eines Austernparks gewesen. – »Das muß ich Ihnen alles erzählen.« – Endlich arbeitete er wieder in seinem Beruf und reiste für ein Haus in Bordeaux, und Gouttman, der die Diözese ›bearbeitete‹, brachte für ihn Wein bei den Geistlichen unter –
»Verzeihung, in einer Minute stehe ich zu Ihrer Verfügung.«
Er hatte seine Abrechnungen wieder vorgenommen, sprang plötzlich von der Bank auf und schrie:
»Was, zweitausend?«
»Gewiß!«
»Das ist ein starkes Stück!«
»Wieso?«
»Ich bin selbst bei Hérambert gewesen«, erwiderte Barberou wütend. »Auf der Rechnung steht viertausend. Keine Scherze!«
Der Trödler ließ sich nicht aus der Fassung bringen.
»Nun, damit sind Sie entlastet!«
Barberou stand auf. Sein Gesicht war zuerst blaß, wurde dann violett, und Bouvard und Pécuchet glaubten, er würde Gouttman an die Kehle springen.
Er setzte sich wieder und verschränkte die Arme.
»Sie gemeiner Hund!«
»Keine Beleidigungen, Herr Barberou, ich habe Zeugen! Nehmen Sie sich in acht!«
»Ich werde Ihnen einen Prozeß anhängen.«
»Nur keine Aufregung.« Er schloß seine Mappe, lüftete den Rand seines Hutes – »Habe die Ehre!« – und ging.
Barberou schilderte die Tatsachen: für eine Schuld von tausend Francs, die sich durch wucherische Manöver verdoppelt hatte, hatte er Gouttman für dreitausend Francs Wein geliefert. Da-

mit war die Schuld bezahlt, und es blieb ein Gewinn von tausend Francs. Aber im Gegenteil: jetzt schuldete er auf einmal dreitausend. Seine Arbeitgeber würden ihn entlassen, würden ihn gerichtlich belangen.

»Halunke! Räuber! Schmieriger Jude! Und so ein Kerl ißt in den Pfarrhäusern zu Mittag. – Übrigens, alles, was mit den Pfaffen in Berührung kommt...!«

Er schimpfte auf die Priester und schlug so heftig auf den Tisch, daß die kleine Statue beinahe umgefallen wäre.

»Sachte!« mahnte Bouvard.

»Sieh mal einer an! Was ist denn das?« Und Barberou packte die kleine Jungfrau aus. »Ein Wallfahrtsandenken! Gehört es Ihnen?«

Pécuchet antwortete nicht, lächelte nur zweideutig.

»Es gehört mir«, sagte Bouvard.

»Sie tun mir leid«, erwiderte Barberou, – »aber ich werde Sie schon aufklären. Seien Sie unbesorgt.«

Und da man Philosoph sein muß und Traurigkeit zu nichts nütze ist, lud er sie zum Frühstück ein.

Die drei setzten sich zu Tisch.

Barberou war liebenswürdig, gedachte der vergangenen Zeit, faßte die Bedienerin um die Taille, wollte den Umfang von Bouvards Bauch messen. Er würde sie bald besuchen und ihnen ein lustiges Buch mitbringen.

Der Gedanke an seinen Besuch freute sie nicht besonders. Als sie im Wagen saßen, besprachen sie beim Trab des Pferdes die Angelegenheit eine Stunde lang. Dann schloß Pécuchet die Augen. Auch Bouvard schwieg. Innerlich neigte er der Religion zu.

Marescot war am Abend vorher dagewesen, um ihnen eine wichtige Mitteilung zu machen; Näheres wußte Marcel nicht. Erst drei Tage später konnte der Notar sie empfangen – und sofort teilte er ihnen mit, um was es sich handelte: Frau Bordin schlug Herrn Bouvard vor, ihm gegen eine Rente von siebentausendfünfhundert Francs den Pachthof abzukaufen.

Sie trachtete seit ihrer Jugend danach, kannte die angrenzenden Grundstücke, kannte Mängel und Vorzüge; und dieser Wunsch zehrte an ihr wie ein Krebsschaden. Denn als echte Normannin liebte sie den Besitz über alles, weniger um der sicheren Kapitalanlage als um des Glückes willen, die Füße auf eigenen Grund und Boden zu setzen. In der Hoffnung darauf hatte sie sich überall erkundigt, ihn täglich beobachtet, lange gespart, und voller Ungeduld erwartete sie nun Bouvards Antwort.

Er war in einiger Verlegenheit, denn er wollte nicht, daß Pécuchet eines Tages ohne Mittel sei; aber man mußte die Gelegenheit – sicher einer Folge der Wallfahrt – ergreifen. Zum zweitenmal offenbarte die Vorsehung sich ihnen günstig.

Sie stellten folgende Bedingungen: Die Rente sollte nicht siebentausendfünfhundert, sondern sechstausend Francs betragen, dafür aber auf den Überlebenden übergehen. Marescot betonte, daß der eine nicht besonders gesund sei; die Körperbeschaffenheit des anderen neige zum Schlagfluß: und Frau Bordin, die ihrer Leidenschaft nicht widerstehen konnte, unterzeichnete den Vertrag.

Bouvard war hinterher ganz niedergeschlagen. Jemand wünschte seinen Tod, und dieser Gedanke stimmte ihn ernst, er dachte an Gott und an die Ewigkeit.

Drei Tage später lud Jeufroy sie zu dem Festmahl ein, das er seinen Kollegen einmal im Jahr gab.

Gegen zwei Uhr nachmittags begann das Essen und dauerte bis etwa elf Uhr abends.

Sie tranken Birnenmost und gaben Wortspiele zum Besten. Der Abbé Pruneau verfaßte aus dem Stegreif ein gereimtes Epigramm; Bougon zeigte Kartenkunststückchen, und der junge Vikar Cerpet sang eine kleine Romanze, die fast ein Liebesgedicht war. Eine derartige Umgebung lenkte Bouvard ab; am Tag danach war er weniger düster.

Der Pfarrer besuchte ihn häufig. Er schilderte den Glauben in anmutigen Farben. Was riskiert man übrigens? – Und bald willigte Bouvard ein, zum Tisch des Herrn zu gehen; Pécuchet wollte mit ihm zusammen am Heiligen Abendmahl teilnehmen.

Der große Tag kam.

Es war der Tag der Ersten Kommunion und die Kirche daher überfüllt. Die Bürger und Bürgerinnen drängten sich in ihren Bänken, und die kleinen Leute standen dahinter oder auf der Empore über der Tür.

Was gleich vor sich gehen soll, ist unerklärlich, dachte Bouvard, aber mit der Vernunft allein sind gewisse Dinge nicht zu begreifen. Sehr große Männer haben das anerkannt. Er wollte es machen wie sie, und wie erstarrt sah er zum Altar, sah das Weihrauchbecken und die Leuchter; er hatte ein Gefühl der Leere im Kopf, denn er hatte nichts gegessen und empfand eine sonderbare Schwäche.

Pécuchet meditierte über die Passion Jesu Christi und fühlte sich von Liebesbegeisterung erregt. Gern hätte er Ihm seine Seele und die der anderen dargebracht – dazu alle Verzückungen und alles Entzücken, die Erleuchtungen der Heiligen, alle Wesen, das ganze Weltall. Obwohl er mit tiefer Inbrunst betete, kamen ihm die verschiedenen Teile der Messe ein wenig lang vor.

Endlich knieten die Knaben auf der ersten Stufe des Altars nieder; in ihren schwarzen Anzügen bildeten sie einen dunklen Streifen, der ungleichmäßig von blonden und braunen Köpfen überragt wurde. Nach ihnen kamen die kleinen Mädchen; unter ihren Kränzen wallten Schleier; von weitem erinnerten sie an weiße Wolken, die sich in der Tiefe des Chors aneinanderreihten.

Dann kamen die Erwachsenen an die Reihe.

Der erste auf der Evangelienseite war Pécuchet, aber zweifellos sehr erregt, denn sein Kopf schwankte von rechts nach links. Nur mit Mühe konnte ihm der Pfarrer die Hostie in den Mund legen, und als er sie empfing, verdrehte er die Augen.

Bouvard dagegen riß den Mund so weit auf, daß ihm die Zunge wie eine Fahne über die Lippen hing. Als er wieder aufstand,

stieß er mit dem Ellbogen Frau Bordin an. Ihre Augen trafen sich. Sie lächelte. Er wurde rot, ohne zu wissen warum.
Nach Frau Bordin kommunizierten Fräulein de Faverges, die Gräfin, die Gesellschafterin und ein Herr, den niemand in Chavignolles kannte.
Die beiden letzten waren Placquevent und Petit, der Lehrer.
Plötzlich erschien Gorju.
Er trug keinen Bart mehr, setzte sich auf seinen Platz und verschränkte die Arme vor der Brust.
Der Pfarrer sprach zu den Knaben, sie sollten es später nicht machen wie Judas, der seinen Herrn verriet, und sich immer ihr Unschuldskleid bewahren.
Pécuchet dachte zerknirscht an das seine; doch die Stühle wurden gerückt; die Mütter eilten, ihre Kinder zu umarmen.
Beim Hinausgehen beglückwünschten sich die Pfarrkinder. Einige weinten. Frau de Faverges, die auf ihren Wagen wartete, wandte sich Bouvard und Pécuchet zu und stellte ihren zukünftigen Schwiegersohn vor: Baron de Mahurot, Ingenieur. – Der Graf beklagte sich, daß er sie nicht sähe. In der nächsten Woche würde er zurückkommen. »Merken Sie es sich, bitte!« – Der Wagen kam, die Damen des Schlosses stiegen ein, und die Menge zerstreute sich.
Sie fanden in ihrem Hof, mitten im Gras, ein Paket. Da das Haus verschlossen war, hatte der Briefträger es über die Mauer geworfen. Es war das Buch, das Barberou versprochen hatte: *Examen du Christianisme* von Louis Hervieu, einem früheren Schüler der École normale. Pécuchet wies es zurück, auch Bouvard wünschte es nicht kennenzulernen.
Er hatte oft gehört, das Sakrament würde ihn wandeln; mehrere Tage lang wartete er auf das Erblühen seiner inneren Gefühle. Aber keinerlei Wandlung vollzog sich, und schmerzliches Staunen ergriff ihn.
Wie? Der Leib Gottes vermischt sich ohne jede Wirkung mit dem unseren? Der Gedanke, der die Welten regiert, erleuchtet unseren Geist nicht? Die höchste Macht überläßt uns der Ohn-

macht? Jeufroy beruhigte ihn und trug ihm auf, den Katechismus des Abbé Gaume zu lesen.

Die Frömmigkeit Pécuchets dagegen hatte sich vertieft. Am liebsten hätte er in beiderlei Gestalt kommuniziert, er sang Psalmen, wenn er im Flur auf und ab ging, hielt die Bewohner von Chavignolles an, um mit ihnen zu diskutieren und sie zu bekehren. Vaucorbeil lachte ihm ins Gesicht. Girbal zuckte mit den Achseln, und der Hauptmann nannte ihn Tartuffe. Man war der Ansicht, daß sie zu weit gingen. Es ist eine ausgezeichnete Gewohnheit, alle Dinge als Symbole zu betrachten. Wenn der Donner rollt, soll man an das Jüngste Gericht, bei wolkenlosem Himmel an die Gefilde der Seligen denken; geht man spazieren, soll man nicht vergessen, daß jeder Schritt uns dem Grabe näher bringt. Pécuchet befolgte diese Methode. Wenn er seine Kleider anzog, dachte er an die fleischliche Hülle, die die zweite Person der Dreieinigkeit anlegte. Das Tick-Tack der Uhr erinnerte ihn an die Schläge seines Herzens, ein Nadelstich an die Nägel des Kreuzes; doch wenn er auch viele Stunden auf den Knien lag, sein Fasten steigerte, seine Einbildungskraft erschöpfte: die Lösung vom Ich gelang nicht; es war unmöglich, vollkommene Vergeistigung zu erlangen. Er nahm seine Zuflucht zu den Mystikern: der heiligen Therese. Jean de la Croix, Louis de Grenade, Simpoli, und von den neueren zu Bischof Chaillot. Anstatt der Erhabenheit, die er erwartete, fand er nur Plattheiten, einen kraftlosen Stil, kalte Bilder und viele Vergleiche aus der Werkstatt der Steinschneider.

Aber er lernte, daß es eine aktive und eine passive Reinigung, ein inneres und äußeres Schauen, vielerlei Gebete, neun Vollkommenheiten in der Liebe, sechs Grade der Demut gibt und daß die Kränkung einer Seele sich nicht sehr von geistigem Diebstahl unterscheidet.

Warum muß man Gott für die Wohltat des Lebens danken trotz des Fluches, der auf dem Fleisch lastet? Wie ist Maß zu halten zwischen Furcht undHoffnung, die zum Heil gleich unentbehr-

lich sind? Wo ist das Zeichen der Gnade? Die Antworten des Abbé Jeufroy waren einfach:
»Quälen Sie sich nicht. Wer alles ergründen will, läuft an einem gefährlichen Abhang.«
Der *Catéchisme de persévérance* von Gaume war Bouvard derart zuwider, daß er doch lieber das Buch von Louis Hervieu zur Hand nahm. Es gab eine Übersicht über die moderne Exegese und war von der Regierung verboten. Barberou als Republikaner hatte es gekauft.
Nach seiner Lektüre kamen Bouvard Zweifel, und zwar zuerst über die Erbsünde.
»Wenn Gott den Menschen sündig schuf, darf er ihn nicht bestrafen, und überhaupt ist das Böse älter als der Sündenfall, denn es gab schon Vulkane und wilde Tiere. Kurz, dieses Dogma ist mit meinem Gerechtigkeitsgefühl unvereinbar.«
»Was wollen Sie?« sagte der Pfarrer, »es handelt sich hier um eine jener Wahrheiten, die alle Welt anerkennt, ohne sie beweisen zu können; und wir selbst lassen die Kinder unter den Sünden ihrer Väter leiden. So rechtfertigen Sitten und Gesetze diesen Beschluß der Vorsehung, der auch in der Natur wiederkehrt.«
Bouvard schüttelte den Kopf. Er zweifelte auch an der Hölle.
»Denn jede Züchtigung soll die Besserung des Schuldigen bezwecken; das ist bei einer ewigen Strafe unmöglich, und wie viele erleiden sie? Bedenken Sie doch nur: all die Menschen des Altertums, Juden, Muselmanen, Götzenanbeter, Ketzer und Kinder, die ohne Taufe sterben, diese von Gott geschaffenen Kinder. Und wozu? Um sie für eine Schuld zu bestrafen, die sie nicht begangen haben.«
»Das ist die Ansicht des heiligen Augustin«, fügte der Pfarrer hinzu, »und der heilige Fulgentius schließt sogar den Embryo mit in die Verdammung ein. Hierüber hat allerdings die Kirche nichts entschieden. Eins will ich aber doch bemerken: es ist nicht Gott, sondern der Sünder selbst, der sich verdammt, und da durch die Unendlichkeit Gottes die Versündigung unendlich

ist, muß auch die Strafe unendlich sein. – Ist das alles, was Sie fragen wollten, Herr Bouvard?«

»Erklären Sie mir bitte die Dreifaltigkeit«, antwortete Bouvard.

»Gern. Nehmen wir einen Vergleich: die drei Seiten des Dreiecks, oder vielmehr unsere Seele, die Sein, Erkennen und Wollen umschließt: was beim Menschen Fähigkeit ist, ist Person bei Gott. Das ist das Geheimnis.«

»Aber die drei Seiten des Dreiecks sind nicht jede für sich das Dreieck; diese drei Fähigkeiten der Seele ergeben nicht drei Seelen, und Ihre Personen der Dreifaltigkeit sind drei Götter.«

»Das ist Gotteslästerung!«

»Dann gibt es nur eine Person, einen Gott, einen Stoff, der in dreierlei Form vorkommt.«

»Wir wollen anbeten, ohne zu zweifeln«, sagte daraufhin der Pfarrer.

»So ist es«, antwortete Bouvard.

Er fürchtete, für gottlos angesehen zu werden, im Schloß nicht gut gelitten zu sein.

Jetzt im Winter gingen sie dreimal wöchentlich gegen fünf Uhr hin und wärmten sich bei einer Tasse Tee. Die feinen Manieren des Grafen erinnerten an den ›chic‹ des alten Hofes; die Gräfin, sanft und dick, bewies auf allen Gebieten ein sicheres Urteil. Ihre Tochter, Fräulein Yolande, war der ›Typ des jungen Mädchens‹, die artige Person der Almanache, und Frau de Noares, die Gesellschafterin, glich Pécuchet; sie hatte dieselbe spitze Nase wie er.

Als sie zum ersten Male in den Salon kamen, verteidigte sie gerade jemanden.

»Ich sage Ihnen, daß er anders geworden ist! Das beweist sein Geschenk.«

Dieser Jemand war Gorju. Er hatte den künftigen Eheleuten einen gotischen Betstuhl überreicht. Er wurde hereingebracht. In farbigen Reliefs waren die Wappen der beiden Häuser ausge-

legt. Herr de Mahurot schien zufrieden, und Frau de Noares sagte zu ihm:
»Werden Sie sich meines Schützlings erinnern?«
Dann brachte sie zwei Kinder herein, einen etwa zwölfjährigen Knaben und seine wohl zehnjährige Schwester. Durch die zerlumpten Kleider sah man ihre vor Kälte roten Glieder. Der Junge trug alte Pantoffel, das Mädchen nur einen Holzschuh. Ihre Stirnen verschwanden unter dem Haar, und gierig blickten sie um sich wie junge, scheue Wölfe.
Frau de Noares erzählte, sie habe sie am Morgen auf der Landstraße getroffen. Placquevent konnte keine genauere Auskunft über sie geben.
Man fragte sie nach ihren Namen.
»Victor, Victorine.«
Wo der Vater sei?
»Im Gefängnis.«
»Und was tat er vorher?«
»Nichts.«
Ihre Heimat?
»Saint-Pierre.«
»Aber welches Saint-Pierre?«
Schnüffelnd antworteten die beiden Kleinen nur:
»Weiß nicht, weiß nicht.«
Ihre Mutter war tot und sie bettelten.
Frau de Noares erging sich darüber, wie gefährlich es sei, sich nicht um sie zu kümmern; sie rührte die Gräfin, packte den Grafen bei seiner Ehre, die Komtesse half ihr, sie ließ nicht locker und hatte Erfolg. Die Frau des Jagdhüters sollte für sie sorgen. Später würde sich Beschäftigung für sie finden, und da sie weder lesen noch schreiben konnten, wollte Frau de Noares selbst sie unterrichten und auf den Katechismusunterricht vorbereiten. Wenn Herr Jeufroy ins Schloß kam, wurden die beiden Kinder hereingeholt; er prüfte sie und hielt dann einen kleinen Vortrag, bei dem er wegen der vornehmen Zuhörer sehr geziert sprach.

Als er einmal über die Patriarchen gesprochen hatte, machte Bouvard sie gehörig herunter, als er mit dem Pfarrer und Pécuchet zusammen nach Hause ging.
Jakob hatte sich durch Gaunereien ausgezeichnet, David durch Mordtaten und Salomo durch seine Ausschweifungen.
Der Abbé antwortete ihm, er müsse weiter sehen.
»Abrahams Opfer weist auf die Passion, Jakob auf den Messias hin, genau wie Joseph, die eherne Schlange und Moses.«
»Glauben Sie«, sagte Bouvard, »daß er der Verfasser des Pentateuch ist?«
»Ja, ohne Zweifel.«
»Aber in ihm wird sein Tod berichtet. Dasselbe gilt für Josua, und der Verfasser der Richter erzählt, daß Israel zu der Zeit, deren Geschichte er schreibt, noch keine Könige hatte. Das Buch wurde also unter den Königen geschrieben. – Auch die Propheten setzen mich in Staunen.«
»Jetzt wird er noch die Propheten leugnen!«
»Keineswegs! Aber ihr überhitzter Geist sah Jehova in verschiedenen Formen: als Feuer, Busch, Greis und als Taube; doch sie trauten der Offenbarung nicht, denn immer wieder verlangten sie ein Zeichen.«
»Ah! Und Sie haben diese netten Dinge alle entdeckt?«
»Bei Spinoza.«
Bei diesen Worten fuhr der Pfarrer auf.
»Haben Sie ihn gelesen?«
»Gott bewahre mich davor!«
»Aber die Wissenschaft...«
»Herr Bouvard, man ist kein Gelehrter, wenn man kein Christ ist.« Die Wissenschaft reizte ihn zu Sarkasmen. »Kann Ihre Wissenschaft eine Ähre wachsen lassen? – Was wissen wir?« sagte er.
Aber er wußte, daß die Welt für uns geschaffen worden ist; er wußte, daß die Erzengel über den Engeln stehen, daß der menschliche Körper so wieder auferstehen wird, wie er etwa mit dreißig Jahren war.

Seine priesterliche Sicherheit ärgerte Bouvard, und da er ein gewisses Mißtrauen gegen Louis Hervieu hatte, schrieb er an Varlot.
Pécuchet, der besser unterrichtet war, bat Jeufroy um Erklärungen über die Heilige Schrift.
Die sechs Tage der Genesis bedeuten sechs große Epochen. Die kostbaren Gefäße, die die Juden den Ägyptern raubten, bedeuten geistigen Reichtum, Künste, deren Geheimnis sie entwendeten. Jesaias entblößte sich nicht vollständig, denn das lateinische *nudus* bedeutet nackt bis zu den Hüften; so empfiehlt Vergil, sich bei der Feldarbeit zu entblößen, und dieser Schriftsteller hätte nichts geraten, was dem Schamgefühl widersprach.
Daß Ezechiel ein Buch verschlang, ist nichts Außergewöhnliches; auch heute sagt man noch, eine Broschüre, eine Zeitung verschlingen.
Wo aber bleiben die Tatsachen, wenn alles bildlich gemeint ist?
Der Abbé behauptete jedoch, alles sei wirklich.
Diese Art der Auffassung schien Pécuchet unehrlich. Er setzte seine Forschungen fort und brachte einen Bericht über die Widersprüche in der Bibel.
Das zweite Buch Moses berichtet, daß vierzig Jahre in der Wüste geopfert wurde; nach Amos und Jeremias opferte man aber nicht. Die Bücher der Chronika und das Buch Esra machen verschiedene Angaben über die Volkszählung. Im *Deutéronome* sieht Moses den Herrn von Angesicht zu Angesicht, nach dem zweiten Buch Moses konnte er ihn nie sehen. Wo ist da die Eingebung?
»Ein Grund mehr, sie zuzugeben«, erwiderte lächelnd Jeufroy. »Die Betrüger stecken alle unter einer Decke, die Aufrichtigen haben das nicht nötig. Im Zweifelsfalle wollen wir unsere Zuflucht zur Kirche nehmen. Sie ist immer unfehlbar.«
»Wer verbürgt die Unfehlbarkeit?«
Die Konzilien von Basel und Konstanz schreiben sie den Konzilien zu. Oft weichen jedoch die Konzilien voneinander ab;

als Beweis sei angeführt, wie es Athanasius und Arius erging.
Die lateranischen und die von Florenz sprachen sie dem Papst zu.
Aber Hadrian VI. erklärt, daß der Papst sich genau wie jeder andere irren kann.
»Spitzfindigkeiten! Das alles ändert nichts am Fortbestehen des Dogmas.«
Das Buch von Louis Hervieu macht auf seine Wandlungen aufmerksam; früher wurden nur Erwachsene getauft; erst im neunten Jahrhundert wurde die letzte Ölung Sakrament; die wirkliche Gegenwart Christi im Abendmahl wurde im achten festgelegt; das Fegefeuer im fünfzehnten anerkannt; die Unbefleckte Empfängnis ist noch jüngeren Datums.
Und schließlich wußte Pécuchet nicht mehr, was er von Jesus denken sollte. Drei Evangelien machen ihn zum Menschen; an einer Stelle bei Johannes scheint er sich mit Gott auf eine Stufe zu stellen; an einer anderen bei dem gleichen Verfasser, sich als ihm untergeordnet anzuerkennen.
Der Abbé führte als Gegenbeweis den Brief des Königs Abgar an, die Verhandlungen vor Pilatus und das Zeugnis der Sibyllen, dessen ›Kern wahr ist‹.
Er fand die Jungfrau bei den Galliern wieder, die Ankündigung eines Erlösers in China, die Dreifaltigkeit überall, das Kreuz auf der Mütze des Großen Lama, in Ägypten in der Faust der Götter – und er zeigte sogar einen Stich, auf dem ein Nilmesser dargestellt war, der nach Pécuchets Ansicht ein Phallus war.
Heimlich wandte sich Jeufroy deswegen an seinen Freund Pruneau, der ihm Beweise bei den verschiedenen Autoren zusammensuchte. Einer wollte den anderen an Gelehrsamkeit übertreffen; und Pécuchet, dem die Eigenliebe keine Ruhe ließ, befaßte sich mit der transzendenten Philosophie, wurde Mythologe.
Er verglich die Jungfrau mit Isis, das Abendmahl mit dem *homa* der Perser, Moses mit Bacchus, die Arche Noah mit dem Schiff

des Xithuros; die Ähnlichkeiten waren nach seiner Meinung ein Beweis für die Identität der Religionen. Doch es kann nicht mehrere Religionen geben, da es nur einen Gott gibt – und wenn er mit seinen Argumenten zu Ende war, rief der Mann in der Soutane:
»Das ist ein Mysterium!«
Was bedeutet dieses Wort? Mangel an Wissen; gut. Aber wenn es etwas bedeutet, das beim Aussprechen schon einen Widerspruch in sich enthält, ist es eine Dummheit. Und Pécuchet ließ Jeufroy keine Ruhe mehr. Er überraschte ihn in seinem Garten, erwartete ihn im Beichtstuhl, drang bis in die Sakristei.
Der Priester ersann allerlei Listen, ihm aus dem Wege zu gehen.
Als er eines Tages nach Sassetot gegangen war, wo er jemandem die letzte Ölung erteilen mußte, ging ihm Pécuchet auf seinem Weg entgegen. Ein Gespräch war unvermeidlich. Es war an einem Abend gegen Ende August. Der scharlachfarbene Himmel verfinsterte sich, eine dicke Wolke ballte sich zusammen, die unten regelmäßig war, während die Spitze in eine Spirale auslief.
Zuerst sprach Pécuchet von gleichgültigen Dingen, ließ dann das Wort Märtyrer in das Gespräch fließen:
»Wie viele hat es nach Ihrer Meinung gegeben?«
»Zwanzig Millionen mindestens.«
»Ihre Zahl ist nicht so groß, sagt Origenes.«
»Origenes ist, wie Sie wissen, nicht zuverlässig.«
Ein heftiger Windstoß fuhr über sie weg; das Gras in den Gräben und die bis zum Horizont verlaufenden zwei Ulmenreihen beugten sich unter seiner Gewalt.
Pécuchet fuhr fort:
»Unter die Märtyrer werden viele gallische Bischöfe gerechnet, die im Kampf gegen die Barbaren erschlagen wurden und infolgedessen nicht in Frage kommen.«
»Wollen Sie die Kaiser verteidigen?«
Nach Pécuchets Ansicht waren sie verleumdet worden.

»Die Geschichte von der thebanischen Legion ist eine Fabel. Ich bestreite auch Symphorosa und ihre sieben Söhne, Felicitas und ihre sieben Töchter, die sieben Jungfrauen von Ankyra, die trotz ihrer siebzig Jahre verurteilt wurden, Vergewaltigung zu erleiden, und die elftausend Jungfrauen der heiligen Ursula, deren eine Gefährtin Undecemilla hieß; hier wurde irrtümlich ein Name für eine Ziffer gehalten; und die zehn Märtyrer von Alexandria bestreite ich noch mehr.«

»Aber... aber... glaubwürdige Autoren berichten über sie.«

Regentropfen fielen. Der Pfarrer öffnete seinen Schirm; und als Pécuchet darunter stand, wagte er die Behauptung, daß die Katholiken mehr Juden, Muselmanen, Protestanten und Freidenker zu Märtyrern gemacht hätten als früher alle Römer.

Der Geistliche widersprach:

»Von Nero bis zu Cäsar Galba zählt man zehn Verfolgungen.«

»Gut! Aber das Niedermetzeln der Albigenser? Und die St. Bartholomäus-Nacht? Und der Widerruf des Edikts von Nantes?«

»Ohne Zweifel bedauerliche Überschreitungen; aber Sie wollen doch diese Leute nicht mit dem heiligen Stephan, dem heiligen Laurentius, Cyprian, Polykarp und einer Menge Missionare vergleichen?«

»Verzeihung; ich will Sie an Hypatia, Hieronymus von Prag, Johann Huß, Bruno, Vanini, Anne Dubourg erinnern.«

Es regnete stärker, die Tropfen schlugen so stark auf den Boden, daß sie wie kleine, weiße Raketen hochsprangen. Pécuchet und Jeufroy gingen dicht nebeneinander langsam weiter, und der Pfarrer sagte:

»Nach fürchterlichen Qualen warf man sie in Kessel.«

»Auch die Inquisition wandte die Folter an und verbrannte viele Menschen.«

»Vornehme Damen wurden den Hurenhäusern ausgeliefert.«

»Glauben Sie, daß die Dragoner Ludwigs XIV. sittsam waren?«

»Und vergessen Sie nicht, daß die Christen nichts gegen den Staat unternommen hatten.«

»Die Hugenotten ebensowenig!«

Der Wind jagte, trieb den Regen durch die Luft. Er klatschte auf die Blätter, Rinnsale flossen am Rand des Weges, und der Himmel mit seiner Farbe wie Schlamm war kaum von den leeren Feldern zu unterscheiden; die Ernte war beendet. Kein Dach. In der Ferne stand nur die Hütte eines Schäfers.

Der dünne Mantel Pécuchets hatte keinen trockenen Faden mehr. Das Wasser floß ihm den Rücken hinunter, drang in seine Stiefel, seine Ohren, seine Augen – trotz des Schirmes der Amoros-Mütze; der Pfarrer, der die Schleppe seiner Soutane über den Arm geschlagen hatte, entblößte seine Beine; aus den Ecken seines Dreispitzes schoß ihm wie aus den Wasserspeiern einer Kathedrale das Wasser auf die Schultern.

Sie mußten stehen bleiben, wandten dem Unwetter den Rükken, standen sich Gesicht an Gesicht, Bauch an Bauch gegenüber und hielten mit vier Händen den schwankenden Regenschirm.

Jeufroy unterbrach seine Verteidigung der Katholiken nicht.

»Haben sie etwa die Protestanten gekreuzigt, wie diese den heiligen Simon, oder einen Menschen von zwei Tigern auffressen lassen, wie es dem heiligen Ignatius geschah?«

»Aber was halten Sie davon, daß viele Frauen von ihren Männern getrennt, viele Kinder ihren Müttern entrissen wurden? Und die Armen, die durch Schnee und Abgründe in die Verbannung gingen? Haufenweise wurden sie in enge Gefängnisse gesteckt! Kaum waren sie tot, wurden sie geschleift.«

Der Abbé lächelte spöttisch:

»Sie werden mir gestatten, das nicht zu glauben. Und unsere Märtyrer sind weniger zweifelhaft. Man steckte die heilige Blandine nackt in ein Netz und warf sie einer wütenden Kuh hin. Die heilige Julie wurde totgeschlagen. Dem heiligen Taracus, dem heiligen Probus und dem heiligen Andronicus hat man mit einem Hammer die Zähne ausgeschlagen, die Seiten mit ei-

sernen Kämmen aufgerissen, die Hände mit glühenden Nägeln durchbohrt und die Haut vom Schädel gezogen.«
»Sie übertreiben«, sagte Pécuchet. »Der Tod der Märtyrer wurde zu jener Zeit rhetorisch ausgeschmückt.«
»Wieso rhetorisch?«
»Gewiß doch! Während ich Ihnen Geschichte berichte! In Irland schlitzten die Katholiken schwangeren Frauen den Leib auf, um die Kinder herauszunehmen.«
»Niemals!«
»Und sie den Schweinen vorzuwerfen.«
»Hören Sie auf!«
»In Belgien wurden sie lebendig begraben.«
»Was für ein Unsinn!«
»Man kennt ihre Namen.«
»Und wenn auch«, wandte der Priester ein, der wütend seinen Schirm schüttelte, »Märtyrer kann man sie nicht nennen. Außerhalb der Kirche gibt es keine.«
»Ein Wort noch! Wenn der Wert des Märtyrers von der Lehre abhängt, wie dient er dann als Beweis ihrer Vollkommenheit?«
Der Regen ließ nach; bis zum Dorf sprachen sie kein Wort mehr.
Aber auf der Schwelle des Pfarrhauses sagte der Abbé:
»Sie tun mir leid. Wirklich, Sie tun mir leid.«
Pécuchet erzählte Bouvard sofort von dieser Auseinandersetzung. Sie hatte in ihm eine antireligiöse Stimmung hervorgerufen, und eine Stunde später saß er vor einem Reisigfeuer und las den *Curé Meslier*. Die plumpen Verneinungen des Buches ärgerten ihn, dann warf er sich vor, er habe vielleicht die Helden verkannt und blätterte in der *Biographie* die Geschichte der berühmtesten Märtyrer durch.
Wie lärmte das Volk, wenn sie in die Arena kamen; und wenn die Löwen und die Jaguare zu sanft waren, hetzte man sie mit Gesten und Zurufen auf ihre Opfer. Man sah sie blutüberströmt lächelnd dastehen, mit zum Himmel erhobenem Blick;

die heilige Perpetua steckte ihr gelöstes Haar wieder auf, um nicht traurig zu erscheinen.
Pécuchet begann zu überlegen. Das Fenster stand offen, die Nacht war ruhig, viele Sterne glänzten am Himmel. In ihrer Seele mußte etwas vor sich gehen, von dem wir keine Vorstellung haben, eine Freude, eine göttliche Verzückung. Und je mehr Pécuchet sich mit diesem Gedanken beschäftigte, desto begreiflicher wurde er ihm, und er sagte, er würde gehandelt haben wie sie.
»Du?«
»Gewiß.«
»Glaubst du? Ja oder nein?«
»Ich weiß es nicht.«
Er zündete eine Kerze an, und sein Blick fiel auf das Kruzifix im Alkoven:
»Wie viele Beklagenswerte haben zu ihm ihre Zuflucht genommen!«
Und nach kurzem Schweigen:
»Er ist entstellt worden. Das ist die Schuld Roms: die Politik des Vatikans.«
Aber Bouvard bewunderte die Kirche ihrer Pracht wegen und wäre im Mittelalter gern Kardinal gewesen.
»Du mußt zugeben, daß ich mich im Purpur gut ausgenommen hätte.«
Pécuchet hatte seine Mütze vor das Feuer gelegt; sie war noch nicht trocken. Als er sie jetzt glatt zog, fühlte er etwas im Futter, und eine Medaille des heiligen Joseph fiel heraus. Sie waren ganz verwirrt, weil es ihnen unerklärlich schien.
Frau de Noares wollte von Pécuchet wissen, ob er nicht etwas wie eine innere Wandlung, ein Glück empfunden habe und verriet sich durch ihre Fragen: sie hatte ihm, als er vor einiger Zeit Billard spielte, die Medaille in die Mütze genäht.
Es war klar, sie liebte ihn; sie hätten heiraten können; sie war Witwe, und er hatte keine Ahnung von dieser Liebe, die vielleicht das Glück seines Lebens gewesen wäre.

Obwohl er sich religiöser zeigte als Bouvard, hatte sie ihn dem heiligen Joseph geweiht, dessen Hilfe bei Bekehrungen ausgezeichnet ist.
Niemand kannte wie sie alle Rosenkränze und den Ablaß, den sie verschaffen, die Wirkung der Reliquien und die Vorzüge der wundertätigen Quellen. Ihre Uhr hing an einer Kette, die die Fesseln des heiligen Petrus berührt hatte.
Unter ihren Berlocken leuchtete eine goldene Perle; es war eine Nachbildung der Perle in der Kirche zu Allouagne, die eine Träne unseres Herrn enthält; ein Ring an ihrem kleinen Finger enthielt Haare des Pfarrers von Ars, und da sie Heilkräuter für die Kranken sammelte, glich ihr Zimmer einer Sakristei und einer Kräuterkammer.
Sie verbrachte ihre Zeit mit Briefe schreiben, Armenbesuchen, trieb wilde Ehen auseinander und verteilte überall Herz-Jesu-Bildchen. Ein Herr sollte ihr ›Märtyrerpaste‹ schicken, ein Gemisch aus Osterwachs und Menschenstaub aus den Katakomben. In hoffnungslosen Fällen wird sie in Form von Pflastern oder Pillen angewandt. Sie versprach Pécuchet, ihm die Paste zu besorgen.
Er schien unangenehm berührt von einem derartigen Materialismus.
Am Abend brachte ihm ein Diener des Schlosses einen Korb voll Schriften, die fromme Worte des großen Napoleon berichteten, Pfarrerscherze aus den Herbergen und den schrecklichen Tod der Ungläubigen. Frau de Noares wußte alles auswendig, dazu noch eine ganze Reihe von Wundern. Sie erzählte ganz dumme, zwecklose Wunder, als hätte Gott durch sie die Welt in Erstaunen setzen wollen. Ihre eigene Großmutter hatte Pflaumen, die mit einem Leinentuch bedeckt waren, in den Schrank geschlossen, und als der Schrank ein Jahr später geöffnet wurde, lagen dreizehn auf dem Tuch und bildeten ein Kreuz.
»Erklären Sie mir das!«
Das sagte sie jedesmal nach ihren Geschichten, die sie mit dem

Starrsinn eines Esels als wahr bezeichnete; sonst aber war sie eine gute Frau mit heiterem Gemüt.
Einmal aber fuhr sie aus der Haut. Bouvard bestritt das Wunder von Pezilla: eine Schale, in der man während der Revolution Hostien verbarg, hatte sich von selbst vergoldet.
»Vielleicht war auf ihrem Boden ein wenig gelbe Farbe, die von der Feuchtigkeit herrührte.«
»Aber nein! Ich wiederhole: nein! Die Ursache der Vergoldung war die Berührung mit der Hostie.«
Und als Beweis führte sie die schriftlichen Zeugnisse der Bischöfe an.
»Man sagt, es sei gleichsam ein Schild, ein... Palladium über der Diözese von Perpignan. Fragen Sie doch Jeufroy.«
Bouvard hielt es nicht länger aus, er las seinen Louis Hervieu noch einmal durch und nahm dann Pécuchet mit.
Der Geistliche war gerade mit Essen fertig. Reine bot Stühle an und holte auf ein Zeichen des Pfarrers zwei kleine Gläser und füllte sie mit Rosolio.
Dann sagte Bouvard, was ihn herführte.
Der Abbé antwortete nicht offen.
»Bei Gott ist alles möglich, und die Wunder sind ein Beweis für die Religion.«
»Aber es gibt doch Gesetze.«
»Das ändert nichts daran. Er durchbricht sie, um zu belehren, zu bessern.«
»Woher wissen Sie, daß er sie durchbricht?« erwiderte Bouvard. »Solange die Natur ihren alten Weg geht, macht sich kein Mensch Gedanken, doch in jedem ungewöhnlichen Ereignis erblicken wir die Hand Gottes.«
»Sie kann darin sein«, sagte der Geistliche. »Und wenn ein Ereignis durch Zeugen verbürgt wird?«
»Zeugen glauben alles; es gibt ja auch falsche Wunder.«
Der Priester wurde rot.
»Ohne Zweifel... manchmal.«
»Wie sind sie von den echten zu unterscheiden? Warum Wun-

der tun, wenn die wahren, die als Beweise angeführt werden, selbst der Beweise bedürfen?«

Reine mischte sich ein und sagte, genau wie ihr Herr, man müsse gehorchen.

»Das Leben währt nur kurze Zeit, der Tod aber ist ewig.«

»Kurz«, sagte Bouvard, indem er den Rosolio hinunterstürzte, »die Wunder von früher sind nicht besser bewiesen als die von heute; mit den gleichen Gründen werden die der Christen und die der Heiden verteidigt.«

Der Pfarrer warf seine Gabel auf den Tisch.

»Noch einmal: Jene waren falsch! Außerhalb der Kirche gibt es keine Wunder!«

Sieh da! sagte sich Pécuchet, dasselbe Argument wie bei den Märtyrern: die Lehre stützt sich auf die Tatsachen, und die Tatsachen stützen sich auf die Lehre.

Jeufroy trank ein Glas Wasser und fuhr dann fort:

»Wenn Sie sie auch leugnen, Sie glauben doch daran. Die Welt, die von zwölf Fischern bekehrt wurde, erscheint mir als ein schönes Wunder.«

»Durchaus nicht!«

Pécuchet erklärte das anders.

Die Lehre vom einen Gott stammt von den Hebräern, die Dreifaltigkeit von den Juden, der Logos ist Plato und die jungfräuliche Mutter Asien eigentümlich.

Einerlei! Jeufroy hielt am Übernatürlichen fest und wollte nicht zugeben, daß das Christentum nach den Begriffen des menschlichen Denkens gerechtfertigt werden könnte, obgleich er bei allen Völkern Vorboten oder Entartungen desselben sah. Die spöttische Gottlosigkeit des achtzehnten Jahrhunderts hätte er noch hingenommen; aber die moderne Kritik mit ihrer Höflichkeit brachte ihn außer sich.

»Ich mag einen lästernden Atheisten lieber als einen rechthaberischen Skeptiker.«

Dann sah er sie herausfordernd an, als wollte er sie verabschieden.

Pécuchet kehrte traurig nach Hause zurück. Er hatte auf den Einklang zwischen Glauben und Vernunft gehofft.
Bouvard gab ihm eine Stelle aus Louis Hervieu zu lesen:
Wer den Abgrund erkennen will, der beide voneinander trennt, der stelle ihre Gegensätze einander gegenüber.
Die Vernunft sagt: Das Ganze enthält den Teil; und der Glaube antwortet: Als Jesus mit seinen Aposteln das Abendmahl nahm, hatte er durch die Transsubstantiation seinen Leib in der Hand und seinen Kopf im Munde.
Die Vernunft sagt: Man ist nicht verantwortlich für die Verbrechen der anderen; und der Glaube antwortet: Doch, durch die Erbsünde.
Die Vernunft sagt: Drei ist drei; und der Glaube erklärt: Drei ist eins.
Sie besuchten den Abbé nicht mehr.
Es war während des italienischen Krieges.
Die anständigen Leute zitterten um den Papst. Man wetterte gegen Emmanuel. Frau de Noares wünschte ihm sogar den Tod.
Bouvard und Pécuchet protestierten nur schüchtern. Wenn die Tür des Salons sich vor ihnen öffnete, wenn sie sich im Vorbeigehen in den hohen Spiegeln sahen, durch die Fenster auf die Alleen hinausblickten, wo sich die rote Weste eines Dieners scharf von dem Grün abhob, dann empfanden sie Vergnügen; und der Luxus dieser Umgebung machte sie nachsichtig gegen die Worte, die hier gesprochen wurden. Der Graf lieh ihnen de Maistres sämtliche Werke. Vor einem vertrauten Kreis, zu dem Hurel, der Pfarrer, der Friedensrichter, der Notar und Baron de Mahurot, sein zukünftiger Schwiegersohn, gehörten, entwickelte er deren Prinzipien.
»Das Schlimmste«, sagte der Graf, »ist der Geist von 89. Zuerst wird Gott geleugnet, dann über die Regierung diskutiert, schließlich über die Freiheit. Freiheit für Beleidigungen, Aufstände, Genuß oder vielmehr Plünderung, so daß Religion und Macht die Unabhängigen, die Ketzer ächten müssen. Es wird

sicher großes Geschrei geben, man wird von Verfolgung reden, als wenn die Henker die Verbrecher verfolgten. Ich fasse zusammen: Kein Staat ohne Gott. Das Gesetz kann nur respektiert werden, wenn es von oben kommt, und augenblicklich handelt es sich nicht um die Italiener, sondern darum, wer Sieger bleiben wird, die Revolution oder der Papst, Satan oder Jesus Christus.«

Jeufroy äußerte seine Zustimmung durch wenige Worte, Hurel durch ein Lächeln, der Friedensrichter durch ein Wiegen mit dem Kopf. Bouvard und Pécuchet sahen zur Decke; Frau de Noares, die Gräfin und Yolande arbeiteten für die Armen, und Herr de Mahurot, der neben seiner Braut saß, sah Zeitungen durch.

Dann folgten Pausen; jeder schien in die Untersuchung eines Problems vertieft. Napoleon III. war kein Retter mehr, er gab sogar ein bedauerliches Beispiel, weil er sonntags Maurer in den Tuilerien arbeiten ließ.

›Das sollte nicht gestattet sein‹, war die gewöhnliche Redensart des Grafen. Er beurteilte alles als Christ und Familienvater: Volkswirtschaft, Kunst, Literatur, Geschichte, wissenschaftliche Lehren. Gäbe doch Gott, daß die Regierung in dieser Hinsicht dieselbe Strenge verträte, die er in seinem Haus entfaltete. Nur die Regierung kann über die Gefahren der Wissenschaft entscheiden; eine zu starke Verbreitung wirkt verhängnisvoll auf den Ehrgeiz des Volkes. Das arme Volk war viel glücklicher dran, als Adlige und Bischöfe den Absolutismus des Königs mäßigten. Heute beuteten die Industriellen es aus. Es wird noch ganz versklavt.

Und alle dachten mit Wehmut an das alte Regime: Hurel aus Unterwürfigkeit, Coulon aus Unwissenheit, Marescot als Künstler.

Als Bouvard wieder zu Hause war, schöpfte er neue Kraft aus Lamettrie, Holbach und so weiter. Und Pécuchet rückte ab von einer Religion, die ein Mittel der Regierung geworden war. Nur wegen des besseren Eindrucks auf die Damen hatte Herr de

Mahurot das Abendmahl genommen, und wenn er in die Kirche ging, geschah es wegen der Dienerschaft.
Er war Mathematiker und Freund der Künste, spielte Walzer auf dem Klavier, bewunderte Töpffer und zeichnete sich durch einen geschmackvollen Skeptizismus aus. Was über die Mißbräuche aus der Feudalzeit, über die Inquisition berichtet wird: – Vorurteile! – Und er pries den Fortschritt, wenn er auch alles, was nicht Edelmann war oder aus der École polytechnique kam, verachtete.
Auch Jeufroy mißfiel ihnen. Er glaubte an Zauberei, witzelte über die heidnischen Götter, behauptete, alle Sprachen seien vom Hebräischen abgeleitet, seine rednerischen Kunstgriffe waren immer dieselben: der zu Tode gehetzte Hirsch, Honig und Wermuth, Gold und Blei, Wohlgerüche, Urnen, und die Christenseele, die er mit einem Soldaten verglich, der angesichts der Sünde sagen muß: Du kommst nicht durch.
Um seinen Vorträgen aus dem Wege zu gehen, kamen sie so spät wie möglich ins Schloß.
Eines Tages jedoch trafen sie ihn dort. Seit einer Stunde wartete er auf seine beiden Schüler.
Plötzlich kam Frau de Noares herein.
»Die Kleine ist verschwunden, ich bringe Viktor. Ah, der Unglückliche!«
Sie hatte in seiner Tasche einen silbernen Fingerhut gefunden, den sie seit Tagen vermißte. Vor Schluchzen konnte sie kaum sprechen.
»Das ist nicht alles! Das ist nicht alles! Während ich ihn schalt, hat er mir sein Hinterteil gezeigt.«
Und bevor noch der Graf oder die Gräfin etwas gesagt hatten:
»Übrigens ist es meine Schuld; verzeihen Sie mir.«
Sie hatte verschwiegen, daß die beiden Waisen die Kinder des Touache waren, der jetzt im Zuchthaus saß.
Was tun?
Wenn der Graf sie fortschickte, waren sie verloren, und seine barmherzige Tat würde für eine Laune gehalten werden.

Jeufroy war nicht überrascht. Da der Mensch von Natur aus schlecht ist, muß er gezüchtigt werden, damit er sich bessert.
Bouvard protestierte. Milde wirke nachhaltiger.
Aber wieder einmal ließ sich der Graf über die eiserne Faust aus, die bei Kindern und Völkern unentbehrlich sei. Die beiden seien durchaus verkommen; das Mädchen verlogen, der Knabe roh.
Den Diebstahl könne man noch entschuldigen, die Unverschämtheit nie; Erziehung sei eine Schule der Achtung.
Der Jagdhüter Sorel würde also dem Jungen sofort eine ordentliche Tracht Prügel verabreichen.
Herr de Mahurot, der ihm etwas auszurichten hatte, übernahm den Auftrag. Im Vorzimmer ergriff er eine Flinte und rief Viktor, der mit gesenktem Kopf im Hof stehengeblieben war.
»Komm mit!« sagte der Baron.
Der Weg zum Jagdhüter bedeutete für Jeufroy, Bouvard und Pécuchet, die nach Chavignolles zurück mußten, nur einen kleinen Umweg. Sie begleiteten den Baron.
Als sie hundert Schritt vom Schloß entfernt waren, bat er sie, nicht zu sprechen, so lange sie am Wald entlanggingen.
Das Gelände fiel ab bis zum Flußufer, an dem sich große Felsblöcke erhoben. Golden leuchtete der Fluß in der untergehenden Sonne. Die grünen Hügel gegenüber versanken im Dunkel. Ein scharfer Wind blies.
Kaninchen kamen aus ihren Löchern und fraßen den Rasen ab.
Ein Schuß krachte, ein zweiter, noch einer, und die Kaninchen sprangen, überschlugen sich. Viktor stürzte sich auf sie, um sie zu packen; er keuchte und war wie in Schweiß gebadet.
»Du richtest deinen Anzug ja schön zu«, sagte der Baron. Seine zerfetzte Bluse war voller Blut.
Bouvard konnte kein Blut sehen. Er war der Ansicht, daß man kein Blut vergießen dürfe.

Jeufroy sagte:
»Manchmal erfordern es die Umstände. Wenn der Schuldige das seine nicht hergibt, muß es ein anderer tun: eine Wahrheit, die die Erlösung lehrt.«
Nach Bouvards Ansicht war sie vergeblich gewesen: fast alle Menschen seien verdammt trotz des Opfers unseres Herrn.
»Aber täglich erneuert der Herr das Opfer im Abendmahl.«
»Und das Wunder«, sagte Pécuchet, »geschieht durch Worte, mag der Priester noch so unwürdig sein.«
»Darin liegt das Geheimnis.«
Unterdessen wandte Viktor keinen Blick von der Flinte, versuchte sogar, sie zu berühren.
»Pfoten weg!«
Und Herr de Mahurot trat ins Gehölz. Zwischen Bouvard und Pécuchet ging der Geistliche; er sagte:
»Achtung! Sie wissen: *Debetur pueris* ...«
Bouvard versicherte ihm, daß er sich vor dem Schöpfer demütige, daß es ihn aber empöre, daß er zum Menschen gemacht werde. »Man fürchtet seine Rache, man arbeitet für seinen Ruhm, er hat alle Tugenden, einen Arm, ein Auge, eine Politik, eine Wohnung. – Vater unser, der du bist im Himmel – was soll das heißen?«
Und Pécuchet fügte hinzu:
»Die Welt ist größer geworden, und die Erde ist nicht mehr ihr Mittelpunkt. Sie bewegt sich in der unendlichen Menge ihresgleichen. Viele sind größer als sie, und diese Verkleinerung unserer Erde ergibt eine erhabenere Vorstellung von Gott.«
Die Religion mußte sich also ändern. Das Paradies mit seinen in Betrachtung versunkenen Seligen, die ständig singen und auf die Qualen der Verdammten hinunterschauen, hat etwas Kindisches. – Wenn man bedenkt, daß die Grundlage des Christentums ein Apfel ist!
Der Pfarrer ärgerte sich.
»Leugnen Sie die Offenbarung, das ist einfacher.«

»Wollen Sie behaupten, daß Gott gesprochen hat?« fragte Bouvard.
»Beweisen Sie, daß er es nicht tat«, sagte Jeufroy.
»Noch einmal: wer beweist es Ihnen?« beharrte Bouvard.
»Die Kirche!«
»Ein schönes Zeugnis!«
Die Diskussion langweilte Herrn de Mahurot, und während sie weitergingen, sagte er:
»Hören Sie doch auf den Pfarrer, er versteht mehr davon als Sie.«
Bouvard und Pécuchet gaben einander durch ein Zeichen zu verstehen, daß sie einen anderen Weg gehen wollten. Und an der Croix-Verte sagten sie: »Schönen guten Abend.«
»Ich empfehle mich«, antwortete der Baron.
Dies alles würde nun Herrn de Faverges erzählt werden, und ein Bruch war vielleicht die Folge. Um so schlimmer! Sie fühlten sich von den Adeligen verachtet. Nie wurden sie zum Essen eingeladen, und Frau de Noares mit ihren ewigen Ermahnungen hatten sie gründlich satt.
Sie konnten jedoch den de Maistre nicht einfach behalten, und nach ungefähr vierzehn Tagen gingen sie wieder ins Schloß; sie glaubten, daß man sie ablehnen würde.
Aber sie wurden empfangen.
Die ganze Familie war im Boudoir, auch Hurel und ausnahmsweise sogar Foureau.
Die Strafe hatte Viktor nicht gebessert. Er wollte seinen Katechismus nicht lernen, und Viktorine sagte schmutzige Worte. Kurz, der Knabe sollte in eine Besserungsanstalt, das Mädchen in ein Kloster.
Foureau hatte die nötigen Schritte unternommen und wollte gerade fortgehen, als die Gräfin ihn zurückrief.
Man erwartete Jeufroy, um den Hochzeitstag festzusetzen, denn die Trauung auf dem Standesamt sollte vor der kirchlichen Trauung stattfinden. Dadurch sollte gezeigt werden, daß man die Ziviltrauung verachtete.

Foureau versuchte, sie zu verteidigen. Der Graf und Hurel griffen sie an. Was war ein städtisches Amt im Vergleich zum Priesteramt! Der Baron hätte sich nicht für verheiratet gehalten, wäre die Trauung nur vor der dreifarbigen Schärpe vollzogen worden.

»Bravo!« sagte Jeufroy, der eben eintrat. »Da Jesus die Ehe eingesetzt hat...«

Pécuchet unterbrach ihn:

»In welchem Evangelium? In den apostolischen Zeiten wurde sie so wenig geachtet, daß Tertullian sie dem Ehebruch gleichstellt.«

»Ah! Hören Sie mal!«

»Aber ja! Und ein Sakrament ist sie auch nicht. Das Sakrament bedarf eines Symbols. Zeigen Sie mir das Symbol der Ehe.«

Vergeblich erwiderte der Pfarrer, sie sei das Symbol des Bündnisses zwischen Gott und Kirche. »Sie verstehen das Christentum nicht! Und das Gesetz...«

»Es trägt sein Gepräge«, sagte Herr de Faverges, »denn sonst würde es die Polygamie gestatten.«

Jemand erwiderte:

»Wäre das so schlimm?«

Es war Bouvard, der durch einen Vorhang halb verborgen wurde.

»Wie die Patriarchen, die Mormonen, die Muselmanen kann man mehrere Frauen haben und doch ein anständiger Mensch sein.«

»Nie!« rief der Priester, »die Anständigkeit äußert sich in der Erfüllung der Verpflichtungen. Wir sind Gott tiefe Ehrerbietung schuldig. Wer aber kein Christ ist, ist nicht anständig.«

»Er ist genauso anständig wie andere auch«, sagte Bouvard.

Der Graf, der in dieser Erwiderung einen Angriff auf die Religion sah, lobte sie: sie habe die Sklaven befreit.

Bouvard zitierte Stellen, die genau das Gegenteil bewiesen. Der

heilige Paulus empfiehlt ihnen, den Herren zu gehorchen wie Jesus – der heilige Ambrosius nennt die Knechtschaft ein Geschenk Gottes.
Der *Leviticus*, das zweite Buch Moses und die Konzilien haben sie sanktioniert; – Bossuet rechnet sie unter das Völkerrecht; und Bischof Bouvier billigt sie.
Der Graf warf ein, das Christentum habe die Kultur gefördert.
»Und die Faulheit – da es aus der Armut eine Tugend machte.«
»Aber die Moral des Evangeliums?«
»So moralisch ist es nicht! Die Arbeiter der letzten Stunden werden so bezahlt wie die der ersten. Man nimmt dem, der hat, und nimmt dem, der nichts hat. Und wenn es vorschreibt, Backenstreiche zu empfangen, ohne sie wiederzugeben und sich bestehlen zu lassen, ermutigt es die Frechen, die Feigen und die Schurken.«
Die Entrüstung stieg, als Pécuchet erklärte, ihm gefiele der Buddhismus ebensogut.
Der Priester lachte laut:
»Der Buddhismus!«
Frau de Noares hob die Arme:
»Buddhismus!«
»Wie... der Buddhismus?« wiederholte der Graf.
»Kennen Sie ihn?« fragte Pécuchet den Priester, der in Verwirrung geriet.
»Nun, so sollen Sie es wissen: Besser als das Christentum, und vor ihm hat er die Nichtigkeit der irdischen Dinge erkannt. Seine Andachtübungen sind streng, seine Gläubigen zahlreicher als das gesamte Christentum, und was die Inkarnation betrifft, hat Wischnu nicht eine, sondern neun! So, nun urteilen Sie!«
»Lügen von Reisenden!« sagte Frau de Noares wegwerfend.
»Die die Freimaurer noch unterstützen«, ergänzte Jeufroy.
Und alle sprachen zugleich:

»Fahren Sie nur so fort!«
»Großartig!«
»Lustig!«
»Nicht möglich!«
Pécuchet geriet außer sich und erklärte, er wolle Buddhist werden.
»Sie beleidigen Christinnen!« sagte der Baron.
Frau de Noares sank in einen Sessel; die Gräfin und Yolande schwiegen.
Der Graf rollte die Augen; Hurel erwartete Befehle; der Abbé las in seinem Brevier, um nicht die Fassung zu verlieren.
Als Herr de Faverges den Geistlichen sah, wurde er ruhiger. Er sah die beiden Biedermänner an:
»Ehe Leute, deren Leben nicht fleckenlos ist, das Evangelium tadeln, sollten sie doch daran denken, daß eine gewisse Sühne...«
»Sühne?«
»Fleckenlos?«
»Genug, meine Herren, Sie verstehen mich ja wohl.« – Dann wandte er sich an Foureau:
»Sorel weiß Bescheid. Gehen Sie zu ihm!«
Ohne zu grüßen verließen Bouvard und Pécuchet den Salon. Am Ende der Avenue machten alle drei ihrem Groll Luft.
»Man behandelt mich wie einen Dienstboten«, knurrte Foureau – und da die beiden ihm zustimmten, empfand er für sie, trotz der Geschichte mit den Hämorrhoiden, etwas wie Sympathie.
Chausseearbeiter waren in der Nähe an der Arbeit. Der Aufseher kam auf sie zu, es war Gorju. Sie begannen zu plaudern, er überwachte das Schottern des Weges, der im Jahre 1848 beschlossen worden war. Die Stellung verdankte er Herrn de Mahurot, dem Ingenieur.
»Dem, der Fräulein de Faverges heiratet. Sie kommen doch sicher von dort?«
»Zum letzten Male«, sagte Pécuchet grob.

Gorju sah ihn naiv an:
»Ein Zerwürfnis! Sieh da! Sieh da!«
Hätten sie sein Gesicht gesehen, als sie sich umgewandt hatten, sie hätten erkannt, daß er den Grund ahnte.
Ein wenig weiter blieben sie vor einem eingefriedigten Platz mit Hundehütten und einem kleinen Haus aus roten Ziegeln stehen. Auf der Schwelle stand Viktorine. Die Hunde bellten. Die Frau des Hüters erschien. Da sie wußte, weshalb der Bürgermeister kam, rief sie Viktor.
Alles war vorbereitet, die Sachen der Kinder in Schnupftücher verpackt, von Nadeln zusammengehalten.
»Gute Reise!« sagte sie zu ihnen.
War es ihre Schuld, daß sie als Kinder eines Zuchthäuslers geboren wurden? Sie schienen im Gegenteil sehr sanft und gar nicht beunruhigt, wohin man sie brachte.
Bouvard und Pécuchet betrachteten die Kinder, wie sie vor ihnen hergingen.
Viktorine summte undeutliche Worte vor sich hin, trug ihr Taschentuch am Arm wie eine Modistin ihren Karton. Manchmal wandte sie sich um, und wenn Pécuchet ihr krauses, blondes Haar und ihre nette Gestalt betrachtete, tat es ihm leid, nicht ein solches Kind zu haben. In anderen Verhältnissen erzogen, würde sie später reizend sein. Welches Glück, sie heranwachsen zu sehen, jeden Tag ihr Vogelgezwitscher zu hören, sie zu umarmen, wenn er wollte – und Rührung stieg ihm vom Herzen auf die Lippen, machte seine Augen feucht, bedrückte ihn ein wenig.
Wie ein Soldat hatte Viktor sein Bündel auf den Rücken genommen. Er pfiff, warf mit Steinen nach den Krähen in den Akkerfurchen, ging unter den Bäumen her, um sich Stöckchen zu schneiden. Foureau rief ihn zurück; und als Bouvard ihn an die Hand nahm, freute er sich, in der seinen diese starken und kräftigen Kinderfinger zu fühlen. Der arme kleine Teufel wollte sich nur ungezwungen entwickeln wie eine Blume unter freiem Himmel. Und er würde nun zwischen Mauern, bei Unterricht,

Strafen und einem Haufen dummen Zeugs verkommen. Bouvard packte ein wildes Mitleid, eine Empörung gegen das Schicksal, eine solche Wut, in der man den Staat zerstören möchte.

»Lauf«, sagte er, »freue dich, genieße die Freiheit, die du noch hast.«

Der Junge machte sich aus dem Staub.

Seine Schwester und er sollten im Wirtshaus schlafen – und am frühen Morgen würde der Bote aus Falaise Viktor abholen, um ihn in die Besserungsanstalt von Beaubourg zu bringen – eine Nonne aus dem Waisenhaus in Grand-Camp würde Viktorine mitnehmen.

Nachdem Foureau diese Einzelheiten erzählt hatte, versank er wieder in seine Gedanken. Aber Bouvard wollte wissen, wieviel der Unterhalt der beiden Kleinen wohl koste.

»Vielleicht dreihundert Francs. Für die ersten Auslagen hat mir der Graf fünfundzwanzig gegeben. Der alte Geizkragen!«

Und Foureau, der innerlich noch immer wegen der Verachtung seiner Schärpe grollte, ging ruhig weiter.

Bouvard murmelte:

»Sie tun mir leid. Ich würde mich ihrer gern annehmen.«

»Ich auch«, sagte Pécuchet.

Sie hatten denselben Gedanken gehabt.

Aber sicher gab es Hindernisse?

»Keins«, erwiderte Foureau. Übrigens hatte er als Bürgermeister das Recht, verlassene Kinder dem anzuvertrauen, der ihm gut schien – und nach einem langen Zaudern:

»Gut, nehmen Sie sie! Das wird ihn ärgern.«

Bouvard und Pécuchet nahmen sie mit.

Als sie nach Hause kamen, fanden sie Marcel vor der Madonna im Treppenhaus auf den Knien liegen. Er betete voller Inbrunst. Den Kopf zurückgeworfen, die Augen halb geschlossen, den hasenschartigen Mund weit offen, sah er wie ein verzückter Fakir aus.

»Wie ein unvernünftiges Tier«, sagte Bouvard.
»Wieso? Er sieht vielleicht Dinge, um die du ihn beneiden würdest, wenn du sie erblicktest. Gibt es nicht zwei völlig verschiedene Welten? Das Objekt der Urteilskraft hat weniger Wert als die Art, zu urteilen. Was liegt am Glauben? Die Hauptsache ist, daß man glaubt.«
Dies waren Pécuchets Einwände auf Bouvards Bemerkung.

X

Sie verschafften sich mehrere Werke über Erziehung und waren sich bald über den Weg klar, den sie einschlagen wollten. Jede metaphysische Idee sollte vermieden und nach der Erfahrung der natürlichen Entwicklung vorgegangen werden. Sie brauchten nichts zu überstürzen, die beiden Schüler sollten erst vergessen, was sie gelernt hatten. Obgleich sie kräftig waren, wollte Pécuchet sie wie Spartaner abhärten, sie an Hunger, Durst, die Unbilden des Wetters gewöhnen; sie sollten sogar zerrissene Schuhe tragen, womit er Erkältungen vorbeugen wollte. Bouvard erhob dagegen Einspruch.

Die dunkle Kammer hinten im Flur wurde ihr Schlafzimmer. Zwei Gurtbetten und ein Wasserkrug bildeten die Ausstattung; ein kleines Fenster war über ihrem Kopf, und Spinnen liefen an den Wänden.

Oft kam ihnen das Innere einer Hütte in Erinnerung, in der Zank und Streit herrschten.

Eines Nachts war der Vater mit blutigen Händen nach Hause gekommen. Bald darauf waren die Gendarmen im Haus. Dann hatten sie in einem Wald gewohnt. Männer, die Holzschuhe machten, umarmten ihre Mutter. Dann starb sie, ein Wagen hatte sie fortgefahren. Sie bekamen viel Schläge, sie hatten sich verirrt. Dann dachten sie wieder an den ländlichen Hüter, an Frau de Noares, an Sorel. Ohne sich zu fragen, warum sie jetzt in diesem anderen Haus waren, fühlten sie sich glücklich. Als aber nach acht Monaten der Unterricht wieder begann, waren sie schmerzlich erstaunt. Bouvard befaßte sich mit dem Mädchen, Pécuchet mit dem Jungen. Viktor lernte die Buchstaben, konnte sie aber nicht zu Silben zusammenfügen. Er stammelte, blieb plötzlich stecken und machte ein dummes Gesicht. Viktorine stellte Fragen. Woher kommt es, daß *ch* in *orchestre* wie ein *q*, in *archéologie* wie ein *k* gesprochen wird? Einmal sollen zwei Vokale gebunden, dann wieder getrennt gesprochen werden. Das alles ist nicht richtig. Sie war empört.

Die beiden Lehrer gaben zur gleichen Zeit Unterricht, jeder in seinem Zimmer, und da die Zwischenwand nur dünn war, machten diese vier Stimmen, eine dünne, eine tiefe und zwei hohe, eine abscheuliche Katzenmusik. Sie kamen auf den Gedanken, die beiden Kinder im Museum zusammen arbeiten zu lassen. Hierdurch würde dem Übelstand ein Ende gemacht, und die beiden würden sich gegenseitig anfeuern. Sie begannen mit dem Schreiben.

An jedem Ende des Tisches saß ein Schüler und schrieb von einer Vorlage ab; doch die Körperhaltung war schlecht; man mußte sie gerade setzen, ihre Blätter fielen auf die Erde, ihre Federn spalteten sich, die Tinte fiel um.

An gewissen Tagen ging es mit Viktorine drei Minuten lang gut, dann schmierte sie und starrte mutlos an die Decke. Viktor flegelte sich auf den Arbeitstisch und schlief ein.

Vielleicht litten sie? Eine zu starke Anspannung ist für junge Gehirne schädlich.

»Halten wir an«, sagte Bouvard.

Nichts ist stumpfsinniger, als auswendig lernen zu lassen; ist aber das Gedächtnis nicht geübt, wird es schlecht, und sie trichterten ihnen die ersten Fabeln Lafontaines ein. Den Kindern gefielen die Ameise, die Schätze sammelt, der Wolf, der das Lamm frißt, und der Löwe, der alles für sich behält.

Bald wurden sie dreister und verwüsteten nun den Garten. Aber womit sollte man ihnen die Zeit vertreiben?

Jean-Jacques rät dem Erzieher im *Émile*, den Schüler sein Spielzeug selbst anfertigen zu lassen, er soll ihm ein wenig helfen, ohne daß es der Schüler merkt. Bouvard brachte nicht einmal einen Reifen zustande, und Pécuchet konnte keinen Ball nähen. Sie gingen zu belehrenden Spielen über: dem Ausschneiden. Pécuchet zeigte ihnen sein Mikroskop. Sie steckten eine Kerze an, und mit dem Schatten seiner Finger brachte Bouvard den

Umriß eines Hasen oder eines Schweins auf die Wand. Doch die Zuschauer waren bald ermüdet.

Einige Schriftsteller loben als besonderes Vergnügen ein Frühstück im Freien, eine Bootspartie; war das, offen gesagt, angebracht? Und Fénélon empfiehlt von Zeit zu Zeit eine ›unschuldige Unterhaltung‹. Es wollte ihnen keine einfallen. So fingen sie mit dem Unterricht wieder an. Aber die facettierten Kugeln, die Linienblätter, das zusammensetzbare Alphabet, alls schlug fehl, bis sie auf eine List kamen.

Viktor neigte zur Naschhaftigkeit; sie zeigten ihm den Namen eines Gerichts: bald las er fließend in dem *Cusinier français*. Viktorine war eitel, ihr wurde ein Kleid versprochen, wenn sie es selbst schriftlich bei der Näherin bestellte. In weniger als drei Wochen vollbrachte sie das Wunder. Sie schmeichelten allerdings ihren Fehler, ein verwerfliches Mittel, das aber Erfolg hatte.

Was sollten sie ihnen jetzt beibringen, da sie lesen und schreiben konnten? Neue Verlegenheit.

Mädchen brauchen nicht so viel zu wissen wie Knaben. Einerlei! Gewöhnlich werden sie erzogen, als seien sie Tiere, und ihr ganzes geistiges Gepäck besteht nur aus schwärmerischen Torheiten.

Ist es angebracht, sie Sprachen lernen zu lassen?

Spanisch und Italienisch, so behauptet der Schwan von Cambrai, bringen einen nur zur Lektüre von gefährlichen Werken. – Dieser Grund erschien ihnen dumm. Aber Viktorine würde mit diesen Sprachen nichts anfangen können, während Englisch mehr gebraucht wird. Pécuchet studierte die Regeln; voller Ernst zeigte er ihnen, wie das *th* gesprochen wird; sieh, so: *the*, *the*, *the*.

Aber ehe man ein Kind unterrichtet, müßte man dessen Fähigkeiten kennen. Man errät sie durch die Schädellehre. Sie vertieften sich in das Studium und prüften an sich selbst die aufgestellten Behauptungen. Bouvard zeigte den Höcker des Wohlwollens, der Einbildungskraft, der Ehrfurcht und den der Liebesenergie, *vulgo* Erotik.

An den Schläfenbeinen Pécuchets war die Veranlagung für Philosophie und Begeisterung zu fühlen, verbunden mit dem Geist der List.

Wirklich, so war ihr Charakter. Als sie entdeckten, daß beide sehr zur Freundschaft neigten, waren sie noch überraschter, und in ihrer Freude über diese Entdeckung fielen sie sich gerührt in die Arme.

Dann untersuchten sie Marcel. Sein größter Fehler – ihnen nicht unbekannt – war sein übertriebener Appetit. Als Bouvard und Pécuchet jedoch über der Ohrmuschel, in der Höhe des Auges, den Nahrungstrieb feststellten, waren sie sehr erschrokken. Mit den Jahren würde ihr Diener vielleicht wie jene Frau aus der Salpêtrière, die täglich acht Pfund Brot aß, einmal vierzehn Teller Suppe und ein anderes Mal sechzig Tassen Kaffee verschlang. Das würden sie nicht herbeischaffen können.

An den Köpfen ihrer Schüler fanden sie nichts Besonderes. Sie machten es ohne Zweifel nicht richtig. Auf sehr einfache Weise bereicherten sie ihre Erfahrung.

An den Markttagen mischten sie sich unter die Bauern auf dem Platz, schoben sich zwischen die Säcke mit Hafer, die Körbe mit Käse, zwischen die Kälber und Pferde und kümmerten sich um kein Gedränge und Gestoße; und wenn sie einen jungen Burschen mit seinem Vater sahen, baten sie um Erlaubnis, zu einem wissenschaftlichen Zweck den Schädel abtasten zu dürfen.

Die meisten gaben nicht einmal Antwort; andere, die glaubten, es handele sich um eine Pomade gegen den Grind, schlugen es ärgerlich ab; einige gingen gleichgültig mit in die Vorhalle der Kirche, wo sie ungestört sein würden.

Eines Morgens, als Bouvard und Pécuchet gerade mit ihrem Manöver anfangen wollten, kam plötzlich der Pfarrer. Als er sah, was sie machten, erhob er gegen die Schädellehre den Vorwurf, sie führe zum Materialismus und Fatalismus.

»Diebe, Mörder, Ehebrecher brauchen ihre Verbrechen nur den Höckern an ihren Schädeln zuzuschreiben.«

Bouvard warf ein, daß das Organ für die Tat nur geneigt mache, aber nicht dazu zwinge. Daß ein Mensch den Keim des Lasters in sich hat, beweist nicht, daß er lasterhaft ist.
»Übrigens wundere ich mich über die Orthodoxen; sie treten für die angeborenen Vorstellungen ein und verwerfen die Neigungen. Das ist ein Widerspruch!«
Aber nach Jeufroys Meinung leugnete die Schädellehre die göttliche Allmacht, und es war ungehörig, sie im Schatten der heiligen Stätte, im Angesicht des Altars auszuüben.
»Gehen Sie fort! Nein, gehen Sie fort!«
Da gingen sie zu Ganot, dem Friseur. Um jedes Zaudern zu beseitigen, bezahlten Bouvard und Pécuchet sogar für die Eltern Bart- oder Haarschneiden.
Eines Tages wollte sich auch der Arzt das Haar schneiden lassen. Als er sich in den Sessel setzte, sah er im Spiegel die beiden Phrenologen, die ihre Finger auf den Kinderköpfen spazierenführten.
»Treiben Sie jetzt auch noch diesen Blödsinn?« sagte er.
»Wieso Blödsinn?«
Vaucorbeil lachte verächtlich und versicherte, es gäbe im Gehirn nicht mehrere Organe.
Der eine Mensch verdaut ein Nahrungsmittel, das ein anderer nicht verdaut. Muß es deshalb so viele Mägen geben, als es Geschmäcker gibt?
Aber eine Arbeit läßt von einer anderen erholen, eine geistige Anstrengung erfordert durchaus nicht die Anspannung aller Fähigkeiten zugleich, jede hat also einen besonderen Sitz.
»Die Anatomen haben ihn aber nicht gefunden«, sagte Vaucorbeil.
»Sie haben eben schlecht seziert«, erwiderte Pécuchet.
»Wie?«
»Nun ja, sie machen ihre Schnitte und achten dabei nicht auf die Verbindung der Teile« – eine Redensart aus einem Buch, an die er sich gerade erinnerte.
»Das ist albernes Gerede!« rief der Arzt. »Der Schädel formt

sich nicht nach dem Gehirn, das Äußere nach dem Inneren! Gall irrt sich, und ich will wetten, daß Sie die Richtigkeit seiner Lehre an drei beliebigen Personen im Laden nicht nachweisen können.«

Sie erklärten sich bereit.

Die erste war eine Bäuerin mit großen, blauen Augen.

Pécuchet besah sie genau und sagte dann:

»Sie hat ein starkes Gedächtnis.«

Ihr Mann bestätigte das und bot sich dann selbst zur Untersuchung an.

»Ah, Sie, mein Lieber, sind gewiß sehr schwer zu lenken.«

Nach Ansicht der anderen war er der größte Starrkopf auf der Welt.

Der dritte Versuch wurde an einem Knaben gemacht, den seine Großmutter begleitete.

Pécuchet erklärte, daß er die Musik liebe.

»Ich glaube wohl«, sagte die alte Frau, »zeige es den Herren.«

Der Junge zog eine Maultrommel aus seiner Bluse und fing an, hineinzublasen.

Da gab es einen Knall; es war die Tür, die der Arzt beim Hinausgehen heftig zugeschlagen hatte.

Nun zweifelten Bouvard und Pécuchet nicht mehr an sich selbst; sie holten sich ihre beiden Schüler und begannen mit der Untersuchung ihrer Schädel.

Der von Viktorine war ziemlich gleichmäßig; das bedeutete Gleichgewicht; aber der Bruder hatte einen bejammernswerten Schädel; ein starker Höcker im Winkel des Scheitelbeinansatzes deutete auf Zerstörung und Mord, tiefer unten eine Schwellung auf Begehrlichkeit und Diebstahl. Acht Tage lang bekümmerte dieser Befund die beiden sehr.

Aber man mußte den genauen Sinn der Worte erfassen: Kampflust schließt die Verachtung des Todes ein. Wenn er einen Totschlag begehen kann, kann er auch Lebensrettungen vollbringen. Erwerbssinn umfaßt den Sinn der Gauner und den Eifer der Kaufleute. Unehrlichkeit ist dem kritischen Geist, List der

Umsicht gleich. Ein Trieb teilt sich in zwei Teile: einen schlechten und einen guten. Der erste kann zerstört werden, wenn man den zweiten pflegt, und so muß ein verwegenes Kind kein Bandit, es kann ein General werden. Der Feige wird dann nur Vorsicht, der Geizige Sparsamkeit zeigen, der Verschwender großmütig werden.

Ein herrlicher Traum beschäftigte sie: wenn sie die Erziehung ihrer Schüler zu einem guten Ende führten, wollten sie später ein Institut gründen, dessen Zweck die Hebung der Intelligenz sein sollte, Bezwingung des Charakters und Veredelung des Herzens. Schon sprachen sie von Subskriptionen und dem Gebäude.

Ihr Triumph bei Ganot hatte sie berühmt gemacht, und Leute kamen zu ihnen, um zu fragen, welche Glücksmöglichkeiten sie hatten.

Alle Arten von Schädeln kamen ihnen unter die Hände: kugel-, birnen-, zuckerhutförmige, viereckige, lange, zusammengedrückte, abgeflachte, solche mit Ochsenmäulern, Vogelgesichtern, Schweinsaugen.

Aber so viele Leute hinderten den Friseur bei seiner Arbeit. Mit dem Ellbogen stießen sie an den Glasschrank, der die Parfümerien enthielt; die Kämme blieben nicht auf ihrem Platz, das Waschbecken wurde zerbrochen; er warf alle Verehrer der beiden hinaus und forderte Bouvard und Pécuchet auf, ihnen zu folgen. Sie nahmen dieses Ultimatum ohne Murren an, denn im Grunde waren sie die Schädelbeobachtung leid.

Als sie am nächsten Tag am Gärtchen des Hauptmanns vorbeigingen, sahen sie ihn im Gespräch mit Girbal, Coulon und dem Feldhüter mit seinem jüngsten Sohn Zéphyrin, der als Chorknabe angezogen war. Der Anzug war ganz neu; bevor er ihn in der Sakristei abgab, ging er noch ein wenig darin spazieren, und man machte ihm Komplimente. Placquevent bat die Herren, seinen Sohn zu betasten, denn er hätte zu gern gewußt, was sie über ihn dachten.

Die Haut der Stirn war gespannt; die Nase klein, ihre Spitze sehr knorpelig; sie stand schief über den zusammengekniffenen Lippen; das Kinn war spitz, der Blick unstet, die rechte Schulter zu hoch.

»Nimm die Mütze ab, Zéphyrin«, sagte sein Vater zu ihm.

Bouvard fuhr mit seinen Händen in das strohgelbe Haar, dann tat Pécuchet das gleiche, und mit leiser Stimme teilten sie sich ihre Beobachtungen mit: Lebenstrieb deutlich erkennbar. Ah! Ah! Gefallsucht! Gewissenhaftigkeit nicht vorhanden! Kein Trieb zur Liebe!

»Nun?« sagte der Feldhüter.

Pécuchet öffnete seine Tabakdose und nahm eine Prise.

»Meiner Treu«, sagte Bouvard, »nicht gerade berühmt.«

Das kränkte Placquevent; er wurde rot.

»Er wird dennoch meinem Willen folgen.«

»Oh! Oh!«

»Ich bin sein Vater, zum Donnerwetter! Und ich habe doch wohl das Recht...«

»In gewissem Maße«, erwiderte Pécuchet.

Girbal mischte sich ein.

»Die väterliche Gewalt ist unbestreitbar.«

»Wenn aber der Vater ein Idiot ist?«

»Einerlei«, sagte der Hauptmann, »seine Gewalt ist deshalb doch unumschränkt.«

»Im Interesse der Kinder«, fügte Coulon hinzu.

Nach Bouvards und Pécuchets Ansicht schuldeten Kinder den Urhebern ihrer Tage nichts, während diese den Kindern gegenüber zur Ernährung, Ausbildung, Zuvorkommenheit, kurz, zu allem verpflichtet sind.

Die Bürger erhoben laut Einspruch gegen diese unmoralische Ansicht. Placquevent fühlte sich persönlich beleidigt.

»Dafür sind ja auch die, die Sie auf den Landstraßen auflesen, Prachtexemplare; die werden es noch weit bringen. Nehmen Sie sich in acht!«

»Vor was denn in acht nehmen?« sagte Pécuchet schrill. »Vor Ihnen habe ich keine Angst.«

»Ich auch nicht.«
Coulon vermittelte, beruhigte den Feldhüter Placquevent und veranlaßte ihn dann, mit seinem Sohn fortzugehen. Einige Minuten lang war es still. Dann sprachen sie von den Dahlien des Hauptmanns, der seinen Besuch erst fortließ, als er sie alle einzeln gezeigt hatte.
Bouvard und Pécuchet waren auf dem Weg nach Hause, als sie hundert Schritt vor sich Placquevent erkannten; Zéphyrin war bei ihm; wie einen Schild hob er den Arm, um sich gegen die Ohrfeigen zu schützen.
Was sie eben gehört hatten, waren, nur in anderer Form, die Ideen des Grafen; aber ihre beiden Zöglinge sollten beweisen, wieviel höher die Freiheit steht als der Zwang. Ein wenig Zucht war allerdings nötig.
Pécuchet nagelte im Museum eine Tafel für die Vorträge an die Wand; sie würden Buch führen über das, was die Kinder taten. Jeden Abend sollten diese Eintragungen gemacht und am anderen Tag wieder vorgelesen werden. Alles würde genau nach der Uhr geschehen. Wie Dupont de Nemours würden sie ihre Befehle zuerst väterlich, dann militärisch, schließlich streng erteilen; das Duzen war verboten.
Bouvard versuchte, Viktorine Rechnen beizubringen. Oft irrten sie sich, und beide lachten darüber; dann küßte sie ihn auf den Hals, da, wo er keinen Bart hatte, und bat um die Erlaubnis, hinaus zu dürfen; er ließ sie gehen.
Pécuchet konnte zu Beginn des Unterrichts läuten so viel er wollte, er schrie seine Befehle wie ein alter Soldat durch das Fenster, aber der Knabe kam nicht. Seine Socken hingen ihm auf den Knöcheln, selbst bei Tisch bohrte er mit dem Finger in der Nase und hielt seine Winde nicht ein. Broussais verbietet jeden Tadel darüber, ›denn man muß dem Drängen eines erhaltenden Instinkts gehorchen‹.
Viktorine und er sprachen eine furchtbare Sprache, aber da Kindern die Grammatik unverständlich ist und sie sie erst lernen, wenn sie richtig sprechen hören, achteten die beiden Bie-

dermänner so sehr auf ihre Gespräche, daß es ihnen schließlich lästig wurde.

In der Geographie waren sie verschiedener Ansicht. Bouvard hielt es für logisch, mit der Gemeinde zu beginnen, Pécuchet mit der Gesamtheit der Welt.

Mit einer Gießkanne und Sand wollte er zeigen, was ein Fluß, eine Insel, ein Golf ist; er opferte sogar drei Beete für die drei Erdteile; aber die vier Himmelsrichtungen gingen nicht in Viktors Kopf.

In einer Januarnacht nahm Pécuchet ihn mit auf das freie Feld. Während sie gingen, rühmte er die Astronomie; die Seeleute bedienen sich ihrer auf ihren Reisen; Christoph Columbus hätte ohne sie seine Entdeckung nicht gemacht. Wir sind Kopernikus, Galilei und Newton zu Dank verpflichtet.

Es fror sehr stark, und an dem schwarzblauen Himmel funkelte eine Unmenge Lichter. Pécuchet hob die Augen.

Wieso? Nirgends der große Bär?

Als er ihn das letztemal sah, stand er an einer anderen Stelle; endlich fand er ihn wieder, zeigte dann den Polarstern, der immer im Norden steht, und nach dem man sich orientiert.

Am nächsten Tag stellte er einen Sessel mitten in den Salon und begann, um ihn herumzutanzen.

»Nimm an, dieser Sessel sei die Sonne und ich die Erde; so bewegt sie sich.«

Viktor sah ihn erstaunt an.

Dann nahm Pécuchet eine Orange, steckte ein Stöckchen hindurch, das die Pole bedeuten sollte und zog einen Kohlestrich als Äquator. Darauf drehte er die Orange um eine Kerze und zeigte so, daß nicht alle Punkte der Oberfläche gleichzeitig beleuchtet werden, wodurch die Unterschiede im Klima entstehen; als er die verschiedenen Jahreszeiten klar machen wollte, neigte er die Orange, denn auch die Erde steht nicht gerade, so daß Tag- und Nachtgleichen und Sonnenwenden entstehen.

Viktor hatte kein Wort verstanden. Er glaubte, die Erde drehe

sich um eine lange Nadel, der Äquator sei ein Ring, der sie fest umschließt.
Mit Hilfe eines Atlas erklärte ihm Pécuchet Europa; aber durch die vielen Linien und Farben verwirrt, fand er die Namen nicht wieder. Täler und Gebirge stimmten nicht mit den Königreichen überein, die politische Anordnung brachte die physikalische in Verwirrung. Das alles würde vielleicht klarer, wenn sie die Geschichte studierten.
Es wäre praktischer gewesen, mit dem Dorf zu beginnen, dann den Kreis, den Bezirk, die Provinz zu behandeln; da aber Chavignolles keine Annalen hatte, mußten sie sich an die allgemeine Geschichte halten. Aber ihr Stoff ist so ungeheuer reichhaltig, daß sie nur die Schönheiten herausgriffen.
Für die griechische Geschichte ist bemerkenswert: ›Wir werden im Schatten kämpfen‹, der Neidische, der Aristides verbannte, und das Vertrauen Alexanders zu seinem Arzt. – Für die römische: die Gänse auf dem Kapitol, der Dreifuß des Scävola, die Tonne des Regulus. – Das Rosenbett von Guatemozin ist für Amerika wichtig. – Aus der Geschichte Frankreichs genügt vielleicht die Vase von Soissons, die Eiche des heiligen Ludwig, der Tod der Jeanne d'Arc, das Huhn im Topf des Béarnais. Hier kommt man wirklich in Verlegenheit, was man wählen soll. Die Schönheiten sind zu zahlreich, selbst wenn man *A moi d'Auvergne* und den Schiffbruch der Vengeur nicht mitrechnet.
Viktor warf die Menschen, Jahrhunderte, Länder durcheinander. Aber Pécuchet wollte sich mit ihm nicht auf die feinen Betrachtungen einlassen. In der Menge der Tatsachen kann sich so leicht niemand zurechtfinden.
Er hielt sich an den Namen der französischen Könige schadlos. Viktor vergaß sie, da er die Jahreszahlen nicht wußte. Wenn die Mnemotechnik Dumouchels für sie schon unbrauchbar gewesen war, wieviel weniger würde sie Viktor nutzen. Folge: nur durch viel Lesen ist Geschichte zu lernen. Das wollte er tun.
Zeichnen ist bei vielen Gelegenheiten nützlich; Pécuchet hatte

den Mut, es selbst zu lehren, und zwar nach der Natur! Er fing mit der Landschaft an.
Ein Buchhändler aus Bayeux schickte ihm Papier, Gummi, zwei Mappen, Bleistifte und Fixativ für ihre Werke, die unter Glas und Rahmen das Museum schmücken sollten.
Bei Tagesanbruch standen sie auf und machten sich, mit einem Stück Brot in der Tasche, auf den Weg. Sie vertrödelten viel Zeit, bis sie ein passendes Landschaftsbild gefunden hatten. Pécuchet wollte alles gleichzeitig wiedergeben: was sich zu seinen Füßen befand, den äußersten Horizont und die Wolken. Aber die Ferne beherrschte immer den Vordergrund; der Fluß kam aus dem Himmel, der Hirt trat auf seine Herde, ein schlafender Hund sah aus als liefe er. Er gab es auf; er erinnerte sich, folgende Definition gelesen zu haben: Das Zeichnen setzt sich aus drei Dingen zusammen: der Linie, gröberer und feinerer Schattierungen und außerdem dem letzten Strich. Aber diesen letzten Strich macht immer der Lehrer. Er verbesserte also die Linie, half bei der gröberen, überwachte die feinere Schattierung und wartete auf die Gelegenheit, den letzten Strich zu tun. Doch die kam nie, denn die Landschaft des Schülers war unverständlich.
Seine Schwester, ebenso faul wie er, gähnte beim Einmaleins. Fräulein Reine zeigte ihr, wie man näht, und wenn sie Wäsche zeichnete, hob sie die Finger so niedlich, daß Bouvard später nicht mehr den Mut hatte, sie mit Rechnen zu quälen. An einem der nächsten Tage würden sie wieder anfangen. Rechnen und Nähen sind zweifellos im Haushalt nötig. »Aber es ist grausam«, warf Pécuchet ein, »die Mädchen nur im Hinblick auf den zukünftigen Mann zu erziehen. Nicht alle sind für die Ehe bestimmt; wenn sie später ohne Mann fertig werden sollen, müssen sie allerlei können.«
Wissen kann man bei tausend Gelegenheiten einpauken: man kann zum Beispiel sagen, woraus der Wein besteht. Und wenn sie solche Erklärungen gegeben hatten, mußten Viktor und Viktorine sie wiederholen; genau so verfuhren sie mit Gewürzen,

Möbeln und dem Licht; aber das Licht war für sie die Lampe, und die hatte nichts mit dem Funken eines Kiesels, der Flamme einer Kerze, dem Licht des Mondes zu tun.

Eines Tages fragte Viktorine:

»Wie kommt es, daß das Holz brennt?«

Verlegen sahen sich die Lehrer an, denn von der Theorie der Verbrennung hatten sie keine Ahnung.

Ein anderes Mal sprach Bouvard von der Suppe bis zum Käse über die Nährstoffe und verblüffte die beiden Kinder mit Faserstoff, Kaseïn, Fett und Kleber.

Dann wollte Pécuchet ihnen erklären, wie sich das Blut erneuert und verwirrte sich in seinen Reden über den Blutkreislauf.

Das Dilemma ist unbequem: wenn man von den Tatsachen ausgeht, verlangt die einfachste komplizierte Begründungen, und wenn man zuerst die Prinzipien aufstellt, muß man mit dem Absoluten, dem Glauben, beginnen.

Wozu sich entschließen? Soll man die beiden Methoden, die vernunftgemäße und die Erfahrungsmethode, verbinden? Aber ein doppelter Weg zu einem Ziel ist das Gegenteil von Methode. Um so schlimmer!

Um die Kinder in die Naturgeschichte einzuweihen, versuchten sie einige wissenschaftliche Spaziergänge.

Sie zeigten ihnen einen Esel, ein Pferd, einen Ochsen und sagten: das sind Tiere mit vier Füßen; sie werden Vierfüßler genannt. Im allgemeinen haben die Vögel Federn, die Reptile Schuppen, und die Schmetterlinge gehören zu den Insekten. Sie hatten ein Netz, um sie zu fangen. Pécuchet faßte das Tier vorsichtig, zeigte ihnen die vier Flügel, die sechs Beine, die beiden Fühler und den harten Rüssel, mit dem es den Nektar aus den Blumen saugt.

Am Grabenrand pflückte er Heilkräuter, sagte ihre Namen, und wenn er sie nicht wußte, erfand er welche, um sein Ansehen nicht zu verlieren. Übrigens ist die fachliche Benennung das Unwichtigste in der Botanik.

Folgenden Grundsatz schrieb er an die Tafel: Jede Pflanze hat

Blätter, einen Kelch und eine Blumenkrone, die einen Fruchtknoten oder eine Fruchthülle enthält, in der sich der Samen befindet. Dann befahl er seinen Schülern, auf dem Feld zu botanisieren und zu pflücken, was sie fänden.
Viktor brachte ihm Butterblumen, Viktorine einen Büschel Erdbeeren, vergeblich suchte er bei beiden eine Fruchthülle. Bouvard, der seinem Wissen nicht recht traute, durchsuchte die ganze Bibliothek und fand in dem *Redouté des Dames* die Zeichnung einer Iris, bei der die Fruchtknoten nicht in der Blumenkrone, sondern unter den Blumenblättern, im Stengel lagen.
Im Garten standen Waldmeister und Maiglöckchen in Blüte; diese Rubiazeen hatten keinen Kelch; so war also der Grundsatz falsch, den er an die Tafel geschrieben hatte.
»Das ist nur eine Ausnahme«, sagte Pécuchet überzeugt. Aber zufällig sahen sie im Gras eine Sherardia, und die hatte wieder einen Kelch.
»Wenn die Ausnahmen auch nicht stimmen, was soll man dann noch glauben?«
Auf einem ihrer täglichen Spaziergänge hörten sie Pfauen schreien. Sie blickten über die Mauer und erkannten im ersten Augenblick ihren alten Pachthof nicht wieder. Die Scheune hatte ein Schieferdach, die Zäune waren neu, die Wege gepflastert. Vater Gouy erschien. »Nicht möglich, Sie sind es?« Was hatte er alles in den letzten drei Jahren erlebt! Auch seine Frau war gestorben. Er selbst sei gesund wie eine Eiche. – »Kommen Sie doch einen Augenblick herein.«
Es war Anfang April, und die blühenden Apfelbäume mit ihren weißen und rosa Blüten standen in Reihen in den drei Höfen. Der wolkenlose Himmel war satin-blau; Tischtücher, Laken und Handtücher waren mit Holzklammern an gespannten Leinen befestigt und hingen senkrecht nach unten. Vater Gouy hob sie hoch, damit sie darunter hergehen konnten, als sie plötzlich Frau Bordin sahen; das Haar war unbedeckt, sie trug eine Unterjacke; Marianne reichte ihr die Wäsche.

»Ihre Dienerin, meine Herren, tun Sie, als wären Sie zu Hause! Ich muß mich setzen, ich bin wie gerädert.«

Der Pächter bot eine Erfrischung an.

»Jetzt nicht«, sagte sie, »ich bin zu erhitzt.«

Pécuchet nahm an und verschwand mit Gouy, Marianne und Viktor in der Richtung auf die Vorratskammer.

Bouvard setzte sich neben Frau Bordin auf die Erde.

Er empfing pünktlich seine Rente, hatte sich über nichts zu beklagen, grollte ihr auch nicht mehr.

Das Licht fiel voll auf ihr Profil; eine ihrer schwarzen Haarsträhnen hing herab, und die kleinen Löckchen im Nacken klebten an der bernsteinfarbenen, feuchten Haut. Bei jedem Atemzug hob sich ihre Brust. Der Duft des Rasens vermischte sich mit dem guten Geruch ihres kräftigen Fleisches, und Bouvard spürte das Erwachen seines alten Gefühls, was ihn mit großer Freude erfüllte.

Dann machte er ihr Komplimente über ihre Besitzung.

Das freute sie sehr, und sie sprach von ihren Plänen.

Um die Höfe zu vergrößern, wollte sie den Wall niederlegen lassen.

In diesem Augenblick kletterte Viktorine gerade über seine Böschung und pflückte Primeln, Hyazinthen und Veilchen, ohne sich vor einem alten Pferd zu fürchten, das das Gras neben ihr abfraß.

»Sie ist doch niedlich«, sagte Bouvard.

»Ja, ein nettes Mädchen.«

Und die Witwe stieß einen Seufzer aus, der den Kummer eines ganzen Lebens zu enthalten schien.

»Sie hätten auch eins haben können.«

Sie senkte den Kopf.

»Es lag nur an Ihnen.«

»Wieso?«

Er sah sie an, bis sie rot wurde wie unter einer rohen Liebkosung; dann sagte sie, sich mit dem Taschentuch fächelnd:

»Sie haben die Gelegenheit verpaßt, mein Lieber.«

»Ich verstehe nicht.«

Ohne aufzustehen rückte er ihr näher.

Sie sah ihn lange von oben bis unten an; dann lächelte sie und sagte mit feuchten Augen:

»Es ist Ihre Schuld.«

Die Tücher verhüllten sie wie die Vorhänge eines Bettes. Er stützte sich auf den Ellbogen und streifte ihr Knie mit seinem Gesicht.

»Warum? Ach! Warum?«

Und da sie schwieg und er in einer Verfassung war, in der die Schwüre nichts kosten, versuchte er, sich zu rechtfertigen, klagte sich der Torheit, des Stolzes an.

»Verzeihung! Es soll wie früher sein, wollen Sie?«

Und er hatte ihre Hand ergriffen, die sie in der seinen ließ. Ein plötzlicher Windstoß hob die Laken, und sie sahen zwei Pfauen, ein Männchen und ein Weibchen. Das Weibchen rührte sich nicht, hatte sich halb geduckt und streckte das Hinterteil hoch. Das Männchen umkreiste es, machte ein Rad, plusterte sich auf, gluckste, sprang dann zu, spreizte seine Federn, die das Weibchen wie eine Wiege bedeckten, und die beiden großen Vögel zitterten unter dem gleichen Schauer.

Bouvard fühlte ihn in Frau Bordins Hand. Sie entzog sie ihm rasch. Vor ihnen stand mit offenem Mund und wie versteinert Viktor, der zusah; ein wenig weiter lag Viktorine auf dem Rükken mitten in der Sonne und roch an den Blumen, die sie gepflückt hatte.

Die Pfauen hatten das alte Pferd erschreckt; es schlug aus, zerriß eine der Leinen, verfing sich, galoppierte durch die drei Höfe und zog die Wäsche hinter sich her.

Wütend rief Frau Bordin nach Marianne, die herbeieilte. Vater Gouy schimpfte auf sein Pferd: Verdammter Klepper! Mageres Luder! Und er trat ihm gegen den Leib, schlug ihm mit dem Peitschenstiel über die Ohren.

Bouvard war entrüstet, daß das Pferd geschlagen wurde.

Der Bauer antwortete:

»Ich habe ein Recht dazu. Es gehört mir.«
Das sei kein Grund.
Pécuchet, der herbeikam, fügte hinzu, daß auch die Tiere ihre Rechte hätten, »denn sie haben eine Seele wie wir, wenn unsere überhaupt existiert.«
»Sie sind gottlos!« rief Frau Bordin.
Dreierlei brachte sie außer sich: daß sie die Wäsche noch einmal waschen mußte, daß sie in ihrem Glauben beleidigt wurde und die Angst, sie könne vorhin in einer verdächtigen Stellung gesehen worden sein.
»Ich hielt Sie für aufgeklärter«, sagte Bouvard.
Sie erwiderte herrisch:
»Liederliche Kerle mag ich nicht.«
Und Gouy machte sie für das verletzte Pferd verantwortlich, dessen Nasenlöcher bluteten. Er brummte vor sich hin:
»Verfluchte Unglücksmenschen! Ich wollte es gerade anbinden, als sie kamen.«
Achselzuckend gingen die beiden fort.
Viktor fragte sie, warum sie so böse auf Gouy geworden wären.
»Er mißbraucht seine Kraft, und das ist schlecht.«
»Warum ist das schlecht?«
Sollten die Kinder keine Vorstellung von dem haben, was recht ist? Schon möglich.
Und am selben Abend noch begann Pécuchet, an dessen rechter Seite Bouvard saß, mit dem Moralunterricht. Vor sich hatte er einige Notizen, ihm gegenüber saßen die beiden Schüler.
Diese Wissenschaft lehrt uns, unsere Handlungen zu lenken.
Zwei Motive bestimmen unser Handeln: die Lust und das Interesse, dazu ein drittes, gebieterisches: die Pflicht.
Die Pflichten werden in zwei Klassen eingeteilt: Erstens Pflichten gegen uns selbst, die darin bestehen, unseren Körper zu pflegen, uns gegen jedes Unheil zu schützen. Das verstanden die Kinder sehr gut; zweitens: Pflichten gegen die anderen, das heißt, immer ehrlich, nachsichtig und selbst brüderlich zu sein,

denn alle Menschen bilden eine große Familie. Oft gefällt uns etwas, das unserem Nächsten schadet; das Interesse ist vom Guten verschieden, denn das Gute ist in sich selbst unauflösbar. Das verstanden die Kinder nicht. Die Notwendigkeit der Pflichten verschob er auf die nächste Stunde.

Nach Bouvards Meinung hatte er bei dem allem das Gute nicht definiert.

»Wie willst du es definieren? Man fühlt es!«

Dann war also der Unterricht in der Moral nur für moralische Leute, und Pécuchet hörte mit seinen Vorträgen auf. Sie ließen ihre Zöglinge Geschichten lesen, die darauf hinzielen, die Liebe zur Tugend zu wecken. Sie langweilten Viktor halbtot.

Um auf seine Einbildungskraft einzuwirken, hängte Pécuchet an den Wänden seines Zimmers Bilder auf, die den Werdegang eines guten und eines bösen Menschen darstellten. Adolf umarmte seine Mutter, lernte Deutsch, half einem Blinden und wurde in die École polytechnique aufgenommen.

Eugen war ungehorsam gegen seinen Vater, hatte im Café einen Streit, schlug seine Frau, betrank sich, zerschlug einen Schrank, und ein letztes Bild zeigte ihn im Zuchthaus; ein Herr, den ein Junge begleitete, zeigte auf ihn und sagte:

›Hier siehst du, mein Sohn, wohin schlechtes Verhalten führt.‹

Aber für Kinder existiert die Zukunft nicht. Umsonst prägten sie ihnen immer wieder die Aussprüche ein: ›Arbeit ist ehrenwert‹ und ›Die Reichen sind nicht immer glücklich‹. Sie hatten Arbeiter gekannt, die keineswegs geehrt wurden, und sie dachten an das Schloß, in dem das Leben ganz angenehm schien.

Die Gewissensqualen wurden ihnen so übertrieben dargestellt, daß sie Aufschneiderei witterten und dem Rest mißtrauten.

Nun versuchten sie, die Kinder bei der Ehre zu packen, den Gedanken an die öffentliche Meinung und das Gefühl für Ruhm in ihnen zu wecken; sie rühmten die großen Männer, besonders die nützlichen wie Belzunce, Franklin, Jacquard! Viktor zeigte keinerlei Lust, ihnen zu gleichen. Als er eines Tages eine Additionsaufgabe richtig gelöst hatte, nähte ihm Bouvard ein Band auf die Jacke, das das Ehrenkreuz bedeuten sollte. Er brüstete sich damit; als er aber den Tod Heinrichs IV. vergessen hatte, setzte ihm Pécuchet eine Eselsmütze auf. Viktor fing so toll wie ein Esel zu schreien an und setzte das so lange fort, bis sie ihm die Pappohren wieder abnahmen.

Auch seine Schwester war stolz, wenn sie gelobt wurde; aus Tadel machte sie sich nichts.

Um ihr Gefühl zu stärken, bekamen sie eine schwarze Katze, für die sie sorgen sollten; auch erhielten sie zwei oder drei Sous, die sie als Almosen verschenken sollten. Diese Forderung fanden sie ungerecht; das Geld gehörte ihnen.

Sie fügten sich dem Wunsch der Erzieher und nannten Bouvard ›lieber Onkel‹ und Pécuchet ›lieber Freund‹. Aber sie duzten sie, und die Hälfte des Unterrichts verging gewöhnlich mit Streitereien.

Viktorine machte mit Marcel, was sie wollte; sie kletterte ihm auf den Rücken, zog ihn an den Haaren. Wenn sie ihn wegen seiner Hasenscharte ärgern wollte, sprach sie wie er durch die Nase, und der arme Bursche hatte nicht den Mut, sich zu beklagen; er liebte das kleine Mädchen zu sehr.

Eines Abends klang seine rauhe Stimme besonders laut. Bouvard und Pécuchet gingen in die Küche. Die beiden Zöglinge beobachteten den Herd, Marcel rang die Hände und schrie:

»Nehmt sie raus! Das ist zuviel! Das ist zuviel!«

Mit dem Knall einer Granate flog der Deckel vom Topf. Eine graue Masse sprang bis an die Decke, drehte sich wie wahnsinnig um sich selbst und stieß ein furchtbares Geschrei aus.

Sie erkannten die Katze; sie war abgemagert, ohne Haare, der Schwanz sah aus wie ein Strick, die riesengroßen Augen quollen ihr aus dem Kopf. Sie waren milchfarben, wie leer, und sahen doch. Das häßliche Tier heulte immer noch, warf sich auf den Herd, verschwand, fiel dann leblos in die Asche. Viktor hatte die Gemeinheit begangen, und die beiden Männer wichen entsetzt zurück, bleich vor Abscheu. Als sie ihm Vorwürfe mach-

ten, antwortete er ohne Verlegenheit, naiv, mit der Ruhe des befriedigten Triebes wie der Feldhüter im Hinblick auf seinen Sohn und Gouy in bezug auf sein Pferd:
»Die Katze gehört doch mir.«
Das kochende Wasser war auf die Erde geflossen, Pfannen, Feuerzange und Leuchter lagen auf den Fliesen.
Marcel brauchte einige Zeit, die Küche zu reinigen, und seine Herren und er begruben die arme Katze im Garten unter der Pagode.
Dann sprachen Bouvard und Pécuchet lange über Viktor. Das väterliche Blut zeigte sich. Was war zu tun? Hätten sie ihn Herrn de Faverges zurückgegeben oder ihn anderen anvertraut, sie hätten ihre Ohnmacht eingestanden. Vielleicht würde er sich noch bessern.
Einerlei! Die Hoffnung war zweifelhaft, Zuneigung war nicht mehr vorhanden. Welches Vergnügen, einen Jüngling bei sich zu haben, der begierig unseren Gedanken lauscht, dessen Fortschritt wir beobachten, der später ein Bruder wird. Aber Viktor hatte keinen Geist, noch weniger ein Herz; und Pécuchet, der das Knie mit den Händen umschlang, seufzte.
»Die Schwester ist nicht besser«, sagte Bouvard.
Er stellte sich ein etwa fünfzehnjähriges Mädchen vor, mit zarter Seele und fröhlichem Gemüt, das das Haus mit seiner anmutigen Jugend schmückte; und der brave Mann weinte, als wäre er der Vater und das Kind gestorben.
Dann suchte er Viktor zu entschuldigen und führte Rousseaus Ansicht an. Das Kind ist nicht verantwortlich, es kann weder moralisch noch unmoralisch sein.
Die beiden aber waren nach Pécuchets Ansicht alt genug, um Unterscheidungskraft zu haben, und sie überlegten, wie sie zu bessern wären. ›Eine Strafe ist nur dann gut‹, sagt Bentham, ›wenn sie in richtigem Verhältnis zum Fehler steht und seine natürliche Folge ist. Hat das Kind eine Fensterscheibe eingeschlagen, wird sie nicht ersetzt; es soll frieren; will es, obwohl es satt ist, noch von einem Gericht haben, ist ihm nachzugeben;

Leibschmerzen werden es schnell zur Reue bringen. Ist es faul, soll es ohne Arbeit bleiben; die Langeweile wird es schon wieder arbeitsfreudig machen!‹

Doch Viktor würde unter der Kälte nicht leiden; bei seiner Körperbeschaffenheit konnte er viel aushalten, und das Faulenzen würde ihm so recht passen.

Sie entschlossen sich für das umgekehrte System: die heilsame Bestrafung. Strafarbeiten wurden ihm aufgegeben, er wurde fauler. Sie entzogen ihm das Eingemachte, seine Nascherei wurde nur schlimmer. Vielleicht würde die Ironie Erfolg haben? Als er einmal mit schmutzigen Händen zum Frühstück kam, verspottete Bouvard ihn und nannte ihn ›netter Kavalier, Stutzer, Dandy‹. Viktor hörte mit gesenktem Kopf zu, wurde plötzlich blaß und warf dann seinen Teller nach Bouvards Kopf; und als er ihn verfehlte, stürzte er sich wütend auf ihn.

Drei Mann hätten ihn kaum halten können. Er wälzte sich auf der Erde und versuchte zu beißen. Pécuchet begoß ihn von weitem aus einer Wasserflasche; er beruhigte sich gleich; war aber zwei Tage heiser. Das Mittel war also nicht gut. Sie versuchten ein anderes: beim geringsten Anzeichen von Zorn behandelten sie ihn als Kranken und brachten ihn zu Bett. Viktor fühlte sich wohl und sang. Eines Tages nahm er aus der Bibliothek eine alte Kokosnuß und wollte sie gerade spalten, als Pécuchet hinzukam:

»Meine Kokosnuß!«

Sie war ein Andenken an Dumouchel. Er hatte sie von Paris nach Chavignolles mitgebracht und hob entrüstet die Arme. Viktor fing an zu lachen. Der ›liebe Freund‹ war zu Ende mit seiner Beherrschung und verabreichte ihm eine so gewaltige Ohrfeige, daß er quer durchs Zimmer rollte. Zitternd vor Erregung beklagte er sich bei Bouvard.

Der machte ihm Vorwürfe.

»Du bist ein Dummkopf mit deiner Kokosnuß! Schläge verrohen. Der Schreck schwächt. Du erniedrigst dich selbst.«

Pécuchet entgegnete, daß körperliche Züchtigung oft unentbehrlich sei. Pestalozzi wandte sie an, und der berühmte Melanchton gesteht, daß er ohne sie nichts gelernt haben würde. – Aber Kinder sind durch grausame Strafen zum Selbstmord getrieben worden, das hat man oft genug gelesen. Viktor hatte sich in seinem Zimmer verschanzt. Bouvard verhandelte mit ihm durch die Tür und versprach ihm eine Pflaumentorte, wenn er öffnete.

Von nun ab wurde es noch schlimmer.

Es blieb nur noch ein Mittel, das Bischof Dupanloup sehr empfiehlt: der strenge Blick. Sie versuchten, ihren Gesichtern einen schrecklichen Ausdruck zu geben, hatten aber keinerlei Erfolg damit. Bouvard meinte:

»Wir können es nur noch mit der Religion versuchen.«

Pécuchet erhob Einspruch. Die hatten sie doch aus ihrem Programm gestrichen.

Aber die Vernunft befriedigt nicht alle Bedürfnisse. Herz und Einbildungskraft wollen etwas anderes. Das Übernatürliche ist für viele Seelen unentbehrlich, und sie beschlossen, die beiden in die Kinderlehre zu schicken.

Reine erbot sich, sie dorthin zu führen. Sie kam jetzt wieder ins Haus und verstand es, sich durch einschmeichelndes Wesen beliebt zu machen.

Viktorine änderte sich plötzlich, sie wurde zurückhaltend, honigsüß, fiel vor der Madonna auf die Knie, bewunderte das Opfer Abrahams und lächelte verächtlich, wenn sie das Wort Protestant hörte.

Sie erklärte, das Fasten wäre ihr vorgeschrieben worden. Sie erkundigten sich, es war nicht wahr. Am Fronleichnamstag verschwanden von einem Beet Nachtviolen, sie schmückten den Ruhe-Altar. Mit frecher Stirn leugnete sie, sie abgeschnitten zu haben. Ein anderes Mal entwendete sie Bouvard zwanzig Sous, die sie beim Nachmittagsgottesdienst in den Teller des Küsters legte. Sie schlossen daraus, daß zwischen Moral und Religion ein Unterschied besteht; wenn sie keine andere Grundlage hat, ist sie von zweitrangiger Bedeutung.

Als sie eines Abends beim Essen saßen, kam Marescot herein. Sofort entwischte Viktor.

Der Notar lehnte es ab, sich zu setzen und erzählte, was ihn herführte: der junge Touache hatte seinen Sohn geschlagen, hatte ihn fast totgeschlagen.

Da bekannt war, woher Viktor stammte, und niemand ihn leiden mochte, wurde er von den anderen Kindern Verbrecher genannt, und vorhin hatte er Arnold Marescor eine gewaltige Tracht Prügel verabreicht. Der liebe Arnold trug ihre Spuren an seinem Körper.

»Seine Mutter ist ganz verzweifelt, sein Anzug zerrissen, seine Gesundheit gefährdet. Wohin soll das führen?«

Der Notar verlangte eine scharfe Züchtigung und unter anderem das Fernbleiben Viktors aus der Kinderlehre. Nur so könnten neue Zusammenstöße vermieden werden.

Obwohl sein hochfahrender Ton Bouvard und Pécuchet verletzte, versprachen sie, was er wollte, und gaben klein bei. Hatte Viktor dem Ehr- oder dem Rachegefühl nachgegeben? Auf alle Fälle war er kein Feigling.

Aber seine Brutalität erschreckte sie doch; Pécuchet kam auf den Gedanken, ihm das Noten-Abc beizubringen: Musik mildert die Sitten.

Viktor hatte große Mühe, die Noten zu lesen und die Ausdrücke *presto*, *adagio* und *sforzando* auseinanderzuhalten. Sein Lehrer bemühte sich, ihm die Tonleiter zu erklären, den Dreiklang, die diatonische und chromatische Tonleiter und die zwei Arten von Intervallen, die große und die kleine Terz.

Er mußte sich ganz gerade stellen, die Brust nach vorn, die Schultern nach hinten strecken, den Mund weit öffnen. Und Pécuchet, der durch das Beispiel lehren wollte, stieß falsche Töne aus; Viktor preßte die Kehle zusammen und konnte nur mit Mühe einen Ton herausbringen; begann der Takt mit einer Pause, setzte er entweder sofort oder zu spät ein. Trotzdem machte sich Pécuchet an den zweistimmigen Gesang. Ein Stöckchen mußte den Bogen ersetzen; schulmeisterlich bewegte er den Arm, als hätte er ein Orchester zu leiten. Da er aber mit zwei verschiedenen Dingen beschäftigt war, kam er aus dem Takt; sein Irrtum veranlaßte neue bei dem Schüler, und mit gerunzelten Augenbrauen und gespannten Halsmuskeln sangen sie drauflos bis sie die Seite zu Ende hatten.

Endlich sagte Pécuchet zu Viktor:

»Du bist noch lange nicht so weit, in den Gesangvereinen zu glänzen.« Und er gab den Musikunterricht auf.

Übrigens hat Locke vielleicht recht: die Musik bringt in so liederliche Gesellschaft, daß es besser ist, sich mit etwas anderem zu beschäftigen.

Sie wollten aus Viktor ja nicht gerade einen Schriftsteller machen, hielten es aber für gut, wenn er einen Brief aufsetzen könne. Ein Bedenken brachte sie jedoch davon ab: Briefstil ist nicht erlernbar, er gehört zu den Eigenheiten der Frauen.

Dann dachten sie daran, ihm etwas Literatur einzutrichtern, und da sie nicht recht wußten, was, lasen sie in dem Werk der Madame Campan nach. Sie empfiehlt die *Éliacin*-Szene, die Chöre aus *Esther*, den ganzen Jean-Baptiste Rousseau.

Das ist ein wenig veraltet. Vom Roman will sie nichts wissen, weil er die Welt in zu günstigen Farben schildert. Aber gegen *Clarissa Harlowe* und *Familienvater* von Miss Opy hat sie nichts einzuwenden. Wer ist diese Miss Opy?

In der *Biographie Michaud* fanden sie ihren Namen nicht. Blieben die Märchen.

»Sie werden sich diamantene Paläste wünschen«, sagte Pécuchet. Die Literatur entwickelt den Geist, aber sie treibt die Leidenschaft auf die Spitze.

Wegen der ihrigen wurde Viktorine aus der Kinderlehre gewiesen. Sie war überrascht worden, als sie den Sohn des Notars küßte, und Reine kannte keinen Spaß; sie machte unter ihrer großen Haube ein ernstes Gesicht.

Wie konnten sie nach einem solchen Skandal ein so verdorbenes junges Mädchen noch behalten?

Bouvard und Pécuchet sagten, der Pfarrer sei ein alter Dummkopf. Brummend verteidigte ihn seine Haushälterin. »Euch kennt man! Euch kennt man!«

Sie blieben die Antwort nicht schuldig, und Reine ging fort, wobei sie schrecklich mit den Augen rollte.

Viktorine war wirklich in Arnold verliebt, sie fand ihn hübsch mit seinem gestickten Kragen, seiner Samtjacke, seinem wohlriechenden Haar und brachte ihm Blumen, bis sie von Zéphyrin verklatscht wurde.

Wie albern war doch dieses Abenteuer; die beiden Kinder waren doch vollkommen unschuldig.

Sollten sie ihnen das Geheimnis der Zeugung erklären?

»Ich fände dabei nichts Schlimmes«, sagte Bouvard.

Der Philosoph Basedow erklärte es seinen Schülern, teilte aber nur Einzelheiten über Schwangerschaft und Geburt mit.

Pécuchet war anderer Meinung. Viktor fing an, ihn zu beunruhigen.

Er hatte ihn im Verdacht, einer schlechten Gewohnheit zu frönen.

Warum nicht? Ernste Männer lassen ihr ganzes Leben nicht von ihr, und es wird behauptet, daß der Herzog von Angoulême sich ihr hingab.

Er fragte seinen Schüler in einer Art, daß er ihn geradezu mit der Nase darauf stieß, kurze Zeit später hatte er keinen Zweifel mehr.

Darauf nannte er ihn Verbrecher; und um ihn zu kurieren, wollte er ihn Tissot lesen lassen. Nach Bouvards Ansicht aber war dieses Meisterwerk eher gefährlich als nützlich. Besser wäre es, poetische Gefühle in ihm zu wecken; Aimé Martin berichtet von einer Mutter, die in einem solchen Fall ihrem Sohn die *Nouvelle Héloïse* gab. Der junge Mann wurde tugendhaft, denn er wollte solcher Liebe würdig werden.

Aber Viktor war nicht fähig, eine Sophie zu erträumen.

»Wenn wir ihn in ein Bordell brächten?«

Pécuchet äußerte seinen Abscheu vor Dirnen.

Bouvard hielt das für schwachköpfig und sprach sogar darüber, eigens deshalb eine Reise nach Le Havre zu machen.

»Hast du das wirklich vor? Jemand könnte uns hineingehen sehen!«

»Nun! Kaufe ihm ein Schutzmittel!«

»Aber der Drogist könnte vielleicht glauben, es sei für mich«, sagte Pécuchet.

Ein aufregendes Vergnügen wie die Jagd tat dem Jungen vielleicht gut. Aber dazu müßten sie eine Flinte kaufen und einen Hund; sie zogen es vor, ihn müde zu machen, und unternahmen weite Ausflüge.

Der Bengel entwischte ihnen, obwohl sie einander ablösten. Es ging über ihre Kraft, und des Abends waren sie so müde, daß sie die Zeitung nicht halten konnten.

Während sie auf Viktor warteten, plauderten sie mit den Vorübergehenden. Ihr Lehrtrieb ließ ihnen keine Ruhe, sie versuchten, sie über Hygiene aufzuklären, beklagten die Vergeudung des Wassers, die Verschwendung des Düngers, wetterten gegen den Aberglauben, gegen das Amselskelett vor der Scheune, den geweihten Buchsbaum im Stall und das Säckchen mit Würmern, das man den Fieberkranken auf die Zehen legt.

Schließlich inspizierten sie sogar die Ammen und waren über die Art entrüstet, wie diese die Säuglinge behandelten; die einen geben ihnen Grütze zu trinken, wodurch sie an Schwäche sterben; andere überfüttern sie mit Fleisch, bevor sie sechs Monate alt sind, und dann sterben die Säuglinge an Verdauungsstörungen. Wieder andere reinigen sie mit ihrem eigenen Speichel, alle verfahren roh mit ihnen.

Wenn sie an einer Tür eine gekreuzigte Eule sahen, traten sie in den Pachthof und sagten:

»Sie haben unrecht, diese Tiere leben von Ratten und Feldmäusen; im Magen einer Schleiereule wurde eine Menge Raupenlarven gefunden.«

Die Dorfbewohner kannten sie; sie hatten sie zuerst als Ärzte, dann als Sammler von alten Möbeln, schließlich von Steinen gesehen und antworteten:

»Schon gut, Sie Spaßmacher! Glauben Sie nicht, Sie wären klüger als wir.«

Ihre Überzeugung geriet ins Wanken, denn die Spatzen säubern zwar den Gemüsegarten, fressen aber die Kirschen an. Die Eulen verschlingen Insekten, zugleich aber auch nützliche Fledermäuse – und wenn die Maulwürfe Schnecken fressen, wühlen sie auch die Erde auf. Die Notwendigkeit der Vernichtung des Wildes stand aber für sie fest, weil es der Landwirtschaft so verderblich ist.

Als sie eines Abends durch den Wald von Faverges gingen, kamen sie vor Sorels Haus; er stand am Wegrand und gestikulierte mit drei Männern. Der erste war ein gewisser Dauphin, ein kleiner, magerer Holzschuhmacher mit hinterlistigem Gesicht. Der zweite war Vater Aubain, der die Botengänge in den Dörfern besorgte. Er trug einen alten gelben Gehrock, dazu eine blaue Zwillichhose. Der dritte war Eugen, Marescots Diener; er fiel durch seinen Bart auf, der wie der eines Beamten geschnitten war.

Sorel zeigte ihnen eine Schlinge aus Kupferdraht, die mit einem Seidenfaden verbunden war: daran hing ein Ziegelstein; es war eine Falle, und er hatte den Holzschuhmacher dabei gefaßt, wie er sie legte.

»Sie sind Zeugen, nicht wahr?«

Zustimmend nickte Eugen, und Vater Aubain antwortete: »Wenn Sie es sagen.«

Was Sorel besonders ärgerte, war die Unverschämtheit, in der Nähe seiner Wohnung eine Falle zu stellen; der Schurke hatte sicher gedacht, an dieser Stelle würde sie niemand vermuten.

Dauphin tat weinerlich:

»Ich trat darauf, ich habe sogar versucht, sie zu zertreten.«

Immer sollte er es gewesen sein, auf ihn sei es abgesehen; er wäre sehr unglücklich.

Ohne ihm zu antworten, hatte Sorel ein Notizbuch, Feder und Tinte aus der Tasche gezogen, um ein Protokoll aufzunehmen.

»Nein!« sagte Pécuchet.
Bouvard fügte hinzu:
»Lassen Sie ihn laufen, er ist ein braver Mann.«
»Er! Ein Wilddieb!«
»Und wenn er es wäre?« Und sie begannen, den Wildfrevel zu verteidigen; jeder wisse, daß die Kaninchen die jungen Triebe abnagen, daß die Hasen das Getreide zerstören; mit Ausnahme der Schnepfe vielleicht...
»Lassen Sie mich endlich in Ruh!«
Und mit zusammengebissenen Zähnen schrieb der Jagdhüter.
»Welcher Eigensinn!« murmelte Bouvard.
»Noch ein Wort, und ich hole die Gendarmen.«
»Sie sind ein Grobian«, sagte Pécuchet.
»Und Sie beide nicht viel wert«, erwiderte Sorel.
Bouvard vergaß sich; er nannte ihn Lümmel, Büttel; Eugen sagte immer wieder: »Friede! Ruhe! Wir wollen das Gesetz achten«, während Vater Aubain drei Schritt von ihnen entfernt auf einem Steinhaufen saß und seufzte.
Von den Stimmen erregt, kamen die Hunde der Meute aus ihren Hütten; durch das Gitter waren ihre funkelnden Augen, die schwarzen Schnauzen zu sehen; sie liefen hin und her und bellten fürchterlich.
»Lassen Sie mich endlich ungeschoren«, schrie ihr Herr, »oder ich hetze sie auf Ihre Hosen.«
Die beiden Freunde entfernten sich; sie waren zufrieden, Fortschritt und Kultur vertreten zu haben.
Schon am nächsten Tag erhielten sie wegen Beleidigung des Jagdhüters eine Vorladung vor das Polizeigericht; sie waren zu hundert Francs Strafe und den Kosten verurteilt, »falls nicht der Staatsanwalt, in Anbetracht der von Ihnen begangenen Übertretungen, Berufung gegen das Urteil einlegt.
Kosten: sechs Francs, fünfundsiebzig Centimes.

Tiercelin

Gerichtsvollzieher«

Was hatte der Staatsanwalt damit zu tun? Es wurde ihnen doch ein bißchen bange. Sie beruhigten sich aber und bereiteten ihre Verteidigung vor.

Am festgesetzten Tage begaben sich Bouvard und Pécuchet eine Stunde zu früh auf das Bürgermeisteramt. Niemand – Stühle und drei Sessel standen um einen ovalen Tisch, auf dem eine Decke lag; in der Wand war eine Nische für den Ofen, und das Ganze beherrschte eine Kaiserbüste auf einem Sockel.

Sie durchstreiften das Haus bis zum Boden, wo eine Feuerspritze, mehrere Fahnen und in einer Ecke auf dem Fußboden andere Gipsbüsten lagen: der große Napoleon ohne Diadem; Ludwig XVII. mit Epauletten auf dem Frack; Karl X., der an seiner Hängelippe zu erkennen war, Louis-Philippe mit den geschwungenen Brauen und dem hochgekämmten Haar; die Schräge des Dachs streifte seinen Nacken, und alle waren verstaubt und voller Fliegendreck. Der Anblick entmutigte Bouvard und Pécuchet. Sie empfanden Mitleid mit den Regierenden, als sie in den großen Saal zurückkehrten.

Hier fanden sie Sorel und den Feldhüter; der eine hatte sein Abzeichen am Arm, der andere trug ein Käppi. Ungefähr ein Dutzend Personen unterhielten sich; sie waren angezeigt worden, weil sie die Straße nicht gefegt hatten, ihre Hunde frei herumlaufen ließen, am Wagen keine Laterne gehabt oder während der Messe den Gasthof nicht geschlossen hatten.

Endlich kam Coulon; er trug eine Robe aus schwarzem Serge und hatte auf dem Kopf ein rundes Barett mit einem Samtstreifen. Links von ihm setzte sich ein Schreiber, rechts der Bürgermeister mit der Schärpe, und kurz darauf wurde die Sache Sorel gegen Bouvard und Pécuchet aufgerufen.

Louis-Martial-Eugène Lenepveur, Kammerdiener in Chavignolles, benutzte seine Eigenschaft als Zeuge, sich über allerlei Dinge zu äußern, die mit der Sache nichts zu tun hatten.

Nicolas-Juste Aubain, Tagelöhner, fürchtete, Sorel zu mißfal-

len und den beiden Herren zu schaden: er hatte Schimpfworte gehört, dann äußerte er Zweifel und berief sich schließlich auf seine Schwerhörigkeit.
Der Friedensrichter ließ ihn sich setzen und wandte sich an den Jagdaufseher:
»Bleiben Sie bei Ihren Erklärungen?«
»Gewiß!«
Dann fragte Coulon die beiden Angeklagten, was sie zu sagen hätten.
Bouvard blieb dabei, er habe Sorel nicht beleidigt; er habe die Partei des Wilddiebs ergriffen, um das Interesse der Felder zu wahren. Er erinnerte an die Mißstände zur Feudalzeit, an die alles vernichtenden Jagden der Adeligen.
»Einerlei! Die Übertretung...«
»Ich muß Sie unterbrechen«, rief Pécuchet. »Die Worte Übertretung, Verbrechen, Vergehen besagen gar nichts. Strafbare Taten so einzuteilen, bedeutet, eine willkürliche Grundlage festzusetzen. Ebensogut könnte man zu den Bürgern sagen: Macht euch keine Gedanken über den Wert eurer Handlungen, er wird nur durch die Strafe der Regierung bestimmt; übrigens scheint mir das Strafgesetz ein unsinniges Werk ohne Grundlagen.«
»Schon möglich«, sagte Coulon.
Und er wollte ein Urteil sprechen. Aber Foureau, der die Staatsanwaltschaft vertrat, erhob sich:
»Der Aufseher wurde in Ausübung seines Amtes beleidigt. Wenn das Eigentum nicht respektiert wird, ist alles verloren... Kurz, der Herr Friedensrichter möge geruhen, die Höchststrafe anzuwenden.«
Sie betrug zehn Francs in Form von Schadenersatz und Kosten an Sorel.
»Bravo!« rief Bouvard.
Coulon war noch nicht zu Ende:
»Sie sind außerdem verurteilt zu fünf Francs Strafe als schuldig der Übertretung, festgestellt durch die Staatsanwaltschaft.«

Pécuchet wandte sich an die Zuhörer:
»Die Strafe ist eine Bagatelle für den Reichen, aber ein Unglück für den Armen; mir macht sie nichts.«
Und er sah aus, als wolle er das Gericht verhöhnen.
»Wirklich«, sagte Coulon, »es wundert mich, daß Leute von Geist...«
»Das Gesetz verlangt von Ihnen keinen«, erwiderte Pécuchet. »Der Friedensrichter amtiert auf Lebenszeit, während der Richter des obersten Appellationsgerichts bis zum fünfundsiebzigsten Jahr und der der ersten Instanz nur bis zum siebzigsten Jahr für amtsfähig gehalten wird.«
Ein Zeichen Foureaus rief Placquevent. Sie protestierten.
»Ah! Wenn Sie im Wettbewerb ernannt würden!«
»Oder durch die Kreisstände.«
»Oder einen Ausschuß von Sachverständigen nach einer ernsthaften Liste.«
Placquevent stieß sie vor sich her – und sie gingen hinaus; die anderen Angeklagten lachten; sie glaubten, sich durch diese Niederträchtigkeit beliebt zu machen.
Um ihrer Entrüstung Luft zu machen, gingen Bouvard und Pécuchet am Abend zu Beljambe.
Sein Café war leer, denn die Honoratioren hatten die Gewohnheit, es gegen zehn Uhr zu verlassen. Die Lampe war klein geschraubt; Wände und Zahltisch lagen wie im Nebel; eine Frau kam. Es war Mélie.
Sie war nicht verwirrt und schenkte ihnen lachend zwei Bierbecher voll. Pécuchet fühlte sich unbehaglich und verließ schnell das Lokal.
Bouvard kam allein wieder, amüsierte einige Bürger durch seinen beißenden Spott gegen den Bürgermeister und besuchte von nun an die Kneipe regelmäßig.
Dauphin wurde sechs Wochen später aus Mangel an Beweisen freigesprochen. Welche Schande! Die Zeugen, deren Aussagen sie belastet hatten, waren auf einmal verdächtig! Und als von der Registratur die Nachricht kam, sie hätten die Strafe zu zah-

len, kannte ihre Wut keine Grenzen. Bouvard griff die Registratur an; sie sei dem Eigentum schädlich.

»Sie irren sich«, sagte der Steuereinnehmer. »Sie trägt ein Drittel der allgemeinen Steuer.«

»Ich möchte ein Steuerverfahren mit weniger Plackerei, ein besseres Katasterwesen, Änderungen im Hypothekenrecht; die Bank von Frankreich, die das Vorrecht des Wuchers hat, sollte abgeschafft werden.«

Girbal war dem nicht gewachsen, sank in der Meinung der anderen und ließ sich nicht wieder sehen.

Aber Bouvard gefiel dem Wirt; er brachte Leute ins Haus und plauderte vertraut mit dem Mädchen, während er auf die Stammgäste wartete.

Er äußerte merkwürdige Gedanken über den Volksschulunterricht. Wer aus der Schule komme, müsse Kranke pflegen, wissenschaftliche Entdeckungen verstehen und sich für die Künste interessieren können.

Die Forderungen seines Programms entzweiten ihn mit Petit, und als er behauptete, die Soldaten sollten lieber Gemüse anbauen als ihre Zeit mit Übungen vertun, beleidigte er den Hauptmann.

Als sie auf den Freihandel zu sprechen kamen, nahm er Pécuchet mit; und den ganzen Winter über gab es im Café wütende Blicke, verächtliche Haltungen, Beleidigungen und Geschrei: sie schlugen mit der Faust auf den Tisch, daß die Seidel nur so tanzten.

Langlois und die anderen Kaufleute verteidigten den nationalen Handel; der Webereibesitzer Oudot und der Goldschmied Mathieu die nationale Industrie; die Grundbesitzer und Pächter den nationalen Ackerbau, und jeder verlangte Vorrechte für sich, die der Mehrheit schaden mußten. Die Reden Bouvards und Pécuchets erregten Beunruhigung. Da man ihnen vorwarf, von der Praxis keine Ahnung, es auf Gleichmacherei und Unmoral abgesehen zu haben, entwickelten sie folgende drei Anschauungen: Der Familienname ist durch eine Stammrollennummer zu ersetzen; die Franzosen sind nach einer Rangordnung einzuteilen, und wer seinen Rang behalten will, soll sich von Zeit zu Zeit einem Examen unterziehen; Strafe und Auszeichnungen gibt es nicht mehr; aber in jedem Dorf ist über jeden eine Chronik zu führen, die auf die Nachwelt übergeht.

Alle hatten nur Verachtung für das System. Sie schrieben einen Artikel darüber für die Zeitung von Bayeux, setzten ein Schreiben an den Präfekten, eine Eingabe an die Kammern, eine Denkschrift an den Kaiser auf.

Die Zeitung brachte ihren Artikel nicht.

Der Präfekt würdigte sie keiner Antwort auf ihr Schreiben. Die Kammern blieben stumm, und lange warteten sie auf einen Brief aus den Tuilerien.

Womit beschäftigte sich der Kaiser? – Sicher mit Weibern. Im Auftrag des Unterpräfekten riet ihnen Foureau, ein wenig zurückhaltender zu sein.

Sie pfiffen auf den Präfekten, den Unterpräfekten, den Präfekturrat, sogar auf den Staatsrat. Die Verwaltungsjustiz war eine Ungeheuerlichkeit; durch Gunst und Drohungen werden die Beamten ungerecht von der Verwaltung beherrscht. Kurz, sie wurden unbequem, und die Honoratioren forderten Beljambe auf, die beiden Herren nicht mehr in sein Lokal zu lassen.

Nun wollten Bouvard und Pécuchet sich durch ein Werk hervortun, das ihre Mitbürger blendete: es fiel ihnen nichts Besseres als Verschönerungspläne für Chavignolles ein.

Drei Viertel der Häuser sollten abgerissen werden; mitten im Dorf würden sie einen großartigen Platz schaffen, nach Falaise hin ein Krankenhaus, auf dem Wege nach Caen Schlachthäuser und auf der Gemeindewiese eine vielfarbige, romanische Kirche.

Pécuchet entwarf eine Tuschzeichnung, vergaß dabei nicht, das Holz gelb, die Gebäude rot und die Wiesen grün zu malen, denn das Bild eines Ideal-Chavignolles verfolgte ihn bis in seine

Träume; er wälzte sich auf seiner Matratze. Eines Nachts wurde Bouvard davon wach.

»Bist du krank?«

Pécuchet stammelte:

»Haussmann läßt mich nicht schlafen.«

Um diese Zeit erhielt er einen Brief von Dumouchel, der sich nach den Preisen in den Seebädern erkundigte.

»Der soll uns mit seinen Seebädern in Ruhe lassen! Als ob wir Zeit zum Schreiben hätten.«

Und als sie sich eine Meßkette, ein Graphometer, eine Wasserwaage und einen Kompaß verschafft hatten, begannen sie mit anderen Studien.

Sie drangen in Besitzungen ein; oft waren die Bürger überrascht, die beiden Männer zu sehen, die Absteckpfähle in die Erde schlugen.

Ruhig erzählten Bouvard und Pécuchet dann von ihren Plänen und dem, was weiter geschehen würde.

Die Einwohner wurden unruhig; ob vielleicht die Behörde ihre Ansicht teilte?

Manchmal wurden sie grob fortgejagt.

Viktor stieg über die Mauern, kletterte in die Bäume, um Ausschau zu halten, legte guten Willen an den Tag und sogar einen gewissen Eifer.

Auch mit Viktorine waren sie zufrieden.

Beim Bügeln ließ sie ihr Eisen über das Brett gleiten und trällerte mit sanfter Stimme ein Liedchen dazu; sie zeigte Interesse für die Arbeiten im Haushalt, machte für Bouvard ein Hauskäppchen, und Romiche lobte ihren Steppstich sehr.

Romiche war einer von jenen Schneidern, die zum Flicken auf die Bauernhöfe gehen. Seit vierzehn Tagen war er im Haus.

Bucklig und mit roten Augen, ließ er mit seiner Lustigkeit die körperlichen Fehler vergessen. Waren die Herren draußen, machte er Marcel und Viktorine seine Späße vor, streckte die Zunge bis zum Kinn heraus, rief wie ein Kuckuck, machte den Bauchredner. Abends ging er zum Schlafen ins Backhaus und sparte so die Kosten für die Herberge. Eines Morgens ging Bouvard sehr früh ins Backhaus; er fror und wollte sich einige Holzspäne zum Feueranmachen holen.

Was er sah, ließ ihn erstarren.

Hinter den Trümmern der Truhe, auf einem Strohsack, schliefen nebeneinander Romiche und Viktorine. Er hatte ihr einen Arm um die Taille gelegt, seine andere Hand, lang wie die eines Affen, umfaßte ihr Knie. Seine Lider waren halb geschlossen, das Gesicht wollüstig verzerrt. Lächelnd lag sie auf dem Rükken. Ihr Mieder war offen; man sah ihre nackte, durch Liebkosungen des Buckligen gerötete Kinderbrust. Das blonde Haar hatte sich gelöst, und das Licht des anbrechenden Tages warf auf beide einen fahlen Schein.

Im ersten Augenblick hatte Bouvard das Gefühl, als habe er einen Stoß vor die Brust erhalten. Aus Scham wagte er nicht, sich zu bewegen; schmerzliche Gedanken bestürmten ihn.

So jung! Verloren! Verloren!

Dann weckte er Pécuchet und erzählte ihm mit ein paar Worten alles.

»Der Elende!«

»Wir können nichts daran ändern. Beruhige dich!« sagte Bouvard.

Und lange seufzten sie; Bouvard ohne Rock und mit verschränkten Armen; Pécuchet auf dem Rand seines Bettes, mit nackten Füßen und in der Baumwollmütze.

Romiche, der an diesem Tag mit seiner Arbeit fertig war, sollte gehen. Sie bezahlten ihn schweigend und in hochfahrender Weise.

Aber die Vorsehung zürnte ihnen.

Kurze Zeit darauf führte Marcel sie in Viktors Zimmer und zeigte ihnen hinten in seiner Kommode ein Zwanzig-Francs-Stück. Der Bengel hatte ihn beauftragt, es zu wechseln.

Woher stammte es? Sicher aus einem Diebstahl. Und der war ausgeführt worden, während sie draußen als Ingenieure herumliefen!

Doch um es zurückgeben zu können, hätten sie den Bestohlenen kennen müssen, und wenn sie ihn aufforderten, sich zu melden, hätten sie wie Mitschuldige ausgesehen.
Endlich riefen sie Viktor herbei und befahlen ihm, seine Schublade zu öffnen. Der Napoleon war nicht mehr da. Er tat, als verstünde er nicht.
Aber eben noch hatten sie das Geldstück gesehen, und Marcel log nicht. Die Geschichte hatte ihn so aufgeregt, daß er seit dem Morgen einen Brief für Bouvard in seiner Tasche vergessen hatte.

Geehrter Herr,
Da ich fürchte, daß Herr Pécuchet krank ist, nehme ich Ihre Liebenswürdigkeit in Anspruch...

Von wem unterzeichnet?

Olympe Dumouchel,
geborene Charpeau

Sie und ihr Gatte fragten, in welchem Badeort, Courseulles, Langrune oder Luc, die beste und ruhigste Gesellschaft sei. Sie erkundigten sich nach allen Beförderungsmitteln, dem Preis der Wäsche und so weiter.
Die Belästigung machte sie wütend auf Dumouchel; ihre Müdigkeit machte die Mutlosigkeit noch größer.
Noch einmal dachten sie an all die Mühe, die sie sich mit den beiden Kindern gegeben hatten; soviel Unterricht, Vorsicht und Qual.
»Und dabei wollten wir aus ihr eine Stütze der Hausfrau und noch vor kurzem aus ihm einen Bauaufseher machen.«
»Welche Enttäuschung!«
»Wenn sie lasterhaft ist, kommt das nicht von ihrer Lektüre.«
»Um ihn zu einem ehrlichen Menschen zu machen, hatte ich ihm das Leben des Cartouche erzählt«, stöhnte Bouvard.
»Vielleicht hat ihnen doch die Familie, die Fürsorge einer Mutter gefehlt?«

»Ich war wie eine Mutter«, warf Bouvard ein.
»Ach!« erwiderte Pécuchet. »Aber es gibt Naturen, denen jeder moralische Sinn fehlt – und in solchen Fällen vermag die Erziehung nichts.«
»Ach ja, es ist etwas Schönes um die Erziehung«, meinte Bouvard.
Da die beiden Waisen kein Handwerk verstanden, würden sie für sie Stellen als Diener suchen – und dann wollten sie sich, in Gottes Namen, nicht mehr um sie kümmern. – Und von nun an ließen ›lieber Onkel‹ und ›lieber Freund‹ sie in der Küche essen.
Aber bald langweilten sie sich, ihr Geist mußte arbeiten, ihr Dasein ein Ziel haben.
Was beweist übrigens ein Mißerfolg? Was bei Kindern Mißerfolg gehabt hatte, konnte bei Männern weniger schwierig sein. Und sie kamen auf den Gedanken, einen Kursus für Erwachsene abzuhalten.
Eine Versammlung war nötig, in der sie ihre Ideen klarlegen wollten. Der große Saal des Wirtshauses war vorzüglich geeignet.
Beljambe, der Beigeordnete, fürchtete, sich bloßzustellen und weigerte sich zuerst; dann aber dachte er an den möglichen Verdienst, änderte seine Meinung und ließ es ihnen durch sein Dienstmädchen mitteilen.
In seiner übergroßen Freude küßte Bouvard Mélie auf beide Backen.
Der Bürgermeister war nicht da; der andere Beigeordnete, Marescot, war durch seine Kanzlei völlig in Anspruch genommen und würde sich wenig um die Versammlung kümmern.
Sie würde also stattfinden, und der Ausrufer kündigte sie für den folgenden Sonntagnachmittag um drei Uhr an. Erst am Abend vorher dachten sie an ihren Anzug.
Gott sei Dank hatte Pécuchet einen alten Festtagsrock mit Samtkragen, zwei weiße Krawatten und schwarze Handschuhe. Bouvard zog seinen blauen Gehrock, eine Nankingweste

und Kastorschuhe an. Und sie waren beide sehr erregt, als sie durch das Dorf gingen und im Wirtshaus zum goldenen Kreuz ankamen.

Hier bricht das Manuskript Gustave Flauberts ab. Wir veröffentlichen einen Auszug aus dem Plan, der in seinen Papieren gefunden wurde und über den Schluß des Werkes Auskunft gibt.

AUS DEN NOTIZEN GUSTAVE FLAUBERTS

Versammlung

Das Wirtshaus zum goldenen Kreuz – zwei seitliche, hölzerne Galerien im ersten Stock, mit vorspringendem Balkon – Hauptgebäude im Hintergrund – Café im Erdgeschoß, Eßsaal, Billard – die Türen und Fenster stehen offen.

Menge: Honoratioren, Leute aus dem Volk.

Bouvard: »Es handelt sich vor allem darum, die Nützlichkeit unseres Planes darzutun, unsere Studien geben uns das Recht, zu sprechen.«

Rede Pécuchets, pedantisch.

Dummheiten der Regierung und der Verwaltung – zuviel Steuern, auf zweierlei Weise kann man sparen. Unterdrückung des Budgets für Kirche und Heer.

Man klagt ihn der Gottlosigkeit an.

»Im Gegenteil, wir bedürfen vielmehr einer religiösen Erneuerung.«

Foureau kommt hinzu und will die Versammlung auflösen. Bouvard macht den Bürgermeister lächerlich, indem er an seine dummen Prämien auf Eulen erinnert. – Einwurf.

»Wenn man die den Pflanzen schädlichen Tiere vernichten muß, muß man auch das Vieh vernichten, das Gras frißt.«

Foureau zieht sich zurück.

Rede Bouvards: ungezwungen!

Vorurteile: Zölibat der Priester, Belanglosigkeit des Ehebruchs. Emanzipation der Frau:

»Ihre Ohrringe sind das Zeichen ihrer alten Knechtschaft.«

Menschengestüt.

Man wirft Bouvard und Pécuchet das schlechte Betragen ihrer Zöglinge vor. – Warum mußten sie auch die Kinder eines Sträflings zu sich nehmen?

Theorie der Rehabilitierung. Sie würden mit Touache zu Mittag essen.
Foureau, der zurückgekommen ist und sich an Bouvard rächen will, liest dessen Petition an die Stadtverwaltung vor, in der er die Errichtung eines Bordells in Chavignolles verlangt – (Gründe Robins). Die Sitzung wird unter größtem Tumult aufgehoben.

Auf dem Nachhauseweg sehen Bouvard und Pécuchet den Diener Foureaus, der in gestrecktem Galopp auf der Straße nach Falaise dahinjagt. Sie legen sich sehr müde zu Bett, ohne eine Ahnung von all den Intrigen zu haben, die gegen sie gesponnen werden. – Die Gründe auseinanderlegen, weshalb der Pfarrer, der Arzt, der Bürgermeister, Marescot, das Volk, alle wütend auf sie sind.

Am folgenden Tage, beim Frühstück, sprechen sie wieder von der Versammlung.
Pécuchet sieht die Zukunft der Menschheit in schwarz: der moderne Mensch ist minderwertig und eine Maschine geworden.
Zum Schluß die Anarchie des Menschengeschlechts. (Buchner, II. Buch)
Unmöglichkeit des Friedens (ebenda).
Barbarei aus übermäßigem Individualismus und der Wahnsinn der Wissenschaft.
Drei Hypothesen: 1. Der pantheistische Radikalismus wird jede Verbindung mit der Vergangenheit abbrechen, und ein unmenschlicher Despotismus wird die Folge sein. 2. Wenn der theistische Absolutismus triumphiert, so unterliegt der Liberalismus, der die Menschheit seit der Reformation durchdrungen hat und alles wird gestürzt. 3. Wenn die Zuckungen, die seit 89 existieren, ziellos fortdauern, ohne eine der beiden Lösungen zu erreichen, werden uns diese Schwankungen durch ihre eigene Kraft mitreißen. Dann wird es kein Ideal, keine Religion, keine Moral mehr geben.

Amerika wird die Erde erobert haben.
Zukunft der Literatur.
Allgemeine Verpöbelung! Alles wird nur noch ein großes Arbeitergelage sein.
Ende der Welt durch das Aufhören der Wärme.

Bouvard sieht die Zukunft der Menschheit in rosigem Licht. Der moderne Mensch schreitet fort.

Asien wird Europa verjüngen. Nach dem historischen Gesetz bewegt sich die Kultur von Osten nach Westen – Rolle Chinas – die beiden Menschheiten werden schließlich verschmelzen.
Zukünftige Erfindungen: Arten zu Reisen. – Luftballon. – Unterseeboote mit Scheiben, Fahrt bei beständiger Ruhe, denn die Bewegung des Meeres ist nur an der Oberfläche. – Man wird die Fische und die Landschaften auf dem Grunde des Meeres vorbeiziehen sehen. – Gezähmte Tiere. – Alle Kulturen.
Zukunft der Literatur. Gegenstück zu einer industriellen Literatur. – Zukünftige Wissenschaften. – Die magnetische Kraft regulieren.
Paris wird ein Wintergarten werden. – Spaliere mit Früchten auf den Boulevards; die Steine filtriert und warm. – Überfluß an künstlichen Edelsteinen – überreiche Vergoldung. – Erleuchtung der Häuser – man wird das Licht aufspeichern, denn es gibt Körper, die diese Eigenschaft haben, zum Beispiel der Zucker, das Fleisch gewisser Mollusken und der Phosphor aus Bologna. Die Fassaden der Häuser wird man mit der phosphoreszierenden Substanz streichen müssen, und ihre Ausstrahlung wird die Straßen hell erleuchten.
Verschwinden des Bösen als Folge des Verschwindens der Bedürfnisse. Die Philosophie wird Religion sein.
Gemeinschaft aller Völker. Öffentliche Feste.
Man wird in den Sternen lesen. Und wenn die Erde verbraucht ist, wird die Menschheit auf die Sterne auswandern.

Kaum ist er fertig, als die Gendarmen erscheinen. – Eintreten der Gendarmen.
Bei ihrem Anblick Erschrecken der Kinder, hervorgerufen durch undeutliche Erinnerungen.
Untröstlichkeit Marcels.
Erregung Bouvards und Pécuchets. – Will man Viktor verhaften?
Die Gendarmen zeigen einen Vorführungsbefehl vor.
Grund: Die Versammlung.
Man klagt Bouvard und Pécuchet an, gegen die Religion, die Ordnung gefrevelt und zum Aufstand aufgereizt zu haben und so weiter.
Plötzliche Ankunft von Herrn und Frau Dumouchel mit ihrem Gepäck; sie wollen ins Seebad. Dumouchel hat sich nicht verändert, Madame trägt eine Brille und verfaßt Fabeln. – Ihre Bestürzung.
Der Bürgermeister, der weiß, daß die Gendarmen bei Bouvard und Pécuchet sind, kommt; ihre Gegenwart macht ihm Mut.
Gorju, der sieht, daß die Behörde und die öffentliche Meinung gegen sie sind, hat daraus Nutzen ziehen wollen und begleitet Foureau. Da er annimmt, daß Bouvard der reichere von den beiden ist, klagt er ihn an, früher Mélie verführt zu haben.
»Ich! Niemals!«
Pécuchet zittert.
»Und ihr sogar eine Krankheit gelassen zu haben.«
Bouvard wehrt sich.
»Er soll wenigstens ein Jahresgeld aussetzen für das zu erwartende Kind, denn sie ist schwanger.«
Diese zweite Anklage gründet sich auf die Vertraulichkeit Bouvards im Café.

Nach und nach kommen immer mehr Leute ins Haus.
Barberou, der in der Gegend geschäftlich zu tun hat, hat in der Herberge von den Vorgängen gehört; er kommt.

Er hält Bouvard für schuldig, nimmt ihn beiseite und fordert ihn auf, nachzugeben und das Jahresgeld auszusetzen.

Es kommen der Arzt, der Graf, Reine, Frau Bordin und Frau Marescot unter ihrem Sonnenschirm und andere Honoratioren.
Draußen vor dem Gittertor schreien die Dorfjungen, werfen Steine in den Garten. (Er ist jetzt in gutem Zustand, und die Bevölkerung ist neidisch.)
Foureau will Bouvard und Pécuchet ins Gefängnis stecken. Barberou legt sich ins Mittel; Marescot, der Arzt und der Graf tun mit beleidigendem Mitleid dasselbe.

Den Vorführungsbefehl erklären. Der Unterpräfekt hat ihn bei Empfang von Foureaus Brief erlassen. Er will ihnen Angst machen; an Marescot und Faverges hat er geschrieben, man solle sie in Ruhe lassen, wenn sie Reue zeigten. Auch Vaucorbeil versucht, sie zu verteidigen.
»Man soll sie lieber ins Irrenhaus stecken; sie sind verrückt. – Das werde ich auch an den Präfekten schreiben.«
Alles beruhigt sich.
Bouvard wird Mélie ein Jahresgeld aussetzen.
Man kann ihnen die Erziehung der Kinder nicht überlassen. Sie protestieren dagegen; aber da sie die Waisen nicht gesetzlich adoptiert haben, nimmt der Bürgermeister sie mit sich.
Die Kinder zeigen eine empörende Gefühllosigkeit. – Bouvard und Pécuchet weinen hierüber.
Herr und Frau Dumouchel gehen fort.

So ist ihnen alles unter den Händen zerbrochen.
Nichts interessiert sie mehr.
Heimlich beschäftigen sich beide mit einem guten Gedanken. Keiner rückt damit heraus. Wenn sie daran denken, lächeln sie. Schließlich aber sprechen sie ihn gleichzeitig aus: Wieder abschreiben wie früher!

Anfertigung eines Doppelpultes. (Sie wenden sich dieserhalb an einen Tischler. Gorju, der von ihrer Absicht gehört hat, schlägt ihnen vor, es anzufertigen. – An die Truhe erinnern.)
Kauf von Eintragebüchern und Utensilien, Sandarak, Radiermesser und so weiter.
Sie beginnen mit der Arbeit.

ANMERKUNGEN

Da in Flauberts letztem Roman auf zahlreiche Namen, Bücher und Ereignisse verwiesen wird, deren Kenntnis nicht vorausgesetzt werden kann, soll in den nachstehenden Anmerkungen versucht werden, wenigstens zum Teil die wünschenswerten Daten und Erläuterungen beizubringen.

Kapitel I

Seite 44: »In Thiers' Werken« – Louis Adolphe Thiers, französischer Staatsmann und Geschichtsschreiber, geboren 1797 in Marseille, gestorben 1877 in Saint-Germain, war von 1836–1838 und dann noch einmal im Jahre 1840 Ministerpräsident. Sein Hauptwerk ist die *»Histoire du Consulat et de l'Empire«*, 1845–69. Stellt man in Rechnung, daß die Handlung in Flauberts Roman etwa mit dem Jahre 1839 einsetzt, so müßte es sich bei den zitierten Werken um die *»Histoire de la Révolution française«* handeln, deren drei erste Bände in der Zeit von 1823 bis 1830 erschienen. Allerdings erlaubt Flaubert sich gerade in dieser Hinsicht oft Ungenauigkeiten und Vorgriffe.
Seite 45: »die Encyclopédie Roret« – die berühmte Sammlung gemeinverständlicher Handbücher, die den Namen ihres Begründers, des Buchhändlers Nicolas Edme Roret erhielt, erschien seit dem Jahre 1825.
»Manuel du magnétiseur« – ein Buch ähnlichen Inhalts und Titels wird auch im VIII. Kapitel erwähnt, in dem Bouvard und Pécuchet sich dem Studium spiritistischer Phänomene widmen. Von Januar bis Mai 1879 entlieh Flaubert aus der Bibliothek in Rouen eine große Anzahl von Büchern über Magnetismus, Magie, okkulte Wissenschaften und Geistererscheinungen.
Seite 50: »die Halsbandaffäre« – im Jahre 1867 schrieb Flaubert an Michelet, den Verfasser der *»Histoire de France«*, von der so-

eben der Band erschienen war, in dem das XVIII. Jahrhundert behandelt wird: außer ihm, Michelet, habe es bisher niemand fertiggebracht, für Marie Antoinette und die Halsbandaffäre Verständnis zu erwecken.
»der Prozeß Fualdés« – eine vielbesprochene Rechtsaffäre aus dem Jahre 1817. Ein hoher, in vorgerücktem Alter stehender Beamter namens Fualdés war in einem übelbeleumdeten Hause in Rodez ermordet aufgefunden worden. Der Fall beschäftigte die Öffentlichkeit noch jahrzehntelang.
Seite 56: »Sie unternahmen Reisen«: Flaubert zögerte lange, den Wohnort seiner *»deux bonshommes«* festzulegen, und scheute keinen Weg, um einen Ort ausfindig zu machen, der seinen Intentionen entsprach. Im August 1873 fuhr er in einer Kutsche von Rambouillet nach Mantes und glaubte, das Haus Bouvards und Pécuchets in Houdan entdeckt zu haben; im Juni 1874 bereiste er die Departements Orne und Calvados und beschloß, die Besitzung zwischen den Tälern der Orne und der Ange gelegen sein zu lassen, »in einer tödlich dummen, ebenen Landschaft, zwischen Caen und Falaise«, wie es in seinen Briefen heißt.
Seite 58: »kritzelte seinen Namen in den Gips des Kamins« – in dieser kindischen Geste Pécuchets spiegelt sich etwas von dem oft geäußerten Zorn des Verfassers darüber, an jedem historischen Denkmal die Namen zahlloser Touristen verewigt zu finden.
Seite 59: »in der Nähe von Gauburge« – dieser Ort mit dem seltsam germanisch anmutenden Namen Sainte-Gauburge liegt zwischen Verneuil und Argentan.

Kapitel II

Seite 71: »Maison rustique« – ein Traktat über Gartenbau und Landleben, der einem gewissen Liger zugeschrieben wird und im XVIII. Jahrhundert so viel Verbreitung fand, daß durch ihn

zahlreiche Franzosen zur Rückkehr aufs Land bewogen wurden.
»die Abhandlungen Gasparins« – in einem Brief in dem Flaubert George Sand bat, für ihn Merkwürdigkeiten aus dem Gebiet des Ackerbaues zu sammeln, teilte er zugleich mit, daß er gerade die *Agriculture* von Gasparin lese.
Seite 76: Puvis, französischer Schriftsteller (1776–1851), schrieb mehrere Werke über den Ackerbau. Er ist der Verfasser eines »*Essai sur la marne*« (1826), der sich mit dem Problem der künstlichen Düngung befaßt.
Jules Riéfel (1806–1851) gab eine Zeitschrift unter dem Titel »*L' Agriculture de l'Ouest de la France*« heraus.
Gasparin (1783–1862) ist der Verfasser der Werke »*Cours d'agriculture*« (1843–1849) und »*Principes de l'agronomie*«. Flaubert hat diese Werke benutzt, obwohl Bouvard und Pécuchet sie zu der Zeit, in der sie ihre Erfahrungen sammelten, noch nicht gekannt haben konnten. (Vgl. Anm. zu Kp. I, Seite 17).
Tull, englischer Agronom (1680–1740), Autor eines »*Essai sur l'agronomie domestique*«.
Seite 77: Luke-Howard, englischer Meteorologe (1772–1864). Einen unter seinem Namen katalogisierten »*Essai sur la modification des nuages*« hatte Flaubert aus der Bibliothèque Nationale entliehen.
Seite 86: »Sie jammerten über ihr Schicksal und die Natur« – wie D.-L. Demorest in seinem 1931 erschienenen Buch »*A travers les plans, manuscrits et dossiers de Bouvard et Pécuchet*« zu beweisen versucht, besagt diese erste Erfahrung der beiden Biedermänner nicht etwa, daß Flaubert sie lediglich als heillose Dummköpfe darstellen wollte. Die Notizen, die Demorest für sein Buch benutzen konnte, zeigen deutlich, daß alle landwirtschaftlichen Fehlschläge, die Bouvard und Pécuchet hinnehmen müssen, sie nur als Großstädter charakterisieren sollen, die von Ackerbau nicht die geringste Ahnung haben. In dieser Absicht hat Flaubert nicht nur alle Bücher herangezogen, bei denen sich Neulinge in der bäuerlichen Arbeit Rat holen konnten – er hat

auch seine Freunde um Informationen und persönliche Beobachtungen gebeten. Jules Godefroi übermittelte ihm sechzehn Seiten »ackerbaulicher Anmerkungen«; auf anderen Blättern der Notizen stößt man auf »persönliche Erfahrungen von Gustave de Maupassant« (dem Vater des großen Schriftstellers). Sie sind die Quelle für Absurditäten wie die Hühner im rollenden Käfig, die Verwendung von Aas als Dünger und von Brennesseln als Schweinefutter. Auch Maurice Sand, der Sohn George Sands, wurde um Mitteilung seiner Fehler beim Gartenbau angegangen.

Seite 87: »Genau so wie die Landwirtschaft« – Flaubert hat seinen ursprünglichen Plan für das Kapitel über den Gartenbau mehrfach gekürzt. In seinen Notizen war den »Träumereien« der beiden Freunde wesentlich breiterer Raum gelassen – »unendlichen, poetischen Träumen, die den Träumen eines Dichters am Meeresstrand gleichen« und denen dann die »dichterische Eingebung beim Düngerwenden« folgt.

Pierre Boitard, Naturforscher und Agronom (1789–1859). Bei dem genannten Buch muß es sich um das Werk *»L'Art de composer et de décorer les jardins«* handeln, das in der Zeit von 1830 bis 1850 mehrfach aufgelegt wurde.

Seite 88f.: »eine Art Rialto« – hier ist natürlich die berühmte Brücke über den Canale Grande zu Venedig gemeint.

Seite 90: Abd-el-Kader, marokkanischer Fürst (1807–1883), führte 1832 den Aufstand der Kabylen gegen Frankreich und wurde von 1847–1852 auf französischem Boden gefangengehalten.

Seite 98: François Appert ist der Erfinder einer Methode, Lebensmittel zu konservieren, die sich allerdings von der der Herren Bouvard und Pécuchet wesentlich unterschied. Er veröffentlichte im Jahre 1831 ein Buch *»L'Art de conserver toutes les substances animales et végétales.«*

»in einem Faß aus Bagnols« – Landwein aus der Gegend von Bagnols im Arrondissement Uzès.

Seite 102: »daß wir von Chemie keine Ahnung haben« – in Flauberts Aufzeichnungen zu »Bouvard und Pécuchet« findet man eine Aufstellung der vom Verfasser zu diesem Thema herangezogenen Werke; allerdings läuft die Chemie unter der allgemeinen Rubrik »Naturwissenschaften«, die insgesamt 52 Titel verzeichnet.

Kapitel III

Seite 103: Victor Regnault, Chemiker und Physiker (1810–1878), war Direktor der Porzellanmanufaktur von Sèvres. Er verfaßte einen *»Cours élémentaire de chimie«*.

Seite 105: Alexander Lauth, französischer Anatom (1803–1873), Verfasser eines *»Manuel d'anatomiste«* (1829 und 1835).

Seite 108: In den Entwürfen zu Bouvard und Pécuchet fand Demorest zu dieser Szene verschiedene amüsante Notizen, die Flaubert dann im endgültigen Manuskript unterdrückte. Da heißt es : Bouvard und Pécuchet erhalten die bestellte Puppe, und schon »die Schachtel hatte die Form eines Sarges«; sie waren »im voraus erregt«, öffneten die Verpackung, »und entdeckten eine große Leinwand, die wie ein Leichentuch aussah, und ihre Hände zitterten; sie erwarteten, eine Leiche zu finden.« Und dann ihre Enttäuschung, etwas zu entdecken, das »mit einem Toten nur wenig Ähnlichkeit hatte«! Aber die Art der Verpackung »flößte ihnen doch eine fast religiöse Scheu ein«. Schließlich aber stellen sie fest, die Puppe sähe aus, »wie ein Hase, dem man das Fell abzogen hat«.

Louis Auzoux, französischer Anatom (1797–1880), erfand eine feste Masse, die sich zur Herstellung anatomischer Modelle eignete. Diese Modelle waren sehr naturgetreu und konnten völlig auseinandergenommen werden.

Adelon veröffentlichte seinen *»Traité de la physiologie de l'homme«* im Jahre 1823; die *»Nouveaux Éléments de physiologie«* von Richerand datieren aus dem Jahre 1801.

Seite 111: Sanctorius – latinisierter Name des italienischen Arz-

tes Santorio (1561–1636), der durch seine Experimente zum Phänomen der Perspiration berühmt wurde.
Seite 114: Giovanni Alfonso Borelli (1608–1679) war der Stifter der »iatromathematischen Schule«, welche erstmals die Gesetze der Mechanik auf die Muskelbewegung anwandte.
François Vincent Raspail, Naturforscher und radikaler Politiker (1794–1878), dessen *»Manuel annuaire de la santé«* sich großer Beliebtheit erfreute. Sein Hauptwerk war die dreibändige *»Histoire naturelle de la santé et de la maladie chez les végétaux et les animaux«*, die im Jahre 1843 erschien.
Seite 116: Van Helmont, holländischer Alchimist des XVII. Jahrhunderts. »Urkraft«, hier im Sinne des alchimistischen Terminus gebraucht, bedeutet ein immaterielles Prinzip, das Umwandlungen der natürlichen Materie bewirkt, aber der Seele nicht verwandt ist.
Vitalismus: gleichfalls eine Theorie, die Naturvorgänge mit dem Walten einer immateriellen Lebenskraft erklärt.
Brownismus: von dem schottischen Arzt Brown (1735–1788) entwickelte Theorie der Lebensvorgänge, die das Prinzip des Lebens in einer besonderen Reizbarkeit der lebenden Wesen sucht.
Organizismus: eine materialistische Theorie, nach der jedes Organ eine eigene Lebenskraft hat, die zugleich seine Aufgabe im Organismus bestimmt.
Seite 117: Dothien-Enteritis – typhoides Fieber nach der Terminologie von Bretonneau.
Seite 119: Herman Boerhaave, holländischer Arzt (1668–1738), ordnete die Krankheiten in ein System, dem eine analoge Ordnung der Heilmittel entsprach.
François Joseph Victor Broussais, französischer Arzt (1772–1838), stellte eine Krankheitslehre auf, die zunächst viel Aufsehen erregte, aber bald wieder aufgegeben wurde.
Seite 122: Louis Morin de Saint-Victor (1636–1715) zog sich nach erfolgreicher ärztlicher Tätigkeit früh aus dem öffentlichen Leben zurück.

Der »*Traité élémentaire d'hygiène privée et publique*« des berühmten Gelehrten Becquerel erschien 1851. Man sieht, daß Flaubert fortwährend völlig veraltete Schriften neben Werken seiner Zeit zitiert – darunter manche neueren Datums, die Bouvard und Pécuchet noch nicht gelesen haben konnten.

Seite 126: M. Depping, ein berühmter Gelehrter seiner Zeit (1784-1853), schrieb ein allgemeinverständliches Werk für die Jugend »*Les Soirées d'hiver, les Merveilles de la nature en France*« (1811), das lange Zeit hindurch sehr beliebt war. Flaubert entlieh das Buch im April 1874 in der vierten Auflage aus der Bibliothèque Nationale.

Seite 128: »die Lettres von Bertrand« – es handelt sich um die »*Lettres de P.-M. Bertrand à M. le comte de Buffon et nouvel Essai sur la théorie générale de la Terre... et les Changements arrivés au globe*« (1780).

Cuviers »*Discours sur les révolutions du globe*« bildet die Einleitung zu seinem siebenbändigen Werk »*Recherches sur les ossements fossiles*« (1821–1824).

Seite 130: »Bouvard und Pécuchet benutzten die Post« – um die geologische Irrfahrt seiner beiden Biedermänner vorzubereiten, nahm Flaubert die Hilfe seines Freundes und Schülers Guy de Maupassant in Anspruch, dem die Landschaft um Étretat genau bekannt war; dennoch reiste Maupassant auf Veranlassung des Autors nochmals in diese Gegend und übersandte ihm Beschreibungen, die ins Einzelne gingen und von handgezeichneten Karten unterstützt wurden. Nach diesen Beschreibungen traf Flaubert dann seine Wahl: sie fiel auf einen Küstenstreifen zwischen Senneville und Eletot, nahe bei Fécamp.

Seite 134: Omalius d'Halloy, ein belgischer Geologe (1783–1875), veröffentlichte zahlreiche Schriften; genannt werden seine »*Introduction à la géologie*« *(1883)* und »*Des Roches considérées minéralogiquement*«.

Seite 138: Brongniart, Mineraloge und Geologe (1770–1847), ist der Verfasser eines »*Traité élémentaire de minéralogie*« (1807).

Seite 138f.: Jean Baptiste Pierre de Lamarck (1744–1829), Professor am Jardin des Plantes in Paris, Begründer der Entwicklungslehre und Vorgänger Darwins. Veröffentlichte u. a. eine *»Philosophie zoologique«*.

Seite 141: »Die Schriften Manethos« – man schreibt diesem fast legendären ägyptischen Priester, der zur Zeit des Ptolemaios Philadelphos lebte, eine »Geschichte Ägyptens« zu, die nicht erhalten ist. Zitate dieses Werkes sind in verschiedenen griechischen Historikern überliefert. Es hat den Anschein, als habe dieser Autor sich vornehmlich für Chronologie interessiert – Scaliger zitiert ihn in seinem Werk »De emendatione temporum«.

Seite 142: D'Orbigny, französischer Naturforscher (1802 bis 1857). Bei dem Werk, für das Bouvard und Pécuchet sich interessieren, dürfte es sich um seinen *»Cours élémentaire de paléontologie et de géologie«* (1851–1852) handeln.

Kapitel IV

Seite 150: Curcy liegt in der unmittelbaren Umgebung von Caen; Bully an der unteren Seine, 6 Kilometer von Neufchâtel entfernt; Fontenay-le-Marmion, 12 Kilometer hinter Caen an der Straße nach Falaise, ist ein altes Schloß, das in einen Gutshof umgewandelt wurde und in dessen Nähe noch heute Überbleibsel aus der Römerzeit sowie Grundmauern aus dem XV. und XVI. Jahrhundert zu sehen sind. Argouge liegt an der Kanalküste, etwa 22 Kilometer von Avranches entfernt.

Seite 151: de Caumont, berühmter Altertumsforscher aus Bayeux (1801–1873). Für seinen *»Cours d'antiquités monumentales«* (1841) und seinen *»Abécédaire d'archéologie«* dürften sich die beiden Liebhaber-Archäologen begeistert haben.

Galeron, Altertumsforscher aus der Normandie, geboren 1794 in Laigle, gestorben 1838 in Falaise, ist der Verfasser belangvoller Denkschriften über die Altertümer des Orne-Gebiets.

»L'Astucieuse Pythonisse«: Der volle Titel dieser Komödie, die Vers und Prosa mischt, lautet: *»L'Astucieuse Pythonisse ou la Fourbe magicienne, comédie inferno-politico-satanico-magique«*. Das einaktige Stück wurde 1804 von Dutrésor anläßlich eines Hexenprozesses in Bayeux verfaßt.

Seite 166: »die Geschichte Frankreichs« – in dem von R. Descharmes in seinem Werk *»Autour de Bouvard et Pécuchet«* (Librairie de France 1921) veröffentlichten Verzeichnis der von Flaubert im Lauf seiner Arbeit an diesem Roman aus öffentlichen Bibliotheken entliehenen Bücher ist die Geschichte mit folgenden Werken vertreten:

Barruel, *Abrégé des mémoires pour servir à l'histoire du jacobinisme* (1829)
H. Griffet, *Traité des preuves de la vérité de l'histoire* (1769)
Lenglet-Dufrénoy, *L'Histoire justifiée contre les romans* (1735)
Danou, *Cours d'études historiques*
Rollin, *Oeuvres* (1824)
Anquetil, *Histoire de France* (1829)
Mably, *De la manière d'écrire l'histoire* (1783)
de Beaufort, *De l'incertitude des cinq premiers siècles de l'Histoire romaine*
Leroy, *Des vertus et des vices de l'histoire* (1620)
Saint-Réal, *Oeuvres* (1757)
Nodier, *Souvenirs de la Révolution*
Montgaillard, *Histoire de France* (1787–1825)
Poujoulat, *Histoire de la Révolution* (1857)
Cuvillier-Fleury, *Portraits politiques* (1852)
Prudhomme, *Erreurs, fautes, crimes de la Révolution*
Taillepied, *Histoire de l'Estat et république des druides* (1585)
Legrand-Daussy, *Des sépultures nationales* (1824)
Cambry, *Monuments celtiques* (1805)
Don Marin, *Histoire des Gaules* (1727)
Pelloutier, *Histoire des Celtes* (1770)

»die Briefe des Augustin Thierry«: Jacques Nicolas Augustin Thierry (1795–1856); Hauptwerk: *»Histoire de la conquête de l'An-*

gleterre par les Normands«. Bei den hier zitierten Briefen handelt es sich um die *»Lettres sur l'Histoire de France«* von 1827.
»zwei Bände von de Genoude« – offensichtlich zwei Bände der dreiundzwanzigbändigen, ziemlich wahllos zusammengeschriebenen *»Histoire de France«* (1844–1848) des sonst durch seine religiösen Schriften bekannten Verfassers. In diesem Abschnitt zitiert Flaubert durchweg Werke, die er sich während der Arbeit an diesem Kapitel durch Freunde aus der Bibliothèque Nationale ausleihen ließ.
Seite 167: »die Sammlung von Buchez und Roux« – es handelt sich dabei um die *»Histoire parlementaire de la Révolution française«*, die von Buchez und Roux-Lavergne nach den Dokumenten zusammengestellt und in den Jahren von 1834 bis 1838 veröffentlicht wurde.
»Es war im Sommer 1845« – zu diesem Zeitpunkt war das Geschichtswerk des Abbé de Genoude noch nicht erschienen. Man vergleiche diese chronologische Unfolgerichtigkeit mit ähnlichen Fehlern, die im Verlaufe des Romans wiederkehren: wie erinnerlich, setzt die Handlung des Romans mit dem Jahre 1839 ein; zwei Jahre später erfolgt der Umzug aufs Land; aber schon vorher finden sich Anspielungen auf die Revolution von 1848.
Seite 171: Zur Mnemotechnik gab es eine Unzahl von Werken und Anleitungen. Die an dieser Stelle genannten trugen die Titel» Aimé Paris, *»Mnémotechnie«* (1825), und Feinaigle, *»Nouvel art de la mémoire«* (1812).
Seite 172: Jacques Benigne Bossuet, Bischof von Meaux und Erzieher des Dauphins (1627–1704), war ein erbitterter Gegner des Protestantismus.
Giovanni Battista Vico (1688–1744) begründete mit seinen *»Principi di una scienza nuova«* die Geschichtsphilosophie. Die französische Übersetzung des Werkes erschien 1725 unter dem Titel *»Les Principes d'une science nouvelle rélative à la nature commune des nations«*. Eine leichtfaßliche Bearbeitung gab Michelet 1825 unter dem Titel *»Principes de la philosophie de l'histoire«* heraus.

Seite 174: »das Leben des Herzogs von Angoulême« – im September 1877 erbat Flaubert von Mme. Roger des Genettes nähere Angaben über den Herzog von Angoulême. »Meine beiden Biedermänner wollen seine Lebensgeschichte schreiben! Amüsanter Gedanke!«

Kapitel V

Seite 182: Walter Scott – zahlreiche Belege zeigen die große Verehrung Flauberts für diesen Schriftsteller, die er besonders in seinen jüngeren Jahren zu bekunden nicht müde wurde. Man erinnere sich unter anderem der romantischen Träumereien, denen sich Emma Bovary bei der Lektüre Scottscher Romane hingibt.
Seite 183: *»Bélisaire«*, eine Tragödie von Jouy (1825).
Marchangy war der Verfasser des Werkes *»La Gaule poétique«* (1813–1826).
d'Arlincourt, Verfasser des *»Solitaire«* (1821).
Mit der *»Biographie universelle«* ist die Biographie Michaud gemeint, deren 45 Bände in der Zeit von 1842 bis 1865 erschienen.
Seite 185: *»Ourika«* ist der Titel eines Romans der Mme. de Duras, der im Jahre 1824 erschien.
Seite 186: »alte Nummern des *Ermite de la Chaussée d'Antin«* – gemeint ist eine Folge historischer Artikel aus der Zeit des ausgehenden Kaiserreiches, die Jouy in der »Gazette de France« veröffentlichte. Sie trugen den Titel: *»L'Ermite de la Chaussée d'Antin, ou Oberservations sur les moeurs et les usages parisiens au commencement du XIXe siècle«* und wurden später (1812) in zwölf Bänden zusammengefaßt.
Seite 187: Gabrielle de Vergy«, Tragödie von de Belloy (1777), deren schauerlicher Inhalt als Kuriosität hier kurz aufgeführt sei: Raoul de Coucy, als Kreuzfahrer im Heiligen Land auf den Tod verwundet, bittet seine Mitstreiter, sein Herz nach seinem Tode an die Geliebte in der fernen Heimat, Gabrielle de Vergy,

zu schicken. Aber der Gatte der Schönen fängt die Botschaft ab und läßt seiner Gemahlin das Herz ihres Liebhabers zum Mahl vorsetzen.
Dionys der Tyrann ist die Hauptfigur der Tragödie *»Denys de Syracuse«* von Marmontel (1748).
Seite 189: »Robert der Teufel«, Oper von Giacomo Meyerbeer, wurde im Jahre 1831 uraufgeführt.
»Le jeune mari«, eine Komödie von Alexandre Duval (1821).
»La brouette du vinaigrier«, ein Stück von S. Mercier (1776).
Seite 198: »Fanchon la Vielleuse«, Vaudeville-Komödie von Bouilly und Pain (1800).
»Gaspardo le Pêcheur«, Melodram von Bouchardy (1837).
Seite 199: Génin, Verfasser der zweibändigen *»Récréations philologiques ou Recueil de notes pour servir à l'histoire des mots de la langue française«* (1856). Flaubert entlieh das Werk im Juni 1878 aus der Bibliothek in Rouen.
Seite 205: Casimir Delavigne, Schriftsteller und Mitglied der Akademie (1793–1843), Verfasser von Gedichten und Dramen (*»Vèpres Siciliennes«* 1819).
Der Marquis de Foudras, ein mittelmäßiger, dafür aber ungemein schreibseliger Autor umfangreicher Romane aus der vornehmen Welt. Er schrieb u. a. die *»Gentilshommes d'autrefois«* (1844), *»Un caprice de grande dame«* (1850), *»Un drame de famille«* (1854).

Kapitel VI

Seite 211: »Pécuchet verwechselte Reihe und Glied« – das gleiche Mißgeschick widerfuhr seinem Autor, als er während des Krieges 1870–71 als Mitglied der Nationalgarde von Croisset zum Exerzieren antreten mußte.
Seite 223: Carlos Calvo, argentinischer Diplomat und Jurist, Zeitgenosse Flauberts, verfaßte einen *»Traité de droit international«*.

Martens, deutscher Rechtswissenschaftler (1756–1821), Autor mehrerer Werke über internationales Recht.
Emmerich von Vattel, deutscher Jurist (1714–1767), schrieb ein Werk *»Droit de gens«*. Auch hier wieder stellt Flaubert Werke aus den verschiedensten Epochen nebeneinander. Er entlieh das Werk Vattels im März 1873 aus der Bibliothèque Nationale.
Seite 224 »Proudhon in Sainte-Pélagie eingeliefert« – Pierre Joseph Proudhon, französischer Sozialist (1809–1856), erklärte in seiner Schrift *»Qu'est ce que la proprieté?«* jegliches Eigentum für Diebstahl. Man tut gut, sich daran zu erinnern, daß Flaubert mit diesem Propheten des Sozialismus, unbeschadet seiner Freundschaft mit George Sand, grimmig verfeindet war: er warf ihm niederes, unsittliches Denken vor und sah in ihm einen politischen Hanswurst.
Seite 232: Für das *»Examen du socialisme«* von Morant findet sich in Flauberts Notizen kein Beleg. Auch ist nicht festzustellen, ob und in welcher Bibliothek er das Werk ausgeliehen hat.

Kapitel VIII

Seite 253: Amoros, spanischer Offizier (1769–1848), gehört zu den Sonderlingen in Flauberts Literaturverzeichnis. Er veröffentlichte 1839 in der Sammlung Roret seinen *»Nouveau manuel d'éducation physique, gymnastique et morale«*, dem ein gesonderter Bildband beigegeben war.
Seite 259: Ségouin, Verfasser der *»Mystères de la magie ou Les Secrets du magnétisme dévoilés«*, schrieb später ein *»Aperçu sur la magie de M. Dupotet et la danse de tables«* (1853). Dieses Buch entlieh Flaubert im Januar 1879 in der Bibliothek zu Rouen. Außerdem findet man im Verzeichnis der von Flaubert zu diesem Thema herangezogenen Bücher 29 weitere Werke sowie Hinweise auf 46 ausgezogene Buchstellen.
Der *»Guide du magnétiseur«* von Montacabère ist nur eines unter den zahllosen Büchern und Broschüren, die während der Blüte-

zeit des Magnetismus um die Wende des XVIII. zum XIX. Jahrhundert erschienen.

Seite 264: »das System Puységur« – J. de Chastenet de Puységur (1751–1825) verließ die Armee, um sich dem Studium magnetischer und okkultistischer Phänomene zu widmen. Er veröffentlichte das Werk *»Du magnétisme animal considéré dans ses rapports avec diverses branches de la physique générale«* (1804–1807).

Seite 270: Emanuel Swedenborg (1688–1772) stiftete die »Neue Kirche des Heiligen Jerusalem«. Er behauptete, mit dem Übersinnlichen in unmittelbarer Verbindung zu leben.

Seite 272: Baron Dupotet de Sennevoy (1796–1881), Schüler Mesmers, stellte zahleiche Experimente an, deren Ergebnisse er in einer von ihm gegründeten Zeitschrift *»Le Propagateur du magnétisme animal«* veröffentlichte.

Seite 287: Cudworth, englischer Theologe und Philosoph des XVII. Jahrhunderts, vertrat eine rationalistische Theologie.

Kapitel IX

Seite 303: Wie Flauberts Briefe und darüber hinaus sein gesamtes Werk zeigen, gehörte die Bibel zu den Büchern, denen er größte Bedeutung beimaß. Zum Themenkreis dieses Kapitels entlieh er im März 1873 aus der Bibliothèque Nationale den *»Abrégé du catéchisme de persévérance«* von Gaume (1858), im April die *»Fondements de la foi«* des Kanonikus Aymé (1818); aus der Bibliothek von Rouen im Juli 1878 die *»Politique tirée de l'Écriture sainte«* von Bossuet und im Januar 1879 die *»Certitude des preuves du Christianisme«* des Abbé Bergier.

Seite 317: *»Examen du Christianisme«* – es ist nicht leicht, Werk und Autor zu identifizieren. Ein gewisser Louis Hervieux bestand zwar im Jahre 1838 das Examen an der École Normale, aber er scheint mit dem hier genannten nicht identisch zu sein. Viel eher paßt die Charakteristik des Werkes, das Flaubert hier anführt, zu der Person eines anderen Louis Hervieux

(1764–1847), dem Verfasser eines Buches, das unter dem Titel *»Précis des preuves qui établissent la divinité de la religion catholique«* im Jahre 1839 in Falaise erschien.
Seite 324: »ein Nilmesser« – heiliges Symbol der alten Ägypter: eine Säule, an der der Wasserstand des Nil gemessen wurde. »das homa der Perser«: hom heißt in der zoroastrischen Religion der Genius des Lebensbaumes.
»das Schiff des Xithuros«: Xisuthros (dies die richtige Schreibweise) ist der Noah der altbabylonischen Religion, die ja gleichfalls einen Sintflut-Mythos kannte.
Seite 330: »der Curé Meslier« – Jean Meslier, Pfarrer von Estrépigny (1678–1733), verneinte die Dogmen der katholischen Kirche. Nach seinem Tode veröffentlichte Voltaire Aufzeichnungen, die sich angeblich in Mesliers Hinterlassenschaft angefunden hatten und in denen die katholische Kirche heftig angegriffen wird: *»Testament de Jean Meslier«* (1762) und *»Extraits des sentiments de Jean Meslier«* (1768).
Seite 333: Rosolio – ein italienischer, aus Orangenblüten, Früchten und Gewürzen bereiteter Likör.

Kapitel X

Seite 347: »mehrere Werke über Erziehung« – zum Problem der Erziehung erbat sich Flaubert während der Arbeit an diesem Kapitel von G. de Maupassant freundschaftliche Unterstützung und Unterrichtung aus den Bibliotheksbeständen des Erziehungsministeriums. »Es fehlt mir an bezeichnenden Einzelheiten wie an pädagogischen Programmen und besonders Methoden. Ich möchte zeigen, daß die Erziehung, gleich welcher Art, gegen die Natur, die ihren Weg geht, nichts auszurichten vermag.« In Flauberts Notizen finden sich Vermerke über 43 Bücher über Erziehung und Moral, die herangezogen wurden, sowie 40 Blätter mit Einzelnotizen über diese Gegenstände.

Seite 352: Franz Joseph Gall, deutscher Arzt (1758–1828), war der Begründer der »Phrenologie« (Schädellehre).
Seite 355: Dupont de Nemours, Philosoph und Wirtschaftswissenschaftler (1739–1817). Neben seinen politischen und ökonomischen Werken schrieb er eine *»Philosophie de l'univers«* (1796), in der er die Moral und das Verhalten aller Wesen zueinander auf das einzige Prinzip der Liebe gründete.
Seite 360: »Das ist eine Ausnahme« – wir erfahren aus Flauberts Briefen, daß er zur Zeit der Abfassung dieses Abschnitts stark mit einer botanischen Frage beschäftigt war, die ihm mehrere beamtete Wissenschaftler nicht beantworten konnten. Entweder ging man nicht ernsthaft auf seine Frage ein oder man verstand sie nicht. Endlich durfte er triumphieren: er erhielt durch Vermittlung Maupassants eine Erklärung des Botanikprofessors am Museum, die seine bisherigen Ansichten bestätigte – Ansichten, mit denen er im Widerspruch zur traditionellen Forschung gestanden hatte.
Seite 371: Johann Bernhard Basedow, deutscher Pädagoge (1723–1790), gründete eine Musterschule in Dessau und veröffentlichte 1774 ein Handbuch der Erziehung in vier Bänden.

Aus den Notizen

Seite 390: »Sie beginnen mit der Arbeit« – über diese Notiz gibt das Werk von D.-L. Demorest, *»A travers les plans, manuscrits et dossiers de Bouvard et Pécuchet«* (1931) nähere Auskunft. Hier soll nur der Schluß wiedergegeben werden: »Eines Tages finden sie (unter alten Papieren der Manufaktur) das Konzept eines Briefes des Herrn Vaucorbeil an den Präfekten. Der Präfekt hat angefragt, ob es sich im Falle Bouvard und Pécuchet nicht um gefährliche Wahnsinnige handle. Der Brief des Doktors ist ein vertraulicher Bericht, in dem er erklärt, sie seien eher harmlose Irre. Der Brief wiederholt alle ihre Taten und Gedanken und zeigt damit, worin die kritische Absicht des Romans besteht. – Was sollen wir nun anfangen? Nur nicht nachdenken! Schreiben wir ab! Dann ist nur nötig, daß sich die Seite füllt, daß sich das »Denkmal« vollendet – die Gleichförmigkeit des Ganzen, des Guten und des Bösen, des Schönen und des Häßlichen, des Gleichgültigen und des Bezeichnenden. Es gibt nichts Wahres, alles ist Erscheinung. – Schließen mit einem Blick auf die beiden Biedermänner, wie sie sich über das Pult beugen und abschreiben.«

NACHWORT

UWE JAPP
DIE KOMIK DES WISSENS

»Das Wahre gibt es nicht!
Es gibt nur verschiedene Arten des Sehens.«
Gustave Flaubert am 2./3. Februar 1880 an Léon Hennique

Kommentar einer Marotte

Am 2. April 1877 schrieb Flaubert an Madame des Genettes: »Was soll ich Ihnen noch erzählen? Ich stecke in den Kombinationen zu meinem zweiten Kapitel, dem über die Naturwissenschaften, und zu diesem Zweck gehe ich meine Notizen über die Physiologie und die Therapeutik unter dem Gesichtspunkt des Komischen wieder durch, was keine kleine Arbeit ist. Dann werde ich sie verständlich und anschaulich machen müssen. Ich glaube das Komische der Ideen ist noch nie versucht worden. Es ist möglich, daß ich mich dabei zugrunde richte, wenn ich mich aber aus der Affäre ziehe, wird der Erdball nicht würdig sein, mich zu tragen. Schließlich muß man eine Marotte haben, um sich in diesem Hundedasein aufrecht zu halten.«
Was soll man noch erklären, so könnte man fragen, nachdem Flaubert selbst in seinen Briefen so ausführlich zu seinen Werken und besonders zum Prozeß ihrer Entstehung Stellung genommen hat. Aber so aufschlußreich und interessant Flauberts Kommentare in eigener Sache sind, sie sind nicht entscheidend; man muß ihnen noch nicht einmal immer glauben. Sie begleiten das Werk, in dem sie ebensogut hätten vorkommen können: eine etwas anders modulierte Stimme als die vielen Stimmen, die Bouvard und Pécuchet hören, ein etwas anders komponierter Kommentar als die vielen Kommentare, in die Bouvard und Pécuchet sich versenken. Eine kleine romantechnische Rücksicht nur hat verhindert, daß die beiden auf Flauberts Briefe gestoßen

sind, in denen er ihre Entstehung beschrieben hat. Anstatt, wie es im V. Kapitel geschieht, die Romane Walter Scotts, George Sands oder Balzacs zu lesen, hätten Bouvard und Pécuchet auch die Romane und Briefe Gustave Flauberts lesen können: sie hätten schließlich auch einzelne Kapitel des Romans lesen können, der ihre Namen als Titel trägt.

Eine solche Selbstthematisierung des Romans im Roman wäre deshalb nicht überraschend gewesen, weil Flauberts Roman insgesamt dahin tendiert, die traditionellen Grenzen der Fiktion zu überschreiten, und weil, wie er in dem Brief an Madame des Genettes »erzählt«, sein Roman aus Kombinationen besteht oder zumindest solche voraussetzt. Die *ars combinatoria* als literarisches Verfahren angesehen ist zwar ein Stilmittel, das schon im Barock und besonders im Manierismus bekannt und beliebt war, erhält aber in der Moderne, etwa im Zusammenhang mit den Techniken der Montage, eine neue und prägende Bedeutung. Diese Bedeutung der Kombinatorik wird in *Bouvard und Pécuchet* eklatant; sie stellt damit diesen Roman in den durch ihn miteröffneten Erfahrungsraum der Literatur der Moderne.

Befremdlicher allerdings als diese poetologische Frage erscheint der Inhalt. Denn die Kombinationen zum zweiten Kapitel von *Bouvard und Pécuchet* betreffen, wie Flaubert hier weiterhin an Madame des Genettes mitteilt, die Naturwissenschaften, insbesondere die Physiologie und die Therapeutik. Es ist zwar nicht sonderlich wichtig, aber hierin täuscht sich Flaubert. Das zweite Kapitel behandelt den Gartenbau und die Landwirtschaft, nicht aber die Naturwissenschaften, die vielmehr erst im dritten Kapitel thematisch werden. Es bieten sich zur Erklärung dieses Irrtums mehrere Möglichkeiten an. Flaubert schrieb diesen Brief in Paris. Er erläutert zu seiner Situation: »Ich bin noch nie so beschäftigt und in Aufregung gewesen, denn ich habe bis Ende Mai eine ungeheure Lektüre zu bewältigen, da ich bis dahin wieder in Croisset sein und mich wieder an *Bouvard et Pécuchet* machen will.« Flaubert schrieb also um diese Zeit nicht an seinem Roman. Es könnte deshalb immerhin sein, wenn dies auch wenig wahrscheinlich ist, daß er einfach die Kapitelfolge verwechselte. Eine andere Möglichkeit wäre darin zu sehen, daß Flaubert zu dieser Zeit noch einen anderen Plan zu seinem Roman verfolgte als den, der dann wirklich im Roman realisiert wurde. Einen solchen Plan hat es zwar gegeben, aber er liegt viel früher, etwa 1872, und auch in ihm kommen die Naturwissenschaften nicht im zweiten Kapitel vor. [1] Als letzte und beste Erklärung bietet sich deshalb an, daß Flaubert hier eine »private« Zählweise der Kapitel benutzt hat. In dieser »privaten« Arbeits-Version wären die Kapitel in bezug auf die in ihnen vorkommenden Wissensgebiete gezählt worden. Da das offizielle erste Kapitel aber lediglich die Exposition des Romans enthält und Bouvard und Pécuchet ihr »Studium« der Wissenschaften erst im zweiten Kapitel aufnehmen, kann in der »privaten« Zählung das erste Kapitel vernachlässigt und also das dritte als »zweites« bezeichnet werden. Die Frage schließlich, was Madame des Genettes zu diesen Komplikationen wohl gesagt haben wird, bleibt außerhalb der Reichweite dieses Kommentars. Das eigentliche Skandalon dieser Sätze (auch für Madame des Genettes, wie zu vermuten ist) liegt aber in der lapidaren Mitteilung Flauberts, daß das »zweite« Kapitel seines Romans sich mit den Naturwissenschaften beschäftige. Was hat nun ein Roman mit den Wissenschaften und gar den Naturwissenschaften zu tun? Flaubert verletzt hier augenscheinlich eine diskursive Gewohnheut, denn in der Regel ist es so, daß die Wissenschaft (insbesondere die Literaturwissenschaft) über Romane schreibt und nicht umgekehrt. Indem Flaubert nun diese Umkehrung vornimmt, bringt er Literatur und Wissenschaft in ein neues Verhältnis zueinander: *er nähert die Literatur an die Wissenschaft an* und überschreitet damit eine der traditionellen Grenzen poetischer Darstellung. Diese Überschreitung entspricht einer der kontinuierlichsten Maximen der Flaubertschen Poe-

1 Den ersten Plan beschreibt: D. L. Demorest, A travers les plans, manuscrits et dossiers de *Bouvard et Pécuchet*, Paris 1931, S. 85.

tik. In diesem Sinne schrieb Flaubert – neben zahlreichen ähnlichen Äußerungen – schon am 6. April 1853 an die Freundin und Dichterkollegin Louise Colet über die »Dichtung der Zukunft«: »Die Literatur wird mehr und mehr das Gebaren der Wissenschaft annehmen; sie wird insbesondere *darlegend* sein, was nicht heißen will didaktisch.« Flauberts Werk, insbesondere aber *Bouvard und Pécuchet*, gilt dieser Dichtung der Zukunft.

Nun hat es allerdings mit dem Spätwerk *Bouvard und Pécuchet*, auch dies lehrt die kurze Passage aus dem Brief an Madame des Genettes, seine besondere Bewandtnis. Es läßt sich nämlich nicht gänzlich durch die eben genannte Maxime der Verwissenschaftlichung der Literatur aufklären. Die poetische Irritation des Romans *Bouvard und Pécuchet* erschöpft sich nicht in der Adaption des Gebarens der Wissenschaft, insofern in ihm auch darlegend verfahren wird. Hinzu kommt noch, daß der Gegenstand der verwissenschaftlichten Darlegung die Wissenschaft selbst ist. Die Literatur nähert sich hier also in der Form *und* im Inhalt der Wissenschaft.

Aber *Bouvard und Pécuchet* zeichnet sich noch durch eine weitere Besonderheit aus, weil nämlich, wie Flaubert zu verstehen gibt, die Wissenschaften von ihm »unter dem Gesichtspunkt des Komischen« gesehen (und dargestellt) werden sollen. Damit kommt nun erneut eine eminent ästhetische Perspektive ins Spiel. Flaubert läßt seinen Roman nicht im doppelten Sinne in der Wissenschaft aufgehen; im Gegenteil: *mit der Komik nähert er die Wissenschaft an die Literatur an.* Flaubert leiht sich von der Wissenschaft nicht nur deren darlegenden Stil, sondern verformt und ironisiert diesen Stil zugleich, indem er das Wissen als Komik des Wissens zur Darstellung bringt. Verwissenschaftlichung der Literatur einerseits, Literarisierung der Wissenschaft andererseits: in dieser prekären Balance gipfelt das Spätwerk Flauberts.

Das ist zweifellos keine kleine Arbeit. Flaubert spielt hiermit auf den enormen Arbeitsaufwand an, der ihn zuweilen an der Fertigstellung und selbst an der Möglichkeit seines Romans zweifeln ließ. Noch wenige Tage vor seinem Tod schrieb er über sein »entsetzliches Buch« an seine Nichte: »Und wann wird mein Buch fertig sein? Das ist die Frage.« (28.4.1880) Diese Frage entschied der Tod, der Flaubert am 8. Mai 1880 an seinem Schreibtisch und also bei der nicht kleinen Arbeit an *Bouvard und Pécuchet* überraschte.

Die Problematik eines solchen Romans bestand offenbar darin, daß er, wie es Flaubert selbst einmal nannte, allzusehr einer »philosophischen Dissertation« gleichen könne. Diese Gefahr war abzuwehren. Flaubert formuliert deshalb konsequent als einen separaten Arbeitsschritt, daß er seine Notizen »verständlich und anschaulich« machen müsse. Wir verstehen: Nur so kann aus dem allgemeinen Wissen ein individueller Roman werden. Es ist dies die Problematik der beiden Helden. Fungieren Bouvard und Pécuchet lediglich als Bebilderung der Ideen oder *sind* sie der Übergang vom Wissen zur Literatur? Eine Lösung dieser Frage sah Flaubert, wie bereits gesagt, im Einsatz des Komischen und der Komik. Aber er meint nicht die Spielarten traditioneller Komik, sondern eine ganz spezielle Komik, die er ausschließlich seiner Erfindung und Originalität zurechnet: das Komische der Ideen. In Momenten verstärkten Selbstzweifels gibt Flaubert denn auch zu verstehen, daß sein Roman, wenn auch sonst mißglückt, immerhin originell wäre.

Flaubert grenzt sich mit seiner Konzeption des Komischen der Ideen von zwei berühmten *komischen* Werken der Weltliteratur ab, von Servantes' *Don Quijote* und von Dickens' *Pickwick Papers*, deren Einfluß auf *Bouvard und Pécuchet* gleichwohl nicht zu leugnen ist. *Don Quijote* gehörte zu Flauberts Lieblingsbüchern; er habe es bereits auswendig gekannt, sagt er, bevor er lesen konnte. Über die *Pickwick Papers* äußert sich Flaubert in einem Brief an George Sand (es ist der Brief vom 12.7.1872, in dem Flaubert erstmals über seinen Plan, *Bouvard und Pécuchet* schreiben zu wollen, berichtet: »Da ich ein Buch anfangen will, das monatelange, umfassende Lektüre erfordert...«): »Ich habe die *Pickwickier* von Dickens gelesen. Kennen Sie das? Es gibt großartige Partien darin, aber was für eine mangelhafte Komposition! Bei allen englischen Schriftstellern ist es so. Bis auf Walter Scott fehlt es ihnen an einer Gliederung. Für uns Romanen ist das unerträglich.« Die Gliederung von *Bouvard und Pécuchet* ist zwar wesentlich übersichtlicher, aber, wie wir noch sehen werden, nicht unbedingt unproblematisch. Der Eindruck größerer Klarheit rührt sicherlich daher, daß die verwirrende Vielfalt der Handlungsfäden, Intrigen und Personen, die das Geschehen in den *Pickwick Papers* und im *Don Quijote* bestimmt, in Flauberts Roman wegfällt. Die Handlung ist hier minimal; dafür ist die Vielfalt der Ideen und des Wissens um so größer. Was aber nun die Komposition eines Romans mehr gefährdet, muß vorläufig offenbleiben.

Flaubert war sich hinsichtlich der Beantwortung dieser Frage offenbar selbst nicht ganz im Klaren. Deshalb hielt er es immerhin für möglich, daß er sich mit der Arbeit an und möglicherweise mehr noch mit der Publikation von *Bouvard und Pécuchet* zugrunde richten könne. Man darf diese Befürchtung durchaus in einem sehr ernsten Sinne verstehen. Ebenso ernst gemeint, aber weniger ernst formuliert, vielmehr gleichsam ins komische Genre hineinspielend ist die Hoffnung auf einen Erfolg, den die ironische Hyperbel mit den Worten stilisiert, daß der Erdball dann nicht würdig sei, ihn zu tragen. Aber auf die ironische Vergrößerung folgt sofort die ironische Verkleinerung: das Unternehmen, bei dem es für Flaubert offensichtlich um alles geht, erscheint als eine »Marotte«. Dieses ironische Understatement wird allerdings wieder aufgewertet, indem es mit dem satirisch abgewerteten Hundedasein in Verbindung gebracht wird. Der Antibourgeois Flaubert benutzt die Gelegenheit, seiner lebenslangen Verachtung (er »möchte noch Wannen voll Galle auf den Kopf der Bürger spucken«, schreibt er am 10./11. 12. 1878 an Madame Brainne) so zum Ausdruck zu verhelfen, daß er die Überlegenheit der Kunst über die Mittelmäßigkeit des bürgerlichen Lebens noch dort erklärt, wo die Kunst *scheinbar* zur Marotte geworden ist. In diesen ironischen Aufwertungen und Abwertungen kündigt sich bereits jene merkwürdige Konstellation einer traurigen Komik an, die den konstanten Hintergrund zu Bouvards und Pécuchets bewegten Irrfahrten im Reich des Wissens bildet. Freilich wird man die Bedeutung und den Ernst des Ausdrucks »Marotte« nicht überschätzen dürfen; dies wäre gerade ein typischer Fehler der façon bouvardo-pécuchetienne. Es ist hier vielmehr erneut der Kontext zu berücksichtigen, in dem der Ausdruck steht. Dieser Kontext ist der Brief an Madame des Genettes. Insofern erfüllt der Ausdruck »Marotte« hier – auch – die Funktion einer Bescheidenheitsformel, wie sie jedem Briefschreiber bekannt ist, auch wenn er nicht mit den Feinheiten der art épistolaire vertraut ist. Daß zu Flauberts Kunst auch diese Kunst des Briefeschreibens gehörte, zeigt, so scheint mir, nicht zuletzt der inhaltliche Reichtum und die stilistische Virtuosität dieser kurzen Passage aus dem Brief an Madame des Genettes.[2]

Wenn auch nicht anzunehmen ist, daß Flaubert sein Vorhaben, *Bouvard und Pécuchet* zu schreiben, wirklich als Marotte angesehen hat, so führt doch dieser Ausdruck auf ausgezeichnete Weise in die Thematik und Absicht des Romans ein. Was Flaubert in ironischer Manier sich selbst anlastete, trifft vielmehr auf seine beiden Protagonisten, trifft auf Bouvard und Pécuchet zu. Weil Flaubert die Wissenschaften unter dem Gesichtspunkt des Komischen betrachtet, wird das »Studium« der beiden Biedermänner zur Marotte. Aber das ist nicht allein ihr Fehler. Sie werden vielmehr von einem wesentlich allgemeineren Mißstand betroffen, dem nämlich, daß die Auskünfte der Wissenschaften häufig in sich so widersprüchlich und manchmal auch widersinnig sind, daß sie nicht zur Wahrheit, sondern zum Unsinn und damit zur Komik disponieren. Diese weitreichende Skepsis sollte besonders der zweite, ungeschriebene Band von *Bouvard und Pécuchet* belegen. Dieser Band sollte nur noch aus Zitaten al-

2 Dagegen urteilt Proust: »Was bei einem solchen Meister allerdings in Erstaunen setzt, ist die Mittelmäßigkeit der Korrespondenz.« Marcel Proust, Über den »Stil« Flauberts, in: Tage des Lesens, Frankfurt 1969, S. 80.

ler möglichen Wissensgebiete bestehen. Flaubert hatte diese Zitate seit Jahren gesammelt und sie sind in seinem Nachlaß unter dem Titel des sogenannten »Sottisier« (sottise = Dummheit) erhalten.[3] Diesem inflationär wuchernden Unsinnsverdacht gegen alles Wissen kann sich, so scheint es, niemand entziehen, der sich auf irgendeine Weise mit Flauberts Spätwerk beschäftigt. *Bouvard und Pécuchet* gleicht solchermaßen einem literarischen Mahlstrom, in dem jedes Urteil verschwindet, mehr noch: in dem jedes Urteil schon enthalten ist; auch jedes Urteil über *Bouvard und Pécuchet*. Diesem Verdacht hat sich die Kritik zu stellen. Dieser Verdacht betrifft auch die Frage nach Sinn und Unsinn eines Nachwortes zu *Bouvard und Pécuchet*. Können Kritiken und Nachwörter etwas anderes sein als ein schwacher Reflex der Ungereimtheiten, Dummheiten und *Marotten*, die Flaubert in seinem Roman und besonders im »Sottisier« hat Revue passieren lassen? Kann man etwas über *Bouvard und Pécuchet* schreiben, was Bouvard und Pécuchet nicht schon ihrerseits abgeschrieben haben?

Dies ist eine interessante Frage. Aber es ist keineswegs eine neue Frage. Raymond Queneau, Schriftsteller und Freund der von ihm so genannten »Flaubertologie«, hat 1942 eine Einleitung zu einer belgischen Ausgabe von *Bouvard und Pécuchet* geschrieben (die Ausgabe ist nie erschienen, die Einleitung in der Nummer 31 der Zeitschrift *Fontaine*). Für eine spätere Ausgabe schrieb Queneau seine Einleitung neu. Inzwischen hatte er die Literatur über *Bouvard und Pécuchet* gelesen und feststellen müssen, daß seine damaligen Ausführungen wenig originell gewesen waren (»was ich gesagt hatte, war bereits gesagt worden«). Dies betraf unter anderem die Überlegung, daß alles, was über *Bouvard und Pécuchet* zu sagen wäre, ebensogut und mit einer gewissen Notwendigkeit im »Sottisier« vorkommen könnte. Diese Überlegung hatte sehr viel früher und noch entschiedener Albert Thibaudet in seinem Buch über Flaubert (1922) ange-

3 Gustave Flaubert, Le second volume de Bouvard et Pécuchet. Documents présentés et choisis par Geneviève Bollème, Paris 1966.

stellt. Thibaudet: »Man kann nicht von *Bouvard* sprechen, ohne irgend etwas zu sagen, das im *Dictionnaire* oder dem *Sottisier* vorkommen müßte.« Da aber diesmal die Überlegung von Thibaudet und nicht von Queneau stammt, erlaubt sich dieser, daran zu zweifeln: *alles* komme nicht im »Sottisier« vor, es gebe noch Hoffnung.[4] Interessanterweise kommt das Wort »Hoffnung« im *Wörterbuch der Gemeinplätze* (Dictionnaire des idées reçues) nicht vor. Vielleicht gibt es sie wirklich.

Entstehung des Werkes

Am 20.6.1872 beendete Flaubert *Die Versuchung des heiligen Antonius*. Am 1.8.1874 schrieb er den ersten Satz von *Bouvard und Pécuchet*. Bereits am 12.7.1872 kündigte Flaubert in dem schon genannten Brief an George Sand sein Vorhaben an. Tatsächlich dürfte aber die Entstehung des Plans sehr viel weiter zurückliegen. Der Freund Maxime Du Camp datiert sie auf das Jahr 1843. Möglicherweise war die Idee aber schon in der 1837 erschienenen Jugendschrift (Flaubert war damals 16 Jahre alt!) *Une leçon d'histoire naturelle* keimhaft angelegt. Auf jeden Fall war Flaubert schon lange vor 1872 mit Gedanken des Spätwerkes befaßt. Dafür zeugt etwa der Brief vom 4. September 1850 an Louis Bouilhet, in dem vom *Dictionnaire des idées reçues* die Rede ist. Schon hier ist übrigens die Idee jener seltsam verschränkten Komik zentral, denn vom *Dictionnaire* heißt es, es müsse so eingerichtet sein, »daß der Leser nicht weiß, ob man sich über ihn lustig macht oder nicht.«
Wahrscheinlich hat sich Flaubert bei der Konzeption des Handlungsablaufs seines Romans an die am 14. April 1841 in der *Gazette des Tribunaux* erschienene Novelle *Les deux Greffiers* (Die zwei Gerichtsschreiber) von Barthélemy Maurice angelehnt. Die Ähnlichkeiten zwischen den Unternehmungen der beiden

4 Raymond Queneau, Bouvard et Pécuchet de Gustave Flaubert, in: Bâtons, chiffres et lettres, Paris 1965, S. 97–124.

Gerichtsschreiber Andréas und Robert einerseits und den beiden Kopisten Bouvard und Pécuchet andererseits sind jedenfalls unübersehhar.

Im Nachlaß Flauberts finden sich vier Pläne zu *Bouvard und Pécuchet*, wobei, wie Demorest nahelegt, der vierte als verbindlich für die uns bekannte Fassung des Romans anzusehen ist. Im Laufe der Umarbeitungen haben sich auch die Namen der beiden Protagonisten gewandelt. Flaubert nannte sie zuerst Dubolard und Bécuchet, dann Bolard und Manichet, schließlich Bouvard und Pécuchet. Dabei ist auffällig, daß der Name Bouvard deutlich an den Namen einer anderen Person Flauberts erinnert: an Madame Bovary; diesen wiederum hatte Flaubert, wie er berichtet, durch die Veränderung des Namens Bouvaret gewonnen. Queneau macht darauf aufmerksam, daß Flaubert mit dem Namen Bovary seinem Buch die »Farbe des Schimmels von Kellerasseln« (cloportes) geben wollte. *Bouvard und Pécuchet* sollte zunächst den Titel *Histoire de deux cloportes*, dann *Histoire de deux bons hommes* tragen. Auch einen Untertitel hatte Flaubert zeitweise in Erwägung gezogen; er sollte lauten: *Vom Mangel an Methode in den Wissenschaften*.

Um diesen Mangel darzulegen, machte sich Flaubert an ein umfassendes Studium der verschiedensten Wissenschaften. Die Lektüre begleitet die Zeit des Schreibens: vom ersten (1.8.1874) bis zum letzten (8.5.1880) Tag. Und auch die zwei Jahre, die zwischen der Beendigung der *Versuchung* und dem Beginn der Niederschrift von *Bouvard und Pécuchet* liegen, sind mit Studien ausgefüllt.

Am 8.8.1872 schreibt Flaubert aus Paris an seine Nichte: »Ich selbst bin entsetzt über das, was ich für *Bouvard et Pécuchet* zu tun habe. Ich lese Bücherkataloge und mache mir Notizen. Ich werde sehr viele Bücher entleihen und eine Menge kaufen müssen... Aber *B. et P.* jagen mir Schrecken ein! Ich habe schon Spezialisten wegen verschiedener wissenschaftlicher Punkte befragt; aber ich bin noch nicht am Ende meiner Laufereien und Verdrießlichkeiten.«

Am 28. 10. 1872 meldet er aus Croisset an George Sand: »Ich arbeite wie ein Besessener, ich befasse mich mit Medizin, Metaphysik, Politik, mit allem. Denn ich habe ein Werk von großen Ausmaßen unternommen, das mich sehr viel Zeit kosten wird, eine Aussicht, die mir gefällt.«
Im September 1873 ist Flaubert beim Studium der Religion angelangt. Darüber schreibt er in einem Brief an Ernest Feydeau: »Ich bin ganz mit erbaulicher Lektüre beschäftigt, ich stopfe mich bis zum Kotzen voll mit den Werken von Monsignore Dupanloup und denen der modernen Jesuiten, ohne das übrige zu rechnen. Das alles im Hinblick auf ein Buch, das ich endlich im nächsten Sommer anfangen will.«
Am 2.7.1874 an Turgenjew: »Acht Tage vor meinem Aufbruch nach der Schweiz habe ich eine Rundreise durch die Departements Orne und Calvados gemacht und habe endlich die Stelle gefunden, wo meine beiden Biedermänner wohnen werden. Ich bin voller Ungeduld, mich an das Buch zu machen, das mir im voraus eine entsetzliche Angst einjagt.«
Am 25.7.1874 berichtet Flaubert an Turgenjew vom unmittelbar bevorstehenden Beginn der Niederschrift: »... am Samstag, dem 1. August fange ich endlich *Bouvard et Pécuchet* an! Ich habe es mir geschworen! Es gibt kein Zurück mehr! Aber was für eine Angst ich habe! Welche Todesängste! Es scheint mir, daß ich mich zu einer großen Reise in unbekannte Gegenden einschiffe und daß ich aus ihnen nicht zurückkehren werde.«
Mit dem Schreiben wachsen die Schwierigkeiten. Am 2.12.1874 an George Sand: »Ich gebe mir für mein Buch eine Mühe von fünfhundert Teufeln und frage mich manchmal, ob ich nicht wahnsinnig bin, es unternommen zu haben.«
Im Oktober 1875 kommt es zum vorläufigen Abbruch. Darüber heißt es in einem Brief an George Sand: »Sie billigen, daß ich meinen verflixten Roman aufgegeben habe. Er ging über meine Kräfte, ich gestehe es ein, und diese Einsicht versetzt mir noch einen weiteren Schlag.« Eine ähnliche Nachricht ergeht an Madame des Genettes (»*Bouvard et Pécuchet* sind zu schwierig, ich

gebe es auf ...«). Flaubert schreibt in der folgenden Zeit die Erzählungen *Saint Julien l'Hospitalier* und *Herodias*. Erst 1877 nimmt er die Arbeit an seinem Roman wieder auf. Davon berichtet der Brief an Madame des Genettes vom 2. April, der oben ausführlich erwähnt wurde. Dann geht es in der gewohnten zwischen Euphorie und Zweifel schwankenden Weise weiter.

Am 12.7.1877 an Madame des Genettes: »Ende nächster Woche bin ich mit der Medizin fertig – sechzehn Seiten –, die *mehr* als hundert Bände enthalten, und ich bin erst ungefähr beim fünften Teil meines Werkes.«

Am 5.10.1877 an Emile Zola: »Dieser verflixte Schmöker läßt mich zittern. Er wird nur durch das Ganze Bedeutung haben. Kein Bravourstück, nichts Glänzendes, immer dieselbe Situation, deren Aspekte es zu variieren gilt. Ich fürchte, daß es stinklangweilig wird.«

Am 10.11.1877 an Madame des Genettes: »Heute, genauer heute morgen, habe ich ein gewaltiges Uff ausgestoßen, denn ich habe mein entsetzliches Kapitel über die Naturwissenschaften beendet ... Oh, wenn ich nicht verblendet bin, was für ein Buch!«

Am 10.1.1879 an Hippolyte Taine: »Die Schwierigkeiten meines entsetzlichen Buches wachsen.«

Am 15.1.1879 an Guy de Maupassant: »Ich betreibe weiter Metaphysik, und mein Kapitel zeichnet sich ab. Gestern habe ich die Lektüre des *Catéchisme de Persévérance* von Abbé Gaume beendet. Das ist von unerhörter Dummheit. Und was sagen Sie zur Enzyklika des Heiligen Vaters?«

Am 9.8.1879 an Turgenjew: »Was mich angeht, so erschöpft mich *B. et P.* Ich habe nur noch vier Seiten, dann bin ich mit meinem Kapitel über die Philosophie fertig.«

Am 19.11.1879 an Maxime Du Camp: »Im übrigen werde ich allmählich sehr beschlagen im modernen Katholizismus. Seit über vier Monaten lese ich nichts anderes als die Ergüsse dieser Herren. Es ist unvorstellbar! und die Freidenker sind undankbar, sie sollten Pius IX. eine goldene Statue errichten.«

Am 21.1.1880 an Turgenjew: »Ich habe meine Religion beendet und arbeite an der Gliederung meines letzten Kapitels: *die Erziehung.*« Hier stoßen wir wieder auf Schwierigkeiten der Zählweise. Die Erziehung wird im Roman im X. Kapitel behandelt. Damit bricht der Roman ab. Wie die Pläne zeigen, sollten aber noch zwei weitere Kapitel folgen (dazu weiter unten). Wiederum vermute ich, daß sich Flaubert seiner »privaten« Zählweise bedient hat, da mit dem X. Kapitel der Kursus der Wissenschaften beendet ist: es ist das letzte der Wissenschafts-Kapitel, aber nicht das letzte des Romans.

Am 25.1.1880 schreibt Flaubert an Madame des Genettes: »Wissen Sie, wie groß die Zahl der Bücher ist, die ich für meine braven Männer absorbieren mußte? Mehr als 1500! Mein Ordner mit Notizen hat eine Höhe von 8 Zoll.« Die Zahl 1500 erwähnt Flaubert nochmals in einem späteren Brief an Guy de Maupassant. Demorest bezweifelt diese Zahl. Er beruft sich dabei auf eine Liste, die Flaubert angelegt hat und in die er zu den jeweiligen Wissenschaften die gelesenen Bücher eingetragen hat (Landwirtschaft, 15 Bände usw.). Nach dieser Liste ergibt sich eine Gesamtsumme von 324 Büchern. Demorest räumt ein, daß die Zahl 1500 sogar überschritten würde, wenn man die Bücher hinzuzähle, die er für den »Sottisier« gelesen hat; aber dies sei eben eine andere Sache. Wie kam Flaubert also von der Zahl 324 zu der Zahl 1500? Auch dies eine interessante Frage. Man sieht, die Fragen gehen den Flaubertisten nicht aus, wohl aber manchmal die Antworten. Dies gilt auch für den folgenden Abschnitt aus demselben Brief. Dort heißt es: »Endlich beginne ich mein *letztes Kapitel!* Wenn es beendet ist (Ende April oder Mai), werde ich für den zweiten Band, für den ich nicht mehr als sechs Monate brauche, nach Paris fahren. Er ist zu drei Vierteln fertig und wird fast nur aus Zitaten bestehen. Danach werde ich meinem armen Hirn, das nicht mehr kann, Ruhe gönnen.« Geht man davon aus, was der zeitliche Zusammenhang nahelegt, daß auch hier das X. Kapitel (über die Erziehung) gemeint ist, dann ginge daraus hervor, daß hiermit tatsächlich der erste

Band schließen sollte. Damit wäre aber gleichzeitig die These von der »privaten« Zählweise der Kapitel widerlegt. Es sei denn (!), Flaubert habe sich später, das heißt nachdem er diesen Brief geschrieben hatte, dazu entschlossen, auch noch die Kapitel XI und XII in den ersten Band aufzunehmen. Angesichts solcher Fragen gehen Bouvard und Pécuchet regelmäßig zu neuen Themen über. Ich folge ihnen diesmal hierin.

Am 1.2.1880 schreibt Flaubert an Guy de Maupassant: »Ich muß noch ein Dutzend Werke lesen, ehe ich mein letztes Kapitel anfange. Ich stecke zur Zeit in der Phrenologie und dem Verwaltungsrecht, abgesehen von *De Officiis* von Cicero und der Begattung der Pfauen.«

Am 28.2.1880 an seine Nichte: »*Bouvard et Pécuchet* geht es ganz gut. Ich ahne in diesem zehnten Kapitel weite Horizonte.« Tatsächlich bezeichnete Flaubert das X. Kapitel als »summum« des Romans. Kurz darauf starb Flaubert. Er hinterließ den unvollendeten Roman *Bouvard und Pécuchet* und die umfangreichen Notizen und Exzerpte zu dem geplanten zweiten Band, dem »Sottisier«. Er hinterließ damit aber zugleich seinen Lesern und Interpreten die Frage, wo genau der erste Band aufhört und wo der zweite anfängt (abgesehen von zahlreichen anderen Fragen).

Aufbau des Werkes

Die letzte und uns vorliegende Fassung von *Bouvard und Pécuchet* umfaßt zehn Kapitel. Im ersten Kapitel (schon auf der ersten Seite) begegnen sich die beiden Protagonisten. Das Kapitel endet mit ihrer Ankunft auf dem Land. Nun erst beginnt ihr »Studium«, das sie von Kapitel zu Kapitel durch wechselnde Wissensgebiete hindurchführt. Das erste Kapitel kann also als Exposition gelten. Die folgenden Kapitel können dagegen hinsichtlich der in ihnen vorkommenden Wissenschaften unterschieden werden. Bei diesem Vorgehen lassen sich allerdings

Zweideutigkeiten nicht immer vermeiden, denn Bouvard und Pécuchet beschäftigen sich nicht immer mit dem, was im strengen Sinne als Wissenschaft bezeichnet wird. Sie haben sogar manchmal eine ausgeprägte Vorliebe für die Über- bzw. Unterschreitung der Wissenschaft. So tendieren die beiden gelegentlich zum Irrationalismus oder zu den gymnastischen Disziplinen. Auch die Liebe, mit der sich Bouvard und Pécuchet im VII. Kapitel auseinandersetzen, wird man nicht gerade als Wissenschaft bezeichnen wollen. Aber auch dort, wo sie nicht im geläufigen Sinne studieren (was sie eigentlich nie tun), nähern sie sich den Gegenständen ihres Interesses mit dem Gebaren der Wissenschaft – oder eben dem, was sie als echte Autodidakten dafür halten.

In *diesem* Sinne ergibt sich nun folgende Gliederung des Romans:

Kapitel	I:	Exposition
Kapitel	II:	Gartenbau, Landwirtschaft
Kapitel	III:	Chemie, Medizin, Geologie
Kapitel	IV:	Archäologie, Geschichte
Kapitel	V:	Literatur
Kapitel	VI:	Politik
Kapitel	VII:	Liebe
Kapitel	VIII:	Gymnastik, Okkultismus, Philosophie
Kapitel	IX:	Religion
Kapitel	X:	Erziehung

Eine gewisse Unvollständigkeit dieses Schemas entsteht dadurch, daß Bouvard und Pécuchet zwar das Studium dieser Hauptwissensgebiete stets mit großer Konsequenz betreiben, daß sie aber auch gelegentlich in Neben- oder Subregionen des Wissens abschweifen. Sie entwickeln sozusagen einen progressiven und einen digressiven Stil des Studiums. Dies wird besonders im X. Kapitel eklatant, da sie hier die von ihnen ad hoc entwickelte Erziehungsprogrammatik dazu zwingt, einerseits neue Wissensgebiete zu erarbeiten, andererseits aber auf schon studierte Gebiete zurückzugreifen. Andere Wissenschaften oder einfach Diskurse, mit denen sich Bouvard und Pécuchet im Laufe ihres Studiums noch beschäftigen, sind: Anatomie, Architektur, Astrologie, Astronomie, Biologie, Ernährungswissenschaft, Erwachsenenbildung, Geographie, Grammatik, Hydrotherapie, Jurisprudenz, Meteorologie, Phrenologie, Physiologie, Psychologie, Sozialarbeit, Therapeutik (und andere). Was ist mit einer solchen Zusammenstellung gewonnen? Eine Ordnung? Eine Logik? Eine Entwicklung? Zunächst erscheint diese Anhäufung von Wissenschaften und Diskursen als ein Tohuwabohu. Eben, könnte man mit Flauberts früherem Untertitel sagen, das ist der *Mangel an Methode*, dieser Mangel bringe das augenscheinliche Chaos hervor. Die Verwirrung eines Menschen, der zum ersten Mal eine Universität betritt und nun wahllos die verschiedensten Veranstaltungen und Vorlesungen besucht, muß von dieser Art sein. So ließe sich in der Tat Bouvards und Pécuchets Begegnung mit dem Wissen charakterisieren, solange sie in Paris sind (im 1. Kapitel also). Man begegnet den beiden in Museen, im Louvre, im Theater, in der Akademie, in Bibliotheken und im Collège de France, wo sie eine Vorlesung über Arabisch hören und sich zur Verwunderung des Professors Notizen machen – bzw. es »versuchen«, wie Flaubert ironisch anmerkt. Von dieser chaotischen Art ist ihr Studium während ihrer Pariser Zeit. Aber haben wir es noch mit derselben Unordnung zu tun, nachdem die beiden aufs Land gezogen sind? Läßt sich also nicht in den Kapiteln II bis X eine gewisse Systematik erkennen? Die Flaubertisten sagen ja und nein.

Die oben gegebene Rekonstruktion der Wissensgebiete widerlegte ja zunächst nur die sicherlich falsche Ansicht, daß man es bei der Lektüre von *Bouvard und Pécuchet* mit einem vollständigen Wirrwarr des Wissens zu tun habe. Dagegen ergeben sich nach der genaueren Lektüre klar konturierte Wissensgebiete, die sich deutlich voneinander abheben.

Aber nun meinen die einen (z. B. René Descharmes und René Dumesmil in ihren klassischen Studien zu *Bouvard und Pécuchet*), es gebe zwischen den zugestandenermaßen deutlich unterscheidbaren Wissensgebieten keinen logischen Zusammenhang, keine Folge und keine Entwicklung. Es handle sich vielmehr um eine einzige Konfusion, die der Konfusion in den Köpfen Bouvards und Pécuchets entspreche. Und auf diese Entsprechung sei es Flaubert gerade angekommen. Descharmes behauptet sogar, Flaubert habe die Kapitel in einer anderen Reihenfolge geschrieben als der, die er dann in seinem Roman befolgt hat. Diese Behauptung läßt sich freilich durch einen Blick auf die Entstehung des Werkes, wie sie anhand der Briefe Flauberts nachgezeichnet werden kann, zurückweisen.
Es gibt deshalb auch die anderen, die meinen, es lasse sich in den Kapiteln II bis X sehr wohl eine Entwicklung erkennen. So hat etwa Louis R. Rossi die Ansicht vertreten, der Bildungsgang Bouvards und Pécuchets und damit die Struktur des Romans lasse sich als Progression deuten. Diese Annahme geht davon aus, daß Bouvard und Pécuchet im Laufe ihrer Bemühungen »intelligenter« werden. Im selben Maße steigere sich auch das Anspruchsniveau ihrer Studien, die immer abstrakter oder delikater werden: von der Landwirtschaft zur Religion. Rossi unterscheidet auf dem Hintergrund dieser Überlegungen eine dreistufige Entwicklung: von den *positive sciences* (II–III) über die *humanities* (IV–VI) zu den *metaphysical studies* (VII–IX). Dabei sei der Abschnitt über die Archäologie als Übergang zwischen den *positive sciences* und den *humanities* anzusehen, das Kapitel über die Liebe dagegen als Übergang zwischen den *humanities* und den *metaphysical studies*, die Abschnitte über die Hydrotherapie (die Wasserkuren) und die Gymnastik schließlich seien als asketische Reaktion auf das vorangegangene erotische Desaster aufzufassen. Insgesamt stellt sich so die »extreme logische Ordnung« des Romans in Form einer aufsteigenden Linie dar:

Religion
Philosophie
Okkultismus etc.
Reaktion: Hydrotherapie, Gymnastik

Liebe (Übergang)
Politische Theorie
Literatur, Literaturkritik, Littérature engagée
Geschichte

Archäologie (Übergang)
Geologie
Astronomie
Medizin
Chemie
Landwirtschaft[5]

Es fällt auf, daß in dieser extrem optimistischen Gliederung das X. Kapitel fehlt. Tatsächlich nimmt dieses Kapitel (wie aus anderen Gründen auch das erste) eine Sonderstellung ein. Zwar läßt sich auch in ihm ein separates Wissensgebiet erkennen: die Erziehung bzw. die Pädagogik, aber erstens wird dieses Gebiet dadurch pluralisiert, daß es zahlreiche der vorhergehenden einschließt und noch neue hinzukommen, zweitens enthält das X. Kapitel auch noch Bouvards und Pécuchets Bemühungen um eine Sozialreform. Flaubert bezeichnete deshalb dieses Kapitel als »summum«. Freilich trifft auch dies nicht genau zu, denn es rekapituliert bei weitem nicht *alle* im Roman vorkommenden Gegenstände des Wissens. Diese relative Uneinheitlichkeit des X. Kapitels gilt aber genau besehen auch für die übrigen. Auch in ihnen kommen andere als die im obigen Schema genannten Wissensgebiete vor; auch in ihnen gibt es Digressionen. Diese müssen in einer *progressiven*

5 Louis R. Rossi, The Structure of Flaubert's *Bouvard et Pécuchet*, Vol. I, in: Modern Language Quarterly, 14, March 1953, S. 110.

Gliederung notwendig vernachlässigt und schließlich unterdrückt werden.
Darüber hinaus läßt sich fragen, ob es sich wirklich um eine Progression handelt. Unter welchem wertenden oder ideologischen Gesichtspunkt steht die Geologie höher als die Astronomie, die Politik höher als die Literatur, die Religion höher als die Philosophie? Diese Rangordnungen kann man offensichtlich ebensogut bezweifeln. Einem Naturwissenschaftler wird diese geisteswissenschaftliche und letztlich sogar theologische Orientierung sicherlich nicht unmittelbar einleuchten. Gerade der Schritt von der Philosophie zur Religion kann ja im Sinne Flauberts keineswegs problemlos als aufsteigende Entwicklung angesehen werden; besonders dann nicht, wenn man sich in Erinnerung ruft, wie sehr sich der Freidenker Flaubert gerade bei seiner Lektüre theologischer Werke amüsiert hat. Dennoch ist die Berechtigung der Idee einer schematischen Progression des Wissens in Flauberts Roman nicht von der Hand zu weisen. Nur ist sie nicht lückenlos und nicht ohne große Schwierigkeiten. In die klare Idee der Progression dringt überall die irritierende Wirklichkeit der Konfusion ein. Deshalb ist die Frage nach dem Aufbau von *Bouvard und Pécuchet* nicht durch die Alternative: Progression oder Konfusion? zu lösen. Man muß vielmehr beides für möglich halten. Bouvard und Pécuchet folgen einem progressiven und einem digressiven Stil des Studiums. Darin ist vielleicht ihr Mangel an Methode zu sehen, gewiß aber der Aufbau des Romans.
Bleibt noch die Frage nach dem Schluß des Romans. Nun ist *Bouvard und Pécuchet* Fragment geblieben. Nicht nur, daß der geplante zweite Band von Flaubert nicht mehr in Angriff genommen werden konnte, auch der erste Band ist nicht abgeschlossen. Das Manuskript bricht im X. Kapitel, das Flaubert in seinen Briefen wiederholt als das letzte des ersten Bandes bezeichnet, ab. Nimmt man aber die Notizen hinzu, die den weiteren Verlauf dieses Kapitels bis zu dem Punkt beschreiben, an dem »ihnen alles unter den Händen zerbrochen« ist und sie be-

schließen: »Wieder abschreiben wie früher!« so würde sich ergeben, daß alle weiteren Materialien für den zweiten Band bestimmt waren. Dies würde dann den »Sottisier«, »Le Dictionnaire des idées reçues«, den »Catalogue des idées chic«, »Les manuscrit du clerc de Marescot«, »L'Album de la Marquise« und weitere Entwürfe betreffen. Diese Einteilung ist auch vielfach angenommen worden.

Allerdings gibt es auch zahlreiche Gegenstimmen, die insbesondere immer wieder den »Dictionnaire« für den ersten Band reklamiert haben. Ohne diese traditionsreiche Kontroverse hier entscheiden zu wollen, möchte ich doch zumindest noch auf den von Demorest in Flauberts Nachlaß gefundenen sogenannten »vierten Plan« hinweisen, der einen anderen Aufbau des Romans zeigt. Demzufolge hatte Flaubert im Anschluß an das X. noch zwei weitere Kapitel vorgesehen, das Kapitel XI mit dem Titel »Leur copie« und das Kapitel XII mit dem Titel »Conclusion«.

Im folgenden gebe ich die von Flaubert bereits in äußerster Kürze skizzierten Kapitel nochmals gekürzt wieder.[6]

Kapitel XI: *Sie kopieren alles mögliche. Aber sie finden, daß sie ein Ordnungssystem brauchen. Also benutzen sie ein Register. Sie haben Freude am einfachen Akt des Abschreibens.*

Proben aller Stilarten, landwirtschaftlich, medizinisch, theologisch, klassisch, romantisch, Umschreibungen. Parallelen – Verbrechen des Volkes, der Könige, Wohltaten der Religion, Verbrechen der Religion ... Dictionnaire des idées reçues. Catalogue des idées chic. Les manuscrit de Marescot.

Sie numerieren die Kopien. Aber je mehr sie abschreiben, um so größer werden ihre Schwierigkeiten bei der Anordnung der Kopien – sie machen dennoch weiter.

Kapitel XII: *Eines Tages finden sie (unter alten Papieren der Manufaktur) das Konzept eines Briefes von Vaucorbeil an den Präfekten. Der Präfekt hatte angefragt, ob Bouvard und Pécuchet nicht gefährliche Irre seien. Der Brief des Doktors ist eine vertrauliche Mitteilung, in der er-*

6 Demorest, S. 92/93.

klärt wird, daß sie zwei harmlose Schwachsinnige seien. Das Resümee all ihrer Taten und Gedanken soll für den Leser die Kritik des Romans sein. Was sollen wir damit anfangen? Nicht darüber nachdenken! Schreiben wir es ab! Die Seite muß voll werden – alles ist gleich, das Gute und das Böse, das Schöne und das Häßliche...
Der Schluß zeigt, wie sich die beiden Biedermänner über ihr Pult beugen und abschreiben.
Aus diesem Plan ginge also hervor, daß der »Dictionnaire des idées reçues«, der »Catalogue des idées chic« und andere Entwürfe noch in den ersten Band des Romans aufgenommen werden sollten. Das ist insofern von Bedeutung, weil damit der Übergang von der individuellen Bildungs*geschichte* zur anonymen Repräsentation des Wissens und Nichtwissens im *Dictionnaire* und im *Catalogue* nicht als der Übergang vom ersten zum zweiten Band zu denken wäre. Dieser Übergang würde sich vielmehr bereits im ersten Band abspielen und so die Fiktion des Romans *im Roman* sprengen. Denn solange es noch Bouvard und Pécuchet sind, die reden und handeln, bewegen wir uns noch im vertrauten Rahmen eines romanhaften Geschehens; dort, wo das anonyme Gerede des *Dictionnaire* beginnt, ist jede traditionelle Definition des Romans, so weit gefaßt sie auch sei, deutlich überschritten: dort beginnt eine neue Idee der Literatur.
Zu dieser Idee einer anonymen und vielstimmigen Literatur hätte der zweite Band von *Bouvard und Pécuchet* die Anschauung liefern sollen. Der »Sottisier« wäre ein Buch über alles und nichts geworden, die schillernde Verbindung der Sprache des Wissens mit der Sprache des Alltags. An die Stelle einer Geschichte wäre eine Masse von Diskursen und Diskursfetzen getreten. An die Stelle des Stils der Dichtung wären der Lärm und die Stille des Geredes getreten. Es wäre ein Buch der Wahrheit und der Dummheit geworden: ein *Buch der Bücher*. Flaubert hat dieses Buch nicht mehr geschrieben. Aber der Traum dieses Buches ist nicht verloren. Denn wenn, wie Queneau nahegelegt hat, Homer der Ur- Ur- Ur- Ur-... Ur-Großvater von *Bouvard und Pécuchet* gewesen ist, dann ist Joyce ihr Nachfahre. Flau-

berts letzter Roman gehört zur Geschichte der Odysseen, die von Homers *Odyssee* bis zum *Ulysses* von Joyce und darüber hinaus die Geschichte der abendländischen Literatur prägen.

Zur Psychologie des Dilettanten

Die Odyssee der beiden Biedermänner Bouvard und Pécuchet führt durch das Reich des Wissens. Offenbar ist der Wille zum Wissen die fixe Idee der beiden. Aber sie sind wenig oder gar nicht auf ein solches Unternehmen vorbereitet. Auch dies verbindet sie mit den anderen Helden der Odysseen, denn eine Odyssee wird nicht geplant und nach einem Plan durchgeführt, sondern wird vom Schicksal, vom Zufall oder vom Unbewußten inszeniert. Die Odysseen sind ein Sog, in den die Helden oder Antihelden hineingeraten. Die Situationen sind in der Regel maßgeblicher als ihre Voraussicht. Diese fehlt den Helden vielmehr gerade, und es zeichnet sie deshalb aus, daß sie sich mit den Situationen arrangieren: sei es auf listige, sei es auf komische, sei es auf triviale Weise. Die Protagonisten der Odysseen sind keine vorausschauenden Denker, sondern Bastler, die aus dem bric-à-brac der Situationen das in unserem oder ihrem Sinne Beste machen. In den wechselnden Kontexten ihrer Geschichten sind Odysseus, Don Quichote, Mr. Pickwick, Bouvard und Pécuchet und Leopold Bloom *Dilettanten.*

Deshalb muß man auch sagen, daß Bouvard und Pécuchet nicht eine fixe Idee haben, sondern viele Ideen. Es gibt in den Odysseen einen Überschuß an Situationen: für Odysseus (und Don Quichote und Mr. Pickwick) einen Überschuß an Abenteuern. Für Bouvard und Pécuchet einen Überschuß an Ideen, für Leopold Bloom einen Überschuß an Assoziationen. Es geht für die Protagonisten der Odysseen (für Odysseus gilt dies wörtlich) darum, sich in diesem Überfluß über Wasser zu halten. Da es aber keinen Spezialisten für den Überschuß und den Überfluß geben kann, sind sie alle notgedrungen Dilettanten.

Es gehört nun zum Typus des Dilettanten, daß er einerseits mangelhaft ausgerüstet ans Werk geht, daß er aber andererseits aus seinen Unternehmungen Befriedigung und auch Lust bezieht. Aus dem Tatbestand der mangelhaften Ausrüstung (des Mangels an Methode) ergibt sich der Umstand des gelegentlichen Scheiterns. Die Befriedigung gründet sich dagegen auf gelegentliche Erfolge (imaginärer oder wirklicher Art). Hieraus resultieren zwei psychologische Befindlichkeiten, die Bouvard und Pécuchet in stetem, manchmal allerdings rasch aufeinanderfolgendem Wechsel durchlaufen: Niedergeschlagenheit und Euphorie. Diese Tief- und Hochstimmungen bewirken die Hektik ihres Studiums und damit zugleich die Motorik des Romans.

Man könnte auch sagen, daß sie sich im Wissen herumtreiben, da sie nichts festhalten können oder wollen. Sie sind im freundlichen Sinne des sich ergötzenden Dilettanten Herumtreiber im Wissen. Dem Herumtreiber aber wird, zu Recht oder zu Unrecht, mangelnde gesellschaftliche Konformität vorgeworfen. Dies ist in der Tat auch das Urteil ihrer Nachbarn, gipfelnd in der Frage des Präfekten, ob es sich bei Bouvard und Pécuchet nicht um gefährliche Irre handle. Über solche Urteile können freilich Bouvard und Pécuchet ihrerseits, zu Recht oder zu Unrecht, nur lachen. Es gibt hier insgesamt eine große Unsicherheit der Bewertung, weil in dem ganzen Roman keine Person vorkommt, mit der sich der Leser vorbehaltlos identifizieren könnte. Während Bouvard und Pécuchet manchmal offensichtlich etwas einfältig sind, sind sie manchmal nur ungeschickt. Die Bürger von Chavignolles dagegen sind so normal wie beschränkt. Mit anderen Worten, der Horizont des Bürgers ist solide, aber eng; der Horizont des Dilettanten ist offen, aber instabil. Woran soll man sich orientieren? Diese Frage beantwortet Flaubert nicht, sondern löst sie in die alles überspielende Ironie seiner distanzierten Schreibweise auf.

Macht sich Flaubert über die Labilität und Ideenflüchtigkeit seiner beiden Biedermänner lustig? Das trifft sicherlich zu.

Aber er tut es nicht durchgehend. Er betrachtet sie auch mit Sympathie. (Zahlreiche Urteile und Vorurteile der beiden finden sich übrigens ganz gleichlautend in Flauberts Briefen.) Denn was an ihnen manchmal nur komisch wirkt, manchmal aber bereits pathologische Züge trägt, scheint insgesamt geeignet, als literarische Kritik an der bürgerlichen Normalität zu fungieren. Und diese kommt in Flaubert Romanen immer schlechter weg als die gelegentliche Exzentrik seiner Helden.
Was drängt nun aber Bouvard und Pécuchet bei der an ihnen zu beobachtenden Ideenflüchtigkeit dazu, so hartnäckig an der Idee des Wissens festzuhalten? Warum fliehen sie aus Paris, um dann in der ländlichen Idylle eine imaginäre Akademie einzurichten, in der sie die beiden einzigen Studenten sind? Eine erste Antwort wäre: weil hier ihr psychischer Defekt oder Vorzug, nichts festhalten zu können, unbegrenzten Spielraum hat. Das Wissen ist für den Dilettanten eine unendliche Unterhaltung – und Ablenkung.
Aber wovon lenken sie sich ab? Von der Langeweile, sicherlich. Aber die Psychoanalyse sagt uns, daß hinter der Langeweile und der Betriebsamkeit, mit der man jener entgehen will, ein Aufruhr wartet, dem man schließlich doch nicht entgeht. Die psychische Disposition der beiden Helden, wie wir sie oben beschrieben haben, entspricht nämlich noch einem anderen typischen Charakter der Literatur und des Lebens, nicht dem von Abenteuer zu Abenteuer eilenden Odysseus, sondern dem von Frau zu Frau eilenden Don Juan. Auch er hat es mit einem Überschuß an Situationen zu tun. Was liebt Don Juan mehr, die Frauen oder den Wechsel der Frauen? Und Bouvard und Pécuchet, was lieben sie mehr, das Wissen oder die Abwechslung im Wissen? Aber vielleicht lieben sie auch die Frauen und wissen es nur nicht?
Bouvard und Pécuchet ist ein enzyklopädischer Roman, also kommt auch die Liebe in ihm vor. Aber von den zehn Kapiteln des Romans ist das über die Liebe das kürzeste. Über den Zusammenhang von Ideen und Frauen als austauschbare Objekte

der Begierde hat sich offenbar Flaubert selbst einmal Gedanken gemacht. Am 16. 12. 1879 schrieb er an Madame Tennant über *Bouvard und Pécuchet:* »Kurz, ich maße mir an, alle modernen Ideen Revue passieren zu lassen. Die Frauen nehmen wenig Raum darin ein und die Liebe überhaupt keinen.« Das stimmt, wie gesagt, nicht ganz, denn immerhin gibt es ein Kapitel über die Liebe. Allerdings endet die mit einer doppelten Enttäuschung. Bouvard muß einsehen, daß Frau Bordins Schwäche nicht ihm, sondern seinem Gut gilt, und Pécuchet muß erkennen, daß sein erotisches Abenteuer mit der Dienstmagd Mélie (das erste Abenteuer dieser Art in seinem Leben) ihm die Syphilis eingebracht hat. Danach flüchten sich die beiden wieder zu den Ideen und nehmen erneut ihr wildes Studium auf.
Diesen Austauschvorgang: vom Wissen zur Sexualität und von der Sexualität zum Wissen, hat Flaubert mehrfach in seinen Büchern dargestellt. Auch Emma Bovarys Weg führt von der Langeweile zur Lektüre und von da zur Leidenschaft. Und die Versuchungen des Heiligen Antonius führen ihn von seinen erotischen Obsessionen zur ekstatischen Wahrnehmung der Theologie. Vor den gleichermaßen entzückten und lachenden Augen des Heiligen Antonius läßt Flaubert alle Ideen der Religion Revue passieren. Bouvard und Pécuchet sind zugleich enzyklopädischer und dilettantischer als der auf die Religion spezialisierte Heilige Antonius, weil ihre Begierde allen Ideen aller Wissensgebiete gilt. Sie sind der Höhepunkt des Dilettantismus.
Kann aber eine Person, auch wenn es eine imaginäre Person ist, noch eine Identität haben, wenn sie sich ausschließlich in verschobenen und ironischen Kontexten bewegt? Garantiert die endlose Flüchtigkeit der Obsessionen und Ideen noch eine greifbare und begreifbare Persönlichkeit? Man kann sich deshalb fragen, ob Bouvard und Pécuchet überhaupt eine Psyche haben, oder ob sie nicht vielmehr nur Puppen sind, Marionetten, die an den Fäden der Imagination ihres Autors durch die verschiedensten Wissensgebiete gezogen werden. Diese Frage

freilich führt zu der weiterreichenden Frage, ob eine Psychologie des Dilettanten möglich ist. Und wenn man sich darauf einigen könnte, daß Flaubert, soweit in seinem Roman Personen und Persönlichkeitsstrukturen überhaupt eine Rolle spielen, gerade diese Psychologie dargestellt hat, muß man dann nicht fragen, ob es sich noch um einen *Roman* handelt?

Ist *Bouvard und Pécuchet* ein Roman? In der Tat hat ja etwa Valéry an diesem Werk die Tendenz ins Enzyklopädische kritisiert und es deshalb als verfehlt angesehen. Offenbar stört das Wissen die Erwartung an den Roman. Flaubert hat dieser Schwierigkeit begegnen wollen, indem er *Bouvard und Pécuchet* als »philosophischen Roman« bezeichnete. Aber die philosophischen Romane des 18. Jahrhunderts (zum Beispiel de Sades *Philosophie im Boudoir*) erreichten allesamt nicht die literarische Radikalität von *Bouvard und Pécuchet*, da jene sich in der Regel darauf beschränkten, ein philosophisches Thema in der Gestalt eines Romans zu präsentieren, Flauberts Werk dagegen das Wagnis unternimmt, das Verhältnis von Literatur und Wissenschaft als wechselseitige Annäherung von Literatur und Wissenschaft neu darzustellen. Es ist ein gänzlich neues Werk, das sich dem zeitgenössischen Begriff vom Roman weitgehend entzog. Flaubert schwankte sein Leben und Schreiben lang zwischen den orientalischen und den bürgerlichen Themen. Auch in dieser Hinsicht ist *Bouvard und Pécuchet* sein opus maximum, weil es hier nicht mehr um ein singuläres Thema geht, sondern um die Pluralisierung der Sprache, um die Odyssee der Literatur selbst. Der moderne Roman hat sich mit Flaubert in den *verschiedenen Arten des Sehens* eingerichtet, die es erlauben, alles zu beschreiben: das Gute und das Böse, das Schöne und das Häßliche, das Wichtige und das Unwichtige. Der Pluralist par exellence aber ist der Dilettant. Er ist ein Held unserer Moderne.

Der Dilettantismus als Welthaltung in der Literatur steht in Zusammenhang mit der Intellektualisierung des modernen Romans. Manchmal hat es den Anschein, als wehre sich die Literatur gegen ihre gänzliche Überführung in den Bereich des Wissens, indem sie die Wissenschaft ironisiert und indem sie das Wissen als Halbwissen erscheinen läßt. Das Programm von Flauberts letztem Roman, die Wissenschaften unter dem Gesichtspunkt des Komischen darzustellen, ist zugleich ein Versuch, die Literatur vor der Wissenschaft zu retten. In der romanhaften Konkurrenz von Literatur und Wissenschaft diktiert die Literatur die Perspektive (die Art des Sehens), denn die Komik ist in erster Linie eine *ästhetische* Haltung oder Erfahrung.

Andererseits scheint das Wissen selbst, sei es aus einem Mangel oder einem Zuviel an Methode, zur Komik zu drängen. Dies wird deutlich an den Prozeduren der Wissensfindung und denen der Anwendung des Wissens, an den dem eigentlichen Wissen vorhergehenden Fragen der Forschung und den dem Wissen folgen sollenden Taten der Praxis also. Nun laborieren Bouvard und Pécuchet zweifellos daran, daß sie weder über ein rationales Verfahren zur Aneignung des Wissens noch über eine praktikable Strategie zur Anwendung des Wissens verfügen. Vielmehr wissen sie manchmal zuwenig und manchmal zuviel. Die Art ihres Umgangs mit dem Wissen entlädt sich deshalb regelmäßig in Komik.

Bis hierher müßte man sagen: Nicht das Wissen an sich ist komisch, sondern die Art und Weise, mit der sich Bouvard und Pécuchet dem Wissen nähern. Es wären mithin die beiden Biedermänner als zwei komische Figuren anzusehen, während der Ernst des Wissens davon unberührt bliebe. Was kann schließlich die Wissenschaft dafür, wenn sich plötzlich zwei Dummköpfe für sie zu interessieren beginnen.

Sehr viel, sagt der Autor von *Bouvard und Pécuchet*. Zwar geht

aus der Bemerkung Flauberts, er wolle die Wissenschaften unter dem Gesichtspunkt des Komischen betrachten, hervor, daß man auch andere Gesichtspunkte wählen kann, den des Ernstes oder den der Würde etwa, aber die Tatsache, daß man überhaupt wählen kann, bringt einen ersten Zweifel an der Verbindlichkeit des Wissens hervor. Da es vieles sein kann, kann es auch komisch sein. Es wäre verfrüht, hier den berühmten Flaubertschen Pessimismus ins Spiel zu bringen. Was allerdings unübersehbar sein Verhältnis zum Wissen charakterisiert, ist eine Position der Skepsis, in der der Glaube an eindeutige Wahrheit durch eine Vielzahl für möglich gehaltener Perspektiven ersetzt wird. Weil aber der Systemwille der Wissenschaft gerade Eindeutigkeit zum Ziel hat, erscheint dieser Wille in seiner Vergeblichkeit an sich selbst komisch. Dieser Sachverhalt erscheint in seiner Allgemeinheit freilich als traurige Komik.
In seiner Besonderheit dagegen dient er Flaubert dazu, ihn ironisch und im weiteren Sinne literarisch auszubeuten. Die Komik geht deshalb nicht allein zu Lasten der beiden wilden Studenten, sondern verteilt sich anteilig auch auf das von ihnen Begriffene und Unbegriffene, wie es unabhängig von ihrer Perspektive sich darbietet. Das stellt sich im Roman so dar, daß Bouvard und Pécuchet auf *eine* Frage stets *viele* Antworten erhalten. Wenn die beiden ein neues Wissensgebiet betreten, begegnen sie sofort einer Vielzahl von Stimmen und Argumenten, die alle für sich beanspruchen, eindeutig zu sein, die sich aber insgesamt alle widersprechen. Bouvard und Pécuchet eskalieren diese Situation, indem sie kontroverse Erklärungen miteinander kombinieren und so, was vorher nur Widerspruch war, zur Konfusion steigern. So ergeht es ihnen mit den Ernährungswissenschaften. Die einen raten zur Diät, die anderen zum Essen, schließlich machen sie, wozu sie Lust haben. So ergeht es ihnen mit den meisten Wissenschaften. Die Regel des Romans ist dann, daß die beiden die weitere Beschäftigung mit einer Wissenschaft für sinnlos erklären, weil diese Wissenschaft selbst sinnlos sei. Auf diese Weise wenden sie sich auch von der Philo-

sophie ab: »Und einer gestand dem anderen, daß er von den Philosophen genug hätte. All diese Systeme verwirren nur. Die Metaphysik ist zwecklos. Man kann ohne sie ganz gut auskommen.« Aus dieser Konstellation läßt sich nun auf verschiedene Träger und Funktionen der Komik schließen. Dies ist ein traditionsreiches Thema der Flaubertologie, die mit dieser Frage insgesamt die Frage nach dem Sinn dieses Romans zu entscheiden beabsichtigt. Die verschiedenen Positionen (die für sich beanspruchen, eindeutig zu sein, die sich aber teilweise widersprechen), lassen sich im wesentlichen durch die Alternative wiedergeben, derzufolge der Sinn des Romans entweder als *Kritik der Dummheit* oder als *Komik des Daseins* aufzufassen sei. Zieht man es vor, sich für die Mentalität des Autors zu interessieren, so kann man auch fragen, ob Flaubert die Absicht hatte, die Dummheit seiner Zeitgenossen (auch der Wissenschaftler) zu kritisieren, oder ob er das weiterreichende Projekt verfolgte, die Komik des Daseins als solche zu zeigen.[7]

Auch Flauberts Ansichten sind in dieser Hinsicht nicht eindeutig. Manchmal gibt er zu verstehen, er habe das Komische der *Ideen* versuchen wollen, manchmal ist es nur das Komische seiner beiden *Helden*. Berühmt ist jene Passage eines Briefes, in der Flaubert sagt, er habe in diesem Buch *ausspucken* wollen, er habe sich *reinigen* wollen (später, so heißt es an anderer Stelle, wolle er ein *reines und einfaches* Buch schreiben; *Bouvard und Pécuchet* ist also kein reines und einfaches Buch). Von hier gehen die Interpretationen aus, die in Flauberts letztem Roman eine Parodie und Satire sehen, eine Haßtirade, kurz, eine umfassende Kritik der Dummheit seiner und anderer Zeiten. Man konnte es sich hiermit leicht machen, da Flauberts Verachtung für den Bürger und seine Gedankenwelt bekannt war: seine Briefe sind voll von dieser Verachtung, manche, wie Maxime Du Camp, kannten sie auch aus seinem Munde. Dennoch ist die Perspektive auf die Dummheit eine zu einfache Perspektive.

7 Dies stellt ausführlich dar: Manfred Hardt, Flauberts Spätwerk. Untersuchungen zu »Bouvard et Pécuchet«, Frankfurt 1970.

Man mag einen Widerspruch darin sehen, aber der Sachverhalt bleibt bestehen, daß Flaubert sein arbeitsreiches Schriftstellerleben diesem Gegenstand seiner Verachtung gewidmet hat. Immer wenn er von seinen Ausflügen zu den orientalischen Themen zurückkehrte, galt sein Interesse erneut den wenig aufregenden Schicksalen seiner bürgerlichen Helden: *Madame Bovary*, die zwei Fassungen der *Education sentimentale* und *Bouvard und Pécuchet* sind die Zeugen dieser Passion. Aber was den Stil der früheren Romane berühmt machte, war gerade seine Distanziertheit, seine analytische Kälte. Auch in dieser Hinsicht ist *Bouvard und Pécuchet* ein Höhepunkt. Das wäre nun freilich kein Hinderungsgrund, in diesem Buch eine Magna Charta der menschlichen und insbesondere bürgerlichen Dummheit zu sehen.

Dagegen sprechen erst die Elemente der durchgehenden Ironie und der gelegentlichen Sympathie. Beide Elemente finden sich gegen Ende des XIII. Kapitels in einem Satz gemischt. Dort heißt es: »Nun entwickelte sich in ihrem Geist ein erbärmliches Talent: die Dummheit zu sehen und sie nicht zu ertragen.« Wie hoch auch die Anteile der Ironie in diesem Kommentar zu Bouvards und Pécuchets Geistesentwicklung zu veranschlagen seien, er zeigt doch, daß dieser Roman *auch* eine *Education intellectuelle* ist. Die Intelligenz der beiden Biedermänner hat zweifellos ihre Grenzen; aber dasselbe gilt für ihre Dummheit.

Und wenn man einmal von den beiden absieht, um sie vielmehr nur als Sprachrohre der Meinungen und Theorien anderer zu begreifen, so ließen sich auch dann nicht diese Meinungen und Theorien auf das einfache Thema der Dummheit reduzieren, da, wie wir bereits gesehen haben, es nicht immer das Wissen ist, das komisch ist, sondern die Art des Umgangs mit dem Wissen. Dennoch kann und soll nicht bestritten werden, daß die häufige eklatante Dummheit der beiden Helden *und* des mehr oder weniger anonymen »Wissens« als eine wichtige Quelle der Komik anzusehen ist. Aber es handelt sich hierbei noch um eine sehr eingeschränkte Komik, die oft nicht einmal den burlesken Rahmen der Situationskomik überschreitet.

Deshalb gibt es die andere Interpretation, die nun in *Bouvard und Pécuchet* den sehr viel weiterreichenden Horizont einer Komik des Daseins aufdeckt. Auch diese Deutung kann sich auf Flaubert selbst berufen, der häufig bekundete, es gebe eine dem Leben innewohnende Lächerlichkeit, der man nur lachend begegnen könne. Formulierungen dieser Art finden sich häufig: sie laufen insgesamt auf das Paradox einer traurig stimmenden Komik des Daseins hinaus. Dies besagt, daß die Komik nunmehr nicht allein als eine Perspektive unter vielen anderen anzusehen ist, sondern als eine unentrinnbare Eigenart des Lebens. Es handle sich somit, wie Manfred Hardt sagt, um primäre oder existentielle Komik.[7] In *Madame Bovary* und der *Education sentimentale* hatte Flaubert die Darstellung der dem Leben innewohnenden Komik noch auf einen bestimmten Bereich des Lebens eingeschränkt: den der Liebe. In der *Versuchung des Heiligen Antonius* dagegen trat der Bereich der Religion (und der Obsession) in den Vordergrund. In *Bouvard und Pécuchet* endlich spielen die Liebe und die Religion nur noch die Rolle von Episoden in einer Komödie, in der nun *alle* Bereiche des Lebens zu einem enzyklopädischen Panorama zusammentreten.

Aber handelt es sich wirklich um alle Bereiche des *Lebens?* Wenn überhaupt solche Vergleiche (mit Dante und Balzac) zulässig sind, dann wäre in bezug auf *Bouvard und Pécuchet* allenfalls von einer Comédie humaine *et intellectuelle* zu sprechen. Denn das Leben (und seine metaphysische Erhöhung zum »Dasein«) erscheint in Flauberts letztem Roman nicht als solches, es erscheint nicht als zwar komische, aber doch direkte Gegebenheit, es erscheint vielmehr nur, insoweit es in einer unauflöslichen Beziehung zum Wissen und zur Sprache steht. Dieses Wissen und diese Sprache sind häufig eher unvollkommen. Man ahnt, daß das Leben noch etwas anderes sein müsse. Diese Ahnung ist der Grund der *traurigen* Komik. Die Komik aber entsteht, weil das Leben und das Wissen offenbar immer wieder auseinanderklaffen. Darüber, daß sich die Wirkung der Komik einer *Differenz* verdanke, sind sich die Theoretiker des Komischen von Bergson bis Freud und darüber hinaus einig. Die plötzlich eklatant werdende Ungleichheit oder Trennung zwischen Erwartung und Wirklichkeit bringt den Effekt des Komischen hervor. In Flauberts Roman sind deshalb nicht das Leben oder das Wissen komisch, sondern die immer wieder offenbar werdende Trennung beider. Dies ist allerdings keine Erfahrung, die nur der Wissenschaftler oder Pseudo-Wissenschaftler machen könnte. Denn da es, wie Flauberts Roman gerade zeigt, kein menschliches Leben ohne ein wie auch immer geartetes Wissen vom Leben gibt, ist die Komik des Wissens tatsächlich eine dem Leben innewohnende Komik.

Kritik der Dummheit und Komik des Daseins – erfüllt sich in der Darstellung und Durchdringung dieser beiden Bereiche Flauberts letzter Roman? Ich meine, es fehlt in dieser Beschreibung noch ein dritter, die anderen überwölbender Bereich. Es fehlt noch die Unterhaltung. Am 18.4.1880 schreibt Flaubert: »Mein letztes Kapitel handelt... von der Pädagogik und den Prinzipien der Moral, und es geht darum, sich damit zu amüsieren!« Kann das Studium der Wissenschaften amüsant sein? Das ist eine Frage, die besonders problematisch wird, wenn dieses Studium den Inhalt eines Romans ausmacht. Immerhin wird man von Bouvard und Pécuchet sagen können, daß sie sich, zumindest zeitweise, mit dem Wissen amüsieren. Für sie hat das Wissen den Wert einer unendlichen Unterhaltung. Freilich neigen die beiden eher dazu, den Wert ihres Studiums zu idealisieren: sie wollen den Fortschritt der Wissenschaft vorantreiben, sie wollen die Menschheit verbessern usw. Aber offenbar bringen ihnen ihre ins Ideale erhöhten Unternehmungen den ganz persönlichen Nutzen der Unterhaltung.

In der Akzentuierung dieser Bedeutung gipfelt nun erneut das Risiko von Flauberts Roman. Denn traditionell unterscheidet es gerade die Literatur von der Wissenschaft, daß man jener unterhaltende Qualität zuspricht, die man von dieser nicht verlangt.

Mit dieser Tradition bricht Flaubert in mehrfacher Hinsicht. Einerseits stört er die traditionelle Erwartung an den Roman, indem er diesen verwissenschaftlicht: indem er das Wissen in die Fiktion eindringen läßt. Zum anderen stört er die traditionelle Erwartung an die Wissenschaft, indem er diese literarisiert: indem er die Unterhaltung mit der Wahrheit verbindet. Auf dem Hintergrund seiner Einsicht, daß es das Wahre nicht gebe, sondern nur verschiedene Arten des Sehens, deutet Flaubert an, daß die Wissenschaft auch dann interessant für den Menschen sei, wenn sie nicht (immer) zur Wahrheit führe: als Unterhaltung eben. Wenn man diese extreme ästhetische Einstellung als Kritik am Dogmatismus der Wissenschaft lesen kann, so läßt sie sich auf der anderen Seite als Reverenz an die scheinbar unbegrenzten Möglichkeiten einer von Flaubert imaginierten und in *Bouvard und Pécuchet* bereits ansatzweise realisierten neuen Literatur verstehen. Diese Literatur ist neu im doppelten Sinne der wechselseitigen Annäherung von Literatur und Wissenschaft unter dem Gesichtspunkt ihrer Unterhaltungsfunktion. Unterhaltung darf hier allerdings nicht im herabmindernden Sinne von Ablenkung oder Betäubung verstanden werden, sondern als allseitig interessierte Aufmerksamkeit. Die Komik des Wissens entsteht so unter anderem dadurch, daß man die Welt traktiert wie ein Buch und die Bücher wie die Welt. Unter dem Gesichtspunkt der Unterhaltung kann alles gleich interessant sein, das Urteil wie das Vorurteil, das Wissen wie das Nichtwissen. Alles wird Literatur.

Flauberts Briefe habe ich nach der Übersetzung von Helmut Scheffel zitiert: Gustave Flaubert, Briefe, herausgegeben und übersetzt von Helmut Scheffel, Stuttgart 1964.

Insel taschenbücher
Alphabetisches Verzeichnis

Die Abenteuer Onkel Lubins 254
Aladin und die Wunderlampe 199
Ali Baba und die vierzig Räuber 163
Allerleirauh 115
Alte und neue Lieder 59
Andersen: Märchen (3 Bände in Kassette) 133
Andersen: Märchen meines Lebens 356
Lou Andreas-Salomé: Lebensrückblick 54
Apulejus: Der goldene Esel 146
Arnim/Brentano: Des Knaben Wunderhorn 85
Arnold: Das Steuermännlein 105
Aus der Traumküche des Windsor McCay 193
Balzac: Beamte, Schulden, elegantes Leben 346
Balzac: Das Mädchen mit den Goldaugen 60
Baudelaire: Blumen des Bösen 120
Beaumarchais: Figaros Hochzeit 228
Beecher-Stowe: Onkel Toms Hütte 272
Beisner: Adreßbuch 294
Benjamin: Aussichten 256
Bédier: Der Roman von Tristan und Isolde 387
Berg: Leben und Werk im Bild 194
Bertuch: Bilder aus fremden Ländern 244
Bierbaum: Zäpfelkerns Abenteuer 243
Bierce: Mein Lieblingsmord 39
Blake: Lieder der Unschuld 116
Die Blümchen des heiligen Franziskus 48
Boccaccio: Das Dekameron (2 Bände) 7/8
Böcklin: Leben und Werk 284
Brandys: Walewska, Napoleons große Liebe 24
Brentano: Fanferlieschen 341
Brentano: Gockel Hinkel Gackeleia 47
Brontë: Die Sturmhöhe 141
Das Buch der Liebe 82
Büchner: Der Hessische Landbote 51
Bürger: Münchhausen 207
Busch: Kritisch-Allzukritisches 52
Campe: Bilder Abeze 135
Carossa: Kindheit 295
Carossa: Leben und Werk 348
Carossa: Verwandlungen 296
Carroll: Alice hinter den Spiegeln 97
Carroll: Alice im Wunderland 42
Carroll: Briefe an kleine Mädchen 172
Caspari: Die Sommerreise 416
Cervantes: Don Quixote (3 Bände) 109
Chamisso: Peter Schlemihl 27
Chateaubriand: Das Leben des Abbé de Rancé 240
Claudius: Wandsbecker Bote 130
Cocteau: Colette 306
Cooper: Lederstrumpferzählungen (5 Bde.) 179-183
Dante: Die Göttliche Komödie (2 Bände) 94
Das kalte Herz 330
Daudet: Tartarin von Tarascon 84
Daumier: Macaire 249
Defoe: Robinson Crusoe 41
Denkspiele 76
Deutsche Volksbücher 380
Dickens: Oliver Twist 242
Dickens: Weihnachtserzählungen 358
Die großen Detektive 101
Diderot: Die Nonne 31
Droste-Hülshoff: Die Judenbuche 399
Dumas: Der Graf von Monte Christo (2 Bände) 266
Dumas: König Nußknacker 291
Eichendorff: Aus dem Leben eines Taugenichts 202
Eichendorff: Gedichte 255
Eisherz und Edeljaspis 123
Die Erzählungen aus den Tausendundein Nächten (12 Bände in Kassette) 224
Eulenspiegel: Bote 336
Fabeln und Lieder der Aufklärung 208
Der Familienschatz 34
Ein Fisch mit Namen Fasch 222

Fabre: Das offenbare Geheimnis 269
Flaubert: Bouvard und Pécuchet 373
Flaubert: Lehrjahre des Gefühls 276
Flaubert: Madame Bovary 167
Fontane: Der Stechlin 152
Fontane: Effi Briest 138
Fontane: Unwiederbringlich 286
le Fort. Leben und Werk im Bild 195
Caspar David Friedrich: Auge und Landschaft 62
Gassers Köchel-Verzeichnis 96
Gasser: Spaziergang durch Italiens Küchen 391
Gasser: Tante Melanie 192
Gebete der Menschheit 238
Das Geburtstagsbuch 155
Geschichten der Liebe aus 1001 Nächten 38
Gesta Romanorum 315
Goethe: Dichtung und Wahrheit (3 Bde.) 149-151
Goethe: Die Leiden des jungen Werther 25
Goethe: Wahlverwandtschaften 1
Goethe: Faust (1. Teil) 50
Goethe: Faust (2. Teil) 100
Goethe: Gedichte in zeitlicher Folge (2 Bände) 350
Goethe: Hermann und Dorothea 225
Goethe: Italienische Reise 175
Goethe: Liebesgedichte 275
Goethe: Maximen und Reflexionen 200
Goethe: Novellen 425
Goethe: Reineke Fuchs 125
Goethe – Schiller: Briefwechsel (2 Bände) 250
Goethe: Tagebuch der italienischen Reise 176
Goethe: Trostbüchlein 400
Goethe: Über die Deutschen 325
Goethe: West-östlicher Divan 75
Gogh: Briefe 177
Gogol: Der Mantel 241
Grandville: Staats- und Familienleben der Tiere (2 Bde.) 214
Greenaway: Butterblumengarten 384
Grimmelshausen: Courasche 211
Gundert: Marie Hesse 261
Hauff-Märchen (2 Bände) 216/217
Hebel: Bildergeschichte vom Zundelfrieder 271
Hebel: Kalendergeschichten 17
Heine: Memoiren des Herren von Schnabelewopski 189
Heine: Buch der Lieder 33
Heine: Shakespeares Mädchen 331
Helwig: Capri. Magische Insel 390
Heras: Am Anfang war das Huhn 185
Hesse: Dank an Goethe 129
Hesse: Geschichten aus dem Mittelalter 161
Hesse: Hermann Lauscher 206
Hesse: Kindheit des Zauberers 67
Hesse: Knulp 394
Hesse: Leben und Werk im Bild 36
Hesse: Meisterbuch 310
Hesse: Piktors Verwandlungen 122
Hesse: Schmetterlinge 385
Hesse/Schmögner: Die Stadt 236
Hesse/Weiss: Der verbannte Ehemann 260
Hexenzauber 402
Hildesheimer: Waschbären 415
Hillmann: ABC-Geschichten 99
Hofer. Leben und Werk in Daten und Bildern 363
E. T. A. Hoffmann: Der unheimliche Gast 245
E. T. A. Hoffmann: Elixiere des Teufels 304
E. T. A. Hoffmann: Kater Murr 168
Hölderlin-Chronik 83
Hölderlin: Dokumente seines Lebens 221
Homer: Ilias 153
Horváth: Leben und Werk 237
Ricarda Huch: Der Dreißigjährige Krieg (2 Bde.) 22/23
Hugo: Notre-Dame von Paris 298
Ibsen: Nora 323
Jacobsen: Die Pest in Bergamo 265
Jacobsen: Niels Lyhne 44
Kant-Brevier 61
Kaschnitz: Courbet 327
Kaschnitz: Eisbären 4
Kasperletheater für Erwachsene 339
Kästner: Die Lerchenschule 57
Kästner: Die Stundentrommel vom heiligen Berg Athos 56
Kästner: Griechische Inseln 118
Kästner: Kreta 117
Kästner: Ölberge, Weinberge 55

Keller: Der grüne Heinrich (2 Bde.) 335
Keller: Züricher Novellen 201
Kerner: Bilderbuch aus meiner Knabenzeit 338
Kinderheimat 111
Kinder- und Hausmärchen gesammelt durch die Brüder Grimm (3 Bde.) 112-114
Kin Ping Meh 253
Kleist: Die Marquise von O. 299
Kleist: Erzählungen 247
Kleist: Geschichte meiner Seele 281
Kleist: Der zerbrochene Krug 171
Klingemann: Nachtwachen von Bonaventura 89
Klinger: Leben und Werk in Daten und Bildern 204
Knigge: Über den Umgang mit Menschen 273
Konfuzius: Materialien 87
Konfuzius und der Räuber Zhi 278
Kühn: Geisterhand 382
Laclos: Schlimme Liebschaften 12
Lamb: Shakespeare Novellen 268
Das große Lalula 91
Leopardi: Ausgewählte Werke 104
Lesage: Der hinkende Teufel 337
Lévi-Strauss: Weg der Masken 288
Liebe Mutter 230
Lieber Vater 231 (in Kassette)
Lichtenberg: Aphorismen 165
Linné: Lappländische Reise 102
Lobel: Die Geschichte vom Jungen 312
Lobel: Maus im Suppentopf 383
Lobel: König Hahn 279
London: Das Bild einer europäischen Metropole
Herausgegeben von Norbert Kohl. 322
London: Ruf der Wildnis 352
Longus: Daphnis und Chloe 136
Lorca: Die dramatischen Dichtungen 3
Der Löwe und die Maus 187
Majakowski: Werke I 16
Majakowski: Werke II 53
Majakowski: Werke III 79
Malory: König Artus (3 Bände) 239
Marc Aurel: Wege zu sich selbst 190
Märchen der Romantik (2 Bde.) 285
Märchen deutscher Dichter 13
Maupassant: Bel-Ami 280
Maupassant: Das Haus Tellier 248
Maupassant: Pariser Abenteuer 106
Maupassant: Unser einsames Herz 357
Mäusegeschichten 173
McKee: Zwei Admirale 417
Meinhold, Bernsteinhexe 329
Melville: Moby Dick 233
Mercier: Mein Bild von Paris 374
Mérimée: Carmen 361
Merkprosa 283
Michelangelo: Zeichnungen und Dichtungen 147
Michelangelo. Leben und Werk 148
Minnesinger 88
Mirabeau: Der gelüftete Vorhang 32
Montaigne: Essays 220
Mordillo: Das Giraffenbuch 37
Mordillo: Das Giraffenbuch 2 71
Mordillo: Träumereien 108
Morgenländische Erzählungen 409
Morgenstern: Alle Galgenlieder 6
Mörike: Alte unnennbare Tage 246
Mörike: Die Historie von der schönen Lau 72
Mörike: Mozart auf der Reise nach Prag 376
Motte-Fouqué: Undine 311
Mozart: Briefe 128
Musäus: Rübezahl 73
Mutter Gans 28
Nestroy: Stich- und Schlagworte 270
Die Nibelungen 14
Nietzsche: Zarathustra 145
Nietzsche: Ecce Homo 290
Novalis. Dokumente seines Lebens 178
Orbeliani: Die Weisheit der Lüge 81
Orbis Pictus 9
Oskis Erfindungen 227
Ovid: Ars Amatoria 164
Paul: Der ewige Frühling 262
Paul: Des Luftschiffers Gianozzo Seebuch 144
Petzet: Das Bildnis des Dichters 198
Phaïcon 1 69
Phaïcon 2 154
Platon: Phaidon 379
Pocci: Kindereien 215
Poe: Grube und Pendel 362

Polaris 3 134
Poesie-Album 414
Pöppig: In der Nähe des ewigen Schnees 166
Potocki: Die Handschrift von Saragossa (2 Bde.) 139
Quincey: Der Mord als eine schöne Kunst betrachtet 258
Raabe: Die Chronik der Sperlingsgasse 370
Raabe: Gänse von Bützow 388
Rabelais: Gargantua und Pantagruel (2 Bände) 77
Rache des jungen Meh 353
Die Räuber vom Liang Schan Moor (2 Bände) 191
Reden und Gleichnisse des Tschuang Tse 205
Rilke: Ausgesetzt auf den Bergen des Herzens 98
Rilke: Das Buch der Bilder 26
Rilke: Duineser Elegien/Sonette an Orpheus 80
Rilke: Die drei Liebenden 355
Rilke: Geschichten vom lieben Gott 43
Rilke: Späte Erzählungen 340
Rilke: Neue Gedichte 49
Rilke: Das Stunden-Buch 2
Rilke: Wladimir, der Wolkenmaler 68
Rilke: Leben und Werk im Bild 35
Rilke: Zwei Prager Geschichten 235
Robinson: Onkel Lubin 254
Rotterdam: Lob der Torheit 369
Rousseau: Königin Grille 332
Rousseau: Zehn Botanische Lehrbriefe für Frauenzimmer 366
Rumohr: Geist der Kochkunst 326
Runge: Leben und Werk im Bild 316
Der Sachsenspiegel 218
Sand: Geschichte meines Lebens 313
Sappho: Liebeslieder 309
Schadewaldt: Sternsagen 234
Scheerbart: Rakkóx der Billionär 196
Schiller: Der Geisterseher 212
Schiller – Goethe: Briefwechsel (2 Bände) 250
Schiller: Leben und Werk 226
Schlote: Geschichte vom offenen Fenster 287
Schlote: Das Elefantenbuch 78
Schlote: Fenstergeschichten 103
Schmögner: Das Drachenbuch 10
Schmögner: Ein Gruß an Dich 232
Schmögner: Das unendliche Buch 40
Schneider: Leben und Werk 318
Schopenhauer: Aphorismen zur Lebensweisheit 223
Schumacher: Ein Gang durch den Grünen Heinrich 184
Schwab: Sagen des klassischen Altertums (3 Bde.) 127
Scott: Im Auftrag des Königs 188
Shakespeare: Sonette 132
Shaw-Brevier 159
Sindbad der Seefahrer 90
Sonne, Mond und Sterne 170
Sophokles: Antigone 70
Sophokles: König Ödipus 15
Spyri: Heidi 351
Stendhal: Die Kartause von Parma 307
Stendhal: Rot und Schwarz 213
Stendhal: Über die Liebe 124
Sternberger: Über Jugendstil 274
Sterne: Yoricks Reise 277
Stevenson: Die Schatzinsel 65
Stevenson: Entführt 321
Storm: Am Kamin 143
Storm: Der Schimmelreiter 305
Strindberg: Ein Puppenheim 282
Swift: Ein bescheidener Vorschlag ... 131
Swift: Gullivers Reisen 58
Thackery: Das Buch der Snobs 372
Tillier: Mein Onkel Benjamin 219
Toepffer: Komische Bilderromane (2 Bde.) 137
Tolstoj: Anna Karenina (2 Bände) 308
Tolstoj: Der Überfall 367
Tolstoj: Die großen Erzählungen 18
Tolstoj: Kindheit, Knabenalter, Jünglingsjahre 203
Traum der roten Kammer 292
Tschechow: Die Dame mit dem Hündchen 174
Turgenjew: Erste Liebe 257
Turgenjew: Väter und Söhne 64
Der Turm der fegenden Wolken 162

Twain: Der gestohlene weiße Elefant 403
Twain: Huckleberry Finns Abenteuer 126
Twain: Leben auf dem Mississippi 252
Twain: Tom Sawyers Abenteuer 93
Varvasovszky: Schneebärenbuch 381
Voltaire: Candide 11
Voltaire: Karl XII. 317
Voltaire: Leben und Werk 324
Voltaire: Sämtliche Romane und Erzählungen (2 Bände) 209/210
Voltaire: Zadig 121
Vom Essen und Trinken 293
Wagner: Ausgewählte Schriften 66
Wagner: Leben und Werk 334
Walser: Fritz Kochers Aufsätze 63
Walser (Robert): Liebesgeschichten 263
Das Weihnachtsbuch 46
Das Weihnachtsbuch der Lieder 157
Das Weihnachtsbuch für Kinder 156
Wie man lebt und denkt 333
Wilde: Die Erzählungen und Märchen 5
Wilde: Salome 107
Wilde: Leben und Werk 158
Wührl: Magische Spiegel 347
Der Zauberbrunnen 197
Zimmer: Yoga und Buddhismus 45
Zola: Nana 398